Kerstin Hamann

WINDIGE GESCHÄFTE

Ein Wiesbaden-Krimi

SUTTON KRIMI

DIE AUTORIN

Kerstin Hamann begeistert seit ihrem Krimidebüt mit »Abgehakt« im Jahre 2010 Leser und Lesungsbesucher in Wiesbaden, dem Rheingau und der ganzen Republik mit ihren Geschichten um Martin Sandor und sein Team. Die 47-Jährige lebt mit ihrem Mann und ihren drei Kindern in Roxheim.

Sutton Verlag GmbH
Hochheimer Straße 59
99094 Erfurt
www.suttonverlag.de
www.sutton-belletristik.de

Gestaltung und Satz: Sutton Verlag

ISBN: 978-3-95400-324-2

Lektorat: Stefanie Höfling, Wiesbaden
Covergestaltung: Caroline Doms, Jena
Dieses Buch wurde vermittelt durch BookaBook, die Literarische Agentur Elmar Klupsch, Stuttgart

Druck: CPI books GmbH, Leck

Für Achim

–

Nichts ist unmöglich.

Wenn der Wind der Veränderung weht,
bauen die einen Windmühlen
und die anderen Mauern.

Chinesisches Sprichwort

1

»Wir können doch nicht einfach in alle Zimmer gehen.«

»Klar können wir!«, entgegnete Eva leichthin und zog Paul an der Hand hinter sich her.

»Das ist dem Stumpf bestimmt nicht recht«, versuchte er erneut einzuwenden. Er stolperte und konnte seine Bierflasche nur mit Mühe festhalten.

»Spricht da der Polizist in dir oder der Schisser von früher?« Eva lachte.

»Ich war kein Schisser!«, protestierte Paul schwach. Er merkte nun selbst, dass er viel zu viel Alkohol intus hatte.

»Doch warst du, sonst hättest du dich an mich rangemacht.«

Damit hatte sie wohl recht, gestand Paul sich ein. Eva gehörte schon auf dem Gymnasium zu der Sorte Mädchen, die alle Jungs verrückt machte und sie spielend um den Finger wickelte. Genau das hatte den schüchternen Paul abgeschreckt. Jetzt waren sie erwachsen und die Karten neu gemischt.

»Du warst immer von den Jungs mit der größten Klappe umgeben. Ich wusste im Voraus, dass du dich nicht für mich interessierst.« Paul blieb stehen. Er schwankte.

Eva wandte sich ihm zu und zuckte lächelnd mit den Schultern. »Wer weiß.«

»Du hast doch immer nur diese Schönlinge und Schleimertypen an dich rangelassen.«

»Da war ich wohl ganz schön naiv.« Eva lehnte sich an die Wand im Flur.

»Und was aus denen geworden ist, haben wir ja letzte Woche beim Klassentreffen gesehen«, setzte Paul nach.

»Oh, ja! Peter und Oli hab ich kaum wiedererkannt. Die sind ja doppelt so breit wie früher. Und Klaus. Wie kann sich ein Mensch in nur sieben Jahren derart verändern. Als Restaarträger sieht er aus wie sein eigener Vater.« Eva zog Paul zu sich. »Aber du«, sie legte ihre Hände in seinen Nacken, »du bist zu einem gut aussehenden, furchtlosen Gesetzeshüter mutiert. Ziemlich beeindruckend.«

»Ach, ja?«

»Ja!«, hauchte sie und legte ihre Lippen langsam auf die seinen.

Seine Überraschung wich dem Verlangen, das sich trotz des Alkoholpegels augenblicklich in ihm breitmachte. Sie küssten sich, bis ein anderer Gast den Flur entlangkam. Paul räusperte sich und fühlte sich auf unangenehme Weise ertappt.

»Komm!« Eva nahm ihn wieder an der Hand und führte ihn die Treppe hoch in den ersten Stock, wo sie eine Tür öffnete. »Das ist Erwins Arbeitszimmer«, erklärte sie, schloss die Tür hinter sich und drückte Paul dagegen, um ihn erneut zu küssen. Dann ging sie hinüber zum Schreibtisch und knipste eine Lampe an, die den Raum in ein zartes Licht tauchte.

»Wir sollten nicht hier sein«, sagte Paul lallend und blickte sich um. An zwei Wänden standen deckenhohe Bücherregale, davor ein riesiger Schreibtisch aus dunklem Holz. Weiter rechts eine braune Ledercouch mit Sesseln. An den Wänden hingen vier große Gemälde.

»Stumpf ist mit seinen Gästen beschäftigt«, hörte er sie sagen. »Außerdem ist ihm das total egal.«

»Ich glaube nicht, dass er es toll findet, wenn eine Studentin sich in seinem Arbeitszimmer rumtreibt.«

»Rumtreibt«, wiederholte Eva gedankenverloren. »Hört sich gut an.« Sie kam ihm entgegen. Zärtlich strich sie ihm über das Gesicht und blickte ihn aus ihren blauen Augen verführerisch an.

»Hast du Sonderprivilegien?«, fragte Paul, während er sie an sich zog.

»Kann man so sagen. Ich bin hier praktisch zu Hause.«

»Du bist ganz schön heiß!«, flüsterte er und vergrub sein Gesicht in ihren duftenden Haaren. Mit unsicheren Schritten schob er Eva in Richtung Couch. Plötzlich stolperten sie über etwas am Boden. Beide kamen ins Straucheln. Paul ließ seine Bierflasche fallen, die unter eines der Regale rollte, und griff nach Evas Arm. So konnten sich beide noch fangen, um nicht auf dem Boden zu landen.

»Was war denn das?«, brabbelte Paul vor sich hin, während Eva albern kicherte.

»Erwins Haustier«, erklärte sie und deutete auf ein braunes Bärenfell auf dem Parkettboden. »Wir sind an seinem Dickschädel hängengeblieben.«

Paul besah sich das Fellmonster. »Ich komme mir vor wie dieser James in *Dinner For One.*«

»Nur dass bei ihm das Hühnchen durch die Luft fliegt und nicht die Bierflasche.«

»Richtig. Wo ist die überhaupt?« Er sah sich suchend um.

»Ist doch egal«, sagte Eva und zog Paul zu sich.

Während er sich mit ihr auf der Ledercouch niederließ, drang die Musik aus dem Erdgeschoss leise zu ihnen hinauf.

Es war fast Mitternacht. Der dunkle Wagen stand nun schon seit Stunden vorm Haus in der Abeggstraße. Niemandem fiel die Frau im Innern des Fahrzeugs auf, die still und unbeweglich hinter dem Steuer saß und den Blick nicht von den hell erleuchteten Fenstern ließ. Aufmerksam beobachtete sie, wie sich hin und wieder die Haustür öffnete und sich Gäste verabschiedeten.

Im Wagen war es stickig. Die aufgestaute Hitze des Tages schien nicht weichen zu wollen. Vorsichtig öffnete sie die Fenster einen Spaltbreit. Die Musik aus dem Haus drang zu ihr hinüber.

Dazu mischten sich immer wieder Motorengeräusche und das Lachen und Erzählen der Menschen auf der Straße. Obwohl manche nah am Wagen vorübergingen, blieb sie unbemerkt. Sie war unsichtbar wie das Dunkel der Nacht.

Paul lag neben Eva auf der Couch und betrachtete sie zärtlich, nachdem er die Haarspange ihrer eleganten Hochfrisur geöffnet hatte. Ihre blonden Locken umrahmten ihr Gesicht.

»Wie ein Engel«, murmelte er und legte seine Lippen auf ihre. Bereitwillig erwiderte sie seinen Kuss und schob ihre Hände unter sein Hemd.

Seine Zungenspitze liebkoste ihr Ohrläppchen.

»Du bist eine wunderschöne Frau, Eva«, flüsterte er.

Langsam streifte er die Spaghetti-Träger ihres roten Minikleides von den Schultern. Eva drängte sich an ihn und ließ ein leises Stöhnen hören. Paul öffnete ihren BH und streichelte ihre kleinen, prallen Brüste, die sich perfekt in seine Hand schmiegten.

»Ich glaube«, sagte Eva lächelnd, »deine Hose platzt gleich.« Sie schob Paul ein wenig von sich, öffnete seine Jeans und zerrte an den Hosenbeinen. Seine Boxershorts griff sie gleich mit. »Wow! Nett!«, kommentierte sie, als sie das Ausmaß seines Verlangens begutachtete. »Sagen Sie, Herr Kommissar, haben Sie Ihre Handschellen dabei? Ich denke, Sie sollten mich in Ketten legen, sonst kann ich nicht garantieren, unschuldig zu bleiben.« Damit schwang sie sich rittlings auf seine Hüften.

»Manchmal habe ich für die Schuld der Verbrecher sogar ein gewisses Verständnis«, brachte Paul hervor. Es war ein erregendes Gefühl, gewollt zu werden.

Plötzlich ließ sie von ihm ab, stand auf und ging zum Schreibtisch hinüber. Verwirrt folgte Paul ihr mit den Augen.

»Komm hier rüber«, sagte sie, während sie die Papiere auf dem Tisch zusammenschob und auf den Stuhl legte. »Ich mag es gern hart.« Sie klopfte auf das dunkle Holz. Dann setzte sie sich auf die Kante und spreizte die Beine. Paul kam grinsend, wenn auch leicht schwankend, auf sie zu.

»Du bist ein ganz schönes Luder.«

»Du weckst eben ein Gefühl in mir, das mich noch mehr berauscht als der Whiskey.«

Paul zog sich gerade die Hose hoch, als die Tür schwungvoll geöffnet wurde und Erwin Stumpf im Türrahmen erschien. Erschrocken hielt Paul inne. Eva hingegen sah Stumpf ungerührt an und schlüpfte in ihre Pumps.

»Das glaub ich jetzt nicht«, sagte Stumpf und stemmte die Hände in die Seiten.

»Kein Grund zur Aufregung«, entgegnete Eva. »Wir wollten gerade gehen.«

»Sag mal, spinnst du total?« Er ging mit einem wütenden Blick auf Eva zu.

»Es tut uns leid«, lallte Paul, »Eva wollte mir das Haus zeigen und …«

»Junge, du brauchst mir nicht zu erklären, wie du mit Eva hier gelandet bist und was ihr hier zweifellos getrieben habt.« Erwin trat nahe an den Schreibtisch heran und warf einen Blick darauf. »Und dann noch auf meinem Schreibtisch.« Mit hochgezogenen Augenbrauen nahm er einen Stift in die Hand und angelte Evas String von der Schreibunterlage.

»Erwin, wir reden ein andermal«, sagte Eva besänftigend, während sie ihm das Höschen abnahm und seine Papiere zurück auf den Tisch legte.

»Wir reden ein andermal«, äffte er sie nach. »Glaubst du, du kannst dir alles erlauben? Mein liebes Kind, du bist hier ebenso Gast wie alle anderen und mit irgendeinem dahergelaufenen Typen in meinem Arbeitszimmer rumzuvögeln, gehört nicht gerade zur feinen englischen Art.« Angewidert blickte er auf seinen Schreibtisch. »Du gehst einen Lappen holen und machst euren Dreck weg«, sagte er in befehlsgewohntem Ton.

Eva verschwand und Stumpf wandte sich an Paul.

»Nicht dass Sie denken, ich bin kleinkariert, aber Ihre Gespielin spielt sonst eher mit Typen wie mir.«

»Typen wie Ihnen?« Paul sah Stumpf ungläubig an und begann zu lachen. »Das glaub ich nicht. Eva und Sie?«

Stumpf trat dicht an Paul heran und fixierte ihn. »Was, bitte schön, ist so witzig daran?«

»Sie könnten ihr Vater sein.«

In dem Moment kam Eva zurück. Sie wischte mit einem feuchten Tuch über die Schreibtischplatte.

»Pass auf, was du sagst, du Grünschnabel«, zischte Stumpf und versetzte Paul einen Schubs vor die Brust.

»Mein Gott«, ließ Eva sich vernehmen, »ihr benehmt euch wie zwei Neandertaler. Das ist mir echt zu blöd.« Damit verschwand sie durch die Tür. Die Männer beachteten sie gar nicht.

»Wie haben Sie mich genannt?« Paul baute sich vor Stumpf auf.

»Grünschnabel! Und jetzt raus hier.« Erneut schubste er Paul vor sich her, bis dieser ihm die Hand wegschlug.

»Was haben Sie für ein Problem?«, schrie Paul ihn an.

»Schrei mich nicht an, du Penner!«, brüllte er zurück.

»Ich schreie so lange, wie es mir gefällt. Eva ist ja wohl nicht dein Eigentum, du Tattergreis.« Diesmal gab Paul Stumpf einen Schubs vor die Brust. »Glaubst du etwa, du kannst sie befriedigen? Warum hätte sie es sonst mit mir treiben sollen?«

Stumpf holte aus und schlug Paul mit der Faust ins Gesicht, sodass dieser rückwärts taumelte.

Als Paul sich gefangen hatte, griff er sich an die Nase. Ungläubig betrachtete er seine blutige Hand. Wut stieg in ihm hoch, aber gleichzeitig spürte er auch, wie er schwankte. Alles drehte sich um ihn. Schnell stützte er sich auf die Sofalehne und schloss die Augen für einen Moment. Er konnte nicht klar denken.

Immer noch stand der dunkle Wagen vorm Haus. Unverändert war ein Augenpaar auf die Haustür gerichtet. Jetzt konnte es nicht mehr lange dauern.

Da! Plötzlich öffnete sich die Tür erneut. Ein junger Mann trat auf die Straße und torkelte den Bürgersteig entlang. Er musste der letzte Gast gewesen sein, im Erdgeschoss war jetzt alles dunkel und im ersten Stock brannte nur noch in einem Zimmer Licht. Die Party war zu Ende. Die Frau machte sich auf den Weg.

2

Kriminalhauptkommissar Martin Sandor stieg aus dem Wagen und ging einem eingewachsenen, ruhigen Grundstück entgegen. Die Junisonne schien heute schon früh vom blauen Himmel und er spürte die angenehme Wärme auf seinem Gesicht.

Urlaub müsste man mal wieder machen, ging es ihm durch den Kopf.

Und sofort dachte er an seine Frau Karla. Schon zweimal hatte er sie wegen der Arbeit vertrösten müssen. Ein drittes Mal sollte ihm das nicht passieren. Er nahm sich fest vor, direkt nach diesem Fall mit ihr in die Sonne zu fahren. Vierzehn Tage Toskana, gutes Essen und Kultur. Vor allem aber Entspannung. Sie hatten es beide nötig.

Martin blickte auf das Haus und nickte anerkennend. Eine herrschaftliche ockerfarbene Altbauvilla im neoklassizistischen Stil ragte zweigeschossig vor ihm in die Höhe.

»Ist es nicht ein Jammer«, hörte er hinter sich eine Stimme sagen. »So ein schönes Anwesen wird zum Tatort.« Michael Pichlbauer, Martins Kollege, kam auf ihn zu geschlendert.

»Hallo, Michael.«

Michael nickte. »Na ja, immerhin bekommen wir auf die Art und Weise eine Hausbesichtigung.«

»Dann lass uns die schmucke Immobilie mal von innen betrachten.«

Die beiden betraten die Villa und fanden sich in einer beeindruckenden Treppenhalle wieder, die bestimmt acht Meter hoch war. An beiden Seiten standen Stuckmarmorsäulen an Natursteinwänden, die den Eindruck von Größe und Höhe noch verstärkten. Die handbemalte Kassettendecke sowie das Eichenparkett im Fischgrätmuster taten ihr Übriges, um den luxuriösen Stil der Villa zu unterstreichen.

»Repräsentativer Eingangsbereich«, urteilte Michael.

»Aber gemütlich ist was anderes.« Martin wandte sich einem Kollegen zu, der in einem Türrahmen wie ein Wachposten stand. Von ihm erhielten sie Auskunft darüber, wo die Leiche lag und dass im Raum hinter ihm eine Frau Schwarz, die Putzfrau des Toten, wartete, die die Polizei verständigt hatte. Martin lugte nur kurz in das angrenzende Zimmer.

»Wir gehen erst nach oben und verschaffen uns einen Überblick. Dann kümmere ich mich um die Dame.«

Über die hübsch geschwungene Treppe gelangten sie in den ersten Stock, wo sie von Dieter Hinz an der Tür zum Arbeitszimmer empfangen wurden.

»Morgen, ihr beiden.« Der ältere Kollege des K11-Teams rückte seine Nickelbrille zurecht. Eine Angewohnheit, der stets die neuesten Erkenntnisse folgten. »Der Tote ist Erwin Stumpf, vierundfünfzig Jahre alt. Offensichtlich wohnte er hier allein. Seine Putzfrau hat ihn so gefunden.« Er deutete vom Flur aus auf den Mann, der auf dem Boden neben seinem Schreibtisch lag. Den

Kopf zur rechten Seite gekippt, die Augen weit offen. Auf der linken Kopfseite war eine blutige Wunde zu erkennen. »Mehr weiß ich auch noch nicht«, ergänzte Dieter abschließend. Die drei Kollegen von der Mordkommission betrachteten einen Moment die Szene im Arbeitszimmer, wo die Leute von der Spurensicherung ihrer Arbeit nachgingen.

»Sag mal, riecht einer von euch so intensiv nach Parfum?«, fragte Martin die Kollegen.

»Nein! Das kommt aus dem Zimmer«, gab Dieter Auskunft. »Ist mir auch schon aufgefallen. Wird einer von der Spusi sein.«

»Habt ihr gesehen …«, Michael deutete auf die Möbel, »… mit welchem überaus luxuriösen und edlen Interieur sich der Hausherr umgeben hat?«

»An dem er sich leider nicht länger erfreuen kann.« Martin wandte sich Dieter zu. »Was ist mit der Rechtsmedizin?«

»Stieber weiß schon Bescheid. Er schickt uns den Richard. Der müsste gleich kommen.«

»Gut. Dann kümmere ich mich um die Putzfrau. Seht ihr mal zu, dass ihr inzwischen was über den Toten in Erfahrung bringt.«

Martin ging zurück ins Erdgeschoss und trat in ein großes, geschmackvoll eingerichtetes Wohnzimmer mit etlichen gemütlichen Sitzgelegenheiten. Der Kommissar bahnte sich einen Weg durch verschobene Stühle und Sessel, stieg über Gläser, Flaschen und Essensreste, die überall im Raum verteilt waren.

»Sie sind die Putzfrau von Erwin Stumpf?«, vergewisserte er sich und streckte der Frau, die auf dem Sofa saß, die Hand entgegen.

»Ja. Gabriele Schwarz«, stellte sie sich vor.

»Martin Sandor.« Er nahm ihr gegenüber Platz. »Sie haben ihn also gefunden?«

Die hagere Frau mit den rötlichen kurzen Haaren nickte nur.

»Können Sie mir bitte genau erzählen, wann Sie ins Haus kamen und was Sie dann gemacht haben?«

Gabriele Schwarz richtete sich auf und suchte zum ersten Mal Martins Blick. Ihre Augen fielen ihm sofort auf. Sie waren von einem derart hellen Blau, wie er es selten gesehen hatte.

»Ich kam ungefähr um halb zehn hier an. Dann wollte ich anfangen, im Erdgeschoss aufzuräumen. Gestern Abend war hier eine Party und Sie sehen ja selbst, wie es jetzt aussieht. Das totale Chaos.«

Martin beobachtete die Frau, wie sie sich die Finger knetete. Ihre Fingernägel waren bis zum Nagelbett abgekaut. Er wusste, dass das Nägelkauen oftmals auf Stress oder Angst beruhte. Auf jeden Fall hatte es seelische Ursachen. Er fragte sich, was bei Gabriele Schwarz wohl der Grund für diese Angewohnheit war.

Als sie seinen Blick bemerkte, verschränkte sie die Arme vor der Brust.

»Aber immer, wenn ich komme und Herr Stumpf zu Hause ist, muss ich ihn zuerst begrüßen, damit er weiß, dass ich da bin. Also, bin ich in den ersten Stock rauf. Als er auf mein Rufen nicht geantwortet hat, habe ich in seinem Arbeitszimmer nachgesehen. Und da hab ich ihn gefunden.« Laut sog sie die Luft ein und schloss für einen Moment die Augen. »Es war einfach grauenhaft.« Sie verbarg ihr Gesicht in beiden Händen und schluchzte leise.

Martin wartete einen Moment, ehe er sie erneut ansprach. »Und dann haben Sie die Polizei gerufen?«

»Ja, natürlich!« Sie klang, als hätte ihr jemand einen Vorwurf gemacht.

»Können Sie uns etwas zu den Familienverhältnissen des Toten sagen?«

»Herr Stumpf war geschieden. Seit etwa zwei Jahren. Seitdem wohnte er hier allein. Kinder hat er keine.«

»Und wie ist Ihr Verhältnis zu ihm gewesen?«

»Verhältnis?« Entrüstet hob sie die Stimme. »Ich habe doch kein Verhältnis mit ihm!«

»Ihr Verhältnis *zu* ihm«, wiederholte Martin. »Ich meinte, wie haben Sie sich mit ihm verstanden.«

»Oh, prima!« Sie lächelte übertrieben. »Er war ein sehr guter Chef. Er hat mir keine Vorschriften gemacht. Ich konnte mir meine Arbeiten frei einteilen. Hauptsache das Haus war sauber. Er war ja meistens auch nicht zu Hause, wenn ich da war. Außer Freitagnachmittags. Dann hat er immer von hier aus gearbeitet und wir waren immer beide da. Normalerweise arbeite ich am Wochenende nicht, nur wenn er Partys feiert. Dann will er mit dem Aufräumen nicht bis Montag warten.«

»Er hat wohl häufig gefeiert?«

»Mindestens einmal im Monat. Aber sonst hatte er auch oft einzelne Gäste am Wochenende.«

»Wissen Sie, wer gestern Abend alles hier war?«

»Nein. Über die Gäste war ich nie informiert.«

»Wer könnte das wissen?«

»Das weiß ich nicht. Vielleicht gibt's ja eine Einladungsliste irgendwo.«

»Seit wann haben Sie für Herrn Stumpf gearbeitet?«

»Seit drei langen Jahren.« Ihr Mund zuckte fast unmerklich. »Aber«, sie setzte ein breites Lächeln auf, »es waren wunderbare Jahre. Nie zuvor hatte ich so einen guten Arbeitgeber. Ich habe so gerne für ihn gearbeitet.« Plötzlich verzog sich ihr Gesicht wie in Zeitlupe, bis sie einen gequälten Ausdruck aufgesetzt hatte. »Ich weiß gar nicht, was ich jetzt machen soll«, jammerte sie leise. »So eine gute Arbeitsstelle finde ich im Leben nicht wieder.«

»Zwei letzte Fragen noch«, beeilte sich Martin zu sagen, ehe Gabriele Schwarz vielleicht in Tränen ausbrechen würde. »Wissen Sie von privaten oder beruflichen Problemen? Gab es vielleicht Drohungen oder Ähnliches?«

»Herrn Stumpf war nichts anzumerken.«

»Was hat er gearbeitet?«

»Er war hauptamtliches Magistratsmitglied in Wiesbaden, im Umweltdezernat. Außerdem war er als Lehrbeauftragter an der Uni in Mainz tätig.«

Na prima, dachte Martin und musste an Milster denken. Eine Person des öffentlichen Lebens würde in den Augen seines Chefs einen besonderen Status haben. Und das bedeutete extremen Druck bei den Ermittlungen. Dafür würden Milster und die Medien mit ziemlicher Verlässlichkeit sorgen.

»Gut.« Er seufzte. »Jetzt noch mal zurück zur Villa. Wenn ich das richtig verstehe, haben Sie einen Schlüssel zum Haus. Haben Sie beim Reinkommen etwas Außergewöhnliches bemerkt?«

»Nein, nichts.«

»War die Tür abgeschlossen?«

»Das weiß ich nicht mehr. Aber sie war auf jeden Fall zu.«

»Und ansonsten? Im Haus oder im Arbeitszimmer. Ist Ihnen irgendetwas aufgefallen, was vielleicht anders war als sonst?«

»Ja«, sagte sie ohne zu zögern. »Die Statue, die immer auf seinem Schreibtisch stand, ist verschwunden.«

»Was ist das für eine Statue?«

»Eine Bronzebüste des französischen Künstlers Emmanuel Villanis von 1900. Das stand jedenfalls auf so einem Schildchen am Sockel. Da habe ich beim Saubermachen immer draufgeguckt. Die Skulptur stellte ein Mädchen dar. Sie war braun und glänzend und etwa so groß.« Sie zeigte mit den Händen eine Größe von etwa dreißig Zentimetern. »Hat schön zu seinem Schreibtisch gepasst. Ich hab mich beim Abstauben immer geärgert, weil sie ziemlich schwer war. Soweit ich weiß, bekam er die Büste mal von seiner Exfrau.«

Martin fiel auf, dass sie einen abwertenden Ton anschlug, als sie Frau Stumpf erwähnte.

»War das Ding wertvoll?«

Ein Lächeln huschte über ihr Gesicht. »Von Kunst verstehen Sie nicht allzu viel, Herr Sandor, was?«

»Zugegebenermaßen, nicht. Aber ich hoffe, Sie dafür umso mehr.«

»Wie viel die Büste tatsächlich wert ist, weiß ich nicht. Aber was ich weiß, ist, dass die Skulpturen von Villanis an internationalen Auktionen bis zu achtzehntausend Euro erzielen.«

»Ist Kunst Ihr Hobby?«

»Nein.« Sie winkte ab. »Nicht wirklich. Aber Herr Stumpf hat das mal gesagt, als er nach der Trennung von seiner Frau überlegt hat, die Skulptur zu verkaufen.«

Martin bedankte sich bei ihr und überließ sie einem Kollegen, der mit ihr das Haus auf weitere Veränderungen oder fehlende Gegenstände inspizieren sollte.

Einen Moment stand Martin noch im Wohnzimmer und dachte über das Gespräch nach. Irgendwas an dieser Frau war ihm seltsam vorgekommen und er hatte Probleme, sie einzuschätzen. Allein diese Tatsache machte ihn unruhig, denn Menschenkenntnis und Körpersprache waren fast so etwas wie sein Spezialgebiet. Selten irrte er sich in Menschen und es fiel ihm in der Regel leicht, sie zu beurteilen. Es musste wohl ihre ständig wechselnde Mimik gewesen sein, überlegte er. Mal jammernd, mal strahlend. Das hatte unecht gewirkt.

»Martin!«, rief eine Stimme von der Tür her und riss ihn aus seinen Gedanken. »Die Spusi ist oben fertig. Die machen jetzt hier unten weiter und wir können rein.«

»Ich komme«, entgegnete Martin und folgte seinem Kollegen in den ersten Stock.

»Wer von euch hat sich denn heute die halbe Flasche Aftershave übergeschüttet?«, fragte Martin die Männer der Spurensicherung, als er das Arbeitszimmer von Erwin Stumpf betrat und ihm erneut ein starker Herrenduft in die Nase stieg.

»Niemand«, sagte einer von ihnen im Hinausgehen. »Das roch schon so, als wir hier ankamen.«

»Dann hat sich der Tote wohl für seine Reise ins Jenseits noch rausgeputzt«, scherzte Michael und warf einen Blick auf die Leiche.

»Ziemlich intensiver Geruch«, urteilte Dieter und schnüffelte.

»…, der allerdings nicht vom Toten ausgeht«, ergänzte Dr. Richard, der mitten im Raum stand. »Guten Tag, die Herren!«

»Ich hab Sie gar nicht kommen sehen«, begrüßte Martin den Rechtsmediziner, der ihm gerade mal bis zur Schulter reichte.

»Sie waren mit einer Dame ins Gespräch vertieft«, erklärte er und reichte dem Kommissar die Hand.

»Und, was sagt der Fachmann?« Martin deutete mit einem Kopfnicken auf den Toten.

»Herr Stumpf macht seinem Namen alle Ehre. Er ist nämlich mit einem stumpfen Gegenstand erschlagen worden. Zumindest sieht im Moment alles danach aus.« Dr. Richard ging neben dem Toten in die Knie und winkte Martin zu sich. »Sehen Sie!« Er deutete auf die Kopfwunde. »Diese Rissquetschwunde im Bereich der Galea aponeurotica.«

»Dr. Richard, bitte denken Sie an mein mangelhaftes medizinisches Wissen.«

»Macht der Gewohnheit«, entschuldigte der Arzt seinen Fachausdruck. »Die Galea aponeurotica ist eine Sehnenplatte auf dem Schädeldach. Typisch für eine Verletzung bedingt durch stumpfe Gewalteinwirkung ist das Vorhandensein von sogenannten Gewebebrücken an den Wundrändern und in der Tiefe der Wunde. Gewebebrücken sind Reste von Blutgefäßen und Nerven, die eine höhere Elastizität besitzen und bei stumpfer Gewalteinwirkung häufig noch im Bereich der Wundwinkel und am Wundgrund stehen bleiben. Bei Verletzungen durch scharfe Gewalteinwirkung finden wir solche Gewebebrücken in der Regel nicht.«

»Kann er nicht gestolpert und irgendwo mit dem Kopf angeschlagen sein?« Martin hatte lieber mit Dr. Jochen Stieber zu tun, dem Leiter der Rechtsmedizin. Dr. Robert Richard war seit etwa einem halben Jahr Dr. Stieber zur Seite gestellt. Insgeheim nannte Martin den 29-Jährigen immer noch *Greenhorn*, wenngleich er genau wusste, dass Richards Fähigkeiten nicht die schlechtesten waren. Dem geltungsbedürftigen und ehrgeizigen Richard fehlte jedoch der warmherzige Humor, den er an Stieber so mochte.

»Nein, das halte ich für ausgeschlossen. Zum einen, weil die Leute von der Spurensicherung nur Blut auf der Armlehne des Sofas gefunden haben, an der man sich wohl kaum tödlich verletzen kann. Und zum anderen rührt die Verletzung auf jeden Fall von einem Schlag her, denn sie liegt oberhalb der gedachten Hutkrempenlinie.« Dr. Richard zeichnete eine imaginäre Linie um den Schädel, wo normalerweise ein Hut sitzen würde. »Bei einem Sturz liegt die Verletzung in der Regel unter dieser Linie.«

»Schade.« Martin seufzte. »Dann haben wir wohl alle ein bisschen Arbeit am Hals.« Er fuhr sich durch seine dunklen, kurzen Haare, als ob er damit auch seine Gedanken in die richtige Richtung bringen wollte. »Ist die Verletzung durch die stumpfe Gewalteinwirkung denn todesursächlich gewesen?«, fragte er den Rechtsmediziner.

»Es sieht so aus, aber mit Sicherheit kann ich das erst nach der Obduktion sagen.«

»Was ist mit der Tatwaffe?«

»Die Spusi hat nichts entdeckt, was dafür infrage kommen könnte. Die Wunde ist nicht exakt abgegrenzt. Das kann alles Mögliche gewesen sein.«

Martin musste sofort an die fehlende Statue vom Schreibtisch denken. »Todeszeitpunkt?«, fragte er weiter, obwohl er wusste, dass sein Gegenüber kein Freund von ungefähren Angaben war.

Dr. Richard stöhnte. »Schätzungsweise gegen ein Uhr zwanzig.« Er nahm seine Tasche. »Sagen Sie, wissen Sie schon irgendwas über den Toten?«

»Bis jetzt nicht viel.«

»Ich habe seinen Namen öfter in der Presse gelesen.«

»In welchem Zusammenhang?«

»Erwin Stumpf war Mitglied im Stadtrat und hat sich extrem für erneuerbare Energien eingesetzt.«

»Also, einer von den guten Politikern?«

»Das zu beurteilen steht mir nicht zu. Aber seine Ideen waren zukunftsorientiert und vielversprechend. Wenngleich das zeitweise auch für ganz schönen Wirbel gesorgt hat. Aber Gegner gibt's dabei ja immer.«

»Danke für den Hinweis.«

Der Rechtsmediziner hob die Hand zum Gruß. »Sie hören von mir.«

Martin nickte, dann schloss er für einige Sekunden die Augen. »Dieser Geruch ist wirklich stark, fast penetrant.« Martin mochte so intensive Gerüche nicht. Er selbst verwendete ein parfumfreies Aftershave. »Riecht irgendwie exotisch.« Schnüffelnd ging er durch das Zimmer.

»Ich würde sagen, nicht penetrant, eher nachhaltig«, meinte Dieter.

»Lasst uns doch mal sehen, was es hier im Haus an Riechwasser gibt. Vielleicht ist ja was Passendes dabei.«

Die drei suchten alles zusammen, was sie an Kosmetika in Bad und Schlafzimmer finden konnten, und machten eine Riechprobe. Aber der Duft aus dem Arbeitszimmer war eindeutig nicht darunter.

»Wenn die gesetzte Marke nicht von Erwin Stumpf ist, hat jemand anderes diese Duftwolke verbreitet.« Martin ging erneut im Raum auf und ab.

»Du denkst an den Täter?«

»Zumindest müssen wir es in Betracht ziehen.«

»Eine außergewöhnliche Spur«, urteilte Michael. »Das wär doch mal was, wenn man einen Täter erriechen könnte.«

»Ob es so einen Fall wohl schon mal gab?«, überlegte Dieter.

»Für Martin ist das genau das Richtige«, lachte Michael. »Du als Spürnase kannst ja gleich mal die Fährte aufnehmen.«

»Wenn mein Riechkolben so gut funktionieren würde wie der von Karla, würde ich sofort losrennen«, sagte Martin bei dem Gedanken an seine Frau.

»Ja, was das Riechen angeht, haben Frauen die Nase vorn«, belehrte Dieter die Kollegen. »Wahrscheinlich kommt das noch von früher, als sie für das Pflanzensammeln verantwortlich waren. Da mussten sie Giftiges von Ungiftigem unterscheiden und das mit allen Sinnesorganen, also auch mit der Nase.«

»Du hast wirklich für alles eine Erklärung, was?«

»Am liebsten.«

»Apropos Frauen«, überlegte Martin. »Vielleicht sollten wir eine Fachfrau herholen, die sagen kann, was das für ein Duft ist.«

»Du glaubst, unter den tausend verschiedenen Düften, die es gibt, kann jemand ein Parfum identifizieren?« Michael schüttelte zweifelnd den Kopf.

»Das halte ich durchaus für möglich«, antwortete Dieter ernst. »Ich habe mal gelesen, dass Frauen Gerüche sehr gut behalten und somit auch wiedererkennen können. Die Fähigkeiten dazu schwanken allerdings alters- und hormonbedingt. Eine junge Frau kann besser riechen als eine alte. Und wenn Frauen ihren Eisprung haben, ist der Geruchssinn besonders ausgeprägt. Während der Menstruation lässt er wieder nach.«

»Na, dann geh mal in eine Parfümerie und frag nach einer jungen Frau, die viel Erfahrung, aber zurzeit keine Periode hat.« Michael klopfte Dieter lachend auf die Schulter.

3

»Du liebe Zeit!« Egon Milster, der Leiter der Kriminaldirektion Wiesbaden, trat in Martins Büro. »Was habe ich da eben gehört? Erwin Stumpf ist das Opfer in Ihrem neuen Fall?«

Und schon geht's los, dachte Martin und lehnte sich zurück.

»Das ist ja furchtbar!« Milster ließ sich auf einen Stuhl fallen.

»Nicht mehr als sonst«, konnte Martin sich nicht verkneifen.

Milster überhörte den Einwurf und fuhr fort: »Das war ein wichtiger Mann im Stadtrat. Was der alles in die Wege geleitet hat. Ein guter Mann. Ein wirklich guter Mann.«

»Kannten Sie ihn persönlich?«

»Nein, nein. Das nicht. Aber er war ein Mann der Politik.«

»Prima, dann gehen wir zur Abwechslung mal in die Politik, ins Paradies zungenfertiger Schwätzer.«

»Na, so ein Spruch kann ja nur von Ihnen kommen.«

»Nicht ganz. Das hat irgendein berühmter Mensch aus dem letzten Jahrhundert schon erkannt.«

»Sandor«, er schlug einen mahnenden Ton an, »das ist ein wichtiger Fall. Da müssen wir von unserer Seite aus ein zweckmäßiges Vorgehen und optimale Effektivität gewährleisten. Was haben Sie bis jetzt?«

»Stumpf ist wahrscheinlich erschlagen worden. Es gibt keine Einbruchspuren. Eine Statue ist verschwunden. Und das ist derzeit alles.«

»Wir setzen eine Besprechung für siebzehn Uhr an. Bis dahin machen Sie in der Rechtsmedizin und bei der Spusi ein bisschen Druck, damit wir auch was zu besprechen haben.« Er stand auf und ging kopfschüttelnd in Richtung Tür. »Gott, die

Medien werden sich darauf stürzen«, brummte er im Hinausgehen.

Martin hatte keine Zeit, über Milsters Stippvisite nachzudenken. Sein Telefon klingelte und ein Kollege vom Erkennungsdienst meldete sich.

»Herr Sandor, wir sind jetzt mit dem Abgleich der Fingerabdrücke vom Tatort durch.«

»Bin ganz Ohr.«

»Wir haben zwei Treffer, wobei nur der eine relevant ist, weil es sich bei dem anderen um eine Trugspur handelt.«

»Eine Trugspur? Von wem?«

»Von Herrn Fischer.«

»Von unserem Paul Fischer?«, fragte Martin ungläubig nach.

»Genau. Da hat er wohl am Tatort bei der Sichtung unbeabsichtigt seine Marke gesetzt«, scherzte der Kollege, während Martin vor Erstaunen den Mund nicht zubekam. »Und der echte Treffer«, fuhr der Mann fort, »ist von einer Gabriele Schwarz.«

»Die Putzfrau«, murmelte Martin.

»Die ist wegen Diebstahls vorbestraft.«

»Na, das sind ja hübsche Neuigkeiten. Danke«, brachte Martin hervor und drückte nachdenklich das Gespräch weg. Die Fingerabdrücke, die an einem Tatort sichergestellt wurden, mussten immer mit denen der Ermittler abgeglichen werden, um zufällig gesetzte Spuren zu erkennen. Paul hatte jedoch seit einer Woche Urlaub und war dienstlich nicht vor Ort gewesen. Er musste diesen Stumpf privat kennen und bei ihm zu Besuch gewesen sein. Martin griff erneut zum Telefon. Das sollte sich doch ganz leicht herausfinden lassen. Er tippte Pauls Nummer ein und wartete. Doch er erhielt keine Antwort. Wahrscheinlich war er ein paar Tage weggefahren. Er versuchte es auch auf dem Handy, erreichte den jungen Kollegen aber nicht. Auch wenn Martin das keine Ruhe ließ, lenkte er seine Aufmerksamkeit auf Gabriele Schwarz. Immerhin war die Übereinstimmung mit ihren Fingerabdrücken im AFIS eine interessante Tatsache. Martin rief ihre Akte im Computer auf und stellte fest, dass sie vor vier Jahren neun Monate bekommen hatte, weil sie bei ihrem Arbeitgeber mehrere Schmuckstücke im Wert von circa zehntausend Euro gestohlen hatte. Ihre Strafe war zur Bewährung ausgesetzt worden. Sofort schoss Martin die verschwundene und von ihr erwähnte Bronzebüste in den Kopf. Mit dieser Frau würde er sich noch näher beschäftigen müssen.

4

Der Mann mit dem graumelierten Haar und den Geheimratsecken an der hohen Stirn hielt Ausschau nach einem weißen BMW X5. Trotz des überfüllten Parkplatzes fiel ihm Heikos Wagen aufgrund seiner Höhe sofort ins Auge. Eilig parkte er seinen Audi und steuerte zielstrebig dem Klubhaus entgegen. Er selbst war nicht Mitglied im Wiesbadener Tennis- und Hockey-Club. Er konnte sich nicht dazu aufraffen, Sport zu machen, obwohl er deswegen ein schlechtes Gewissen hatte. An Übergewicht und Depressionen litt er mit seinen 51 Jahren schon jetzt. Trotzdem schob er stets mangelnde Zeit durch zu hohe Belastung in Beruf und Familie vor.

Er betrat das Klubhaus, das ihn mit einer gepflegt-lässigen Atmosphäre empfing. Mürrisch suchte Alexander sich einen Platz am Fenster, nachdem er festgestellt hatte, dass Heiko noch auf dem Tennisplatz war. Konnte dieser Mensch nicht einmal pünktlich sein? Alexander warf einen Blick auf die Uhr. Wie immer war er zu früh dran. Eine Angewohnheit, die ihm ständig das Gefühl gab, dass die anderen unpünktlich und unzuverlässig waren. Warum konnten nicht alle die Dinge so ernst nehmen wie er? Er war derjenige, der Biss hatte, an den Dingen dranblieb, bis sie erledigt waren. Und doch wurde er von dem Gefühl gequält, dass das, was er tat, nie gut genug war und dass das, was er für andere tat, nicht genug geschätzt wurde. Wenn seine Erwartungen nicht erfüllt wurden, war er schnell enttäuscht, was er allerdings nie zeigte. Er fraß seinen Ärger in sich hinein, sodass er sich ständig angespannt fühlte.

»Da bist du ja endlich!«, empfing er schließlich den Mann, der auf ihn zuschlenderte. Wie immer sah Heiko Pallhuber aus wie aus einem Modemagazin. Er trug weiße, enge Hosen und ein rosafarbenes Polohemd. Seine dunkelblonden, mittellangen Haare hatte er mit Gel in Form gebracht. Sie verdeckten seine leicht abstehenden Ohren. Etliche Sommersprossen zierten sein Gesicht und verliehen ihm ein jungenhaftes Aussehen.

»Das Match war härter, als ich angenommen hatte«, begründete Pallhuber sein Zuspätkommen und nahm Platz. Er winkte die Bedienung heran, die seine Bestellung aufnahm. Alexander rührte inzwischen seinen Kaffee so hektisch um, dass er Wellen schlug und überschwappte.

»Was bist du so zappelig?«, fragte Heiko und lehnte sich lässig zurück. »Wir sind doch jetzt in einer eher entspannten Situation, oder nicht?«

»Stumpfs Tod ist sicherlich nicht schlecht für uns, aber …«

»Nichts aber!«, unterbrach Heiko ihn. »Wir haben jetzt die besten Voraussetzungen, alles in unserem Sinne zu regeln. Wir werden heute Abend bei unserem Problem-Bauern vorbeischauen und ihm ein gutes Angebot machen.«

»Wieso wir?«

»Ich brauche dich als Vertreter der Stadt, damit ich glaubwürdiger bin.«

Alexander stöhnte. Das passte ihm gar nicht. Er arbeitete lieber im Hintergrund. Aber er sparte sich jeglichen Einwand, den Heiko sowieso nicht gelten lassen würde. »Was ist mit seiner Frau, dieser Annette?«

»Was soll schon mit ihr sein? Sie wird uns weiterhin unterstützen. Aber ich gehe davon aus, dass das gar nicht mehr nötig sein wird. Jetzt hat sich das Blatt schließlich gewendet.«

»Ich bin mir da nicht so sicher. Dieser Bauer war schon ziemlich dickköpfig.« Alexander Meurer zwinkerte nervös mit den Augen. Eine Eigenart, die er immer an den Tag legte, wenn er aufgeregt war. »Und was, wenn diese Annette Lang doch noch zur Polizei geht? Dann sehen die gleich eine Verbindung zu uns und wir sind geliefert.« Ungeduldig rutschte er auf seinem Stuhl herum.

»Jetzt mach dir mal nicht in die Hosen. Die geht nie im Leben zu den Bullen. Die hat viel zu viel Schiss, dass ihr Mann von ihren Eskapaden Wind bekommt.«

»Abgesehen von dieser Sache, kommt die Polizei vielleicht trotzdem auf uns zu. Immerhin waren wir Gegner von Stumpf.«

»Na und? Dann befragen sie uns eben. Wir haben das doch am Telefon schon besprochen. Wenn wir uns beide daran halten, kann uns gar nichts passieren.«

Seine weiche, besänftigende Stimme zeigte langsam Wirkung und Alexanders Augenzucken ließ nach.

»Aber wir müssen das mit dem Bauern schnell in trockene Tücher kriegen, bevor im Stadtrat irgendwelche Entscheidungen getroffen werden. Wir wissen nicht, wie die auf Erwins Tod reagieren. Womöglich machen sie in seinem Sinne weiter.« Seine hervorstehenden grünen Augen blickten Heiko eindringlich an.

»Das machen wir schon, keine Angst. Und um deine Kollegen Politiker solltest du dir nicht allzu viele Gedanken machen. Die sind jetzt erst mal geschockt. So schnell entscheiden die nichts. Du kannst die Situation nutzen und bei den Herren gute Stimmung für uns machen. Aber denk dran, sie geschickt zu bearbeiten und ihnen keine Vorhaltungen zu machen.« Er nahm einen Schluck von seinem Cappuccino und grinste. »Das Einzige, was Politiker sich nämlich gerne vorhalten lassen, sind Mikrofone.«

Heiko Pallhuber lachte laut über seinen Witz, während Alexander ihn mit einem Kopfschütteln bedachte.

5

Die drei Kollegen vom K11 saßen in Martins Büro zusammen und besprachen ihren neuen Fall. Mittlerweile waren Ergebnisse von der Spurensicherung eingetroffen und erste Aussagen von Nachbarn protokolliert, allerdings ohne nennenswerte Informationen.

»Dass Pauls Fingerabdrücke am Tatort waren, macht mir Kopfzerbrechen«, sagte Martin und blickte nachdenklich aus dem Fenster.

»Da würde ich mir keine Gedanken machen, bevor du nicht mit ihm gesprochen hast. Sicherlich hat das keine Bedeutung für den Fall«, meinte Dieter. »Er kannte Erwin Stumpf eben. Was soll auch sonst dahinterstecken?«

»Jedenfalls wäre mir wohler, ich hätte schon mit ihm gesprochen.«

»Je nachdem, wie gut er ihn kannte, hilft uns das sogar ein Stück weiter.«

»Wir werden sehen. Ich hoffe, er meldet sich, wenn er seine Mailbox abhört. Was haben wir sonst noch von der Spusi?«

Michael hielt den Bericht in der Hand und tippte auf die oberste Seite. »Die Festplatte aus Stumpfs Computer fehlt. Außerdem gab's im Arbeitszimmer eine Überwachungskamera. Leider ohne Kassette.«

»Mir ist keine Kamera aufgefallen«, wunderte Martin sich.

»War auch gut getarnt. Vom Blickwinkel her sollte sie wohl den Safe im Auge behalten. Der befindet sich im rechten Teil des Schreibtisches und ist übrigens unberührt geblieben.«

»Dann kann man davon ausgehen, dass Stumpf seinen Mörder kannte, denn er hat ihn hereingelassen«, folgerte Dieter. »Außerdem wusste der Täter offensichtlich von der Kamera.«

»Es sei denn«, überlegte Michael laut, »der Mörder hat sich unauffällig über die rein- und rausgehenden Partygäste ins Haus geschlichen. Und was die Kamera angeht, kann es doch sein, dass zufällig keine Kassette eingelegt war.«

»Zufällig«, wiederholte Martin und zog die Augenbrauen nach oben. »Du weißt, was ich von Zufällen halte.«

»Ja, ja.« Michael nickte und zitierte den Spruch, den Martin schon des Öfteren im Zusammenhang mit dem Zufall losgelassen hatte. »Was wir Zufall nennen, ist der Zufluchtsort der Unwissenheit.«

»Also, bringen wir ein bisschen Wissen in die Angelegenheit. Es wird ja wohl jemanden geben, der darüber Bescheid weiß.«

»Die Putze vielleicht?«

»Fragen können wir sie. Die will ich heute sowieso noch mal sprechen. Wen gibt's sonst noch im näheren Umfeld von Stumpf?«, fragte Martin in Dieters Richtung.

»Beruflich natürlich jede Menge Leute. Stumpf war einer von sechs hauptamtlichen Stadträten, dem das Dezernat Umwelt zugeordnet war. Er hat sich wohl zum Ziel gesetzt, Wiesbaden in kürzester Zeit autark mit erneuerbaren Energien zu versorgen. Und zwar mit einer Mischung aus den verschiedensten Energiequellen, wie Photovoltaik, Biogas und Geothermie. Jetzt lag sein Fokus auf einem Windkraftpark auf dem Taunuskamm. Wie weit diese Sache allerdings fortgeschritten ist, weiß ich derzeit nicht. Wir müssen diesbezüglich mit etlichen Leuten sprechen, um ein genaues Bild zu bekommen.«

»Dann finde mal raus, an wen wir uns wenden müssen, damit wir gleich morgen damit anfangen können. Wenn's nach Milster geht, muss das alles gestern erledigt sein.« Martin stöhnte und lehnte sich auf seinem Stuhl zurück.

»Hat unsere Fleischmütze schon eine Ansage gemacht?«

Martin lachte über Michaels Ausdruck. Seit Egon Milster seine letzten Haare eingebüßt hatte, nannte der Kollege ihn *Fleischmütze.*

»Ja, der Gute war schon hier. Für siebzehn Uhr hat er eine Besprechung anberaumt.« Martin blätterte durch die Papiere auf seinem Schreibtisch. »Stumpf war außerdem ja noch Lehrbeauftragter am Institut für Politikwissenschaften in Mainz. Also, noch ein Feld, das zu überprüfen ist.«

»Das übernehme ich, wenn's recht ist«, sagte Michael. »Ich wollte schon immer mal an die Uni.«

»In Ordnung. Aber bevor wir uns um sein berufliches Umfeld kümmern, nehmen wir uns den Privatbereich vor.«

»Ich schätze, mit dem Fall werden wir ganz schön viel Arbeit haben. Wird Zeit, dass Paul aus dem Urlaub kommt.«

»Apropos Paul. Den versuche ich jetzt noch mal zu erreichen.« Martin griff zum Telefon, wartete aber vergebens auf eine Verbindung. »Mist! Wo treibt der Kerl sich rum?«

»Wahrscheinlich liegt er bei irgendeiner Mieze im Bett«, mutmaßte Michael und grinste.

»Lass ihn doch«, sagte Dieter. »Vor einem halben Jahr war das noch umgekehrt. Da bist du durch die unterschiedlichsten weiblichen Betten gesprungen.«

»Ich gönn ihm das ja.«

Paul war mit seinen 26 Jahren nach einer Beziehung zu einer Frau mit recht einnehmendem Wesen nun wieder Single und genoss diesen Zustand ausgiebig. Er besuchte mehrfach in der Woche Klubs und Bars und nutzte seine freien Wochenenden für Partys mit Freunden. Paul hatte eine sympathische Art, sodass es ihm leichtfiel, Kontakte zu knüpfen. Seine anfängliche Schüchternheit hatte er überwunden. Es schien fast so, als wäre er in Michaels Fußstapfen getreten. Denn bis vor Kurzem war Michael der Frauenheld im Team des K11 gewesen. Neben seinem guten Aussehen besaß er das, was man als Sexappeal bezeichnete, und damit hatte er mehr als einer Frau den Kopf verdreht. Inzwischen aber war er Georgia begegnet. Sie war gebürtige Griechin, die schon lange in Deutschland lebte, sodass man ihre Abstammung nur noch aus dem Namen Galanis ableiten konnte. Wer sie jedoch näher kannte, entdeckte bei ihr typisch griechische Wesenszüge, die zum Teil stark ausgeprägt waren. Allem voran der leidenschaftliche Freiheitsdrang. Vielleicht hatte Michael gerade diese Herausforderung gelockt, sie für sich zu gewinnen und eine Bindung, die sie normalerweise mit Fesseln gleichsetzte, aufzubauen. Ihre beeindruckende Herzlichkeit und ihre wache Neugier kamen ihm dabei zugute. Und da die Freiheitsliebe in gewisser Weise auf Gegenseitigkeit beruhte, stellte sie in ihrer Beziehung kein Problem dar. Sie gönnten sich einen gewissen Freiraum. Manchmal gezwungenermaßen, wenn einer von beiden länger arbeiten musste. Georgia war Sachgebietsleiterin im Hauptklärwerk Wiesbaden. Die beiden hatten sich anlässlich des letzten Falls dort kennengelernt, als Leichenteile in der Kläranlage gefunden worden waren. Seitdem waren sie unzertrennlich. Die Kollegen hatten das zunächst mit Erstaunen zur Kenntnis genommen – war diese Intensität einer Beziehung für Michael doch eher ungewöhnlich.

»Weiber hin oder her«, fuhr Martin fort. »Ich befürchte, dass Paul auf dieser Party war, denn seine Fingerabdrücke waren unter anderem auf einer Bierflasche, die man unter einem Schrank gefunden hat. Davon ausgehend, dass Frau Schwarz vor der Party anständig geputzt hat, kann die Flasche nicht lange da gelegen haben. Und das macht mich nervös. Zumal die Party augenscheinlich im Wohnzimmer stattgefunden hat, nach dem Chaos, das wir da gesehen haben. Der Rest des Hauses war ja aufgeräumt.«

»Dann hol ich diese Putzfrau jetzt her, damit wir sie fragen können.« Michael suchte in den Notizen die Adresse von Gabriele Schwarz heraus.

»Gute Idee.«

»Und ich stochere noch ein bisschen in Stumpfs Lebenslauf herum«, verkündete Dieter.

6

Mit einem freundlichen Lächeln im Gesicht saß Gabriele Schwarz Martin und Michael erneut gegenüber. Sie trug einen roten Rock und gleichfarbige Pumps. Auf ihrer weißen Bluse prangte eine rote Korallenkette.

»Schön, dass Sie noch mal Zeit für uns haben«, begann Martin die Befragung.

»Gern, wenn ich irgendwie helfen kann, dieses schreckliche Verbrechen aufzuklären.«

»Sie hatten sich ja in allen Räumen im Haus schon vergewissert, dass nichts fehlt oder verändert war. Nur das Arbeitszimmer konnten Sie heute Morgen nicht in Ruhe prüfen. Deshalb möchte ich Sie bitten, sich jetzt die Fotos vom Tatort anzusehen, um festzustellen, ob außer der Statue noch etwas verändert ist.«

»Ist da auch Herr Stumpf drauf?«, fragte sie ängstlich.

»Nein, keine Angst. Lediglich der Raum.«

»Ach, das ist gut.« Sie griff sich theatralisch mit dem Handrücken an die Stirn. »Das hätte ich sonst nicht verkraftet.«

Martin fiel ihre goldene Uhr auf, die zusammen mit den abgekauten Fingernägeln irgendwie deplatziert wirkte. »Eine schöne Uhr haben Sie da«, bemerkte er wie beiläufig.

»Danke.«

»Was ist das für eine?«, fragte Michael dazwischen. »Entschuldigen Sie meine Neugier, aber ich habe ein Faible für Uhren.«

»Ich auch«, lächelte sie ihn wie einen Verbündeten dankbar an. »Das ist eine Emporio Armani.«

»Wirklich schön! Ein Geschenk Ihres Mannes?«

Sie schüttelte den Kopf. »Ich bin Single. Meine Uhren schenke ich mir in der Regel selbst.«

Auf Martins Zeichen legte Michael ihr die Bilder vom Arbeitszimmer vor. Der Kommissar beobachtete ihre Gesichtszüge eingehend, während sie die Fotos betrachtete. Er erfasste den kurzen Moment, als sie ein Bild länger als die anderen ansah, es dann aber unauffällig unter ein anderes Foto schob.

»Ich kann keine auffälligen Veränderungen erkennen«, sagte sie in mitleidigem Ton. »Bis auf die verrutschten Kissen auf dem Sofa, den umgeworfenen Schreibtischstuhl und die Bierflasche unter dem Schrank ist alles so wie sonst.«

»Wann haben Sie diesen Raum zuletzt gereinigt?«

»Am Samstagmittag, als ich auch alles für die Party vorbereitet habe.«

»Sind Sie sicher, dass die Bierflasche zu dem Zeitpunkt noch nicht unter dem Schrank lag?«

»Ganz sicher. Ich habe das Arbeitszimmer gesaugt und dabei unter jeden Schrank gesehen.«

Martin holte das von ihr verdeckte Foto noch einmal hervor. »Schauen Sie sich das Bild noch mal genau an. Ist da nicht doch irgendetwas anders als sonst?«

»Nein. Absolut nicht«, entgegnete sie ein wenig zu schnell und leckte sich über die Lippen.

»Na, gut. Kennen Sie Freunde oder Verwandte von Erwin Stumpf?«

»Ich kenne nur seine Exfrau. Die Leute, die ich manchmal im Haus gesehen habe, wurden mir nicht vorgestellt, tut mir leid.«

»Ich gehe davon aus, dass Sie von der Überwachungskamera im Arbeitszimmer wissen?«

»Ja, das ist richtig.«

»Warum haben Sie uns heute Morgen nichts davon erzählt?«

»Sie haben nicht gefragt. Und ich war so durcheinander, dass ich gar nicht daran gedacht habe.«

»Wir haben keine Kassette darin gefunden.«

»Tatsächlich?«

»Warum überrascht Sie das?«

»Sie war zur Überwachung des Safes da. Soweit ich weiß, gab es nur eine Kassette, die immer wieder überspielt wurde, wenn sie voll war. Die wurde praktisch nie herausgenommen.«

»Sagen Sie, wusste Herr Stumpf von Ihrer Vorstrafe wegen Diebstahls?«

Erschrocken sah Gabriele Schwarz Martin an. Sie antwortete nicht sofort und fuhr sich mit der Zunge über die Zähne. »Er …«, begann sie langsam, »er hat davon gewusst.« Ihre Unsicherheit verflog. Sie richtete sich kerzengerade auf und reckte den Kopf in die Höhe. »Herr Stumpf war ein sehr sozialer Mensch, der anderen auch eine zweite Chance gab.« Sie rieb sich über den Mund und mehrfach über das hervorstehende Kinn, ehe sie fortfuhr. »Das habe ich ihm hoch angerechnet. Er war auch nie herablassend zu mir. Immer offen und freundlich. Ein großartiger Mensch.«

»Was haben Sie bei ihm verdient?«

Sofort schoss ihr die Röte ins Gesicht, was Martin erstaunt zur Kenntnis nahm.

»Das war immer unterschiedlich. Je nachdem, wie viele Stunden ich gearbeitet habe.«

»Und so im Durchschnitt?«

»Na ja, …« Sie überlegte krampfhaft. »Etwa zweihundertfünfzig Euro in der Woche.«

»Das hat doch sicher nicht zum Leben gereicht, oder?«

»Nein, aber ich habe noch zwei andere Putzstellen, sodass ich insgesamt gut auskomme.« Wieder fuhr sie mit der Zunge über ihre Zähne.

»Würden Sie bitte noch einen Blick auf meinen Bildschirm werfen, um mir zu sagen, ob die fehlende Statue bei dieser Auswahl von Kunstwerken, die ich von Emmanuel Villanis hier aufgerufen habe, dabei ist?«

»Gerne.«

Martin drehte den Monitor in ihre Richtung und scrollte mit der Maus von einem Kunstwerk zum nächsten.

»Da!«, rief sie plötzlich und zeigte auf eine Skulptur. »Das ist sie.«

Martin drehte den Bildschirm zu sich und las: »Bronzebüste *Saida.*« Das Mädchen Saida hatte wallendes Haar über einer Schulter, Schmuck mit floralen Ornamenten an Hals und Ohren und ein im Nacken gebundenes Tuch auf dem Kopf. Die Büste war 31 Zentimeter groß und wurde auf einen Wert von knapp 5000 Euro geschätzt.

»Prima. Vielen Dank! Das hilft uns vielleicht weiter.« Martin erhob sich zum Zeichen, dass die Befragung zu Ende war. »Tja, das wär's fürs Erste. Wenn noch Fragen auftauchen, melden wir uns bei Ihnen.«

Gabriele Schwarz lächelte unverbindlich und verabschiedete sich höflich.

»Was hältst du von ihr?«, fragte Michael, nachdem Martin die Tür hinter ihr geschlossen hatte.

»Eine interessante Frau«, antwortete er und ging zurück zum Schreibtisch.

»Interessant?«

»Ihr Verhalten war interessant. Sie hat versucht, uns ein falsches oder unvollständiges Bild zu suggerieren. Das ist ihr allerdings mehr schlecht als recht gelungen.«

»Das heißt, sie hat uns Lügen aufgetischt?«

»Exakt. Und zwar immer dann, wenn sie sich über Lippen oder Zähne geleckt hat.«

»Vielleicht hatte sie nur trockene Lippen?«

»Glaub mir, sie hat gelogen.«

»Du bist der Fachmann«, sagte Michael und klopfte ihm auf die Schulter. Er wusste, dass man sich diesbezüglich auf Martins Urteil verlassen konnte. Er hatte ein umfangreiches Studium von Fachliteratur, verschiedene Coachings sowie Video- und Bildanalysen hinter sich, die es ihm ermöglichten, die Menschen, mit denen er zu tun hatte, objektiv zu beurteilen. Er ließ die Körpersprache, Emotionen in Gesichtern, Gemütszustände und Empfindungen in seine Bewertung einfließen, sodass ihm das Einschätzen der Leute sowie das Aufspüren von Lügen meist mühelos gelangen. Für ihn gab es nur eine Wahrheit und die war tatsachenbezogen und frei von Subjektivität. Auf dem Weg zur Lösung eines Falles sah er es als seine Aufgabe an, diese Wahrheit aus dem Dunkel ans Licht zu holen.

Gerade kramte Martin das Foto heraus, das Frau Schwarz länger als die anderen betrachtet hatte, als Dieter eintraf.

»War das nicht Stumpfs Putzfrau, die mir im Gang begegnet ist?«, wollte er wissen.

»Richtig.« Martin informierte ihn über die Befragung. Dann betrachtete er wieder das Foto. »Dieses Bild hat sie nervös gemacht. Irgendwas ist damit.« Michael sah ihm über die Schulter. Das Foto zeigte einen Ausschnitt der Wand, an der eine antike Kommode stand. Darüber hing ein Bild.

»Ich kann nichts Außergewöhnliches entdecken«, sagte Michael.

»Das Bild kommt mir irgendwie bekannt vor.« Martin reichte es Dieter.

»Kein Wunder. Das ist wohl eines der bekanntesten Gemälde Vincent van Goghs. Die Sternennacht.«

»Meinst du, das ist ein Original?«

Dieter lachte. »Dann wäre die Kamera sicher nicht auf den Safe, sondern auf das Bild gerichtet gewesen. Nein, nein, das Original hängt in New York im Museum of Modern Art.«

»Woher weißt du das schon wieder?«, staunte Michael.

»Fachzeitschrift.«

»Du lässt uns manchmal ganz schön doof aussehen, Dieter.«

»Du liest über Kunst?«, wunderte sich auch Martin.

»Über was liest er nicht?« Michael klopfte Dieter auf die Schulter.

»Wir werden noch mal in die Villa fahren und uns vor Ort umsehen. Vielleicht fällt uns dann was auf«, beschloss Martin. »Apropos auffallen. Immer, wenn sie von dem großartigen Herrn Stumpf gesprochen hat, hat sich ihre Stimme verändert. Mal sprach sie aufgesetzt freundlich und unnatürlich hoch, dann wieder recht tief. Menschen, die andere manipulieren wollen, agieren so. Für mich war das ein Versuch eigeninitiierter Verhaltenskontrolle. Aber eben nur ein Versuch.«

»Soll das heißen, sie wollte uns bloß weismachen, dass Stumpf so großartig war?«

»Ich denke schon. Aber das kriegen wir noch raus. Was anderes. Michael, du weißt bestimmt, was die Uhr von Frau Schwarz wert ist, oder?«

»Zwischen fünf- und sechshundert Euro.«

»Guck mal an. Für eine Putzfrau ein teures Stück.«

»Na ja, bei drei Putzstellen kann man sich das vielleicht ansparen.«

»Schon möglich. Trotzdem hab ich dabei kein gutes Gefühl. Außerdem war sie extrem gut gekleidet. Ich bin kein Experte, aber die Klamotten scheinen mir nicht gerade von C&A zu sein.«

»Gutes Auge, Herr Kommissar.«

»Hast du gesehen, wie rot sie geworden ist, als ich sie nach der Bezahlung bei Stumpf gefragt habe?«

»Ja, das hab ich bemerkt. Ob ihr die Frage peinlich war?«

»Das glaube ich weniger. Da ist irgendwas im Busch.«

»Na, dann lass uns bei Gelegenheit noch mal auf diesen Busch klopfen.«

»Das werden wir.« Er blickte auf die Uhr. »Aber zunächst muss ich in der Rechtsmedizin nachhören, ob die schon Ergebnisse haben, damit wir Milster nachher glücklich machen können.«

»Die Fleischmütze kannst du nur glücklich machen, wenn du ihm den Mörder präsentierst, und zwar innerhalb von vierundzwanzig Stunden.«

7

Martin entschied sich für einen persönlichen Besuch in der Rechtsmedizin in Frankfurt, die für Wiesbaden zuständig war. Er wollte die Gelegenheit nutzen, um zunächst bei Paul in Mainz vorbeizufahren. Doch während Martin seinen blauen Opel über die Schiersteiner Brücke steuerte, um gleich darauf in die Rheinallee einzubiegen, zog sich Paul seine Joggingsachen an. Nach dem Kater, den er endlich erfolgreich mit Aspirin und ausreichendem Schlaf überwunden hatte, verspürte er den Drang, sich zu bewegen. Er schnürte sich die Schuhe zu, steckte den Haustürschlüssel ein und ließ die Tür ins Schloss fallen. Gerade verschwand er um die Ecke, als Martin vor der Haustür hielt. Vergeblich klingelte der Kommissar.

Martin hoffte, dass er bei Dr. Stieber erfolgreicher sein würde.

»Tut mir leid«, bekam er jedoch von dessen Sekretärin zu hören. »Der Chef ist gerade weg.«

»Das gibt's doch nicht«, ärgerte Martin sich.

»Na, jetzt gönnen Sie ihm doch den Feierabend.« Empörung schwang in ihrer Stimme mit.

»Natürlich gönn ich ihm das. Ich ärgere mich nur, dass ich nicht vorher angerufen habe.«

»Vielleicht kann Dr. Richard Ihnen weiterhelfen? Der ist noch im Obduktionssaal.«

»Na, wenigstens etwas.« Martin ging den Flur entlang und betrat kurz darauf den Raum, der ihm jedes Mal wieder eine Gänsehaut über den Rücken jagte.

»Ah, der Herr Kommissar. Können Sie wie immer unseren Bericht nicht abwarten?«

»Ich könnte schon, aber Milster kann nicht. Der Tote war schließlich Politiker.«

»Richtig. Wenn's kein Autovertreter war, der Autos verkauft, und kein Versicherungsvertreter, der Versicherungen verkauft, sondern ein Volksvertreter, der das Volk … Na ja, was auch immer, dann eilt's natürlich.«

Wie ist der denn drauf?, dachte Martin amüsiert. Könnte es sein, dass er mir früher oder später doch noch sympathisch wird?

»Den Todeszeitpunkt können wir auf ein Uhr zwanzig plus minus zehn Minuten festlegen. Weiterhin hat sich meine Vermutung, dass das Opfer erschlagen wurde, bestätigt. Es handelt sich um mehrfache direkte stumpfe Gewalteinwirkung auf den Schädelknochen, durch die es zu sogenannten Globusfrakturen kam.«

»Soll heißen, die Welt unseres Opfers wurde wortwörtlich zerschlagen«, kommentierte Martin Dr. Richards Ausführungen.

»Das ist dann wohl eher die Auslegung eines Kriminalisten, der sich im Zusammenhang mit Mordopfern immer wieder zu makaberen Scherzen hinreißen lässt«, entgegnete Dr. Richard herablassend, was Martin veranlasste, die Sympathiefrage innerlich mit einem Nein zu beantworten. »Jedenfalls«, fuhr der Arzt fort, »war die Verletzung todesursächlich. Der Täter hat zweimal zugeschlagen, was wir aufgrund des Verletzungsmusters feststellen konnten. Typischerweise besteht dies bei einer Globusfraktur nämlich aus radiär und zirkulär verlaufenden Berstungslinien.«

»Also, Linien wie auf einem Globus?«, versuchte Martin eine Übersetzung des Gehörten.

»Exakt. Und durch die Puppe-Regel konnten wir die Reihenfolge der Gewalteinwirkungen bestimmen. Diese Regel besagt, dass neue Berstungslinien bereits bestehende nicht überspringen können.«

Martin stöhnte und wünschte sich Dr. Stieber hierher. »Sagen Sie, können Sie sich Ihre Fachterminologie nicht für Ihre Kollegen aufheben und mir in einfachen Worten sagen, was Sache ist?«

Dr. Richard bedachte Martin mit einem Blick aus schmalen Augen. Die Zurechtweisung ärgerte ihn offensichtlich. »Dann dürfte es wohl reichen, wenn Sie den Obduktionsbericht lesen«, gab er beleidigt von sich.

»Jetzt seien Sie doch nicht eingeschnappt. Um Ihre Püppi-Regel und Berstungslinien zu verstehen, bräuchte ich erst eine medizinische Vorlesung.«

»Puppe-Regel«, verbesserte Dr. Richard ihn.

»Meinetwegen auch das. Aber so viel Zeit habe ich nicht. Also?«

Dr. Richard ließ ein Seufzen hören. »Von besonderem Interesse dürfte für Sie Folgendes sein.« Er machte ein lustloses

Gesicht. »Um eine Globusfraktur herbeizuführen, bedarf es eines einwirkenden Werkzeuges, das eine bestimmte Mindestgröße an Fläche hat. Würde es sich um eine affizierende Tatwaffe kleineren Ausmaßes handeln, wäre es eher zu einem Lochbruch gekommen.«

»Aha.« Martin wunderte sich immer wieder, wie geschwollen Robert Richard sich ausdrücken konnte. »Und welche Größe wäre das?«

»Mindestens vier mal vier Zentimeter.«

»Sie sagten, es waren zwei Schläge. War der erste schon tödlich?«

»Ja, war er. Aber das hat der Mörder sicher nicht überprüft. Die Schläge wurden direkt hintereinander ausgeführt, denn sie liegen ganz dicht beieinander. Man kann davon ausgehen, dass das Opfer sie in aufrechter Position bekommen hat und danach zu Boden ging. Ich würde mal denken, dass der Schlag von vorn kam, weil wir ihn zum einen auf dem Rücken liegend gefunden haben und zum anderen lässt das Bruchmuster das ebenfalls vermuten. Der Täter muss also entweder etwas größer, aber mindestens gleichgroß gewesen sein, um diese Stelle des Schädels mit tödlicher Wucht zu treffen, oder das Opfer hat bei dem Schlag gesessen.«

»Wenn er gesessen hätte, dann wohl auf seinem Bürostuhl, der neben ihm stand. Der hat aber Armlehnen, wenn ich mich recht erinnere. Er kann also auch nicht zur Seite gefallen sein. Er müsste nach vorn gekippt und auf dem Bauch gelandet sein, oder?«

»Theoretisch, aber der Täter kann ihn ja anschließend noch umgedreht haben«, gab Richard zu bedenken.

»Das glaube ich nicht, denn dann hätten wir auf dem Teppich außer dem Blutfleck unter dem Kopf wahrscheinlich noch eine andere blutige Stelle gefunden. Nämlich die, wo er als Erstes aufgetroffen ist.« Martin steckte die Hände in die Hosentaschen.

»In dem Fall müssen Sie wohl von einem Täter ausgehen, der mindestens einen Meter fünfundsiebzig groß ist.«

»Das ist ja schon fast die halbe Täterbeschreibung«, nickte Martin. »Vielleicht haben Sie auch noch seine Blutgruppe?«

Verwirrt sah Richard den Kommissar an. »Wieso?«

»Wissen Sie schon, ob die Blutspuren an der Ledercouch von Stumpf stammen?«

»Ja, weiß ich, und nein, sie stammen nicht von ihm.«

»Na, sehen Sie. Da haben wir's ja schon. Die Chance, dass das Blut vom Täter stammt, ist doch recht groß. Haben Sie Anzeichen für einen Kampf gefunden?«

»Nein, nichts dergleichen. Stumpf war bis auf die Kopfverletzung völlig unversehrt.«

»Interessant.« Martin überlegte, warum der Täter geblutet haben könnte. »Ganz was anderes«, sagte er nach einem Augenblick und zog ein Blatt Papier aus der Brusttasche. »Ich habe hier das Bild einer Bronzestatue, die vom Schreibtisch des Opfers verschwunden ist.« Er faltete es auseinander. »Glauben Sie, das könnte die Tatwaffe sein?«

Dr. Richard besah sich die Figur. »Zu neunundneunzig Prozent.«

Martins erstauntes Gesicht entlockte ihm ein triumphierendes Lächeln.

»Wieso sind Sie so sicher?«

»Zum einen, weil Gewicht und Fläche passen. Und zum anderen, weil wir in der Wunde Zinn- und Kupferspuren nachweisen konnten. Bronze besteht zu mindestens sechzig Prozent aus Kupfer. Zusammen mit Zinn wird das Ganze dann überwiegend als Formguss verwendet. Das nennt man dann auch Statuenbronze, die für Kunstguss, also für Statuen wie zum Beispiel diese, genutzt wird.« Richard gab das Foto zurück.

»Ich bin beeindruckt, Dr. Richard. Sind Sie Kunstliebhaber?«

»Nein, nur gebildet.«

Eher eingebildet, dachte Martin aufgrund Richards überheblicher Antwort. Der Kommissar musste sich zusammenreißen, seine Gedanken nicht auszusprechen.

»Wenn das so ist«, sagte er stattdessen, »sagen Sie mir doch, ob Sie noch weitere relevante Erkenntnisse für mich haben.«

»Erwin Stumpf hatte eins Komma drei Promille Alkohol im Blut. Ansonsten schien er gesund zu sein. Und, wie schon gesagt, konnten wir keine Kampf- oder Abwehrspuren finden. Allerdings haben wir unter zwei seiner Fingernägel Faserspuren entdeckt, die zur Analyse im Labor sind.«

»Das ist doch mal eine klare Ansage. Danke. Und tschüs!« Er wandte sich um und im Hinausgehen nahm er sich vor, in Zukunft anzurufen, um sicherzugehen, Dr. Stieber hier anzutreffen.

8

Ein kurzes Klopfen, dann trat Egon Milster ein.

»Hallo, Chef«, begrüßte Martin den 55-Jährigen, der seine Brille zurechtrückte, während er auf den Schreibtisch zuging. »Sie sind noch ein bisschen zu früh für die Besprechung. Es ist erst halb fünf.«

»Sandor, so geht das nicht.«

Martin seufzte unmerklich. Was hat er denn jetzt schon wieder, fragte er sich und lehnte sich auf seinem Stuhl zurück. Milster stützte sich mit beiden Händen auf dem Schreibtisch ab und musterte den Kommissar aus seinen grauen Augen. Für Martin eine wohlbekannte Geste.

»Ich habe eben zufällig ein Gespräch in der Kantine mitbekommen, aus dem hervorging, dass an Ihrem Tatort

Fingerabdrücke eines Kollegen der Mordkommission gefunden wurden.«

Martin fluchte innerlich. Er wollte ihm die Sache mit Paul eigentlich noch nicht erzählen, zumindest nicht, bis er selbst wusste, was es damit auf sich hatte. Aber jetzt blieb ihm wohl nichts anderes übrig, als die Karten auf den Tisch zu legen. »Hören Sie, Chef, wir wissen doch noch gar nicht –«

»Versuchen Sie nicht, mir irgendwelche Entschuldigungen aufzutischen«, unterbrach Milster ihn. »Irgendjemand von Ihren Leuten hat schlampig gearbeitet. Vielleicht sollten Sie die mal an Handschuhe und Schutzkleidung erinnern.« Der rundliche Mann richtete sich auf. »Wer weiß, was die noch für Spuren gesetzt oder zerstört haben.«

Erleichterung machte sich bei Martin breit. Es schien so, als ob Milster von Paul gar nichts wusste. Die Tratschtante aus der Kantine hatte wohl unvollständige Angaben gemacht. Gott sei Dank!

»Das ist ein brisanter Fall, der in der Bevölkerung präsent sein wird wie kein anderer«, fuhr Milster fort. »Und wenn so eine Schlamperei an die Öffentlichkeit kommt, stehe ich in der Verantwortung.«

Jetzt kommt die Leier wieder, ging es Martin durch den Kopf. Er wusste, dass Milster unausstehlich werden konnte, wenn er befürchtete, dass er als Kriminaldirektor schlecht dastehen könnte. Für ihn hatte die Befriedigung des öffentlichen Bedürfnisses nach Täterermittlung absolute Priorität. Das predigte er immer wieder gerne und vergaß auch nicht, Martin regelmäßig damit zu nerven.

»Stellen Sie Ihren Haufen in den Senkel. So was will ich nicht mehr zu Ohren bekommen, haben Sie mich verstanden?«

Erleichtert lächelte Martin vor sich hin.

»Was gibt's da zu grinsen?« Empört stützte Milster die Hände in die Seiten.

»Nichts«, versicherte Martin ernst. »Sie haben völlig recht. Ich kümmere mich darum. Das wird nicht mehr vorkommen.« Martin wunderte sich immer wieder, wie schlecht Milster sein Team kannte. Sonst hätte er gewusst, dass seine Leute absolut zuverlässig arbeiteten und solche Fehler, wie Milster sie ihnen gerade unterstellte, nicht vorkamen. Das hätte Martin ihm normalerweise auch gesagt, denn auf seine Männer ließ er nichts kommen. Aber in Anbetracht der Situation hielt er es für ratsam zu schweigen.

»So, und wo ich jetzt schon mal da bin, berichten Sie mir, was Sie bis jetzt zu dem Fall haben.«

»Keine große Besprechung?«

»Nein. Um einen Überblick zu bekommen, reicht mir Ihre Kurzfassung. Meine Frau hat angerufen und es wäre gut, wenn ich nicht allzu spät nach Hause komme. Sie hat noch Pläne mit mir.«

Das hörte sich ganz nach Frau Milster an. In der Ehe der beiden hatte sie die Hosen an und es war für Martin immer herrlich zu beobachten, wie sein Chef nach ihrer Pfeife tanzte, sobald die Frau Gemahlin rief. Wahrscheinlich war das der Grund, warum Milster im Büro den Chef heraushängen ließ.

Martin tat ihm gerne den Gefallen, bedeutete das doch auch für ihn früher Feierabend. Schweigend folgte Milster seinen Ausführungen.

»Hmm«, gab er abschließend von sich. »Das ist ja noch nicht allzu viel. Sie halten mich täglich auf dem Laufenden.«

»Wird gemacht. Kann ich sonst noch was für Sie tun, Chef?«

»Ermitteln und den Fall schnell lösen. Dann bin ich schon zufrieden.«

»Nichts leichter als das«, entgegnete Martin mit sarkastischem Unterton.

Ohne weiteren Kommentar verließ Milster das Büro.

9

Der Kies unter ihren Füßen knirschte, als sie auf das massive Backsteinhaus zugingen. Heiko Pallhuber blickte an sich herunter und lächelte siegesgewiss. Um den Landwirt Rolf Lang in Heßloch endlich umzustimmen und ihm ein Gefühl von Verbundenheit zu vermitteln, hatte er sogar seine sonst übliche Garderobe mit Anzug und Krawatte ausgetauscht und eine blaue Jeans samt legerem Sweatshirt gewählt. Anpassung war hier das Motto. Den Kunden in Sicherheit wiegen, Vertrauen aufbauen. Er hatte einen gut durchdachten Schlachtplan im Kopf, Meurer als Vertreter der Stadt an seiner Seite und einen genialen Vertrag für diesen sturköpfigen Bauern in der Tasche.

Als sie die Haustür erreichten, drückte Heiko den Klingelknopf. Augenblicklich erklang ein ganzes Glockenspiel im Haus und über den ganzen Hof. Es war irgendein klassisches Musikstück, über das Pallhuber insgeheim den Kopf schüttelte. Wie unpassend für einen Bauernhof. Die schmiedeeisernen Zahlen über der Eingangstür verrieten, dass das Haus aus dem Jahre 1935 stammte. Für Heiko ein alter Schuppen, in dem man unmöglich leben konnte.

Als niemand auf sein Läuten reagierte, wurde er so unruhig wie es Alexander Meurer schon war, seit er zu Heiko ins Auto gestiegen war.

»Was, wenn der Lang gar nicht zu Hause ist?«, fragte Meurer.

Pallhuber blickte sich um und betrachtete die großzügigen Nebengebäude aus Fachwerk. Es war alles ziemlich weitläufig hier. Vielleicht waren die Bauersleute irgendwo auf dem Gelände unterwegs.

»Wir gehen mal da drüben gucken«, entschied er und ging um das Wohnhaus herum. Es schloss sich ein Nebengebäude an, das mehrere Pferdeboxen beherbergte. Pallhuber wusste, dass Pferde das Hobby der fünfköpfigen Familie waren. Sie besaßen drei Tiere, denen sie ihre ganze Freizeit widmeten. Eine Scheune befand sich direkt daneben, die als Garage genutzt wurde. Pallhuber konnte durch das geöffnete Tor einen Traktor und den grünen Land Rover Freelander sehen, was ihm wieder etwas Hoffnung machte.

»Wenn die Fahrzeuge hier sind, ist Rolf Lang sicher auch nicht weit.«

Hinter der Scheune begann ein Garten, an den sich weiterführende große Wiesen anschlossen. In einiger Entfernung bewegten sich große alte Weiden sacht im Wind.

Wenn man die Natur mag, dachte Pallhuber, ist das hier sicher das Paradies. Er selbst hielt nicht viel von den Menschen, die hier wohnten. Leute vom Land, insbesondere Bauern, waren in seinen Augen naiv und dumm, weil sie keinen Bezug zur Zivilisation hatten. Aber da sie sowieso nur mit den Händen arbeiten mussten, brauchten sie wohl auch nichts im Hirn.

»Hallo?«, wurden die Männer von irgendwoher angesprochen. Sie drehten sich herum und sahen Annette Lang auf sich zukommen. Als die Hausherrin sie erkannte, blieb sie abrupt stehen. »Was wollen *Sie* denn hier?« Ängstlich blickte sie über ihre Schulter.

»Keine Sorge, Frau Lang.« Pallhuber kam lächelnd auf sie zu. »Wir sind in friedlicher Absicht hier und wollen Ihren Mann sprechen.«

»Sie wissen doch, dass mein Mann nicht mit Ihnen sprechen will«, sagte sie und rieb sich nervös die Hände.

»Ich habe interessante Neuigkeiten und vielleicht endlich die richtigen Argumente, um Ihren Mann umzustimmen. Mein Besuch hat auch nichts mit unserer Vereinbarung zu tun.«

Vertraulich ergriff er sie am Unterarm. »Und das ist doch in unser beider Interesse, nicht wahr?«

Sie trat einen Schritt zurück. »Also gut. Kommen Sie mit.«

Pallhuber und Meurer folgten ihr ins Haus, wo sie sie bat, im Wintergarten zu warten. Neugierig blickten sie sich um. Eine aufwendig gearbeitete Holz-Alu-Konstruktion erweiterte das Wohnzimmer. Der Wintergarten diente der Familie als Esszimmer und war sicher das Highlight an der alten Bude.

Es dauerte nur zwei Minuten, dann erschien sie zusammen mit ihrem Mann.

»Herr Lang«, sagte Pallhuber mit ernster Miene und streckte ihm die Hand hin, die der Bauer nicht nahm.

»Herr Pallhuber. Ich glaube nicht, dass wir noch irgendwas zu besprechen hätten. Ich hatte Ihnen schon beim ersten Mal gesagt, dass ich nicht an Sie verkaufe.« Rolf Lang überragte Heiko Pallhuber um gut zehn Zentimeter und musterte ihn mit seinen dunkelbraunen, glänzenden Augen von oben herab. Heiko waren diese funkelnden Augen schon beim ersten Treffen unangenehm aufgefallen. Wie ein Tier auf der Lauer, ging es ihm auch diesmal wieder durch den Kopf. Rolfs eckiges Gesicht mit den kantigen Wangenknochen und der imposanten Nase wirkten zusätzlich angsteinflößend. Von seiner sportlichen Statur und den breiten Schultern ganz zu schweigen. Aber Heiko Pallhuber wusste von Annette Lang, dass ihr Mann harmlos war. Sie hatte ihn sehr positiv beschrieben. Lediglich zwei Dinge hatte sie als nachteilig beurteilt. Rolf Lang war wenig selbstbewusst, was für das Geschäft sicher von Nutzen war, außerdem defensiv und rigide, was schon eher ein Problem darstellte.

»Darf ich Ihnen zunächst Herrn Meurer vorstellen.«

»Guten Tag, Herr Lang«, sagte Meurer freundlich und nickte Rolf zu.

»Ist das Ihre Verstärkung?«, fragte Rolf in Pallhubers Richtung, ohne Meurer weiter Beachtung zu schenken.

»Nein, ist es nicht. Herr Meurer ist Stadtverordneter und vertritt die Stadt Wiesbaden. Sie können sich sicher denken, dass die Ausgangssituation sich nun geändert hat. Aufgrund der jüngsten Ereignisse möchte ich Ihnen deshalb erneut ein Angebot machen.«

»Von was sprechen Sie?«

»Von Erwin Stumpf.«

»Was ist mit ihm?«

»Mein Gott!« Pallhuber machte ein entsetztes Gesicht. »Sie wissen es noch gar nicht? Erwin Stumpf ist tot.«

Einige Sekunden herrschte Stille.

»Das kommt plötzlich«, sagte Rolf langsam und setzte sich zu seiner Frau an den Tisch. »Aber sind Sie deshalb extra zu uns rausgekommen?«, fragte er verständnislos.

»Na, Sie scheinen das ja ziemlich locker zu nehmen«, tat Pallhuber verwundert.

»Ich kannte diesen Stumpf nicht besonders gut«, rechtfertigte Rolf sich. »Ich wollte mit ihm Geschäfte machen und ihn nicht heiraten.«

Annette schaute angespannt zwischen den Männern hin und her und wippte unruhig mit dem Fuß.

»Sie haben ja recht«, beschwichtigte Pallhuber. »Mir geht es da ähnlich. Ich kannte ihn zwar recht gut, aber Sie wissen ja, dass wir eher gegenläufige Interessen vertreten haben.«

»Dann wundert es mich, dass ausgerechnet *Sie* hier sind, um uns das mitzuteilen.«

»Ich bin nicht hier, um Ihnen das mitzuteilen. Ich dachte, Sie wüssten das längst.« Pallhuber schüttelte betroffen den Kopf und setzte sich ebenfalls. Meurer stand unbeholfen daneben. »Aber dann wissen Sie auch nicht, dass Herr Stumpf ermordet wurde.«

Die Eheleute blickten sich an und Pallhuber kostete den Moment der Sprachlosigkeit voll aus.

»Ermordet?« Rolf war sichtlich schockiert.

»Ja, leider«, mischte Meurer sich schließlich in das Gespräch ein und nahm Platz. »Und das verändert alles. Es wird Monate dauern, bis die Sache aufgeklärt ist. Das Windkraftprojekt liegt jedenfalls erst mal auf Eis. Sie können sich vorstellen, was im Rathaus los ist. Jedenfalls haben wir uns kurzerhand mit der SVG, der Stromversorgungsgesellschaft, verständigt und sie gebeten, den Grundstücksbesitzern erneut Angebote zu machen. Wir wissen ja, dass sich etliche von Ihnen bereits darauf verlassen hatten, dass wir Ihr Land kaufen. Viele, genau wie Sie, haben fest mit dem Geld gerechnet und es verplant. Deshalb sehen wir uns in der Pflicht, dafür zu sorgen, dass Sie zu Ihrem Geld kommen.« Meurer blickte das Ehepaar eindringlich an. »Aus diesen schrecklichen Umständen heraus haben wir uns mit der SVG zusammengetan. Sie hat sich bereit erklärt, die entsprechenden Grundstücke zu kaufen und das auch noch zu einem viel besseren Preis.«

»Das ist richtig«, bestätigte Pallhuber. »Wir legen noch einmal zehn Prozent drauf.«

Lang überdachte das Gehörte und sagte dann: »Meinen Sie denn, die Windkraftanlage kommt überhaupt noch?«

»Das weiß man derzeit nicht, aber ich gehe davon aus, dass es irgendwann soweit sein wird.«

»Dann hat die SVG alle Grundstücke, die die Stadt eigentlich bräuchte. Und ich kann mir nicht vorstellen, dass die Ihnen das Land dann verkaufen wollen. Die sind doch gegen die Anlage.«

»Wir können uns auch nicht ewig dem Fortschritt verschließen«, sagte Pallhuber. »Ob wir wollen oder nicht, erneuerbare Energien werden schlussendlich auch vor unseren Toren nicht Halt machen. Das müssen wir akzeptieren. Im Grunde ist es ja zu unserem Allgemeinwohl.«

»Dann sehe ich im Augenblick nicht den Sinn, warum Ihre Gesellschaft die Grundstücke überhaupt noch kaufen will. Dass Sie das machen, ohne dass es Ihnen einen Vorteil bringt, glaube ich Ihnen nicht.« Misstrauisch beäugte Rolf den Mann, hinter dessen Stirn die Gedanken ratterten. Pallhuber wusste selbst, dass er die SVG nicht als wohltätigen Verein darstellen konnte.

»Natürlich hat das auch einen Nutzen für uns«, bestätigte Pallhuber. »Alles im Leben ist nun mal ein Geschäft und wenn wir damit noch etwas Gutes tun, freut es uns umso mehr. Für uns ist das eine reine Kapitalanlage. In den heutigen Zeiten, in denen Aktienkurse starken Schwankungen unterliegen, die Zinsen für Anleihen und Tagesgeld ziemlich mau sind, investiert man besser in Sachwerte. So kann man sein Geld wenigstens sicher und wertstabil anlegen.« Pallhuber lehnte sich auf dem Stuhl zurück und schlug die Beine lässig übereinander. »Meine Firma denkt im Grunde genau wie Sie, Herr Lang. Mit Ihrem Anbau, den Sie mit unserem Geld verwirklichen können, bewirken Sie einen enormen Wertzuwachs Ihrer Immobilie und investieren auch noch gewinnbringend.«

»Mir kommt das Ganze irgendwie merkwürdig vor«, machte Rolf seinen Gedanken Luft. »Wahrscheinlich wollen Sie meine Wiese später viel teurer weiterverkaufen.«

»Das ist augenblicklich nicht unsere Absicht. Wir sehen das als reine Geldanlage, um der gefürchteten Geldentwertung zu entgehen. Natürlich will ich nicht ausschließen, dass wir wieder verkaufen, wenn die wirtschaftliche Lage sicherer ist oder die Stadt die Grundstücke doch noch für eine WKA braucht. Aber das ist doch nicht verwerflich. Außerdem heißt das ja nicht zwangsläufig, dass wir einen Reibach damit machen.«

»Rolf«, meldete Annette sich zu Wort, nachdem Pallhuber ihr einen vielsagenden Blick zugeworfen hatte. »Lass uns das Land einfach verkaufen. Wir brauchen das Geld.«

»Aber ich wollte es nur verkaufen, weil ich diese Idee mit den erneuerbaren Energien so toll fand.«

»Das hat sich ja wohl erst mal erledigt. Wer weiß, ob überhaupt jemals ein Windkraftpark kommt. Wir wollen doch *jetzt* bauen und nicht erst in zehn Jahren.«

Pallhuber und Meurer sahen sich zufrieden an.

»Der Kauf kann zügig vonstattengehen und Sie bekommen Ihr Geld innerhalb einer Woche. Ihre Anbaupläne sind doch schon fertig. Fangen Sie an. Erfüllen Sie sich Ihren Traum. Nutzen Sie die Chance, die Ihnen hier und jetzt geboten wird.« Seine warme, eindringliche Stimme ließ auch Rolf nicht ganz unbeeindruckt.

»Ich weiß nicht recht«, sagte Rolf unentschlossen. »Ich muss mir das überlegen.«

»Was gibt es da noch zu überlegen?«, fragte Annette ungehalten.

»Das Angebot gilt nur bis morgen«, ließ sich Pallhuber vernehmen. »Es gibt nämlich zwanzig Eigentümer, die beteiligt sind, wir können aber nur in zehn Grundstücke investieren. Greifen Sie zu.« Er holte einen Vertrag aus der Tasche und schob ihn Rolf zu. »Lesen Sie sich das in Ruhe durch. Ich komme morgen früh mit einem Notar wieder und dann sehen wir, ob Sie zu den zehn Glücklichen gehören, die sich das Leben mit ein bisschen Bargeld erleichtern.« Er lächelte vertrauenswürdig. »Ein Bonbon habe ich auch noch für Sie. Die SVG garantiert Ihnen in dem Vertrag für die nächsten zehn Jahre, dass Sie keine Energiepreiserhöhung bekommen.«

»Mensch, Rolf, bei den immer weiter steigenden Kosten ist das ja wie ein Sechser im Lotto«, rief Annette mit gespielter Begeisterung.

Lang stand auf zum Zeichen, dass das Gespräch beendet war. »Ich überlege es mir.«

»Tun Sie das!«, nickte Pallhuber und schenkte ihm ein gewinnendes Lächeln. »Ich bin sicher, Sie werden die richtige Entscheidung treffen, auch im Sinne Ihrer Familie.«

Annette begleitete die Männer zum Wagen.

»Leisten Sie noch ein bisschen Nachhilfe bei Ihrem Mann«, forderte Pallhuber sie auf. »Mit seiner Unterschrift unter dem

Vertrag wäre auch unser Deal erledigt. Und das liegt Ihnen doch sehr am Herzen.«

»Ich tue mein Bestes.«

Pallhuber nickte und stieg mit Meurer in seinen weißen BMW X5.

10

Schnellen Schrittes lief Martin am nächsten Morgen durch die Kirchgasse, eine der wichtigsten Einkaufsstraßen der Stadt. So früh waren die Geschäfte noch geschlossen. Sein Ziel war Paul. Denn endlich hatte er ihn auf seinem Handy erreicht und erfahren, was er sich eigentlich hätte denken können: Paul war mal wieder im Café Maldaner in der Marktstraße. Seit geraumer Zeit war dieses traditionsreiche Café zu Pauls persönlicher Ruheinsel geworden. Hier trank er seinen Kaffee, las die Zeitung und gönnte sich zuweilen auch eine der vielen Köstlichkeiten aus der hauseigenen Konditorei. So oft es ging, besuchte er den Ort, den viele das »Wohnzimmer der Stadt« nannten, nicht zuletzt der besonderen Atmosphäre wegen. Das Maldaner war seit 1859 eine wahre Institution in Wiesbaden, wo die nostalgische Kaffeehauskultur noch gepflegt wurde. Hier herrschte eine Gemütlichkeit, der sich niemand entziehen konnte, hatte er sich erst einmal durch die alte hölzerne Drehtür geschoben.

»Na«, sprach Martin seinen jungen Kollegen an, »tankst du wieder ein bisschen Wiener Gemütlichkeit?«

»Martin! Hallo!« Paul erhob sich und begrüßte seinen Chef mit Handschlag. Er schien sich wirklich zu freuen ihn zu sehen. »Setz dich!«, forderte er ihn auf.

»Ich dachte schon, du wirst dem Maldaner im Urlaub untreu und fährst vielleicht mal ein paar Tage weg.« Martin ließ sich in einen der bequemen Sessel sinken.

»Ach was. Gerade im Urlaub kann ich die Zeit hier noch ein bisschen mehr genießen. Sonst reicht's ja meistens nur für einen Kaffee.«

»Hast du dich schon durchs Kuchenbuffet gefuttert?«, fragte Martin lächelnd und deutete auf das halbe Himbeertortenstück auf Pauls Teller.

»Ich arbeite dran.« Damit griff er wieder zur Gabel und steckte sich ein großes Stück davon in den Mund. »Willst du mir nicht dabei helfen? Die Schokosahne ist spitze!«, meinte er kauend.

»Ich bin sicher, du brauchst meine Hilfe nicht. Dafür brauche ich deine umso mehr.«

Überrascht blickte Paul ihn an.

»Wir haben einen neuen Fall und der gibt uns Rätsel auf, die du hoffentlich lösen kannst.«

»Na, da bin ich aber mal gespannt.« Paul legte die Gabel zur Seite.

»Ich befürchte«, fuhr Martin fort, »du bist der Einzige, der das kann.«

»Du befürchtest?« Paul schüttelte irritiert den Kopf. »Hört sich ja dramatisch an.«

Martins Miene wurde ernst. »Du hast bestimmt schon Zeitung gelesen?«

»Nein. Ausnahmsweise nicht. Ich hab mich gleich auf den Kuchen gestürzt.«

Martin nickte. »Kennst du einen Erwin Stumpf?«

»Hat er was mit dem neuen Fall zu tun?«

»Das kann man so sagen. Er ist das Opfer.«

»Was?« Paul starrte Martin entgeistert an.

»Deiner Reaktion zufolge nehme ich an, dass du ihn kennst.«

»Ja.« Fassungslos schüttelte Paul den Kopf. »Ich hab ihn vorgestern Abend kennengelernt. Ätzender Typ.«

»Vorgestern Abend?« Martin rutschte unruhig auf seinem Sessel hin und her. »Dann hast du ihn gerade noch gesehen bevor er das Zeitliche gesegnet hat. Erzähl mal.«

»Ich war auf einer Party in seinem Haus und das ist auch schon fast alles. Ich hab mir da ganz schön die Kanne gegeben. Eigentlich weiß ich gar nicht mehr so genau, was passiert ist.«

»Mensch Paul, das solltest du aber besser. Wir haben deine Fingerabdrücke am Tatort sichergestellt.«

»Logisch, ich war ja auch da. Aber ich war längst nicht der Einzige. Fingerabdrücke müssten da von mindestens zwanzig Personen sein.«

»Aber nicht im Arbeitszimmer, wo er erschlagen wurde.«

»Im Arbeitszimmer?« Paul schluckte hart. »Erschlagen!« Er blickte an Martin vorbei aus dem Fenster und erinnerte sich an den Schlag, den er von Erwin Stumpf bekommen hatte. Er kniff die Augen zusammen und überlegte, was danach passiert war.

»Paul!«, riss ihn Martin aus seinen Gedanken. »Warum warst du überhaupt auf dieser Party?«

Paul berichtete von Eva und dem Klassentreffen.

»Weißt du, wann du gegangen bist?«

»Mann, ich war besoffen. Da hab ich doch nicht auf die Uhr gesehen, als ich weg bin.«

»Tatzeitpunkt war zwischen ein Uhr zehn und halb zwei. Versuch dich zu erinnern. Es ist wichtig.«

»Ich hab ein Blackout, zumindest teilweise.«

»Junge, Junge, wie kann man bloß so saufen?«

»Ist mir auch nicht besonders gut bekommen.«

»Man sieht's.« Martin zeigte auf Pauls Nase, der man die Spuren des Schlages deutlich ansah. »Bist du gegen die Wand gelaufen?«

»Kann man so sagen.« Paul war unschlüssig, ob er Martin davon erzählen sollte. Besser nicht, entschied er. »Was wisst ihr denn bis jetzt?«, fragte er, um sich selbst von seinem schlechten Gewissen abzulenken und Martins forschendem Blick zu entgehen.

Der Kommissar berichtete und griff dann eine Bemerkung von Paul wieder auf. »Du sagtest vorhin, dass Stumpf ein ätzender Typ war. Woher willst du das wissen, wenn du dich kaum erinnern kannst?«

»Kleinigkeiten sind mir wohl im Gedächtnis geblieben.« Seine lapidare Antwort verursachte Paul ein merkwürdiges Gefühl in der Magengegend.

»Dann lass dir doch nicht jede Kleinigkeit aus der Nase ziehen. Bis jetzt bist du der Einzige, von dem wir wissen, dass er auf der Party war. Du bist praktisch unser Zeuge Nummer eins. Also, gib dir mal ein bisschen Mühe. Ich brauch dir ja nicht zu sagen, wie wichtig jedes Detail ist.«

»Ich kann dir wirklich nicht viel sagen. Außer, dass mir der Stumpf unsympathisch gewesen ist. Aber das ist mehr ein Gefühl. Dann weiß ich nur noch, dass mir Eva das Haus gezeigt hat. Dabei müssen wir wohl auch im Arbeitszimmer gewesen sein. Vielleicht weiß Eva mehr.«

»Wie finde ich die Dame?«

»Eva Neumann. Sie wohnt am Elsässer Platz fünf.«

»Wer war sonst noch auf der Party?«

»Ich kannte keinen Einzigen von denen. Und soweit ich weiß, habe ich auch mit keinem länger gesprochen. Jedenfalls kann ich dir keine Namen nennen.«

Martin zog ein Foto vom Tatort aus der Tasche und legte es auf den Tisch. »Erkennst du das?«

»Das könnte das Arbeitszimmer sein.«

»Das ist das Arbeitszimmer. Fällt dir da was auf? Ist da etwas anders als Samstagnacht?«

»Keine Ahnung. Auf die Möbel hab ich in meinem Zustand nicht geachtet. Ich hätte höchstens sagen können, dass sie aus dunklem Holz waren.«

»Okay, ich fahr jetzt zu dieser Eva und wenn du dich doch noch an was erinnerst, dann ruf mich sofort an.«

Paul nickte nur und blickte Martin hinterher, wie er Richtung Ausgang steuerte.

»Verdammt!«, fluchte er und schubste seinen Teller verärgert von sich.

11

»Schon wieder zu spät dran«, schimpfte Eva laut vor sich hin, während sie ihren Ordner in die Tasche stopfte, nach der Jacke griff und die Tür aufriss. Erschrocken hielt sie inne. Da stand ein Mann vor ihr, den sie nicht kannte, der aber offensichtlich zu ihr wollte. Sein Finger war schon in Richtung Klingelknopf unterwegs.

»Sie haben mich zu Tode erschreckt«, sagte sie und begutachtete den Fremden. Er war ein besonders attraktives Exemplar seiner Gattung. Seine braunen Augen unter den dichten schwarzen Augenbrauen wirkten jugendlich. Die längliche gerade Nase, sein markantes Kinn und die muskulöse Figur, die sich unter seinem Shirt deutlich abbildete, ließen ihn ausgesprochen männlich erscheinen.

Eva wandte sich ihrer Tür zu, um sie abzuschließen. »Wollten Sie zu mir?«

»Wenn Sie Eva Neumann sind.«

»Ja, die bin ich, aber ich muss leider los, sonst komm ich zu spät zur Uni.«

»Ich befürchte, die Uni muss warten.« Martin zog seinen Polizeidienstausweis heraus und hielt ihn Eva unter die Nase. »Hauptkommissar Martin Sandor«, stellte er sich vor. »Ich bin vom K11 Wiesbaden und muss Sie dringend sprechen.«

Eva spürte, wie sie augenblicklich zu schwitzen begann. Sofort schoss ihr die einzige Möglichkeit durch den Kopf, warum dieser Polizist hier war: Man war ihr auf die Schliche gekommen.

»Ich muss wirklich los. Herr Stumpf versteht keinen Spaß, wenn ich zu spät komme.«

»Und genau wegen diesem Herrn bin ich hier.«

Mist!, fluchte sie innerlich und sagte dann mit einem Seufzer. »Also, gut. Kommen Sie kurz rein.«

Sie öffnete die Tür wieder und ließ ihre Tasche im Flur einfach fallen. Den Schlüssel warf sie missmutig auf die Kommode und ging voran ins Wohnzimmer. Sie bedeutete Martin, sich zu setzen. Sie selbst blieb stehen und musterte ihn nervös.

»Ich muss Ihnen leider mitteilen, dass Erwin Stumpf tot ist.«

Eva starrte ihn aus ihren blauen großen Augen an, als habe sie nicht verstanden. »Tot?«

»Ja, er ist ermordet worden.«

Die schlanke Frau mit dem Puppengesicht sackte Sekunden später in sich zusammen wie eine Marionette, der man die Fäden abgeschnitten hatte. Martin sprang auf und kniete sich neben sie. Vorsichtig tätschelte er ihr Gesicht. Eva ließ ein leises Stöhnen hören, dann schlug sie die Augen auf.

»Sie sind ohnmächtig geworden«, erklärte Martin. »Kommen Sie, legen Sie sich hier drüben hin.«

Er half ihr hoch, führte sie zum Sofa und bettete sie auf ein Kissen. »Geht's so?«

»Ja, danke.«

Er nahm auf dem Sessel neben ihr Platz. »So eine Nachricht kann einen schon von den Füßen hauen.«

»Ist er wirklich tot?« Eva blickte starr zur Decke.

»Ja.«

»Aber wieso?« Langsam setzte sie sich auf.

»Das wollen wir herausfinden und deshalb bin ich hier.«

»Das ist ja schrecklich. Mein Gott, mein Gott, mein Gott!«

Göttlicher Beistand hilft jetzt auch nicht mehr, dachte Martin und überlegte, ob das echte Trauer war, was er hier sah. Zumindest wirkte die junge Frau ziemlich zerbrechlich und mitleiderregend, wenngleich dieses theatralische »Mein Gott« übertrieben klang.

»Woher wissen Sie von uns beiden? Glauben Sie etwa, ich habe ihn umgebracht? Sind Sie deshalb hier?«

»Sie waren ein Paar?«

Eva nickte. »Ab und zu.«

»Seit wann kannten sie ihn?«

»Seit etwa drei Jahren.«

»Erzählen Sie mir doch mal ein bisschen was über den Menschen Erwin Stumpf«, bat er.

»Auch wenn er sich inzwischen die Haare gefärbt hat und einen kleinen Bauchansatz hatte, war er ein recht gutaussehender Mann. Er war groß, immer braun gebrannt, hatte eine stattliche Figur und männliche breite Schultern. Frauen mochten ihn und er sie, vor allem die jungen.«

»Das klingt fast, als hätte er auch Beziehungen zu anderen Frauen gehabt?«

»Hin und wieder.«

»Waren Sie nicht eifersüchtig?«

»Nein! Ich hatte ja auch andere Männer. Das mit Erwin war was anderes.«

»Wie anders?«

»Es war nur Spaß. Anfangs war es für ihn vielleicht auch so was wie ein Test. Er wollte wissen, ob wir uns als Mitarbeiterinnen eignen und ob er uns in Anspruch nehmen kann.«

»Wie meinen Sie das?«

»Na ja, wenn Sie ein Auto kaufen, fahren Sie es ja auch erst Probe.«

»Können Sie etwas genauer werden?«

»Er hat uns für seine Geschäfte gebraucht, damit sie in seinem Sinne abgeschlossen wurden.«

»Wen meinen Sie mit *uns*?«

»Nora, Petra und mich. Wir studieren alle Politikwissenschaften und kannten Erwin durch seine Vorlesungen an der Uni. Dieser Mann hatte die Fähigkeit, Menschen zu motivieren. Er hat uns alle mit seinem Arbeitsverhalten angespornt und uns mit seiner Begeisterung und seinem sonnigen Gemüt angesteckt. Dabei vergaß er nie, seine Erfolge und Leistungen überall rumzuposaunen. Aber er war trotzdem wahnsinnig charmant. Bei ihm hatte ich immer das Gefühl, wichtig und jemand Besonderes zu sein. Er war einfach ein Machertyp, selbstbewusst ohne Ende, zielgerichtet, entschlussfreudig. Und was ich persönlich besonders bewundert habe, war seine gute Organisation. Die fehlt mir völlig.« Gedankenverloren machte sie eine kurze Pause. »Erwin hatte dadurch die Zügel immer in der Hand, in jeder Beziehung. Er hat hart gearbeitet und das auch von seinen Mitmenschen erwartet. Wenn es irgendwelche Probleme gab, die von der Unfähigkeit und Inkompetenz anderer herrührten, konnte er ganz schön eklig werden. Er konnte nur schwer verstehen, dass andere nicht so tüchtig sind oder nicht so viel Energie haben wie er selbst. Aber auch wenn er das gehasst hat, hat er es sich nicht immer anmerken lassen. Er konnte prima eine Maske aufsetzen, um andere zu beeindrucken.«

»Und da sind Sie seinem Charme erlegen?«

»Wenn man so will. Jedenfalls haben wir für ihn gearbeitet.«

»Welche Art von Arbeit?« Martin ahnte die Antwort.

»Oft haben wir ihn zu Geschäftsterminen begleitet und manchmal bat er uns dann um Unterstützung, indem wir bestimmte Männer von seinen Projekten, die er als Politiker verfolgte, überzeugten.«

»Was genau bedeutet *überzeugten*?«

»Wir haben sie verführt.«

Martin wunderte sich, dass Eva das so frei heraus berichtete, ohne auch nur den Anflug von Peinlichkeit.

»Im Klartext: Sie haben sich für ihn prostituiert!« Erwin Stumpf wurde ihm immer unsympathischer.

»So drastisch würde ich das nicht nennen. Wir haben es ja freiwillig getan.«

Martin fragte sich, in welchen Sumpf er da getreten war. »Wenn Sie selbst Ihre Tätigkeit als Arbeit bezeichnen, wurden Sie sicher dafür entlohnt, oder nicht?«

»Erwin hat mir eine Art Gehalt bezahlt. Es war quasi ein Minijob.«

»Minijob?« Martin schüttelte verständnislos den Kopf. »Wie viel Geld haben Sie bekommen?«

»Im Monat zweitausend Euro.«

»Na, er muss ja sehr gut verdient haben, der Herr Stumpf.«

»Er hat vor ein paar Jahren ein beträchtliches Erbe kassiert, das für etliche Sonderausgaben reicht. Davon hat er auch die Villa gekauft. Aber sagen Sie mal, wie kamen Sie eigentlich auf mich?«

»Sie waren am Samstagabend mit meinem Kollegen Paul Fischer auf der Party von Herrn Stumpf.«

»Paul ist Ihr Kollege?« Sie lächelte überrascht.

»Ja. Und er nahm an, dass Sie mir Auskunft über die Gäste geben könnten.«

»Das kann ich. Soll ich Ihnen die Namen aufschreiben?«

»Ich bitte darum. Und schreiben sie auch die vollständigen Namen Ihrer beiden Kolleginnen Nora und Petra dazu.«

Es dauerte nicht lange und Eva hatte vierundzwanzig Namen auf ein Blatt geschrieben.

»Ist da jemand dabei, der Herrn Stumpf, sagen wir mal, nicht wohlgesonnen war oder mit dem es Ärger gab?«, wollte Martin wissen.

»Nein. Die Leute, die auf seine Partys kamen, waren immer gute Bekannte oder Freunde. Die haben alle mehr oder weniger von ihm profitiert. Ich kann mir nicht vorstellen, dass einer von denen Erwin …«

Martin nickte. »Kennen Sie seine Familie?«

»Nur seine Ex. Die kam ab und zu vorbei und hat Erwin genervt. Sie hat immer irgendwelche fadenscheinigen Ausreden vorgebracht, um ihr Kommen zu rechtfertigen. Dabei wollte sie nur sehen, mit wem er zusammen ist und ob es ihm genauso schlecht geht wie ihr. Sie hätten mal sehen sollen, wie die mich angeglotzt hat. Wenn Blicke töten könnten, wäre ich regelmäßig tot umgefallen.«

»Was ganz anderes«, fiel es Martin ein. »Im Arbeitszimmer roch es extrem nach einem Herrenduft. Ist Ihnen das aufgefallen, als Sie mit Paul dort waren?«

Sie lächelte traurig. »Da fragen Sie die Richtige. Ich leide an Hyposmie, mein Geruchs- und Geschmackssinn sind seit einer Virusgrippe beeinträchtigt.«

»Tut mir leid.« Von so was hatte Martin bisher nie gehört. »Sagen Sie, gab es etwas, wovor Erwin Stumpf Angst hatte?«

Eva lachte bitter. »Ich glaube, seine größte Angst war, nicht erfolgreich zu sein oder so beurteilt zu werden. Er war ziemlich lobgeil. Zwar wollte er immer ein ehrliches Feedback, aber zu kritisch durfte es auf keinen Fall sein.«

»Mochten ihn die Studenten?«

»Ganz sicher. Er war total beliebt. Ein absoluter Sympathieträger.«

»Und beruflich? Sie hatten ja offensichtlich einen guten Einblick in seine Arbeit.«

»Sein aktuelles Projekt war ein Windkraftpark auf dem Taunuskamm. Natürlich gab es da Gegner. Aber die hat er, einen nach dem anderen, mit Argumenten an die Wand gefahren. Da gab's zum Schluss nicht mehr viele, die was dagegen hatten.«

»Und wer sind die wenigen?«

»Soweit ich weiß, gab es nur vonseiten der Energieversorger noch Widerstand. Die sind ja nie begeistert, wenn erneuerbare Energien ins Spiel kommen. Die kleben doch nach wie vor an ihrem atomaren und fossilen Weltbild, auch wenn sie volles Engagement in anderer Richtung vortäuschen. Aber selbst mit denen hat Erwin versucht sich zu einigen.«

»Wissen Sie, wer die Gesprächspartner waren?«

»Nein, aber wahrscheinlich irgendwer von der SVG.«

Martin wusste, dass die SVG eine überregionale Stromversorgungsgesellschaft war, die ihren Sitz in Frankfurt hatte und unter anderem auch Wiesbaden zum großen Teil mit Energie versorgte. Sicher ein interessanter Hinweis, dem er unbedingt nachgehen würde. Aber zunächst lenkte er sein Interesse auf die junge Frau.

»Von wann bis wann waren Sie auf der Party?«

»Ich bin mit Paul um kurz nach acht bei Erwin eingetroffen und irgendwann gegen eins gegangen.«

»Zusammen mit Paul?« Martins Herz klopfte heftiger als es ihm lieb war.

»Nein!«

»Nein?«

»Nein. Als die Party rum war und alle Gäste weg waren, hat er sich mit Erwin … noch unterhalten. Das hat mir zu lang gedauert. Ich bin dann schon gegangen.«

Dann war Paul der Letzte auf der Party? Martin sträubte sich, diesen Gedanken weiterzuführen.

»Kann jemand bestätigen, wann Sie gegangen sind?«, fragte er stattdessen.

»Na, Sie stellen ja blöde Fragen. Paul natürlich.«

»Da bin ich mir nicht sicher. Ich fürchte, seine Erinnerung an den Abend hält sich alkoholbedingt in Grenzen. Also? Hat Sie vielleicht jemand nach Hause kommen sehen?«

»Nicht dass ich wüsste.«

»Kannte Paul Erwin Stumpf schon vorher?«

»Nein. Ich habe ihn als Begleitung auf diese Party mitgenommen, nachdem ich ihn auf unserem Klassentreffen wiedergetroffen hatte.«

»Hat Paul sich danach noch mal bei Ihnen gemeldet?«

»Bis jetzt nicht.« Ernst blickte sie Martin an. »Sagen Sie mal, wann ist Erwin eigentlich umgebracht worden?«

»Samstagnacht, gegen ein Uhr zwanzig.«

»Oh, Gott. Denken Sie etwa Paul hätte Erwin …?«

Martin antwortete nicht auf ihre Frage. »Wissen Sie, worüber die beiden gesprochen haben?«

»Nein.« Sie blickte ihn starr an und zupfte sich am Ohr.

Der Klassiker, dachte Martin und sprach sie auch sofort darauf an. »Sie wissen es. Und ich frage mich, warum Sie es mir nicht sagen wollen.«

»Ich weiß es wirklich nicht.« Ihr Gesicht wirkte angespannt.

Martin fragte sich, was sie verheimlichte. »Noch was anderes: Wissen Sie, wie Pauls Bierflasche unter den Schrank gekommen ist?«

»Wahrscheinlich hat er sie fallen gelassen. Keine Ahnung.« Ein Lächeln umspielte ihren Mund.

Martin dachte an Paul und ihn ergriff ein unangenehmes Gefühl. Schnell versuchte er seine Gedanken in eine andere Richtung zu lenken.

»Wie oft waren Sie normalerweise bei Erwin Stumpf?«

»So zwei-, dreimal pro Woche.«

»Wissen Ihre Eltern von Ihrer Beziehung zu ihm und von Ihrem Nebenjob?«

»Nein, meine Eltern wissen gar nichts von mir.« In ihrer Stimme lag ganz plötzlich eine eisige Kälte. »Ich habe keinen Kontakt mehr zu ihnen.«

»Darf man fragen, warum?«

»Darf man nicht!«

Martin nickte. Der Lebenswandel dieses Mädchens schien nicht ihr einziges Problem zu sein. »Ich hätte bei Gelegenheit gerne eine Liste von den Leuten, mit denen Sie im Auftrag von Herrn Stumpf geschlafen haben.«

»Muss das sein?«

»Das ist Ihnen doch nicht peinlich, oder?«, fragte er übertrieben und musterte sie unter hochgezogenen Augenbrauen.

»Natürlich nicht«, gab sie patzig zurück. »Ich schreibe Ihnen die Liste.«

»Gut. Vielleicht können Sie mir auch hierbei weiterhelfen.« Martin holte das Foto vom Tatort heraus und legte es Eva vor. »Das Bild wurde nach Stumpfs Tod gemacht. Fällt Ihnen da was auf?«

Sie betrachtete es einige Sekunden lang. »Das Bild … das ist ja die Sternennacht von van Gogh.«

»Richtig.«

»Das ist neu. Da hing neulich noch ein anderes, ein Gemälde von einem italienischen Maler. Den Namen hab ich vergessen. Erwin hat es erst vor Kurzem gekauft und mir ganz stolz präsentiert. Das war endlich mal ein Bild, das auch mir gefiel. Es war in leuchtenden Blautönen gemalt und zeigte Neapel bei Nacht. Im Hintergrund war der Lava speiende Vesuv zu sehen. Wirklich schön! Die Bilder, die er sonst so hatte, waren ja eher deprimierend. Jedenfalls nicht mein Geschmack.«

»Was heißt neulich? Wann haben Sie das italienische Bild zuletzt bewusst dort gesehen?«

»Keine Ahnung. Ob es am Samstag da hing, kann ich nicht mit Gewissheit sagen. Aber als ich Erwin vor fünf Tagen besucht habe, war es ganz sicher noch da.«

»Und der van Gogh?« Martin tippte auf das Foto. »Hing der vorher woanders im Haus?«

»Glaub ich nicht, jedenfalls hab ich das Bild noch nicht bei ihm gesehen.«

»Woher kennen Sie das Bild?«

»Sie werden es mir kaum glauben, aber auch ich habe eine gewisse Allgemeinbildung, Herr Kommissar«, antwortete sie bissig.

Martin ignorierte ihren Ton. »War Stumpf ein Kunstliebhaber?«

»Kein fanatischer, aber es machte ihm Spaß, das ein oder andere Stück zu ersteigern.«

»Kann es sein, dass er das fehlende Bild wieder verkauft hat?«

»Ein Bild, das er einmal gekauft hatte, gab er nicht mehr her. Er hat sie höchstens mal untereinander im Haus ausgetauscht.«

Martin steckte das Foto zurück in die Tasche. »Auf seinem Schreibtisch stand normalerweise eine Statue. Ist das richtig?«

»Ja, so eine Mädchenbüste.«

»War die am Samstag noch da?«

Martin sah, wie sie überlegte.

»Ja, die stand, wo sie immer stand. Auf der rechten Ecke vom Schreibtisch.«

»Um noch mal auf Ihre Kolleginnen zurückzukommen«, wechselte er das Thema. »Haben die beiden den gleichen Betrag für ihre Leistungen erhalten wie Sie?«

»Ja, bis vor ein paar Monaten. Nora und Petra sind seit einiger Zeit in England. Sie machen da ein Auslandssemester.«

»Na, dann konnten Sie sicher deren Arbeit mit übernehmen und sich noch was dazuverdienen?«

Martins sarkastischer Ton verfehlte seine Wirkung nicht. Allerdings reagierte Eva anders, als Martin vermutet hätte.

»Genau«, sagte sie gelassen. »Der Rubel rollte. Aber das ist ja nun hinfällig. Verdammt schade.« Sie bedachte Martin mit einem intensiven, aufreizenden Blick und legte ihre rechte Hand auf seinen Oberschenkel. »Sie sind verheiratet, nicht wahr?« Mit ihrer linken Hand strich sie zärtlich über seine Finger, verharrte am Ringfinger und drehte verspielt seinen Ehering.

»Korrekt!«

»Wissen Sie, ein kleines außereheliches Abenteuer tut so mancher Ehe gut. Das belebt.«

Was für ein Luder, dachte Martin. »Auf diesem Gebiet sind Sie wohl Expertin?«

»Wenn Sie so wollen?« Sie lächelte verführerisch. »Zumindest habe ich eine gewisse Erfahrung.«

Martin entzog ihr seine Hand. »Nehmen Sie Ihre Hand von meinem Bein.«

»Sie wissen nicht, was Ihnen entgeht.«

»Glauben Sie mir, das will ich auch gar nicht wissen.« Martin deutete mit einem Blick auf ihre Hand, die immer noch auf seinem Bein ruhte. »Die Hand!«

Eva zog sie zurück. »Verstehe schon. Sie sind Moralapostel.« Sie nickte lächelnd, doch Martin sah den Ärger in ihren Augen. »Dabei haben Sie, genau wie alle anderen Männer, gewisse Bedürfnisse.«

»Sicher, aber wir nutzen dazu keine Frauen, die unsere Töchter sein könnten«, erwiderte Martin ungerührt.

»Der Altersunterschied gibt erst den richtigen Kick.«

»Sie müssen es ja wissen. Ich kann da zum Glück nicht mitreden.«

»Ihre moralische Entrüstung ist doch nur der Heiligenschein Ihrer Scheinheiligkeit.«

»In meinen Augen ist jegliches Handeln eine Frage von Charakter und Moral. Und in Ihrem Fall habe ich nicht das Gefühl, dass von beidem viel vorhanden ist.« Martin wusste, dass er gerade einen Schritt zu weit gegangen war und die nötige Distanz nicht gewahrt hatte. Sie hatte ihn provoziert und er hatte sich hinreißen lassen.

»Eine Frau mit Moral hat doch nicht den geringsten Reiz. Und wenn Sie ehrlich sind, geben Sie das auch zu.«

Er spürte, dass es Eva wichtig war, nicht als das dazustehen, was sie war. Offensichtlich brauchte sie Anerkennung und ging jeden Weg, der ihr dieses Gefühl vermitteln konnte. Fast tat sie ihm leid.

»Die Grenzen der Moral steckt jeder für sich selbst ab. Und es gibt sicher keine unantastbaren Moralgesetze, aber es gibt unantastbare Spielregeln.« Martin erhob sich, nahm die Gästeliste vom Tisch und wandte sich im Hinausgehen noch einmal zu ihr um. »Und nach diesen Regeln spiele ich. Auf Wiedersehen.«

12

Sofort nachdem Martin Evas Wohnung verlassen hatte, machte auch sie sich auf den Weg. Doch sie fuhr nicht wie geplant zur Uni, sondern zu Paul nach Mainz. Sicher hatte er als Kollege des Kommissars noch mehr Informationen, die für sie von Interesse waren. Möglicherweise würde er die Ermittlungen zu ihren Gunsten beeinflussen und ihr helfen, wenn alles herauskam. Auf jeden Fall konnte es nicht schaden, ihn als Freund auf ihrer Seite zu haben. Wenn es bei diesem Sandor nicht geklappt hat, so würde das bei Paul bestimmt funktionieren. Sie parkte ihren Mini direkt vor dem zweigeschossigen Stadthaus in der Finkenstraße, stieg aus und klingelte. Paul wohnte hier in absolut ruhiger, aber zentraler Lage. Die Uni und der Bahnhof waren von hier aus sogar fußläufig erreichbar.

Paul drückte auf den Türöffner und Eva trat ein. Sie stieg die Stufen zum ersten Stock hinauf.

»Hallo, Paul!«, begrüßte sie ihn, als er im Türrahmen erschien.

»Eva! Was machst du denn hier?«

»Ich hab von Erwin Stumpf gehört.«

»Dann war Martin bei dir?«

Sie nickte. »Kann ich kurz reinkommen?«

»Sicher!« Er trat zur Seite und ließ sie hinein.

Während Paul seine Wohnungstür schloss, öffnete sich die Tür eines dunklen Wagens, der in der Straße kurz vor dem Wendehammer geparkt hatte. Eine Frau stieg aus und näherte sich langsam dem Haus, in dem Eva verschwunden war. Hinter einer Hecke blieb sie stehen und nahm die Fenster im ersten Stock ins Visier. Dann ein nervöser Blick auf die Uhr. Lange konnte sie nicht hier warten. Maximal eine Stunde. Nervös trat sie von einem Bein aufs andere.

Eva erzählte Paul von Martins Besuch und was sie dem Kommissar über die Party erzählt hatte.

»Dann weiß er, dass ich der letzte Gast und wahrscheinlich bis kurz vor der Tat noch bei ihm war.« Er raufte sich die Haare. »Weiß Martin, dass wir …?«

»… auf Stumpfs Schreibtisch gevögelt haben?« Sie grinste. »Nein. Das habe ich ihm nicht erzählt. Aber er hat gemerkt, dass ich ihm was verschweige. Ich mag den Typ nicht. Der ist mir zu direkt.«

»Martin kannst du nichts vormachen. Der merkt das sofort.« Auf diese Eigenschaft, die er sonst an Martin so bewunderte, hätte er jetzt gerne verzichtet. »Und wenn er mich danach fragt, bin ich am Arsch.« Paul sprang auf und blickte auf Eva herunter. »Weißt du, wie das dann aussieht? Ich poppe die Freundin vom Stumpf, der ausrastet und von mir im Streit erschlagen wird.«

»War es so?«, fragte Eva kühl.

»Spinnst du?«

»Dein Kommissar sagte, du kannst dich nicht mehr erinnern.«

Paul kratzte sich am Kopf. Dann ließ er sich in den Sessel fallen und stützte die Stirn auf die Hände. »Ich weiß wirklich nicht mehr alles. Aber ich hab den doch nicht erschlagen.«

»Weißt du noch, was passiert ist, nachdem ich weg war?«

»Stumpf hat mir eine verpasst und dann … ja dann bin ich auch gegangen, … denke ich.«

Vorsichtig befühlte sie seine Nase. »Das sieht nicht gut aus.«

»Das sieht nicht nur für meine Nase schlecht aus«, sagte er missmutig.

»Mach dir nicht so viele Gedanken.« Sie ging hinüber zur Stereoanlage und legte eine CD ein. Während die ersten Töne von *Just the way you are* von Bruno Mars erklangen, setzte sie sich auf seinen Schoß.

Ihre Hände wühlten sich durch seine Haare. »… cause you are amazing … just the way you are …«, trällerte sie das Lied mit und warf Paul einen betörenden Blick zu. »Komm küss mich«, forderte sie ihn auf, öffnete dabei geschickt seine schwarze Jeans und ließ ihre Finger langsam in seine Hose gleiten. »Das wird sich schon alles aufklären«, sagte sie sanft. »Wenn du es getan hättest, wüsstest du es. Du bist doch ein guter Mensch. Du könntest auch im Affekt niemanden töten. Glaub an dich.« Die Worte, die sie sprach, die Art, wie sie ihm dabei den Nacken kraulte und die Musik beruhigten den aufgebrachten jungen Mann.

Ja, dachte er, wahrscheinlich hat sie recht. Er müsste es wissen, wenn er so etwas Unglaubliches getan hätte. Doch ein Gefühl von Unsicherheit bohrte sich in sein Innerstes wie ein Stachel.

Die Frau gab ihren Beobachtungsposten auf und kehrte zum Wagen zurück. Gerade als sie den Motor gestartet hatte, öffnete sich die Haustür und Eva trat mit Paul auf die Straße. Gespannt verfolgte sie, was geschah, während sie den Zündschlüssel wieder herumdrehte und der Motor verstummte.

Paul nahm Eva in die Arme. Er streichelte ihr Gesicht, um sie anschließend lange zu küssen. Eva schmiegte sich an ihn wie eine geschmeidige Katze. Als sie endlich in ihrem Wagen saß und losfuhr, hing der dunkle Wagen wie ein Schatten an ihr.

13

Martin betrat sein Büro, wo Dieter einer Frau gegenübersaß, die sich sofort gespannt aufrichtete. Der Kollege erhob sich und deutete mit der Hand auf sie.

»Martin, darf ich vorstellen? Das ist Frau Stumpf, die Exfrau von Erwin Stumpf. Sie möchte mit dir sprechen.«

»Sandor, guten Tag!« Martin reichte ihr die Hand.

Die Dame war inzwischen aufgestanden und blickte ihn neugierig aus ihren blau-grünen Augen an. Sie war fast so groß wie Martin, hatte ein gepflegtes Äußeres und eigentlich eine schlanke Figur. Nur ihre Hüften waren ausladend und wirkten irgendwie fehl am Platz.

»Guten Tag, Herr Hauptkommissar«, entgegnete sie mit einer unglaublich rauchigen Stimme, die Martin überraschte. Auch die, fand er, passte gar nicht zu ihr. Manuela Stumpf nahm erneut Platz und schlug die Beine schräg übereinander. Martins Blick hing an ihrem Mund, der ihm in dem hübschen ovalen Gesicht außergewöhnlich groß vorkam. Sie hatte volle Lippen und strahlend weiße, große Zähne. Die hellen Natursträhnen in ihrem kinnlangen, dunkelblonden Haar ließen die 52-Jährige jünger aussehen, als sie war.

»Frau Stumpf, was führt Sie zu uns?«

»Na, mein Mann. Ich habe heute aus der Zeitung erfahren, was passiert ist.« Sie begann in ihrer Handtasche zu wühlen. »Das war vielleicht ein Schock, sag ich Ihnen.« Eine Schachtel Zigaretten kam zum Vorschein.

Martin erinnerte sich an seine Zeit als Raucher. Immer, wenn ein Fall besonders stressig gewesen war, hatte er zur Zigarette gegriffen. Dem hatte er vor einem Jahr ein Ende gemacht und beschlossen, sich nicht länger von Mördern an den Glimmstängel treiben zu lassen.

»Rauchen ist hier nicht erlaubt«, sagte er. »Tut mir leid!«

»Schade!« Die Schachtel wanderte wieder zurück in die Tasche. »Also, Herr Sandor. Wie weit sind Sie denn mit den Ermittlungen?«

Martin sah sie erstaunt an. »Sie klingen wie mein Chef«, sagte er ehrlich.

»Entschuldigen Sie meine forsche Art, aber ich bin wirklich fertig mit den Nerven. Letzte Woche habe ich noch mit ihm gesprochen und heute ist er schon tot. Ich kann das noch gar nicht begreifen. Ich meine, er war ja nun kein Engel, aber trotzdem … wer tut denn so was?«

»Es ist gut, dass Sie gekommen sind. Ich wollte mich sowieso mit Ihnen unterhalten.«

»Das kann ich mir denken. Ich kannte Erwin ja auch so gut wie kein anderer. Aber sagen Sie mal, hatten Sie schon Einblick in seine Unterlagen?«

»Wir sind dabei, alles zu sichten.« Er schenkte ihr ein charmantes Lächeln. »Dürfte *ich* Ihnen zur Abwechslung mal ein paar Fragen stellen?«

»Sicher.« Sie erwiderte sein Lächeln auf gleiche Weise.

Martin befragte sie zunächst zum beruflichen Umfeld von Stumpf, worüber sie allerdings keine Auskunft geben konnte. Ob es Probleme mit Freunden oder Bekannten gegeben hatte, wusste sie auch nicht. Über sein Wesen sagte sie Ähnliches wie Eva Neumann, fügte aber noch hinzu: »Die Großherzigkeit, die er bei seinen Püppis walten ließ, war nur Schein. Erwin tat nie etwas ohne Grund, es war alles immer nur Geschäft, und zwar ausschließlich zu seinem Vorteil. Auch diese Sache mit den Windrädern. Glauben Sie bloß nicht, dass er das gemacht hat, weil ihm die Natur am Herzen lag.«

»Warum haben Sie sich scheiden lassen?«

»Ich wollte Kinder, er nicht. Er wollte Affären, ich nicht. Auf Dauer hat sich das nicht vertragen.«

»Aber Sie hatten noch Kontakt?«

»Selten.«

»Aber letzte Woche, wie Sie sagten?«

»Genau. Ich war bei ihm, weil ich Probleme mit meinem Wagen hatte.«

»Wieso gehen Sie damit zu Ihrem Exmann?«

»Ich habe ein schwarzes BMW Cabrio im Zuge unserer Trennung bekommen, genauso wie das Haus in Mainz-Lerchenberg. Jedenfalls läuft der Wagen wegen der Prozente auf seinen Namen, und ich wollte, dass er den anstehenden TÜV bezahlt.«

»Warum sollte er das tun? *Sie* fahren doch den Wagen. Ist es da nicht normal, den TÜV selbst zu zahlen? Oder ist Ihre finanzielle Situation so schlecht?«

»Nein, nein!« Sie lachte. »Hier geht's ums Prinzip. Machtspielchen, wenn Sie so wollen.«

»War es Ihnen wichtig zu wissen, was Ihr Mann nach der Scheidung so macht? Ich meine, wie und mit wem er lebte?«

Damit hatte er wohl einen wunden Punkt getroffen. Manuela Stumpf schürzte leicht die Lippen und schwieg einen Moment. »Was heißt wichtig?«, versuchte sie belanglos zu klingen. »Wir haben uns nach der Scheidung besser verstanden als vorher und da hat es mich schon interessiert, wie es ihm geht, wie er mit seinem neuen Leben zurechtkommt.«

»Hat es Sie nicht geärgert, dass er sich mit diesen jungen Mädchen umgeben hat?«

»Darüber war ich hinweg. Nach der Trennung war mir das ziemlich egal.«

Martin sah ihr an, dass das Gegenteil der Fall war. Diese Frau war ganz und gar nicht darüber hinweg. Tränen quollen aus ihren Augen, die sie mit einem Taschentuch schnell wegwischte. Martin fragte sich, ob das Tränen der Trauer um den Exmann oder um ihre missglückte Ehe waren. Vielleicht sogar Tränen der Wut?

»Kannten Sie die Mädchen?«

»Ich hab die eine oder andere mal gesehen. Aber kennen? Davon kann nicht die Rede sein.«

»Gabriele Schwarz kennen Sie aber, nicht wahr?«

»Oh, ja. Mit der musste ich mich lange herumschlagen.«

»Herumschlagen?«

»Wussten Sie, dass sie uns beklaut hat?«

»Wir wissen, dass Ihr Mann sie eingestellt hat, obwohl sie wegen Diebstahls vorbestraft war. Aber dass sie auch bei Ihnen gestohlen hat, ist mir neu.«

»Dann wissen Sie sicher auch nicht, dass sie deswegen umsonst bei meinem Mann gearbeitet hat. Erwin hat sie erwischt, wie sie eine wertvolle Vase hat mitgehen lassen. Ich wollte sie daraufhin sofort entlassen. Aber Erwin sah ein Geschäft darin und machte einen Deal mit ihr: Sie musste umsonst bei uns putzen, wenn sie nicht wollte, dass Erwin sie anzeigte. Sie hat ein Schuldeingeständnis unterschrieben. Damit hatte er sie in der Hand. Das Schreiben finden Sie sicher im Safe. Apropos Safe. Wissen Sie, ob ein Testament darin lag?«

Martin warf Dieter einen erstaunten Blick zu.

»Das kann ich Ihnen nicht sagen. Aber warum interessiert Sie sein Testament? Glauben Sie, er hat Sie trotz Scheidung noch bedacht?«

»Es gab ein Testament, als wir noch verheiratet waren. Und ich weiß nicht, ob er es inzwischen geändert hat.«

»Das werden wir sicher noch herausfinden.«

»Na, dann gehe ich jetzt und lasse Sie Ihre Arbeit machen. Oder haben Sie noch Fragen?«

»Eine letzte noch. Wo waren Sie Samstagnacht gegen ein Uhr zehn?«

»Sie verdächtigen mich?«

»Reine Routinefrage.«

»Ich war zu Hause im Bett. Allein. Es gibt niemanden, der das bezeugen kann. Also, habe ich kein Alibi, tut mir leid.«

»Das war's dann auch schon. Vielen Dank für Ihren Besuch.«

»Jederzeit gerne, Herr Sandor.«

14

»Die ist auch nicht ohne«, urteilte Martin über Manuela Stumpf.

»Ganz schön dreist, hierherzukommen, um zu erfahren, ob sie was erbt«, sagte Dieter kopfschüttelnd.

»Ja, das war wohl der eigentliche Grund ihres Besuchs.«

»Entweder hat sie's nötig, oder sie ist einfach nur geldgeil. Aber wenn Stumpf sie nach der Scheidung nicht explizit als Erbin im Testament benannt hat, kriegt sie nichts. Auch wenn es vorher ein Testament zu ihren Gunsten gab. Mit der Scheidung ist das hinfällig, soweit ich weiß.«

»Na, warten wir mal ab, was wir finden. Der angeforderte Sicherheitsdienst knackt den Safe bestimmt heute noch. Aber viel interessanter ist, dass die Schwarz umsonst für Stumpf gearbeitet hat.«

»Das klingt fast ein bisschen nach Motiv, oder?«

Es klopfte an der Tür und hereinkam eine Dame Mitte dreißig, die für Martins Geschmack viel zu aufgetakelt war. Als sie sich als Jennifer Klee vorstellte, rochen die Männer das süße Parfum, das sie einhüllte.

»Ach, richtig!«, rief Dieter erfreut und begrüßte sie. »Sie sind von der Parfümerie.« Und zu Martin gewandt meinte er: »Das ist die Fachfrau mit der Spürnase.«

»Na, prima!«, sagte Martin und fragte sich, ob sie tatsächlich in der Lage war, ein Parfum zu erkennen, wenn sie sich selbst in einer Duftwolke befand. »Dann wollen wir doch mal sehen, beziehungsweise riechen, ob es am Tatort für Sie noch was zu schnüffeln gibt.«

»Das ist ja mal echt was Außergewöhnliches«, sagte die Frau, die Dieter in der Parfümerie am Markt aufgetrieben hatte. Sie sollte diejenige mit der langjährigsten Erfahrung sein und sich besonders unter den Herrendüften gut auskennen. »Ich bin total aufgeregt«, gestand sie und rieb sich die Hände.

Gemeinsam fuhren die drei zur Villa in die Abeggstraße. Als sie das Arbeitszimmer betraten, nickte Martin bestätigend. Der Geruch lag noch immer in der Luft.

»Oh, ja!«, sagte Jennifer Klee sofort. »Das ist ein intensiver Duft, ein auffallender noch dazu.«

Langsam ging sie durch den Raum. Hier und da blieb sie stehen und schloss die Augen, während sie die Nase in die Höhe reckte. Gespannt warteten Martin und Dieter auf ihre Reaktion.

»Ein sehr männlicher, aufregender Duft«, begann sie. »Einer mit holzigen, aber auch blumigen und exotischen Nuancen. Provozierend, finden Sie nicht?«

Martin warf Dieter einen fragenden Blick zu und zuckte mit den Schultern.

»Die Herz-Kopf-Note ist aus Zimt, würde ich sagen«, fuhr sie fort, während Martin an den Film *Das Parfum* dachte. Frau Klee schien ähnlich wie der Hauptdarsteller mit einem genialen Geruchssinn ausgestattet zu sein. »Aber was ist das Blumige dabei? Hmm. Ich kann es nicht sagen.« Sie schüttelte nachdenklich den Kopf. »Ich könnte mir aber einbilden, dass es nach Bergamotte riecht. Die bringt kühle Frische, wissen Sie? Vielleicht auch Sandelholz.«

»Können Sie ein Parfum in Erwägung ziehen?«, wollte Martin wissen.

»Nicht sicher, aber es ist auf jeden Fall ein bisschen orientalisch. Mir kommen da spontan mehrere Düfte in den Sinn. Ich müsste sie zum Vergleich haben.«

»Sollen wir was besorgen?«

»Um sicher zu gehen, wäre das vielleicht das Beste. Ich kann meiner Kollegin telefonisch sagen, was sie raussuchen soll.«

»Machen Sie das«, forderte Dieter sie auf. »Ich hole es dann.«

Zwanzig Minuten später kam er mit sieben Testflakons zurück. Jennifer Klee besprühte kleine Pappstreifen und wedelte damit durch die Luft, bevor sie daran schnüffelte. Beim vierten Duft wurden ihre Augen groß und sie strahlte. »Das ist es.« Sie hielt einen roten Flakon in die Höhe. »*Joop! Homme.* Ganz sicher!«

Sie reichte den Männern den Teststreifen, damit auch sie sich überzeugten.

»Wow!«, staunte Martin. »Sie sind echt gut!« Er nickte anerkennend.

»Jahrelanges Training.«

»Deswegen ist das nicht minder beeindruckend.«

»*Joop! Homme* ist ein einzigartiger Klassiker und der Inbegriff sinnlicher Verführung«, sagte sie schwärmerisch. »Dieser aufregende Duft steht für puren Sex-Appeal, für Männer mit Temperament.«

»Und Sie scheinen, was Parfums angeht, eine leidenschaftliche Beraterin zu sein«, sagte Martin und lächelte amüsiert.

»Jetzt weiß ich auch, was die blumige Nuance ist«, fuhr sie voller Eifer fort. »Orangenblüte. Außerdem gibt es einen dezenten Hauch von Ambra und Moschus.«

Bei dem Wort Moschus verzog Martin das Gesicht. »Sagen Sie, stimmt es, dass Moschus das Sekret eines Tieres ist?«

Jennifer Klee lachte. »Eigentlich schon. Aber dieser echte Moschus, der tatsächlich aus einer Drüse vor den Geschlechtsorganen des Moschushirschen stammt, wird nicht mehr zur Herstellung von Parfums verwendet. Dafür gibt es heute industriell hergestellte Ersatzstoffe.«

»Das klingt beruhigend.«

»Dann möchten Sie nicht wissen was Ambra ist«, sagte sie und lächelte verschmitzt.

»Doch, das interessiert mich«, warf Dieter neugierig ein.

»Ambra wird aus dem Erbrochenen von Pottwalen hergestellt und stinkt im Original ganz fürchterlich. Erst durch Salzwasser, Licht und Luft wird es hart wie Stein und entwickelt seinen angenehmen Duft.«

»Was?« Dieter sah Frau Klee ungläubig an.

»Walkotze?«, Martin schüttelte angewidert den Kopf. »Und so was landet im Parfum?«

»Heutzutage nur noch in sehr teurem«, erklärte Jennifer Klee. »Für die billigeren Parfums wird diese Substanz synthetisiert verwendet.«

»Unglaublich. Apropos teuer. Was kostet dieses *Joop! Homme*?«

»Bei uns kosten hundertfünfundzwanzig Milliliter Eau de Toilette rund fünfundsechzig Euro.«

»Ist das ein viel gekaufter Herrenduft?«

»Nicht mehr als andere, würde ich sagen. Er ist auch nicht neu oder besonders in. Den gibt es schon seit 1989.«

»Welche Männer kaufen einen solchen Duft? Vielleicht Männer in einem bestimmten Alter?«

»Es sind auf jeden Fall Männer, die etwas Besonderes, etwas Auffälliges wollen. Ein Duft für den geradlinigen und leidenschaftlichen Mann, aber altersunabhängig würde ich sagen.«

»Wie lange hält sich denn so ein Duft im Raum?«

»Wenn die Person länger als zehn Minuten im Raum war, mehrere Tage. Dieses Eau de Toilette ist wirklich intensiv.«

»Frau Klee, vielen Dank für Ihre Hilfe. Das war sehr interessant.«

»Das hab ich wahnsinnig gerne gemacht. War richtig spannend!« Wieder riss sie ihre Augen auf. »Aber auch ein bisschen gruselig, wenn ich mir vorstelle, dass hier ein Mensch zu Tode gekommen ist.«

15

»Ich muss Ihnen leider mitteilen, dass Ihr Dozent Erwin Stumpf in der Nacht von Samstag auf Sonntag ermordet wurde.« Ein Raunen ging durch den Hörsaal. Michael Pichlbauer wollte die geplante Vorlesung nutzen, um sich unter Stumpfs Studenten umzuhören. »Ich möchte alle diejenigen, die außerhalb des Vorlesungsbetriebes mit ihm zu tun hatten, bitten, sich zu melden, damit wir uns ein Bild von ihm und seiner Arbeit machen können. Auch wenn Ihnen in letzter Zeit irgendetwas Außergewöhnliches aufgefallen ist, sagen Sie es bitte. Der kleinste Hinweis kann wichtig sein. Ich schreibe Ihnen meinen Namen und meine Telefonnummer an die Tafel. Für den Fall, dass Sie mich anrufen wollen. Aber ich werde jetzt im Anschluss auch direkt zu Ihrer Verfügung stehen. Ansonsten haben wir eine Liste mit Ihren Namen. Es könnte sein, dass wir auf Sie zukommen.«

Dann beobachtete er die jungen Leute, wie sie zumeist aufgeregt miteinander sprachen. Er hörte einige Gesprächsfetzen zweier junger Männer in der zweiten Reihe: »Das ist ja der Hammer! … Wundert mich aber gar nicht, so wie …«

Er trat einen Schritt näher. »Hallo, ihr beiden.«

»Hi!«

»Wollt ihr mir nicht ein bisschen was über Erwin Stumpf erzählen? Ich hab eben gehört, was ihr gesprochen habt. Einer von euch sagte: Das mit Stumpf wundere ihn gar nicht? Was habt ihr damit gemeint?«

»Na, der Stumpf hat hier manchmal das weibliche Geschlecht zum Schmelzen gebracht. Der war ein ganz schöner Weiberheld. Spitz wie Nachbars Lumpi, wenn sie wissen, was ich meine.«

»Und da gab es tatsächlich welche, die sich auf ihn eingelassen haben? «

»Ja, ein paar schon. In meinen Augen hatten die was an der Klatsche.«

»Vielleicht haben sie sich gute Noten erhofft?«, überlegte Michael.

»Schon möglich.«

»Warum glaubst du, dass das vielleicht mit seinem Tod zu tun haben könnte?«

»Was weiß ich. Aber zu den Mädels gibt's ja auch vielleicht mal 'nen Macker, der das nicht so toll findet.«

»Weißt du, mit wem er angebändelt hat?«

»Nicht wirklich. Wir haben halt gesehen, wie er mit Verschiedenen rumgeflirtet hat, und uns unseren Teil gedacht. Nur von Eva Neumann weiß ich sicher, dass sie was mit ihm hatte. Das hat sie mir selbst erzählt. Aber das hat mich auch nicht gewundert. Die hat das mit den Männern eher entspannt gesehen.«

Michael zog fragend die Augenbrauen hoch.

»Na ja, bei Treffen von der Fachschaft oder anderen Uni-Partys war sie meistens locker drauf. Da hat sie sich schon von dem ein oder anderen aufbocken lassen. Aber das hat keiner eng gesehen. Ich meine, wir wussten ja alle, wie sie ist.«

»Ist diese Eva hier?«

»Ne, hab sie nicht gesehen.«

»Und sonst? Mochtet ihr den Stumpf?«

»Als Dozent war er richtig klasse. Der war halt aus der Praxis und hatte tolle Ideen. Seine Vorlesungen waren immer voll. Der war echt beliebt.«

Michael bedankte sich bei den beiden. Anschließend führte er ein Gespräch mit Professor Hess, dem Leiter des Instituts für Politikwissenschaften. Auch er bestätigte, dass Stumpf von den Studenten ebenso geschätzt wurde wie vom Kollegium. Der Herr Professor war regelrecht begeistert von seinem Dozenten. Die angeblichen Frauengeschichten verwarf er empört als infame Lüge. Stumpf sei ein integrer Mann und Politiker gewesen, dem das Wohl der Menschheit so sehr am Herzen lag, dass er extrem hart für die Umsetzung seiner Umweltprojekte gearbeitet hatte. Er sei ein Mann gewesen, der von Idealen geleitet worden war.

Wenn das nicht ein klassisches Beispiel von Fehleinschätzung war, sinnierte Michael über das eben Gehörte, während er von der A66 auf die Biebricher Allee wechselte und zum Präsidium fuhr. Oder war Stumpf tatsächlich der Mann, für den Professor Hess ihn hielt?

16

»Natürlich kann es auch mangelnde Menschenkenntnis sein«, erklärte Dieter, nachdem Michael ins Büro zurückgekehrt war und seinen Kollegen vom Besuch an der Uni und der Einschätzung des Professors berichtet hatte.

»Das glaub ich nicht«, überlegte Michael. »So einem Mann wie Professor Hess sollte man doch ein gewisses Maß an Lebenserfahrung zutrauen.«

»Und nach allem, was wir bis jetzt wissen«, sagte Martin, »ist das Bild des Herrn Professors doch etwas einseitig.«

»Aber der ist wirklich von Stumpf als standhaftem, sittsamem Menschen überzeugt. Ich frage mich, wie so was kommt.« Michael schüttelte verständnislos den Kopf. »Da muss man doch blind sein, den Charakter von so einem Hallodri nicht zu erkennen.«

»Nicht blind«, korrigierte Dieter. »Aber man muss die natürliche menschliche Tendenz besitzen, Muster dort zu erkennen, wo sie gar nicht existieren.«

»Dieter, du sprichst in Rätseln.«

»Dieses Phänomen nennt man Clustering Illusion.«

»Na, das hilft uns jetzt weiter«, sagte Michael mit Ironie in der Stimme, wusste aber, dass eine entsprechende Erklärung gleich folgen würde. Dieter kannte sich auf unglaublich vielen Gebieten aus und war durch sein enormes Wissen für seine Kollegen eine Bereicherung, die sie nicht missen wollten.

»Das falsche Bild, das er sich gemacht hat«, fuhr Dieter auch schon unbeirrt fort, »ist aus seiner Erwartungshaltung entstanden. Und je größer die Erwartung ist, einen Menschen vor sich zu haben, der perfekt ist, umso größer ist auch die Wahrscheinlichkeit, eigentlich nicht vorhandene Strukturen beziehungsweise Charaktereigenschaften zu sehen. Wie wir gehört haben, war Stumpf auch recht redegewandt. Dadurch konnte er bewusst oder unbewusst solche Wahrnehmungen bei anderen beeinflussen und sogar manipulieren.«

»Ein Showman eben«, urteilte Michael.

»Ja, aber einer, der bei seinen Mitmenschen gut ankam«, sagte Dieter. »Ich war heute Morgen im Rathaus und hab etliche Gespräche geführt. Angefangen vom Bürgermeister bis hin zu seinen Kollegen im Umweltdezernat scheinen alle hinter seinen Ideen gestanden zu haben. Er hat sie in seine Arbeit eingebunden und sie von seinem wachsenden Bekanntheitsgrad profitieren lassen. Keiner konnte sich vorstellen, dass Stumpf irgendwelche Feinde gehabt hat. Gleichwohl erzählte unser Bürgermeister, dass Stumpf immer Angst hatte, nicht erfolgreich zu sein.«

»Das hat auch Eva Neumann gesagt«, erinnerte Martin sich.

»Aus dem Grund war er stets auf der Suche nach dem Besonderen«, fuhr Dieter fort. »Etwas, das andere beeindruckte. Wenn es nicht geklappt hat, konnte er das gut verkraften. Scheinbar hatte er die Fähigkeit, sich schnell von Misserfolgen zu erholen und sich gleich der nächsten Herausforderung zu stellen. Nebenbei hat er sich auch gerade mit einer innovativen Idee in die Schlagzeilen und in diverse Fachzeitschriften gebracht.«

»Worum ging's?«

»Um Elektroautos. Stumpf hat sich überlegt, wie klimafreundlich es doch wäre, wenn man die gesamte Paket- und Briefzustellung der Deutschen Post in Wiesbaden und Umgebung auf Elektroautos umstellen würde.« Dieter reichte Martin eine Mappe. »Die hat mir seine Sekretärin gegeben. Das sind die Veröffentlichungen und Infos dazu.«

Martin blätterte kurz durch. »Ganz schön ehrgeiziges Kerlchen, dieser Stumpf.«

Michael schaute ihm über die Schulter. »Ziemlich gute Idee.«

»Das findet auch die Post. Die sind sofort auf den Zug aufgesprungen.«

»Ist ja auch 'ne super Werbung für die.«

»Das ist weltweit ein einmaliges Pilotprojekt und wird noch dieses Jahr umgesetzt. Es werden etwa siebzig von diesen sogenannten Street Scootern angeschafft. Das Projekt kostet wohl vierzehn Millionen, aber das Umweltministerium fördert es mit sechs Millionen. Tolles Image für die Post ist inklusive.«

»Und Stumpf? Was kriegt der?«

»Das, was ihm wichtig ist«, antwortete Martin. »Ansehen und Lob. Vielleicht strebte er eine politische Karriere an. Wachsende Beliebtheit ist da sicher hilfreich. Und wenn, wie ich hier lese, der Strom für die Autos auch noch aus regenerativen

Energien kommen soll, ist das seinem Windkraft-Projekt doch nur zuträglich.«

»Ja, mit dieser Sache hat er sich und sein Ansehen ganz weit nach oben katapultiert.« Dieter tippte auf eine Seite in den Unterlagen. »Sogar der Bundesumweltminister hat dieses Projekt als *eines der wichtigsten des Klimaschutzes* anerkannt.« Dieter nahm seine Brille von der Nase und begann sie zu putzen. »Und der Bürgermeister ist auch total happy. Wiesbaden wird zur Musterstadt.« Er besah sich die Brille und schob sie zufrieden zurück auf den Nasenrücken.

»Na«, neckte Michael, »hast du jetzt wieder vollen Durchblick?«

»Ich sehe alles glasklar, auch was erneuerbare Energien angeht. Dazu Folgendes: Seit etwa einem halben Jahr war der Windkraftpark Stumpfs vorrangiges Thema. Die Windräder sind rein optisch allerdings vielen ein Dorn im Auge.«

»Was hast du rausgekriegt?«

»Es gibt verschiedene Bürgerinitiativen, sowohl für als auch gegen den Windkraftpark. Alle versuchen, auf ihre Weise Druck zu machen. Einige der Gegner haben im Grunde nichts gegen die Windkraft an sich. Die wollen nur, dass naturschutzrechtliche Aspekte berücksichtigt werden. Also, als richtige Gegner würde ich die nicht bezeichnen. Stumpf war mit denen immer im Gespräch, hat sie auf dem Laufenden gehalten und ihnen immer wieder versichert, dass Windräder nur da gebaut werden, wo es nach Prüfung auch umweltverträglich ist. Natürlich gibt's auch die, die grundsätzlich und total dagegen sind.«

»Selbst wenn einige von ihnen echte, verbissene Gegner sind«, gab Michael zu bedenken, »können die ja nicht davon ausgehen, dass die Windkraftanlagen nicht kommen, nur weil man den entsprechenden Stadtrat umbringt. Solche Projekte gehen doch weiter ihren Gang.«

»So sehe ich das auch«, stimmte Martin zu.

»Obwohl wir nicht vergessen dürfen«, erinnerte Dieter, »dass alles nach einer Affekttat aussieht. Denkbar wäre also auch ein fanatischer Gegner, der mit Stumpf in Streit geraten ist und ihn dann erschlagen hat.«

»Ich bezweifle, dass so einer mitten in der Nacht bei ihm aufkreuzen würde.« Michael machte eine skeptische Miene. »Ich würde vorschlagen, dass wir diese Gruppe zunächst mal außen vor lassen. Die können wir uns immer noch vornehmen.«

»Einverstanden«, nickte Martin. »Was ist mit den Kollegen von Stumpf? Irgendeiner, der jetzt an seine Stelle rückt?«

»Als hauptamtlicher Stadtrat hatte Stumpf mehrere Vertreter, die normalerweise im Urlaubsfall tätig wurden. Mit denen hab ich gesprochen. Die übernehmen das auch jetzt vorübergehend, bis die Stadtverordnetenversammlung einen neuen Stadtrat wählt.«

»Verspricht sich vielleicht einer von denen, Stumpfs Posten zu kriegen?«

»Nein. Die kommen alle nicht als hauptamtliche Stadträte infrage.«

»Und wer kommt infrage?«

»Wer letztlich zur Wahl stehen wird, ist heute noch nicht abzusehen. Aber ich kann mir nicht vorstellen, dass jemand Stumpf umbringt, in der Hoffnung, bei Neuwahlen *eventuell* seinen Job zu bekommen. Jedenfalls scheint es niemanden zu geben, der jetzt in den Startlöchern steht.«

»Was ist mit politischen Gegnern aus der Opposition?«

»Die wollen eine Bebauung des Taunuskamms natürlich verhindern. Entsprechende Anträge sind auch schon gestellt worden. Sie argumentieren aus ökologischen und wirtschaftlichen Gesichtspunkten und stellen die Sozial- und Landschaftsverträglichkeit infrage. Zumindest versuchen sie es.«

»Also, der ganz normale politische Wahnsinn: Tauziehen um jeden Preis«, urteilte Michael.

»Ich hatte den Eindruck, dass es den Gegnern mehr um Stimmungsmache als um Information geht. Vielleicht haben sie deshalb bisher nichts erreicht. Stumpf hat mit seinen Anträgen immer die Mehrheit bekommen, was sicher auch daran liegt, dass er Mitglied der Regierungspartei ist. Aber abgesehen davon scheint seine Lobby recht groß zu sein.«

»Gibt's da irgendwelche fanatischen Gegner?«

»Die Herren im Rathaus meinen, dass es niemanden gab, der besonders angefressen war oder einen privaten Kampf ausgetragen hätte. Stumpf hingegen beurteilen sie als kampflustig. Sein Motto war wohl: Lass der Opposition stets einen Knochen zum Nagen.«

Martin kratzte sich am Kopf und blickte aus dem Fenster.

»Was denkst du?«, forderte Michael seinen Chef auf, seine Gedanken auszusprechen.

»Ich hab so ein Gefühl, dass das Motiv im privaten Bereich zu suchen ist. Mir geht diese Putzfrau nicht aus dem Kopf«, er wandte sich den Kollegen zu. »Genauso wie Paul und diese Eva.«

»Was ist eigentlich mit Paul?«, fragte Dieter. »Hast du ihn gesprochen?«

»Ja, hab ich.« Martin fuhr sich durch die Haare. »Aber viel war aus ihm nicht rauszuholen. Eva Neumann hat ihn mit zu dieser Party genommen, wo er sich scheinbar ziemlich zugedröhnt hat. Jedenfalls hat er nur bruchstückhafte Erinnerungen an den Abend.«

»Fragmentarisches Blackout«, diagnostizierte Dieter. »Das ist ganz schön tückisch. Manchmal ist den Leuten gar nicht bewusst, dass ihnen ein Stück Erinnerung fehlt. Erst, wenn sie darauf angesprochen werden, merken sie es.«

»Aber manchmal hat man Glück und die Erinnerung kommt wenigstens zum Teil zurück«, sagte Michael. »Vielleicht, wenn Paul in die Villa zurückgeht?«

»Das ist eine Möglichkeit«, stimmte Martin zu.

»Versuchen können wir es.« Dieter klang nicht ganz so euphorisch wie die anderen. »Aber der Alkohol verändert die Aktivität einiger Zellrezeptoren, sodass die Informationsübertragung der Zellen gestört ist. Dann können neu eintreffende Infos nicht gefestigt werden. Zumindest gelangen sie deshalb nicht mehr ins Langzeitgedächtnis. Und weil Paul mindestens einen Blutalkohol über eins Komma fünf Promille gehabt haben muss, sonst hätte er kein Blackout, wage ich zu bezweifeln, dass ihm noch was einfällt.«

»Sprichst du aus Erfahrung?«, scherzte Michael.

»Aus Erfahrung mit entsprechender Literatur.«

»Aber wenn Paul derart alkoholisiert gewesen ist, konnte er doch gar nichts mehr anstellen. Der ist Alkohol in den Mengen nicht gewöhnt. Da kann man sich wahrscheinlich gar nicht mehr auf den Beinen halten«, überlegte Martin laut.

»Martin, aus dir spricht die Hoffnung. Immerhin ist er noch allein nach Hause gekommen«, gab Dieter zu bedenken. »Aber was ist mit dieser Eva, die du erwähnt hast?«

»Ja, auf die bin ich gespannt.« Michael grinste. »Wenn man diesem Studenten glauben kann, ist das ein ganz schön heißer Feger.«

»Ein verdammtes Luder ist das. Ich hätte nicht übel Lust gehabt, ihr den Hintern zu versohlen.« Martin berichtete von dem Gespräch mit ihr. Abschließend meinte er: »Aber du kannst dir gerne selbst ein Bild von ihr machen. Wir holen die Dame nämlich ab und nehmen sie mit zum Tatort, damit sie sich im Haus umsieht. Die war so oft da, dass sie wahrscheinlich jedes Kunstwerk kennt und vielleicht weiß, ob tatsächlich was fehlt. Ich hatte sie auch um eine Liste mit den Namen der Männer, mit denen sie im Auftrag von Stumpf geschlafen hat, gebeten. Da kann sie gleich noch alle anderen Sexpartner dazuschreiben. Vielleicht ist ja ein eifersüchtiger Jüngling darunter.«

»Sofern sie die Namen noch weiß.«

»Lasst uns doch mal sehen, was wir sonst noch so an Ergebnissen haben«, wandte Martin sich einem anderen Thema zu.

Dieter kramte einige Papiere hervor. »Also, Stumpf hatte ein Vermögen von ungefähr achthunderttausend Euro.«

Michael pfiff staunend durch die Zähne.

»Größtenteils geerbt. Schulden hatte er keine. Sein Einkommen betrug als Stadtrat im Monat rund fünfeinhalbtausend Euro brutto und aus der Arbeit an der Uni kamen noch mal tausendfünfhundert dazu.«

»Wenn ich an den Lebenswandel von Stumpf denke«, sagte Michael, »könnte man meinen, an der Vermutung, dass Geld den Charakter verdirbt, ist was dran.«

»Na ja, der *Mangel* an Geld macht die Menschen auch nicht besser«, erwiderte Martin.

»Was den Safe angeht«, fuhr Dieter fort, »da waren circa zehntausend Euro Bargeld, ein Ordner mit Bankdaten und tatsächlich das von Frau Stumpf erwähnte Testament sowie das Schuldeingeständnis von Frau Schwarz drin. Wie ich aber schon vermutet habe, ist das Testament in der Form nicht mehr gültig. Die Ex kriegt nichts.«

»Und wer erbt sein Vermögen?«

»Stumpf hat einen Bruder, der schon seit Jahren als Hotelmanager in Dubai wohnt. Der ist Alleinerbe, hatte aber in den letzten Jahren keinen Kontakt zu ihm. Er ist benachrichtigt und kommt in drei Tagen, um die Beerdigung zu regeln.«

»Na, dann gibt's ja noch ein Leben nach dem Tod«, schmunzelte Michael, »das Aufleben des Erben!«

Die Kollegen schüttelten lächelnd den Kopf, während Dieter ein weiteres Blatt zur Hand nahm. Er reichte es Martin. »Hier, zum Schluss noch was von der KTU zur Blutspur auf dem Sofa: Die DNA ist nicht registriert.«

»Das wär ja auch zu schön gewesen. Gibt's auch schon ein Ergebnis zu den Faserspuren?«

»Nein, bis jetzt nicht. Aber hier ist noch der Terminkalender des Opfers.«

»Den durchforste ich, während du Eva Neumann holst. Und du, Michael, nimmst dir die Partygäste vor. Hier ist die Liste.«

Martin versuchte, Paul zu erreichen, um ihn zur Villa zu bestellen. Doch er musste sich mit seiner Mailbox begnügen. Dem Kommissar blieb nur zu hoffen, dass der junge Kollege sich daraufhin meldete.

17

Über einen nachträglich angebauten Windfang, der gleichzeitig als Garderobe diente, betrat Heiko Pallhuber das gepflegte Bauernhaus der Familie Lang. Im Flur drehte sich Annette Lang zu ihm herum.

»Es tut mir leid, Herr Pallhuber, aber mein Mann hat zu tun. Außerdem will er nicht mit Ihnen sprechen. Er hat sich die Sache überlegt und will das Grundstück nicht verkaufen.«

»Was? Das glaub ich jetzt nicht.« Seine Stimme wurde laut. Ganz fest hatte er mit dem Vertragsabschluss gerechnet und auch den Notar schon bestellt. »Also, entweder haben Sie keinerlei Einfluss auf Ihren Mann, oder Sie haben sich keine Mühe gegeben.«

»Er ist halt stur«, jammerte sie. »Ich konnte nichts machen. Er ist misstrauisch und will längere Bedenkzeit.«

»Verflucht!«, murmelte Pallhuber und verließ das Haus. Annette Lang kam ihm hinterher.

»Herr Pallhuber«, bat sie. »Sie werden doch meinem Mann jetzt nichts erzählen?«

Heiko blieb stehen und betrachtete die schlanke Frau, die ihm ängstlich in die Augen blickte. Und ihn überkam der Gedanke, sie für den Misserfolg bezahlen zu lassen. Schließlich hatte er sie in der Hand. Diese Tatsache entlockte ihm ein kurzes Lächeln. Sein Blick glitt über ihren großen Busen und prallen Hintern. Ihre langen schwarzen Haare hatte sie wie meistens zu einem Zopf geflochten. Ihr Gesicht war zart, nur die Nase vielleicht ein wenig zu groß.

»Was sollte mich noch daran hindern?«, antwortete er herablassend.

»Sie zerstören mein Leben. So herzlos können Sie doch nicht sein.«

»Und Sie zerstören mein Geschäft«, gab er kalt zurück. »Aber wissen Sie was?« Ein breites Grinsen erschien auf seinem Gesicht. Er hatte eine perfide Idee, wie er diese Frau für ihre Untätigkeit und Schwäche bestrafen und gleichzeitig sein Problem lösen konnte. »Sie haben recht. So herzlos will ich nicht sein. Ich werde ein anderes Mittel einsetzen, um Ihren Mann zu überzeugen. Und Sie …«, drohend zeigte er mit dem Zeigefinger auf sie, »… Sie halten die Finger still. Geben Sie Ihrem Mann einfach nur Freiraum.«

»Was haben Sie vor?«

»Das wollen Sie nicht wissen. Aber wenn es funktioniert, dann verkauft Ihr Mann an mich und Sie haben Ruhe vor mir.« Er ging zu seinem Wagen.

»Sagen Sie mir doch, was Sie vorhaben. Bitte! Dann kann ich mich darauf einstellen und Sie vielleicht unterstützen.«

Heiko Pallhuber sah sie über seine Schulter hinweg an. »Auf Ihre Unterstützung habe ich lange genug gehofft. Sie hatten Ihre Chance. Alles Weitere liegt nicht mehr in Ihrer Hand. Da müssen andere tätig werden.«

»Sie wollen ihm doch nichts tun?«

»Keine Sorge. Ich schicke ihm kein Schlägertrupp.« Er grinste. »Im Gegenteil!« Er öffnete die Autotür und ließ sich auf den Fahrersitz fallen. »Machen Sie sich nicht so viele Sorgen. Als Bauersfrau kennen Sie ja sicher die Bauernweisheit: Man soll immer das Beste hoffen, aber auf das Schlimmste gefasst sein.« Er lachte laut, schlug die Tür zu und fuhr davon.

Annette blickte ihm hinterher und ihr Magen zog sich zusammen. Sie ballte die Hände zu Fäusten. Am liebsten hätte sie laut geschrien. Sie war sich sicher, dass dieser Pallhuber nichts Gutes im Sinn hatte. Sie beschloss, Rolf den Freiraum zu geben, den dieser widerliche Kerl verlangt hatte. Aber nur zum Schein. Sie würde ihren Mann im Auge behalten, um herauszufinden, was Pallhuber vorhatte.

18

»Raubmord?« Milster kratzte sich am Kinn. »Sind Sie sicher?«

»Es deutet vieles darauf hin«, erklärte Martin seinem Chef. »Eva Neumann kennt sich in der Stumpf-Villa bestens aus. Wir waren gerade eben mit ihr dort und sie ist sicher, dass ein Gemälde aus dem Arbeitszimmer fehlt. An dessen Stelle hängt jetzt ein anderes Bild, das Stumpf letzte Woche, zumindest nach Frau Neumanns Wissen, noch nicht besessen hat. Dieses Bild ist ein billiger Druck eines van-Gogh-Gemäldes. So was Wertloses hätte Stumpf sich nicht an die Wand gehängt.«

»Und was soll das heißen?«

»Wir glauben, dass der Dieb dieses neue Bild aufgehängt hat, damit das Fehlen des viel wertvolleren Gemäldes nicht sofort auffällt.«

»Also, ein Täuschungsversuch, damit wir nicht auf Raubmord kommen?«

»Zumindest nicht sofort. Diese Methode kann dem Täter einen zeitlichen Vorsprung verschaffen.«

»Da ist was dran. Aber wäre es nicht auch möglich, dass der Mord nur als Raubmord getarnt wurde?«

»Wenn dem so ist, macht das Hinhängen des Bildes keinen Sinn. Ein solcher Täter hätte den Platz an der Wand frei gelassen, damit der fingierte Raub sofort auffällt. Diese Variante würde ich deshalb ausschließen.«

»Dann sieht es wohl so aus, als ob es tatsächlich um dieses verschwundene Gemälde ginge. Wissen Sie schon Genaueres darüber?«

»Das Bild ist von La Pira, einem italienischen Maler. Es zeigt Neapel bei Nacht und wird mit einem Wert von knapp siebentausend Euro angegeben.«

»Sie wollen mir sagen, Erwin Stumpf ist wegen siebentausend Euro ermordet worden?« Ungläubigkeit schwang in Milsters Stimme mit.

»Es sind schon Leute wegen weniger umgebracht worden.«

»Das weiß ich«, gab Milster ärgerlich zurück.

»Hätten Sie lieber ein spektakuläres Motiv gehabt?«

»Es passt einfach nicht, dass so ein Mann wie Erwin Stumpf nur wegen so ein bisschen Kunst ermordet wird.«

»Also, passend finde ich das eigentlich schon. Politiker sind doch in gewisser Weise auch Künstler. Sie beherrschen die Kunst, Reden zu halten, die uns glauben machen, sie tun etwas. Was natürlich auch stimmt: Sie reden. Aber meistens reden sie Probleme herbei.«

»Sandor«, Milster schüttelte den Kopf. »Sie haben Ansichten.«

»Jedenfalls«, fuhr der Kommissar fort, »müssen wir annehmen, dass Stumpf den Dieb überrascht hat und er aufgrund dessen ermordet wurde. Für einen ungeplanten Mord spricht auch die vom Schreibtisch gegriffene Statue, die als Tatwaffe diente.«

»Klingt logisch!«

»Die Blutspuren auf dem Sofa stammen nicht von Stumpf. Wir können also davon ausgehen, dass sie vom Täter sind.«

Martin fuhr sich durch die Haare. »Was uns allerdings stutzig macht, ist die Tatsache, dass wir keinerlei Einbruchspuren gefunden haben. Heißt das nun, dass Stumpf seinen Mörder kannte?«

»Was fragen Sie mich? Finden Sie es heraus.«

Ja, klar, dachte Martin. Mit Milster kann man kein Brainstorming machen. Der will keine Fragen, der will nur Antworten.

»Das werde ich.«

Die Sicherheit in Martins Stimme ließ Milster zuversichtlich nicken. Er wusste, auch wenn er mit seinem Kommissar nicht immer einer Meinung war, konnte er sich auf ihn verlassen.

19

»Rolf Lang hat sich nicht auf den Vertrag eingelassen«, berichtete Pallhuber am nächsten Morgen Alexander Meurer am Telefon. »Der Sturkopf will partout nicht verkaufen.«

»So ein Mist. Wieso hat seine Frau das nicht hingekriegt? Ich versteh das nicht.« Die Nervosität war ihm anzuhören und Pallhuber sah den Dicken förmlich vor sich, wie er wieder mit den Augen zuckte. »Na, die kann jetzt was erleben. Ihrem feinen Gatten werden wir mal ein paar schöne Fotos schicken.«

»Jetzt beruhige dich. Das mit den Fotos lassen wir vorerst noch. Das würde uns im Augenblick nicht weiterbringen. Im Gegenteil. Ich hab da eine ganz andere Idee. Du hast mir doch von einigen Mädchen erzählt, die für Stumpf gearbeitet haben. Ich brauche die Namen und Adressen.«

»Was willst du denn mit denen?«

»Ich gehe mal davon aus, dass diese Mädchen nicht abgeneigt sind, sich auch weiterhin Geld zu verdienen, indem sie andere Männer umgarnen. Wenn wir eine von ihnen anwerben könnten, damit sie Rolf Lang manipuliert, haben wir vielleicht Chancen auf sein Grundstück.«

»Ausgerechnet eines von Stumpfs Mädchen? Das ist doch verrückt.«

»Gerade eine von denen. Die sind bestimmt willig, weil sie durch Stumpf jetzt nichts mehr verdienen können. Außerdem sind die vom Fach. Du hast doch gesagt, es sind Studentinnen von Stumpf.«

»Ja, schon. Aber ich kann mir nicht vorstellen, dass sie plötzlich für die Gegenseite arbeiten würden.«

»Abwarten. Wenn die sich grundsätzlich für Geld mit Männern eingelassen haben, dann ist das nur eine Frage des Preises.«

»Du hast vielleicht Ideen.«

»Wenn es über die Ehefrau nicht läuft, muss man den Hund am Schwanz packen.«

»Meinst du das jetzt wörtlich?«, fragte Alexander irritiert, woraufhin er Heiko lachen hörte. Und wie so oft war es ein Auslachen.

»Also, krieg raus, wer die Damen sind, und zwar heute noch, wenn's geht«, sagte Pallhuber mit Nachdruck.

»Das dürfte kein Problem sein. Ich kenne ein paar Herren, die schon mit denen unterwegs waren.«

»Na, also.« Pallhuber lächelte zufrieden. Er freute sich schon auf ein Gespräch mit einem der Mädchen.

»Aber ich finde das nicht gut«, wagte Alexander einen letzten Einwand.

»Das, mein Lieber, sagst du viel zu oft. Also, wegen der Dame für unser Bäuerchen höre ich heute noch von dir, ja?«

»Ja, ja. Ich melde mich.«

Alexander Meurer fühlte sich nicht wohl in seiner Haut. Seit er mit Heiko Pallhuber zusammenarbeitete, ging es seinem Konto zwar immer besser, ihm dafür immer schlechter. Es ärgerte ihn, dass Heiko ihn ständig benutzte, um irgendwelche krummen Dinger zu drehen. Nach der Sache mit Stumpf waren seine Nerven ohnehin schon angespannt und er sehnte sich nach Ruhe. Er hoffte, dass das ganze Theater um den Windkraftpark bald zu ihren Gunsten erledigt sein würde. Doch dafür musste er wohl oder übel noch einiges tun. Die verheerenden Folgen, die sein Zutun haben würde, waren für ihn nicht abzusehen.

20

Solange sich die Version vom Raubmord nicht bestätigt hatte, musste das K11 auch allen anderen Verdachtsmomenten nachgehen. Dazu gehörte, die berufliche Seite von Erwin Stumpf noch intensiver zu beleuchten.

Nachdem Martin sich mit Stumpfs Terminkalender beschäftigt hatte, lag eine Liste mit etlichen Namen vor ihm. Mit dieser Liste fuhr er ins Rathaus, um dort die Zusammenhänge mithilfe der freundlichen Sekretärin zu klären.

Mehrfach hatte Martin den Namen *Joachim Henke* im Terminkalender gelesen. Der Kommissar erfuhr, dass dieser Mann ein Mitarbeiter des Instituts für Regenerative Energien in Eltville war. Dort hatte Erwin Stumpf im Namen der Stadt Wiesbaden eine Potenzialstudie in Auftrag gegeben. Von dieser Studie hing ab, ob die Windkraftanlagen gebaut werden würden oder nicht. Dieser Aspekt schien Martin von Bedeutung und er entschied, das Institut aufzusuchen. Zuvor wollte er mit Gabriele Schwarz noch einmal in die Stumpf-Villa gehen, damit er ihre Meinung zu den Bildern mit der von Eva abgleichen konnte.

Doch er erreichte sie nicht und beauftragte Michael, es weiter zu versuchen, während Dieter ihn nach Eltville begleiten sollte.

Unterwegs erzählte Dieter seinem Chef, dass er die beiden Studentinnen Nora und Petra überprüft hatte. Ihre Eltern hatten bestätigt, dass sich beide zum Studieren derzeit in England aufhielten.

»Zurzeit ist in Eltville ganz schön was los«, sagte Dieter nach einer Weile vom Beifahrersitz, während die Landschaft des Rheingaus an ihnen vorüberrauschte. »Die Stadt feiert die Eltviller Rosenwochen wegen ihres Jubiläums: fünfundzwanzig Jahre Rosenstadt.«

Die moderne Kleinstadt am Rhein galt als besonders schöne Perle im Rheingau und war für ihren Wein und ihre Rosen bekannt. Die Eltviller Rosen sollen früher so angesehen und begehrt gewesen sein, dass sie sogar den Hof des Zaren in St. Petersburg erreichten. Martin war einmal mit Karla in Eltville gewesen und hatte die hübsch restaurierte Altstadt bewundert. Durch die mittelalterlichen Gassen und fachwerkgeschmückten Bürgerhäuser erweckte diese Stadt einen idyllischen Eindruck. Sie waren die sehenswerte romantische Rheinuferpromenade entlanggeschlendert und hatten die Kurfürstliche Burg mit ihrem begehbaren Turm besichtigt. Karla hatte diesen Ort eine *Oase der Beschaulichkeit* genannt. Ein schöner Tag, erinnerte sich Martin.

»Anlässlich dieses Jubiläums haben sie einen Künstler beauftragt, fünfhundert großformatige rote Rosen herzustellen«, sprach Dieter weiter. »Die kannst du jetzt auf dem oberen Eltzer Hof, dem Petershof, gegenüber der katholischen Kirche St. Peter und Paul bewundern. Die sind von dem gleichen Künstler, der vor nicht allzu langer Zeit mit diesem Kunstinstallationsprojekt vom *Hessischen Löwen* vor unserer Staatskanzlei für Furore gesorgt hat.« Dieter nahm seine Brille ab und putzte sie am Hemdzipfel.

»Ja, daran kann ich mich erinnern«, nickte Martin. »Das waren die auf Holzlatten geschraubten Löwenfiguren, die tausendfach auf dem Rasen standen.«

»Abgesehen von den künstlichen Rosen blühen hier im Sommer Tausende von echten Rosenstöcken in mehreren Hundert Sorten. Sie haben hier sogar eigene Züchtungen. Eine davon heißt *Stadt Eltville*. Eine andere Sorte haben sie *Johannes Gutenberg* getauft. Und vor fünf Jahren haben sie *Hildegard von Bingen* gezüchtet.«

»Ich dachte, die ist längst tot«, scherzte Martin.

»Die Gute lebt eben über ihren Tod hinaus. Schließlich war sie zu ihrer Zeit eine besondere Frau. Apropos Frau«, sagte Dieter, als sie nach zwanzig Minuten das Ortseingangsschild passierten. »Meine Frau kommt aus Eltville.«

»Das wusste ich gar nicht.« Martin war erstaunt. »Ich dachte immer, sie sei aus Wiesbaden.«

»Da hab ich sie auch kennengelernt. Sie hat dort gearbeitet. Bevor wir in Eppstein gebaut haben, haben wir zwei Jahre hier gewohnt.«

»Na, dann kennst du dich ja aus wie in deiner Westentasche.«

»Genau. Und deshalb solltest du jetzt auch links abbiegen.«

Martin tat, wie ihm geheißen. Während sie Richtung Rhein steuerten, fuhren sie an der tausend Jahre alten Burg Crass vorbei.

»In den neunziger Jahren wurde die Burg komplett saniert«, erklärte Dieter. »Da ist jetzt ein schönes Hotel und Restaurant drin.«

»Passt voll und ganz in das geschichtsträchtige Bild der Stadt«, urteilte Martin.

Er mochte diese Gespräche mit Dieter. Sie lenkten auf angenehme Weise für kurze Momente von der Arbeit ab und waren ein kleiner Ausgleich zu den vielen schrecklichen Dingen, die sie berufsbedingt immer wieder erlebten.

21

Das Institut für regenerative Energien befand sich im Leinpfad, direkt am Rhein. Es war in einer ehemaligen alten Villa untergebracht, die offensichtlich vor Kurzem renoviert worden war. Moderne Elemente fügten sich harmonisch in die alte Bausubstanz ein.

Martin und Dieter betraten das Gebäude durch einen mächtigen Torbogen und wurden von einer Sekretärin zum Zimmer von Joachim Henke geführt. Der 29-Jährige saß an seinem Schreibtisch, der über und über mit Ordnern, Papieren und Plänen bedeckt war. Er klimperte auf seiner Tastatur herum und blickte beim Eintreten der beiden Männer auf. Er war von schlanker, sportlicher Figur, hatte ein kantiges Gesicht mit einem tiefen Grübchen am Kinn, das trotz des Dreitagebarts deutlich zu sehen war. Seine recht große Nase fiel jedem Betrachter sofort ins Auge, ebenso seine für einen Mann außergewöhnlich langen schwarzen Wimpern. Seine kurzen Haare waren dicht und braun. Er wirkte wie ein Naturbursche und man hatte den Eindruck, als wäre er hier völlig fehl am Platz.

Martin und Dieter stellten sich vor und erklärten Joachim Henke, warum sie gekommen waren.

»Ja, ich habe davon gehört. Mein Chef, Professor Kluge, hat es mir erzählt. Das ist wirklich tragisch.« Es entstand eine kurze pietätvolle Pause, ehe er fortfuhr. »Und wie kann ich Ihnen helfen?«

»Wir würden gerne wissen, was das für eine Studie ist, an der Sie arbeiten.«

»Es handelt sich um eine sogenannte Potenzialstudie, die die Stadt Wiesbaden bei uns in Auftrag gegeben hat. Dabei sollen fundierte Analysen die Potenziale im Bereich Wind aufzeigen.« Er stand auf und holte zwei Gläser und eine Flasche Wasser zum Tisch, während er weitersprach: »In der heutigen Zeit dreht sich alles um eine gefahrlose und sichere Energieversorgung. Und die erneuerbaren Energien sind nun mal der Hoffnungsträger schlechthin. Manchen ist nur noch nicht klar, dass sie keine Ergänzung zu der atomaren und fossilen Energieversorgung sind, sondern die Alternative. Aber immerhin ist die Regierung inzwischen wach geworden. Hat ja lange genug gedauert.« Er schenkte Martin und Dieter ein. Dann ging er hinüber zum Fenster und sprach mit dem Rücken zu ihnen weiter. »Umso besser ist es, wenn sich Leute wie Erwin Stumpf so hartnäckig für erneuerbare Energien einsetzen. Denn die Energiewende steht erst am Anfang und ist bei Weitem kein Selbstläufer. In meinen Augen ist die Windenergie die beste Möglichkeit, sie zu verwirklichen. Das hat auch Herr Stumpf so gesehen. Er wollte in kürzester Zeit Wiesbaden dezentral und eigenständig mit Strom versorgen, unter anderem mit dem Windkraftpark, und so die Stadt von großen Energiekonzernen unabhängig machen.« Joachim Henke drehte sich wieder herum und kam zum Schreibtisch zurück. »Und durch die Studie sollte festgestellt werden, ob es auf dem Taunuskamm windhöffige Lagen gibt. Also Standorte, wo genug Wind weht, damit sich eine Windkraftanlage rechnet. Parallel dazu haben wir weitere Standortbelange überprüft. Denn auch wenn man beste Windverhältnisse hat, gibt es Kriterien, warum eine Anlage nicht gebaut werden kann. Natur- und Landschaftsschutz spielen dabei eine große Rolle, um nur zwei zu nennen. Aber in unserem Fall sieht es gut aus. Windkraftanlagen auf dem Taunuskamm wären optimale Energielieferanten. Man kann dort mit Windgeschwindigkeiten von fünf Komma acht bis sechs Komma fünf Metern pro Sekunde und teilweise sogar mehr rechnen. Damit ist das eine windstarke Region.« Er ließ seinen Blick über die Unterlagen auf dem

Schreibtisch schweifen. »Die Studie ist so weit fortgeschritten, dass wir sie in circa zwei Wochen abgeben können.«

»Wusste Herr Stumpf das?«

»Ja, er hat mich letzte Woche angerufen. Er war also auf dem neuesten Stand. Aber es war auch schon seit etwa vier Wochen abzusehen, dass das Ergebnis positiv sein wird.«

»Hat Herr Stumpf mal mit Ihnen über irgendwelchen Ärger gesprochen?«

»Ärger? Nein. Etwas in der Richtung hat er nie erwähnt. Aber ich habe ihn auch nicht oft gesprochen. Und wenn, dann ging es immer ausschließlich um die Studie. Aber möglicherweise hatte er Ärger mit denen, die die positive Studie eher negativ aufnehmen werden.«

»Denken Sie da an Bürgerinitiativen oder Naturschützer?«

»Bürgerinitiativen? Pah!« Er winkte ab. »Die waren doch kein Hinderungsgrund oder ernsthafte Gegner. Stumpf konnte die Leute durch seine Art leicht für sich gewinnen. Zumindest die meisten.« Sein Gesicht verfinsterte sich. »Nein, da gab es ganz andere Kaliber. Ich hatte das Vergnügen, zwei von ihnen kennenzulernen. Die beiden kamen vor zwei Monaten zu mir und haben mir ein tolles Angebot unterbreitet. Sie wollten mir dreißigtausend Euro zahlen, wenn ich die Studie so drehe, dass ein Beibehalten der jetzigen energiewirtschaftlichen Situation möglich ist. Soll heißen, ich sollte die Zahlen so türken, dass keine Windkraftanlagen gebaut werden würden.«

»Ein nettes Sümmchen«, staunte Martin.

»Aber Sie haben abgelehnt«, nahm Dieter an.

»Natürlich! Erstens ginge das gar nicht so einfach. Ich bin ja schließlich nicht der Einzige, der daran arbeitet. Und zweitens habe ich solche Typen gefressen, die denken, sie könnten für Geld alles und jeden kaufen, nur um ihren eigenen Profit zu steigern. Außerdem tue ich immer, was ich für richtig halte. Und Ergebnisse zu fälschen gehört nicht dazu. Sie können sich vielleicht vorstellen, dass ich als wissenschaftlicher Mitarbeiter eines solchen Institutes und Doktorand im Bereich der Umwelt- und Wirtschaftswissenschaften erneuerbare Energien gut finde und diese Entwicklung absolut unterstütze.« Erneut stand er auf und ging zu einem Schrank. »Als sich abzeichnete, dass das Projekt auf dem Taunuskamm umgesetzt werden kann, hab ich mich tierisch gefreut«, sagte er beim Herumkramen in einer Schublade. Dann zog er einen Zettel heraus und reichte ihn Martin. »Hier, das sind die Autokennzeichen der beiden Klugscheißer, die mich bestechen wollten. Die Namen haben die Herren mir nicht genannt. Da dachte ich, es könnte nichts schaden, wenigstens die Nummern aufzuschreiben. Man weiß ja nie, was denen sonst noch alles einfällt. Vielleicht hilft Ihnen das.«

Neben den Nummern hatte Henke auch den jeweiligen Wagentyp vermerkt. Beide waren auf Wiesbaden zugelassen. Es sollte kein Problem sein die Halter festzustellen.

»Warum wollen die den Windkraftpark verhindern?«

»Geld. Es geht immer nur um Geld. Nach dem Motto: Eine Hand *cashed* die andere.« Henke verzog angewidert das Gesicht. »Ich gehe davon aus, dass die von einem Energieversorgungskonzern sind. Mit dem Umstieg auf erneuerbare Energien sägen wir praktisch an der Existenz der etablierten Energiewirtschaft.«

Da hat der Mann wohl recht, überlegte Martin. Immerhin handelte es sich dabei um den größten und einflussreichsten Bereich in der Weltwirtschaft.

»Haben Sie Erwin Stumpf davon erzählt?«

»Ja, hab ich. Der war ziemlich sauer und schien die Männer aufgrund meiner Beschreibung zu erkennen.«

»Wollte er diesbezüglich etwas unternehmen?«

»Bestimmt. Er sagte nämlich: ›Die können was erleben.‹ Aber was er tatsächlich unternommen hat, kann ich Ihnen nicht sagen.«

»Wissen Sie noch, an welchem Tag Sie Herrn Stumpf davon erzählt haben?«

»Noch am selben Tag, an dem die werten Herren hier waren.« Er warf einen Blick in seinen Kalender. »Das war am sechzehnten April.«

»Wie sahen die Männer aus?«

Henke lieferte eine kurze Beschreibung, die Martin in Stichworten notierte.

In dem Moment ertönte die gedämpfte Melodie von *Who wants to live forever* von Queen. Martin griff in seine Hosentasche und holte sein Handy heraus. »Entschuldigung!«, sagte er in Henkes Richtung. Dann stand er auf, wandte sich ab und nahm den Anruf entgegen. »Was gibt's Michael?«

»Paul war eben da, um Bescheid zu geben, dass er unterwegs nach München ist. Er will da einen Gebrauchtwagen kaufen. Als er reinkam, wusste ich sofort, dass *er* es war, der am Tatort die Duftwolke hinterlassen hatte. Er roch ganz genauso.«

»Hast du ihn gefragt ob es *Joop! Homme* ist?«

»Na klar. Es ist das Zeug. Er benutzt es noch nicht lange und besprüht sich nur damit, wenn er was Besonderes vorhat.«

»Tja, das ist zwar interessant, aber hilft uns eigentlich nicht weiter. Wir wussten ja bereits, dass er am Tatort war. Dass unser Kollege dieses Riechwasser benutzt, bedeutet ja nicht zwangsläufig, dass er schuldig ist. Es sagt uns nur, dass wir nicht länger nach einem duftigen Unbekannten suchen müssen. Ist ihm noch was eingefallen?«

»Nein, nichts weiter. Wir sind in der Villa gewesen. Seiner Erinnerung hat das allerdings nicht auf die Sprünge geholfen. Mal sehen, wie es mit Gabriele Schwarz laufen wird. Die hab ich inzwischen aufgetrieben. Sie war über Nacht bei ihrer Schwester in Bonn, sagt sie. In einer halben Stunde wird sie hier sein. Soll ich schon mit ihr in die Villa fahren?«

»Ja, mach das. Wir sind hier auch gleich fertig und kommen dorthin.« Martin drückte das Gespräch weg. Er blickte auf den Zettel in seiner Hand. »Von den beiden Herren haben Sie nichts mehr gehört, Herr Henke?«

»Nein, nur dieses eine Mal. Der eine, der Dickere, kam mir irgendwie bekannt vor. Aber ich weiß beim besten Willen nicht, woher.«

»Wir kümmern uns um die beiden«, versicherte Martin und steckte die Notiz ein.

»Sagen Sie«, wollte Dieter wissen, »wie ist das weitere Procedere, wenn das Ergebnis der Studie vorliegt?«

»Dann wird ein Antrag auf Genehmigung gestellt. Die Genehmigungsbehörde hat sieben Monate Zeit, das Vorhaben zu prüfen, ehe schließlich gebaut wird.«

»Und die Grundstücke, die dafür infrage kommen? Wem gehören die?«

»Die sind im Besitz von Landwirten und anderen Privatpersonen. Die Stadt hat mit den Eigentümern schon Gespräche zwecks Verkauf oder Verpachtung geführt, soviel ich weiß. Aber auch Hessen-Forst hat Grundstücke in den Gemarkungen, die als Standorte für die Windkrafträder geeignet wären. Das hat Herr Stumpf mal erwähnt. Und dieser Forstbetrieb ist wohl auch Projektpartner, der das ganze unterstützt.«

»Ändert sich Ihrer Meinung nach etwas, weil Herr Stumpf tot ist?«

»Ändert sich nicht immer etwas, wenn ein Mensch tot ist?«, fragte Henke, ohne eine Antwort zu erwarten. »Aber was das Projekt angeht, glaube ich, dass es schon so weit fortgeschritten ist, dass es realisiert wird. Mit oder ohne Erwin Stumpf.«

»Ich glaube«, sagte Martin, »für heute ist unser Wissensdurst gestillt.«

Dieter hätte gerne noch weitere Details erfragt. Doch Martin war spürbar nervös.

»Wenn Sie noch weitere Fragen haben, melden Sie sich ruhig.«

»Machen wir. Danke, Herr Henke.«

Im Wagen sprach Dieter seinen Chef auch gleich darauf an. »Sag mal, was bist du denn so unruhig?«

»Das mit Paul macht mich ganz kribbelig. Ich hab so ein blödes Gefühl bei der Sache. Wenn er sich doch bloß erinnern könnte.« Er fragte sich, ob Paul seinen Blackout nur vorschob, um nichts sagen zu müssen.

»Das mit dem Bestechungsversuch bei Henke finde ich viel interessanter.«

»Ja, natürlich.« Martins Zustimmung klang halbherzig. Er war verärgert, denn Pauls Verstrickung in den Fall lenkte ihn ab. Und es war den Ermittlungen nicht zuträglich, wenn er sich nicht uneingeschränkt auf die vielleicht wichtigen Dinge des Falls konzentrieren konnte.

»Michael soll die Kennzeichen schon mal überprüfen.« Dieter griff zum Handy und gab Michael den entsprechenden Auftrag.

22

Als Martin und Dieter die Villa im Komponistenviertel erreichten, war Michael mit Frau Schwarz bereits da.

»Also, was diese Autokennzeichen angeht«, begann Michael auf dem Weg zum Arbeitszimmer. »Der eine Wagen, der dunkelblaue Audi A6 Avant, ist auf einen Alexander Meurer zugelassen. Der Mann wohnt in Wiesbaden. Und der Halter des weißen BMW X5 ist ein Heiko Pallhuber. Der hat seinen Wohnsitz in Kelkheim. In unserer Datei sind beide nicht vertreten. Frau

Schwarz, Frau Stumpf und auch Frau Neumann geben an, die Herren nicht zu kennen. Ich wollte noch in Stumpfs Büro nachfragen, aber dazu kam ich jetzt nicht mehr.«

»Das erledigen wir später«, sagte Martin und wandte sich Gabriele Schwarz zu. Er bat sie, sich das Bild im Arbeitszimmer noch einmal genau anzusehen.

»Das hängt schon eine ganze Weile dort«, gab sie an, während sie auf van Goghs Sternennacht blickte. »Wie lange, kann ich nicht genau sagen.«

»Wo ist das Gemälde, das vorher dort hing?«

»Das hat er verschenkt.«

»Verschenkt?« Martin erinnerte sich an Evas Worte: *Ein Bild, das er einmal gekauft hat, gibt er nicht mehr her.* »An wen?«

»Das weiß ich nicht. Er sagte nur, dass er es verschenkt hat. Herr Stumpf war ein großzügiger Mensch.« Frau Schwarz blickte immer noch wie gebannt auf das Bild. Martin wusste, dass sie bemüht war, ihn nicht anzusehen.

»Frau Schwarz«, sagte er deshalb, »würden Sie mich bitte ansehen?«

Sie straffte sich, reckte das Kinn in die Höhe und folgte seiner Bitte.

»Wissen Sie, wo er das verschenkte Bild herhatte?«

»Er hatte es ersteigert.«

»Wo?«

»Im Kunst- und Auktionshaus Wiesbaden.«

»Ist das in Mainz-Kastel?«

»Sie kennen es?«, fragte sie erstaunt zurück.

»Nur vom Hörensagen. Und hier der van Gogh, woher ist der?«

»Das weiß ich nicht.« Hastig wandte sie den Blick zum Bild.

»Wissen Sie, mich wundert es, dass er sich so einen billigen Druck hier aufhängt, wo er doch so viel Wert auf hochwertige Kunst gelegt hat. Alle seine Stücke sind doch wesentlich teurer.«

»Ja, da haben Sie recht. Aber der Druck war nur ein Lückenbüßer bis er etwas Neues, Passendes gefunden hätte.«

»Verstehe! Er hat wohl oft über Kunst mit Ihnen gesprochen?«

»Ja, das Thema mochten wir beide.« Sie lächelte aufgesetzt.

Martin legte den Kopf schief und betrachtete sie kritisch. »Sie sprechen von Herrn Stumpf immer nur positiv. Ehrlich gesagt, Frau Schwarz, wundert mich das ein bisschen. Immerhin mussten Sie umsonst für ihn arbeiten.«

Innerhalb von Sekunden färbte sich ihr Gesicht rot und sie kaute auf ihren Lippen.

»Auch Ihre Darstellung, er sei großzügig gewesen, entspricht demnach ja nicht gerade den Tatsachen, oder?«

»Er war trotzdem gut zu mir«, beharrte sie auf ihrer Meinung. »Ich habe gerne für ihn gearbeitet.«

»Sie wollen mir doch nicht weismachen, dass Sie ihn mochten, wo er Sie quasi zur Arbeit gezwungen hat. Er hat Sie mit Ihrem Diebstahl erpresst. Ihr Schuldeingeständnis haben wir im Safe gefunden.«

»Ich habe ihm das nicht übel genommen. Er war im Recht und ich hatte eben ein schlechtes Gewissen.«

»Erzählen Sie mir keine Märchen. Sie müssen ihn doch gehasst haben.«

»Nein, nein. Bestimmt nicht.«

Martin seufzte. »Lassen wir das mal so im Raum stehen. Haben Sie das Bild genommen?«

»Ich? Wie kommen Sie denn darauf?« Die gerade verschwundene Röte schoss ihr erneut ins Gesicht.

»Weil Sie bei der Frage sofort rot werden.«

»Ich bin nur empört über so eine Unterstellung.«

»Ach so. Also, haben Sie das Bild nicht genommen und Erwin Stumpf nicht erschlagen.«

»Um Gottes Willen! Was wollen Sie mir denn da anhängen?«

»Wir hängen niemandem etwas an. Wir ermitteln. Und Sie machen sich ziemlich verdächtig. Wo waren Sie in der Nacht zum Sonntag?«

»Zu Hause. Ehrlich.«

»Kann das jemand bezeugen?«

Sie schüttelte den Kopf.

»Frau Schwarz, kann es nicht sein, dass Sie sich endlich das nehmen wollten, was Ihnen für Ihre Arbeit zustand? Sie wussten, was das Gemälde wert ist, und wollten nur ein wenig Gerechtigkeit. Erwin Stumpf hat Sie dabei ertappt und Sie gerieten in Streit. Sie haben die Statue gesehen, danach gegriffen und zugeschlagen. Sie haben sich nicht mehr anders zu helfen gewusst. Bestimmt wollten Sie ihn nicht umbringen, aber Ihr Hass war in dem Moment noch größer als sonst.«

Sie starrte auf den Boden. Ihre Hände zitterten. Martin griff sie an den Schultern und suchte ihren Blick. »War es so?«

»Nein!«, sagte sie leise. »Kann ich jetzt gehen? Oder haben Sie irgendwelche Beweise für Ihre Anschuldigungen?«

Martin nahm die Hände von ihr. »Noch nicht. Aber wenn es welche gibt, werden wir sie finden«, sagte Martin in einem Ton, der keinen Zweifel daran ließ. »Und deshalb kommen Sie jetzt mit uns aufs Präsidium. Wir nehmen eine DNA-Probe.«

23

Es dauerte nur eine halbe Stunde, dann wussten die Beamten, dass Gabriele Schwarz' DNA nicht mit der Vergleichsprobe vom Tatort übereinstimmte. Sie mussten die Frau entlassen und hatten rein gar nichts in der Hand.

»Vielleicht war sie nicht allein«, überlegte Martin. »Irgendwie hängt die da mit drin. Ich will sie auf jeden Fall komplett durchleuchten. Finanzen, Kontakte, Telefon und so weiter.«

»Na, dann brauchen wir wohl einen Durchsuchungsbeschluss.«

»Und zwar zügig. Ich kümmere mich darum.«

»Apropos Telefon«, sagte Dieter. »Haben wir schon die Telefonnachweise vom Stumpf?«

»Die hatte ich gestern Morgen beim Provider angefragt«, antwortete Martin. »Schau mal nach, ob die sie vielleicht per Mail geschickt haben.«

Während Martin sich auf den Weg zum Staatsanwalt machte, fand Dieter die entsprechenden Listen unter Martins E-Mails. Er druckte sie aus und begann sie gemeinsam mit Michael durchzusehen.

»Ja, hallo!«, rief Dieter plötzlich. »Wen haben wir denn da?« Michael sah fragend zu ihm herüber. »Stumpf hat am sechzehnten April Heiko Pallhuber angerufen. Das Telefonat dauerte fünf Minuten. Direkt im Anschluss telefonierte er mit Alexander Meurer, und zwar erst zwei Minuten, kurz darauf noch mal acht Minuten. Am nächsten Tag wurde Stumpf von Pallhuber angerufen. Dieses Gespräch dauerte eine Viertelstunde.«

»Na, das ist ja wirklich interessant. Mal sehen, ob es noch mehr Kontakte zwischen den dreien gab.«

Beide durchsuchten die Listen weiter.

»Da!« Michael war erneut fündig geworden. »Einen Tag vor Stumpfs Tod hat er den Meurer wieder angerufen. Das Gespräch dauerte achtzehn Minuten.«

»Scheinbar hatten sie sich eine Menge zu sagen.«

»Den Pallhuber hat er auch noch mal angerufen. Am gleichen Tag, aber zwei Stunden später«, fuhr Michael fort und tippte mit dem Finger auf die Liste.

»Dann wollen wir doch mal sehen, was wir über diese beiden Herren herausbekommen.«

Als Martin zurückkam, setzten sie ihn über die Telefonate in Kenntnis.

»Außerdem sind wir gerade dabei, einige Informationen über die beiden zusammenzustellen.« Dieter nahm mehrere Zettel zur Hand. »Dieser Heiko Pallhuber ist ein ziemlich hohes Tier bei der SVG.«

»SVG wie Stromversorgungsgesellschaft?«

»Richtig! Er ist Vorstandsvorsitzender dieses ehrwürdigen Konzerns, der immer wieder für negative Schlagzeilen sorgt: Unter anderem Verwicklung in ungesetzliche Marktabsprachen, Einladung von Entscheidungsträgern kommunaler Großkunden zu luxuriösen Reisen, die als *Informationsreisen* getarnt waren, um nur die bekanntesten Skandale zu nennen. Und alle eingeleiteten Verfahren wurden gegen Bußgeldzahlungen der SVG wieder eingestellt.«

»Da kann man sich doch gut vorstellen, dass Joachim Henke tatsächlich Geld angeboten wurde«, überlegte Martin. »Das scheint ja bei der SVG auf der Tagesordnung zu stehen.«

»Wahrscheinlich ist das Geschäft mit den erneuerbaren Energien nicht sehr lukrativ«, sagte Dieter.

»Herr Pallhuber kann uns das ja mal genauer erklären«, schlug Martin vor und warf einen Blick auf die Daten der SVG. »Habt ihr auch schon was zu Alexander Meurer?«

»Noch nicht, die Infos zu Pallhuber waren so unterhaltend und ausführlich, dass wir zu dem anderen Herrn noch gar nicht kamen. Bin aber schon gespannt, in welchem Sumpf wir da wühlen werden.«

»Bevor wir uns die beiden Männer zur Brust nehmen, fahren wir zu Gabriele Schwarz.« Martin wedelte mit dem Durchsuchungsbeschluss.

»Suchet, so werdet ihr finden«, ließ Michael verlauten.

24

Am späten Nachmittag kamen die Männer vom K11 enttäuscht zurück ins Büro.

»Ich hätte wetten können, dass wir was bei ihr finden«, sagte Martin und stützte seinen Kopf in die Hände. Sie hatten zwei Stunden lang die Wohnung von Gabriele Schwarz auf den Kopf gestellt. Von irgendwelchen sachdienlichen Hinweisen keine Spur, von einem Gemälde oder einer Statue ganz zu schweigen.

»Vielleicht ist ja noch was Verwertbares bei dem ganzen Papierkram oder auf dem Computer«, versuchte Michael ihn aufzumuntern.

»Möglicherweise haben wir uns auch einfach täuschen lassen. Eine Vorbestrafte passt eben immer gut ins Bild.«

»Unsinn! Bis jetzt war an deinen Bewertungen immer was dran.«

»Apropos Bild«, warf Dieter ein. »Ich hab die Infos zu dem Gemälde an unsere Leute vom Diebstahl gegeben. Die hören sich für uns in der Kunstszene mal um.«

»In Ordnung. Dann lasst uns jetzt diesen Pallhuber und Meurer aufsuchen.«

»Ich bleibe hier und mache mich an die Durchsicht der Unterlagen«, sagte Dieter und breitete auch schon den ganzen Papierkram vor sich aus.

»Guter Mann! Komm Michael!«

Die beiden fuhren zu Pallhubers Privatadresse nach Kelkheim, nachdem sie ihn in seinem Büro bei der SVG nicht angetroffen hatten. Die Stadt, mit dem Auto in knapp dreißig Minuten von

Wiesbaden aus zu erreichen, gehörte zu den beliebtesten Wohnlagen im Vordertaunus. Pallhubers Haus lag am oberen Ende der Niederhofheimer Straße in absolut ruhiger Umgebung. Es war ein schmuckloser kubischer Neubau mit klaren Formen und bodentiefen Fensterelementen.

Gerade als Martin und Michael aus dem Wagen stiegen, kam ihnen ein Mann auf dem Weg zum Haus entgegen.

»Sind Sie Heiko Pallhuber?«, fragte Martin.

»Wer will das wissen?«, fragte er zurück.

»Kommissar Sandor und Kriminalhauptmeister Pichlbauer vom K11 Wiesbaden.« Martin zog seinen Ausweis heraus.

»Ja, ich bin Heiko Pallhuber«, erklärte er und warf einen Blick auf seine Armbanduhr. »Ich habe eigentlich noch einen wichtigen Termin. Aber kommen Sie kurz mit rein.« Er seufzte, wandte sich um und ging voraus. »Für die Hüter von Recht und Ordnung nehme ich mir doch gerne Zeit«, sagte er, während er die Haustür aufschloss.

Das ist schon mal die erste Lüge, dachte Martin in dem Moment. Nach allem, was er über Pallhuber bisher gehört hatte, waren Polizisten sicher die Letzten, für die ein Mann wie er sich gerne Zeit nehmen wollte.

Michael schnitt eine Grimasse hinter Pallhubers Rücken und verdrehte die Augen.

Der Mann führte die beiden in ein riesiges, modern eingerichtetes Wohnzimmer mit integrierter offener Küche. Von hier aus hatte man einen eindrucksvollen Blick auf die markante Frankfurter Skyline und die Rhein-Main-Ebene.

Exklusives Wohnambiente, dachte Martin und setzte sich zu Michael auf das Sofa.

»Was kann ich für die Herren der Polizei tun?«, fragte Pallhuber mit einem aufgesetzten Lächeln.

»Sie können uns sagen, was Sie mit Erwin Stumpf zu tun hatten.«

»Ach, der arme Mann. Ermordet worden ist er, wie ich gelesen habe. Wenn so was in unmittelbarer Nähe passiert, nimmt das einen schon mit. Aber um auf Ihre Frage zurückzukommen. Mit Herrn Stumpf hatte ich nicht viel zu tun. Ich kenne ihn praktisch gar nicht.«

»Deswegen haben sie auch mehrfach mit ihm telefoniert«, konfrontierte Martin ihn mit seinem Wissen.

»Ach, das!« Pallhuber winkte ab. »Er hat mich zweimal angerufen. Wir hatten was Geschäftliches zu besprechen.«

»Was genau war das?«

Pallhuber legte die gefalteten Hände um sein Knie. »Es ging um einen Termin. Wissen Sie, wir sind ein fest im Markt positioniertes Energieversorgungsunternehmen und beliefern nicht nur die Stadtwerke Wiesbaden zuverlässig mit Energie. Unsere Konzerntätigkeit umfasst mit der Erzeugung, dem Handel und dem Vertrieb die Wertschöpfungsstufen der Energieversorgung. Und gerade im Zeitalter, in dem die regenerativen Energien an Bedeutung gewinnen, sind wir an einer guten Zusammenarbeit, wie zum Beispiel mit dem Umweltdezernat, interessiert. Schließlich wollen wir auch weiterhin wettbewerbsfähig bleiben und außerdem Synergiemöglichkeiten ausschöpfen, die sich durch verschiedenste Interessensgruppen ergeben. Dazu gehören Behörden, Medien und Verbände, ebenso die Politik. Herr Stumpf war mit dem Ausbau solcher Energien beschäftigt. Wir wollten uns zusammensetzen und über die Windkraftanlage auf dem Taunuskamm sprechen, gegebenenfalls einen Kooperationsvertrag ausarbeiten. Zu diesem Termin ist es leider nicht mehr gekommen.« Gespieltes Bedauern lag in seiner Stimme.

Er ist sicher froh, dass Stumpf von der Bildfläche verschwunden ist, dachte Martin, als Pallhuber fortfuhr: »Da ich als Vorstandsvorsitzender der SVG im Bereich Exploration und Produktion vor allem im Regionalgeschäft tätig bin, muss ich auf derartige Dinge ein Auge haben.«

»Und was haben Sie da so gesehen?«, fragte ihn Michael mit einer Prise Sarkasmus.

»Dass Herr Stumpf ein engagierter Stadtrat war.«

»Der nicht ganz auf Ihrer Seite stand, richtig?«, stichelte Michael weiter.

»Das würde ich so nicht sagen. Er war nur anderer Meinung als wir bei der SVG. Seine Ziele waren etwas zu ehrgeizig gesteckt, als dass sie realisierbar gewesen wären.«

»Inwiefern?«

»Eine Stadt in der Größe von Wiesbaden völlig dezentral und unabhängig größtenteils durch Windkraftenergie zu versorgen, ist bisher in ganz Deutschland noch nicht gelungen.«

»Dann war Herr Stumpf Ihrer Meinung nach ein Spinner?«

»Ein Visionär, würde ich sagen.«

»Wenn aber seine *Vision*, wie Sie es nennen, in die Tat umgesetzt werden würde … was würde das für Ihr Unternehmen bedeuten?«

»Pah!« Pallhuber lachte. »Dazu wird es nie kommen.«

»Was, wenn doch?«, beharrte Michael.

Martin lächelte in sich hinein. Michael entpuppte sich zu einem richtigen Wadenbeißer.

»Dann müssten wir auf Wiesbaden als Kunde verzichten. Aber die Vorstellung ist lächerlich.«

»Sicher eine enorme finanzielle Einbuße?«

»Ein Unternehmen wie unseres könnte das verkraften.«

Martin war sicher, dass das so war. Aber ein Konzern wie die SVG würde dennoch alles daran setzen, um den Verlust eines Großkunden zu verhindern.

»Trotzdem wollten Sie Herrn Stumpf überzeugen, von seinem Vorhaben Abstand zu nehmen«, stellte der Kommissar fest. »Das kann ich durchaus verstehen. Und das erklärt auch Ihr Interesse an ihm.«

Pallhuber blickte die Männer eindringlich an. »Wir wollten ihm klarmachen, dass aus Gründen der Versorgungssicherheit eine gute Mischung aus fossilen Energieträgern und regenerativen Energien ausgesprochen wichtig ist. Jedem leuchtet ja ein, dass es bei der Sonnen- und Windenergie zu Ertragsschwankungen kommt, die es zu verkraften gilt.«

»Wie ich gelesen habe, entspricht der Anteil dieser erneuerbaren Energien in Ihrem Konzern lediglich fünf Prozent.«

»Das liegt an der entsprechenden Unwirtschaftlichkeit und natürlich an der Notwendigkeit, eine konstante Stromversorgung sicherzustellen. Gleichwohl werden wir erneuerbare Energien angemessen fördern, denn sie spielen in Zukunft eine immer größere Rolle. Die SVG ist schließlich ein Unternehmen mit Umweltbewusstsein.«

»Aber die Windräder auf dem Taunuskamm wollten Sie nicht fördern?«, warf Michael ein.

»Doch, natürlich!«, sagte Pallhuber energisch.

»Warum wollten Sie dann verhindern, dass die Anlagen gebaut werden? Immerhin haben Sie versucht, Herrn Henke zu bestechen, damit er die Potenzialstudie entsprechend ändert.«

»Ach, der Henke!« Pallhuber lachte übertrieben. »Der hat was in den falschen Hals bekommen. Wir wollen die Windkraft, sofern sie auch wirtschaftlich ist. Um uns darüber zu informieren, waren wir bei ihm. Dabei kamen einige Punkte zutage, die nicht unbedingt für die geplanten Standorte sprechen.«

»Tatsächlich?« Martin musterte Pallhuber aufmerksam und blickte ihm dabei forschend in die kleinen blauen Augen.

»Ja!« Er tat belanglos. »Da ging es um den Schattenwurf der Windräder, um den Abstand zum Flughafenbezugspunkt vom Rhein-Main Flughafen und so weiter.«

»Ich wundere mich ein wenig, dass Sie sich um derartige Fragen kümmern.«

»Ich nehme meinen Job sehr ernst.«

»So ernst«, unterstellte Michael, »dass Sie Herrn Henke bei Ihrem Besuch ein hübsches Sümmchen Geld angeboten haben, um Stumpfs Visionen vom Tisch zu fegen.«

»Nein!«, wehrte Pallhuber entrüstet ab. »Wie kommen Sie denn auf so was? Hat der Henke das behauptet?« Er blickte Michael und Martin mehrfach im Wechsel an und stellte so seine Empörung zur Schau.

»Und Herr Meurer war mit von der Partie?«, fragte Martin, ohne Pallhubers Frage zu beantworten.

»Ja. Wenn Sie mit ihm sprechen, wird er Ihnen alles bestätigen können, was ich gesagt habe.«

»Was für eine Rolle spielt Herr Meurer überhaupt dabei?«

»Wir kennen uns privat und da er als Stadtverordneter an den zukünftigen Standorten der Windräder sehr interessiert ist, sind wir gemeinsam hingefahren.« Er richtete sich auf. »Tja, das mit Herrn Stumpf ist eine schlimme Sache und es tut mir auch schrecklich leid, …«

»Es tut Ihnen leid?«, fragte Michael. »Glaub ich nicht. Sie müssten doch froh sein, dass dieses Hirngespinst von der dezentralen Stromversorgung durch seinen Tod erst mal erledigt ist. Vielleicht haben Sie Glück und sein Nachfolger ist nicht ganz so verbissen. Möglicherweise ist der bestechlich. Durch eine kleine Vergnügungsreise hat schon so manch einer seine Meinung geändert.«

»Worauf wollen Sie hinaus?« Pallhuber erhob sich.

»Das wissen Sie doch sehr gut. Die Lustreisen, die Sie für diverse Lokalpolitiker, Aufsichtsräte oder Journalisten veranstaltet haben. Es gab etliche, die gerne mal umsonst nach Norwegen oder sonst wohin geflogen sind. Das nennt man dann wohl politische Landschaftspflege.«

»Haben Sie Herrn Stumpf auch zu einer dieser Vergnügungsreisen eingeladen, um seine Meinung ein wenig anzugleichen?«, wollte Martin wissen.

»Die SVG veranstaltet keine *Vergnügungsreisen*«, entgegnete er ruhig, obwohl in seinen Augen deutliche Verärgerung stand. »Wenn überhaupt sind das *Informationsreisen*, auf die Sie anspielen.«

»Na, die Notwendigkeit solcher Informationsreisen im Hinblick auf die fachliche Tätigkeit der jeweiligen Gäste ist mehr als fragwürdig.«

»Um auf Ihre Frage zurückzukommen: Herr Stumpf hat nie an so etwas teilgenommen. Ich wüsste auch nicht, was Sie das angeht.«

»Wie Sie vorhin richtig sagten, sind wir die Hüter von Recht und Ordnung. Und wenn etwas nach Korruption riecht, stößt uns das automatisch sauer auf.« Michael zuckte mit den Schultern. »Fast wie Sodbrennen.«

»Herr Pallhuber«, übernahm Martin das Gespräch. »Alles, was mit Herrn Stumpf zu tun hat, geht uns etwas an. Also, sagen Sie uns bitte, ob er jemals eine Einladung, zu was auch immer, von Ihnen bekommen hat.«

»Ich habe Erwin Stumpf zu nichts eingeladen«, wehrte er lächelnd ab.

»Eine letzte Frage noch. Wo waren Sie in der Nacht von Samstag auf Sonntag gegen ein Uhr?«

»Ha!« Pallhuber lachte laut. »Sie glauben doch nicht etwa, dass ich einen Stadtrat umbringe? Warum sollte ich das tun?«

»Die SVG würde erheblichen Schaden nehmen, wenn Wiesbaden autark werden würde. Es geht dabei um sehr viel Geld. Auch um Ihr Geld, schätze ich.«

»Stumpf war zwar der Versessenste, was diese verrückte Idee angeht, aber da stehen noch eine Menge anderer Leute hinter ihm. Die müsste ich ja dann auch alle ausschalten.«

»Wenn noch einer von diesen Leuten stirbt, wissen wir ja, an wen wir uns wenden müssen«, gab Michael ebenfalls lachend zurück.

»Also, wo waren Sie an besagtem Abend?«, forderte Martin eine Antwort.

»Ich war mit Alexander Meurer unterwegs.«

»Sie scheinen ja unzertrennlich zu sein«, murmelte Michael.

»Ich wette, das kann Herr Meurer uns auch bestätigen?«, fragte Martin unter hochgezogenen Augenbrauen.

»Sicher. Er war ja dabei.«

»Und wo genau waren Sie unterwegs?«

»In Frankfurt im ›Club 101‹. Der ist im Japan Center in der Innenstadt.«

»Kann das außer Herrn Meurer noch jemand bezeugen?«

»Ich fürchte nicht.« Betroffen schüttelte er den Kopf. »Es war rammelvoll. Ob sich da einer an uns erinnert?«

»Gut. Das war's dann vorerst.«

»Na, prima, dann kann ich jetzt noch zu meinem Termin.« Lächelnd begleitete er die Polizisten nach draußen.

»Na, der war ja locker flockig drauf«, urteilte Martin im Auto.

»So ein bisschen Öffentlichkeitsarbeit macht der doch im Vorbeigehen.«

»Mir lief das viel zu geschmiert.«

»Kein Wunder bei der Schleimspur, die der gezogen hat. Wenn der Meurer genauso ein Typ ist, sollten wir Spikes anziehen, damit wir nicht ausrutschen.«

25

Eva saß im Sessel und starrte aus dem Fenster. Mit beiden Händen hielt sie ein Glas Baileys umschlossen. Normalerweise trank sie nie Alkohol alleine. Aber sie war deprimiert. Nicht nur

Erwins Leben war zu Ende, ihres in gewisser Weise auch. Sie blickte sich im Zimmer um. All der Luxus und auch der in Aussicht gestellte spätere Job gehörten fast schon der Vergangenheit an. Und was war mit der schönen Wohnung? Die lag ihr besonders am Herzen. Erwin hatte ihr durch die Anzahlung auf diese Eigentumswohnung ein eigenes Zuhause gegeben. Eines, das nur ihr gehörte und das sie nicht mit Menschen teilen musste, denen sie nicht wichtig war. Das hatte sie achtzehn lange Jahre machen müssen. Sie dachte an ihre Familie, zu der sie keinerlei Kontakt mehr hatte, seit sie ausgezogen war. Ihre Eltern hatten ihren Bruder immer bevorzugt. Anerkennung und Liebe hatte sie nie bekommen. Umso mehr hing sie an dieser kleinen Wohnung, die ihr die Geborgenheit gab, die sie brauchte und liebte.

Ihr grauste es bei der Vorstellung, dass sie womöglich des Geldes wegen wieder in eine WG einziehen oder irgend so einen blöden Studentenjob machen musste. Wehmütig dachte sie an Erwin. Er hatte ihr gutgetan und jetzt? Wenn Paul nicht gewesen wäre, wäre das alles vielleicht gar nicht passiert. Missmutig kippte sie ihr Getränk auf ex hinunter und schenkte sich erneut ein.

Erschrocken zuckte sie zusammen, als es an der Tür klingelte. Ohne durch den Türspion zu sehen, öffnete sie die Tür. Ein Mann, der ihr völlig unbekannt war, stand vor ihr und lächelte sie freundlich an.

»Guten Abend«, begrüßte er sie. »Ich bin Heiko Pallhuber.«

»Sollten wir uns kennen?«, fragte sie ablehnend. Sie hatte keine Lust auf irgendwelchen Besuch.

»Wenn Sie mich fragen: Unbedingt! Aber begegnet sind wir uns leider bisher noch nicht.« Er musterte sie ungeniert von Kopf bis Fuß.

»Und was wollen Sie?«

»Ich möchte Ihnen gerne ein Angebot machen. Ich hörte, dass Sie für Erwin Stumpf gearbeitet haben. Da das ja nun leider nicht mehr geht, hatte ich gehofft, dass sie vielleicht für andere Arbeiten Zeit haben.«

»Worum geht es?«

»Könnten wir das drinnen besprechen?«, fragte er und blickte sich im Hausflur nach allen Seiten um.

»Na gut. Kommen Sie rein.« Sie führte ihn ins Wohnzimmer.

»Bevor ich zum Kern der Sache komme, vorab eine Frage: Sind Sie eine Verfechterin der Windkraftenergie?«

»Verfechterin! Wie das klingt.« Eva überlegte, worauf das hier hinauslaufen sollte. »Natürlich finde ich allgemein erneuerbare Energien gut. Schließlich sind unsere Ressourcen begrenzt, und im Zuge des Klimawandels ist das wohl unabdingbar.«

»Ich wollte nicht wissen, was alle sagen. Ich will wissen, was Sie persönlich davon halten. Kämpfen Sie für diese Sache? Ist es Ihnen wichtig, dass der Windkraftpark auf den Taunuskamm kommt? Haben Sie, was das angeht, feste Prinzipien?«

»Na, Sie wollen es ja genau wissen.«

Pallhuber blickte sie fragend an.

»Also, ich finde das zwar gut, aber ob die Windräder gebaut werden oder nicht, ist mir eigentlich egal. Ich habe Erwin für die Art und Weise bewundert, wie er an dieser Sache gearbeitet hat.« Eva war unsicher. Was wollte dieser Mann von ihr? Es war ihr unangenehm, Fragen zu beantworten, ohne zu wissen, welchem Zweck sie dienten. »Aber jetzt sagen Sie mir erst einmal, worum es überhaupt geht, bevor ich hier weitere Statements abgeben soll.«

»Das, was ich Ihnen jetzt sage, bleibt unter uns. Sollten Sie glauben, das irgendjemandem erzählen zu müssen, wird das Konsequenzen haben. Allerdings nur für Sie. Das ist quasi die Grundlage dieses Gespräches.«

»Wenn ich das richtig verstehe, ist das ein Gespräch, das nie stattgefunden hat?«

»Richtig! Also, zur Sache. Ich brauche eine gutaussehende Frau, die redegewandt ist, sich mit dem Thema erneuerbare

Energien auskennt und gewillt ist, eine ganze Menge Geld zu verdienen.«

»Was müsste ich tun?«

»Das, was Sie am besten können, wie ich hörte.«

»Und was genau soll das sein?«

»Sie verführen einen Mann und nehmen so viel Einfluss auf ihn, dass er das tut, was ich mir vorstelle.«

Seine Worte versetzten ihr einen Stich. Er betrachtete sie als Prostituierte. Das war entwürdigend. Sie musterte ihn verkniffen.

»Wofür halten Sie mich?« Sie schlug einen entrüsteten Ton an.

»Für eine Studentin, die es gewohnt ist, gut zu leben und dafür den ein oder anderen Job zu machen. Glauben Sie mir, ich finde absolut nichts Anrüchiges an so einer Arbeit. Im Gegenteil. Sie würden mir einen großen Gefallen tun und sich wahrscheinlich auch. Ich bezahle gut.«

Evas Gedanken ratterten. Fakt war, dass sie die Raten für die Wohnung nicht weiter abbezahlen konnte. Dieser Mann war vielleicht ihre Rettung. Außerdem hatte sie in den letzten Jahren ständig mit Männern geschlafen, die ihr nichts bedeuteten. Da kam es auf einen mehr oder weniger auch nicht an.

»Erzählen Sie mir Genaueres darüber«, bat sie ihn und Pallhuber sah in ihren Augen, dass er sie bereits an der Angel hatte.

Er berichtete von Rolf Lang, zeigte ihr ein Foto von ihm und nach und nach wurde Eva klar, dass Heiko Pallhuber Erwins Gegner im Kampf um den Windkraftpark gewesen war.

»Na, Sie haben Nerven. Warum kommen Sie ausgerechnet zu mir? Ich war schließlich mit Erwin Stumpf befreundet und soll jetzt für seinen Konkurrenten arbeiten? Das ist doch paradox.«

»Das ist nicht paradox. Das ist die Gelegenheit für uns beide.«

»Wenn ich zu Rolf Lang ginge und ihn über Ihr Angebot in Kenntnis setzen würde, dann würde er mit Sicherheit sein

Grundstück nie an Sie verkaufen. Sie gehen ein ziemlich großes Risiko ein, finden Sie nicht?«

»Nein!« Er lehnte sich entspannt im Sessel zurück. »Denn wie ich Ihnen schon gesagt habe, sollte ein Wort über unser Gespräch über Ihre Lippen kommen, hat das Konsequenzen.«

»Welcher Art?«

»Ich bin in einer Position, in der ich Ihnen das Leben verdammt schwer machen kann. Sie sollten nicht den Fehler machen, herausfinden zu wollen, wie. Außerdem würde es Ihnen absolut keinen Vorteil bringen, Herrn Lang davon zu erzählen.«

Der Mann hatte recht. Sie würde nicht davon profitieren. Und sein Auftreten sowie seine Stimme ließen keinen Zweifel, dass er ihr schaden könnte, wenn er wollte. Eva hatte kein gutes Gefühl bei der Sache. Pallhuber flößte ihr Angst ein. Mit so einem Menschen sollte sie besser nicht zusammenarbeiten. Sollte sie ihrem Bauchgefühl folgen und das Angebot ablehnen?

»Der Vorteil für Sie liegt eindeutig in der Bezahlung«, fuhr er fort. »Sie bekommen vorab fünftausend Euro. Wenn Sie es innerhalb der nächsten zwei Wochen schaffen, Lang zum Kauf zu überreden, erhalten Sie weitere zwanzigtausend Euro.«

Fünfundzwanzigtausend Euro! Und das innerhalb von zwei Wochen? Das war ja der Wahnsinn!

»Was ist, wenn ich es nicht schaffe? Ich meine, zwei Wochen könnten vielleicht ein bisschen knapp sein. Außerdem, was soll ich ihm denn erzählen, warum er sein Grundstück an Sie verkaufen soll?«

»Ein bisschen was müssen Sie für Ihr Geld auch tun. Überlegen Sie sich was. Vielleicht will er eine arme Studentin aus lauter Liebe unterstützen? Vielleicht haben Sie Informationen, die sein Grundstück für die Windkraft uninteressant machen? Ich bin sicher, Ihnen wird was einfallen. Und was die Zeit angeht. Wenn Sie wollen, schaffen Sie das. Ich bin sicher, Sie können jeden Mann um den kleinen Finger wickeln.«

Sie lächelte. »Sie haben recht, bisher hatte ich keine Probleme diesbezüglich. Aber was ist, wenn er nach zwei Wochen nicht zustimmt?«

»Ich werde Sie beobachten. Wenn Sie sich bemüht haben, können Sie die fünftausend behalten. Die zwanzig kommen dann natürlich nicht zur Auszahlung.«

»Okay.« Sie nickte. »Ich mache es.« Ihrem unguten Bauchgefühl schenkte sie keine Beachtung mehr.

»Wunderbar!« Pallhuber rutschte nach vorn auf die Sesselkante und zog einige Papiere aus seinem Jackett. »Hier ist alles, was Sie brauchen.« Er reichte ihr ein Blatt. »Da stehen einige Informationen zur Familie Lang drauf, auch regelmäßige Termine sind vermerkt. Das hilft Ihnen, die Kontaktaufnahme zu planen.« Ein breites Grinsen erschien auf seinem Gesicht und fast theatralisch holte er noch einen Umschlag hervor. »Und das sind die ersten Scheinchen zum Glück.«

26

Während Heiko Pallhuber sich über seinen Erfolg bei Eva freute und keinen Gedanken mehr an die Männer vom K11 verschwendete, kehrten Martin und Michael zurück ins Präsidium. Zwischenzeitlich hatten sie einige Informationen über Alexander Meurer eingeholt. Sie wussten, dass er verheiratet war und zwei Kinder hatte. Er besaß ein Architekturbüro im Südosten der Stadt und hatte fünf Angestellte. Außerdem war er einer von einundachtzig ehrenamtlichen Stadtverordneten in Wiesbaden. Damit gehörte er zum Stadtparlament, das über alle wichtigen Angelegenheiten entschied und als oberstes Organ der Stadt auch die Verwaltung überwachte. Es war klar, dass er Erwin

Stumpf gekannt haben musste. Schließlich hatte er auch über dessen Anträge mit abgestimmt.

Martin und Michael hatten ihn am frühen Abend zu Hause angetroffen. Der dicke Mann hatte sie in einen wunderschönen Garten geführt, der im Stil eines Cottage-Gartens angelegt war. Immer wieder hatte er hektisch Richtung Haus geblickt. Es war offensichtlich, dass ihm die Situation unangenehm war und er Frau und Kinder nicht um sich haben wollte. Er wirkte unkonzentriert und Martin hatte den Eindruck, ihn beschäftige die Erklärung, die er sich aufgrund ihres Besuchs für seine Frau ausdenken musste, ebenso wie die Fragen, die sie stellten. Schweiß war ihm auf die Stirn getreten und seine Augen zuckten nervös. Wenn er versuchte zu lächeln, kam das eher einer Grimasse gleich. Während er über sich erzählte, vermied er den Blickkontakt mit den Beamten und gestikulierte fahrig mit den Armen. Meurer war mit der Situation völlig überfordert. Waren das nicht gute Voraussetzungen, um ihm die Wahrheit zu entlocken?

Dieter saß noch immer am Schreibtisch, als seine Kollegen hereinkamen.

»Und?«, fragte er. »Was sind das für Typen?«

»Pallhuber ist ein Schleimer, dem die Lügen nur so aus dem Mund tropfen. Und Meurer ist ein dicker Angsthase«, erklärte Michael.

»Das stelle ich mir gerade bildlich vor.« Dieter lehnte sich zurück und grinste. »Haben Schleimer und Angsthase auch was gesagt?«

»Ja, beide das Gleiche. Sogar fast aufs Wort genau.« Michael ließ sich auf einen Stuhl fallen.

Dieter blickte fragend in Martins Richtung. Daraufhin berichtete er.

»Also, keine neuen Erkenntnisse«, fasste Dieter zusammen. »Das passt ja zu meinen Ergebnissen.« Dieter hatte sich inzwischen anhand der Unterlagen von Gabriele Schwarz einen sehr genauen Überblick verschafft. Telefonverbindungen, Kontobewegungen und die wenigen Ordner waren auf den ersten Blick völlig unauffällig.

»Nach einem solch erfolgreichen Tag, werden wir jetzt ganz schnell Feierabend machen«, schlug Martin vor.

»Gute Idee!«, stimmte Michael zu. »Ich hab sowieso noch ein Date im Theater.« Er zwinkerte den Kollegen zu und wusste, dass sie annahmen, er würde sich mit Georgia treffen. Dass das diesmal nicht der Fall war und eine andere Frau ihn erwartete, verschwieg er vorerst.

»Ich bleib noch einen Moment«, sagte Dieter. »Ich will nur schnell die Computerdaten von Gabriele Schwarz fertig sichten. Bin auch gleich durch.«

Gerade als Michael die Türklinke in die Hand nahm, rief Dieter aufgeregt: »Moment mal. Kommt mal her. Das ist doch unser gesuchtes Bild.«

Sofort eilten Martin und Michael an Dieters Seite und warfen einen Blick auf den Monitor. »Na, klar. Das ist es«, sagte Martin begeistert. Nach all der nutzlosen Suche, schien sich doch noch ein Türchen aufzutun.

»Sie hat darüber im Internet recherchiert und die Infos gespeichert«, erklärte Dieter.

»Ist da sonst noch was im Zusammenhang mit dem Bild? Eine Anfrage bei einer Galerie oder so?«, fragte Martin hoffnungsvoll.

»Nein, da ist nichts. Das hier ist der einzige Hinweis.«

»Tja, das wird nicht reichen, ihr irgendwas nachzuweisen.«

»Wohl nicht«, bestätigte auch Michael. »Sie interessiert sich eben für Kunst. Ist ja nicht verboten.«

»Vielleicht bringen wir sie aber zum Reden, wenn wir sie damit konfrontieren«, überlegte Dieter.

»Wir werden es auf jeden Fall versuchen«, sagte Martin und schlug Dieter freundschaftlich auf die Schulter. »Lasst uns morgen weitermachen.«

Die drei verabschiedeten sich. Bevor Martin das Präsidium verließ, brachte er Egon Milster auf den neusten Stand der Ermittlungen, verschwieg ihm allerdings die Informationen zu Paul. Dann machte er sich auf den Heimweg nach Taunusstein-Wehen. Er bog vom Konrad-Adenauer-Ring in die Schiersteiner Straße ein und war froh, dass er nach den letzten Tagen heute früher nach Hause kommen würde. Während er sich auf dem Bismarckring durch den Feierabendverkehr kämpfte, dachte er an Stumpfs Mörder, der ihm den Sonntag verdorben hatte, an dem er eigentlich mit Karla bei Freunden eingeladen war. Wie so oft war sie allein gegangen. Das war nichts Besonderes. In seinem Beruf kamen neue Fälle immer überraschend und zu seinem großen Leidwesen in penetranter Regelmäßigkeit am Wochenende oder in der Nacht. Karla, mit der er, nach zwei gescheiterten Ehen, seit fünf Jahren verheiratet war, bedeutete für Martin das größte Glück. Sie war verständnisvoll und gab ihm nie das Gefühl, dass ihr seine Arbeit lästig war oder ein störender Faktor in ihrer Ehe. Im Gegenteil. Sie unterstützte ihn immer wieder aufs Neue, motivierte ihn, wenn er selbst antriebslos war. Sie war immer sehr an seinen Fällen interessiert und gab ihm nicht selten den einen oder anderen Denkanstoß. Das schlechte Gewissen, das er früher regelmäßig mit zur Arbeit genommen hatte, gab es dank Karla nicht mehr. So ließ es sich nicht nur besser und angenehmer arbeiten, sondern auch effizienter und erfolgreicher. Nichts lenkte den Kommissar ab. Den Spruch »Ein Mann ist nur so gut, wie die Frau an seiner Seite« fand er deshalb absolut passend.

27

»Ich muss mir mal ein paar CDs ins Auto legen«, erklärte Martin Karla beim Abendessen. »Ständig berieseln sie einen mit diesen verdammten Nachrichten. Wenn man noch nicht depressiv ist, wird man es spätestens dann.« Er schob sich eine Gabel mit Salat in den Mund und fuhr kauend fort: »Der Nachrichtensprecher begrüßt mich mit *guten Abend*, um mir gleich darauf klarzumachen, dass es eigentlich kein guter Abend ist.«

»Reg dich nicht auf.« Karla lächelte ihn an. »Du weißt doch die Grundregel im Journalismus lautet: *good news are bad news – bad news are good news.*«

Er griff nach seinem Weinglas und hob es Karla zum Anstoßen entgegen. »Ein Prost auf die Nachrichten, die wir uns nicht anhören, auf den Mainstream, dem wir nicht verfallen, und die Quoten, an denen wir uns nicht orientieren.«

Beide lachten und tranken.

»Hm! Was ist das denn für ein gutes Stöffchen?«, fragte er und besah sich den goldgelben Wein in seinem Glas.

»Ein Riesling aus Roxheim.«

»Roxheim?«

»Ein Weindorf bei Bad Kreuznach.«

»Also, ein Nahewein«, stellte Martin fest.

»Hat mir ein Kunde im Verlag geschenkt.«

Karla war Grafikerin in einem Wiesbadener Design-Verlag und unter anderem für die Kundenbetreuung zuständig. Da kam es immer wieder vor, dass ihre Arbeit von zufriedenen Kunden in Form von kleinen Präsenten anerkannt wurde.

»Guter Mann. Den musst du dir warmhalten.«

»Wie wär's, wenn ich mich jetzt an dir warmhalte?« Karla legte den Kopf schief und blickte Martin verheißungsvoll aus ihren großen braunen Augen an.

Er lächelte, stand auf und zog seine Frau vom Stuhl hoch. »Mal sehen, ob ich dazu heiß genug bin«, neckte er sie.

»Wann bist du das nicht?« Sie drängte sich an ihn und sah zu ihm auf. Liebevoll betrachtete Martin sie. Ihre kinnlangen dunkelblonden Haare rahmten ihr zartes Gesicht ein. Sie war schlank und ihre Figur mit den schmalen Hüften hatte etwas Mädchenhaftes. Jedes Mal, wenn er sie ansah, hatte er das Gefühl, als ob die Sonne aufging. Zärtlich strich er ihr über das Gesicht, schob seine Hand in ihren Nacken und küsste sie. Alle schlechten Nachrichten, alle Opfer, Täter und Verdächtige waren vergessen. Das Vertrauen, die Zuneigung und Hingabe, die sie gegenseitig spürten, machte ihnen einmal mehr bewusst, dass aus dem anfänglichen Verliebtsein schon lange Liebe geworden war.

28

»Drück die Nasenflügel mit den Fingern zusammen«, sagte Martin und griff nach einem Handtuch, das er mit kaltem Wasser tränkte. Karla hatte nach dem Aufstehen plötzlich Nasenbluten bekommen. Martin legte ihr den nassen Wickel in den Nacken.

»Geht's?«, fragte er besorgt.

Karla nickte und nach zwei Minuten war die Blutung gestillt. »Soll ich heute zu Hause bleiben und dich pflegen?«

Sie lachte. »Was, wenn ich jetzt Ja sagen würde?«

»Dann würde ich zu Hause bleiben, meine Mörder nicht jagen, die Spuren nicht verfolgen, den Fall nicht voranbringen ...«

»Schon gut«, bremste sie ihn aus. »Das würde ja die nationale Sicherheit gefährden. Das wäre ein wirklich zu großes Opfer.«

Martin zog sie in seine Arme. »So bin ich eben.« Er küsste sie auf die Nasenspitze.

»Es reicht, wenn du das Frühstück machst. Und dann gehst du arbeiten. Schließlich hast du deine eigenen blutigen Angelegenheiten.«

Als sie sich wenig später beim Frühstück gegenübersaßen, erkundigte sich Karla nach Paul.

Martin sah sie an und wollte gerade zu einer Antwort ansetzen, als er in ihrem Gesicht noch eine kleine Spur des Nasenblutens entdeckte. Unbewusst verknüpfte er dieses Bild mit einem anderen Bild, das er am Montag im Maldaner gesehen hatte: Pauls demolierte Nase. Sofort schoss ihm ein Gedanke durch den Kopf, der ihn beunruhigte. Sollte das Blut an der Couch in Stumpfs Arbeitszimmer womöglich von Paul stammen? Bei der Vorstellung lief ihm ein Schauer über den Rücken.

»Was ist?« Karla griff nach seiner Hand. »Du siehst erschrocken aus.«

»Ich muss sofort los. Dein Nasenbluten hat mich auf eine Idee gebracht.« Schon stand er auf.

»Eine Idee, die dir nicht zu gefallen scheint«, deutete Karla seinen Gesichtsausdruck.

»Stimmt! Wenn sich meine Vermutung bestätigt, dann sitzt Paul ganz gewaltig in der Patsche. Aber das erkläre ich dir heute Abend, okay?« Er gab ihr einen Kuss und war im nächsten Augenblick verschwunden.

Während der Fahrt versuchte er, Paul telefonisch zu erreichen. Aber offensichtlich hatte dieser sein Handy ausgeschaltet. Für Paul war das eher ungewöhnlich und Martin kam es so vor, als ob der junge Kollege bemüht wäre, jeden Kontakt mit ihm zu meiden. Er wurde das komische Gefühl im Magen nicht los.

29

Im Präsidium wurde Martin bereits ungeduldig erwartet. Egon Milster trommelte nervös mit den Fingern auf Martins Schreibtisch herum. Seine Kollegen saßen mit langen Gesichtern dabei.

»Was ist denn hier los?«, wollte der Kommissar wissen und blickte von einem zum anderen.

»Tja, das könnte ich Sie fragen«, begann Milster in gefährlich ruhigem Ton.

»Herr Milster weiß von Pauls Anwesenheit am Tatort«, erklärte Dieter, als keiner sprach.

»Verstehe!« Martin setzte sich auf den Stuhl vor seinem Schreibtisch. Dieses Bömbchen war also schon mal geplatzt. Er hoffte inständig, dass kein weiteres dazukam und dachte an die DNA.

»Schön, dass Sie verstehen«, sagte Milster. »Ich hingegen kann nicht sagen, dass ich dieses Vorgehen verstehe. Warum haben Sie mir das nicht erzählt?«

»Ich wollte erst selbst herausfinden, was dahintersteckt.«

»Ihre Loyalität in allen Ehren, aber hier ist sie völlig fehl am Platz.«

»Paul hat mit der Sache nichts zu tun. Er war zur falschen Zeit am falschen Ort.«

»Ich brauche Ihnen nicht zu sagen, dass das eine subjektive Meinung ist. Und ich erwarte von Ihnen, dass Sie sich auch in einer solchen Lage professionell verhalten. Wenn Sie das nicht können, nehme ich Ihnen den Fall ab.«

Martin blickte Milster erschrocken an. »Nein, das dürfen Sie nicht! Das geht nicht.« Er hatte das Gefühl, dass er gerade diesen Fall, in den Paul irgendwie involviert war, unbedingt behalten musste. »Herr Milster, machen Sie sich keine Sorgen.« Martin versuchte seiner Stimme einen sicheren Klang zu geben. »Wir sind ja schon gut vorangekommen. Und ich versichere Ihnen, dass wir den Fall bearbeiten werden wie jeden anderen auch.«

»Nun gut.« Milster erhob sich schwerfällig. Er wirkte müde. Martin irritierte seine ruhige Art. Er konnte mit einem tobenden Milster viel besser umgehen. »Bis die Untersuchungen zu diesem Fall abgeschlossen sind, ist Herr Fischer zwangsbeurlaubt. Sehen Sie zu, dass Sie ihn erreichen und ihm das mitteilen. Ihre Kollegen haben mich auf den neusten Stand der Ermittlungen gebracht und ich erwarte jeden Abend Bericht von Ihnen, Sandor. Und zwar ohne das Zurückhalten der kleinsten Kleinigkeit. Haben Sie mich verstanden?«

»Völlig.«

Milster nickte ihnen zu und verließ den Raum.

»Woher weiß er das mit Paul?«, fragte Martin, kaum, dass die Tür ins Schloss gefallen war.

»Von uns nicht«, wehrte Michael ab. »Er hat sich informiert, wer von uns die Trugspur am Tatort hinterlassen hat. Er wollte denjenigen wohl selbst zusammenstauchen. Dabei ist er dann auf Paul gestoßen.«

»Schöner Mist!« Martin starrte aus dem Fenster.

»Und jetzt?«

»Jetzt werden wir nachsehen, ob wir in der DNA-Intern-Datei einen Treffer finden.«

»Was?« Entsetzt blickte Michael Martin an.

»Dann glaubst du«, folgerte Dieter, »dass das Blut auf der Couch von Paul ist?«

»Ich glaube gar nichts«, gab Martin ärgerlich zurück und schob die Hände in die Hosentaschen. »Aber mir ist ein

Bluterguss an seiner Nase aufgefallen. Ich hab so ein komisches Gefühl und das will ich gerne loswerden, indem ich das überprüfe. Wir lassen das checken. Dann haben wir Gewissheit.«

Während sie auf das Ergebnis des Abgleichs der DNA vom Tatort mit der DNA der internen Datei warteten, informierte Michael über das Laborergebnis, das eingetroffen war.

»Bei den Faserspuren unter Stumpfs Fingernägeln handelt es sich um schwarzes Leder. Sogenanntes *Waterproof.* Das ist Rindsleder mit Chromgerbung. Durch eine spezielle Behandlung zeigt es eine gute Wasserdichtigkeit und geringe Wasseraufnahme«, zitierte Michael aus dem Bericht.

»Das nennt man Hydrophobieren«, erklärte Dieter.

»Danke für Ihren Beitrag, Herr Hinz«, lachte Michael kopfschüttelnd und fuhr fort. »Dieses Leder wird hauptsächlich für schwere Schuhe, also so was wie Arbeits-, Wander- oder Militärschuhe, verwendet. Auch Motorradbekleidung wird daraus hergestellt.« Er blickte die Kollegen an. »Das grenzt unseren Täterkreis doch ungemein ein.« Ironie lag in seiner Stimme. »Also, entweder ist es ein Soldat, der keine Windräder mag, oder ein Biker, der einen Faible für Kunst hat, oder …«

»Oder jemand mit einer Lederjacke«, unterbrach Martin ihn ungeduldig. »Was macht die Befragung der Partygäste?«

»Inzwischen haben wir mit allen gesprochen«, berichtete Michael, der mithilfe einiger Kollegen aus anderen Dezernaten diese Arbeit erledigt hatte. »Das waren fast ausschließlich Leute, die Stumpf aus dem Golfclub kannte. Die Letzten haben die Party gegen halb eins verlassen, wofür alle Zeugen haben. Die Alibis haben wir überprüft. Auf den ersten Blick scheinen sie zu stimmen. Ich denke, die können wir erst mal in die Schublade legen.«

30

Als das Läuten des Telefons durchs Zimmer hallte, zuckte Martin unwillkürlich zusammen. Hektisch griff er nach dem Hörer und meldete sich. Für einen Moment lauschte er dem Anrufer.

»Verstehe«, sagte er. »Danke!« Langsam legte er den Hörer zurück, ließ sich auf seinen Stuhl fallen und schloss für einen Moment die Augen.

»Die DNA ist tatsächlich von Paul«, sagte er schließlich und blickte die Kollegen traurig an.

Für Sekunden legte sich eine bedrückende Stille über den Raum. Martins Gedanken ratterten. Er spürte, wie eine Mischung aus Anspannung und Unbehagen von ihm Besitz ergriff.

»Mensch, Martin«, hörte er Michael in seine Gedanken hinein sagen, »was machen wir denn jetzt? Die Sache geht doch zum Staatsanwalt. Und wenn Milster das hört …«

»Ja, dann ist unser Kleiner der Verdächtige Nummer eins«, vollendete Dieter den Satz. »Sag mal, hat Paul bei eurem Gespräch nicht gesagt, woher er die Verletzung an der Nase hat?«

»Nicht direkt.« Martin versuchte sich an den Morgen im Maldaner zu erinnern. »Als ich ihn fragte, ob er gegen die Wand gelaufen sei, hat er geantwortet: ›Kann man so sagen.‹«

»Das klingt so, als wüsste er, wie es passiert ist.«

»Denke ich auch. Stellt sich die Frage, warum er es nicht gesagt hat?«

»Vielleicht war es ihm einfach nur peinlich?«, versuchte Michael Paul zu entschuldigen.

»Wenn es das nur wäre.« Martin stand auf. Ruhig sitzen konnte er jetzt nicht mehr. Entschlossen griff er zum Telefon. Nach mehrmaligem Läuten hatte er Paul an der Strippe.

»Hier ist Martin. Wo bist du?«

»Ich bin noch in München, fahre aber jeden Moment los. Habt ihr Sehnsucht nach mir?«, fragte Paul lachend.

»So kann man das auch ausdrücken, wo wir doch gerade darüber informiert wurden, dass deine DNA am Tatort in Form von Blut gefunden wurde.«

»Was?«

»Ja! Was!« Martins Stimme wurde laut. »Was zum Henker ist da passiert?«

Zunächst antwortete Paul nicht.

»Verdammt noch mal!«, fluchte Martin und schlug mit der Faust auf den Tisch, dass die Kollegen zusammenzuckten. »Ich will sofort wissen, warum deine Nase am Montag so demoliert war.«

»Stumpf hat mir eine verpasst«, gestand Paul kleinlaut.

»Was?«, schrie der Kommissar in den Hörer. Er fuhr sich durch die Haare und fragte etwas ruhiger: »Und das konntest du mir am Montag nicht sagen?«

»Ich fand es nicht wichtig.«

»Der Kriminalobermeister fand es nicht wichtig. So ein kleiner Nasenstüber vom Opfer kurz vor der Tat liefert ja auch nur ein Motiv. Sag mal, geht's noch?«

»Ich bin doch gleich danach nach Hause gegangen. Ich hab nichts mit der ganzen Sache zu tun.«

»Daran kannst du dich also erinnern?«

»Ich glaube schon.«

Martin hörte die Unsicherheit in Pauls Stimme. »Mann, Paul. Was ist das für einen Antwort? Ich will dich sofort hier sehen, wenn du ankommst, ist das klar? Und bete zu Gott, dass Milster dich nicht vor mir in die Finger kriegt. Der hat dich nämlich vorhin schon zwangsbeurlaubt.«

»Dann weiß er es schon?«

»Bis jetzt weiß er nur von deinen Fingerabdrücken.«

Paul schwieg.

»Wann bist du zurück?«

»Ich schätze so in vier Stunden.«

»Bis dann.«

»Na, ob das so schlau war, ihn am Telefon damit zu konfrontieren?«, wagte Dieter zu bezweifeln.

»Das ist mir egal«, fuhr Martin ihn an. »Ich will jetzt endlich Klarheit.«

»Die werden wir auch bekommen«, versuchte Michael ihn zu beschwichtigen. »Aber erzwingen kannst du das nicht. Also, beruhig dich mal.« Er wusste, dass Martin nur so aufgebracht war, weil er sich Sorgen um Paul machte. Ihm selbst ging es ähnlich, aber es beunruhigte ihn nicht so sehr wie Martin. Michael war von Pauls Unschuld völlig überzeugt.

31

Unbemerkt saß sie in ihrem dunklen Pkw vor dem Haus und beobachtete, wie Eva auf die Straße trat und zu ihrem roten Mini ging. Die Frau startete den Motor und folgte dem Kleinwagen mit einigem Abstand durch die Stadt. Von der Wilhelmstraße bog Eva rechts ab auf die Bierstadter Straße und wechselte in Bierstadt auf die B455 Richtung Naurod. Kurz vor Rambach fuhr sie nach rechts auf die K658. Nach einem Kilometer erreichten sie Heßloch, den kleinsten und ländlichsten Ortsbezirk Wiesbadens, der am Rande des Taunus' und am Beginn des Wäschbachtales lag. Eva steuerte den Mini mitten durch den Ort, der von Streuobstwiesen umgeben war und im Norden von einem bewaldeten Hügel begrenzt wurde. Etwa dreihundert Meter nach dem Ortsausgang bog sie links ab auf einen Feldweg und fuhr in Richtung Wald.

Ihre Verfolgerin hatte den Abstand vergrößert, um nicht als solche erkannt zu werden. Auf einmal blieb der rote Mini stehen und Eva stieg aus. Es schien so, als hätte sie eine Panne. Sie öffnete die Motorhaube, beugte sich darüber und blieb einen Moment dahinter verborgen. Die Frau überlegte, was sie tun sollte. War das vielleicht genau der richtige Moment? Kein Mensch weit und breit.

Plötzlich kam Eva wieder zum Vorschein. Irgendetwas hatte sie in der Hand. Dann griff sie sich ihre Handtasche vom Beifahrersitz, steckte das Teil hinein und schloss den Wagen ab. Anschließend machte sie sich zielstrebig zu Fuß auf den Weg, dem Wald entgegen. Die Frau folgte ihr im Schritttempo.

Hier draußen sind wir ungestört, überlegte sie, während sie die Verfolgte nicht aus den Augen ließ. Eva trug einen dunkelblauen Minirock und ein weißes Top. Ihre langen Haare schaukelten beim Gehen hin und her. Provozierend geradezu. Hier und jetzt war der richtige Zeitpunkt. Sie würde sie ansprechen, sobald ihr Wagen zu ihr aufgeschlossen hatte. Sie gab Gas und näherte sich der jungen Frau. Wahrscheinlich würde Eva sie auslachen. Das war fast sicher. Was sollte sie ihr auch sagen? Sie wollte sie einfach nur aus ihrem Leben streichen. Sie drückte das Gaspedal noch weiter durch, sodass eine Staubwolke hinter dem Wagen herschwebte. Plötzlich tauchte hinter einer Biegung ein Bauernhof auf. Eva schwenkte in seine Richtung ein und betrat kurz darauf das Grundstück.

Die Frau bremste. Dann wendete sie und rollte langsam zur Hauptstraße zurück.

32

Dieter hatte für alle einen Kaffee besorgt. Jetzt saßen die drei zusammen und man spürte, wie die Anspannung allmählich etwas nachließ. Da klingelte das Telefon erneut.

»Noch mehr Hiobsbotschaften brauche ich heute eigentlich nicht«, stöhnte Martin, stellte seine Tasse ab und nahm den Anruf entgegen.

»Was?« Stirnrunzelnd stand er auf, während die Kollegen ihn gespannt beobachteten. »Das ist ja ein Ding«, hörten sie Martin sagen. »Schickt mir den Typ gleich rüber, ja? Danke.«

Martin drückte das Gespräch weg.

»Und was ist?«, fragte Michael ungeduldig.

»Das waren die Kollegen vom Diebstahl«, antwortete er sichtlich erstaunt. »Sie haben einen Tipp von einem Kunsthändler bekommen. Ein Obdachloser wollte ihm ein Gemälde verkaufen. Nachdem klar war, wie wertvoll das Bild ist, hat der Händler sofort bei uns angerufen, weil er vermutet hat, dass das Kunstwerk gestohlen ist. Und dreimal dürft ihr raten, um welches Bild es sich handelt.«

»Der La Pira?«, fragte Dieter erwartungsvoll.

»Exakt. Und den Herrn von der Straße schicken sie uns jetzt rüber. Der Mann saß wegen Körperverletzung vor vier Jahren ein.«

»Dieser Fall ist doch ständig für Überraschungen gut«, meinte Michael und schlug die Beine übereinander.

Kurz darauf wurde der Obdachlose hereingeführt. Er war ein Bär von einem Mann: großgewachsen und kräftig gebaut. Sein Erscheinungsbild entsprach der Vorstellung, die man von den Verlierern der Wohlstandsgesellschaft im Allgemeinen so hatte.

Er trug zerschlissene Kleidung, hatte einen kurzen, stoppeligen Bart sowie fettige grau-schwarze Haare, die im Nacken zu einem Zopf zusammengebunden waren. Der Mann, der sich als Volker Weiss vorstellte, schien zu Martins Erstaunen recht jung zu sein. Der Geruch, der ihn umgab, veranlasste Dieter, ein Fenster zu öffnen und einen gewissen Abstand zu wahren.

Volker Weiss setzte sich. Sein gehetzter Blick wanderte von einem zum anderen. Martin gab Dieter ein Zeichen, dass er das Gespräch führen sollte, damit er sich ganz auf Körpersprache und Mimik des Mannes konzentrieren konnte.

»Wie alt sind Sie, Herr Weiss?«

»Siebenundzwanzig.«

»Ist es richtig, dass Sie keinen festen Wohnsitz haben?«

»Ja.« Diese Tatsache schien ihm unangenehm zu sein.

»Darf ich fragen, warum Sie auf der Straße leben?«

»Weil in unserem System kein Platz für Vorbestrafte ist. Als ich aus dem Knast kam, war mein Job weg, die Frau, die ich heiraten wollte, auch und die Wohnung sowieso. Das einzige, was ich behalten durfte, waren meine Schulden. Und schneller, als ich gucken konnte, war ich zum Penner abgestiegen.«

»Sie wissen, warum Sie hier sind?«

»Ich habe nichts getan!«, sagte Volker wie aus der Pistole geschossen.

»Sie wollten ein Gemälde verkaufen, das Ihnen nicht gehört.«

»Wohl gehört es mir. Ich habe es geschenkt bekommen.« Seine dunklen Augen verengten sich zu kleinen Schlitzen. Der Ausdruck erinnerte Martin an ein kleines, trotziges Kind. Fehlte nur noch, dass er mit dem Fuß aufstampfte.

»Dieses Bild ist gestohlen worden. Und der Besitzer liegt jetzt in der Rechtsmedizin im Kühlfach. Er hat den Dieb überrascht und wurde deshalb ermordet.«

»Und was habe ich damit zu tun?« Nervös rieb er sich den Bart.

»Kennen Sie Erwin Stumpf?«

»Ist das der im Kühlschrank?«

»Genau der.«

»Nie gehört.«

»Vielleicht schon mal gesehen?« Dieter hielt ihm ein Foto von Stumpf hin, doch Volker schüttelte den Kopf.

»Wo haben Sie das Gemälde her?«

»Ich habe es von einer Frau geschenkt bekommen.«

»Wann und wo war das?«

»Am Dienstagmittag in der Nähe von der Teestube in der Dotzheimer Straße.«

Dieter nickte. Er wusste, dass die Teestube eine Tagesaufenthaltsstelle für wohnungslose und sozial ausgegrenzte Menschen war.

»Kannten Sie die Frau?«

»Nein. Und Sie brauchen mich auch nicht zu fragen, wie die aussah. Die hatte nämlich ein Tuch um den Kopf gewickelt. Außer den Augen habe ich nichts von ihr gesehen.«

»Welche Farbe hatten die Augen?«

»Die waren sauschön! Ein helles Blau wie das Meer in der Karibik«, schwärmte er.

Während Martin sich alarmiert aufrichtete, überlegte Michael, dass ein Mensch wie dieser Volker das Blau der Karibik wohl nie zu sehen bekommen würde.

»Ist Ihnen nicht irgendwas an der Frau aufgefallen?«, fragte Martin dazwischen. Er wusste, dass allein das Erkennen der Augenfarbe nie ausreichen würde, um diese Frau dingfest zu machen. »Die Haarfarbe vielleicht?«

»Nee, die waren nicht zu sehen.«

»Wie war sie gebaut?«

»Dünn würde ich sagen, aber sie hatte weite Klamotten an.«

»Welches Alter schätzen Sie?«

»Weiß ich nicht.«

»War sie vielleicht mit dem Wagen da?«

»Nee, ich glaub, die war zu Fuß.« Er kratzte sich am Kopf und überlegte. »Aber warten Sie mal. Von wegen Fuß … die hatte so ein Tattoo am Knöchel.«

»Konnten Sie erkennen, was für ein Tattoo es war?« Martin war mit jeder Frage näher an den Mann herangetreten. Jetzt stützte er seine Hände auf dessen Armlehne ab und blickte ihm eindringlich in die Augen.

»Keine Ahnung, irgendwas Grünes.« Volker Weiss wich mit seinem Körper nach hinten aus. Man sah ihm förmlich an, dass ihn Martins forsche Befragung verunsicherte. Dieter kannte diese Art an Martin schon. Er benahm sich wie ein Spürhund, der endlich eine Fährte aufgenommen hatte.

»Was hat die Frau zu Ihnen gesagt?«

»Dass ich ihr leid tue und sie mir was schenken will, weil ich sicher ein besseres Leben verdient hätte. Das Bild ist ziemlich wertvoll, hat sie gesagt. So um die siebentausend Euro.«

»Was haben Sie dann gemacht?«

»Ich hab erst gedacht, die Alte ist nicht mehr ganz frisch im Kopf. Aber dann wollte ich wissen, ob da vielleicht was dran ist. Ich bin zu dem Typ, der Kunstwerke kauft. Der hat mir gesagt, ich soll warten, er müsste es kurz prüfen. Dabei hat er sofort gesehen, dass das Bild wertvoll ist, und die Polizei angerufen. Bei einem Penner muss ja was faul sein.« Sein bitterer Unterton war nicht zu überhören.

»Ihre Geschichte klingt ein bisschen abenteuerlich, finden Sie nicht? Ich meine, wer schenkt jemandem, den man nicht kennt, ein Bild für siebentausend Euro?«

»Kann ich doch nichts dafür«, gab Volker patzig zurück.

»War jemand dabei, als sie das Bild geschenkt bekamen?«

»Nein, ich war allein.«

»Wo waren Sie denn in der Nacht von Samstag auf Sonntag zwischen ein und zwei Uhr?«

»Das weiß ich doch jetzt nicht mehr.«

»Dann denken Sie mal scharf nach. Es wäre gut, wenn Sie ein Alibi hätten, damit wir Ihnen die große Unbekannte abnehmen.«

»Es war so, wie ich gesagt habe«, erklärte er mit Nachdruck. Er richtete sich auf und funkelte die Beamten böse an. »Aber schon klar. Sie stecken mich auch in diese Schublade, in die ich verdammt noch mal nie rein wollte.« Dann sackte er wieder in sich zusammen und senkte den Kopf. Nach einem kurzen Schweigen sagte er: »Samstagnacht hab ich mit einem Kumpel im Park geschlafen.«

»In welchem Park?«

»Am Warmen Damm.«

Dieter hob die Augenbrauen und blickte von Michael zu Martin. Der Warme Damm war ein zentral gelegener und sehr beliebter Park mitten in der Stadt. Vor allem aber befand er sich in der Nähe des Komponistenviertels und insbesondere in der Nähe der Stumpf-Villa. Dieter schätzte die Entfernung auf maximal sechshundert Meter, je nachdem wo sich Volker Weiss im Park aufgehalten hatte.

»Wer ist Ihr Kumpel und wo finden wir ihn?«

»Ich weiß nur, dass er Kalle heißt. Der ist meistens im Park.«

»Wie sieht dieser Kalle aus?«

»Der ist ziemlich groß und dünn. Er hat immer einen olivfarbenen Tarnanzug an. Außerdem hat er einen Hund. So einen Schäferhund-Mischling.«

»Danke«, beendete Martin das Gespräch. »Das hilft uns und Ihnen wahrscheinlich weiter. Wir müssen Ihre Aussage überprüfen und so lange sind Sie unser Gast.«

»Wenn ich einen Kaffee kriege, habe ich nichts dagegen.« Volker Weiss lächelte verlegen.

»Das können wir einrichten.« Martin brachte ihn hinaus.

Als er wiederkam, wurde er schon ungeduldig von Dieter und Michael erwartet.

»Interessante Neuigkeiten, was?«, sagte Martin enthusiastisch. »Ich wusste, dass sie was damit zu tun hat.«

»Du glaubst dem?« Michael und Dieter sahen Martin zweifelnd an.

»Mensch, auffällige blaue Augen. Da läuten doch alle Alarmglocken, oder nicht? Dann der Zeitpunkt: Dienstagmittag. Das war genau zwischen der Befragung und der Wohnungsdurchsuchung.«

»Du meinst, die Putzfrau hat das Gemälde geklaut, es jetzt mit der Angst zu tun bekommen und das Bild lieber einem Penner in die Hand gedrückt, statt es anderswo zu verstecken oder selbst zu verticken?«

»So in der Art. Ob Volker Weiss tatsächlich ganz unschuldig ist, sei mal dahingestellt. Er kann ebenso gut von Gabriele Schwarz angeworben worden sein, um das Bild an ihrer Stelle zu verkaufen.«

»Hört sich aber auch nicht logisch an. Wer würde denn einen Typen von der Straße darum bitten?«

»Möglicherweise war er auch von Anfang an ein Komplize.«

»Die Statur für einen kräftigen Schlag hat er ja. Das würde ich der Schwarz eher nicht zutrauen«, überlegte Michael. »Ein Motiv haben solche Leute aufgrund ihrer Situation eigentlich immer und die nötige kriminelle Energie hat er wahrscheinlich auch.«

»Und diese Nähe zum Park«, fügte Dieter an. »Entweder ist der total dämlich, dass er uns erzählt, wo er war, oder aber ziemlich gerissen. Wenn sein Kumpel ihm ein Alibi gibt, kann er trotzdem mitten in der Nacht einen Abstecher zur Stumpf-Villa gemacht haben.«

»Egal, wie es war. Auf jeden Fall muss die Dame jetzt Bein zeigen. Wenn das Tattoo da ist, haben wir sie am Haken. Andernfalls oder zusätzlich bleibt uns Volker Weiss erhalten. Wir lassen sie jetzt holen. Und du«, sagte Martin an Dieter gewandt, »gehst auf die Wanderschaft zum Warmen Damm. Nimm dir noch zwei, drei Kollegen mit. Vielleicht findet ihr ja diesen Kalle.«

33

Rolf Lang führte das Pferd den Weg zum Stall entlang, als sein Blick auf eine junge Frau fiel, die Richtung Wohnhaus lief. Er blieb stehen und begutachtete sie ausgiebig, denn die Dame war ein genaueres Hinsehen wert. Nachdem sie an der Haustür geklingelt hatte, zog sie sich das Top zurecht, strich über den kurzen Rock und schüttelte ihre blonde Haarpracht.

»Die hat fast so eine tolle Mähne wie du, Lotta«, sagte Rolf lächelnd zu dem Pferd und band es an der Stalltür fest. Langsam ging er auf Eva zu. Was für eine Wahnsinnsfigur, urteilte er beim Näherkommen. »Hallo!«, rief er ihr zu. »Suchen Sie jemand?«

»Hallo!« Mit einem Lächeln kam Eva ihm entgegen. »Ich hatte schon befürchtet, dass niemand da ist«, sagte sie mit Erleichterung in der Stimme und reichte ihm die Hand. Überrascht nahm Rolf sie entgegen. »Ich bin Eva.«

»Rolf«, entgegnete er und musterte sie erstaunt. Selten hatte er ein so schönes Exemplar der weiblichen Gattung gesehen. Zumindest nicht leibhaftig.

»Du hast ja einen tollen Hof«, sagte sie anerkennend und ließ ihren Blick über das Gelände schweifen, während Rolf mit der Musterung ihres Körpers fortfuhr. Besonders ihr Dekolleté war ein wirklicher Hingucker. Das tief ausgeschnittene weiße Top ließ ihren Busen, der durch einen BH in aufreizende Position gerückt war, perfekt zur Geltung kommen. Die schlanken langen Beine, die unter dem Minirock zum Vorschein kamen, taten ihr Übriges, um sie als absolute Schönheit zu beurteilen. Rolf räusperte sich und zwang sich, sie nicht weiter anzustarren.

»Ja, es ist wirklich schön hier«, brachte er hervor.

»Ist das ein Reiterhof?«, fragte sie, erst auf Lotta, dann auf seine Reiterhose deutend.

»Nein.« Er lachte. »Eigentlich nicht. Wir haben zwar drei Pferde, die sind aber nur Hobby.«

»Reiten muss toll sein«, sagte sie.

»Wie man so schön sagt: Das Glück dieser Erde liegt auf dem Rücken der Pferde.«

»Ich sollte es wohl mal ausprobieren.«

»Hat es dich deshalb hierher verschlagen?«

»Nein, ich habe eine Autopanne. Mein Mini steht da hinten auf dem Feldweg und will nicht mehr.«

Eva legte ihre Hand auf seinen Oberarm und neigte ihren Kopf zur Seite. »Ich hatte gehofft, dass ich hier jemand finde, der mir vielleicht helfen kann.«

»Ich kann es gerne versuchen«, bot Rolf an. »Komm, wir fahren mit meinem Wagen hin. Dann sehe ich mir das Malheur an.«

»Wirklich? Ich will dich aber auch nicht von der Arbeit abhalten.«

»Ich bin nicht so beschäftigt, dass ich einer schönen Frau nicht helfen könnte.«

»Danke! Das ist total lieb.« Ein verführerischer Augenaufschlag traf den Bauern und verfehlte seine Wirkung nicht. Er führte sie zu seinem grünen Landrover und öffnete ihr die Beifahrertür. »Wow!«, sagte sie. »Mir hat noch nie ein Mann die Autotür aufgemacht.«

»Dann scheint es nicht mehr viele Gentlemen zu geben«, entgegnete er.

Rolf versuchte, den Mini zu starten, was ihm nicht gelang. Dann untersuchte er den Motorraum eingehend. Eva stellte sich dicht neben ihn, sodass ihre Hüften sich berührten, und folgte interessiert seinen Handgriffen. An eine defekte Sicherung dachte er nicht. Schließlich richtete er sich neben ihr auf.

»Tut mir leid, aber ich kann den Fehler nicht finden. Ich kann dir nur noch anbieten, den Wagen abzuschleppen.«

»Aber doch nicht ganz bis Wiesbaden?«, fragte sie ängstlich.

»Nein, keine Sorge. In Kloppenheim gibt's eine Werkstatt. Das ist nicht weit.«

»Ich will dich nicht noch länger in Anspruch nehmen. Wir können ja auch einen Abschleppdienst rufen.«

»Ach, was. Das ist wirklich kein Problem.«

Sie trat nah an ihn heran und legt ihre Arme um seinen Hals. »Du bist mein Retter.« Dann drückte sie ihn und er erwiderte ihre Umarmung. Als sie sich von ihm löste, hauchte sie ihm einen Kuss auf die Wange. »Wollen wir dann?«, fragte sie.

Er räusperte sich. »Ja, klar.«

Minuten später waren sie unterwegs nach Kloppenheim. In der Werkstatt von Michael Kurz stellten sie den Wagen ab. Er versprach, sich morgen früh darum zu kümmern.

»Können Sie mir noch ein Taxi rufen?«, bat sie den Mechaniker.

»Nein«, wehrte Rolf ab. »Ich kann dich doch nach Hause fahren.«

»Sicher? Das kann ich ja nie wieder gut machen.«

»Ist schon okay.«

Erneut bestiegen sie den Land Rover. Auf der zwanzigminütigen Fahrt hatte Eva die Gelegenheit, Rolf eingehender zu begutachten. Und ihr gefiel, was sie sah. Seine braunen, welligen Haare verliehen ihm ein jugendliches Aussehen, obwohl er sicher schon um die vierzig war. Auch sonst war er ein ansehnlicher großer Mann mit einer sportlichen Figur und breiten Schultern.

Das macht sicher sein Beruf, überlegte Eva.

Sein eckiges Gesicht mit den kantigen Wangenknochen wirkte sehr männlich. Und die leichte Hakennase tat dem positiven Eindruck keinen großen Abbruch.

Sie unterhielten sich angeregt und Eva spürte, wie nicht nur seine offensichtlich guten Manieren sie beeindruckten. Sie bestand darauf, sich bei ihm zu bedanken. Und so war es ein Leichtes, ihn zu einer Tasse Kaffee in ihre Wohnung einzuladen.

»Schön lebst du hier«, urteilte er, als sie beim Kaffee zusammensaßen.

»Freut mich, dass es dir gefällt.«

Wie zufällig berührten sich ihre Finger. Fragend sah Rolf sie aus seinen dunkelbraunen glänzenden Augen an. Eva strich zärtlich über seinen Handrücken.

»Mir gefällt alles hier in der Wohnung«, sagte er und seine Augen hingen an ihrem Mund.

»Mir auch«, flüsterte sie und hätte sich ihm am liebsten an den Hals geworfen. Aber hier ging es um viel Geld und sie musste geplant vorgehen. Sie hatte Rolfs Testosteronspiegel nach oben getrieben, jetzt hieß es, sich wieder zurückzuziehen. So wandte sie den Kopf ab, griff mit beiden Händen nach ihrer Tasse und trank. Dann begann sie, ihm Fragen zu stellen, die ihr Interesse an ihm bekundeten. Geschickt lenkte sie das Gespräch auf die Uni und erwähnte beiläufig den Namen Erwin Stumpf.

»Den kannte ich auch«, sagte Rolf erstaunt. »So ein Zufall.« Und er erzählte, in welcher Angelegenheit er mit dem Stadtrat zu tun gehabt hatte. Ganz zwanglos kamen sie so auf den Windkraftpark zu sprechen und Eva fütterte ihn mit den angeblich neusten Erkenntnissen, die gegen eine solche Anlage sprachen, sowie mit ihrer angeblich eigenen Meinung contra Windkraft.

»Du kennst dich gut aus«, sagte Rolf anschließend.

»Ach«, sie winkte ab. »Das sind alles Themen, mit denen man sich im Studium beschäftigt oder beschäftigen muss.« Sie forderte ihn auf, noch ein bisschen mehr von sich zu erzählen.

So entlockte sie ihm auch die Pläne für den Anbau und den angeblichen Grund für das neuste Kaufangebot von Pallhuber.

»Ein Superangebot! Ich an deiner Stelle würde sofort verkaufen«, sagte sie ernst. »Warum zögerst du?«

»Bei dem Gespräch mit den beiden Männern hatte ich das Gefühl, als wär die Sache nicht ganz koscher. Ich weiß auch nicht warum.« Er zuckte mit den Schultern. »Vielleicht ist es auch nur, weil ich immer noch hoffe, dass die Stadt den Windpark baut.«

»Und ich hoffe, dass du deine Einstellung zum Windkraftpark auf dem Taunuskamm grundlegend änderst.«

»Ja«, sagte er nachdenklich. »Ich glaube, ich bin auch schon dabei. Was du mir erzählt hast, klingt einleuchtend.« Er lächelte sie zärtlich an. »Aber jetzt muss ich langsam zurück zum Hof.«

Beide standen auf und Eva begleitete ihn zur Tür.

»Noch mal vielen Dank für deine Hilfe. Darf ich mal wieder vorbeikommen, wenn ich in der Nähe bin?«

»Jederzeit«, sagte er sehnsüchtig.

Eva fühlte die Macht in sich, mit der sie auch diesen Mann manipulieren konnte. Zum Abschied umarmte sie ihn, drückte ihm einen schnellen Kuss auf den Mund und sagte: »Tschüs!« Dann schloss sie die Tür und vollführte einen Freudentanz.

34

Die Sache mit dem Obdachlosen gab dem Fall eine völlig neue Wendung und Martin freute sich, dass es endlich eine vielversprechende Spur gab und Paul auf diese Weise aus dem Fokus rückte.

Während eine Streife auf dem Weg zu Gabriele Schwarz war, las Martin noch mal die Vernehmungsprotokolle durch, um sich in Erinnerung zu rufen, was die Frau ausgesagt hatte. Auf einmal stutzte er.

»Was ist?«, fragte Michael.

»Ich bin mir nicht sicher, aber ich glaube, da stimmt was nicht.«

»Was meinst du?«

»Ich muss was nachgucken«, sagte er nur und suchte die Protokolle der Nachbarn von Erwin Stumpf heraus. Akribisch durchforstete er die Aussagen. Und plötzlich schlug er mit der Hand auf ein Blatt. »Jawohl!«, rief er. »Das passt nicht!«

In dem Moment klopfte es an der Tür und Gabriele Schwarz wurde hereingeführt.

Als die Frau den Männern gegenübersaß, blickte sie unsicher von einem zum anderen.

»Sagen Sie, Frau Schwarz, sind Sie tätowiert?«, kam Martin gleich zur Sache.

»Wieso?« Überraschung lag in ihrem Blick.

Martin erklärte ihr den Zusammenhang und sagte dann: »Deshalb würden wir Ihre Knöchel gerne sehen.«

Sie warf einen Blick zur Tür, als ob sie versuchte, ihre Chancen für eine Flucht auszuloten. Michael rückte demonstrativ mit seinem Stuhl näher an sie heran.

»Wenn Sie so freundlich wären«, forderte Martin sie auf.

»Ich hab doch nichts damit zu tun«, jammerte sie.

»Dann können Sie uns ja unbedenklich Ihre Knöchel zeigen.«

Die Frau rührte sich nicht. Martin ging zur Tür und bat eine Kollegin herein, um als weibliche Zeugin zu fungieren, wenn er die Beine von Frau Schwarz untersuchen würde. Dann ging er vor Gabriele Schwarz in die Hocke, streifte beide Hosenbeine gleichzeitig ein Stück weit nach oben und erblickte oberhalb des rechten Knöchels einen kleinen grünen Drachen. Bestätigend nickte er vor sich hin. »Ein niedlicher kleiner Kerl«, sagte er und griff nach dem Fotoapparat, um das Tattoo abzulichten.

Anschließend entließ er die Kollegin wieder, reichte Michael die Kamera und schickte ihn zu Volker Weiss, damit er das Tattoo identifizierte, während Gabriele Schwarz die Hosenbeine wieder herunterzog. Martin wusste, sie fühlte sich entblößt, in zweierlei Hinsicht.

»Ich bin sicher nicht die einzige, die ein Tattoo hat.« Ein schwacher Versuch, sich herauszureden.

»Warten wir einfach ab, ob unser Zeuge das grüne Kerlchen erkennt. Aber inzwischen können Sie mir vielleicht noch Folgendes erklären. Bei der Durchsicht der Protokolle ist uns aufgefallen, dass Sie um halb zehn in die Villa Stumpf kamen und kurz darauf den Toten gefunden haben. Nun habe ich hier aber eine Aussage von einem Herrn Scheer, der mit seinem Hund auf der Straße war, als sie ankamen, und zwar bereits gegen Viertel vor neun. Ihr Anruf ist bei uns um neun Uhr achtunddreißig eingegangen. Und da frage ich mich, was haben Sie in den gut fünfzig Minuten gemacht, bis Sie endlich die Polizei angerufen haben?«

»Ich …« Man sah, wie sie nach einer plausiblen Erklärung suchte. »Ich habe Herrn Stumpf erst um halb zehn gefunden«, sagte sie schließlich und setzte ein verlegenes Lächeln auf. »Ich hatte da bei unserem ersten Gespräch etwas verwechselt. Ich bin nicht gleich ins Arbeitszimmer hoch. Ich hab schon angefangen, unten im Wohnzimmer aufzuräumen.«

»Wissen Sie was? Das glaube ich Ihnen nicht. Bei unserer Ankunft herrschte noch das totale Chaos in dem Raum.«

Michael kam zurück und nickte Martin zu. »Frau Schwarz, Ihr grüner Drache ist kein Unbekannter«, sagte er zu ihr und setzte sich. »Unser Zeuge hat das Tattoo eindeutig erkannt.«

»Der muss sich irren.« Energisch schüttelte sie den Kopf. »So ein Tattoo gibt's bestimmt noch mal.«

Michael zeigte ihr ein Foto von Volker Weiss. »Kennen Sie diesen Mann?«

»Sie zeigen mir ständig Bilder«, sagte sie verärgert, »mit denen ich nichts anfangen kann. Den Mann kenne ich nicht.« Martin sah, dass sie den Tränen nahe war.

»Aber der Mann scheint *Sie* zu kennen«, fuhr Michael unbeirrt fort. »Zumindest Ihr Tattoo und Ihr Gesicht mit den wunderschönen Augen.«

»Und was Bilder angeht«, setzte Martin nach, »damit kennen Sie sich doch aus. Immerhin haben Sie sich im Internet über den La Pira informiert.«

»Das Bild hat mich eben interessiert.«

»Die Frage ist: warum? Soll ich Ihnen auch gleich die Antwort geben?«

Tränen traten aus ihren Augen.

»Sie hatten die Kunstwerke täglich vor Augen. Die Verlockung, sich zu bedienen, war groß. Ich glaube nicht, dass es das Bild an sich war, das Sie interessiert hat. Viel mehr war es sein Wert. Entweder haben Sie das Bild gestohlen, weil Sie eine Entschädigung für Ihre Arbeit wollten, oder nur aus Habgier. Ins Haus zu kommen, war für Sie ja kein Problem. Sie hatten einen Schlüssel. Leider hat Herr Stumpf Sie erwischt. Da haben Sie ihn im Affekt mit der Statue erschlagen. Am nächsten Morgen sind Sie zurückgekommen, um Spuren zu beseitigen. Haben Sie die Statue in der Nacht liegenlassen, vielleicht sogar das Bild? Sie wussten von der Überwachungskamera und haben die Kassette entfernt, auf der der Mord zu sehen ist, nicht wahr? Haben Sie vielleicht sogar die Bierflasche eines Gastes unter den Schrank gelegt, damit ein anderer in Verdacht gerät? Ach ja, nicht zu vergessen den van Gogh, den Sie an der Stelle des La Pira aufgehängt haben, damit der Diebstahl nicht auffällt. Zum guten Schluss haben Sie die Polizei selbst angerufen, um von sich abzulenken.«

»Nein! Nein! So war das alles nicht!«, rief sie verzweifelt.

»Dann haben Sie Herrn Stumpf vielleicht vorsätzlich ermordet, weil er Sie ausgenutzt, entwürdigt und gedemütigt hat. Ich kann mir gut vorstellen, dass der Hass auf solch einen Menschen groß und irgendwann nicht mehr zu ertragen ist.«

»Ich habe ihn nicht umgebracht. Das müssen Sie mir glauben.«

»War es dann Volker Weiss?«

»Wer ist das?«, fragte sie irritiert.

»Der Obdachlose, dem Sie das Bild gegeben haben.«

Man sah, wie sie nachdachte. Ihre Augen fuhren unruhig hin und her.

»Ja!«, sagte sie. »Ja, genau. Der war's.«

Für Martin war klar, dass sie sein Täterangebot allzu gerne angenommen hatte.

Das Telefon klingelte und Dieter teilte Michael mit, dass sie Kalle im Park gefunden hatten. Er hatte Volker Weiss' Alibi bestätigt und angegeben, dass sie zusammen bis zwei Uhr im Park gesessen hatten, bevor sie dort eingeschlafen waren. Er konnte sogar noch einen weiteren Obdachlosen benennen, der gegen Viertel nach eins vorbeigekommen war und die beiden gesehen hatte. Am Sonntagmorgen waren sie erst um zehn Uhr auseinandergegangen.

»Ist er glaubwürdig?«, wollte Michael wissen.

»Ja, denke schon. Der hatte zwar jetzt schon einen im Tee, aber du kennst doch den Spruch: Kinder und Besoffene sagen die Wahrheit. Ich denke, da ist was dran.«

Nachdem Michael das Gespräch weggedrückt hatte, sagte er: »Also, Frau Schwarz, Sie müssen sich noch eine weitere Geschichte ausdenken. Unser Obdachloser hat ein Alibi. Er kann es nicht gewesen sein.«

Man sah, wie sie leicht in sich zusammensackte, Kopf und Schultern hängenließ.

»Ich habe den La Pira genommen«, sagte sie langsam. »Aber erst nachdem ich Herrn Stumpf gefunden hatte. Ich habe lediglich die Gelegenheit genutzt und dachte, jetzt tut es ihm nicht mehr weh. Und ich bekomme einen kleinen Ausgleich für meine

Arbeit. Mit dem Bild bin ich schnell nach Hause gefahren und hab den van Gogh von mir geholt und an die Stelle des La Piras gehängt. Deshalb kam mein Anruf erst um zwanzig vor zehn bei Ihnen an.« Sie sah die Männer schuldbewusst an. »Als ich gemerkt habe, dass Sie mich verdächtigen, habe ich es mit der Angst zu tun bekommen und das Bild kurzerhand dem Obdachlosen gegeben.«

»Ich kann mir nicht helfen, aber auch diese Version klingt irgendwie abenteuerlich.«

»Es war aber so. Sie müssen mir glauben.«

»Das fällt mir etwas schwer, nachdem Sie uns bis jetzt lauter Lügen präsentiert haben. Außerdem haben Sie ein Motiv, aber kein Alibi.«

Martin stand auf und brachte Gabriele Schwarz zu einem Beamten, der sie abführte.

35

Paul klopfte und trat ein. Unsicher blickte er den Kollegen entgegen.

»Hallo, Paul!« Martin stand auf und begrüßte ihn mit einem freundschaftlichen Schlag auf die Schulter. »Mach nicht so ein Gesicht und freu dich, dass wir den Fall praktisch gelöst haben.«

»Was? So schnell?« Ungläubig blickte er von einem zum anderen.

»Ja, es gab überraschend neue Hinweise, nachdem wir telefoniert hatten«, erklärte Martin und berichtete von Gabriele Schwarz.

»Wir denken«, schloss Michael den Bericht, »dass sie nicht nur geklaut, sondern den Herrn des Hauses auch erschlagen hat. Uns fehlt nur noch ihr Geständnis.«

»Aber was mich doch interessieren würde«, sagte Martin. »Warum hat der Stumpf dir die Nase blutig geschlagen?«

»Ich kann mich immer noch nicht genau erinnern«, meinte Paul stirnrunzelnd. »Aber ich glaube, er war einfach sauer, dass ich in seinem Arbeitszimmer war. Er hat mich blöd angemacht und mir eine verpasst.«

»Wahrscheinlich war er auch sauer, dass du mit dieser Eva Neumann da warst«, sagte Michael.

»Quatsch!«, wehrte Paul ab und spürte, wie ihm die Röte ins Gesicht schoss. Schnell wandte er sich ab und tat so, als müsse er niesen. Er wollte den Kollegen den wahren Grund nicht sagen. Michael würde sich doch nur lustig machen.

»Vielleicht finden wir früher oder später ja die Videokassette noch.« Michael sah Paul begeistert an. »Dann kannst du deine Erinnerung auffrischen.«

»Schadenfreude ist doch die schönste Freude, was?« Paul zog eine Grimasse, obwohl ihm bei dem Gedanken, dass seine Kollegen die Aufzeichnung des besagten Abends zu sehen bekämen, fast schlecht wurde.

»Jedenfalls hast du uns einen mordsmäßigen Schrecken eingejagt«, sagte Martin. »Versprich mir, dass du dich nie wieder so besäufst.«

Paul setzte sich rittlings auf einen freien Stuhl. »Vom Saufen hab ich echt die Schnauze gestrichen voll.«

»Und von dieser Eva?« Neugierig sah Michael ihn an.

»Weiß nicht. Ist doch auch egal.«

»Die ist ganz schön heiß, was?« Michael ließ nicht locker.

»Ja, ist sie.«

»Das finden ziemlich viele Männer«, warf Dieter ein und rückte seine Brille zurecht.

»Wie meinst du das?«, fragte Paul.

Dieter erzählte ihm von der *Arbeit*, die Eva für Stumpf erledigt hatte. Pauls Gesichtsausdruck wechselte von bestürzt zu wütend.

»Hast du mit dieser Eva was am laufen?«, erkundigte Dieter sich.

»Nee, wir sehen uns nur ab und zu«, antwortete Paul genervt. »Warum?«

»Lass die Finger von der Frau! Das ist eine von der Sorte, die sich nicht zähmen lässt, was ihre Gier auf Männer angeht. Und wenn du nicht einer von vielen sein willst, …«

»Na, so viele werden es auch nicht gewesen sein.«

»Sie hat es uns schwarz auf weiß gegeben«, teilte Dieter mit. »Eine Liste mit ihren Sexpartnern der letzten Zeit.«

»Was? Wozu das denn?«

»Wir konnten ein Motiv aus Eifersucht nicht ausschließen. Es wäre durchaus möglich gewesen, dass einer ihrer Lover Stumpf als Konkurrent aus dem Weg geräumt hat.«

»Und wärt ihr dieser Frau Schwarz nicht auf die Schliche gekommen, wäre ich wohl wegen der Blutspur der Mann der Wahl gewesen, was? Na ja, egal. Hast du die Liste greifbar?«, wollte Paul wissen.

Martin nickte Michael zu. Es konnte nicht schaden, wenn Paul das zu sehen bekam und erkannte, dass Eva Neumann keine Frau für ihn war.

Michael schlug eine Mappe auf, zog ein Blatt Papier hervor und reichte es Paul.

»Wow!« Paul schüttelte frustriert den Kopf. »Ich hätte es wissen müssen. Eva war schon immer so. Und offensichtlich hat sie sich nicht geändert.« Er nahm sich vor, die Sache mit ihr als doppelten One-Night-Stand zu verbuchen und Gefühle, die darüber hinausgingen, auszublenden. »Ich hau jetzt ab, bevor ihr mir meinen restlichen Urlaub noch mehr versaut.« In der Tür drehte er sich noch mal herum. »Lasst mich wissen, ob Milster meine Zwangsbeurlaubung aufhebt oder ob ich es mir doch noch schön machen kann.«

36

Je länger Paul über Eva nachdachte, umso konfuser schien ihm die Situation. Er hatte doch wirklich geglaubt, ihr läge was an ihm. Wütend stieg er in seinen Wagen und fuhr los.

Hab ich mich wirklich so blenden lassen?, überlegte er deprimiert. Er musste Klarheit haben und entschloss sich, sie einfach zu fragen. Aber würde er eine Frau überhaupt haben wollen, die sich kreuz und quer durch sämtliche Betten geschlafen hatte? Einerseits wollte er sie, andererseits ging ihm ihr Liebesleben gehörig gegen den Strich. Seine Gedanken waren ein einziges Chaos, in das er unbedingt Ordnung bringen wollte.

Der dunkle Pkw parkte in einigem Abstand zu Pauls grünem Honda Civic. Neugierige Blicke folgten ihm, als er in Richtung Haustür lief und kurz darauf im Treppenhaus verschwand. Was wollte der Kerl bloß bei ihr? Dumme Frage! Aber Paul Fischer war doch Polizist. Was wollte ein Polizist von Eva Neumann? War er etwa verliebt? Rosarote Brille? Sah er denn nicht, wie sie wirklich war?

»Paul, ich muss gleich los. Ich hab noch was vor«, sagte Eva an der Tür und schien von seinem Besuch nicht sehr begeistert zu sein.

»Ich wollte dir auch nur was sagen. Es sieht so aus, als hätten sie den Fall gelöst. Sie wissen jetzt, wer Stumpf umgebracht hat.«

»Was? Das gibt's ja nicht. Wer ist es?«

Nachdem Paul ihr alles erzählt hatte, trat er zu Eva und nahm ihre Hände. »Eva, ich denke die ganze Zeit darüber nach, was das mit uns ist.«

»Was soll das sein?« Sie zog ihre Hände zurück.

»Na ja, ich will wissen, ob wir uns weiter sehen, ob dir was an mir liegt.«

»Paul, du warst schon immer so ein einfältiger Typ. Einer, der denkt, wenn man mit einer Frau geschlafen hat, ist sofort eine Beziehung angesagt. Aber so läuft das nicht. Nicht bei mir.«

»Dann war es also nur der Alkohol, der dich willig gemacht hat? Oder war es die Gewohnheit?«

»He, du bist ein süßer Typ, aber du bleibst nun mal ein kleiner Polizist.«

»Und so einer ist für dich natürlich nicht gut genug?« Wut stieg in ihm auf.

»Was willst du überhaupt?«, giftete sie ihn an. »Wir hatten ein bisschen Spaß. Hast du geglaubt, das ginge jetzt so weiter? Vergiss es.«

»Schon klar, Jungs wie ich sind für dich nur Zeitvertreib. Du steigst lieber mit hohen Tieren ins Bett. Das bringt einen sicher viel weiter. Finanziell und überhaupt.«

»Du verstehst das nicht. So einem wie Erwin Stumpf könntest du nie das Wasser reichen.«

»Das wird jetzt, wo er in der Kiste liegt, sowieso schwierig. Aber abgesehen davon, wäre es das Letzte, was ich wollte. Stumpf war ein Arschloch!«

»Er war ein toller Mann«, schrie sie ihm entgegen.

»Hör bloß auf! Du hast dich für ihn prostituiert. Das ist echt das Letzte.«

»Na, dann frage ich mich, was du bei einer Prostituierten willst«, konterte sie.

Die beiden merkten nicht, dass ein Mann aus dem Aufzug stieg.

»Ich hatte in einem Anfall von Irrglauben gehofft, dass du jetzt, wo Stumpf tot ist, vielleicht anders über die ganze Sache denkst«, sagte Paul.

»Weißt du was? Ich mag mein Leben, so wie es ist. Ich mag mit den verschiedensten Männern vögeln.« Sie trat in den

Türrahmen, brachte ihr Gesicht nah an Paul heran und sagte genüsslich: »So oft und so lange ich will.«

Der Mann schob sich an Paul vorbei, hatte den Kopf gesenkt und beeilte sich, seine Wohnungstür zu erreichen. Es war ihm offensichtlich peinlich, Zeuge dieses Gesprächs zu werden.

Paul ballte die Fäuste und zwang sich zur Ruhe. »Soll ich dir was sagen? Du tust mir leid!«

»Ach, hau bloß ab, Paul. Du bist doch nichts weiter als ein blöder Loser, der mir hier Moralpredigten halten will, genau wie dein verklemmter Chef. Ihr seid alle Spießer und habt keine Ahnung vom wahren Leben.«

»Aber du! Du hast natürlich voll den Durchblick«, schrie er sie an. »Deine Entwicklung seit der Schule ist echt beeindruckend. Beeindruckend stehen geblieben. Aber eigentlich war das ja klar. Menschen wie du ändern sich nicht. Sind immer nur auf ihren eigenen Vorteil aus, auch auf Kosten anderer. Du hast immer noch nicht kapiert, dass die Welt nicht nur deine Welt ist.«

Der Mann hatte seine Tür geöffnet und war in seiner Wohnung verschwunden.

»Ja, fühl dich nur als was Besseres«, sagte Eva herablassend. »Mit einer Lüge lebt es sich viel leichter.«

»Fragt sich, wer sich hier selbst belügt.« Paul wandte sich zum Gehen.

»Ich bereue es, dich wiedergetroffen zu haben«, rief sie ihm hinterher.

»Da sind wir ausnahmsweise der gleichen Meinung«, entgegnete er über seine Schulter hinweg.

»Ich hätte dich nicht in mein Leben lassen sollen.«

»Das hast du doch gar nicht.« Er warf ihr einen letzten Blick zu. »So kalt wie du bist, bist du gar nicht fähig, jemanden in dein Leben zu lassen.«

Mit einem lauten Krachen fiel die Tür ins Schloss.

37

Schon von Weitem sah er ihren roten Mini heranfahren, als er dabei war, den Zaun vorm Haus auszubessern. Sie parkte den Wagen und stieg aus. Heute hatte sie die blonden Haare zu einem hohen Zopf zusammengebunden. Bei jeder Bewegung wippte er frech hin und her. Sie trug ein gelbes Minikleid mit Spaghettiträgern, das ihre Figur bestens betonte.

»Hallo, Rolf.« Sie winkte ihm entgegen und kam auf ihn zu.

Er dagegen stand sprachlos da. Ist das eine Halluzination?, überlegte er.

Als Eva direkt vor ihm stand und ihn anstrahlte, löste sich sein Erstaunen in Wohlgefallen auf.

»Was machst du denn hier?« Er legte sein Werkzeug aus der Hand.

»Ich hab meinen Wagen eben abgeholt und dachte mir, ich komme mal vorbei und schau mir deine Pferde an.«

Am liebsten hätte er geantwortet: Der beste Hengst steht direkt vor dir. Und die Stute mit der blonden Mähne …

»Oder hast du keine Zeit?«

»Doch, doch«, beeilte er sich zu sagen. »Komm, ich zeig sie dir.«

Gemeinsam gingen sie in den Stall und Rolf erinnerte sich an seine lustvollen Fantasien, die er seit ihrem Kennenlernen hatte. »Ist deine Frau auch da?«

»Nein, die arbeitet donnerstags immer«, gab er bereitwillig Auskunft. »Und die Kids sind noch in der Schule. Ich bin hier in rein tierischer Gesellschaft.«

»Und was für tolle Tiere«, sagte sie begeistert und steuerte auf eine Pferdebox zu, in der ein brauner Appaloosa stand.

»Das ist Nobel Sunshine«, stellte er die Stute vor. »Sie ist total gutmütig und sehr talentiert.«

»Sie ist wunderschön.« Zärtlich streichelte sie dem Pferd über den Kopf und tätschelte ihm den Hals. »Hast du noch mehr solcher Prachtexemplare zu bieten?«

»Mich zum Beispiel«, sagte er keck und grinste. Dabei lehnte er sich lässig gegen das Eichenholz der Box.

»Ja!« Sie musterte ihn von Kopf bis Fuß. »Du scheinst wirklich ein toller Hengst zu sein.« Damit strich sie ihm über die Nase, ging an ihm vorüber und blickte suchend in die beiden nächsten Pferdeboxen. Ihre Berührung regte seine Fantasie erneut an.

»Die zwei sind auf der Weide«, gab er Auskunft und folgte ihr. »Kann ich dir vielleicht was anbieten?«

Abrupt blieb sie stehen, drehte sich zu ihm um und blickte ihn ernst an. »Das solltest du besser nicht fragen.«

»Wieso nicht?« Er war irritiert.

Eva trat nah an ihn heran, sodass er einen guten Einblick in ihren Ausschnitt hatte. Rolf spürte, wie das Verlangen in ihm aufstieg. Nur zu lebhaft konnte er sich vorstellen, wie sich ihre Brüste in seinen großen Händen anfühlen würden.

»Ich verspüre langsam ziemlichen Hunger.« Ein verführerischer Augenaufschlag und ein zur Seite geneigter Kopf ließen ihn ahnen, von welchem Hunger sie sprach.

»Kein Problem«, entgegnete er und schloss die Lücke, die noch zwischen ihnen war. »Ich bin sicher, dass ich dich satt kriege.«

»Ach, ja?« Sie legte ihre Hände auf seine Brust und schaute zu ihm auf.

Rolf spürte, wie sein Herz schneller schlug. Und ohne weiter darüber nachzudenken, nahm er sie in die Arme und küsste sie. Er presste sie an sich und versank in der Leidenschaft, die er bereits in seiner Vorstellung schon durchlebt hatte. Sie war geschmeidig wie eine Katze, fuhr ihm mit den Fingern durch die Haare und stöhnte leise. Bei dem Gedanken, sie nackt in den Armen zu halten, ihren Körper zu erforschen, durchzuckte ihn die Erregung mit einer Heftigkeit, wie er sie schon lange nicht mehr empfunden hatte.

Abrupt löste sie sich von ihm und trat einen Schritt zurück.

»Nein, das geht nicht«, sagte sie atemlos, ging hinüber zu einem Heuballen, der in der Stallgasse lag, und setzte sich darauf.

»Eva?«, fragte Rolf aufgewühlt und verstand ihren plötzlichen Sinneswandel nicht. Sie hatte seinen Kuss doch leidenschaftlich erwidert. Und was für ein Kuss, dachte er.

»Es ist falsch«, sagte sie und gab ihrer Stimme einen traurigen Klang.

»Warum?«

»Das fragst du noch? Du bist verheiratet.«

Rolf kam zu ihr herüber und setzte sich neben sie. »Du hast recht. Ich sollte das vielleicht nicht tun. Aber …«, er blickte sie sehnsüchtig an, »… du bist einfach unglaublich.«

»Bist du glücklich mit deiner Frau?«

»Unsere Ehe ist vielleicht ein bisschen eingefahren. Ehrlich gesagt, habe ich ewig nicht darüber nachgedacht.« Er griff nach ihrer Hand. »Aber was ist mit dir? Ich meine«, er grinste verlegen, »du hast mit mir geflirtet, du hast meinen Kuss erwidert. Und das, obwohl du jeden Mann in deinem Alter haben könntest. Warum ich?«

»Weil …«, sie druckste herum und sah ihn unschuldig an, »… weil du außergewöhnlich interessant bist. Nach dem Tag gestern konnte ich die ganze Nacht nicht schlafen. Ich hab immerzu an dich gedacht. Du bist ein unglaublich aufregender Mann. Und du weckst in mir ein Gefühl, das mich noch mehr berauscht als jeglicher Alkohol.«

Rolf konnte nicht wissen, dass Eva diesen Satz zu allen ihren Lovern sagte.

Ein aufregender Mann? So sah er sich selbst überhaupt nicht. Er fühlte sich nicht wie jemand Besonderes. Er war doch ein durchschnittlicher Mann mit einer normalen Familie und einem unspektakulären Beruf. Aber es tat gut, von jemand anderem so gesehen zu werden.

»Du bist eine noch viel aufregendere Frau«, flüsterte er ernst. »So aufregend, dass ich auch die ganze Nacht nicht geschlafen habe. Du bist mir nicht mehr aus dem Kopf gegangen. Und jetzt bist du dabei, ihn mir gehörig zu verdrehen.«

Sie schob ihre Hand in seinen Nacken und zog ihn zu sich. Sanft legte sie ihre Lippen auf seinen Mund und küsste ihn zärtlich. »Ich sollte jetzt besser fahren«, hauchte sie und stand auf. Dann ging sie die Stallgasse Richtung Ausgang.

»Warte!«, rief er ihr hinterher und holte sie vor der Stalltür ein. »Sehe ich dich wieder?«

»Ich weiß nicht, ob das gut wäre.«

»Aber ich weiß, dass es gut wäre.« Und zum dritten Mal küsste er sie. Diesmal voller Hunger und Hast.

»Du kannst sehr überzeugend sein«, lächelte sie anschließend und streichelte seine Wange. »Willst du übermorgen zu mir kommen? Wir könnten ein Picknick machen, wenn du Zeit hast.«

»Gerne.« Er überlegte einen Moment, wann er sich am besten hier verdrücken und wie er seine Abwesenheit Annette erklären könnte. Vielleicht sollte er plötzliche Zahnschmerzen vortäuschen? »Passt dir vier Uhr?«

»Passt prima!« Sie lächelte verheißungsvoll und biss sich auf die Unterlippe. »Ich freue mich!«

»Ich mich auch.«

38

»Habt ihr die Zeitung schon gelesen?«, kam Dieter an diesem Morgen in die Tür und wedelte mit dem Wiesbadener Kurier.

»Wissen die was, was wir noch nicht wissen?«, fragte Martin mit wenig Interesse.

»Eigentlich nicht, aber der Bericht bietet einiges an Dramatik und wir stehen als Helden da.«

»Schon wieder ein Held«, sagte Michael. »Ich muss aufpassen, dass ich aufgrund von so viel Heldentum nicht abhebe.« Sein verschmitztes Lächeln ließ die Kollegen stutzen.

»Was ist los?«, fragte Martin. »Du guckst so geheimnisvoll.«

»Ich war gestern Abend für Georgia schon der Held. Und …«

»Komm hör auf«, wehrte Martin ab. »Erspar uns Einzelheiten deiner lauschigen Liebesnächte.«

»Och, warum?« Dieter stützte den Kopf in die Hände und machte ein interessiertes Gesicht. »Michaels Berichte sind doch immer inspirierend.« Er grinste.

Martin schüttelte den Kopf und Michael lachte.

»Ich glaube nicht, dass dich mein Bericht von einem Heiratsantrag inspiriert. Du bist ja schon verheiratet.«

»Was?«, riefen beide wie aus einem Mund und starrten Michael an.

»Du hast Georgia einen Heiratsantrag gemacht?«, vergewisserte Martin sich.

Michaels Grinsen wurde breiter.

»Das ist ja der Hammer!«, rief Dieter erfreut und kam auf ihn zu. Kräftig schlug er ihm auf die Schulter. »Der Junge schippert in den Hafen der Ehe. Und ich dachte immer, du siehst die Ehe als Auslaufmodell.«

Auch Martin kam und streckte ihm seine Hand entgegen. »Herzlichen Glückwunsch, du alter Windhund. Gute Entscheidung! Und sei versichert, dass ich ein Auge auf euch haben werde. Nicht dass du in meine Fußstapfen trittst und drei Anläufe brauchst, ehe es klappt.«

»Das kann ihm nicht passieren«, winkte Dieter zuversichtlich ab. »Der hat seine Freiheit ja lange genug genossen.«

»Gibt es einen Grund, warum ihr heiraten wollt?«

»Wahrscheinlich ist Georgia schwanger«, scherzte Dieter.

»Ja, ist sie!« Michael setzte eine ernste Miene auf.

»Was?«, kam es wieder von beiden Kollegen.

Dem folgte ein lautes Lachen von Michael. »Quatsch!«

»Dann liegt der Grund für diese lebensverändernde Entscheidung in den heutigen wirtschaftlichen Verhältnissen«, folgerte Dieter sachlich. »Wenn die unsicher werden, steigt die Sehnsucht nach dem Nest. Das ist ganz normal.«

»Was du alles in so ein bisschen Ehe hineininterpretierst«, staunte Michael und fragte: »Warum hast *du* denn damals geheiratet?«

»Wir waren verliebt und wollten uns einfach als legitimes Paar präsentieren. Allein diese Tatsache gab uns das Gefühl von Stärke und Sicherheit und natürlich Geborgenheit. Aber …«, er hob den Zeigefinger in die Luft, »… ganz uneigennützig war die Entscheidung nicht.«

»Wolltet ihr Steuern sparen?«

»Ach was, Steuern. Es gibt zahlreiche Studien, die belegen, dass Verheiratete viel zufriedener sind. Außerdem leiden sie seltener an Depressionen und …«, er machte eine bedeutungsvolle Pause, »… sie haben besseren Sex.«

»Das sind schlagende Argumente!«

»Die Martin und ich dir hundertprozentig bestätigen können.«

»Bei *den* Aussichten sollten wir möglichst schnell heiraten.«

»Wo hast du ihr den Heiratsantrag gemacht?«, wollte Martin wissen.

»Vor einem Schaufenster.«

Der fragende Blick beider Kollegen ließ Michael etwas weiter ausholen. »Wir waren gestern Abend in Gollner's Restaurant auf der Burg Sonnenberg essen.«

»Nobel, nobel!« Martin nickte anerkennend.

Die Lokalität war eines der besseren Restaurants in Wiesbaden. Mit ihrer einzigartigen Lage in der mittelalterlichen Burg aus dem 13. Jahrhundert war das nicht nur für Michael einer der herrlichsten Flecken in Wiesbaden und Umgebung. Von der wunderschön angelegten Terrasse aus hatte man einen traumhaften Blick. Genau das Richtige, um einen romantischen Abend zu verbringen.

»Anschließend sind wir in die Stadt gefahren. Ich wusste, dass sie öfter in der Boutique Arabella einkauft und war sicher, dass sie da ins Schaufenster sieht, wenn wir vorbeigehen.« Ein Lächeln umspielte seinen Mund. »So war's dann auch. Und da hat sie das Plakat entdeckt, das ich tagsüber dort hab aufhängen lassen.«

»Was für ein Plakat?«

»Ihr wisst doch, dass ich neulich Abend zum Theater gefahren bin.«

»Richtig«, erinnerte Dieter sich. »Du hattest ein Date mit Georgia.«

»Ich hab nur von einem Date gesprochen. Nicht von Georgia. Ich hab mich mit einer Maskenbildnerin getroffen. Die hat mich auf alt geschminkt und fotografiert. Auf dem Plakat war ich dann als alter Mann verkleidet und hab eine Zeitung in der Hand. Auf der steht: *Georgia, willst du mit mir alt werden?*«

»Was hast du für verrückte Ideen?«, staunte Dieter.

»Genial!«, lachte Martin. »Wirklich originell. Und, wie hat sie reagiert?«

»Sie war …«, er suchte nach dem richtigen Wort, »… ich würde sagen überwältigt. Denn ich sehe als alter Mann immer noch wahnsinnig attraktiv aus.«

»Eingebildeter Schönling!« Dieter boxte ihm lachend gegen den Arm.

»Dann hat sie sich die Chance auf so ein Prachtexemplar natürlich nicht entgehen lassen und sofort Ja gesagt.«

»Genau!«

Im nächsten Moment wurde die Tür aufgerissen und Milster stürmte ins Büro.

»Na, hier herrscht ja eitel Sonnenschein!«, beurteilte er die freudigen Mienen. »Sie haben ja auch allen Grund dazu.« Er bedachte jeden mit einem intensiven Blick. »Meine Herren, großartig!«, lobte er überschwänglich. »Das war richtig gute Arbeit. Ich bin sehr erleichtert, dass Sie Gabriele Schwarz so schnell dingfest gemacht haben. Ich war wirklich nervös wegen des Falles.«

Nervös ist er vierundzwanzig Stunden am Tag, dachte Martin. »Den Mord hat sie noch nicht gestanden«, erinnerte er seinen Chef.

»Die Beweislage ist so erdrückend …« Milster winkte ab. »Nein, nein! Da kommt die nicht mehr raus. Sie können Sie ja noch ein bisschen bearbeiten. Dann gesteht die auch. Scheint mir eher eine labile Natur zu sein, diese Frau Schwarz.«

»Was ist mit Herrn Fischer? Kann er am Montag wieder arbeiten?«

»Ja, sicher. Da war er wohl tatsächlich zur falschen Zeit am falschen Ort. Eine Zeitlang war ich seinetwegen ziemlich beunruhigt.«

»Nicht nur Sie!«, gestand Martin.

»Ja, es geht einem immer an die Nieren, wenn ein Kollege in irgendeiner Art und Weise in einen Fall persönlich involviert ist. Aber, das hätten wir hinter uns und können vorausschauen.

Also, machen Sie weiter wie bisher. Ich bin stolz auf mein Erfolgsteam!« Er reckte beide Daumen in die Luft, ehe er den Raum verließ.

»Ich bin froh, wenn Paul wieder da ist«, sagte Michael.

»Ja«, bestätigte Dieter. »Der Kleine hat mir auch gefehlt.«

Martin stand am Fenster und blickte nachdenklich hinaus. Seine Freude über Pauls baldige Rückkehr ins Team wurde getrübt von einem Gefühl, das er sich nicht erklären konnte.

39

Manuela Stumpf saß beim Frühstück und las die Zeitung. Plötzlich entdeckte sie den Artikel, in dem von der Verhaftung einer Gabriele S. berichtet wurde. Der Fall Erwin Stumpf schien gelöst zu sein, obwohl die Frau die Tat abstritt und die Tatwaffe in Form einer Bronzestatue noch nicht gefunden worden war.

Manuela ärgerte sich immer noch, dass sie die Statue einfach dagelassen hatte, als sie gegangen war. Und jetzt hatte diese diebische Putzfrau sie kassiert und irgendwo versteckt. Aber wo? Sicher nicht zu Hause. Bei der Hausdurchsuchung, die in der Zeitung erwähnt wurde, hätte man sie sonst gefunden. Manuela hatte die Statue damals zum Schnäppchenpreis von tausend Euro erworben. Inzwischen würde sie das Ding für das Fünffache verkaufen können. Kein Wunder, dass Gabriele es sich unter den Nagel gerissen hatte, genau wie das Bild, von dem in der Zeitung die Rede war. Nachdenklich starrte Manuela auf die Zeilen. Die Gedanken, die ihr durch den Kopf schossen, formten sich allmählich zu einer Idee. Sie sprang auf und holte Laptop und Telefon zum Tisch. Während der Computer hochfuhr, spürte sie, wie die Anspannung von ihr Besitz ergriff. Sie schenkte sich noch einen Kaffee ein und zwang sich zur Ruhe. Sie wollte nicht überstürzt handeln und sich vielmehr einen Plan zurechtlegen.

Zwei Stunden später saß sie Gabriele Schwarz an einem Tisch im Besuchsraum der Justizvollzugsanstalt in Dotzheim gegenüber.

»Was wollen *Sie* denn hier?«

»Ich wollte sehen, wie es Ihnen geht.«

»Ja, das passt zu Ihnen. Sich am Leid anderer ergötzen.« Gabriele lachte bitter.

»Sie kennen mich nicht richtig. Ich bin nicht das Monster, das Sie in mir sehen. Im Grunde haben wir beide einiges gemeinsam.«

»Und was soll das sein?«

»Wir haben beide unter Erwin gelitten. Jede auf ihre Weise.«

Gabriele nickte bestätigend. »Und genau darin sieht die Polizei mein Motiv«, sagte sie gedankenverloren.

»Das wird sich doch alles aufklären. Wissen Sie, es tut mir wahnsinnig leid, dass ich früher oft nicht nett zu Ihnen gewesen bin. Ich war damals so wütend, dass Sie uns bestohlen haben. Aber noch viel wütender war ich auf Erwin, der Sie deshalb noch ausgenutzt hat. Wenn ich damals nicht fähig war, Sie zu unterstützen, kann ich heute vielleicht etwas tun, um Ihnen zu helfen.«

»Was sollten Sie schon tun können?«

»In der Zeitung stand, dass man diese Statue von Erwins Schreibtisch sucht.«

»Die gehen davon aus, dass das die Tatwaffe ist«, erklärte Gabriele.

»Aber das ist doch Unsinn! Mit dem Ding kann man doch niemanden erschlagen.«

»Die sind sich aber sicher.«

»Dann ist es ja bloß gut, dass die es nicht bei Ihnen in der Wohnung gefunden haben. Erleichtert atmete Manuela aus. »Was ist eigentlich mit einem Anwalt?«

»Ich habe einen Pflichtverteidiger.«

»Das geht aber gar nicht. Ich werde Ihnen einen anständigen Anwalt besorgen, der Sie hier rausholt. Haben Sie ein bisschen Geld gespart?«

»Nein.«

»Dumme Frage«, entschuldigte sie sich. »Sonst hätten Sie es ja auch nicht nötig gehabt, das Bild zu stehlen. Finanzielle Not treibt einen zu solchen Taten. Das weiß ich inzwischen selbst. Meine Lage ist leider auch nicht mehr so rosig, dass ich Ihnen aushelfen könnte. Verschwörerisch beugte Manuela sich über den Tisch. »Was ist mit der Statue? Wenn ich die verkaufen würde, wären Sie alle Sorgen los.«

»Dazu müsste ich sie erst mal haben.«

»Sie haben doch das Bild mitgenommen. Da haben Sie die Statue doch sicher auch noch eingesteckt.«

Gabriele lehnte sich zurück und verschränkte die Arme vor der Brust. »Sind Sie deshalb hier?«

»Ich verstehe nicht?«, tat Manuela verwirrt.

»Sie wollen das Ding zurückhaben und es mir aus den Rippen leiern.«

»So ein Quatsch. Aber ich kann kaum glauben, dass Sie die Gelegenheit nicht genutzt haben. Das Bild haben Sie doch auch mitgenommen. Also, ich hätte die Statue mitgehen gelassen. Das tut doch keinem mehr weh.«

»Vielleicht hätte ich das auch, wenn sie noch da gewesen wäre. Aber der Mörder muss sie wohl mitgenommen haben.«

»Du kannst mir doch die Wahrheit sagen«, flüsterte Manuela.

Gabriele funkelte Manuela mit ihren hellblauen Augen zornig an. »Das ist die Wahrheit! Und jetzt mach, dass du hier verschwindest, du intrigantes Weib.«

»Ich wollte dir nur helfen.« Manuela gab sich arglos. »Du missverstehst mich völlig.«

»Kein Wunder, dass Erwin sich auch in eurer Ehe ständig nach anderen Frauen umgesehen hat. So kalt und selbstsüchtig wie du bist.«

»Unsere Ehe ist nicht wegen anderer Frauen gescheitert«, rief sie laut. »In einer guten Ehe hat jeder seinen Freiraum. Aber Erwin wollte keine Kinder. Auch mir zuliebe nicht. Fragt sich, wer hier kalt und selbstsüchtig war.«

Mit unbewegter Miene sah Gabriele zu Manuela herüber. »Du warst offensichtlich nicht die Frau, mit der er Kinder wollte. Inzwischen hat er die Richtige dafür gefunden.«

»Was soll das heißen?«, fragte Manuela langsam.

»Die kleine nette Studentin, Eva Neumann heißt sie, die ist schwanger vom werten Ex«, sagte Gabriele betont schadenfroh.

Diese Neuigkeit war wie ein Faustschlag in den Magen. Manuela wurde übel. »Nein«, murmelte sie. Nie hätte sie erwartet, dass Erwin eine andere Frau schwängern würde. Bei ihr hatte er penibel auf die Verhütung geachtet. Und jetzt, in seinem neuen Leben gab es dieses junge Ding, das ihn so um den kleinen Finger gewickelt hatte, dass er alle Vorsicht vergessen hatte. Anders konnte sie sich das nicht erklären. Einen plötzlichen Kinderwunsch seinerseits hielt sie für ausgeschlossen. Eifersucht auf diese Frau erfasste jede Faser ihres Körpers. Es musste diese Tussi sein, die sie schon zwei Mal bei ihm gesehen hatte. Die mit den langen blonden Haaren. Sie ballte die Fäuste. Wut und Enttäuschung mischten sich. Warum musste er ihr das über den Tod hinaus noch antun? Diese Eva würde das Kind bekommen, nachdem sie sich immer gesehnt hatte. Sie kam sich minderwertig, nutzlos und leer vor. Langsam erhob sie sich, schenkte Gabriele keine weitere Beachtung. Schweigend ging sie zur Tür, wo ein Wärter sie hinausließ. Wie in Trance machte sie sich auf den Heimweg. Die Statue war vergessen.

40

Alexander Meurer stürmte ins Büro von Heiko Pallhuber, noch ehe dessen Sekretärin ihn anmelden konnte.

»Heiko, es gibt Neuigkeiten«, sagte er außer Atem.

Pallhuber gab seiner Sekretärin ein Zeichen, dass der Besuch in Ordnung ging. »Na, dann lass mal hören.«

»Also«, begann er und ließ sich schwerfällig in einen Sessel fallen. »Die Vertretung von Stumpf hat am Montag einen Termin mit Rolf Lang. Sie wollen die Gespräche, die er mit Stumpf schon begonnen hatte, fortsetzen und einen Vertrag ausarbeiten.«

»Mist!«, fluchte Pallhuber. »Dann weiß der Lang gleich, dass wir ihm Schwachsinn erzählt haben. Und das hat zur Folge, dass er sein Grundstück nie im Leben an uns verkaufen wird. Warum haben die es überhaupt so eilig?«

»Sie wissen, dass das Gutachten praktisch fertig ist. Dieser Henke hat es für Mitte nächster Woche in Aussicht gestellt. Einem Windkraftpark steht nichts mehr im Wege.« Alexander tupfte sich die schweißnasse Stirn. »Ganz im Sinne des verblichenen Stadtrates wollen sie die Sache forcieren«, gab er herablassend von sich.

»Kannst du das nicht irgendwie verhindern?«

»Keine Chance. Das Treffen wird stattfinden. Und wenn es, wie alle annehmen, zum Vertrag kommt, wird kurzfristig die nächste Sitzung anberaumt. Die entscheidet dann endgültig. Und ich befürchte, nicht zu unseren Gunsten. Rolf Lang ist die letzte Hürde sozusagen.«

Pallhuber war aufgestanden und schritt nervös sein Büro ab. »Das läuft alles nicht so, wie es sollte«, murmelte er wütend.

»Sollen wir diesen Henke vom Institut noch mal unter Druck setzen und ihn zwingen, die Abgabe des Gutachtens wenigstens hinauszuzögern?«

»Das können wir auf jeden Fall versuchen, aber dass das reichen wird, bezweifle ich. Wir müssen auch noch zu anderen Mitteln greifen.«

»Was meinst du?«

»Lass das mal meine Sorge sein«, antwortete er mit grimmigem Gesicht.

»Ich kann ja Frau Lang klarmachen, dass sie ihren Mann nicht zu dem Termin lassen soll. Die wird das doch irgendwie zu verhindern wissen.«

»Du kannst es versuchen, aber ich bin mir nicht sicher, ob die das hinkriegt. Bis jetzt hat sie auf ganzer Linie versagt. Wahrscheinlich ist Eva Neumann dafür besser geeignet. Die rufe ich gleich mal an.«

»Und was soll *ich* noch machen?«

»Du gehst zurück in die Höhle des Löwen und streust Gerüchte.«

Fragend sah Alexander ihn an.

»Erzähl deinen Kollegen, dass Henke sich hat bestechen lassen und das Gutachten für Stumpf gefälscht hat.«

»Das ist eine Superidee. Warum sind wir nicht schon früher darauf gekommen? Wenn die darauf anspringen, gewinnen wir vielleicht Zeit.« Alexander machte ein hoffnungsvolles Gesicht, während Heiko mit seinen Gedanken schon ganz woanders war. Schnell verabschiedete er den Dicken und griff zum Telefon.

41

»Hallo, Rolf.«

»Hallo, Eva!« Er hatte ihre Stimme sofort erkannt und ihr Bild vor Augen. Sein Herz schlug schneller und er fragte sich, warum sie so kurz nach ihrem Besuch anrief. Konnte das nicht nur eines bedeuten? Sie wollte die Verabredung absagen! Er war eben doch zu alt für …

»Das klingt vielleicht jetzt blöd …«, hörte er sie in seine Gedanken hinein sagen, »… aber ich hab Sehnsucht nach dir. Ich denk immerzu an dich und ich hab mich gefragt, ob du nicht morgen schon vorbeikommen kannst?«

Erleichtert atmete er aus. Sie wollte ihn tatsächlich sehen. Eine heiße Welle der Lust überlief seinen Körper.

»Ich denke schon, dass das geht.« Und wenn nicht, dachte er, würde er es irgendwie möglich machen.

»Das wär wirklich schön«, säuselte sie.

Er sah ihre wunderschönen Gesichtszüge vor sich, ihre Augen, wie sie ihn liebevoll anblickten. Am liebsten wäre er sofort zu ihr gefahren.

»Bleibt es bei vier Uhr?«

»Ja, ich hab vorher noch Uni.«

»Gut. Ich werde da sein.«

»Ich kann es kaum erwarten.«

»Da geht es dir wie mir.«

Sie verabschiedeten sich. Rolf drückte das Gespräch weg, lächelte glücklich vor sich hin und raufte sich die Haare. Er wusste, er war dabei, eine große Dummheit zu machen. Aber er wusste auch, dass er nicht anders konnte.

»Wer war das?«, fragte Annette und streckte den Kopf zur Tür herein.

Erschrocken fuhr Rolf herum. »Äh!« Jetzt musste ihm schnell etwas einfallen. »Das am Telefon? Das war Holger. Er will sich den Hänger ausleihen.« Und sofort ärgerte er sich über diese Lüge. Wie blöd von ihm! Das würde Annette herausbekommen, sobald Holger wieder auf dem Hof war. Er musste sich etwas ausdenken.

»Und deshalb hast du gegrinst wie ein Honigkuchenpferd?« Misstrauisch musterte sie ihn.

»Ach, er hat nur einen Witz gemacht. Kennst ihn doch.«

Annette nickte und ging hinaus. Sie war sicher, dass das am Telefon nicht Holger gewesen war, sonst wäre Rolf nicht wie ertappt zusammengefahren. Das konnte nur etwas mit Pallhubers Machenschaften zu tun haben. Aber was führte der im Schilde? Freiraum sollte sie Rolf lassen, erinnerte sie sich missmutig an Pallhubers Worte. Sie wusste, das würde sie nicht können. Viel zu sehr nagten die Ungewissheit und die Angst an ihr. Was, wenn er Rolf unbemerkt in irgendetwas Kriminelles hineinzog, damit er ihn erpressen konnte? Diesem Lobbyisten war alles zuzutrauen. Sie musste ihren Mann im Auge behalten.

42

Else Plinke öffnete die Wohnungstür und noch ehe sie sie wieder schließen konnte, riss ihr ein kräftiger Windstoß die Tür aus der Hand. Krachend flog sie ins Schloss.

»Gott, was ist das denn für ein Durchzug?«, murmelte sie überrascht vor sich hin.

Hatte sie beim Weggehen vorhin etwa ein Fenster offengelassen? Kopfschüttelnd hängte sie ihre Strickjacke an die Garderobe und machte sich auf die Suche. Sie inspizierte ein Zimmer nach dem anderen. Erst das Bad, dann die Küche … nein, hier waren die Fenster geschlossen. Plötzlich stutzte sie. Was war denn das? Die Schublade mit dem Besteck stand offen. Else zog verwundert die Stirn in Falten und betrachtete nachdenklich die Messer, Gabeln und Löffel, ehe sie die Schublade zuschob. Das war ihr noch nie passiert. Hatte sie es vorhin so eilig gehabt? Und war sie überhaupt an der Schublade gewesen? Es musste wohl so sein.

Verrückt, dachte sie, dass man manchmal Dinge tut, an die man sich hinterher null Komma null erinnern kann. Sie ging hinüber ins Wohnzimmer. Dort wehte die Gardine vorm offenen Fenster wild hin und her.

»Das gibt's ja nicht«, sagte sie laut. »Wie dusselig kann man denn sein!«

Sie trat ans Fenster und wollte es schließen. In dem Moment bemerkte sie ein Knirschen unter ihren Füßen. Als sie erkannte, worauf sie getreten war, erfasste sie eine böse Vorahnung und sie ließ ihren Blick über das Fenster gleiten. Neben dem Griff sah sie das Loch in der Scheibe. Else wurde bleich und ihr Herz begann zu rasen. Einbrecher, dachte sie schockiert.

Blitzschnell wandte sie sich um, suchte den Raum mit den Augen ab und lauschte. Nichts zu hören, dafür sah sie einige Bücher auf dem Boden liegen und die geöffnete Schranktür. Eine Porzellanvase lag zerbrochen neben dem Sessel. Plötzlich fiel ihr die offene Schublade in der Küche wieder ein. Was, wenn der Einbrecher sich ein Messer daraus geholt hatte und noch in der Wohnung war? Vielleicht wartete er sogar auf sie, weil er etwas ganz Bestimmtes suchte und es nicht finden konnte?

»Das ist doch Unsinn«, ermahnte sie sich. Sie wusste, dass Einbrecher sich in der Regel nur kurz aufhielten und nur das mitnahmen, was ihnen quasi in die Hände fiel. Niemand konnte wissen, dass sie ihren *Schatz* zu Hause versteckt hatte. Oder doch? Hatte sie es irgendjemandem erzählt? Nein! Sie schüttelte den Kopf. Aber vielleicht hatten sie ihn trotzdem gefunden? Das war ein unerträglicher Gedanke. Schweiß trat ihr auf die Stirn.

Ich muss sofort nachsehen, überlegte sie und schlich vorsichtig in den Flur hinaus. Dort griff sie zum schnurlosen Telefon. Während sie die Nummer der Polizei wählte, schob sie die Tür zum Schlafzimmer auf.

»Oh, Gott!«, entfuhr es ihr beim Anblick des Chaos', das hier herrschte. Wie angewurzelt blieb sie im Türrahmen stehen, ließ das Telefon fallen und schlug die Hände vor den Mund. Alle Schränke standen offen, Kleider waren herausgerissen und ihr Schmuckkasten auf der Kommode war durchwühlt. Doch das Schlimmste: Die Matratze lag schräg auf dem Bett. Else begann zu zittern. Aus dem Telefon am Boden drang eine Stimme zu ihr hinauf.

»Hallo, mit wem spreche ich bitte?«

Schnell hob sie den Apparat auf. »Hallo, hier ist Else Plinke«, antwortete sie mit bebender Stimme. »Bei mir ist eingebrochen worden.«

Der Beamte am Telefon fragte nach der Adresse und versicherte, dass sofort jemand kommen würde.

Nachdem Else das Gespräch beendet hatte, starrte sie auf ihr Bett und Tränen traten ihr in die Augen. So wie die Matratze lag, hatten die Einbrecher ihr Versteck wohl gefunden. Meine ganze Altersversicherung, jammerte sie innerlich und hob die Matratze ängstlich zur Seite. Was sollte sie nur tun, wenn alles …? Aber, nein! Sie begann unter Tränen zu lachen. Da lag ja der Stoffbeutel mit den kleinen Goldbarren. Schnell nahm sie ihn an sich und presste ihn an ihre Brust.

Die Einbrecher müssen ja wohl blind gewesen sein, dachte sie erleichtert.

43

So zufrieden und hellauf begeistert Egon Milster war, so unzufrieden war Martin. Gabriele Schwarz hatte auch beim Verhör am nächsten Tag kein Geständnis abgelegt. Immer wieder war sie in Tränen ausgebrochen und hatte die Tat geleugnet.

»Seit wir den Fall bearbeiten, bist du schon skeptisch«, sagte Dieter anschließend. Es klang wie ein Vorwurf.

»Der Erfolg könnte dich doch auch mal in Begeisterung versetzen«, schlug Michael vor.

»Ich bin ja nicht Milster, der nie Zweifel anmeldet, wenn jemand auch nur im Entferntesten nach Täter aussieht.«

»Na, die Schwarz sieht ja nicht nur im Entferntesten nach Täter aus. Auch von Nahem ist sie extrem gut geeignet.«

»Sag mir doch mal«, forderte Dieter ihn auf, »warum du zweifelst.«

»Zum einen sind noch etliche Fragen offen. Was ist zum Beispiel mit den Lederspuren unter Stumpfs Fingernägeln? Ich bin sicher, dass die vom Täter stammen. Aber wir haben keine Lederklamotten bei der Schwarz gefunden.«

»Die hat sie verschwinden lassen, genau wie das Bild«, vermutete Michael.

»Dann sollten wir vielleicht mal nach einem Obdachlosen mit Lederjacke suchen?«, scherzte Dieter.

»Jetzt hört auf mit euren Witzen«, mahnte Martin. »Nehmt die Sache verdammt noch mal ernst.«

Michael und Dieter sahen sich erstaunt an, sagten aber nichts darauf. Momente wie dieser kamen nicht oft vor. Und wenn, dann war es besser, ihrem Chef die volle Aufmerksamkeit zu schenken und seine Einwände anzuhören. Auf keinen

Fall wollten sie Martin verärgern. Schließlich hatte er ihren uneingeschränkten Respekt. Diesen Respekt hatte Martin sich durch sein faires sowie mitfühlendes Verhalten ihnen gegenüber erworben. Aber auch durch seinen unvergleichlichen Instinkt, der ihn zu einem extrem guten Ermittler machte und auf den sich das gesamte Team verlassen konnte. Ihr Verhältnis zu Martin war von ganz besonderer Art. Er war für sie nicht einfach nur Chef und Kollege, sondern auch Vorbild und Freund.

»Ich will mit den Bekannten, Freunden und Nachbarn der Schwarz sprechen. Vielleicht lässt sich über die feststellen, ob sie überhaupt jemals ein Kleidungsstück aus Leder besessen hat und ob sie in den letzten Tagen eins angehabt hat.« Martin war zum Fenster hinübergegangen und sah hinaus. »Die Frau, die wir hier eben zum Verhör hatten, war eine ganz andere als die, die wir zuvor kennengelernt hatten. Anfangs konnte ich sie nicht richtig einschätzen. Ich wusste nur, dass sie lügt, dass irgendwas mit ihr nicht stimmt.« Er wandte sich zu den Kollegen um. »Nachdem wir jetzt den Diebstahl aufgedeckt haben, kommt es mir so vor, als ob sie tatsächlich die Wahrheit sagt. Jedenfalls kann ich keine Anzeichen für eine Lüge bei ihr erkennen. Das ist pure Verzweiflung.«

Dieter zuckte mit den Schultern. »Vielleicht kann sie sich auch einfach nur gut verstellen und drückt jetzt auf die Tränendrüse.«

»Also, auf mich wirkt sie eher durchtrieben als verzweifelt«, warf Michael ein. »Aber die Frage ist doch, ob es für eine Verurteilung reicht, wenn sie ihre Aussage nicht mehr ändert.«

»Du klingst wie Milster«, sagte Martin immer noch leicht verärgert. »Als ob es das ist, was zählt. Ich will einen schuldigen Täter einbuchten, nicht einen mutmaßlichen.«

»Du weißt doch so gut wie wir, dass du nicht in jedem Fall ein Geständnis bekommst, auch wenn du es noch so sehr willst.«

»Ich muss einfach überzeugt sein. Dann ist mir ein Geständnis völlig egal.« Er fuhr sich durch die Haare. »Und diesmal bin ich nicht überzeugt.«

44

Unterdessen hatte Rolf Eva von zu Hause abgeholt und gemeinsam waren sie zur Nerobergbahn gefahren. Nun saßen sie in der mit mehreren Touristengruppen vollbesetzten Standseilbahn und wurden vom Nerotal auf den Neroberg gezogen. Die Sonne strahlte vom wolkenlosen Himmel und Wiesbaden zeigte sich von seiner schönsten Seite. Doch Rolf hatte nur Augen für seine Begleiterin. Er spürte ihren Oberschenkel an seinem Bein. Ihre Nähe machte ihn fast wahnsinnig.

»Ziemlich nostalgisches Teil«, bemerkte Eva.

»Ja!« Er riss den Blick von ihr los. »Das Ding feiert dieses Jahr den hundertfünfundzwanzigsten Geburtstag. Soweit ich weiß, ist das die letzte Bergbahn in Deutschland, die mit Wasserkraft betrieben wird. Sozusagen ein technisches Kulturdenkmal.«

Als sie oben ausstiegen, blieben sie noch einen Augenblick stehen und beobachteten, wie der Tank des Wagens mit siebentausend Liter Wasser befüllt wurde, um mit dem zusätzlichen Gewicht bei seiner nächsten Talfahrt den unten stehenden Wagen den Berg hinaufzuziehen.

»Super Technik!«

»Und dann noch völlig emissionsfrei.«

»Ja, wirklich genial.«

»Passt in die heutige Zeit, in der alle so auf Umwelt- und Klimaschutz aus sind.«

Rolf lachte. »Nur, dass man mit dieser Technik den heutigen Anforderungen nicht mehr gerecht werden kann. In unserer schnelllebigen Zeit wollen die meisten sicher rascher die Berge rauf und runter als mit der bahnbrechenden Geschwindigkeit von sieben Stundenkilometern.«

»Richtig!« Sie hakte sich bei ihm ein. »Aber dafür gibt's ja heute die erneuerbaren Energien. Apropos, du hast mir doch von deinem Grundstück erzählt, das die SVG kaufen will. Hast du dir inzwischen überlegt, was du machen willst?«

»Ich hab am Montag einen Termin beim Umweltdezernat. Der Vertreter von Stumpf will mit mir sprechen, da sie wohl überlegen, den Windkraftpark weiter zu planen.«

»Willst du jetzt doch an die Stadt verkaufen?« Sie machte ein trauriges Gesicht.

»Ich bin noch unschlüssig. Dass, was du mir neulich darüber erzählt hast, hat mich nachdenklich gemacht.«

»Tu das bitte nicht.« Sie sagte das mit solcher Inbrunst, dass es ihn erstaunte. »Überleg doch mal. Du würdest dazu beitragen, landschaftsprägende Waldgebiete großflächig abzuholzen, und das vor dem Hintergrund, die Einnahmen im Haushalt zu steigern. Die Herren im Rathaus freuen sich. Da denkt keiner an die nachfolgende Generation, um die es ja eigentlich geht und für die wir den Wald als Naherholungsgebiet erhalten sollten. Für die Lebensqualität ist die Natur von enormem Wert. Du hast es in der Hand, einen Beitrag im Sinne deiner Kinder zu leisten.« Sie wandte sich ihm zu, legte ihre Arme um seinen Hals und sah ihn eindringlich an. »Ich müsste da nicht lange überlegen.«

»Wahrscheinlich hast du recht. Eigentlich ist es mir auch egal, wer das Grundstück kauft. Ich brauche eben Geld für den Anbau und einen weiteren Kredit würde ich nicht bekommen. Wer die Wiese kriegt, wollte ich wohl danach entscheiden, wer mir sympathischer ist. Erwin Stumpfs Argumente schienen mir sinnvoll und ich hatte das Gefühl, mit dem Verkauf etwas zum

Klimaschutz beizutragen. Eben auch im Hinblick auf meine Kinder.«

»Grundsätzlich ist das ja auch eine gute Sache. Keine Frage. Aber nicht durch Windräder auf dem Taunuskamm. Ich finde, du solltest nicht länger zögern und an die SVG verkaufen.« Sie näherte sich seinem Gesicht. »Am besten, du gehst da am Montag gar nicht hin. Die wollen dich nur einlullen. Das tun die nämlich.«

Rolf lachte amüsiert. Er wollte sie an sich ziehen und sie küssen, doch sie nahm seine Hand und ging weiter in Richtung des Monopteros, eines kleinen Aussichtstempels. Von hier aus konnten sie den herrlichen Ausblick auf die Stadt genießen.

»Wusstest du«, fragte Rolf in die Stille hinein, »dass die Säulen des Tempels zur ehemaligen Straßenbeleuchtung der Wilhelmstraße gehörten? Das war zur Zeit der Öllampen.«

»Tatsächlich?« Sie schmunzelte. »Ich staune, was du so alles weißt.«

»Wahrscheinlich hast du gedacht, dass Bauern einfältig und dumm sind.«

»Ja, hab ich. Bis ich dich getroffen habe. Du hast mich vom Gegenteil überzeugt.« Sie hakte sich lachend bei ihm ein und deutete mit dem Kopf in Richtung einiger goldener Zwiebeltürme, die durch den Wald zu sehen waren. »Dann weißt du auch sicher, was das da ist?«

»Das weiß ja wohl jeder, der hier wohnt«, gab er zurück.

»Ich weiß es wirklich nicht«, gestand sie. »Aber ich schätze eine Moschee?«

Er lachte. »Fast. Das ist die russische Kirche.«

»Wieso haben die eine eigene Kirche hier?«

»Da gab's mal irgendeinen Herzog, der die Kirche als Grabkirche für seine verstorbene russische Frau bauen ließ.«

»Sieht ja schön aus, aber ein bisschen protzig die goldenen Kuppeln.«

»Das ist eben russisch-byzantinischer Stil.«

»Für so einen Prunk haben die Russen Geld.«

»Apropos Geld. Vor einigen Jahren, als Wladimir Putin nach Wiesbaden kam, haben sie ordentlich investiert. Es hieß, dass sie die Kuppeln für etwa eine halbe Million neu vergoldet haben.«

»Fünfhunderttausend Euro?«

Rolf nickte. »Hat sich doch gelohnt. Ist ein schöner Anblick.«

»Ein teurer Anblick. Was hätte man mit dem Geld alles machen können. Für mich ist das reine Verschwendung.« Eva schüttelte verständnislos den Kopf und zog Rolf weiter.

»Die Kirche ist es sicher wert. Immerhin wurde sie schon zweimal auf Briefmarken gewürdigt.«

Auf dem Weg zur Nerobergspitze machte Eva ihn auf einen Greifvogel, der seine Kreise in der Luft zog, aufmerksam. »Wenn ich Greifvögel sehe, muss ich immer an den Rotmilan denken. Die sind auch ein Grund, warum ich gegen Windräder bin.«

»Wieso?«

»Weil sie durch die Windräder extrem gefährdet sind. Sie nehmen die Ungetüme nicht als Gefahr wahr. Im Gegenteil, sie suchen sie sogar, weil sie am Mastfuß kleine Säuger jagen können. Es liegt ein Gutachten der Vogelschutzwarte vor, dass dieser Vogel zudem noch in unmittelbarer Nähe der geplanten Standorte der Windräder brütet. Gesetzlich ist geregelt, dass ein Abstand von tausendfünfhundert Metern zu den Nestern eingehalten werden muss. Aber das nimmt man dann eben nicht so genau. Es sind ja nur Vögel. Da schwillt mir der Kamm«, sagte sie aufgebracht. »Die Natur ist doch das wichtigste Gut überhaupt. Aber die Herren Politiker werden dir sicher nichts vom Rotmilan erzählen.«

»Ja, aber das können die doch nicht einfach unter den Teppich kehren?«

»Doch können Sie. Papier ist geduldig. Außerdem ist das Ermessenssache. Da wird dann zugunsten der Energie entschieden. Denen geht die Natur am Allerwertesten vorbei. Also, glaub denen kein Wort. Das mit dem Rotmilan werden die einfach bagatellisieren. So behaupten sie zum Beispiel, dass sie die Windräder abschalten, wenn bei den Zugvögeln die Herbstflüge anstehen. Aber das kontrolliert ja keiner, wenn die Dinger erst mal in Betrieb sind. Schon paradox. Eigentlich wollen die was für die Natur tun, vernichten sie aber gleichermaßen.«

Rolf ging nachdenklich neben ihr her.

»Ich schätze, du liebst die Natur genauso sehr wie ich, stimmt's?«, fragte sie.

»Mindestens so sehr«, antwortete er lächelnd.

»Ich wusste es.«

Er legte seinen Arm um ihre Schultern. »Komm, ich lade dich zu einem Kaffee ein.« Er zeigte auf den Turm in einiger Entfernung, der ein Restaurant mit Gartenwirtschaft beherbergte. Dieser Turm war das Einzige, was nach einem Brand im Jahr 1989 vom Neroberg-Hotel übrig geblieben war. Sie nahmen auf rustikalen Stühlen Platz, die von uralten Eichen umgeben waren. Von hier aus hatten sie freien Blick auf die sogenannte Erlebnismulde, die als Kleinkunstbühne für den Sommer geschaffen worden war.

»Idyllisch hier«, urteilte Eva und blickte sich um. »Man fühlt sich ein bisschen in der Zeit zurückversetzt.«

»Vor dem Brand war es noch viel idyllischer. Das Hotel war wie ein Schloss. In den Fünfzigern haben sogar Filmleute die Terrasse als malerische Kulisse für den Film *Wenn der weiße Flieder wieder blüht* genutzt.«

»Hört sich nach Schnulze an.«

»War ein Heimatfilm. Da haben Romy Schneider und Götz George ihr Filmdebüt gegeben, falls dir die Namen was sagen.«

»Götz George … hat der nicht diesen Kommissar gespielt?«

»Horst Schimanski, genau. Ein absoluter Klassiker. Der hat bestimmt an die fünfzigmal im Tatort ermittelt. Außerdem hatte er mit dieser Figur jahrelang eine eigene Serie.«

»Und Romy Schneider?«

»Die ist schon seit 1982 tot. Die hat diese alten Sissi-Filme gemacht. Aber das war lange vor deiner Zeit.«

»Jetzt tu mal nicht so, als ob du ein alter Sack wärst. Wie alt bist du überhaupt?«

Zu alt für dich, schoss es ihm durch den Kopf. »Einundvierzig«, antwortete er stattdessen.

»Ein sehr gutes Alter, um die Freuden des Lebens ausgiebig zu genießen.« Ihr Blick sprach Bände. »Übrigens, ich dachte mir, ich koche uns nachher was bei mir zu Hause.«

»Nachher? Bei mir macht sich jetzt schon der Hunger bemerkbar.« Diesmal war er es, der einen vielsagenden Blick in ihre Richtung warf.

»Dann lass uns austrinken und gehen. Dein Hunger ist ansteckend.«

45

Whitney Houstons gewaltige Stimme kam aus den Lautsprechern links und rechts neben dem Bett. *Greatest Love Of All* sang sie. Die CD hatte Eva schon eingelegt, bevor sie am Nachmittag das Haus mit Rolf verlassen hatte. Nun standen sie voreinander und Eva begann, sein Hemd aufzuknöpfen. Dann schmiegte sie sich an seinen nackten Oberkörper, hörte seinen schneller werdenden Atem und spürte am Bauch, wie sehr er sie begehrte. Er hob ihr Kinn an und küsste sie, während sich seine Hände unter ihr T-Shirt schoben.

»Ich will dich!«, hauchte Eva ihm entgegen, nahm seine Hand und führte sie zu ihrer Brust. Als Rolf sie liebevoll streichelte, legte sie leise aufstöhnend den Kopf in den Nacken. Rolf senkte seine

Lippen auf ihren Hals. Langsam wanderte sein Mund zu ihren Brüsten hinunter und liebkoste sie, während er dabei ihren Rock samt Slip nach unten streifte. Dann schob er sie Richtung Bett. Behutsam legte er sich auf sie und küsste sie leidenschaftlich.

Sie hörten nicht, wie sich ein Schlüssel in der Wohnungstür drehte, die Tür leise aufgeschoben wurde und jemand hereinkam. Leise schlich eine schwarze Gestalt über den dunklen Flur und lauschte. Sanfte Musik vermischte sich mit eindeutigen, lustvollen Geräuschen, die aus dem Schlafzimmer kamen. Die Person verharrte einen Moment – nachdenklich, zögernd. Vorsichtig lugte sie in alle Räume, bevor sie sich in Richtung Schlafzimmer tastete. Die Tür stand halb offen. Kerzenschein tauchte den Raum in ein schwaches gelbes Licht, die Vorhänge vor dem halb geöffneten Fenster wehten leicht im Wind. Als der Eindringling Eva und Rolf auf dem Bett sah, wie sie sich einander hingaben, wandte er sich kurz ab und lehnte sich gegen die Wand im Flur. Er spürte, wie sein Herz kräftig und schnell gegen die Brust hämmerte. Er atmete tief durch. Eine Entscheidung musste her. Plötzlich fiel sein Blick auf die Wand gegenüber der Tür und gleichzeitig wusste er, was zu tun war.

46

Schon zweimal hatte Else Plinke an Evas Haustür geklingelt, um ihr das Päckchen, das der Paketbote heute Morgen abgegeben hatte, zu bringen. Beim ersten Versuch, um zehn Uhr, vermutete Else, dass Eva noch schlief und das Klingeln nicht gehört hatte. Sie wusste, dass die junge Frau samstags nicht zur Uni ging. Mittlerweile war es zwölf Uhr. Else hatte dreimal kurz geläutet, aber auch diesmal antwortete niemand. Es schien so, als ob Eva doch unterwegs war. Ungern ging sie in fremde Wohnungen, aber seit vor drei Monaten einmal ein Paket vor Evas Wohnungstür weggekommen war, hatte Eva sie gebeten, angenommene Post direkt in ihren Flur zu stellen. Else hatte die Schlüssel sämtlicher Wohnungen und war so etwas wie die Hausmeisterin im Haus. Sie kümmerte sich um das Schneeschieben im Winter, sorgte dafür, dass die Mülltonnen rechtzeitig zum Leeren auf der Straße standen und organisierte Handwerker, wenn welche gebraucht wurden.

Else steckte den Schlüssel ins Schloss und merkte, dass die Tür nicht abgeschlossen war. Sollte Eva doch da sein und womöglich immer noch schlafen? Sie trat in den Flur.

»Frau Neumann!«, rief sie. Alles blieb still. Eva musste es wohl eilig gehabt und die Tür einfach zugezogen haben, vermutete Else. Gerade als sie das Päckchen neben der Garderobe abstellen wollte, bemerkte sie aus dem Augenwinkel ein Flackern. Es kam aus dem Schlafzimmer am Ende des Flurs. Die offene Tür gab den Blick auf eine weiße Kommode frei. Else erkannte, dass dort eine Kerze in einem großen Windlicht brannte.

»Diese Jugend!«, murmelte sie kopfschüttelnd vor sich hin. Wie konnte man denn offenes Feuer in der Wohnung alleine lassen? Unverantwortlich! Das musste sie Eva unbedingt sagen. Sie stellte das Päckchen ab und ging den Flur entlang, um die Kerze auszublasen.

Aber wieso brannte sie überhaupt am helllichten Tag?, überlegte Else. Das war schon ein bisschen merkwürdig. Plötzlich blieb sie stehen und in Erinnerung an den gestrigen Einbruch machte sich ein Gefühl von Angst in ihr breit. Sie starrte die züngelnde Flamme an. Etwas Unheimliches ging von ihr aus. Am liebsten wäre Else einfach aus der Wohnung gelaufen. Aber ihr Verantwortungsbewusstsein ließ sie weitergehen. Sie konnte die Kerze nicht einfach brennen lassen. Wer weiß, wann Frau Neumann wiederkommen würde.

Sie trat in den Türrahmen und ließ ihren Blick flüchtig durchs Zimmer gleiten. Das Unerwartete traf sie wie ein Faustschlag. Sie stieß einen lauten Schrei aus, taumelte erschrocken zurück und stolperte hinaus ins Treppenhaus. Ohne die Tür zu schließen, rannte sie die Stufen hinunter und stürzte in ihre Wohnung. Wie in Trance griff sie nach dem Telefon und wählte zitternd die Nummer der Polizei.

47

Als Martin hörte, zu welcher Adresse das K11 gerufen wurde, hatte er sofort ein ungutes Gefühl. Wer die beiden Toten waren, wusste er noch nicht.

Am Elsässer Platz angekommen stieg er mit Dieter und Michael aus dem Wagen und blickte zum Haus. Er sah einen Polizisten, der die Absperrung bewachte, davor die neugierige Menge, die sich rund um den Tatort drängte. Martin fragte den Kollegen nach dem entsprechenden Stockwerk.

»Dritter Stock. In der Wohnung einer Eva Neumann.«

»Scheiße!«, entfuhr es Martin und er spürte, wie sich sein Magen zusammenzog, obwohl er mit dieser Antwort gerechnet hatte. Vor der Wohnungstür von Eva Neumann kam ihnen ein Kollege vom Kriminaldauerdienst entgegen. Er sah ein bisschen mitgenommen aus.

»Es ist nicht zu fassen«, sagte er ohne Begrüßung. »So was hab ich noch nicht gesehen.« Er schüttelte den Kopf.

»Was ist denn passiert?«

»Die zwei wurden quasi beim Nageln aufgespießt. Aber gehen Sie rein und sehen Sie selbst. Ich brauch mal ein bisschen frische Luft.«

Während Martin eilig in seinen weißen Schutzanzug schlüpfte, fragte er: »Wissen Sie schon, wer die Opfer sind?«

»Nein, aber ich glaube, die Kollegen von der Spusi haben schon Hinweise.«

Als Martin den Flur betrat, nahm er sofort den Geruch wahr, der die Luft schwängerte. Wie angewurzelt blieb er stehen. Eine Welle eisiger Kälte durchströmte ihn. Selten hatte er Angst, aber in diesem Augenblick packte sie ihn völlig unvorbereitet. Denn dieser Duft rief sofort ein Bild vor sein inneres Auge: Paul!

Michael und Dieter erging es ähnlich.

»Das ist doch dieses Zeug von Joop«, sagte Michael. Kaum ausgesprochen, wurde ihm bewusst, was das bedeuten konnte. Er riss die Augen auf und blieb ebenfalls stehen.

Martins Innerstes sträubte sich, den Flur entlangzugehen und in das Zimmer zu schauen, doch die Ungewissheit trieb ihn vorwärts und mit schnellen Schritten erreichte er das Schlafzimmer. Ihm stockte der Atem, als er von der Tür aus das Bild erfasste, das ihm für alle Zeiten im Gedächtnis haften bleiben würde. Auf dem Bett lagen zwei nackte Körper in der Missionarsstellung aufeinander. Ein langer Speer steckte senkrecht im Rücken des Mannes. Jemand hatte die beiden aufgespießt. Die zierliche Frau war unter dem Mann wie vergraben und nur durch ihre gespreizten Beine und den am Bett herunterhängenden Arm zu erkennen. Martin war sicher, dass das Eva Neumann war. Er trat einen Schritt näher, um nach den Gesichtern der Opfer zu sehen. Und als er im nächsten Augenblick erkannte, dass der tote Mann nicht Paul war, schloss er erleichtert die Augen. Mit einem »Gott sei Dank!« fuhr er sich mit den Fingern durch die Haare. Dieter und Michael waren zu ihm getreten.

»Was heißt hier Gott sei Dank?«, tönte die Stimme von Dr. Stieber aus der Zimmerecke zu ihnen herüber. Der Rechtsmediziner hatte gerade seine Tasche zusammengepackt und kam auf die Männer zu. »Sind Sie froh, dass es sich hier offensichtlich um einen neuen Mordfall handelt oder darüber, dass die beiden im Liebesakt vereint starben? Das ist sicher der Wunsch vieler Paare. Aber ich denke, wohl erst in einem gewissen Alter und schon gar nicht unter Mithilfe von Dritten, die einen aussehen lassen wie ein Schaschlik-Spieß. Guten Tag, die Herren.«

»Hallo, Doktor«, begrüßten ihn die Männer und Martin fügte erklärend hinzu: »Wir hatten befürchtet, einen Bekannten zu finden.«

»Das wäre in der Tat unschön.« Stieber zog erstaunt die Augenbrauen in die Höhe.

»Bei dem Mann handelt es sich um Rolf Lang«, erklärte jemand von der Spusi. »Wir haben seinen Perso in der Hose gefunden.« Der Mann reichte Martin eine Plastiktüte mit dem Ausweis. »Wer die Frau ist, wissen wir noch nicht sicher.«

»Aber wir!«, sagte Martin und seufzte. »Das ist Eva Neumann. Sie hat hier gewohnt.«

»Also doch eine Bekannte?« Stieber war irritiert.

»Nein. Sie war Zeugin im Mordfall Stumpf.«

»Ach, herrje. Das klingt nach Komplikationen.«

»So sehe ich das auch. Also, fangen wir an, uns Gedanken zu machen. Was können Sie uns über die beiden aus rechtsmedizinischer Sicht sagen?«

»Tja.« Stieber kratzte sich am Kopf. »Gestorben während der ventro-ventralen Kopulation, also beim Liebesakt vis a fronte.«

»Vis a fronte«, fügte Dieter erklärend hinzu, »ist die Kraft von vorn.«

Stieber nickte bestätigend. »Richtig! Die Menschen gehören zu den wenigen Arten, die Geschlechtsverkehr auf diese Art und Weise betreiben.«

»Aber auch einige andere Primaten«, ergänzte Dieter.

»Und wissen Sie, was der Grund für diese Stellung ist?«

»Ehrlich gesagt, habe ich mir darüber noch nie Gedanken gemacht.«

»Eigentlich, um auf die Mimik des Partners reagieren zu können.«

»Wollen wir jetzt über Biologie und Sex-Stellungen sprechen?«, unterbrach Martin die sich anbahnende Fachsimpelei.

Stieber antwortete mit einem Lächeln. »Sandor, seien Sie doch nicht so ungeduldig. Die Toten laufen Ihnen nicht weg.«

»Aber der Mörder vielleicht.«

»Richtig! Also, ein paar Fakten. Todesursache ist mit ziemlicher Sicherheit das Eindringen der Lanze. Scheint mir ein afrikanisches Teil zu sein. Der Mann war sicher sofort tot. Die Frau kann, je nach Tiefe des Speeres, langsam verblutet sein. Tatzeit schätze ich auf gestern Abend, circa dreiundzwanzig Uhr.«

»Ich frage mich, ob das funktioniert?« Skepsis lag in Martins Blick. »Ich meine, dass man mit einem Speer durch zwei Menschen hindurchstechen kann.«

»Na, sieht ja wohl ganz so aus. Der Täter muss auf jeden Fall Kraft gehabt haben. Einem zarten Persönchen traue ich das nicht zu.«

»Auch wenn es ein kräftiger Mensch war, so warten die Opfer doch nicht, bis sie aufgespießt werden«, gab Martin zu bedenken. »Um das zu vollbringen, muss man auf dem Bett stehen. Also müssen die beiden den Täter gesehen und sich bewegt haben.«

»Ja!« Michael nickte. »Rhythmisch auf und ab bewegt.«

»Genau!«, bestätigte der Rechtsmediziner. »Und durch diese Bewegung waren die Opfer so abgelenkt, dass sie den Täter zunächst wahrscheinlich gar nicht bemerkt haben. Die Tür liegt in Verlängerung des Bettes.« Stieber stellte sich zwischen Bett und Tür und breitete seine Arme seitlich zu einer Linie aus. »Wenn der Angreifer sich in geduckter Haltung direkt senkrecht an das Bettende pirscht, kann man ihn nicht mal aus dem Augenwinkel sehen.« Der Arzt duckte sich zur Verdeutlichung. Plötzlich machte er einen Satz nach vorn. »Dann springt er auf das Bett«, rief er voller Elan und stand im nächsten Moment neben dem Bett in Höhe der Oberkörper der Opfer. Er riss die Arme in die Höhe und hielt die imaginäre Lanze in den Händen. »Von dort stößt er die Lanze blitzschnell durch die Luft und dringt dem Mann damit zwischen die Rippen.« Mit diesen Worten ließ er seine Hände in einer kraftvollen Abwärtsbewegung nach unten sausen. »Da kann man kaum reagieren, schätze ich. Da bleibt einem nur noch ein kurzer Moment des Erschreckens, bevor die Spitze einem das Herz zerteilt. Vielleicht hätten die beiden in einer anderen Stellung eine Chance gehabt, sich zu wehren. Wer weiß.«

»Sehr anschauliche Demonstration«, lobte Dieter, der Stieber noch nie derart agil erlebt hatte. Auch Michael schmunzelte über den Rechtsmediziner. Nur Martin stand nachdenklich daneben.

»So ein Speer als Mordwaffe scheint mir ziemlich improvisiert«, sagte er. »Der Täter konnte doch nicht wissen, ob das klappt. Erschießen wäre, gerade bei zwei Opfern, viel sicherer gewesen. Also, mir kommt das alles etwas abstrus vor. Auf mich wirkt das irgendwie drapiert. Als sollten die beiden in dieser Position zur Schau gestellt werden. Vielleicht waren sie betäubt oder bereits tot, als man sie so hingelegt hat?«

»Das kann ich Ihnen morgen sicher sagen«, stellte Stieber in Aussicht. »Jedenfalls ist das ein sehr interessanter Fall. Man lernt in dem Job immer wieder, dass es nichts gibt, was es nicht gibt. Die Mörder kommen auf die verrücktesten Ideen. Bin gespannt, was dahintersteckt.«

»Das bin ich auch«, sagte Martin und verabschiedete den Rechtsmediziner.

Michael stand neben den Toten und blickte mitleidig auf sie hinab. »Der Höhepunkt des Abends ist für die beiden wohl ein bisschen anders ausgefallen, als sie es sich vorgestellt hatten, schätze ich.«

»Mit Sicherheit!« Martin bat einen Kollegen der Spurensicherung, den Kopf von Rolf Lang ein Stück zur Seite zu drehen, so dass das Gesicht der Frau zum Vorschein kam. Er ging neben dem Bett in die Hocke und betrachtete Evas blasses Gesicht, eingerahmt von ihrer blonden Mähne. Sie wirkte wie eine Elfe. Umso grauenhafter war es, sie nackt in einer Blutlache unter dem großen Mann liegen zu sehen. Das junge Leben ausgehaucht, verschwendet, genommen.

»Mann, Mädchen!«, murmelte er. »Wen hast du nur so verärgert?«

Und der Mann? Sein Kopf lag schlaff neben Eva auf dem Kissen. »Wieder einer, der nicht Evas Alter entspricht«, sagte er und erhob sich.

Während die anderen sich im Zimmer umsahen, stand Dieter nachdenklich am Fenster.

»Es ist zwar super, dass da nicht Paul liegt«, sagte er mit einem Kopfnicken in Rolfs Richtung, »aber es ist nicht gerade toll, dass es so verdammt intensiv nach ihm riecht.«

»Was willst du damit sagen?«, fragte Michael.

»Paul war höchstwahrscheinlich hier.«

»Ja, und? Er kannte sie. Das ist ja nichts Neues.«

»Mir gefällt nicht, dass er offensichtlich vor Kurzem hier war. Wieder ausgerechnet an einem Ort, der zum Tatort wurde.«

»Du glaubst doch nicht im Ernst, dass Paul so ein Massaker veranstalten könnte?« Michael sah Dieter vorwurfsvoll an.

»Nein.« Er zuckte mit den Schultern. »Ach, keine Ahnung!«

»Jetzt mach mal halblang«, fuhr Michael den Kollegen an. »Erstens kann das Parfum jeder andere benutzt haben. Paul hat das ja schließlich nicht gepachtet. Und zweitens ist das hier«, er zeigte auf die Leichen, »völlig ausgeschlossen.«

Dieter entgegnete nichts darauf und verließ das Zimmer.

»Martin«, wandte Michael sich an seinen Chef. »Was sagst *du* dazu?«

Am liebsten hätte er gar nichts dazu gesagt. Er wollte nicht darüber nachdenken, noch nicht. »Wir müssen Paul auf jeden Fall sprechen. Der Geruch kann kein Zufall sein. Aber ich denke, dass er vielleicht als Besucher hier war. Ich halte es, wie du, für ausgeschlossen, dass er was damit zu tun hat«, gab er Michael zur Antwort, auch um den aufgebrachten Kollegen zu beruhigen. Doch das beklemmende Gefühl, das er empfand, wurde mit jeder Minute, die er hier war und *Joop! Homme* einatmete, stärker.

»Ich muss hier mal kurz raus«, sagte er in Michaels Richtung und verschwand im Flur, wo er auf Dieter traf.

»Hier, schau mal«, sagte der Kollege und deutete auf die Wand vor sich. Dort hingen zwei afrikanische Masken sowie ein Yoruba-Schwert mit gebogener Klinge aus Messing. »Ich schätze, da hat sich jemand an der Dekoration vergriffen. Die Lanze wurde bestimmt von hier genommen.«

Ein heller Abdruck in Form der Tatwaffe war dort deutlich zu erkennen.

»Ja, sieht so aus.« Martin nickte bestätigend.

»Das spricht für eine spontane Tat.«

»Du meinst, der Täter kommt rein, überrascht die beiden im Bett und greift dann zum Nächstbesten, was als Waffe taugt?«

»Die Gelegenheit beim Schopf gepackt, beziehungsweise beim Lanzengriff. Könnte doch sein!«

»Ja! Könnte sein. Dann wäre auf jeden Fall Eifersucht das Motiv. Und es wäre eine Tat im Affekt.«

»Wie bei Stumpf.«

»Und genau das macht mich stutzig.«

»Weil es nach Zufall aussieht, den es für dich nicht gibt.«

»Vielleicht sind alle drei Morde Teil eines Plans und nicht die Taten unterschiedlicher Täter, die sich in ihrer Erregung haben hinreißen lassen. Es könnte doch sein, dass wir denken sollen, dass es sich um Affekt handelt, um das wahre Motiv zu verschleiern.«

»Schon möglich«, überlegte Dieter. »In dem Fall wäre die Tatwaffe bewusst gewählt. Gar nicht mal so dumm. Eigentlich besser als eine Pistole. Kein Schuss, keine Schmauchspuren, kein Projektil, keine Rückverfolgung zur Waffe.«

»Auf diese Art wurde Eva Neumann sozusagen mit ihren eigenen Waffen geschlagen.«

»Hätte sie das geahnt, hätte sie sich nicht solches Zeug an die Wand gehängt.«

»Das hätte die Tat auch nicht verhindert.«

»Wahrscheinlich nicht.« Dieter steckte die Hände in die Hosentaschen und machte ein verlegenes Gesicht. »Du, Martin. Das mit Paul –«

»Lass gut sein«, unterbrach Martin den Kollegen. »Das macht uns alle ein wenig nervös. Aber wir werden das aufklären.«

»Ich wollte nur sagen, dass ich nicht ernsthaft glaube, dass Paul was damit zu tun hat.«

»Ich weiß. Und jetzt lass uns unsere Arbeit machen.«

Dieter räusperte sich. »Ich habe gerade mit den Jungs vom KDD gesprochen. Sie wurden um zwölf Uhr acht von Else Plinke angerufen. Sie wohnt im Erdgeschoss und hat die Leichen gefunden, als sie ein Päckchen für Frau Neumann hier abgestellt hat. Ich nehme an, das da vorne ist es.« Er deutete auf den Karton am Boden.

Martin warf einen flüchtigen Blick darauf.

»Scheint irgendwelcher Modekram zu sein«, vermutete er aufgrund des Absenders. »Die Spusi soll sich das ansehen. Ich geh mal runter und sehe, ob ich Frau Plinke sprechen kann. Inzwischen befragt ihr die anderen Bewohner des Hauses, dann fahrt ihr zurück und stellt fest, wer dieser Rolf Lang war, und treibt mir alle auf, die auf dieser Liste mit den Sexpartnern der Neumann stehen.«

»Das machen wir doch alles gleichzeitig und sofort«, murmelte Dieter.

Martin überhörte die Ironie in seiner Stimme und sagte: »Und was Paul angeht: Den informiere ich selbst.« Damit wandte er sich um und ging ins Treppenhaus.

Dieter wusste, dass Martin Paul nicht etwa selbst verständigen wollte, um ihm diese Nachricht besonders schonend beizubringen, sondern um seine Reaktion darauf zu sehen. Und er wusste auch, wie schwer es seinem Chef fallen würde, Paul all die notwendigen Fragen zu stellen, die dem jungen Kollegen sofort das Gefühl vermitteln würden, verdächtig zu sein.

48

»Frau Plinke?«

»Ja.« Sie blickte an Martin vorbei und fragte den Polizisten, der neben ihrer Tür stand: »Ist das der Kommissar, der mich sprechen will?«

»Ja, genau. Das ist Hauptkommissar Martin Sandor vom K11.«

»Na, dann kommen Sie mal rein.«

Martin folgte der Frau mit der molligen Figur, die in dem bunten Sommerkleid besonders gut zur Geltung kam. Else Plinke mochte Anfang sechzig sein. Ihr graues, dauergewelltes Haar hatte sie an den Seiten hochgesteckt.

Nachdem sie ihn in die Küche geführt hatte, setzten sie sich an den großen Eichentisch, auf dem eine halbvolle Flasche Schnaps stand.

»Glauben Sie, Sie können mir ein paar Fragen beantworten?«, begann Martin das Gespräch und blickte ihr aufmerksam in das rundliche Gesicht mit den kleinen Augen und der spitzen Nase, die zwischen prallen Wangen hervorstach.

»Ja, ja. Das geht schon. Aber möchten Sie nicht auch erst mal einen Korn?« Sie griff nach der Flasche und hielt sie Martin hin. »Ich könnte mir denken, dass der Anblick da oben auch für Sie ein Schock war. Oder sind Sie an so was gewöhnt? Obwohl ich mir nicht vorstellen kann, dass man sich an so was überhaupt gewöhnen kann.«

»Da haben Sie schon recht. An solche Anblicke gewöhnt man sich nur zum Teil. Jeder Mordfall ist auf seine Weise immer wieder grauenhaft. Aber trotzdem möchte ich keinen Schnaps. Ich bin ja im Dienst.«

»Tja, Sie haben sich da aber auch einen Beruf ausgesucht!« Sie schüttelte mitleidig den Kopf. »Also, für mich wär das nichts!«

»Was arbeiten Sie denn Frau Plinke?«

»Ich bin Witwe und muss, dank der Rente meines Mannes, nicht mehr arbeiten. Obwohl, … ich erledige hier im Haus allerlei Arbeiten.« Damit zählte sie Martin alle ihre Tätigkeiten auf, ohne Punkt und Komma.

Martin fragte sich, ob der Schock der Auslöser für ihre Redseligkeit war. Während der zwanzig Jahre bei der Mordkommission war er schon vielen Menschen begegnet, die nach extremen psychischen Belastungen, wie der Konfrontation mit Mord oder Tod, völlig anders reagiert hatten als unter normalen Umständen. Für solche Situationen besaßen die Betroffenen keine geeignete Bewältigungsstrategie und eine akute Belastungsreaktion war die Folge. Dass auch Else Plinke zu diesen Menschen gehörte, wurde Martin klar, als sie aufstand, um Kaffee zu kochen. Sie schüttete das Kaffeepulver aus der Packung in eine Kanne und goss heißes Wasser aus der Leitung darüber. Mit Gläsern und einem Salzstreuer stellte sie alles auf den Tisch. Die Frau befand sich offensichtlich in einer Akutphase, die unter anderem dazu führte, dass sie völlig sinnlose Handlungen verrichtete.

»Haben Sie jemanden, der sich um Sie kümmern kann?«, fragte Martin besorgt. »Haben Sie Kinder?«

»Nein. Aber ich habe ein sehr freundschaftliches Verhältnis zu Frau Gerber von gegenüber.«

»Na, dann fragen wir die doch nachher, ob sie Ihnen ein bisschen Gesellschaft leistet. Es ist nicht gut, nach so einem Ereignis alleine zu sein.«

Nachdem Martin Frau Plinke einige Fragen gestellt hatte, war klar, dass diese Frau nichts zur Erhellung der wahren Eva Neumann beitragen konnte. Aber vielleicht halfen ja ihre Neugier und Beobachtungsgabe weiter.

»Sonst ist Ihnen in der letzten Zeit nichts Außergewöhnliches aufgefallen? Irgendwelche fremden Leute oder Autos?«

»Na, Sie sind gut. Natürlich waren fremde Leute hier. Ich glaube nicht, dass ein Bekannter bei mir einbricht.«

»Bei Ihnen wurde eingebrochen?«

»Ist das nicht schrecklich? Vorgestern erst der Einbruch und heute sogar ein Mord. Ich hätte nie gedacht, dass mir so was mal passiert. Man ist sich seines Lebens nicht mehr sicher. Ich weiß gar nicht, ob ich hier überhaupt noch wohnen will. Da kriegt man die Angst gar nicht mehr aus dem Nacken.« Sie nahm die Schnapsflasche, setzte sie an den Hals und nippte daran. So wie sie sich danach schüttelte, war sie Alkohol nicht gewöhnt.

»Was ist gestohlen worden?«

»Nur die Kette mit der Taschenuhr meines Großvaters! Das bedaure ich natürlich sehr, aber ich bin ja froh, dass nicht mehr weggekommen ist.« Sie lehnte sich über den Tisch zu Martin hinüber und fuhr mit leiser Stimme fort: »Die haben alles durchwühlt und bestimmt meine Goldbarren gesucht. Ich hatte sie unter meiner Matratze versteckt.«

Das gibt es also tatsächlich immer noch, dachte Martin.

»Und stellen Sie sich vor«, sprach sie weiter, »obwohl die Lumpen die Matratze zur Seite geschoben hatten, haben sie sie nicht entdeckt. Da hab ich noch mal richtig Glück gehabt.«

»Sie sollten so was vielleicht nicht zu Hause aufbewahren«, schlug Martin vor.

»Doch, doch. Aber jetzt hab ich ein neues Versteck. Darauf kommt niemand.« Sie lächelte spitzbübisch und Martin verzichtete auf einen Kommentar.

Ihn beschäftigte vielmehr die Tatsache, dass zwei unterschiedliche Verbrechen so zeitnah im gleichen Haus verübt wurden. Er witterte einen Zusammenhang. »Was haben meine Kollegen untersucht, als sie hier waren?«

»Die haben Fingerabdrücke am zerbrochenen Fenster im Wohnzimmer genommen, glaube ich. Da sind diese Verbrecher nämlich eingestiegen. Ein paar Fotos haben Ihre Kollegen auch gemacht und gesagt, ich soll das der Versicherung melden.«

»Gab es noch mehr Schmuck, den die Einbrecher hätten mitnehmen können?«

»Oh, ja. Ich habe eine ganze Kassette voll. Ist aber nichts Wertvolles dabei. Bis auf die Uhr.«

»Haben die Kollegen ein Foto oder eine Beschreibung des Schmuckstücks?«

»Nein. Danach haben sie nicht gefragt.«

»Haben *Sie* denn ein Foto davon?«

»Ja, da gibt es ein Bild«, sagte sie und war auch schon aufgestanden. Eine Minute später kam sie aus dem Wohnzimmer zurück und reichte Martin ein Foto. Es zeigte Else Plinke als junge Frau. Sie trug die Uhr um den Hals.

»Kann ich das mitnehmen?«

»Sicher.«

»Haben Sie seit dem Einbruch schon geputzt?«

»Geputzt? Nein. Nur aufgeräumt.«

»Dann tun Sie das bitte auch nicht. Ich würde Ihnen gerne die Spurensicherung schicken. Die sollen sich Ihre Wohnung ein bisschen genauer ansehen. Wenn Ihnen noch was einfällt, rufen Sie mich an.« Er reichte ihr seine Karte und verabschiedete sich.

49

Paul sah Martin sofort an, dass etwas nicht in Ordnung war, als er ihm die Tür öffnete. »Ist was passiert?«

»Ich muss wissen, wie gut du mit Eva Neumann befreundet bist.«

»Deswegen machst du so ein griesgrämiges Gesicht?«

»Nun sag schon.«

»Ich bin überhaupt nicht mit ihr befreundet. Wir sind ehemalige Klassenkameraden, die sich kurz wiedergesehen haben, weiter nichts.«

»Liegt dir was an ihr?«

»Martin, was fragst du so komisch? Ist was mit ihr?«

»Paul, ich komme eben von einem neuen Tatort. Wir haben Eva tot in ihrer Wohnung gefunden.«

»Was? Sag das noch mal.«

»Eva ist tot.«

Paul war aufgesprungen und zum Fenster gegangen. Martin konnte sein Gesicht nicht sehen und folgte ihm.

»Dreh dich um und sieh mich an, Paul!«

Ruckartig folgte Paul seiner Aufforderung. »Warum? Willst du meine Mimik beurteilen, um festzustellen, ob ich was damit zu tun habe? Vielleicht war ich ja auch diesmal um die Tatzeit herum am Tatort.« Sarkasmus lag in seiner Stimme.

»Und warst du?«

»Nein, war ich nicht.«

»Woher willst du das wissen? Ich hab doch noch gar nicht gesagt, wann es passiert ist.«

»Mann, Martin. Lass doch deine Spielchen mit mir.«

»Das sind ganz und gar keine Spielchen. Das ist todernst.«

»Ich war noch nie in ihrer Wohnung. Zufrieden?«

Das war für Martin wie ein Schlag in den Magen. Er ging zurück zum Sessel und ließ sich hineinfallen.

Paul betrachtete Martin. »Was ist?«

»Der Geruch deines Eau de Toilette, dieses *Joop! Homme*, hing als Duftwolke in der ganzen Wohnung.«

»Ja, und? Ich bin doch nicht der Einzige, der das Zeug benutzt.«

»Aber es ist ein Zufall, der mir nicht gefällt.«

»Und weil du nicht an Zufälle glaubst, bin ich schon wieder verdächtig.«

»Warst du wirklich nicht in ihrer Wohnung?« Martin klang müde.

»Nein! Wenn ich es dir doch sage.«

»Kennst du einen Rolf Lang?«

»Der Name sagt mir nichts. Warum fragst du?«

»Eva wurde zusammen mit ihm umgebracht.«

Paul stöhnte leise und legte sein Gesicht kurz in die Hände. »Wann ist das passiert?«, erkundigte er sich.

»Wahrscheinlich so gegen dreiundzwanzig Uhr gestern Abend.«

»Um die Antwort deiner Frage vorwegzunehmen: Ich war hier zu Hause. Zeugen habe ich leider keine.«

»Du hattest mal was mit ihr, richtig?«

»War nur ein One-Night-Stand.«

»Wann war das?«

»Montag.« Die Schreibtischnummer von der Party am Samstag verschwieg er weiterhin. »Letzten Montag? Direkt nach Erwin Stumpfs Tod?«

Paul nickte.

»Dann hat sie sich mit dir getröstet, oder wie?«

»Wahrscheinlich.«

»Davon hast du am Mittwoch im Präsidium aber nichts gesagt.«

»Geht euch auch nichts an.«

»So dachte Eva wohl auch, sonst hätte sie dich auf ihre Liste gesetzt. Oder gibt es einen anderen Grund, warum sie das nicht getan hat?«

»Keine Ahnung! Ich hab sie nicht darum gebeten, wenn du das meinst.«

»Und?«

»Nichts und. Das war's. Es ging nur um Sex, nicht um Liebe.«

»War das für dich okay?«

»Sicher. Ich bin doch ein Mann. Ich kann One-Night-Stands haben, ohne mich gleich zu verlieben.«

»Und Eva?«

»Für eine Frau war sie in der Beziehung eher eine Ausnahme. Ich weiß gar nicht, ob die sich überhaupt jemals verlieben konnte.« Pauls Stimme klang bitter. Das gefiel Martin gar nicht.

»Weißt du irgendwas über sie? Wen hat sie getroffen? Was für Pläne hatte sie?«

»Darüber haben wir kaum gesprochen. Ich kann wohl nicht sagen, dass ich sie wirklich gekannt habe.«

Beide schwiegen einen Moment. Dann erhob Martin sich. »Ich gehe jetzt. Wir haben verdammt viel Arbeit vor uns. Wir sehen uns am Montag im Präsidium. Dann kriegst du ein bisschen was ab davon.«

Martin versuchte ein Lächeln, obwohl ihm überhaupt nicht danach zumute war. Paul begleitete ihn zur Tür und blickte ihm hinterher, bis er im Wagen verschwunden war. Die Tränen, die Paul in die Augen stiegen, konnte Martin schon nicht mehr sehen.

50

Auf dem Weg ins Präsidium rief Martin bei den Kollegen an. Zum einen wollte er sich von Paul gedanklich ablenken und zum anderen hatte er das Gefühl, sich mit den Ermittlungen beeilen zu müssen. Vielleicht war das der Tatsache geschuldet, dass innerhalb von einer Woche drei Morde geschehen waren. Wer weiß, wie viele noch folgen würden. Er wollte diese Fälle so schnell wie möglich abschließen und damit dieses beunruhigende Gefühl, das er von Anfang an dabei empfunden hatte, loswerden.

Er vereinbarte mit Dieter, ihn im Präsidium abzuholen und mit ihm gemeinsam der Familie von Rolf Lang die schreckliche Nachricht zu überbringen. Außerdem bat er den Kollegen, Egon Milster von allem in Kenntnis zu setzen, damit er sich nicht wieder beschweren konnte, nicht ausreichend informiert zu sein.

»Bei der Befragung der Bewohner im Haus der Neumann hat sich was Interessantes ergeben«, berichtete Dieter, als die beiden wenig später die Nauroder Straße entlangfuhren. »Der Mann, der auf der gleichen Etage wohnt wie das Opfer, ein gewisser Alfred Braun, hat am Mittwoch beobachtet, wie ein fremder Mann an der Haustür mit Eva Neumann gestritten hat. Viel hat er nicht gehört, aber sie hat so was in der Art gesagt wie: Ich vögele mit verschiedenen Männern so oft ich will. Und der Fremde sagte, er habe gehofft, dass sie über die Sache anders denkt, jetzt wo der Stumpf tot ist.«

»Das hört sich ein bisschen so an, als hätte der Mann Stumpf getötet, um Eva jetzt für sich zu haben.«

»Das war auch mein erster Gedanke.«

»Konnte der Mann den Besucher beschreiben?«

»Nicht besonders gut. Er hat mit Absicht schnell weggesehen, sagt er. Das war ihm alles ziemlich peinlich. Er weiß nur, dass es ein junger Mann war, etwa Mitte zwanzig. Dunkle Haare, ziemlich groß und schlank. Er trug Jeans und T-Shirt. Das war alles. Für ein Phantombild reicht's wohl nicht.«

»Habt ihr ihm ein Bild von Rolf Lang gezeigt?«

»Ja. Der war's aber nicht, meint er.«

»Sonst noch was Wichtiges?«

»Die Spusi hat einen Umschlag mit achthundert Euro gefunden. Außerdem lagen einige seltsame Glassplitter in der Wohnung.«

»Was heißt seltsam?«

»Bis jetzt konnten sie nur sagen, dass es kein normales Glas ist. Aber was genau, wissen sie erst nach der Analyse.«

»Was ist mit den Sexpartnern der Neumann?«

»In Anbetracht der Eile, die du an den Tag legst, haben wir Kollegen vom Betrugsdezernat instruiert und gebeten, die Leute beizuholen. Das können wir parallel nicht auch noch schaffen. Dafür ist die Liste zu lang. Die werden voraussichtlich morgen ab acht Uhr bei uns im Viertelstundentakt auf der Matte stehen. Zumindest ist es so geplant. Die Kollegen informieren uns heute Abend noch, wen sie erreicht haben und ob das klappt.«

»Gut organisiert«, lobte Martin und war froh, dass Dieter und Michael so zuverlässig waren. Allerdings versprach er sich nicht mehr allzu viel von dieser Befragung. Nach dem Gespräch mit Paul war Martin klar, dass Eva sicher nicht alle ihre Partner auf die Liste gesetzt hatte.

51

Martin und Dieter standen vor der Haustür des alten Bauernhauses der Familie Lang. Dieter hatte inzwischen geklingelt und sie hörten schnelle Schritte auf sich zukommen. Die Tür wurde geöffnet und ein Mädchen von vielleicht acht Jahren schaute neugierig zu ihnen auf.

»Hallo!«, sagte Martin. »Ist deine Mutter da?«

Das Mädchen drehte sich um und rief: »Mama! Hier sind zwei Männer!«

Es dauerte nicht lange und Annette Lang erschien. Sie war fast komplett in Gelb gekleidet. Ihr schwarzes Haar bildete einen starken Kontrast dazu. Misstrauisch blickte sie den Polizisten entgegen, während sich ihre Tochter an sie schmiegte.

»Frau Lang, ich bin Martin Sandor und das ist Dieter Hinz. Wir sind von der Kriminalpolizei und möchten Sie gerne sprechen.« Martin warf einen Blick auf das Mädchen. »Allein, wenn's geht.«

Annette schluckte und ihre hellbraunen Augen bekamen einen ängstlichen Ausdruck.

Sie weiß es oder zumindest ahnt sie es, dachte Martin.

Sie schickte ihre Tochter hinüber in den Stall, wo sich offensichtlich auch die Geschwister aufhielten. Dann bat sie die Männer ins Haus. Gemeinsam gingen sie ins Wohnzimmer.

»Ist Rolf etwas passiert?«, fragte sie, noch bevor sie sich setzten.

»Es tut mir leid, aber wir müssen Ihnen mitteilen, dass Ihr Mann tot ist.«

Annette zog scharf die Luft ein, wandte sich ab und setzte sich langsam in den Sessel. »Aber wieso?«

»Er ist ermordet worden.«

»Ich habe es gewusst«, flüsterte sie zu sich selbst, um dann lauter fortzufahren: »Sie haben ihn getötet, damit sie endlich an unser Grundstück kommen.« Tränen traten ihr aus den Augen. »Diese Schweine!«, schrie sie. »Und das ist alles meine Schuld. Nur weil ich versagt habe.« Mit beiden Fäusten hämmerte sie auf die Armlehnen.

Martin ging zu ihr. »Versuchen Sie, sich zu beruhigen.«

»Mein Gott!«, rief sie. »Die Kinder! Wie soll ich das denn den Kindern sagen?«

Martin hatte selbst keine Kinder, konnte sich aber vorstellen, dass das Überbringen der Todesnachricht das Schwerste sein musste, was es in einer Familie zu bewältigen gab. Und wieder einmal packte ihn die Wut, dass ein Mensch einem anderen das Leben ausgelöscht hatte und so das Leben anderer gleich mit zerstörte. Wie jedes Mal in solchen Momenten, schwor er sich, den Täter zu finden und zur Rechenschaft zu ziehen. Er hatte das Gefühl, sofort losstürzen zu müssen, um keine Zeit zu verlieren.

Dieter, der selbst Vater von drei inzwischen erwachsenen Kindern war, ergriff das Wort. Er versuchte, Annette abzulenken: »Wie alt sind Ihre Kinder?«

»Viktoria ist acht, Lukas sechzehn und Anton achtzehn.«

»Hatten sie ein gutes Verhältnis zu ihrem Vater?«

Ein trauriges Lächeln erschien auf ihrem Gesicht. »Ja, das hatten sie. Rolf war ein toller Vater.«

Auch das noch, dachte Martin. Je besser das Verhältnis zu dem Verstorbenen, umso schlimmer würde die Trauer sein. Aber, auch wenn den Kindern jetzt eine furchtbare Zeit bevorstand, so hoffte er doch, dass ihnen die schönen Erinnerungen irgendwann ein Trost sein würden.

»Frau Lang, Sie haben eben eine Vermutung geäußert, wer einen Grund gehabt haben könnte, Ihren Mann zu töten.«

»Mein Mann war ein ruhiger, liebenswürdiger Mensch. Manchmal vielleicht ein bisschen stur. Und diese verdammte Sturheit hat ihn jetzt das Leben gekostet.«

Martin sah Wut in ihren Augen. Und er fragte sich, ob es die Wut darüber war, dass Rolf Lang tot war und seiner Familie damit Schmerz zufügte?

»Aber er war beliebt«, fuhr sie in nüchternem Tonfall fort. »Er hatte keine Feinde. Ich kann mir nicht vorstellen, wer ihm etwas antun würde. Außer diesem Pallhuber.«

»Pallhuber?«, fragte Martin überrascht. »Heiko Pallhuber?«

»Kennen Sie ihn?«

»Ja. Wir kennen ihn. Aber was hatte Ihr Mann mit ihm zu tun?«

»Es ging immer nur um dieses Grundstück. Wir wollten es verkaufen, um einen Anbau zu finanzieren. Rolf war bereit, die Wiese der Stadt für ihr Windkraftprojekt zu geben. Herr Stumpf hatte uns ein gutes Angebot gemacht. Dann aber kam Pallhuber und wollte unser Grundstück auch kaufen. Er bot sogar noch mehr Geld, aber Rolf mochte ihn nicht und lehnte ab. Dann ist dieser Stumpf gestorben und mit ihm zunächst auch die Kaufabsicht der Stadt. Ich habe Rolf gedrängt, an Pallhuber zu verkaufen, weil es für uns ja egal war, von wem wir das Geld bekommen. Aber Rolf blieb stur und Pallhuber war sauer. Am Montag hätte Rolf einen Termin im Umweltdezernat gehabt, um jetzt doch an die Stadt zu verkaufen.«

»Hat Pallhuber gesagt, was er mit dem Grundstück will?«

»Die SVG wollte es als Kapitalanlage.«

»Wenn Pallhuber Ihren Mann getötet hätte, musste er davon ausgehen, dass Sie das Land anschließend an ihn verkaufen würden.«

»Darauf hat er sicher spekuliert.« Sie stützte den Kopf in die Hände. »Wie soll das denn hier weitergehen?«

»Wann haben Sie Ihren Mann zuletzt gesehen?«

»Das war gestern Nachmittag, so um halb vier. Da ist er zum Zahnarzt gefahren. Er hatte schon den ganzen Morgen über Zahnschmerzen geklagt.«

»Wer ist sein Zahnarzt?«

»Dr. Busch in Wiesbaden.«

»Was haben Sie gemacht, als Ihr Mann nicht wiederkam?«

»Er hat noch mal angerufen und gesagt, dass er einen alten Schulkameraden getroffen hat und mit dem noch ausgeht. Da hab ich mir nichts dabei gedacht.«

Martin entging nicht, dass ihr Tonfall eine Spur zu cool war und sie die Lippen zusammenpresste.

»Und was haben Sie gedacht, als er am nächsten Morgen immer noch nicht da war?«

»Ich nahm an, dass er mit dem Schulfreund versackt ist und wahrscheinlich bei ihm übernachtet hat.«

»Haben Sie versucht, ihn anzurufen?«

»Ja, aber er ging nicht ran.«

»Haben Sie sich nicht gewundert, dass er sich den ganzen nächsten Tag nicht gemeldet hat?« Forschend sah Martin ihr ins Gesicht.

»Ja, schon, aber jeder braucht doch mal eine Auszeit. Außerdem war ich ziemlich beschäftigt.«

»Kam das öfter vor, dass Ihr Mann über Nacht wegblieb?«

»Nein, nie.«

»Sagen Sie Frau Lang, führten Sie eine gute Ehe?«

»Ja, sicher.« Erstaunt hob sie den Kopf und sah Martin an. »Wir waren glücklich.«

»Ihr Mann wurde in der Wohnung von Eva Neumann umgebracht. Sagt Ihnen der Name was?«

»Nein. Nie gehört«, antwortete sie ohne Zögern.

»Diese Frau ist ebenfalls tot.«

Annette zeigte keine Regung.

»Ihr Mann war gestern Abend bei ihr und es ist sicher, dass die beiden …« Martin suchte nach den richtigen Worten, ohne Annette wehzutun. Aber diese Worte gab es nicht. Egal, wie er sich ausdrücken würde, es war auf jeden Fall schonungslos. »… miteinander geschlafen haben. Dann wurden sie erstochen.«

Annette atmete laut ein und aus. »Das glaub ich doch alles nicht.«

»Wussten Sie, dass Ihr Mann eine Geliebte hatte?«

»Nein, hatte er nicht!«, schrie sie.

Keine Überraschung, dafür jede Menge Wut, dachte Martin und warf Dieter einen vielsagenden Blick zu.

»Frau Lang, sagen Sie uns doch bitte noch, wo sie gestern Abend gegen dreiundzwanzig Uhr waren.«

»Glauben Sie, ich habe meinen Mann umgebracht, meinen Kindern den Vater genommen?«

»Ich glaube gar nichts. Das ist eine reine Routinefrage.«

»Ich habe um neun einen Bekannten getroffen, um etwas zu besprechen.«

»Wo haben Sie ihn getroffen?«

»Er hat mich hier abgeholt und wir sind mit dem Auto rumgefahren.«

»Wer ist der Bekannte?«

»Alexander Meurer.«

Martin zog überrascht die Augenbrauen nach oben.

»Darf ich fragen, um was es bei der Besprechung ging?«

»Es ging um den Anbau.« Es war offensichtlich, dass ihr diese Fragen unangenehm waren.

Dieter zeigte Annette ein Foto von Eva. »Kennen Sie diese Frau?«

»Nein!«, schrie sie erneut. Dann brach sie in Tränen aus.

52

Schweigend fuhren Martin und Dieter wenig später die Nauroder Straße wieder zurück nach Wiesbaden. Martin spürte, wie die Anspannung langsam von ihm abfiel. Auch wenn die Übermittlung einer Todesnachricht Routine war, ergriff ihn jedes Mal diese lähmende Hilflosigkeit, die es immer wieder zu überwinden galt. Er freute sich auf Karla und ihm wurde einmal mehr bewusst, was im Leben wirklich wichtig war.

»Halt mal an!«, rief Dieter plötzlich und deutete auf einen roten Imbisswagen auf der linken Seite.

»Was ist denn?« Martin bremste und hielt am rechten Seitenrand.

»Da ist *Diggy's Barbecue Food Truck.*«

»Und? Hat das was mit unserem Fall zu tun?«

»Absolut«, sagte Dieter ernst, woraufhin Martin ihn gespannt ansah. »Dank der neuen Mordfälle und deiner umfangreichen Arbeitsaufträge an uns habe ich heute noch nichts gegessen. Und das Gespräch eben hat mir die letzten Kräfte geraubt. Ich brauch dringend was zur Stärkung. Du bestimmt auch! Denn nur, wenn man gut gegessen hat, ist die Seele stark und unerschütterlich. Daran kann auch der schwerste Schicksalsschlag nichts ändern.«

»Und das hat *wer* gesagt?«

»Außer mir nur Jean-Baptiste Molière.«

Martin stellte den Motor ab. »Kennst du den Imbiss?«

»Kennst du ihn etwa nicht?« Dieter stieg aus. Martin folgte ihm. »Das ist Barbecue-Südstaatenfeeling für den Gaumen«, erklärte Dieter beim Überqueren der Straße. »Seit vorletztem Herbst wirft der Inhaber hier alles, was amerikanisches Essen ausmacht, auf den Smoker.«

»Du meinst auf den Grill.«

»Das ist nicht nur ein Grill«, tat Dieter wichtig. »Jeder denkt, grillen ist das Gleiche wie Barbecue. Aber das ist ein Riesenunterschied. Beim Grillen wird das Fleisch nur kurz bei direkter Hitze gegart. Aber beim Barbecue liegt das Fleisch stundenlang auf Räucherspänen im Smoker. Gegart wird hier im heißen Rauch bei geringen Temperaturen.«

Die Männer traten an den Imbisswagen im Oldtimer-Look und überflogen die Angebotstafel. Hier gab es alles, was das Herz eines American-Food-Fans begehrte. Von hausgemachtem Krautsalat über Maiskolben und Dips bis hin zu den verschiedensten Fleischvarianten. Dieter bestellte sich Spare Ribs mit Maisbrot und Martin wählte Pulled Pork, was so viel bedeutete wie mariniertes, gezupftes Schweinefleisch.

»Richtig gut!«, urteilte Martin kauend. »Da sind die hiesigen Amerikaner bestimmt happy, dass sie hier ein bisschen Heimat schmecken können.«

»Ja, ich hab schon öfter welche am *Food Truck* getroffen. Der Wagen ist auf einer bestimmten Route in Wiesbaden unterwegs und immer, wenn er hier in der Gegend ist, haben es die Amerikaner nicht weit.«

Die amerikanischen Siedlungen Hainerberg, Aukamm und Crestview waren praktisch um die Ecke.

Dieter verputzte hingebungsvoll den Rest seiner Spare Ribs, während Martin einige Brownies für Karla kaufte. Gestärkt machten sie sich kurz danach wieder auf den Weg.

53

Martin stand unter der Dusche und ließ das heiße Wasser länger als nötig über seinen Körper laufen. Es war, als könnte er damit auch all die Gedanken, die ihm permanent im Kopf herumspukten, wegwaschen.

Nur bis morgen vergessen, dachte er.

Doch gleichzeitig wusste er auch, dass er das nicht konnte. Das gelang ihm nie, wenn er einen neuen Fall hatte. Im Grunde wollte er das auch gar nicht. Er lächelte vor sich hin. Es war fast so wie in seiner Kindheit, wenn er versucht hatte, ein sehr schweres Puzzle zu legen. Mit Akribie hatte er Teil für Teil aus der großen Menge herausgesucht und nicht eher Ruhe gegeben, bis das Puzzle fertig war. Immer, wenn ihm heute das Zusammensetzen der Spuren zu einem großen Ganzen nicht schnell genug ging und er deswegen nervös wurde, kam Karla ins Spiel. Seine Frau hatte unglaubliche Antennen für seinen Gemütszustand. Sie verstand es stets aufs Neue, ihn zu besänftigen, damit sich sein klarer Blick auf das Wesentliche nicht verstellte.

»Herr Kommissar!«, rief ihre Stimme von der Tür her. »Haben Sie schon mal was von Wasserverschwendung gehört?« Sie reichte ihm ein Handtuch. »Lass uns lieber noch ein Stück spazieren gehen.«

Wenig später liefen sie auf dem Waldweg, der sich in unmittelbarer Nähe ihres Hauses in Wehen befand, Richtung Ortsmitte. Wehen war ein Stadtteil von Taunusstein, im Aartal, nördlich von Wiesbaden gelegen. Karla und Martin wohnten schon mehrere Jahre hier und fühlten sich sehr wohl.

Der Ort war vor allem bekannt durch den Fußballverein SV Wehen. Mittlerweile war er im benachbarten Wiesbaden ansässig, da die Mannschaft ihre Heimspiele nicht mehr im Wehener Stadion am Halberg austragen konnte. Das Stadion entsprach den Anforderungen der Deutschen Fußballliga nicht und statt einer Stadionerweiterung wurde am östlichen Stadtrand von Wiesbaden die Brita-Arena gebaut. Mit dem Umzug wollte man außerdem ein breiteres Publikum ansprechen. Denn das neue Stadion war viel einfacher und schneller zu erreichen, als es in Wehen der Fall war. Aber trotzdem waren die meisten Bürger von Wehen sehr stolz auf die Mannschaft, die sich jetzt SV Wehen Wiesbaden nannte. Nicht zuletzt, weil sie zwei Rekorde aufgestellt hatte. Bei einem Spiel wurde innerhalb von sieben Minuten der schnellste Hattrick in der Geschichte der zweiten Fußball-Bundesliga geschossen. Und gegen Greuther Fürth erzielten sie das schnellste Tor im deutschen Profifußball überhaupt, nur acht Sekunden nach dem Anpfiff. Martin war über solche Dinge bestens informiert, da Paul ein großer Fußballfan war. Allerdings schlug dessen Herz für Mainz 05. Paul ging regelmäßig in die Mainzer Coface Arena, oftmals begleitet von Michael. Martin selbst verfolgte nur am Rande das Fußballgeschehen, freute sich aber sehr, wenn Mainz gewann. Denn dann war Paul montags besonders gut gelaunt.

Martin hatte seinen Arm um Karla gelegt und während sie die knapp zwei Kilometer bis zur Mainzer Allee zurücklegten, erzählte er ihr von seinem neuen Fall. Von dem Bild der beiden aufgespießten Menschen, das ihm zu schaffen machte. Und auch, dass Paul behauptete, noch nie in Eva Neumanns Wohnung gewesen zu sein.

»Das irritiert dich mehr, als dir lieb ist«, deutete Karla seinen Gesichtsausdruck.

»Ich weiß nicht, was ich noch denken soll.«

»Über Paul denkst du zunächst mal nur das Beste. Inwieweit er in diese Sache tatsächlich verwickelt ist, wirst du herausfinden.«

»Und genau davor hab ich Angst«, gestand er.

»Brauchst du nicht. Du kennst Paul doch. Nie im Leben ist er ein eiskalter Killer, der zwei Menschen aufspießt. Geh einfach davon aus, dass Paul nichts damit zu tun hat. Du wirst sehen, es ergeben sich bestimmt keine weiteren ernst zu nehmenden Indizien, die Paul verdächtig machen. Du kommst dem ganzen Wirrwarr auf die Spur. Es wird wie immer logische Erklärungen für alles geben. Ich bin ganz sicher.«

»Es kommt mir alles so verzwickt vor.«

»Ist das nicht meistens so?«

»Ja, das stimmt wohl. Im Grunde ist es immer das gleiche Spiel, nur mit unterschiedlichen Akteuren.«

»Wollen wir noch ein Glas Wein trinken gehen?«, schlug Karla vor, um ihn von den Fällen für heute abzuziehen.

Martin dachte an den nächsten Tag und warf einen Blick auf die Uhr. Halb elf. Er wollte sehr früh ins Präsidium fahren. Sie hatten Pallhuber und Meurer heute nicht angetroffen, sie aber telefonisch für morgen acht Uhr zur Befragung einbestellt.

Karla merkte sein Zögern. »Schon zu spät?«

Er lächelte sie verschmitzt an. Und Karla wusste genau, was nun kommen würde. Immer, wenn es ums Trinken ging, zitierten sie gemeinsam einen Vierzeiler.

»Menschenskind bedenke wohl, dein größter Feind ist Alkohol«, hörte sie ihn auch schon sagen.

»Doch in der Bibel steht geschrieben, du sollst auch deine Feinde lieben«, ergänzte sie pflichtbewusst.

Beide lachten und schlenderten in Richtung Wirtshaus im Schloss, wo sie gerne auf der Terrasse im Schlosshof saßen und das gemütlich-altertümliche Ambiente genossen.

Auf dem Weg entlang der Mainzer Allee kamen sie am Gebäude der freiwilligen Feuerwehr vorbei und beide dachten sofort an den schrecklichen Großbrand, der vor acht Wochen in Wehen auf einem Reiterhof gewütet hatte. In einer Halle waren hundert Heuballen in Brand geraten und vierzehn Pferde ums Leben gekommen.

»Weiß man inzwischen eigentlich, was die Brandursache war?«, fragte Karla.

»Von den Kollegen habe ich gehört, dass es mit ziemlicher Sicherheit Brandstiftung war.«

»Das waren bestimmt die, die auch den Mülleimer bei der Silberbachhalle in Brand gesteckt haben«, vermutete Karla.

»Schon möglich. Aber es wird schwierig, die Verantwortlichen zu finden.«

»Dann sollten sie dir den Fall übergeben.«

Martin lachte. »Ja, einen Pferdemörder zu jagen wär mal was anderes.«

»Du würdest ihn kriegen. Du kriegst sie immer!«, sagte sie voller Stolz und fuhr fort: »Das war aber auch eine Katastrophe. Ich hab Herrn Edinger von der Feuerwehr neulich getroffen. Er sagte, dass seine Leute aufgrund der stabilen Dachkonstruktion und einer Photovoltaikanlage nicht durch das Dach an das brennende Stroh kommen konnten. Mit einem Radlader mussten sie erst eine Wand einreißen. Das hat sicher wertvolle Zeit gekostet.«

»Die Tiere hätten sie auch nicht retten können, wenn sie den Brand schneller gelöscht hätten.«

Martin erinnerte sich, die Photovoltaikanlage auf dem Dach der Reithalle gesehen zu haben.

Seine Gedanken schweiften ab und er übertrug dieses Bild auf seine Fälle.

Erneuerbare Energien. Waren sie der Grund, dass inzwischen drei Menschen getötet worden waren? Oder hatte das Ganze andere Hintergründe?

»Die arme Familie«, hörte er Karla in seine Gedanken hinein sagen. »Die haben praktisch alles verloren.«

Alles verloren hatte auch Familie Lang. Oder nicht? Durch den Tod ihres Mannes würde Annette Lang das Grundstück, das ihr Mann nicht verkaufen wollte, endlich zu Geld machen können.

»Hoffentlich sind die gut versichert«, sprach Karla weiter.

Versichert? Vielleicht hatte Rolf Lang auch noch eine Lebensversicherung, von der seine Frau nun profitieren würde? Dem würde er morgen nachgehen.

»Ich wünsche der Familie, dass man den Schuldigen findet und zur Rechenschaft zieht!«

Einen Schuldigen hatte Frau Lang sofort parat gehabt, schoss es Martin durch den Kopf.

Das kam ihm im Nachhinein merkwürdig vor. Natürlich fielen einem in der Situation die Leute ein, denen man das zutraut oder die einen Grund haben könnten. Aber war es realistisch, dass Pallhuber den Bauern umbringt, damit seine Frau ihm anschließend das Grundstück verkauft? Habgier war zwar das Motiv, weswegen am häufigsten gemordet wurde, aber Pallhuber hätte klar sein müssen, dass er als möglicher Täter sofort in den Fokus geraten würde. Und dumm schien er nicht zu sein. Martin war sicher, dass da noch was anderes im Busch war.

»Das sind jetzt ganz schwierige Verhältnisse für die Familie«, sagte Karla voller Mitleid.

Verhältnisse? Ja, das war auch so eine Sache. Nachdem sie Frau Lang die Todesnachricht überbracht hatten, waren sie bei den Eltern von Eva Neumann gewesen. Die hatten den Tod ihrer Tochter schweigend, ohne Tränen aufgenommen und sich nicht weiter zu ihrer Person geäußert. Sie gaben lediglich an, keinen Kontakt mehr zu ihr gehabt zu haben. Martin war völlig unverständlich, wie Eltern ihre Kinder so offensichtlich aus ihrem Leben ausschließen konnten. Diese Familienverhältnisse hatten sicher dazu beigetragen, dass Eva so geworden war. Aber für ihren Tod spielten offenbar Verhältnisse anderer Art eine wesentliche Rolle. Wer hatte mit wem ein Verhältnis? Martin war sicher, dass Annette Lang von Eva gewusst hatte. Und ihrer Reaktion zufolge war ihr das nicht gleichgültig. Mord aus Eifersucht würde auch die Tötungsweise, die ein wenig an einen Ritualmord erinnerte, erklären. Hatte Frau Lang vielleicht so etwas gedacht wie: Mein Mann spießt das Mädchen auf, zur Strafe spieße ich die beiden auf?

Martin schüttelte den Kopf. »Was hab ich da bloß für Gedanken?«, sagte er laut vor sich hin.

»Du hörst mir gar nicht zu«, stellte Karla fest.

»Oh, doch. Du lieferst mir ein Stichwort nach dem anderen, sodass sich meine Gedanken immer weiter um die Fälle drehen.«

»Ach so. Jetzt bin ich schuld, dass du den Kram nicht aus dem Kopf kriegst?«

»Nein. Du bist meine Inspiration, wie immer. Durch dich hab ich die besten Einfälle.« Martin zog Karla noch näher zu sich.

»Und? Bist du weitergekommen, während ich dir hier was vom Pferd erzählt hab.«

»Pferd! Das ist auch so ein Stichwort. Familie Lang hat ebenfalls Pferde. Ich sollte mal fragen, wozu sie den Anbau brauchen. Vielleicht wollen sie auch einen Reiterhof aufmachen.«

»Na, dann sollten sie damit warten, bis die Brandstifter gefasst sind.«

»Den Tipp gebe ich weiter.«

Sie passierten die *Chocolaterie Bienvenue* auf der linken Straßenseite. In diesem gemütlichen Café hatten sie schon so manche Stunde zusammen verbracht und ihren Gaumen diverse Genüsse zugeführt. Hier wurde noch alles in traditioneller Handarbeit mit viel Liebe zum Detail hergestellt.

Karla deutete mit einem Kopfnicken Richtung Schaufenster. »Was hält der Kommissar von einer Verabredung zum Frühstück beim Maître der süßen Genusswelt?«

Martin seufzte. »Wenn der Maître um sechs Uhr öffnen würde, dann gerne. Aber um acht bin ich leider schon mit zwei ganz fiesen Schurken verabredet. Vielleicht klappt es am Sonntag.« Er lächelte Karla verschmitzt an. »Aber ich kann dir vorab noch was anderes bieten, ebenfalls aus qualitativ hochwertigsten Zutaten, ohne künstliche Zusätze und Konservierungsstoffe.«

»Ach, ja? Und was soll das sein?«, fragte sie mit gespielter Skepsis. Sie kannte Martin so gut, dass sie wusste, was er meinte.

»Zur Entschädigung kannst du die ganze Nacht über mich verfügen.« Er blieb stehen, breitete die Arme aus und übernahm den Slogan aus dem Schaufenster: »Erobere dir ein Stück Lebensqualität!«

»Gebongt!«, lachte Karla, nahm ihn bei der Hand und drehte sich auf dem Absatz um.

»Was ist mit unserem Glas Wein?«, fragte Martin, ihr Richtung Heimat folgend.

»Vielleicht klappt es am Sonntag«, antwortete sie mit seinen Worten. »Aber jetzt hab ich eine Verabredung mit dem Gesetz.«

54

Der Samstagmorgen war bewölkt und Egon Milsters Miene passte dazu. Er stellte Fragen, die seine Leute noch nicht beantworten konnten, und steckte die anderen mit seiner Nervosität an. »Ich muss unbedingt wissen, ob der Fall in direktem Zusammenhang mit dem Mord an Stumpf steht. Das wäre eine Katastrophe. Immerhin haben wir der Presse schon eine Mörderin präsentiert und wenn das jetzt doch nicht stimmen sollte … Ich hab ein ganz mieses Gefühl bei der Sache.«

»Sie meinen, alle Opfer gehen auf das Konto eines Täters?« Martin nickte vor sich hin, da auch ihm dieser Gedanke schon die ganze Zeit durch den Kopf ging.

»Ich hab keine Ahnung, aber die Möglichkeit besteht doch, oder nicht?«

»Die Möglichkeit besteht, aber jetzt lassen Sie uns erst mal unsere Arbeit machen.« Martin sah auf die Uhr. Es war gerade erst 8.30 Uhr und Meurer und Pallhuber saßen noch in den Vernehmungsräumen. Auch die Befragung der Männer von Eva Neumanns Liste, die zwei Kollegen vom Betrugsdezernat übernommen hatten, war in vollem Gange. Martin schlug seinem Chef eine Besprechung um 13 Uhr vor. Milster war einverstanden und verschwand in seinem Büro.

Die Vernehmungen von Pallhuber und Meurer hatten bisher keine nennenswerten Ergebnisse gebracht. Pallhuber hatte diesmal allerdings kein Alibi. Er behauptete, zu Hause gewesen zu sein. Möglicherweise ließe sich das aufgrund von diversen Anrufen, die er vom Festnetz getätigt hatte, belegen. Meurer hingegen war mit Annette Lang zusammen gewesen und bestätigte so ihr Alibi.

Nun warteten die Beamten lediglich auf den Fingerspurenabgleich vom Tatort. Als Martin zurück in sein Büro kam, war Michael am Telefonieren. Er bedankte sich gerade bei einer Frau Vegas und legte auf.

»Das war eine Nachbarin von der Neumann. Die hatten wir gestern zwar schon befragt, aber ihr ist noch was eingefallen. Gestern gegen zweiundzwanzig Uhr vierzig ist sie nach Hause gekommen. Vor der Tür ist ihr ein fremder Wagen aufgefallen. Sie hat sich gewundert, weil er auf einem Anwohnerparkplatz stand. Das Auto hatte sie zuvor noch nie gesehen. Deshalb nahm sie an, dass irgendein Nachbar ein Neues hat.«

»Marke, Kennzeichen?«, fragte Dieter.

»Wiesbadener Kennzeichen. Danach hat sie geguckt, um festzustellen, ob es vielleicht ein Auswärtiger ist. Aber mit Marken kennt sie sich nicht aus. Sie weiß nur, dass es ein knallgelber Wagen war. Hilft uns wahrscheinlich nicht wirklich weiter.«

»Knallgelb?« Martin fuhr alarmiert in die Höhe. »Und wie uns das weiterhilft! Ich weiß, wo so ein Wagen steht und wem er wahrscheinlich gehört.«

»Und, wem?«

»Wir haben einen gelben Wagen auf dem Hof der Familie Lang gesehen. Erinnerst du dich Dieter?«

»Stimmt, jetzt wo du es sagst. Könnte ein Audi gewesen sein.«

»Michael, du holst mir Annette Lang her. Inzwischen kümmern wir uns noch ein bisschen um die beiden Herren nebenan.«

»Bin schon weg!«

Kaum war er aus der Tür, läutete das Telefon erneut.

»Na, hoffentlich ist das Edi von der Daktyloskopie.« Dieter nahm das Gespräch gespannt entgegen. »Das wird ja immer besser«, hörte Martin ihn sagen. »Alles klar, ich danke dir!« Dieter drückte das Gespräch weg und sah Martin an. »Du glaubst es nicht. Der Umschlag vom Tatort, in dem das Geld war, ist übersät mit Fingerabdrücken von Pallhuber.«

»Solche Überraschungen am frühen Morgen?«

»Stets findet Überraschung statt, da wo man's nicht erwartet hat«, zitierte Dieter gutgelaunt Wilhelm Busch.

»Dann lass uns mal herausfinden, was es mit dieser Überraschung auf sich hat.« Martin war voller Tatendrang und schon auf dem Weg ins Vernehmungszimmer. Er war gespannt, was diese Spur zu bedeuten hatte.

Geräuschvoll stieß er die Tür auf, sodass Pallhuber erschrocken zusammenzuckte.

»So, Herr Pallhuber. Das Warten hat sich gelohnt.«

Martin und Dieter setzten sich ihm gegenüber.

»Wir haben Ihre Fingerabdrücke auf einem Umschlag mit Geld in der Wohnung von Eva Neumann gefunden. Also, hören

Sie endlich auf zu leugnen, dass Sie die Frau gekannt haben, und erklären Sie mir, warum Sie ihr Geld gegeben haben.«

Pallhuber überlegte, dann schien ihm schlagartig etwas einzufallen. Martin war fast sicher, dass es wieder eine Lüge war.

»Dann weiß ich ja jetzt, wer mir den Umschlag gestohlen hat«, sagte Pallhuber übertrieben begeistert.

»Gestohlen.«

»Richtig. Ich hatte diesen Umschlag mit Geld am Dienstag bei mir und am Nachmittag, als ich ihn wieder aus meinem Aktenkoffer holen wollte, war er weg.«

»Wie viel Geld war in dem Umschlag?«

»Fünftausend Euro.«

»Was hatten Sie mit dem Geld vor?«

»Ich …« Martin beobachtete, wie er angestrengt nach einer Erklärung suchte. »Ich brauchte das Geld für einen Einkauf.«

»Und was glauben Sie, wie Frau Neumann daran gekommen ist?«

»Der Aktenkoffer lag unverschlossen in meinem Büro und ich war nicht immer im Raum. Ich denke, sie wollte mich vielleicht sprechen, wegen eines Praktikums oder so. Sie sagten doch, sie sei Studentin der Politikwissenschaften. Von denen sind öfter welche bei uns. Diese Frau Neumann muss reingekommen sein, hat mich nicht angetroffen, sah meinen Koffer und fand das Geld. Gelegenheit macht Diebe.«

Martin beugte sich über den Tisch. »Sie beleidigen meinen Intelligenzquotienten.«

»Beweisen Sie mir, dass ich lüge«, gab Pallhuber selbstgefällig grinsend von sich.

Dieser Typ log mit einer Unverfrorenheit, dass Martin ihm die Wahrheit am liebsten aus dem Leib geprügelt hätte.

»Sollten Sie in irgendeiner Weise etwas mit den Mordfällen zu tun haben, finde ich das heraus, und dann sind Sie dran.«

Pallhuber machte ein erschrockenes Gesicht und legte die Finger an den Mund. »Muss ich jetzt Angst haben, Herr Kommissar?« Wieder erschien sein provozierendes Grinsen.

»Ich muss hier raus, bevor ich kotze«, sagte Martin zu Dieter und verließ das Zimmer.

55

Im Flur traf er auf Michael, der gerade mit Annette Lang angekommen war.

»Sie sitzt im Vernehmungszimmer«, erklärte er. »Der gelbe Wagen ist tatsächlich ihr Auto, ein Audi A1.«

»Na, toll!«, entgegnete Martin gereizt.

»Warum bist du so schlecht drauf? Das ist doch eine super Spur.«

»Erstens habe ich gerade eine geballte Ladung Pallhuber abbekommen und zweitens würde ich es beschissen finden, wenn Frau Lang die Täterin wäre. Eine Mutter, die mordet, ist nicht das, was ich mir wünsche. Wenn ich da an die Kinder denke, wird's mir ganz anders.«

»Apropos Kinder. Auf dem Hof hab ich mit Anton, dem ältesten Sohn, gesprochen. Er sagt, dass seine Mutter den ganzen Freitag furchtbar nervös gewesen ist. Und dieser Zustand hat sich am Samstag noch verschlimmert. Der Junge nahm an, dass es wegen des Verschwindens seines Vaters war. Dass er über Nacht wegblieb, ist nämlich noch nie vorgekommen. Außerdem hatte Annette Lang ihren Sohn gebeten, abends zu Hause zu bleiben, weil sie angeblich eine Besprechung wegen des Anbaus hatte. Ob sie den Wagen genommen hat oder abgeholt wurde, konnte er nicht sagen. Auch nicht, wann sie zurückgekommen ist. Aber es muss nach zweiundzwanzig Uhr gewesen sein, denn da ist er mit seinen Geschwistern schlafen gegangen.«

»Dann hören wir uns mal an, was sie zu sagen hat.«

Martin saß Annette gegenüber, deren gelbe Bluse ungehinderten Einblick auf ihren üppigen Busen gewährte. Für eine trauernde Witwe war sie sehr sexy gekleidet.

»Ich bin den Wagen nicht gefahren. Mein Mann war damit unterwegs.«

»Falsche Antwort, Frau Lang. Versuchen Sie es noch mal.«

»Was meinen Sie?« Verwirrt sah sie von Martin zu Michael.

»Wenn Ihr Mann den Audi gefahren ist, wer hat dann den Land Rover am Elsässer Platz abgestellt? War er mit beiden Autos unterwegs?«

Sie räusperte sich. »Dann muss er wohl doch den Land Rover genommen haben. Hab ich mich eben geirrt.« Sie versuchte, durch ein Lachen ihre Lüge herunterzuspielen.

»Also, noch mal. Warum waren Sie vor dem Haus, in dem Ihr Mann Sie betrogen hat.«

»Ich war nicht vor diesem Haus«, behauptete sie, während sie die Fäuste ballte. »Ich bin mit Alexander Meurer durch die Gegend gefahren. Das wird er Ihnen sicher bestätigen.«

»Ja, das hat er auch. Trotzdem bleibt die Frage, wie Ihr Wagen an den Tatort kam.«

»Es kann gar nicht mein Wagen gewesen sein, Herr Sandor.«

»Finden Sie nicht, dass es ein ziemlich großer Zufall ist, dass ein gelber Audi A1 mit Wiesbadener Kennzeichen ausgerechnet zur Tatzeit vor dem Haus, in dem Ihr Mann ermordet wurde, geparkt hat?«

»Wie Sie schon sagten: Zufall.«

»Nun gut, lassen wir das mal so stehen, bis wir die anderen Halter von gelben Audi A1 befragt haben.«

»Das wird nicht allzu lange dauern«, ließ Michael sich vernehmen. »Davon gibt es in Wiesbaden nicht sehr viele.«

Wie erwartet machte das Annette nervös. Sie schlug die Beine übereinander und wippte mit dem Fuß.

»Wie lange waren Sie mit Herrn Meurer an diesem Abend zusammen?«

»Er hat mich gegen neun abgeholt und ich war etwa um halb zwölf wieder zu Hause.«

»Zweieinhalb Stunden«, tat Martin erstaunt.

Sie zuckte nur mit den Schultern.

»Warum sind Sie überhaupt mit ihm durch die Gegend gefahren?«

»Wir hatten etwas zu besprechen.«

»Und was?«

»Das ist privat.«

»Wie privat? So privat wie eine Affäre?«, spekulierte Martin ins Blaue.

»Ich habe doch keine Affäre mit Meurer. Phhh!«, empörte sie sich und verschränkte die Arme vor der Brust, was ihren Busen noch größer wirken ließ. »Er ist ein ganz mieses Schwein. Mit so einem würde ich mich nie einlassen.«

»Sie sagen, Meurer ist ein Schwein, waren aber angeblich zweieinhalb Stunden mit ihm zusammen. Das klingt nicht logisch. Vielleicht können Sie das erklären?«

Sie drehte demonstrativ den Kopf zur Seite und antwortete nicht.

»Waren Sie die ganze Zeit mit Herrn Meurer allein im Wagen?«

»Ja, wieso?«

»Na, dann war Herr Pallhuber wohl ein blinder Passagier?« Martin war gespannt, ob sie in seine Falle tappte.

»Ach, Pallhuber«, tat sie belanglos. »Den hatte ich ganz vergessen. Der war ja auch noch dabei.«

»Wieder falsche Antwort. Pallhuber war nicht mit von der Partie.«

»Aber Sie sagten doch …« Zwischen ihren Augen erschien eine tiefe Zornesfalte, als ihr bewusst wurde, dass Martin sie hereingelegt hatte. »Sie bringen mich ganz durcheinander.«

»Nein!« Martin sprach ganz ruhig. »Dafür sind die Lügen, die Sie uns hier auftischen, verantwortlich. Wie wär's denn zur Abwechslung mal mit der Wahrheit?« Martin gab ihr Zeit. Nach einer Weile seufzte sie, dann blickte sie ihm direkt in die Augen.

»Pallhuber und Meurer wollten meinen Mann überreden, das Grundstück an sie zu verkaufen«, begann sie.

»Das wissen wir ja nun schon«, murmelte Michael.

»Was ist an diesem Grundstück so besonders?«, fragte Martin.

»Eigentlich nichts. Es ist nur eines von vielen, die gebraucht werden, um dieses Windkraftprojekt zu verwirklichen. Etliche hat dieser Pallhuber der Stadt schon vor der Nase weggekauft, wie ich gehört habe. Und wenn die Stadt nicht genügend Land bekommt, dann hat sich das mit den Windrädern auf dem Taunuskamm erledigt. Aber das ist ganz offensichtlich die Absicht von diesem hinterhältigen, miesen Verbrecher und seinem Konzern. Unser Grundstück ist ziemlich groß und ohne das könnte die Stadt definitiv keine Windräder bauen. Es war wohl das Zünglein an der Waage, wie man so schön sagt. Damit hätte Pallhuber die Sache für sich entscheiden können.« Sie senkte den Blick und sah auf die Hände in ihrem Schoß. »Dafür war ihm jedes Mittel recht. Und vorgestern wollte Meurer mit mir sprechen. Er drohte wieder, die Fotos meinem Mann zu zeigen, wenn ich es nicht schaffe, Rolf von dem geplanten Termin, den er nächste Woche im Umweltdezernat gehabt hätte, abzuhalten.«

»Welche Fotos?«

»Nachdem mein Mann nicht verkaufen wollte, hat Meurer mich für ein Gespräch ins Hotel Fontana gebeten. Das war der größte Fehler meines Lebens. Aber ich konnte doch nicht wissen, was der Kerl vorhatte.«

»Kommen Sie zum Punkt«, forderte Martin.

»Ich bin da hingefahren und hab mit ihm Kaffee getrunken. Dabei muss er mir irgendwas in die Tasse getan haben. Ich konnte mich anschließend, als ich in seinem Hotelzimmer aufgewacht bin, an nichts erinnern. Aber er hat meine Erinnerung mit Fotos aufgefrischt. Offensichtlich hatte ich dort Sex mit einem Fremden. Meurer und Pallhuber machten mir klar, dass ich dafür sorgen müsste, dass Rolf das Grundstück an sie verkauft. Sonst bekäme er die Fotos zu sehen. Und weil dies das Ende meiner Ehe gewesen wäre, hab ich alles versucht, um Rolf zu überreden. Aber er war stur wie ein Maulesel.« Sie machte ein verkniffenes Gesicht.

»Eine abenteuerliche Geschichte«, urteilte Martin. »Wann soll das stattgefunden haben?«

»Am fünften Mai. Aber wenn Sie mir nicht glauben, … ich kann Ihnen die Fotos zeigen.« Sie holte ihr Smartphone aus der Handtasche, drückte darauf herum und reichte es Martin.

Er sah Annette mit einem jungen attraktiven Mann, der sie küsste. Weitere Fotos zeigten nackte Körper in eindeutigen Posen.

»Sind Sie jetzt zufrieden?«, fragte sie peinlich berührt.

»Das kann ich nicht behaupten. Kennen Sie den Mann auf den Bildern?«

»Nein. Ich hab ihn nie zuvor gesehen.«

Martin reichte das Smartphone weiter an Michael und gab ihm den Auftrag, ein Foto vom Gesicht des Mannes auszudrucken.

»Das erklärt aber noch nicht, wie Ihr Wagen zum Tatort kam.«

»Es war nicht mein Wagen. Wie oft soll ich das noch wiederholen?«

Vorerst ließ Martin es dabei bewenden. Er führte Annette in ein anderes Zimmer, wo sie warten sollte, während er Meurer und Pallhuber mit dieser skurrilen Geschichte konfrontieren wollte.

56

Zwanzig Minuten später war der Kommissar so schlau wie zuvor. Pallhuber hatte einen Lachanfall bekommen und geleugnet. Bei Meurer war es ähnlich. Zumindest was das Leugnen anging. Gelacht hatte er keineswegs. Er hatte vielmehr geschockt gewirkt, was Martin veranlasste, den Wahrheitsgehalt der Geschichte zu überdenken. Nachdem Meurer sich von seinem ersten Schreck erholt hatte, erklärte er Martin voller Wut, dass er aufgrund dieser Unterstellung nicht länger bereit sei, für Frau Lang zu lügen. Und was Martin schon befürchtet hatte, bestätigte sich nun. Das Alibi von Annette Lang war so viel wert wie Dreck unter den Fingernägeln. Annette hatte Meurer vorgeschlagen, ihm das Grundstück zu verkaufen, wenn er ihr im Gegenzug ein wasserdichtes Alibi lieferte.

»Heißt das«, fragte Martin, »Sie haben Frau Lang gar nicht abgeholt?«

»Doch, doch. Das stimmt schon. Ich war kurz vor neun bei ihr. Wir sind etwa eine Stunde zusammen gewesen, dann habe ich sie wieder zu Hause abgesetzt. Kann ich jetzt gehen? Ich habe noch anderes zu tun als hier unnütz herumzusitzen.«

»Ja, können Sie.«

Sofort erhob Meurer sich und steuerte Richtung Tür.

»Sagen Sie mir aber bitte noch, wo *Sie* gegen dreiundzwanzig Uhr waren?«

Abrupt blieb Meurer stehen. »Ich bin von Frau Lang aus direkt nach Hause gefahren.«

»Das kann Ihre Frau bestätigen?«

»Sicher!« Er wandte sich um und schlug die Tür hinter sich zu.

Martin entschied, auch Pallhuber gehen zu lassen. Er beobachtete die beiden von seinem Fenster aus, wie sie das Gebäude verließen. Es war deutlich zu erkennen, dass sie stritten. Martin konnte sich denken, dass Pallhuber verärgert war, weil Meurer nicht an dem falschen Alibi festgehalten und so das Grundstück gesichert hatte. Wütend stieg er ins Auto und fuhr davon.

Martin wandte sich erneut Annette Lang zu, die von Michael hereingebracht wurde.

»Ihr Alibi ist geplatzt«, sagte er ohne Umschweife. »Herr Meurer hat sie gegen zehn schon wieder nach Hause gebracht. Stellt sich die Frage: Wo waren Sie anschließend und warum haben Sie ihn zur Falschaussage überredet?«

Tränen traten ihr in die Augen und liefen über ihre Wangen. »Ich hatte das Gefühl, unbedingt ein Alibi zu brauchen. Wenn ich gesagt hätte, dass ich zu Hause war, ohne dass das jemand bestätigen kann, wären Sie doch misstrauisch geworden.«

»Misstrauisch sind wir jetzt mehr denn je«, erklärte Martin. »War es nicht so, dass Sie zum Elsässer Platz gefahren sind und Ihren Mann bei Eva Neumann gefunden haben?«

»Nein!«, schrie sie. »Nein, so war das nicht!«

»Warum glaube ich Ihnen nicht?«

»Das weiß ich nicht und es ist mir auch egal.«

In diesem Augenblick kam Dieter herein und bat Martin kurz vor die Tür. Dort teilte er ihm mit, was er beim Zahnarzt von Rolf Lang herausgefunden hatte.

»Sie haben mir erzählt, dass Sie eine gute Ehe führten, dass Sie glücklich waren«, setzte Martin wenig später das Gespräch fort. »Entweder ist das nur eine Schutzbehauptung, oder diese Empfindung war nur einseitig. Sonst hätte Ihr Mann sich doch nicht mit Eva Neumann eingelassen, oder? Dass Ihr Mann in der Nacht nicht nach Hause gekommen ist, war außergewöhnlich und hat Sie verständlicherweise nervös gemacht. Und da wollen Sie uns erzählen, dass Sie nichts unternommen haben, um herauszufinden, wo er steckt und warum er nicht kommt?« Er machte eine kurze Pause. Als Sie nicht antwortete, sprach er weiter: »Wir wissen, dass Sie beim Zahnarzt angerufen haben, um zu fragen, ob Ihr Mann tatsächlich dort war. Die Zahnarzthelferin hat sich an Ihren Anruf erinnert. Was haben Sie gemacht, als Sie hörten, dass Rolf gar nicht dort gewesen ist? Sie müssen doch misstrauisch geworden sein. Oder hat Ihr Mann Sie schon öfter belogen?«

»Ich habe nichts Unrechtes getan. Vielleicht suchen Sie endlich nach dem richtigen Mörder und jagen nicht Vermutungen hinterher. Sie können mich hier nicht länger festhalten. Ich muss zu meinen Kindern.«

»Was ist mit einer Lebensversicherung? Hatte Ihr Mann eine?«

»Keine Ahnung. Ich hab noch keine Unterlagen durchgesehen.«

Martin seufzte. »Sie als Ehefrau werden doch wohl wissen, ob Ihr Mann eine Lebensversicherung hatte.«

»Rolf hat nie so was erwähnt. Und um den ganzen Papierkram hab ich mich nicht gekümmert. Dafür war Rolf zuständig.«

Nach mehreren Versuchen, doch noch etwas aus ihr herauszubekommen, ließ Martin Frau Lang gehen. Solange sie nicht sicher sein konnten, dass sie tatsächlich am Tatort gewesen war, hatten sie keine Handhabe.

57

Martin sah auf die Uhr. Noch eine Stunde bis zur Besprechung mit Milster. Die Zeit wollte er nutzen. Er bat Dieter, in der Rechtsmedizin nachzuhören, wie weit sie mit dem Obduktionsbericht waren. Er selbst hatte keine Lust, womöglich wieder auf Dr. Richard und seine überheblichen Sprüche zu treffen. So fuhr er inzwischen zum Hotel Fontana, während Michael das Alibi von Alexander Meurer überprüfen und einen Durchsuchungsbeschluss erwirken sollte.

Martin fuhr den Kaiser-Friedrich-Ring entlang und verspürte plötzlich Hunger. Zwar hatte Karla ihm heute Morgen ein Lunchpaket mitgegeben, doch das lag unberührt im Büro. Während er an seine Frau dachte, passierte er den Hauptbahnhof und ein Lächeln erschien auf seinem Gesicht. In diesem hübschen Gebäude aus rotem Sandstein mit dem grün gedeckten Dach verabschiedete er Karla jedes Jahr, wenn sie mit dem Zug zu einer Freundin nach Lübeck fuhr. An diesen Tagen war das Haus still und leer. Dann merkte er erst, wie sehr sie seine Welt erhellte und wie einsam er sich ohne sie fühlte …

Martin entschied sich spontan, nach rechts in die Salzbachstraße abzubiegen, um neben dem Bahnhof zu parken und sich ein Sandwich bei Subway zu holen. Das würde die Zeit, bis er Karlas Futter wieder in Reichweite haben würde, überbrücken. Martin lief über den Bahnhofsvorplatz. Bevor er die Empfangshalle betrat, warf er einen Blick zum vierzig Meter hohen Uhrturm, der sich an der Ostseite des Gebäudes befand. Die Uhr dort verriet ihm, dass er sich beeilen musste, um pünktlich zurück zu sein. Das Innere des Bahnhofs war aus gelbem Sandstein gefertigt und beherbergte über zwanzig Geschäfte, die zum Flanieren, Schlemmen und Einkaufen einluden. Wie immer herrschte hier rege Betriebsamkeit. Martin besorgte sich den *Sub des Tages* und kaufte für Karla eine Schachtel Lübecker Marzipanherzen. Er grinste, als er sie bezahlte, und schimpfte sich selbst einen sentimentalen Kerl.

Wenig später saß er kauend im Wagen und bahnte sich den Weg durch die Friedrich-Ebert-Allee, die in die Wilhelmstraße überging. Mit dem letzten Bissen erreichte er schließlich die Sonnenberger Straße, in der das privat geführte Drei-Sterne-Hotel *Fontana* beheimatet war. Der Kurpark befand sich nur dreihundert Meter entfernt und die Innenstadt konnte man innerhalb von zehn Minuten zu Fuß erreichen. Eine zentrale und wunderschöne Lage. Auch die Stumpf-Villa war in der Nähe und Martin fragte sich, ob das irgendetwas zu bedeuten hatte, verwarf den Gedanken aber zunächst wieder.

Er parkte vor dem einladenden Neubau mit der grau-weißen Fassade und den großen Fensterflächen. Der Kommissar trat in der eleganten Lobby zu dem Herrn an der Rezeption, wies sich aus und fragte nach dem fünften Mai und einer Reservierung auf Alexander Meurer.

»Ja«, antwortete der Mann beflissen, nachdem er im Computer nachgesehen hatte. »Der Herr hat ein Zimmer für eine Nacht gemietet.«

Martin zeigte ihm ein Foto von Meurer. »Können Sie sich an den Mann erinnern?«

»Ja, durchaus.«

»War er schon öfter hier Gast?«

Der Mann wandte sich erneut dem Computer zu. »Ja«, nickte er. »Schon viermal. Am zwanzigsten April, am fünften Mai, am neunundzwanzigsten Mai und zuletzt am vergangenen Freitag.«

Freitag auch? Das war ja interessant. »Wissen Sie noch, wann er am Freitag hier war?«

Der Rezeptionist warf einen Blick auf seinen Bildschirm. »Exakt um zweiundzwanzig Uhr vierundzwanzig. Um diese Uhrzeit hat er jedenfalls eingecheckt.«

Martin überlegte, wie weit es von hier zu Eva Neumanns Wohnung war. Der Elsässer Platz befand sich im Westend. Und egal, ob man über die Wilhelm- und Rheinstraße fuhr oder die Emserstraße nehmen würde, länger als zehn Minuten würde man nicht brauchen. Selbst zu Fuß wäre die Strecke in einer halben Stunde bewältigt.

»Wann hat der Mann ausgecheckt?«

»Das kann ich Ihnen nicht sagen. Der Empfang war, nachdem er eingecheckt hatte, nicht mehr besetzt. Und sein Schlüssel war morgens bereits abgegeben, als die Rezeption um sieben Uhr wieder geöffnet hat.«

»War Herr Meurer immer in Begleitung, wenn er kam?«

»Beim Einchecken war er allein, wenn ich mich recht entsinne. Aber ob er später Besuch hatte, kann ich nicht sagen. Er kam immer mit Aktenkoffer, sodass ich sicher war, er ist ein Geschäftsmann. Wissen Sie, unser Hotel beherbergt häufig Geschäftsleute.«

Martin zeigte ihm nun auch die Fotos von Annette Lang und dem Fremden von den Aktfotos. »Also, den Herrn kenne ich nicht, aber die Dame kommt mir bekannt vor. Ich könnte allerdings nicht mit Sicherheit sagen, ob und wann sie hier gewesen ist.« Der Rezeptionist schenkte Martin ein bedauerndes Lächeln.

Martin ließ noch überprüfen, ob auch Annette Lang irgendwann einmal ein Zimmer reserviert hatte. Das war nicht der Fall und so verabschiedete Martin sich.

58

Gerade wollten sie das Büro verlassen, um zur Besprechung mit Milster zu gehen, als das Telefon sie zurückhielt.

»Herr Henke, guten Tag«, antwortete Martin dem Anrufer. Dabei zuckte er mit den Schultern und blickte die Kollegen fragend an. Wer war Henke?

Dieter flüsterte ihm zu: »Eltville. Institut für Regenerative Energien.«

Martin warf Dieter einen dankbaren Blick zu. Jetzt hatte er ein Gesicht vor Augen. Der junge Mann mit dem Gutachten.

»Ich wollte Sie über einen Anruf informieren, den ich am Donnerstag bekam. Ein Mann, der seinen Namen nicht genannt hat, hat mir gedroht. Er sagte, wenn ich das Gutachten nächste Woche herausgäbe, wäre das womöglich das Letzte, was ich täte. Er schlug mir noch die Variante vor, die Daten dahingehend zu ändern, dass der Taunuskamm für Windräder ungeeignet sei. Dann könnte ich gerne abgeben.«

»Haben Sie eine Ahnung, wer das war?«

»Allerdings. Ich hab die Stimme erkannt. Es war einer der beiden Typen, von denen ich Ihnen erzählt habe, als Sie bei mir waren.«

»Können Sie sagen welcher?«

»Ich denke, es war der Dünnere.«

»Pallhuber!«, entfuhr es Martin und seine Augen verengten sich zu Schlitzen.

»Dann haben Sie herausgefunden, wer die beiden sind«, folgerte Henke.

»Dank Ihrer Information zu den Nummernschildern. Allerdings haben die beiden abgestritten, Sie bestochen zu haben.«

»Dachte ich mir schon. Es gibt ja keine Zeugen.«

»Und solange sich die Herren einig sind, können wir leider gar nichts machen.«

»Und?« Neugierde lag in Henkes Stimme. »Die sind nicht von einer kriminellen Bürgerinitiative gegen Windräder, oder?«

»Nein.« Martin lachte bitter. »Wie Sie bei unserem ersten Gespräch schon vermutet haben, sind das Leute, denen Geld über alles geht, und die sind in anderen Kreisen zu Hause. Aber es ist gut, dass Sie uns angerufen haben.«

»Erst dachte ich, so ein Idiot. Der kann mir gar nichts. Aber dann wurde mir schon ein bisschen mulmig. Immerhin ist Erwin Stumpf auch tot. Ich weiß ja nicht, wie ernst die das meinen.«

»Ich werde mich um den Herrn kümmern. Der Tatbestand der Bedrohung ist durch die Aussage des Mannes zwar nicht eindeutig gegeben, aber trotzdem sollten Sie eine Anzeige aufnehmen lassen. Nötigung ist es im strafrechtlichen Sinne auf jeden Fall.«

»Kann ich machen, aber da steht doch Aussage gegen Aussage. Was soll das bringen?«

»*Aussage gegen Aussage* gibt's im deutschen Strafrecht gar nicht. Wenn Sie als Zeuge glaubwürdig sind, ist eine Verurteilung immer möglich. Dazu braucht man nicht mal unbedingt zusätzliche Beweise.«

»Und was ist mit dem Gutachten? Wir wollten es am Donnerstag abgeben. Soll ich das erst mal lassen?«

Martin fiel auf, dass Henkes Stimme einen ängstlichen Ton angenommen hatte.

»Ich würde sagen, Sie geben wie geplant ab. Wenn ich mir den Herrn vorgenommen habe, glaube ich nicht, dass Sie noch länger in ernsthafter Gefahr sind. Die werden sich hüten, Ihnen was anzutun. Die blasen nur dicke Backen, denn die wissen ganz genau, dass das Gutachten im Grunde nicht zu verhindern ist. Wie Sie neulich schon sagten, außer Ihnen sind ja noch mehr Leute daran beteiligt und wissen vom Inhalt. Die Daten zu manipulieren macht keinen Sinn. Vielleicht nutzt es denen, wenn die Abgabe herausgezögert wird. Warum auch immer. Aber ich ruf Sie noch mal an, wenn ich mit ihm gesprochen habe.«

»Das beruhigt mich doch ein bisschen. Danke!«

»Keine Ursache. Also, machen Sie sich keine Sorgen und denken Sie an die Anzeige.«

59

»Dann lassen Sie mal hören«, forderte Egon Milster seine Leute auf, ihr Wissen mit ihm zu teilen. Außer den Männern vom K11 saßen noch zwei Kollegen vom Betrugsdezernat mit am großen Tisch im Besprechungsraum. Sie alle hatten Akten, Notizen sowie dampfenden Kaffee vor sich.

Martin begann mit einem Bericht über die Opfer. Wer sie waren, in welchen Verhältnissen sie lebten. »Offensichtlich haben die beiden schon den Nachmittag zusammen verbracht. Rolf Lang hatte zwei entwertete Tickets für die Nerobergbahn in der Hosentasche. Die Wagen der beiden haben wir unversehrt am Tatort auf dem Parkplatz gefunden. Sie werden zurzeit auf Spuren untersucht.« Dann übergab Martin das Wort an die Kollegen, die die Männer überprüft hatten, mit denen Eva Neumann angeblich sexuellen Kontakt hatte.

»Wir haben alle von der Liste gecheckt«, sagte Thomas Herder, ein korpulenter 30-Jähriger mit Vollbart. »Auf den ersten Blick ist niemand dabei, der auffällig ist oder ernsthaft als Täter infrage kommt. Alle haben eins gemeinsam: Sie haben nur ein einziges Mal mit Frau Neumann gepoppt. Aber ich sag Ihnen«, ein breites Grinsen erschien auf seinem Gesicht, »aufgrund der Anzahl der Stecher könnte ihre Muschi einiges erzählen.« Herder lachte laut. »… wenn sie noch leben würde«, er schlug sich auf die Schenkel, »… und sprechen könnte.«

»Herr Herder«, rügte Milster, »benehmen Sie sich und zügeln Sie sich in Ihrer Ausdrucksweise.«

Herder räusperte sich, zog seine Mundwinkel wieder in neutrale Position und fuhr in ernsterem Ton fort. »Ungefähr die Hälfte von ihnen ist verheiratet und nicht an einer Beziehung interessiert. Die sexuellen Handlungen fanden immer in Hotels statt, die die Männer ausgesucht hatten. Zumindest trifft das auf die Geschäftsleute zu, die Herr Stumpf an Frau Neumann vermittelt hat.«

»Könnte man nicht vermuten, dass Frau Neumann diese Männer erpresst hat, eben weil sie verheiratet sind?«, fragte Milster dazwischen.

»Ich denke, das können wir ausschließen. Auf entsprechende Fragen haben das alle abgestritten. Das war für uns absolut glaubwürdig, denn welchen Grund sollten sie haben, uns das zu verschweigen, jetzt wo die Frau tot ist.«

»Na, der Mörder würde das wohl kaum zugeben, oder?«, gab Milster mit hochgezogenen Brauen zu bedenken.

»Der vielleicht nicht«, überlegte Dieter, »aber wenn das ihre Masche gewesen sein sollte, würden wir sicher Männer finden, die uns davon berichten.«

»Es sei denn, dass sie diejenigen gar nicht auf die Liste gesetzt hat«, sagte Martin und dachte flüchtig an Paul, der ja auch nicht auf der Liste stand. »Und das würde bedeuten, dass wir ihre Kontakte sehr genau beleuchten müssen.«

»Das klingt verdammt aufwendig und langwierig.« Milster stand auf und stellte sich hinter den Stuhl. »Das passt mir gar nicht.«

Herder ging nicht weiter darauf ein. »Jedenfalls sind die anderen Kandidaten im Kreis der Studenten zu finden und die äußerten sich eher in die Richtung, dass sie Eva Neumann zwar gerne mal vernascht haben, weil sie entsprechend willig gewesen sei, aber eine längere Beziehung wollte keiner mit ihr haben. Sie sahen in ihr eben nur ein Flittchen.«

»Sandor, Ihre Meinung?«, forderte Milster.

»Die Tat sieht für mich wie ein Racheakt aus. Eifersucht als Motiv halte ich dabei für sehr naheliegend. Gerade auch, weil Frau Neumann zusammen mit ihrem Liebhaber umgebracht wurde. Wäre es die Tat eines Mannes gewesen, den das Opfer erpresst hat, hätte er sicher nicht beide getötet. Viel zu großes Risiko. Deswegen würde ich auch dazu tendieren, diese Erpressungsvariante auszuschließen. Zumal wir in der Wohnung, zumindest bisher, nichts gefunden haben, was das irgendwie belegen könnte.«

»Ich hab auch schon einen Blick auf ihre Finanzen geworfen«, teilte Dieter mit. »Da sind lediglich die regelmäßigen Zahlungen von Stumpf zu verzeichnen, sonst nichts Außergewöhnliches.«

»Aber es könnte trotzdem einer der Männer sein, der eifersüchtig war und die Frau für sich haben wollte«, beharrte Milster.

»Wäre möglich. Aber es müsste schon ein fanatischer Liebhaber sein, der sich derart in sie verschossen hat, dass er nach einem One-Night-Stand so extrem reagiert.« Martin lehnte sich zurück und verschränkte die Hände hinter dem Kopf. »Nein, ich denke, es muss jemand sein, mit dem die Opfer mehr zu tun gehabt haben.«

»Was ist mit einer Verbindung zum Stumpf-Fall?«

»Darauf kann ich Ihnen noch keine Antwort geben«, sagte Martin ehrlich.

»Aber was glauben Sie?«, ließ Milster nicht locker.

»Ich denke, es gibt einen Zusammenhang und auch, dass der Mörder vielleicht in allen drei Fällen derselbe ist.«

»Das würde uns noch fehlen«, rief Milster laut. »Und diese Frau Schwarz. Was ist mit der?«

»Wir müssen wohl auch die Möglichkeit in Betracht ziehen, dass sie letztlich die Wahrheit gesagt hat und tatsächlich nur den Diebstahl begangen hat. Die Opfer kannten sich und das kann kein Zufall sein. Auch der geringe zeitliche Abstand zwischen den Taten ist eher ein Indiz für *einen* Mörder.«

»Tja, und der Schwarz haben wir durch die U-Haft sogar noch ein Alibi geliefert.« Milster stöhnte. »Haben Sie schon jemanden im Sinn?«

»Mehrere. Heiko Pallhuber, der mit aller Gewalt verhindern will, dass die Stadt das Windkraftprojekt verwirklicht, indem er den Gutachter bestechen wollte und ihn auch, wie ich gerade erfahren habe, bedroht hat. Er versucht, die meisten Grundstücke, die für das Projekt relevant sind, aufzukaufen. Nur das Land von Rolf Lang fehlte noch, um das Windkraftprojekt abzuwenden.«

»Ist da das Motiv zu sehen?«

»Nein, er konnte meiner Meinung nach nicht davon ausgehen, dass die Witwe es ihm verkauft.«

»Es sei denn«, überlegte Dieter laut, »die beiden haben gemeinsame Sache gemacht. Frau Lang hat ihm das Grundstück versprochen, wenn er ihren Mann samt Geliebte tötet.«

»Ist mir zu abenteuerlich.« Martin schüttelte den Kopf. »Obwohl ich ihm das zutrauen würde. Er hat jede Menge kriminelle Energie. Aber andererseits glaube ich nicht, dass er so blöd gewesen wäre, seinen eigenen Umschlag mit Geld auf dem Wohnzimmertisch liegen zu lassen.«

»Was hat es denn mit diesem Geld auf sich?«, erkundigte sich Milster.

»Pallhuber behauptet, Eva Neumann habe es ihm gestohlen. Ich bin aber sicher, dass er es ihr gegeben und sie auch gekannt hat. Da muss es noch eine andere Verbindung zwischen den beiden geben. Der Mann lügt, wenn er den Mund aufmacht.«

»Vielleicht war er ein Freier von ihr?«

»Möglich.«

»Gibt es nicht ein Adressbuch?«

»Nein, bis jetzt nicht«, gab Michael Auskunft. »Und es fehlt nicht nur ein Adressbuch, sondern auch ihr Handy. Das ist ziemlich mysteriös.«

»Das ist nicht mysteriös«, sagte Martin, »das zeigt, dass da jemand dahintersteckt, den sie kannte und dessen Daten im Handy und Adressbuch zu finden gewesen wären.«

»Berechtigte Überlegung.« Der Kriminaldirektor kratzte sich an der Glatze.

»Dafür spricht auch, dass es keinerlei Einbruchspuren gab. Der Mörder müsste theoretisch einen Schlüssel gehabt haben.«

»Mit Sicherheit«, stimmte Michael zu. »Denn sie hat ihn ja bestimmt nicht selbst reingelassen, damit er bei ihren Leibesübungen mit Rolf Lang zusieht.«

»Was heißt da theoretisch?« Milster trommelte ungeduldig mit den Fingern gegen die Stuhllehne.

»Von der Wohnung gibt es laut Nachbarin nur zwei Schlüssel. Aber ich halte es für sehr wahrscheinlich, dass Eva Neumann irgendwann mal einen nachgemacht und ihn, an wen auch immer, weitergegeben hat.«

»Wer kommt da infrage? Haben Sie diesbezüglich schon eine Spur oder wenigstens jemanden mit einem Motiv?«

»Die Ehefrau von Rolf Lang hätte ein Motiv, wenn ihr das Verhältnis bekannt war. Und das liegt ziemlich nahe, denn sie wusste, dass ihr Mann sie angelogen hat. Sie hat seinen vorgetäuschten Termin beim Zahnarzt herausgefunden. Und wenn Rolf Lang der Mann war, der einen Wohnungsschlüssel hatte, hätte auch seine Frau Zugang gehabt. Außerdem ist anzunehmen, dass der Wagen, der am Tatort gesehen wurde, ihr gehört. Das sollten wir recht schnell überprüft haben, da es nicht allzu viele gelbe Audi A1 in Wiesbaden gibt.«

»Ja, und zwar heute noch«, drängte Milster und Martin wusste, dass dieser Tag sehr lang werden würde. »Hätte sie denn auch ein Motiv für den Mord an Erwin Stumpf?«

»Sie könnte zwar gehofft haben, dass ihr Mann das Grundstück nach Stumpfs Tod endlich an Pallhuber verkauft, damit ihr Mann nichts von den Fotos erfährt, aber das scheint mir doch ein bisschen mager als Motiv.«

»Welche Fotos?«

Martin berichtete von der Aktfoto-Erpressungsgeschichte. »Beim Verhör hat Frau Lang sich ständig in Lügen verstrickt und sich außerdem noch ihr Alibi versaut. Denn als wir Meurer darauf ansprachen, hat er plötzlich geleugnet, zur Tatzeit mit ihr zusammen gewesen zu sein. Entweder aus Wut über die Anschuldigung oder weil er von sich ablenken wollte. Wie sich herausgestellt hat, wollte Frau Lang ihm das Grundstück überlassen, wenn er ihr im Gegenzug ein Alibi verschafft.«

»Das ist doch praktisch schon ihr Schuldeingeständnis«, stürzte Milster sich erfreut auf diese Tatsache.

»Nicht zwangsläufig«, dämpfte Martin seine Euphorie. »Leute beschaffen sich Alibis, auch wenn sie Angst haben, verdächtigt zu werden. Außerdem ist denkbar, dass Meurer doch länger mit ihr zusammen war. Er war nämlich am Tatabend im Hotel Fontana eingemietet. Und das nicht zum ersten Mal. Was er da getrieben hat, müssen wir noch klären.«

»Vielleicht hatte er eine Affäre mit der Lang«, spekulierte Dieter.

»… beziehungsweise sie mit diesem Mann auf den Fotos.« Martin zog das Bild aus der Mappe und legte es auf den Tisch. »Wir werden ihn zur Fahndung rausgeben, wenn Frau Lang nicht doch noch damit rausrückt, wer das ist.«

»Vielleicht haben sich alle zusammen bei einem flotten Dreier vergnügt«, warf Kollege Herder ein und machte ein wichtiges Gesicht.

»Gott, das sind schon wieder viel zu viele Möglichkeiten«, stöhnte Milster. »Sind unsere Leute schon auf dem Hof der Familie Lang zugange? Da muss doch was zu finden sein.«

»Ja, die sind unterwegs.«

»Und was ist mit den anderen Alibis? Sind die schon überprüft?«

Michael meldete sich zu Wort. »Meurers Frau sagt, ihr Mann sei irgendwann nach Mitternacht nach Hause gekommen. Und das bedeutet, er hat kein Alibi für die Tatzeit.«

»Ich denke, der Mann war im Hotel. Was denn jetzt?«

»Er war zwischen zweiundzwanzig Uhr dreißig und Mitternacht dort.«

»Was macht denn jemand so kurz in einem Hotel?«

»Da wüsste ich schon was«, murmelte Herder und grinste anzüglich.

»Vielleicht hat er sich nur dort eingemietet, um ein Alibi zu konstruieren«, überlegte Michael.

»Nein, nein«, sagte Martin. »Das kann nicht seine Absicht gewesen sein, denn sonst hätte er uns von seiner Buchung erzählt. Er hat sie bewusst verschwiegen. Fragt sich nur warum? Und in Begleitung kann er auch nicht gewesen sein. Denn dann könnte er die Person als Zeugen benennen und wäre entlastet, egal wie peinlich das ist. Es geht schließlich um Mord. Also, was macht er zwei Stunden allein im Hotel?«

»Meine Rede!«, sagte Milster knapp.

»Es sieht tatsächlich so aus, als ob keiner von unseren Verdächtigen ein Alibi hätte.«

»Na, prima. Dann würfeln wir jetzt, oder was?« Milster schlug mit den Handflächen auf die Rückenlehne.

»Nein, wir ermitteln noch ein bisschen, wenn's recht ist.« Der Kommissar sprach ganz ruhig. »Zurzeit wird auch Meurers Haus auf den Kopf gestellt. Mal sehen, ob wir da was finden. Und morgen werden wir die Telefonverbindungsnachweise von allen verdächtigen Personen vorliegen haben. Außerdem kümmern wir uns noch mal um die Zeugenaussage eines Mitbewohners, der einen Mann im Streit mit Eva Neumann beobachtet hat.«

Anschließend berichtete Martin von dem Einbruch bei Else Plinke.

»Und Sie meinen, da liegt der Schlüssel zum Fall? Das ist doch Quatsch. Was hat das eine denn mit dem anderen zu tun?« Milster winkte unwirsch ab und setzte sich wieder. Kaum hatte er seinen Satz beendet, saß Martin wie elektrisiert auf seinem Stuhl und hatte die Augen weit aufgerissen.

»Sandor, was ist denn mit Ihnen?« Milster sah ihn prüfend an.

»Ich hab da gerade eine Idee«, sagte er so langsam, dass man seine Gedanken fast rattern hörte.

»Sie mit Ihren Ideen. Zeigen Sie mir lieber mal, was Sie von der Spurensicherung haben.«

»Das macht Herr Pichlbauer. Ich muss kurz telefonieren.« Martin zückte sein Handy und verschwand vor die Tür.

Noch bevor Milster sich aufregen konnte, zog Michael einige Papiere hervor, schob sie zu ihm hinüber und erklärte: »Am Tatort wurden Glassplitter gefunden. Dabei handelt es sich laut Labor um Verbundsicherheitsglas, dessen zwei Glasschichten durch eine Folie verbunden sind. Es wird zum überwiegenden Teil für Windschutzscheiben verwendet. Dass die Splitter tatsächlich von einem Wagen stammen, belegen Reste einer metallischen Substanz, wie man sie bei Wärmeschutzglas für Autos findet. Hierbei wird auf die Innenseite der ersten Scheibe mit dieser metallischen Substanz ein festhaftender Film aufgetragen. Das dient dazu, dass die Wärmestrahlung reflektiert wird.«

»Was soll das denn bedeuten?«

»Wahrscheinlich hat's diese Eva ziemlich wild auf einem Auto getrieben«, grinste Herder.

»Das ist Schwachsinn und eine unqualifizierte Bemerkung!« Verärgert sah Milster ihn an.

»Offensichtlich ist eine Windschutzscheibe zu Bruch gegangen«, sagte Dieter. »Ich würde sagen, da fehlt irgendwo einem Wagen das Glas, beziehungsweise es wurde einer deswegen repariert. Wir werden uns gleich morgen früh bei den Werkstätten umhören, und zwar zuerst bei denen, die sich auf Glasschäden spezialisiert haben.«

»Aber wie kommen Splitter davon in den dritten Stock? Das ist doch verrückt.«

»Das kriegen wir schon raus.«

Martin kam zurück ins Zimmer, während sein Chef durch die Akte blätterte. Plötzlich stutzte Milster, warf Martin einen fragenden Blick zu, sagte aber nichts. Dann schlug er die nächste Seite auf.

»Was ist mit dem Obduktionsbericht?«, fragte er schließlich.

»Der war vorhin noch nicht fertig«, erklärte Dieter. »Gegen Abend werden wir ihn haben.«

»Informieren Sie mich, wenn sich da irgendwas Relevantes ergibt. Damit beenden wir vorerst die Besprechung. Sie können gehen.«

Alle erhoben und verabschiedeten sich, während Milster eine Seite des Spusi-Berichtes noch mal aufschlug.

»Sandor!« Es klang wie ein Befehl. »Sie bleiben!«

60

»Haben Sie mir nicht noch was zu sagen?« Milster schob den Tatortbericht zu Martin hinüber, mit dem Finger auf einen Absatz deutend.

Martin überflog die Zeilen und wusste, worauf sein Chef hinauswollte. Der Parfumduft von *Joop! Homme* war dort erwähnt.

»Darüber gibt es nichts weiter zu sagen«, erklärte Martin scheinbar gelassen.

»Machen Sie mir nichts vor. Sie wissen genau, was das bedeutet, oder etwa nicht?«

»Haben Sie eine Ahnung, wie viele Menschen diesen Duft benutzen?«

»Nein. Aber mir scheint es schon ein merkwürdiger Zufall zu sein, dass genau dieser Geruch an beiden Tatorten in der Luft lag und dass genau dieser Duft von unserem Kollegen Fischer benutzt wird. Und da Sie, noch weniger als ich, an Zufälle glauben, wundert es mich doch sehr, dass Sie diese Tatsache unter den Teppich kehren.«

»Ich kehre nichts unter den Teppich.«

»Doch, mein Lieber, das tun Sie. Und dabei hatte ich Ihnen gesagt, dass ich alles wissen will, lückenlos.«

»Ich habe Ihnen nichts verschwiegen. Sie haben doch die Unterlagen selbst gelesen.«

»Ich nehme an, Sie haben mit Herrn Fischer bereits gesprochen?«

Martin nickte.

»Haben Sie ihn nach einem Alibi gefragt?«

»Ja, er war allein zu Hause.«

»Na, ganz prima! Und wann war er zuletzt in der Wohnung der Neumann?«

»Er war noch nie in Eva Neumanns Wohnung, sagt er.«

»Was?« Milster war entsetzt. »Und das glauben Sie ihm so ohne Weiteres?«

»Ich habe keinen Grund, ihm nicht zu glauben«, sagte er, obwohl auch ihm diese Tatsache zu schaffen machte.

»Doch!«, fuhr Milster ihn laut an. »Den haben Sie sehr wohl. Dieses Eau de Toilette ist Grund genug. Er muss da gewesen sein. Aber wenn er das schon leugnet, will ich gar nicht wissen …« Er winkte ab und holte tief Luft. »Sie selbst sagten eben, dass die

Mordfälle zusammenhängen. Wenn dem so ist, muss es jemand sein, der alle Opfer kannte, der wahrscheinlich eifersüchtig war. Gehört Paul Fischer dazu?«

»Paul kannte Erwin Stumpf und Eva Neumann, aber diesen Rolf Lang nicht. Außerdem kann man von *kennen* kaum sprechen. Stumpf hat er einmal kurz gesehen und diese Eva nach Jahren neulich erst wiedergetroffen.«

»Was ist mit einer alten Liebe, die nach dem Wiedersehen vonseiten Fischers wieder aufflammte? Haben Sie das überprüft?«

»Herr Milster, jetzt hören Sie aber auf«, rief Martin ebenso laut zurück. »Paul Fischer hat damit nichts zu tun.«

»Ihr Wort in Gottes Ohr. Jedenfalls wird Herr Fischer vorerst nicht an diesem Fall mitarbeiten. Er ist bis auf Weiteres vom Dienst suspendiert. Und von Ihnen, Sandor, erwarte ich, dass Sie auch diese Seite des Falles ausreichend beleuchten, mit allem, was dazu gehört. Auch wenn es Ihnen nicht gefällt. Normalerweise müsste ich Sie wegen Befangenheit von dem Fall abziehen. Aber erstens sind Sie mein bester Mann und zweitens sind wir zurzeit überall dünn besetzt.« Milster erhob sich. »Seien Sie gewiss, dass ich Ihre Arbeit mit besonderer Aufmerksamkeit verfolge.«

Er verließ den Raum und Martin stützte den Kopf in die Hände. »Mist verdammter!«, fluchte er.

61

Sekunden Später stürmte Michael ins Zimmer.

»Was machst du denn noch hier? Hältst du Mittagsschläfchen, oder was? Los, komm. Es gibt Neuigkeiten.« Und schon war er wieder hinaus. Martin folgte ihm in sein Büro.

»Sieh dir das an«, forderte Dieter ihn auf und hielt ihm das Laborergebnis der Spurensicherung aus Else Plinkes Wohnung unter die Nase.

Martin überflog den Inhalt.

»Babypuder?« Er schüttelte nachdenklich den Kopf. Doch dann las er »Plastilin« und wusste, dass er mit seiner Vermutung richtig lag.

»Genau!«, sagte Dieter voller Eifer. »Beides wurde in kleinen Mengen neben der Wohnungstür auf dem Teppich im Flur sichergestellt. Hier ist ein Foto des Fundortes.«

Martin besah sich das Bild: Da war die Haustür, rechts daneben ein Spiegel, darunter die Kommode, links neben der Tür hingen ein Schlüsselkasten und Garderobenhaken mit Jacken, darunter stand ein Schirmständer. Martin erkannte diesen Teil der Wohnung von Frau Plinke wieder.

»Der Schlüsselkasten!«, murmelte er.

»Wahrscheinlich hätten wir uns keine weiteren Gedanken darüber gemacht, wenn du das Labor vorhin nicht telefonisch beauftragt hättest, auch noch die Schlüssel von der Neumann zu untersuchen. Da war das Zeug nämlich auch dran.«

»Ich hab's geahnt! Der Einbrecher ist nur bei der Plinke eingestiegen, um sich einen Abdruck vom Schlüssel zu Eva Neumanns Wohnung zu machen.«

»So weit, so gut. Aber ich glaube kaum, dass dir irgendein Schlüsseldienst einen Zweitschlüssel herstellt, wenn du mit einem Knetabdruck kommst.« Michael runzelte skeptisch die Stirn.

»Sicher nicht. Aber es gibt bestimmt Mittel und Wege. Dieter, guck doch mal, was das Internet dazu hergibt.«

»Was ich nicht verstehe: Wozu braucht man Babypuder?«, wollte Michael wissen, während Dieter sich dem PC zuwandte.

»Das wird als Trennmittel auf das Plastilin beziehungsweise die Knete gestreut, damit der abzudrückende Schlüssel nicht anhaftet und man ihn wieder sauber aus der Masse kriegt«, erklärte Dieter.

»Bedenklich, dass du so was weißt.«

»Das ist doch wie beim Plätzchenbacken. Da streust du auch Mehl auf den Teig, damit nichts klebt.«

»Guck an, die Hausfrau«, schmunzelte Michael.

»Da haben wir's doch schon!«, sagte Dieter nur Sekunden später und überflog die angezeigten Informationen. »Die Reproduktion eines Originalschlüssels kann jeder selbst machen. Da gibt es sogenannte Abdrucksets zu bestellen. Das sind zusammenklappbare Formen. Damit macht man einen einwandfreien Abdruck und gießt anschließend geschmolzenes Metall in diese Klappform. Das härtet ruck, zuck aus und dein Schlüssel ist fertig. Den kann man allerdings nicht auf Dauer verwenden. Das Material ist relativ weich und kann bei häufigem Benutzen brechen.«

»Einmal Aufschließen hat ja gereicht«, sagte Michael.

»Dieses beschissene Internet!«, grummelte Martin. »Das reinste Meer an Möglichkeiten für Verbrecher. Aber nichtsdestotrotz, diese Aktion zeigt, dass der Mörder gewusst haben muss, dass Frau Plinke den Zweitschlüssel von der Neumann hat.«

»Was bedeutet«, führte Dieter den Gedanken fort, »dass wir den Mörder im näheren Umfeld von Eva Neumann suchen müssen. Wahrscheinlich jemand, der sie besser kannte, ihr in gewisser Weise nahestand.«

»Das würde aber gegen Frau Lang sprechen.«

Michael nickte bestätigend. »Richtig! Woher sollte die vom Zweitschlüssel wissen?«

»Das scheint mir auch eher unwahrscheinlich. Aber ausschließen können wir es nicht, zumal die Dame uns sicher noch nicht alles erzählt hat, was sie weiß.«

»Na, da ist sie ja nicht die Einzige.«

»Womit wir beim Thema wären.« Martin setzte sich hinter seinen Schreibtisch. »Dieter, wir beide fahren zu Pallhuber.

Da gibt's noch Erklärungsbedarf. Und du«, wandte er sich an Michael, »hörst nach, wie weit die Spusi bei Meurer und auf dem Hof der Langs ist. Außerdem versuchst du herauszufinden, wer die Freunde und Bekannten der Toten sind. Vielleicht können wir einige von ihnen schon sprechen. Die Halter der gelben Audis kannst du auch schon mal raussuchen. Ich kümmere mich dann später selbst darum. Zum krönenden Abschluss werden wir uns den Obduktionsbericht einverleiben, wenn Stieber ihn endlich rüberwachsen lässt. Am besten rufst du in der Rechtsmedizin an und fragst, ob das heute noch was wird.«

»Ist das alles?«, fragte Michael voller Ironie. »Komm schon, Martin. Dir fällt doch sicher noch was ein, was wir den Rest der Nacht tun könnten. Georgia ist bestimmt begeistert, wenn ich zum Frühstück komme.«

»Oh, je. Der arme Bräutigam.« Dieter klopfte ihm mitleidig auf die Schulter.

»Du kriegst frei, wenn wir den Fall gelöst haben«, versprach Martin. »Und das müssen wir vorerst zu dritt tun. Milster hat Paul vom Dienst suspendiert.«

»Was? Warum denn?«, fragte Michael verständnislos.

»Er ist allergisch gegen *Joop! Homme.*«

62

Heiko Pallhuber war auf der Bahn 4 des Wiesbadener Golfclubs unterwegs. Er hatte schon auf sehr vielen Plätzen gespielt, aber dieser als Parkland-Course angelegte Platz mit seinem umfangreichen Baumbestand und dem sich durchs Gelände ziehenden Bach war für ihn der schönste. Viele nannten ihn die golferische Perle im Rhein-Main-Gebiet. Zu Recht, wie Pallhuber fand. Von

Wäldern umgeben und stets in bestem Zustand, konnte man hier im ältesten Golfclub Deutschlands wunderbar entspannen und das ein oder andere Geschäft unter Dach und Fach bringen. Auch wenn so manch ein Geschäftsmann kein Golf spielte, was er persönlich als absolutes Manko empfand, traf er sich gerne mit ihnen hier. Das Restaurant *Janssens's im Club* besaß die schönste Terrasse Wiesbadens und eine abwechslungsreiche Speisekarte. Gute Voraussetzungen, um gute Geschäfte zu tätigen.

Heute war Pallhuber allein unterwegs. Bevor die neue Woche losging, wollte er hier Kraft tanken und die vergangene stressige Woche hinter sich lassen. Gerade ging er zum Abschlag in Stellung, als er aus dem Augenwinkel zwei Männer auf sich zukommen sah. Er hielt inne und wandte sich ihnen zu.

Die schon wieder! Nicht mal hier hat man seine Ruhe vor denen, dachte er, als er Dieter und Martin erkannte.

»Na«, begrüßte Pallhuber die beiden. »Wenn das keine Überraschung ist. Da könnte ich ja glatt auf den Gedanken kommen, dass Sie mir nachspionieren. Oder haben Sie mir einen Peilsender untergeschoben?«

»Weder noch«, sagte Martin. »Ihre Nachbarin war gut informiert.«

»Sie war sicher hocherfreut, Ihnen weiterhelfen zu können.« Pallhuber schüttelte missbilligend den Kopf. »Aber, wenn Sie schon mal hier sind, können Sie auch eine Runde Golf mit mir spielen. Ich muss Ihnen aber sagen, dass dieser Platz nur mit Strategie und Präzision zu bespielen ist. Und insbesondere ist dieser Abschlag hier durch die Bäume etwas beengt.« Erneut ging er in Stellung, um den Golfball zu schlagen. »Trotzdem habe ich hier schon oft einen Birdie geschafft. Es braucht nur einen vollen akkuraten Schlag mit ausreichend Backspin.« Er holte aus und ließ den Schläger durch die Luft sausen. »Haben

Sie wieder eine Leiche gefunden?«, fragte er schnippisch, während der Ball durch die Luft flog.

»Warum, haben Sie noch irgendwo welche vergraben?«

»Sehr witzig!«

»Wenn es um Leichen geht, mache ich nie Witze«, entgegnete Martin ernst. Und beide Männer spürten die offene Feindschaft zwischen sich.

»Dann sagen Sie, was Sie schon wieder von mir wollen, damit ich endlich in Ruhe mein Spiel fortsetzen kann.« Er steckte den Schläger in seine Golftasche.

»Sie haben Joachim Henke ganz klar gedroht.«

Pallhubers Augen verengten sich zu Schlitzen. Er baute sich dicht vor Martin auf und stemmte die Hände in die Seiten. »Jetzt hören Sie mir mal zu. Dieser Henke ist ein Spinner. Der denkt sich ständig irgendwelche Lügen aus, um mir zu schaden.«

»Warum sollte er das tun?«

»Was weiß ich. Wahrscheinlich hat er was an der Klatsche!« Pallhuber klang gereizt.

»Also behaupten Sie, dass Sie ihm nicht gedroht haben, ihm was anzutun, wenn er das Gutachten für den Windpark nicht hinauszögert?«

»Exakt! Sonst noch was?«

»Das ist eine Lüge und wir beide wissen das. Sie wollen den Windkraftpark verhindern und haben somit genug Grund, Herrn Henke zu drohen. Nur bei ihm können Sie derzeit ansetzen. Denn es sieht ja wohl so aus, als ob die Stadt Erwin Stumpfs Projekt weiterführen will. Sein Tod hat Ihnen nichts genutzt.«

»Ihr Ton gefällt mir nicht, Herr Kommissar. Sie scheinen zu glauben, dass ich Stumpf auf dem Gewissen habe. Ich habe ein Alibi, schon vergessen?«, fragte er bissig.

»Das Ihnen der sehr glaubwürdige Herr Meurer gegeben hat.«

»Da klingt schon die nächste Unterstellung durch.«

»Ich sehe, wir verstehen uns.«

Pallhubers Gesicht wurde von einer leichten Röte überzogen und Martin sah, wie er die Hände zu Fäusten ballte. Vielleicht würde sein Zorn über seine Verschwiegenheit siegen?

»Sie haben nicht den Schatten einer Ahnung, Sie, in Ihrer kleinkarierten Polizistenwelt«, schleuderte er ihm entgegen. »Sie wissen nichts über die freie Wirtschaft. Da wird mit harten Bandagen gekämpft.«

»Das ist mir bekannt. Und immer wieder fallen mir deswegen Leichen vor die Füße.«

»Verdammt noch mal!«, schrie Pallhuber. »Ich habe nichts mit Ihren Toten zu tun.«

»Doch, das haben Sie.«

»Ich kannte sie vielleicht, aber ich habe sie nicht umgebracht.«

»Wer dann?«

»Das herauszufinden ist doch nicht mein Job. Ich muss dafür sorgen, dass dieser verfluchte Windkraftpark nicht gebaut wird.«

»Aha!«

»Aha!«, äffte Pallhuber ihn nach. »Sie sind wahrscheinlich auch einer von denen, die erneuerbare Energien befürworten, egal wie sinnlos die sind. Als Beamter immer schön auf den Zug unserer lieben Bundeskanzlerin aufspringen. Die Politiker sind doch alles Sesselfurzer, die von Tuten und Blasen keine Ahnung haben. Denen geht es nur um die eigene Kohle.«

»Na, das sagt ja der Richtige!«, murmelte Martin.

»Die Menschen sind denen doch scheißegal. Oder was glauben Sie, warum sich über tausend Bürgerinitiativen in Deutschland gegen die umweltfeindlichen Windräder wehren? Und was machen die Politiker dagegen? Die kontern, indem sie eine drei Millionen Euro teure Werbekampagne für Windenergie ins Leben rufen. Alles nur, um das Volk zu verdummen und die Tatsachen zu verschleiern. Und der Steuerzahler finanziert das.«

»Sie wollen mir doch nicht erzählen, dass Sie den Windpark uneigennützig zum Wohle des Volkes verhindern wollen.«

»Doch, genau das ist der Punkt. Deutschland ist überhaupt kein geeigneter Standort für Windräder. Nur wegen dieses völlig unnützen Erneuerbare-Energien-Gesetzes sind Unternehmen gezwungen, Windstrom zum vierfachen Preis des Marktwertes abzunehmen. Das widerspricht der sozialen Marktwirtschaft. Abgesehen davon gehen diese Kosten zu Lasten der Verbraucher. Innerhalb von vier Jahren ist der Strompreis um das Siebenfache gestiegen. Die Subventionslast nicht zu vergessen. Dieser ganze Quatsch schwächt unsere gesamte Volkswirtschaft.«

»Da haben wir aber andere Informationen«, mischte Dieter sich ein. »Natürlich bedarf es derzeit noch einer Förderung dieser neuen Energieformen, aber dem steht sehr wohl ein volkswirtschaftlicher Nutzen gegenüber. Ihnen dürfte doch bekannt sein, dass durch den Einsatz fossiler Brennstoffe Umwelt-, Klima- und Gesundheitsschäden entstehen? Erneuerbare Energien vermeiden nicht nur diese Schäden, sondern ersparen auch die Kosten für die Importe. Und die sind horrend, wie Sie sicher wissen.«

»Ach!« Pallhuber winkte verärgert ab. »Wir haben in Deutschland auch Erdgas- und vor allem Steinkohlevorkommen.«

»Ja, da muss ich Ihnen recht geben.« Dieter verschränkte die Arme vor der Brust. »Denn nur läppische dreiundachtzig Prozent des Erdgases und unwesentliche einundsechzig Prozent der Steinkohle kommen aus dem Ausland. Ist ja nicht viel. Und das bisschen Öl und Uran, die quasi komplett importiert werden, sind nicht der Rede wert. Was bedeuten da schon die im eigenen Land unendlich zur Verfügung stehenden Energieformen, wie Wind, Wasser, Sonne, Erdwärme und Biomasse, die uns von der Importabhängigkeit befreien könnten und die regionale Wertschöpfung stärken würden.«

»Na, Sie haben die Weisheit wohl mit Löffeln gefressen, was?« Pallhuber ruderte mit den Armen vor Dieter herum.

»Ja! Bei Herrn Hinz kann man das tatsächlich so sagen.« Und wieder einmal freute sich Martin über den außergewöhnlich gut informierten Kollegen.

»Glauben Sie nicht auch«, fuhr Dieter unbeirrt fort, »dass die Kosten für die Ressourcen, die nicht unendlich zur Verfügung stehen, weiter ansteigen werden, so wie sie es bisher kontinuierlich getan haben? Nein!« Dieter schüttelte den Kopf. »Sie glauben das nicht. Sie als Profi wissen es! Denn Preise werden in unserer Marktwirtschaft ja immer von Angebot und Nachfrage bestimmt. Die Nachfrage steigt, die Ressourcen werden knapp …«

»Dann schauen Sie sich mal die Kosten für die Förderung der erneuerbaren Energien an. Wissen Sie überhaupt, wie hoch die sind?«

»Weiß ich«, entgegnete Dieter lächelnd. »Und deshalb ist auch ganz klar, dass diese Kosten wohl eher gering sind im Vergleich zum Nutzen, den die erneuerbaren Energien für die Volkswirtschaft haben. Deren Einspeisung senkt nämlich den Strompreis an der Börse. Auch, wenn Ihnen das nicht passt.«

Pallhuber machte den Eindruck, als platze er gleich vor Wut. »Eine Stromversorgung durch Windkraftanlagen ist nicht möglich«, plärrte er. »Diese Dinger können keine anderen Kraftwerke ersetzen, weil es immer Lastspitzen und Windschwankungen geben wird, die von konventionellen Kraftwerken spontan abgefangen werden müssen. Also muss man die Gasturbinen ständig am Laufen halten, damit sie innerhalb von Sekunden als Eingreifreserve zur Verfügung stehen. Alles zusammen erzeugt mehr Emissionen, als wenn wir keine Windkraftanlagen hätten. Das ist doch schwachsinnig.«

»Der Hass auf diese Windräder scheint bei Ihnen tief verwurzelt«, deutete Dieter Pallhubers enthusiastischen Redeschwall.

»Reden Sie doch keinen Blödsinn«, fauchte Pallhuber ihn an. »Ich spreche hier über Tatsachen.«

»Dann sprechen *wir* mal über Tatsachen«, konterte Martin. »Nachdem wie Sie und Ihr Konzern bisher gearbeitet haben, können Sie mir nicht weismachen, dass Sie plötzlich die Interessen der Bürger von Wiesbaden vertreten. Bei Ihnen dreht sich doch alles nur um Gewinne. Der Punkt ist doch der, dass Ihnen Wiesbaden als Kunde verloren geht, sobald die Stadt sich dezentral und eigenständig versorgen kann. Sogar zur Abdeckung von Mittel- und Spitzenlasten wird die SVG nicht mehr gebraucht. Das übernimmt das Kraftwerk Mainz-Wiesbaden. Und deshalb riskieren Sie alles, um das zu verhindern. Die Drohung gegen Herrn Henke eingeschlossen. Und falls Sie es vergessen haben, für den Mord an Eva Neumann und Rolf Lang haben Sie kein Alibi, jedoch ein Motiv, zumindest für Herrn Lang.«

»Sie haben ja nicht mehr alle Latten am Zaun«, schimpfte Pallhuber laut. »Das sind alles reine Unterstellungen. Sie können mir nichts beweisen!«

»Glauben Sie?«, fragte Martin ruhig.

Pallhuber stutzte.

Martin sah an der Mimik seines Gegenübers, wie er versuchte, die Lage einzuschätzen. Da waren Zweifel, aber auch Trotz zu erkennen. Für ihn ein Beweis, dass der Mann, in welcher Hinsicht auch immer, in kriminelle Machenschaften verstrickt war und Angst vor Entdeckung hatte. Das zu sehen, verursachte bei Martin eine gewisse Zufriedenheit. Es war ein Schritt in die richtige Richtung.

»Wir sehen uns, Herr Pallhuber.« Er wandte sich um. »Wenn Joachim Henke irgendetwas passiert«, warf er ihm noch über die Schulter zu, »dann sind Sie fällig, noch bevor ich Sie für all die anderen Schweinereien zur Rechenschaft ziehe. Und das werde ich, denn ich spiele in meiner Liga auch mit Strategie und Präzision.«

63

Zum Abschluss des Tages begab sich Martin ins Rechtsmedizinische Institut.

»Da gibt es nicht allzu viel zu sagen«, begann Dr. Stieber seinen Bericht, während er neben der Leiche von Rolf Lang stand. »Der Todeszeitpunkt hat sich bestätigt. Dreiundzwanzig Uhr plus minus fünf Minuten. Wir haben es hier mit einer Stichverletzung zu tun, die mittels dieser Lanze beiden Opfern beigebracht wurde.« Stieber deutete auf die Waffe, die auf einem Beistelltisch lag.

Martin betrachtete die Lanze, die mindestens 1,60 Meter lang und durchgehend aus Eisen geschmiedet war. Ritz- und Stichelmuster verzierten die Klinge.

»Hübsches Teil«, sagte Stieber und nahm sie in die Hand. »Und wie Sie selbst am Tatort schon vermuteten, der Mörder muss auf dem Bett gestanden haben, um so zustechen zu können.«

Komisch, dachte Martin. Die Spurensicherung hatte nichts auf dem Bett gefunden, was da nicht hingehört hätte. Aber Schuhe hinterließen doch immer Spuren. Und überhaupt gab es im Schlafzimmer keine Haare, fremde Fasern oder sonst etwas, das außer auf die Toten auf eine weitere Person hingedeutet hätte. Man konnte fast den Eindruck gewinnen, der Täter sei im Ganzkörperkondom unterwegs gewesen.

»Ich hab mal recherchiert«, sagte Stieber in seine Gedanken hinein, »was genau das ist. Und zwar handelt es sich um eine alte, handgeschmiedete Tuareglanze vom Typ *allar.* Die Hirten verwenden sie gegen Hyänen und Schakale. Der Griff ist mit

Leder überzogen, da die Tuareg kein Eisen berühren dürfen.« Er legte die Waffe wieder weg. »Man kann diese Dinge im Internet oder auf dem Flohmarkt kaufen. So eine Lanze kostet etwa dreihundert Euro. Sind in Deutschland begehrte Dekorationsartikel. Wenn ich mich recht erinnere, hing am Tatort noch mehr afrikanisches Zeug?«

»Richtig. Und ich frage mich, ob die Benutzung dieser Waffe in Richtung Ritualmord geht.«

»Wenn man Ritual als kommunikative Handlung versteht, könnte man das annehmen. Allerdings müsste eine rituelle Tötung in einer vorgegebenen, stereotypen Weise vorgenommen werden, zusätzlich noch unter besonderen Umständen. Und das sehe ich hier nicht. Außerdem ist mir keine rituelle Tötungsform durch Aufspießen in dieser Art von irgendwelchen Kulturen bekannt. Vielleicht haben Sie unter den Verdächtigen einen Speerwerfer oder einen Fechter. Die sind zumindest sehr versiert im Umgang mit dieser Waffe.«

»Wertvoller Hinweis.«

Stieber wandte sich wieder den Leichen zu. »Wie ich gestern ja bereits sagte, ist zur Erzielung dieser Stichverletzung ein gewisser Kraftaufwand nötig. Der ist allerdings abhängig von der Konfiguration der Messerspitze und der Schärfe der Schneide. Was unsere Tatwaffe angeht, muss man sagen, dass die Lanzenklinge nicht sehr scharf, dafür aber umso spitzer ist. Das hat gereicht, um die Haut zu durchtrennen. Ist das erst einmal erledigt, stellen die darunterliegenden Weichgewebe keinen Widerstand dar. Mehr Kraftaufwand ist beim Durchstoßen von Knochen und Knorpel erforderlich. Aber in unserem Fall hatte der Täter außergewöhnliches Glück. Er ist mit der Klinge direkt unterhalb des Schulterblattes und oberhalb der fünften Rippe in den Brustkorb eingedrungen. Die Rippe wurde dabei nicht mal gestreift. Perfekt getroffen. Der Mann starb, wie die meisten Opfer nach Stichverletzungen, durch einen akuten

Volumenmangel-Schock. Größtenteils verursacht durch inneres Verbluten. Ursächlich dafür war die Eröffnung einer Herzkammer. Wir haben ein Blutvolumen von zwei Komma eins Liter in der Brusthöhle gefunden. Er war innerhalb von Sekunden tot.«

Martin wurde schlecht.

Stieber fuhr unbeirrt fort, während er hinüber zum nächsten Metalltisch ging, auf dem Eva Neumann lag. »Bei ihr sieht es anders aus. Sie hat länger gelebt. Nachdem die Lanzenklinge bei Rolf Lang ventral, also bauchseits, nach der Durchtrennung eines Rippenknorpels wieder ausgetreten ist, hat sie die rechte Brustkorbhälfte von Frau Neumann getroffen. Dort ist sie an einer Rippe abgerutscht und in Lunge und Leber eingedrungen. Nicht sehr tief, aber tief genug. Die Verletzungen führten zu einem sogenannten Spannungspneumothorax, der für zunehmende Atemnot sorgte, sowie zu einer starken Leberblutung. Beides zusammen war schließlich für den Kreislaufabfall mit Todesfolge verantwortlich.« Stieber ging hinüber zu Rolf Lang und verschränkte die Arme vor der Brust. »Ihr Liebhaber tat sein Übriges dazu. Er lag mit seinen fünfundachtzig Kilo erschlafft auf ihr. Atmen Sie mal mit einem solchen Gewicht auf der Brust, wenn sie selbst nur fünfzig Kilo wiegen.«

»Was glauben Sie, wie lange sie noch gelebt hat?«

»Ich schätze die Agoniedauer auf etwa zehn Minuten.«

Diese Zeit musste Eva Neumann wie eine Ewigkeit vorgekommen sein. Martin sah sie vor seinem inneren Auge röchelnd auf dem Bett liegen. Schnell schob er das Bild weg.

»Sie muss den Mörder gesehen haben«, überlegte Martin laut.

»Das hat sie sicher. Und das hat ihr die Tränen in die Augen getrieben.«

»Sie hat geweint?«

»Ja. Ich habe entsprechende Spuren in ihrem Gesicht gefunden. Sie wusste, dass sie sterben würde.«

»Und ich denke auch, dass sie wusste, warum.«

»Na, dann wünsche ich Ihnen, dass auch Sie es bald wissen.«

»Was ist mit der Theorie, dass sie vielleicht in diese Position gelegt wurden?«

»Wie Sie schon sagen: Es ist nur eine Theorie. Die beiden waren weder betäubt noch vergiftet und hatten auch keine anderen Verletzungen.«

»Dann hatten die beiden tatsächlich Sex und wurden völlig überrascht«, folgerte Martin.

»Ja, das steht fest.«

64

Es war noch nicht ganz sieben, als Martin an diesem Montagmorgen im Präsidium eintraf. Er hatte schlecht geschlafen und wilde Träume gehabt, die dem Fall geschuldet waren. So schnell wie möglich wollte er vorankommen, auch um Paul zu entlasten und ihn wieder an seiner Seite zu haben. Der Junge fehlte ihm. Als er ihm gestern telefonisch mitgeteilt hatte, dass er heute nicht zur Arbeit antreten durfte, hatte ein bedrückendes Schweigen zwischen ihnen geherrscht. Es dauerte zwar nur Sekunden, aber es war, als würde Milster mit seiner Anordnung einen Keil zwischen sie treiben.

Außer ihm war sonst noch niemand im Büro. Martin stand vor der Wand, an der die Fotos zum Fall hingen und wichtige Notizen angeheftet waren. Während er das Bild von Heiko Pallhuber betrachtete, überlegte er, ob Pallhuber einen Mord begehen würde, nur um seine Interessen durchzusetzen. Er würde, entschied Martin. Immerhin ging es um sehr viel Geld. Blieb die Frage, warum sollte er Eva Neumann umbringen? Für Rolf Lang hätte er wohl ein Motiv, wenn er davon ausgehen konnte, dass Annette Lang ihm das Grundstück verkaufen würde. Aber ein Mord würde sich für ihn nur lohnen, wenn er sich dessen ganz sicher sein konnte. Und wann wäre das der Fall? Wenn Frau Lang mit ihm unter einer Decke steckte. Aber wie passte Eva da ins Bild? Martin war sicher, dass das Geld, das Pallhuber ihr gegeben hatte, diesbezüglich die ausschlaggebende Spur war. Sollte Pallhuber tatsächlich hinter all dem stecken, glaubte Martin nicht, dass er ein Mann war, der sich selbst die Finger schmutzig machte. Der hatte sicher seine Leute für die Drecksarbeit. Und über diesen Gedanken kam Martin zu Alexander Meurer. Der war immer mit von der Partie, wenn es um die Schweinereien ging, von denen sie bisher gehört hatten. Leider hatten die Kollegen bei der Durchsuchung des Anwesens der Familie Meurer nichts gefunden, was das K11 weiterbringen konnte. Und auch bei der anschließenden Vernehmung kam nichts Nennenswertes heraus. Allerdings zeigte Meurers Nervosität ganz offensichtlich, dass er etwas zu verbergen hatte. Martin fragte sich, ob sie jemals dahinterkommen würden, was es war. Gerade in den Kreisen der Politiker und Lobbyisten blieben Geheimnisse oft geheim und wurden geschickt verschleiert. Dabei hatte er so gehofft, dass er den scheinbar sensiblen Charakter von Meurer knacken könnte. Aber bisher war der Kerl hartnäckig verschlossen geblieben.

Als Dieter zur Tür hereinkam, bemerkte Martin ihn zunächst nicht.

»Morgen!«, begrüßte Dieter ihn. »Na, schon wieder am Sinnieren?«

»Morgen!« Martin wandte sich dem Kollegen zu. »Ja, ich hab gerade über Pallhuber und Meurer nachgedacht.«

»Den Pallhuber hast du ganz schön verunsichert.«

»Das hoffe ich doch. Aber davon abgesehen hast du mich, und ich denke auch unseren Freund Pallhuber, gestern enorm beeindruckt. Dein Wissen ist echt sensationell.«

»Manchmal hilft's. Wenn wir den Kerl noch ein paarmal reizen, spuckt der früher oder später was aus. Beim Meurer ist das genauso. Der ist jetzt schon ein nervliches Wrack.«

»Ich bin mir da nicht so sicher. Die beiden kommen mir immer so vor wie diese drei Affen: Nichts sehen, nichts hören, nichts sagen.«

»Affe ist gut. Das passt vor allem zu Meurer, denn ich glaube, dass er sich für Pallhuber zum Affen macht.«

Martin setzte sich an den Schreibtisch und blätterte seine Notizen durch. »Heute stehen Freunde und Verwandte der Toten auf dem Plan. Michael hat ja, wie ich sehe, schon eine Liste angelegt. Aber vorher kümmerst du dich bitte um sämtliche Telefonverbindungsnachweise«, sagte er in dem Moment, als die Tür erneut aufging und Michael hereinkam.

»Mach ich doch gerne«, antwortete er an Dieters Stelle. »Aber erst mal guten Morgen! So viel Zeit muss sein.«

»Da ist ja einer sehr gut gelaunt«, stellte Dieter fest.

»Bin ich doch immer.«

»Dann kannst du dich ja gleich an die Mitarbeiter der Autowerkstätten wenden und dich nach Glasschäden erkundigen. Wenn wir Glück haben, hat derjenige, der die Glassplitter bei Eva Neumann verloren hat, den Schaden schon reparieren lassen.«

»Und wenn wir noch mehr Glück haben«, ergänzte Dieter, »handelt es sich dabei um den Mörder.«

»Dann fang ich doch einfach an«, verkündete Michael und setzte sich an den Computer, um die verschiedenen Firmen herauszusuchen.

»Aber von wegen Auto«, fiel es Martin ein. »Ich hab gestern noch die vier gelben Audis überprüft, die auf Michaels Liste standen. Laut deren Halter war keiner auch nur in der Nähe des Elsässer Platzes.«

»Was natürlich gelogen sein kann«, gab Dieter zu bedenken.

»Sie haben alle Alibis für sich und ihre Wagen. Außerdem sehe ich keinerlei Verbindungen zwischen den Beteiligten. Und das bestärkt uns doch in der Annahme, dass unser gelber Audi der von Frau Lang ist.«

»Ist bei der Durchsuchung bei den Langs was rausgekommen?«

»Das Einzige, was vielleicht relevant sein könnte, ist eine Lebensversicherung, die Rolf Lang abgeschlossen hat. Begünstigte ist seine Frau. Sie bekommt zwanzigtausend Euro. Merkwürdig an der ganzen Sache ist, dass die Unterlagen versteckt waren. Die Kollegen haben sie in einem Umschlag in der Sattelkammer gefunden. Sieht irgendwie nicht besonders gut aus für Annette Lang.«

Martin seufzte. »Da gebe ich dir recht. Ich werde noch mal versuchen, aus ihr was herauszubekommen. Ich bin sicher, dass sie mit dem Wagen am Tatort war.«

65

Paul trat auf die Straße. In Gedanken versunken machte er sich zu Fuß auf den Weg zum nächstgelegenen Bäcker. Dabei kickte er mit dem Fuß einen Stein vor sich her. Er überlegte, ob er nicht ins Präsidium gehen sollte. Auch wenn er suspendiert war, würden ihm die Kollegen sicher Auskunft über den Fall geben. Sie standen doch bestimmt hinter ihm und glaubten an seine Unschuld. Oder hatten sie ebenso Zweifel wie Egon Milster?

Er gab dem Stein einen letzten Tritt, sodass er in weitem Bogen über die Straße flog.

Nein!, entschied er. Er würde nicht hingehen. Vielleicht würde er nachher Michael anrufen. Der glaubte auf jeden Fall an ihn und würde ihn sicher bedenkenlos informieren. Dadurch könnte er seine Lage besser einschätzen und herausbekommen, ob er sich ernsthaft Sorgen machen musste.

Paul bemerkte nicht, wie sich ein Wagen vor seinem Haus langsam in Bewegung setzte und ihm folgte.

Wo geht der Kerl zu Fuß bloß hin?, überlegte die Frau hinter dem Lenkrad. Sollte sie in seine Wohnung gehen und einfach dort auf ihn warten? Der würde staunen, wenn sie plötzlich auftauchte und ihn zur Rede stellte. Wie würde er wohl reagieren?

Während die beiden ihren Gedanken nachhingen und Pläne schmiedeten, erreichte Martin den Hof der Familie Lang. Er fand Annette in der Stallgasse, wo sie mit der Heugabel gerade Stroh in eine der Boxen verteilte. Als sie Martin entdeckte, verdüsterte sich ihr Blick.

»Was wollen Sie schon wieder von mir?«, raunzte sie ihn an.

»Wir wissen, dass Sie mit Ihrem Wagen am Tatort waren. Und dafür hätte ich gerne eine Erklärung.«

»Ich sage gar nichts mehr. Sie drehen mir ja aus allem einen Strick.«

»Wenn Sie nicht endlich den Mund aufmachen und reden, sorge ich dafür, dass Sie in Untersuchungshaft kommen. Die Indizien reichen dafür locker aus.« Martin blickte Annette Lang eindringlich an. Langsam verlor er die Geduld. Er hatte keine Lust mehr hinter jedem Detail herzujagen.

»Phh!« Sie stieß die Forke in den Heuhaufen und schleuderte ihn in die Box. »Was sollen das für Indizien sein?«

»Sie wussten von der Affäre Ihres Mannes, wollten sich ein Alibi von Herrn Meurer erkaufen und waren mit Ihrem Wagen zur Tatzeit am Tatort. Ach, und nicht zu vergessen die

Lebensversicherung, die meine Kollegen bei der Durchsuchung in der Sattelkammer gefunden haben. Ich denke, das reicht. Oder hab ich noch was vergessen?«

»Jetzt langt's aber!«, schrie sie unvermittelt. »Diesen Meurer sollten Sie verhaften. Das ist ein Krimineller und den Pallhuber gleich mit.«

»Ich will über *Sie* reden und sonst niemanden«, stellte Martin klar.

»Gut, reden wir über mich, die Frau, die ihren Mann und seine Geliebte erstochen haben soll!« Ihre Stimme überschlug sich.

»Vielleicht können Sie mir sagen, was die Unterlagen zur Lebensversicherung im Stall zu suchen hatten? Haben Sie sie dort versteckt?«

»Mein Mann muss sie dort aufbewahrt haben.« Als sie Martin nun einen unruhigen Blick zuwarf und den Kopf leicht senkte, wusste er, dass das eine Lüge war. Im gleichen Moment hob sie die Heugabel hoch und richtete sie auf Martin.

»Nehmen Sie das Ding runter, Frau Lang!«, sagte er betont langsam und machte zwei Schritte rückwärts, bis er gegen die Wand einer Pferdebox stieß.

»Warum sollte ich? Ich bin doch schuldig. Auf einen Mord mehr oder weniger kommt es jetzt nicht mehr an.«

Der unheimliche Ausdruck in ihren Augen versetzte Martin in höchste Alarmbereitschaft. Es war der Blick eines Menschen, der die Kontrolle verlor. Für eine Sekunde ärgerte er sich, dass er gegen die Einsatzregeln allein hierhergekommen war. Sie hatten so viel Arbeit, dass er nicht darüber nachgedacht hatte. Ein verhängnisvoller Fehler.

Annette stieß die Forke immer wieder drohend in seine Richtung und demonstrierte ihre Überlegenheit. »Na, Herr Kommissar, jetzt sehen Sie mal, wie es ist, wenn man in die Enge getrieben wird.«

Die beiden fixierten sich. Annette Lang presste dabei ihre Lippen fest zusammen. Für Martin ein klares Zeichen, dass die Frau unter erheblichem inneren Druck stand.

Plötzlich ertönte eine Melodie. Annette schien einen Augenblick irritiert.

»Ist das Ihr Handy?«, fragte sie.

»Ja, ist es. Und ich gehe da jetzt ran.« Langsam schob Martin die Hand in die Hosentasche, ließ die Frau dabei aber nicht aus den Augen.

»Nehmen Sie die Hände hoch und rühren Sie sich nicht«, fauchte sie und machte einen schnellen Schritt auf ihn zu. Die drei äußerst spitzen Stahlzinken der Heugabel näherten sich drohend seinem Gesicht. Es wäre sicher ein Leichtes, mit dieser Waffe einen Körper zu durchbohren, schoss es ihm durch den Kopf und sofort hatte er wieder das Bild der beiden aufgespießten Toten vor Augen und Dr. Stiebers Worte im Ohr: *Vielleicht haben Sie unter den Verdächtigen einen Speerwerfer oder einen Fechter ... versiert im Umgang mit dieser Waffe.* Frau Lang war offenbar sehr versiert im Umgang mit dieser Heugabel. Eine afrikanische Lanze würde ihr sicher keine Probleme bereiten.

Martin gehorchte, während der Klingelton weiter gedämpft aus seiner Hose summte.

»Ist das nicht *Who wants to live forever*?«, fragte Annette, als sie die Melodie erkannte.

Martin nickte.

»Na, wie passend ist das denn?« Sie lächelte und Martin sah an ihren Händen, dass sie die Spannung um den Stiel der Heugabel gelockert hatte.

»Ziemlich blöd für einen Bullen von der Mordkommission, was?«, tat er verlegen.

»Ziemlich, aber einen besseren Song für Ihren Abgang hätten Sie nicht wählen können.«

Die Entschlossenheit in ihrem Blick sagte Martin, dass er handeln musste, und zwar schnell. Ein falsches Wort, eine falsche Bewegung und Frau Lang würde zustechen. Würde ihm genug Zeit bleiben auszuweichen? Er wandte seinen Kopf leicht zur Seite und sah mit einem überraschten Ausdruck die Stallgasse entlang. Wie er gehofft hatte, folgte Annette seinem Blick. Blitzschnell nahm er die Hände herunter und schlug mit der linken Hand seitlich gegen die Zinken. Obwohl die Frau von dem Angriff völlig überrumpelt wurde, ließ sie den Stiel nicht los. Ruckartig stolperte sie nach vorn und stieß dabei den Gabelkopf durch ihr eigenes Körpergewicht in die Holzwand der Pferdebox, wo sie direkt neben Martins Oberkörper stecken blieb. Der äußerste Zinken hatte dabei seinen rechten Hemdsärmel durchbohrt, ihm die Haut aufgeschlitzt und ihn praktisch an die Wand genagelt. Augenblicklich färbte sich der gelbe Stoff rot und Blut lief ihm den Arm hinunter. Annette hielt den Holzstiel der Heugabel immer noch in Händen. Voller Entsetzen starrte sie auf Martin und den sich ausbreitenden roten Fleck. Der Kommissar reagierte sofort, packte die Heugabel mit der freien Hand und versuchte, sie aus der Wand zu ziehen. In dem Moment ließ Annette los und stürmte aus dem Stall. Nur Sekunden später hatte Martin sich befreit und rannte hinter ihr her. Gerade sah er, wie sie im Haus verschwand. Er zückte seine Waffe und folgte ihr bis in die Küche, wo sie mit gesenktem Kopf auf einem Stuhl saß und auf den Boden starrte.

»Ich wollte das nicht«, sagte sie leise. »Ich wollte Sie nicht verletzen.«

»Das hat auf mich anders gewirkt«, sagte er energisch. »Los, stehen Sie auf und kommen Sie mit.«

»Aber ich habe doch nichts getan«, murmelte sie vor sich hin.

»Das ist wohl leicht untertrieben.« Er trat zu ihr und zog sie unsanft vom Stuhl hoch. Erst jetzt merkte er, wie sehr die Wunde am Arm schmerzte. Trotzdem lockerte er seinen Griff nicht und führte sie zum Wagen. Dort legte er ihr Handschellen an und rief eine Streife, um sie abholen zu lassen. Während sie auf die Kollegen warteten, holte er sich zuerst eine Binde aus dem Verbandskasten und wickelte sie provisorisch um seinen Oberarm. Dann setzte er sich zu ihr auf die Rückbank seines Wagens. Er betrachtete sie, ehe er sprach. Sie wirkte auf einmal müde und traurig. Von der Furie im Stall keine Spur mehr.

»Sie waren am Tatort«, sagte er schließlich. »Was wollten Sie da?«

»Ich habe gehört, wie Rolf mit dieser Frau telefoniert hat, und ihre Nummer anschließend im Display gefunden. Ich wusste, dass Pallhuber irgendwas mit Rolf vorhatte. Und weil ich nicht wusste was, wollte ich ihn im Auge behalten. Deshalb habe ich auch beim Zahnarzt nachgefragt, ob er da ist. Ich hatte schon vermutet, dass er mich anlügt. Als mir klar war, dass ich recht hatte, habe ich die Nummer von dieser Eva angerufen und so ihren Namen erfahren. Dann war es leicht, ihre Adresse herauszufinden. Als Rolf nicht nach Hause kam, bin ich nach dem Treffen mit Meurer zum Elsässer Platz gefahren, um zu sehen, ob er da ist.«

»Und da haben Sie den Land Rover gesehen?«

Sie nickte und Tränen traten ihr in die Augen.

»Was haben Sie dann gemacht?«

»Nichts. Ich habe nur im Wagen gesessen und überlegt, was ich tun soll. Aber schließlich bin ich wieder nach Hause gefahren. Ich hatte Angst vor dem, was ich vielleicht sehen würde, wenn ich bei ihr klingle.«

»Wann war das?«

»Ich war gegen elf wieder zu Hause.«

»Haben Sie selbst ein Verhältnis mit Meurer?«

»Nein«, sagte sie ganz ohne Empörung. »Er hat mich mit diesen Fotos erpresst. Das war der einzige Kontakt zwischen uns.«

»Und Sie haben immer noch keine Ahnung, wer der Mann auf den Bildern ist?«

»Nein.«

»Herr Meurer war öfter Gast im Hotel Fontana. Wissen Sie, was er dort gemacht hat?«

»Vielleicht hat er noch mehr widerliche Fotos von irgendwelchen Leuten gemacht, die er erpressen wollte.« Dann blickte sie ihm zum ersten Mal seit der Attacke in die Augen. »Müssen Sie mich unbedingt mitnehmen?«, fragte sie. »Meine Kinder …«

»Das hätten Sie sich überlegen sollen, bevor Sie auf mich losgegangen sind. Aber ich kann jemanden anrufen, der sich um die Kids kümmert.«

»Dann meine Tante«, bat sie und diktierte ihm die Nummer, die Martin auch gleich ins Handy eintippte. Die Frau war sofort bereit zu kommen.

»Was ist mit der Lebensversicherung?«, fragte er weiter. »Sie wollen mir doch nicht im Ernst erzählen, dass Ihr Mann sie im Stall aufbewahrt hat?«

»Ich habe die Unterlagen aus dem Ordner genommen und dort hingelegt. Ich dachte, wenn Sie die finden, ziehen Sie falsche Schlüsse und vermuten, dass ich ihn deswegen umgebracht habe.«

»Der Schuss ging wohl nach hinten los.«

66

»Was ist denn mit dir passiert?«, fragte Michael erschrocken, als Martin zur Tür hereinkam und er das blutgetränkte Hemd sah.

»Ich hab mit Frau Lang im Heu gespielt.«

»Das sieht eher aus, als kämst du vom Schlachtfeld. Zeig mal her.« Er wickelte die Binde ab und schob den Hemdsärmel nach oben.

»Ich schätze, das muss genäht werden«, urteilte Dieter. »Da ist nicht nur die Haut aufgerissen. Das darunterliegende Gewebe auch.«

»So genau wollte ich es gar nicht wissen«, stöhnte Martin.

Während Dieter Verbandsmaterial zusammensuchte und seinen Chef verarztete, berichtete Martin, was vorgefallen war.

»So eine Irre!«, sagte Michael anschließend.

»Sie kommt mir eher verzweifelt vor und fast bin ich geneigt zu glauben, dass sie tatsächlich unschuldig ist.« Er blickte auf den Verband. »Zumindest was die Morde angeht.«

»Ja, das könnte wirklich sein«, nickte Michael ernst. »Wir haben nämlich interessante Neuigkeiten. Wir waren nicht ganz untätig, während du dich im Heu amüsiert und einen auf Rambo gemacht hast.«

»Wenn ich wie Rambo wäre, hätte ich mir die Wunde vor Ort selbst genäht«, warf Martin mit schmerzverzerrtem Gesicht ein, als Dieter den Verband strammzog.

»Weichei!«, kommentierte Michael grinsend. »Jedenfalls habe ich inzwischen zehn verschiedene Werkstätten, die unter anderem auf Autoglas-Reparaturen spezialisiert sind, überprüft, indem ich die Liste aller Kunden durchgegangen bin, die Freitag und Samstag dort eine Scheibe austauschen ließen. Beim Klassiker Carglass in Dotzheim bin ich auf eine Person gestoßen, die keine Unbekannte für uns ist.« Michael holte die Liste von seinem Schreibtisch und reichte sie Martin. Ein Name war rot markiert.

»Was?« Martin war verwirrt. »Wie passt denn das ins Bild?«

»Tja, das ist eine richtige Überraschung, nicht wahr?«

»Kann man wohl sagen.«

»Dann lass uns doch mal hinfahren und feststellen, was das zu bedeuten hat.« Michael war bereits aufgestanden.

»Und auf dem Weg dorthin lassen wir dich zusammenflicken«, erklärte Dieter. »Komm!«

Auf dem Flur liefen sie Milster in die Arme.

»Sandor!« Aufgeregt fuchtelte er mit den Händen vor ihm herum. »Haben Sie von Herrn Pichlbauer schon gehört, wer in den Fokus der Ermittlungen gerückt ist?«

»Gerade eben«, antwortete Martin. »Und wir sind schon unterwegs.«

67

Auf dem Weg ins St.-Josefs-Hospital berichtete Dieter, was die Telefonverbindungsnachweise ergeben hatten. Interessant war, dass es Gespräche zwischen Eva und Pallhuber gegeben hatte. Und das, obwohl Pallhuber sie angeblich gar nicht kannte. Für Martin ein Grund, diesen Kerl erneut vorzuladen, auch wenn es aktuell neue Verdachtsmomente gab, die von ihm ablenkten. Dass auch Paul mit Eva telefoniert hatte, erschien Martin nicht weiter ungewöhnlich, verursachte ihm aber trotzdem ein unangenehmes Gefühl.

»Dann lasst uns mal sehen, was wir gleich in Mainz rauskriegen. Ich fahre mit euch da hin. Das wird sicher interessant. Zum Arzt kann ich danach noch gehen.«

»Keine Chance, Martin«, sagte Dieter unmissverständlich. »Du bist zwar mein Chef, aber diesem Befehl widersetze ich mich. Wir werfen dich im Krankenhaus raus, und zwar jetzt gleich.«

Während Martin wenig später in der Ambulanz saß, erreichten Dieter und Michael den Ortsbezirk Lerchenberg südwestlich der Mainzer Innenstadt. Michael bog von der Grünewaldstraße in den Cranachweg ein und parkte direkt am Wendehammer. Ihr Ziel war ein gelb getünchtes Haus, das wie ein toskanisches Landhaus wirkte. Gespannt klingelten sie an der Haustür. Nichts tat sich. Sollte sie sich womöglich inzwischen abgesetzt haben? Erneut läuteten sie und lauschten. Sie hörten leise Musik, die aus dem Garten zu kommen schien. Die beiden gingen um das Haus herum und gelangten auf die Terrasse. Dort lag eine Frau im Bikini auf einer Liege und sonnte sich.

»Hallo, Frau Stumpf!«, rief Dieter, um auf sich aufmerksam zu machen.

»Oh!«, rief sie erschrocken und setzte sich ruckartig auf. »Ich habe Sie gar nicht kommen hören.«

»Entschuldigen Sie, dass wir Sie so überfallen. Aber Sie haben unser Klingeln wohl nicht gehört.« Die Männer traten näher. »Ich bin Dieter Hinz vom K11 und das ist mein Kollege Pichlbauer.«

»Ich kenne Sie«, sagte sie und erhob sich. »Wir haben uns im Präsidium gesehen. Warum kommen Sie heute extra nach Mainz rüber? Haben Sie neue Informationen, die für mich von Bedeutung sind?« Sie konnte ihre Neugierde nicht verbergen.

»Das kann man so sagen.«

»Nehmen Sie doch bitte Platz.«

»Wir haben einige Fragen an Sie«, begann Dieter.

»Leugnet Frau Schwarz immer noch, meinen Mann umgebracht zu haben?«

»Deshalb sind wir nicht hier. Es geht um einen Doppelmord, der letzten Freitag an diesen beiden Personen verübt wurde.« Damit zog er jeweils ein Foto von Eva Neumann und Rolf Lang aus der Tasche und legte sie auf den Tisch. »Kennen Sie sie?«

»Eine schreckliche Sache. Ich habe davon in der Zeitung gelesen. Sind das die beiden, die zusammen erstochen wurden?«

»Genau die!« Dieter tippte auf die Fotos. »Kennen Sie die Personen?«

»Warum fragen Sie mich das?« Manuela Stumpf blickte zuerst Dieter, dann Michael argwöhnisch an. »Vermuten Sie einen Zusammenhang zwischen dem Tod meines Mannes und diesen Morden?«

»Beantworten Sie die Frage meines Kollegen«, sagte Michael.

Manuela Stumpf betrachtete die beiden Fotos scheinbar aufmerksam. Dann schüttelte sie den Kopf. »Nein, die kenne ich nicht«, behauptete sie und wandte sich ab, um nach einem bunten Pareo zu greifen. Sie warf sich das Tuch um und verknotete es vor der Brust.

»Dann wundert es uns«, sagte Dieter, »dass Sie letzte Woche in Eva Neumanns Wohnung gewesen sind.«

Der Schreck stand ihr deutlich ins Gesicht geschrieben. Schnell versuchte sie, durch ein künstliches Lachen davon abzulenken. »Wie kommen Sie denn darauf, dass ich in der Wohnung einer Frau gewesen sein soll, die ich nicht mal kenne?«

»Hatten Sie nicht einen Glasschaden an Ihrem BMW?«

»Was hat denn mein Auto damit zu tun?«, fragte sie vorsichtig.

»Antworten Sie immer mit einer Gegenfrage?«, wollte Michael wissen.

»Normalerweise nicht«, sagte sie lauter als zuvor. »Aber Sie bringen mich dazu.«

»Also, was ist mit dem Glasschaden?«

»Ich hab mir am Donnerstag auf der Autobahn einen Steinschlag eingefangen und musste die Windschutzscheibe austauschen lassen.«

»Und wie kommen dann Glassplitter Ihrer Scheibe ins Schlafzimmer von Eva Neumann?«

Dieter beobachtete die Frau, deren Hände anfingen zu zittern.

»Frau Stumpf«, sagte er eindringlich, »Sie waren in der Wohnung der Toten und haben dort offensichtlich Teile Ihrer Windschutzscheibe hinterlassen. Außerdem wissen wir, dass Sie Frau Neumann bei Ihrem Exmann sehr wohl schon mal begegnet sind. Das hat sie uns zu Lebzeiten selbst gesagt. Sie war seine Geliebte.«

»Phh! Seine Geliebte«, äffte sie ihn nach. »Davon hatte er, wie jeder weiß, mehr als genug. Sie war nur eine von vielen.«

»Was haben Sie am Elsässer Platz gemacht?«, fragte Dieter ruhig.

Als sie keine Anstalten machte zu sprechen, sagte Michael zu ihr: »Wollten Sie wissen, ob Ihr Ex Sie wegen Eva Neumann verlassen hat? Wollten Sie sehen, was so viel besser an ihr sein soll?«

»Warum sollte mich das jetzt nach zwei Jahren noch interessieren?«

»Dann fragen wir doch mal andersherum. Wo waren Sie am Freitagabend gegen dreiundzwanzig Uhr?«

»Glauben Sie etwa, ich hätte diese Eva ermordet?«, fragte sie entrüstet.

»Sie haben uns verschwiegen, dass Sie Eva Neumann kannten. Und wie die Glassplitter in das Schlafzimmer kamen, wollen Sie uns auch nicht erklären. Was würden Sie an unserer Stelle glauben?«

»Natürlich hab ich die Tussi bei Erwin schon mal gesehen, aber Sie haben mich gefragt, ob ich sie *kenne*. Und von *kennen* kann überhaupt keine Rede sein. Für gewöhnlich kenne ich keine Leute, die so weit unter meinem Niveau sind. Aber diese Frau löste bei mir das dringende Bedürfnis aus, ihr zu sagen, was ich von ihr halte. Ich wollte dieses Weib zur Rede stellen. Diese, diese …« Sie machte ein verkniffenes Gesicht und suchte offensichtlich nach einer passenden Titulierung. »Dieses intrigante Luder«, brachte sie schließlich voller Hass hervor. »Sie hat sich von Erwin schwängern lassen, um ihn an sich zu binden. Als ich das am Donnerstag von Frau Schwarz erfahren habe, war ich außer mir.« Manuela Stumpf sprang aus dem Sessel. »Ich hab mich doppelt betrogen gefühlt. Und Erwin konnte ich die Leviten jetzt nicht mehr lesen. Glauben Sie mir, ich hätte ihn derart zur Sau gemacht.« Sie fuchtelte mit den Armen durch die Luft.

Michael und Dieter konnten sich in diesem Augenblick gut vorstellen, dass Frau Stumpf auf jeden losgehen würde, der ihren Hass anfachte. Ihr Gesicht spiegelte wilde Entschlossenheit wider.

»Bei mir hat er immer penibelst darauf geachtet, dass ich nicht schwanger werde, und bei dieser Halbwüchsigen vergisst der schwanzgesteuerte Versager alle Vorsicht«, schimpfte sie lautstark weiter.

»Da haben Sie Ihren ganzen Hass bei Frau Neumann abgelassen«, folgerte Dieter.

»Erst war sie nicht zu Hause. Deshalb hab ich mich zum Warten wieder ins Auto gesetzt und die Tür zugeknallt. Dabei ist die Scheibe in tausend Stücke zersprungen und die ganzen Splitter auf mich drauf. Ich hab sie so gut es ging entfernt ...« Sie stöhnte. »Scheinbar nicht gründlich genug.«

»Und dann?«

»Als das Miststück endlich kam, bin ich ihr gefolgt und hab mit ihr geredet.«

»In ihrer Wohnung?«

»Ja. Erst wollte die mich nicht reinlassen. Aber ich hab die Tür aufgedrückt. Ich lass mich doch nicht einfach so abwimmeln. Ich hab ihr ordentlich die Meinung gesagt. Sie hat nur gelacht und mir auch noch das Schlafzimmer gezeigt, wo die beiden es immer getrieben haben. Wahrscheinlich haben sie dieses Kind auch da gezeugt. Ein Kind, das mir verwehrt geblieben ist.« Tränen der Wut glitzerten in ihren Augen. »Dabei hat sie schlichtweg geleugnet, schwanger zu sein. Die dachte, sie könnte mich für dumm verkaufen.« Die letzten Worte schrie sie heraus.

»Sie sagen, das war am Donnerstag?«, vergewisserte Dieter sich.

»Ja.«

»Und wo waren Sie Freitagnacht?«

Sie überlegte kurz. »Ich saß mit meiner Nachbarin auf der Terrasse zusammen.«

»Wie heißt sie? Wo wohnt sie?«

»Inge Dom. Sie wohnt ein Haus weiter. Das mit der blauen Tür.« Sie schloss die Augen und atmete tief durch. »Sind wir jetzt fertig?«

»Wir fangen gerade erst an, Frau Stumpf.« Dieter stand auf. »Sie begleiten uns jetzt ins Präsidium.«

»Nein, das tue ich nicht«, sagte sie mit Nachdruck. »Ich habe Ihnen alles gesagt, was Sie wissen wollten. Des Weiteren habe ich ein Alibi und kein Motiv. Also, was soll der Aufstand?«

»Das ist kein Aufstand«, erklärte Michael und kam zu ihr herüber. »Das ist eine Mordermittlung. Und Ihr Alibi ist erst noch zu überprüfen. Was das Motiv angeht: aus unserer Sicht haben Sie sehr wohl eins.«

»Und was soll das bitteschön sein?«, blaffte sie.

»Eifersucht, und zwar in ihrer schlimmsten Form.«

»Ich war nicht eifersüchtig. Ich habe ihr nur das Kind nicht gegönnt«, rief sie laut.

»Nennen Sie es, wie Sie wollen«, sagte Michael gelassen und griff ihren Arm.

Sie versuchte, sich zu befreien, doch Michael nahm auch ihren anderen Arm und hielt beide auf dem Rücken zusammen. »Wenn Sie nicht im Bikini mitkommen wollen, sollten Sie jetzt vernünftig sein.«

»Dann lassen Sie mich gefälligst los. Wie soll ich mir sonst was anziehen?«

Michael gab ihre Arme frei und folgte ihr ins Schlafzimmer, wo er sie nicht aus den Augen ließ. Vor sich hin fluchend zog sie sich an, während Dieter eine Streife rief, die Frau Stumpf abholen und nach Wiesbaden bringen sollte.

68

Als die beiden ins Präsidium zurückkehrten, saß Martin schon wieder am Schreibtisch.

»Sie haben dich ja gar nicht dabehalten«, tat Michael erstaunt. »Und der Arm ist auch noch dran.«

»Alles bestens. Aber was ist mit der Stumpf?« Martin beugte sich neugierig nach vorn.

Die Kollegen informierten ihn über die Befragung.

»Schwanger? Das hätte Stieber mir hundertprozentig gesagt. Die Schwarz muss Frau Stumpf angelogen haben. Aber warum war die überhaupt bei ihr in der JVA? Ich hatte nicht gerade den Eindruck, dass die beiden eine freundschaftliche Beziehung pflegen.«

Darauf hatten die Kollegen auch keine Antwort.

»Na, dann erzählt mal weiter. Das können wir später noch klären.«

Michael fuhr mit der Schilderung fort und schloss mit den Worten: »Also, ich kann mir gut vorstellen, dass die Stumpf zu so was fähig ist. Du glaubst nicht, wie die sich gebärdet hat. Die ist förmlich von Hass zerfressen.«

Martin erinnerte sich an Eva Neumanns Worte, als sie über Frau Stumpf gesprochen hatte: *Sie hätten mal sehen sollen, wie die mich angeglotzt hat. Wenn Blicke töten könnten, wäre ich regelmäßig tot umgefallen.*

»Außerdem fing sie an zu zittern«, ergänzte Dieter.

»Das ist noch lange kein Schuldeingeständnis«, urteilte Martin, »sondern meist eine Stressreaktion von Menschen in Bedrängnis. Außerdem stört mich was an der Sache.« Er strich sich nachdenklich übers Kinn. »Warum sollte sie Rolf Lang *auch* töten? Das macht keinen Sinn, oder?«

»Vielleicht wusste sie nicht, dass er gerade da ist, und als sie im Schlafzimmer stand, konnte sie nicht mehr zurück.«

»Womit wir bei der Frage wären, wie sie an den Schlüssel kam.«

»Sie sagt, sie war donnerstags bei Eva. Wenn sie anschließend den Mord geplant hat, ist sie vielleicht bei der Plinke eingestiegen, um den Schlüssel zu kopieren, und kam am Freitag wieder, um zu töten«, spekulierte Michael drauflos.

»Von wem soll sie denn gewusst haben, dass die alte Dame einen Schlüssel hat?« Dieter nahm seine Brille ab und rieb sich den Nasenrücken.

»Ich weiß nicht.« Martin kaute nachdenklich an seiner Lippe. »Ist alles ein bisschen weit hergeholt. Außerdem denke ich, es muss was zu bedeuten haben, dass die beiden zusammen umgebracht wurden. Frau Lang scheint mir da eher in Frage zu kommen. Sie hat ein Motiv für beide Morde.« Er winkte ab. »Aber lassen wir das erst mal so im Raum stehen. Was ist mit der Nachbarin?«

»Die haben wir gleich nach dem Gespräch besucht.« Dieters Gesichtsausdruck zeigte seine Enttäuschung. »Sie bestätigt Frau Stumpfs Alibi. Allerdings kommt sie uns nicht allzu verlässlich vor. Die machte einen ziemlich unsicheren Eindruck.«

Martin ärgerte sich, dass er bei den Befragungen nicht dabei gewesen war. Vielleicht hätte er die Glaubwürdigkeit ihrer Aussagen besser einschätzen können.

»Jedenfalls«, fuhr Dieter fort, »gibt sie an, dass Frau Stumpf um viertel vor elf gegangen ist.«

»Nachdem, was der Routenplaner hier gerade berechnet hat«, sagte Michael und deutete auf seinen Bildschirm, »hätte Manuela Stumpf den Elsässer Platz vielleicht noch rechtzeitig erreichen können. Die Strecke ist normalerweise in zwanzig Minuten zu bewältigen. Aber nachts geht das sicher schneller.«

»Demnach ist das rechtzeitige Eintreffen von Frau Stumpf grundsätzlich möglich gewesen, wenngleich sie sich hätte ziemlich beeilen müssen. Denn laut Stieber liegt der Todeszeitpunkt zwischen fünf vor und fünf nach elf«, sagte Martin.

»Wie gehen wir jetzt weiter vor?«, wollte Dieter wissen.

»Ich sehe mir die beiden Damen Lang und Stumpf noch mal an. Auch den Pallhuber hab ich einbestellt. Ich will hören, was er zu den Telefonaten mit Eva Neumann sagt. Und euch möchte ich bitten, die Freunde und Bekannten abzuklappern.«

»Können wir dich denn mit den Furien alleine lassen?«, scherzte Dieter und deutete mit einem Kopfnicken auf Martins Arm.

»Ich habe extra mein blutiges Hemd angelassen, damit ich angsteinflößend wirke. Außerdem gibt's hier keine Heugabeln.«

»Kannst dir ja die Fleischmütze mitnehmen. Dann ist die auch gleich informiert«, schlug Michael vor.

»Gute Idee.«

Während die beiden sich auf den Weg machten, griff Martin zum Telefon, um beim Staatsanwalt eine Genehmigung einzuholen, damit Frau Schwarz aus der Untersuchungshaft ebenfalls zur Vernehmung ins Präsidium gebracht wurde.

Dann nahm er sich Frau Stumpf vor. Sie ereiferte sich auch vor Martin derart, dass er froh war, Milster tatsächlich mit ins Verhör genommen zu haben.

Im Gegensatz zu ihr saß Annette Lang ihm anschließend wie ein Häufchen Elend gegenüber. Beim Anblick seines blutverschmierten Hemdes stand ihr das schlechte Gewissen deutlich ins Gesicht geschrieben. Sie sagte keinen Ton und so brachte die Vernehmung keine neuen Erkenntnisse. Für Martin war sie die Verdächtige Nummer eins. Ihr Verhalten, das Motiv, die versteckte Lebensversicherung, die Lügen, die Aggression ihm gegenüber und die Tatsache, dass sie am Tatort gewesen war, … all das sprach für ihre Schuld. Das sah auch Milster so. Gleichwohl beschloss der Richter, sie auf freien Fuß zu lassen. Denn man konnte davon ausgehen, dass der Mörder auch der Einbrecher bei Else Plinke war. Und für den Zeitpunkt des Einbruchs hatte sie ein wasserdichtes Alibi. Natürlich wäre auch denkbar, dass ein anderer in ihrem Auftrag den Einbruch verübt hatte. Aber das war bisher reine Spekulation. Und den Angriff auf Martin beurteilte der Richter als gefährliche Körperverletzung und nicht als versuchten Mord.

Anschließend widmete sich der Kommisar Frau Schwarz, die inzwischen aus der JVA gebracht worden war. Sie berichtete

Martin von Manuela Stumpfs Besuch in der Haftanstalt und setzte ihn davon in Kenntnis, dass sie Frau Stumpf bewusst angelogen hatte, was die angebliche Schwangerschaft von Eva Neumann anging. Nachdem Frau Stumpf ihre Hilfe so scheinheilig angeboten hatte, wollte Gabriele Schwarz sie brüskieren und wusste auch genau, in welche Wunde sie den Finger legen musste. Als sie allerdings hörte, welche Auswirkungen ihre Lüge gehabt hatte, und dass sie eventuell sogar zu einem Doppelmord geführt hatte, machte sie das betroffen. In diesem Zustand hoffte Martin, sie zu einem Geständnis für den Mord an Erwin Stumpf zu bewegen. Sie leugnete allerdings weiterhin hartnäckig.

69

Gerade als Martin Frau Schwarz wieder abführen ließ, stürmte Milster atemlos ins Zimmer.

»Sandor!«, sagte er aufgeregt. »Die Fahndung hat gegriffen. Sie haben den Mann.«

»Welchen Mann?«

»Na, der Mann auf den Fotos von dieser Bäuerin.«

»Tatsächlich?« Verblüfft zog Martin die Augenbrauen hoch.

»Ja, tatsächlich. Los, kommen Sie schon.« Milster winkte in Richtung Tür. »Wir haben ihn drüben im Besprechungsraum.«

Martin nahm die Fotos aus der Akte und folgte seinem Chef, der mit schnellen Schritten vorausging.

»Er heißt Christian Gondorf«, warf er ihm über die Schulter zu, »ist einunddreißig Jahre alt, wohnt in Wiesbaden, ist Single und arbeitet als Kellner in irgendeiner Bar.«

Als die Männer den Raum betraten, richtete Gondorf sich auf und fuhr sich mit einer Hand durch die blonden Haare, um den viel zu langen Pony aus den Augen zu schieben. Der Mann wirkte äußerlich cool, begrüßte Martin und stellte sich vor. Dann rückte er näher an den Tisch und legte die Hände gefaltet darauf ab. Während Martin ebenfalls Platz nahm, musterte er sein Gegenüber. Gondorf war schlank, hatte muskulöse Arme und ein männlich-kantiges Gesicht, in dem schöne blaue Augen hervorstachen.

»Darf ich fragen, warum Sie mich gesucht haben?«

»Wir haben Fotos von einer Frau bekommen, auf denen Sie zusammen mit ihr zu sehen sind. Wir möchten wissen, ob Sie ein Verhältnis mit der Dame haben oder gehabt haben. Außerdem wollen wir wissen, wie die Aufnahmen zustande gekommen sind.« Martin legte die Fotos vor ihn auf den Tisch. »Was können Sie uns dazu sagen?«

»Wow!« Ein Grinsen erschien auf Gondorfs Gesicht. »Die sind ja echt gut geworden.«

»Kannten Sie die Bilder denn nicht?«, wunderte Martin sich.

»Nein!« Er schüttelte den Kopf. »Ich hab sie nie zu sehen bekommen.«

»Wieso nicht?«

»Die waren nicht für mich bestimmt.«

»Sondern?«

»Das kann ich Ihnen nicht sagen.«

»Aber vielleicht können Sie mir sagen, wer Sie beauftragt hat?«

»Ich habe mein Stillschweigen in dieser Angelegenheit zugesichert.«

»Da Sie weder Arzt noch Pfarrer sind, können Sie sich nicht auf Ihre Schweigepflicht berufen.« Martin ging auf Gondorf zu, stützte sich direkt vor ihm auf der Tischplatte ab und blickte ihm ernst in die Augen. »Machen wir es doch so«, schlug er in lässigem Ton vor. »Ich gebe Ihnen einen Namen und Sie sagen mir, ob ich richtig liege.«

Gondorf blickte ihn neugierig an. »Okay, ich bin ganz Ohr.«

»Was halten Sie von … Alexander Meurer.«

Gondorf zuckte zusammen. »Das müssen Sie schon gewusst haben.«

»Wenn ich etwas schon weiß«, entgegnete Martin streng, »frage ich nicht danach.« Sein Ton ließ für den Befragten keinen Zweifel daran. »Also?«, forderte er eine Bestätigung.

»Ja. Ich hab's im Auftrag von Alexander Meurer gemacht.«

Das stimmte also schon mal an Annette Langs Geschichte. Martin war gespannt, was Christian Gondorf weiter zu erzählen hatte. »Wie kam es zu den Aufnahmen?«

Der Mann machte dicke Backen, dann blies er die Luft laut aus. »Ich hatte Geldprobleme.«

»Welcher Art?«

»Schulden. Es ging um eine unbezahlte Rechnung, die ich auf diese Art und Weise begleichen konnte.« Seine Lässigkeit war gänzlich verschwunden. Es war ihm anzusehen, dass ihm die Situation unangenehm war. »Ich hatte große Pläne. Ich wollte eine eigene Bar aufmachen und habe in Meurers Architekturbüro ein Konzept entwerfen lassen. Das ganze Projekt ist allerdings an der Finanzierung gescheitert. Und letztlich konnte ich nicht mal Herrn Meurer für seine Planung bezahlen. Er hat mich vor die Wahl gestellt. Entweder er klagt das Geld ein, oder ich arbeite es ab. Und dieses Abarbeiten bestand darin, Fotos mit dieser Frau zu machen. Das heißt, er hat die Fotos geschossen und ich habe das hier gemacht.« Er deutete mit der Hand auf die Bilder.

»Wozu?«

»Keine Ahnung. Vielleicht sind die beiden ein Paar«, überlegte Gondorf schulterzuckend. »Es gibt Leute, die sich an so was aufgeilen.«

»Kannten Sie die Frau?«

»Nein, war mir völlig fremd.«

»Und die hat das alles bereitwillig mitgemacht?«

»Nee!« Er schüttelte den Kopf. »Die war total zugedröhnt. Keine Ahnung, was die genommen hatte. Die hat nur rumgelallt. Das war echt schwierig.«

»Und trotzdem haben Sie mit ihr geschlafen«, warf er Gondorf vor.

»Quatsch! Ich ficke doch keine fast bewusstlose Frau. Das war nur Show. Es sollte so aussehen, als ob.«

Martin registrierte Gondorfs verschränkte Hände mit erhobenen Daumen. Dieser Mann schien sich keine Sorgen zu machen. Ein Hinweis darauf, dass er die Wahrheit sagte. Der Kommissar warf erneut einen Blick auf die Bilder, die heißen Sex vermuten ließen. »Das ist wohl auch gelungen.«

»Ja, der Meurer hat das letztlich gut hingekriegt.« Deutliche Anerkennung schwang in seiner Stimme mit. »Wir haben aber auch ewig gebraucht, die Frau in die entsprechenden Posen zu bringen.«

Milster blickte den Mann fassungslos an. »Und Sie hatten gar keine Skrupel dabei? Haben Sie sich nicht gefragt, wozu dieser Meurer die Fotos macht und ob der Frau das recht ist?«

»Das war mir in dem Moment egal«, gab Gondorf zu. »Ich konnte so meine Schulden loswerden. Also, was sollte ich machen?«

»Nachdenken und ablehnen war für Sie offensichtlich keine Alternative«, sagte Milster und wandte sich angewidert ab. Doch nur eine Sekunde später drehte er sich wieder herum. »Über wie viel Geld reden wir hier eigentlich?«

»Die Rechnung belief sich auf knapp zehntausend Euro.«

Milster pfiff durch die Zähne. »Das erklärt einiges. Ein großartiger Stundenlohn für so eine Schweinerei.«

»Haben Sie das zum ersten Mal für Meurer gemacht oder mussten Sie noch öfter ran, um Schulden abzuarbeiten?« Martin dachte dabei an Meurers unaufgeklärte Hotelbesuche.

»Nein, der Job war einmalig. Damit war die Sache für uns beide erledigt. Allerdings wird er ziemlich sauer sein, dass ich Ihnen das erzählt habe. Stillschweigen über die Aktion war nämlich Bestandteil des Deals.«

»Sie haben uns seinen Namen ja nicht verraten«, erinnerte Milster an Martins hellseherische Fähigkeiten.

»Wir haben Grund zu der Annahme, dass die Frau mit diesen Bildern erpresst wurde«, erklärte Martin. »Wenn sich das bestätigt, wird das auch für Sie Konsequenzen haben.«

»Aber ich hab doch nichts davon gewusst«, ereiferte sich Gondorf.

»Unwissenheit schützt vor Strafe nicht«, vernahmen sie Milsters strenge Stimme.

»Was ist passiert, als Sie fertig waren?«, fragte Martin weiter.

»Meurer hat mir meine Rechnung als bezahlt quittiert. Dann sind wir gegangen.«

»Zusammen?«

»Nur er und ich. Er meinte: Die Frau lassen wir hier. Die muss sich ausschlafen.«

In dem Moment war sich Martin sicher, dass Alexander Meurer und Annette Lang kein Verhältnis hatten.

70

Martin hatte schon viele Zeugen und Verdächtige erlebt, aber dieser hier war ein besonderes Exemplar. Alexander Meurer saß mit hochrotem Kopf vor ihm, zappelte unruhig mit den Füßen und trommelte mit den Fingern auf die Tischplatte. Ein nervliches Wrack!

»Sie haben mir mordsmäßigen Ärger eingehandelt«, jammerte er. »Mit Ihrer völlig überflüssigen Hausdurchsuchung und Fragerei haben Sie meine Frau total verunsichert.«

»Da verwechseln Sie was. Nicht *wir* verunsichern Ihre Frau, das erledigen Sie schon selbst mit Ihren dubiosen Aktivitäten.«

»Was wollen Sie denn dauernd von mir?« Gequält verzog er das Gesicht.

»Am liebsten endlich die Wahrheit.«

Nachdem Martin ihn nun mit der Aussage Christian Gondorfs konfrontierte, traten ihm zusätzlich Schweißperlen auf die Stirn. Er wusste, er stand mit dem Rücken zur Wand.

»Davon darf meine Frau nichts erfahren«, sagte er ängstlich und machte nicht mal den Versuch zu leugnen.

Endlich, dachte Martin und hoffte, dass Meurer noch mehr Karten auf den Tisch legte.

»Wenn Sie sich deswegen so große Sorgen machen, frage ich mich, warum Sie überhaupt so eine Aktion, die gleich mehrere Tatbestände erfüllt, gestartet haben?«

Er antwortete nicht, lockerte stattdessen seinen Krawattenknoten.

»Zunächst hätten wir da Körperverletzung, dann den sexuellen Missbrauch von Widerstandsunfähigen und zur Krönung noch Erpressung. Das reicht locker für fünf Jahre Bau. Aber je nachdem, was Sie uns zu erzählen haben, wirkt sich das strafmildernd aus.«

Die nackte Angst stand Meurer im Gesicht und Martin glaubte, noch nie einen Menschen gesehen zu haben, der derart schwitzte. Immer wieder zog er sich einen Hemdsärmel über Gesicht und Hals.

»Was wollen Sie wissen?«, brachte er mühsam hervor.

»Wie kam es zu der Aktion mit den Fotos?«

»Heiko, also Herr Pallhuber, und ich haben eine Möglichkeit gesucht, das Grundstück von Rolf Lang zu kaufen. Der war ja total stur und wollte es dem Stumpf geben.«

An der Art, wie Meurer den Namen *Stumpf* aussprach, erkannte Martin seine starke Abneigung gegen diesen Mann.

»Da dachten wir«, fuhr Meurer fort, »Ehefrauen haben doch großen Einfluss auf ihre Männer. Versuchen wir es über die. Pallhuber hatte die Idee mit der Erpressung und ich habe alles organisiert. Als ich zur gleichen Zeit meine Mahnungen schrieb, bin ich über diesen Gondorf gestolpert. Ich wusste, der würde nie bezahlen können. Da hab ich ihm diesen Deal vorgeschlagen.« Er seufzte. »Leider hat sich der ganze Aufwand nicht gelohnt. Rolf Lang ist stur geblieben.«

»Warum haben Sie sich überhaupt für so was hergegeben? Was haben Sie davon?«

»Pallhuber bezahlt gut.« Meurer biss sich auf die Lippe und machte dabei ein mürrisches Gesicht.

»Sie sind wütend«, deutete Martin diese Mimik. »Auf wen?«

»Wie, auf wen? Was ist das für eine Frage?«

Warum versucht er abzulenken?, fragte sich Martin. Braucht er Zeit, sich eine Antwort zu überlegen?

»Das ist eine ganz einfache Frage, auf die Sie auch ganz einfach antworten können.«

»Wenn ich wütend bin, dann auf mich selbst, dass ich mich zu so was habe hinreißen lassen.«

»Verstehe!« Martin hatte das Gefühl, dass das nur die halbe Wahrheit war.

»Ich bereue es wirklich«, versuchte er, Martin glauben zu machen.

Den interessierte Reue in keinster Weise. Er war lediglich angewidert. Unbeeindruckt befragte er den Dicken weiter. »Was ist mit Eva Neumann?« Martin legte ihm ein Foto der Frau vor. »Kennen Sie sie oder hatten Sie jemals was mit ihr zu tun?«

»Puh!«, stöhnte Meurer und wischte sich wieder das Gesicht trocken. »Sie haben es hier aber auch warm.«

Wieder eine Verzögerungstaktik.

»Antworten Sie«, forderte Martin energisch.

Meurer warf einen flüchtigen Blick auf das Bild. »Nein. Die junge Dame ist mir völlig fremd.« Dabei blickte er Martin unverschämt lange in die Augen.

»Sie lügen«, sagte er ihm auf den Kopf zu. Ein ehrlicher Mensch würde sich beim Augenkontakt nie so anstrengen, wie Meurer es gerade tat.

»Dann wissen Sie mehr als ich«, sagte Meurer und bemühte sich weiterhin um demonstrativen Blickkontakt.

Martin fuhr sich durch die Haare und schüttelte den Kopf. Der Typ versuchte, ihn zu verarschen. Aber leider konnte Martin nichts dagegen tun. Im Gegenteil. Meurers anfängliche Redseligkeit verschwand zunehmend mit jeder weiteren Frage. Seine Antworten wurden kurz und oberflächlich. Er stellte sich ganz offensichtlich dumm.

Martin brach das Verhör ab. Das war reine Zeitverschwendung. Dieser Kerl würde nur das gestehen, was man ihm nachweisen konnte.

»Sie können jetzt gehen, Herr Meurer. Sie halten sich aber zu unserer Verfügung.«

71

Martin besorgte sich einen Becher Kaffee. Und während er sich eine kurze Pause gönnte, um sich auf das nächste Gespräch einzustellen, trafen Michael und Dieter ein. Martin war froh, dass sie sich nun zusammen Heiko Pallhuber widmen konnten. Der wartete bereits seit zwei Stunden im Vernehmungszimmer und war dementsprechend schlecht gelaunt.

»Langsam werden Sie lästig, Herr Sandor!«, blaffte er ihn an.

»Das freut mich!«, antwortete Martin gelassen.

»Sie lassen mich hier eine Ewigkeit warten, nur um mich zu schikanieren.«

»Das ist eine reine Vermutung und entspricht nicht den Tatsachen. Andere Dinge hatten eben Priorität. Aber wo wir gerade bei Tatsachen sind«, sagte Martin beiläufig und setzte sich auf den Tisch. Von oben sah er auf den Mann herab. »Sie haben mit Eva Neumann telefoniert, obwohl sie sie gar nicht kannten. Hatten Sie sich verwählt?«

»Ihre Ironie können Sie sich in den Hintern schieben«, sagte Pallhuber grimmig und schwieg.

»Ich habe mich eben mit Ihrem Freund Meurer unterhalten. Er war sehr gesprächig.« Martin würde versuchen, die beiden Männer gegeneinander auszuspielen. Und dazu würde er Vermutungen äußern, als wären es Fakten. Manch einer würde das lügen nennen. Martin nannte es Mittel zum Zweck. »Er berichtete von Christian Gondorf.«

»Wer soll das sein? Muss ich den kennen?«

»Sie kennen ihn von den Fotos mit Frau Lang, die Herr Meurer in Ihrem Auftrag geschossen hat.«

»Damit hab ich nichts zu tun.« Abwehrend hob er die Hände vor die Brust. »Das war ganz allein Meurers Idee. War blödsinnig. Hat ja auch nicht funktioniert.«

»Das hörte sich bei ihm ganz anders an«, tat Martin verwundert. »Außerdem hat er uns erzählt, warum Sie Eva Neumann Geld gegeben haben«, sagte Martin und begab sich damit auf ziemlich dünnes Eis. Die Kollegen im Hintergrund warfen ihrem Chef einen fragenden Blick zu, als er sich ihnen zuwandte. Mit dem Rücken zu Pallhuber zwinkerte er ihnen zu, dann drehte er sich wieder um. »Sie wurden nicht von ihr bestohlen, wie Sie uns so unglaubwürdig versichert haben.«

»Das geht Sie überhaupt nichts an. Das ist reine Privatsache.«

»Wenn es um Mord geht, hört die Privatsphäre auf.«

»Der Deal war rein geschäftlich. Das können Sie mir nicht vorhalten.«

»Was war er nun: privat oder geschäftlich? Sie müssen sich schon entscheiden.«

»Quatschen Sie doch nicht so überheblich«, schimpfte Pallhuber.

»Was regen Sie sich auf? Vielleicht hat Herr Meurer das falsch dargestellt. Erzählen Sie einfach, wie es wirklich war.«

»Der Idiot kann einfach nicht die Klappe halten«, fluchte er vor sich hin. »Und Sie brauchen hier nicht so einen Aufstand zu machen, nur weil diese kleine Nutte bei Rolf Lang ein gutes Wort in unserer Angelegenheit eingelegt hat. Die hat ihn doch freiwillig verführt.«

So war das also, dachte Martin überrascht. »Nachdem Sie sie bezahlt hatten«, vermutete er richtig.

»Ja, und? Wollen Sie mich deswegen einsperren?« Er lachte. »Sie machen sich lächerlich.«

»Sie haben recht. Ich werde Sie dafür nicht zur Rechenschaft ziehen. Das ist nicht unser Resort. Aber rein interessehalber: Hatte Eva Neumann ihn schon so weit, dass er sein Grundstück an Sie verkauft hätte?«

»Nein, noch nicht. Es war noch zu früh.«

»Aber die Zeit hat gedrängt, nicht wahr? Kam Ihnen da die Idee, Frau Lang über die Affäre ihres Mannes zu informieren? Haben Sie gemeinsam die Morde geplant? Sie, um endlich an dieses Grundstück zu kommen, und Frau Lang, um sich zu rächen?«

Pallhuber schüttelte den Kopf. »Sie haben eine blühende Fantasie«, sagte er lächelnd.

»Nicht nur ich. Ihr Kumpan Meurer auch. Der hat so was in der Richtung angedeutet.«

»Was?« Pallhuber sprang auf. »Der spinnt ja wohl! Der dreht völlig durch. Nie hat er gemacht und erreicht, was er sollte. Immer hat er alles versaut, nur weil er so einen Hass auf den Stumpf hatte.«

»Warum hat er den Stumpf gehasst?«

»Ach«, Pallhuber winkte ab. »Stumpf hat bei den Wahlen zum Stadtrat Leute bestochen, damit sie ihn wählen. Und Meurer hat das rausgekriegt, konnte ihm aber nichts beweisen. Das hat ihn gefuchst wie verrückt, weil er damals auch zur Wahl stand. Stumpf hatte betrogen und Meurer wollte sich an ihm rächen. Was lag da näher, als sein Projekt zu sabotieren?«

»Und Ihnen war er so ein willkommener Verbündeter. Klingt einleuchtend.« Diese Information warf ein neues Licht auf den Mord an Stumpf, beziehungsweise brachte ein weiteres Motiv zum Vorschein. Aber es zeigte Martin auch, dass sie bei ihren Nachforschungen bei Weitem nicht tief genug gegraben hatten. »Will Meurer sich denn jetzt erneut zur Wahl stellen?«

»Keine Ahnung.«

»Was ist mit dem Besuch in dieser Bar in Frankfurt? Waren Sie wirklich dort oder hat Meurer ein Alibi gebraucht?«

Pallhuber antwortete nicht gleich und sah Martin abschätzend an. Es war klar, was er dachte: Wenn er Meurer ans Messer lieferte, wäre auch sein eigenes Alibi futsch.

»Natürlich waren wir da«, sagte er schließlich resolut.

»Und das mussten Sie so lange überdenken?« Martin warf ihm den gleichen Blick zurück. »Wie dem auch sei. Sagen Sie uns doch noch, welche Rolle Herr Meurer bei dem Deal mit Eva Neumann gespielt hat.«

»Er hat ihren Namen und die Adresse besorgt.«

»Woher kannte er sie?«

»Gekannt hat er sie meines Wissens nicht, aber er wusste, dass sie ein Anhängsel von Stumpf war. Über den war er gut informiert.«

Kein Wunder, dachte Martin, dass der Dicke ins Schwitzen gekommen war. Allerdings konnten sie ihm, was den Mord an Stumpf anging, nichts anhaben, solange Pallhuber ihm ein Alibi gab. Für den Doppelmord hatte er zwar kein Alibi, aber auch kein ersichtliches Motiv. Und als Auftragsmörder war der Kerl sicher nicht geeignet, so übernervös wie der war. Pallhuber schon eher. Für den Mord an Rolf Lang hatte er ein Motiv, aber warum sollte er auch Eva umbringen? Wusste sie etwas, was ihm geschadet hätte, wenn es herausgekommen wäre? Hatte sie ihn womöglich erpresst? Aber womit? Oder war vielleicht nur einer der beiden Opfer das eigentliche Ziel und der andere wurde nur zur Ablenkung mit umgebracht?

»Eine letzte Frage noch. Wo waren Sie letzten Donnerstag um die Mittagszeit?«

»Wieso?«

»Wieso nicht? Antworten Sie!«

»Das weiß ich doch heute nicht mehr«, entgegnete er ungehalten und zog einen elektronischen Terminkalender aus der Tasche. Er tippte sich zum gesuchten Datum durch, dann lächelte er zufrieden. »Ich weiß zwar nicht, was an diesem Tag verbrochen wurde, aber ich war es sicher nicht.« Er hielt Martin den Kalender unter die Nase. »Ich hatte eine Besprechung im Büro. Dafür gibt es acht Zeugen. Brauchen Sie die Namen?«

»Wenn Sie so freundlich wären«, bat Martin und nahm sich vor, seine Angaben sofort im Anschluss zu überprüfen.

72

Als sich die Männer zu später Stunde zusammensetzten, um die Ergebnisse des heutigen Tages zu besprechen, war im Gebäude des Polizeipräsidiums Westhessen kaum noch jemand anwesend. Die geschäftige Geräuschkulisse des Tages war verstummt, die Flure wie leergefegt. Nur hier und da hörte man einen Staubsauger brummen.

»Also, ich blicke langsam nicht mehr durch«, gestand Michael. »Wir haben eigentlich jede Menge Verdächtige, aber keinen können wir richtig festnageln. Kann nicht mal jemand das Dunkel erhellen, in dem wir tappen?«

Dieter knipste eine Schreibtischlampe an. »Na, besser so?«, fragte er grinsend.

»Viel besser«, tat Michael erleichtert.

»Lasst uns kurz zusammenfassen und dann endlich nach Hause gehen«, forderte Martin die Kollegen auf. »War ein langer Tag.«

»Also«, begann Dieter. »Von unserer Seite aus gibt's nichts, was uns weiterbringt. Freunde, Verwandte und Bekannte der beiden Toten wussten weder was von dieser Affäre noch von irgendwelchen Feinden, Geschäften oder auffälligen Veränderungen.«

»Dieser junge Student«, fügte Michael an, »den ich nach Stumpfs Tod schon mal gesprochen hatte, erzählte, dass Eva Neumann eine tolle Methode hatte, um auf sich aufmerksam zu machen. Sie konnte auf Kommando in Ohnmacht fallen. Das hat sie an der Uni öfter praktiziert und so den Beschützerinstinkt einiger Männer geweckt.«

»Dann hat sie ihre Ohnmacht auch bei mir nur vorgetäuscht«, erinnerte sich Martin an seinen ersten Besuch bei ihr. »Das ist interessant! Denn das bedeutet, dass selbst der erste Schock der Todesnachricht gar kein Schock war. Es hat ihr nichts ausgemacht, stattdessen hat sie diese schauspielerische Glanzleistung abgezogen.«

»Sicher wollte sie dein Mitleid erregen«, vermutete Dieter.

»Wahrscheinlich. Theoretisch könnten wir sie aber auch als Täterin in Betracht ziehen, wenn die Putzfrau es letztlich doch nicht gewesen sein sollte und die Morde von unterschiedlichen Personen verübt worden sind.«

»Richtig! Sie hat kein Alibi, war am Tatort und ein Motiv ist zwar nicht offensichtlich, aber denkbar. Ein Streit zwischen einem so ungleichen Pärchen ist immer möglich. Vielleicht sogar ein Streit wegen Paul, mit dem sie an dem Abend bei Stumpf erschienen ist«, führte Michael den Gedanken zu Ende. »Wer weiß, ob sie tatsächlich das Haus vor Paul verlassen hat. Unser Jüngster hat ja leichte Erinnerungsprobleme.«

»Vielleicht täuscht er die ja nur vor, weil er Eva decken wollte«, spekulierte Dieter.

»Quatsch! Dann hätte er das Martin schon längst erzählt, jetzt wo sie tot ist. Schließlich hätte ihn das selbst aus der Schusslinie geholt.«

»Ja, das sehe ich genauso. Aber ich kann morgen ja noch mal mit ihm sprechen.« Martin stützte sein Gesicht in die Hände und blickte auf seine Notizen. »Was die Alibis unserer Verdächtigen für die Zeit des Einbruchs bei Frau Plinke angeht, sind die ziemlich schwammig. Eigentlich hat nur Frau Lang ein Richtiges. Pallhuber war zwar in einer Besprechung, aber erst ab zwölf Uhr mittags. Theoretisch könnte er den Einbruch direkt davor begangen haben. Wär zwar knapp, aber möglich. Frau Stumpf war beim Stadtbummel. Sie konnte zwar die Quittung einer

Boutique vorlegen, aber das deckt die infrage kommende Zeit nicht komplett ab. Und unser Freund Meurer soll im Büro gewesen sein. Seine Sekretärin kann aber nicht mehr sagen, wann er in die Mittagspause gegangen ist.«

»Dann bleiben alle hübsch verdächtig«, folgerte Michael. »Zumal wir sowieso nicht ausschließen können, dass jemand ganz anderes den Einbruch verübt hat, der von einem von ihnen beauftragt wurde.«

»Vielleicht liegen wir auch total falsch mit unseren Verdächtigen.« Martin machte ein deprimiertes Gesicht. Dann fiel ihm etwas ein. Er suchte zwischen den Papieren auf seinem Schreibtisch. »Ich hab doch vorhin mit einem Auge irgendeine Info von der Spusi gesehen … Ah, da!« Er überflog den Bericht. »Die haben den Mini von Eva Neumann auf den Kopf gestellt und dabei unzählige Parkscheintickets von ein und demselben Parkplatz sichergestellt. Und zwar hat sie relativ regelmäßig zweimal pro Woche in der Alcide-De-Gasperi-Straße geparkt.«

»Der Straßenname sagt mir nichts«, überlegte Michael.

»Das ist im Europaviertel«, sagte Dieter. »Alle Straßennamen dort sind nach europäischen und amerikanischen Persönlichkeiten benannt.«

»Und wer war dieser mir völlig unbekannte Kasper?«, fragte Michael.

»Gasperi«, verbesserte Dieter. »Er war ein italienischer Staatsmann, der als einer der Gründerväter der Europäischen Gemeinschaften gilt.«

»Es macht immer wieder Spaß, dich zu testen.« Michael stand auf und klopfte Dieter freundschaftlich auf die Schulter. »Dann werden wir morgen versuchen herauszufinden, was Eva Neumann bei dem Kasper getrieben hat«, sagte Michael und blickte auf seine Armbanduhr. »Es ist erst zehn. Wollen wir noch zusammen was trinken gehen?«

»Kannst dich wohl gar nicht von uns trennen, was?«, lachte Dieter.

»Das ist keine schlechte Idee«, fand Martin. »Für einen gemütlichen Abend zu zweit ist es sowieso zu spät. Kommt, lasst uns zum *Bäckerbrunnen* gehen, ein Bier kippen und dummes Zeug reden. Dabei kann man prima abschalten.«

73

Keine Viertelstunde später erreichten die drei die traditionsreiche Altstadtkneipe *Bäckerbrunnen* in der Grabenstraße. Benannt war sie nach dem Brunnen, der sich in einem Brunnenhaus direkt gegenüber befand. Noch heute war dort eine öffentliche Trinkstelle mit Thermalmischwasser vorhanden. Für ihre Thermal- und Mineralquellen war die hessische Landeshauptstadt seit jeher bekannt. Mit 26 heißen Quellen, die an den verschiedensten Stellen der Stadt aus großer Tiefe zu Tage traten, waren sie nicht nur eine geologische Besonderheit, sondern auch ein Geschenk der Natur, in dem der einstige Ruhm der Stadt als Weltkurstadt begründet lag.

Vor dieser historischen Kulisse fanden die Männer einen freien Tisch im gemütlichen Biergarten der Kneipe und ließen sich nieder. Mit Handschlag wurden sie vom Chef des Hauses begrüßt und bestellten ihr wohlverdientes Bier.

»Wie schön, dass hier neben dem Heilwasser auch reichlich kühles Bier fließt«, sagte Dieter und prostete seinen Kollegen zu.

»Ja«, pflichtete Martin ihm bei. »Das macht diese Trinkstelle so sympathisch.«

»Obwohl«, überlegte Dieter, »vielleicht wäre ein bisschen Heilwasser für deine Wunde nicht schlecht.«

»Hast du das Wasser schon mal probiert?« Martin verzog das Gesicht. »Also, ich bleib lieber beim Bier. Davon muss ich wenigstens nicht kotzen.«

»… sofern du es in Maßen genießt«, betonte Michael. »Apropos Maße«, lachte er und formte einen imaginären Busen vor seiner Brust. »Woran merkt man, dass im Bier weibliche Hormone sind?«

Martin zuckte mit den Schultern, Dieter schüttelte den Kopf.

»Trinkt man zu viel, kann man kein Auto mehr fahren und redet nur noch dummes Zeug!«

»Michael«, lachte Dieter. »Du bist einmalig. Was du immer für Sprüche drauf hast.«

»Dieter, du bist auch einmalig«, gab er das Kompliment zurück. »Was du immer alles weißt. Vielleicht weißt du auch, warum Frauen immer so viel Geld brauchen? Ich versteh das gar nicht. Die saufen nicht, die rauchen nicht und Weiber sind sie selbst.«

Wieder hatte Michael die Lacher auf seiner Seite.

»Die müssen eben lebenswichtige Dinge einkaufen«, sagte Dieter schließlich und begann aufzuzählen: »Schuhe, Taschen, Kosmetik, Klamotten …«

»Genau. Alles Quellen der weiblichen Lust.«

»Und diese Quellen sprudeln permanent, genau wie die heißen Quellen von Wiesbaden«, warf Martin ein.

»Manchmal versiegt auch eine«, wusste Dieter.

»Ach, deshalb haben die vor ein paar Jahren neben dem Finanzministerium nach heißem Wasser gebohrt. Die wollten eine verlorene Quelle wiederfinden«, lachte Michael und spielte auf eine Probebohrung an, bei der eine unter Druck stehende Grundwasserader getroffen worden war und die gesamte Umgebung überflutet hatte.

»Ja, damit war die Geothermie in aller Munde«, erinnerte Dieter sich.

»Womit wir wieder beim Thema wären«, stöhnte Martin. »Es scheint so, als ob uns die regenerativen Energien überallhin verfolgen.«

»Sie sind ja praktisch auch allgegenwärtig.« Dieter setzte seine Brille ab und rieb sich den Nasenrücken. »In der Geothermie, also auch in Form von unseren heißen Quellen, steckt schließlich unerschöpfliches Potenzial. Gott sei Dank ist die Stadt so schlau, es zu nutzen. Unserem Bürgermeister heizen sie damit im Rathaus ein. Und zwar –«

»Dieter«, unterbrach Martin und blickte den Kollegen müde an. »Das ist super interessant, aber lass uns das Thema wechseln.«

Eine Weile machten sie belanglosen Small Talk.

»Jungs!«, sagte Michael zu guter Letzt. »Ich mach mich auf den Weg. Denn«, spitzbübisch sah er die Kollegen an, »Gerstensaft und stramme Weiber sind die schönsten Zeitvertreiber! Den Gerstensaft hatte ich.« Er trank den letzten Schluck. »Das stramme Weib geh ich mir jetzt holen.«

74

Das Europaviertel befand sich am Rande der Innenstadt von Wiesbaden. Das Straßenbild wurde von etlichen modernen Neubauten sowie von den alten, unter Denkmalschutz stehenden Kasernengebäuden aus wilhelminischer Zeit geprägt. Im Laufe der letzten Jahre waren die historischen Bauten renoviert worden und beherbergten größtenteils öffentliche Einrichtungen.

Das Team vom K11 klapperte zusammen mit einigen anderen Beamten alle Häuser rings um den Parkplatz in der Alcide-De-Gasperi-Straße ab.

Martin befand sich gerade in einer Arztpraxis in der George-Marshall-Straße, als sein Handy klingelte. Auch hier sorgte die *Who-wants-to-live-forever*-Melodie für ein Schmunzeln bei den Damen an der Anmeldung. Eine Kollegin teilte ihm mit, dass die Bedienung vom Bistro *Leib & Seele* die Tote erkannt hatte. Sofort machte er sich auf den Weg und bog nur Minuten später in die Willy-Brandt-Allee ein. Das Restaurant befand sich an der Ecke Schiersteiner Straße im Erdgeschoss der Volkshochschule. Martin betrat das Lokal, das in gehobenem Bistro-Stil geführt wurde und in dem er selbst schon zu Gast gewesen war. Ein enormer Geräuschpegel und ein Duft, der ihn an den eigenen Hunger erinnerte, schlugen ihm entgegen. Es war Mittagszeit und sämtliche Tische waren belegt. Martin entdeckte die Polizistin am Tresen und ging auf sie zu.

»Sie sind also unsere Glücksfee für heute«, begrüßte er sie.

Sie lächelte dankbar und überreichte ihm einen Zettel und das Foto von Eva. »Das sind schon mal die Personalien der Bedienung«, sagte sie und winkte eine Frau in weißer Bluse und roter Schürze zu sich. »Das ist Claudia Schenk«, stellte sie die schlanke Mittzwanzigerin vor.

»Kommissar Sandor.« Er reichte ihr die Hand. »Sie haben die Frau auf dem Foto also schon mal gesehen?«

»Ja, die war öfter hier. Mindestens einmal pro Woche, würde ich sagen.«

»Wann zuletzt?«

»Anfang letzter Woche, glaube ich«, sagte sie zögerlich.

Martin nickte. Die Information deckte sich mit den Daten der Parktickets.

»Aber ich bin nicht die Einzige, die diese Frau bedient hat«, gab die Kellnerin zu bedenken. »Das kann auch meine Kollegin oder mein Chef gewesen sein.«

»Sind die beiden hier?«

»Mein Chef schon.« Sie deutete mit der Hand auf einen Mann, der mit gekonnter Gelassenheit die Gäste bediente. Mit einem Lächeln auf dem Gesicht erweckte er den Eindruck, als ob es für ihn nichts Schöneres gab als diesen Trubel. »Aber meine Kollegin ist bis nächste Woche noch in Urlaub. Ich glaube, sie wollte nach Italien.«

»War die Frau in Begleitung?«, wollte Martin weiter wissen.

»Ja, immer.«

»War es immer dieselbe Person?«

»Nein. Ich hab sie mit unterschiedlichen Leuten gesehen.«

»Gab es jemand, mit dem sie öfter hier war?«

»Ja«, sagte sie gedehnt und überlegte. »Vor einiger Zeit war sie öfter in Begleitung von ein und demselben Mann.«

»Können Sie sich an den Mann erinnern?«

»Oh, je!« Sie zog die Stirn in Falten. »Die war meistens um die Mittagszeit hier, wenn's proppenvoll ist, genau wie jetzt. Da hab ich alle Hände voll zu tun. Da hab ich sie nur flüchtig wahrgenommen. Außerdem kann ich mir Gesichter überhaupt nicht gut merken.«

»Erinnern Sie sich nicht an irgendetwas? Haarfarbe, Statur, Alter?«

Langsam schüttelte sie den Kopf. »Nein, wirklich nicht.«

»Warten Sie«, sagte Martin. »Vielleicht erkennen Sie ja eine dieser Personen, wenn Sie sie sehen.« Er zog sein Handy aus der Tasche. Doch bevor er Frau Schenk das iPhone mit den Fotos zeigte, wandte er sich an die Polizistin. »Danke für Ihre Hilfe. Sie können jetzt gehen. Wir sind hier fertig.« Martin wollte nicht riskieren, dass sie das Foto von Paul sah und damit irgendwelches Gerede in die Welt setzte. Die Kollegin verabschiedete sich und steuerte dem Ausgang entgegen. Dann zeigte Martin Frau Schenk die Bilder. Aufmerksam betrachtete sie eins nach dem anderen. Zuerst sah sie Heiko Pallhuber, dann Alexander

Meurer. Als ihr keiner von ihnen bekannt vorkam, zeigte er ihr das Foto von Paul. Gespannt wartete er auf ihre Antwort. Lange betrachtete sie es, ehe sie antwortete.

»Vielleicht, keine Ahnung. Es können eigentlich alle gewesen sein, die sie mir gezeigt haben. Ich kann mich da überhaupt nicht festlegen.«

Daraufhin rief Martin den Chef des Hauses zu sich, um auch ihm die Fotos zu zeigen. Und obwohl dieser sehr bemüht war und meinte, ein gutes Gedächtnis für Gesichter zu haben, erkannte auch er niemanden. Lediglich Eva war ihm bekannt.

»Aber das hat nichts zu heißen«, sagte er. »Ich springe nur als Bedienung ein, wenn Not am Mann ist. Ich habe also nicht immer so engen Kontakt zu den Gästen wie meine Mädels.«

Noch einmal hielt Martin den beiden das iPhone vor und zeigte ihnen Fotos von Annette Lang und Manuela Stumpf. »Haben Sie diese Frauen hier schon mal gesehen?«

»Also, ich nicht«, gab der Wirt Auskunft.

»Nein!« Frau Schenk schüttelte den Kopf. »Kommen mir gar nicht bekannt vor.«

Martin bat um Namen und Anschrift der anderen Bedienung. Dann bedankte er sich und ging zur Tür. Plötzlich rief eine Stimme: »Herr Sandor! Warten Sie!« Frau Schenk kam angelaufen. »Mir ist doch noch was eingefallen. Ich weiß jetzt, warum ich mich an diesen Mann von letzter Woche erinnern kann, ohne ihn beschreiben zu können. Seine Uhr ist mir ins Auge gestochen. Er trug eine orangefarbene Ice-Watch.«

»Sie kennen sich aber gut aus mit Uhren«, wunderte Martin sich.

»Na, die zu erkennen ist nicht schwer«, lachte sie. »Die sind ja total trendy. Die seh ich hier jeden Tag. Die meisten haben die billigen Nachgemachten. Aber die von dem Typ war eine Echte. Vielleicht ist sie mir bei ihm nur aufgefallen, weil man die Bunten sonst eher bei den Frauen sieht. Vielleicht auch, weil er ein farblich passendes Hemd angehabt hat. So was kann ich mir viel besser merken als Gesichter.« Sie zuckte entschuldigend die Schultern.

»Na, das ist doch was. Das hilft uns sicher weiter.« Martin war weniger erfreut, als er sie glauben machte. Eine Uhr, die jeder Zweite heute am Arm trug, war nicht das, was er sich hier erhofft hatte. Es konnte jeder x-beliebige Kommilitone von Eva gewesen sein. Das war seiner Meinung nach sogar recht naheliegend. Junge Leute trugen diese bunten Uhren wahrscheinlich eher als ältere Menschen. Oder? Michael würde das wissen.

75

»Auf diesen Trend springen alle Altersklassen an. Jede zweite verkaufte Uhr unter hundert Euro ist mittlerweile eine Ice-Watch. Ich kenne eine ganze Menge Leute, die diese Uhren tragen«, klärte Michael die Kollegen wenig später auf. »Und da ist jedes Alter vertreten.«

Für mich sehen diese Uhren mit ihren Plastikarmbändern total billig aus. So was würde ich im Leben nicht tragen. Und bunt schon gar nicht. Da könnte man meinen, die kommen aus dem Überraschungsei«, sagte Dieter.

»Du konservativer alter Bock.«

»Sind diese Uhren teuer?«, erkundigte Martin sich.

»Replikate bekommt man schon für zehn Euro, die Echten bewegen sich so zwischen achtzig und hundertfünfzig Euro. Gibt natürlich auch teurere.«

»Ich würde sagen, wir fragen bei allen in den Fall involvierten Leuten nach, ob sie eine orangefarbene Ice-Watch besitzen.«

»Also, los dann!«

»Ich glaub ja nicht, dass wir da große Überraschungen erleben werden.« Auch Dieter rappelte sich vom Stuhl auf.

In der Tür stießen sie fast mit Egon Milster zusammen, der einen Mann im Schlepptau hatte.

»Was haben es die Herren denn so eilig?«, fragte er.

»Wir sind auf dem Weg, um für neue Überraschungen in unseren Mordfällen zu sorgen«, gab Michael leichthin zur Antwort und verschwand mit Dieter im Flur.

»Sandor!«, wandte sich Milster an den Kommissar und trat näher. »Das ist Herr Alfred Braun, der Nachbar von Eva Neumann.« Er tat einen Schritt zur Seite und gab den Blick auf einen Mann Ende dreißig frei.

»Ach, ja!« Martin reichte ihm die Hand. »Schön, dass Sie gekommen sind.«

Er wies ihm mit der Hand, Platz zu nehmen, und musterte ihn dabei. Alfred Braun hatte buschige Augenbrauen, darunter sehr tiefliegende, dunkle Augen, die fast unheimlich wirkten. Seine Nase war imposant und breitflügelig. Der Mund über dem kantigen Kinn wirkte mit den vollen Lippen ebenfalls groß. Er erinnerte Martin stark an einen Neandertaler.

»Wie lange haben Sie neben Frau Neumann gewohnt?«, begann Martin das Gespräch.

»Ich bin vor einem halben Jahr eingezogen.«

»Wie gut kannten Sie sie?«

»Wie man eine Nachbarin eben kennt. Man grüßt sich, wenn man sich sieht. Sonst nichts. Sie hat keinen gesteigerten Wert auf meine Gesellschaft gelegt.«

Martin horchte auf. Da schwang doch eine Portion Enttäuschung in seinen Worten mit. Hatte Alfred Braun sich vielleicht mehr von dieser attraktiven Nachbarin versprochen?

»Hatten *Sie* denn Interesse an ihrer Gesellschaft?«

»Ich fand sie halt hübsch und wollte sie mal einladen. Aber die hat gleich abgelehnt. Dann hab ich es nicht wieder probiert.«

»Und Sie haben einen Streit zwischen Frau Neumann und einem Mann beobachtet. Richtig?«

»Ja, das stimmt.« Gleichmütig sah er Martin an.

»War dieser Mann öfter bei ihr?«

»Keine Ahnung. Ich hab ihn zum ersten Mal da gesehen.«

»Und sonst? Haben Sie mitbekommen, mit wem sie so verkehrt hat?«

»Nein, hab ich nicht.«

»Dann möchte ich Sie bitten, mal einen Blick auf einige Fotos zu werfen. Vielleicht erkennen Sie den Mann.«

Martin holte Bilder aus einer Mappe, die dafür vorbereitet worden war. Sie zeigten nicht nur diejenigen, die in den Fall in irgendeiner Art involviert waren, sondern auch die Männer, die eine sexuelle Beziehung zu Eva Neumann gehabt hatten. Martin legte auch ein Foto von Paul dazu. Milster würde ihm sonst wieder vorwerfen, seinen Job nicht richtig zu machen. Während Milster neben dem Schreibtisch Platz nahm, blickte Herr Braun sich neugierig im Raum um. Und noch bevor Martin alle Fotos vor ihm ausgebreitet hatte, bekam der Mann große Augen. Dann blickte er verdutzt von Milster zu Martin.

»Wer ist das da auf dem Bild?«, fragte er und zeigte auf eine gerahmte Aufnahme an der Wand.

»Das ist Kriminalobermeister Paul Fischer, ein Beamter der Mordkommission«, erklärte Milster. »Warum fragen Sie?«

»Ihre Bilder hier brauche ich mir gar nicht anzusehen.« Er deutete flüchtig auf die Fotos auf dem Tisch. »Das da drüben ist der Mann!« Alfred Braun stand auf und ging auf Pauls Porträt zu. Martin überlief eine Gänsehaut und Milster folgte Herrn Braun.

»Der da«, sagte er und tippte auf das Glas des Rahmens. »Ich könnte schwören, dass es der da war!« Er blickte Milster fragend an. »Aber das kann wohl nicht sein, was? Das ist ja ein Mitarbeiter von Ihnen.« Er brachte sein Gesicht ganz nah an das Bild heran und besah sich Paul Fischer ganz genau. »Der sieht ihm wirklich ähnlich.«

Martin schloss für eine Sekunde die Augen. Eine Mischung aus Angst und Enttäuschung machte sich in ihm breit. Paul hatte ihn angelogen und ihm doch so glaubhaft versichert, dass er nie in Evas Wohnung gewesen sei.

Milster kam zum Schreibtisch zurück, kramte in den Fotos und nahm das von Paul in die Hand.

»Das ist eine größere Aufnahme des Mannes«, sagte er und hielt sie Alfred Braun hin.

»Keine Frage«, gab der prompt zurück. »Der war's! Hat er was mit dem Tod von Eva zu tun?« Neugier lag in seiner Stimme, die Martin gar nicht gefiel.

»Sie werden verstehen, dass wir Ihnen über die laufenden Ermittlungen keine Auskunft geben dürfen«, antwortete Milster.

»Versteh schon.« Der Mann nickte und lächelte verschwörerisch. Es war offensichtlich, was er dachte. Das ärgerte Martin und er wollte diesen Zeugen nur noch loswerden.

»Herr Braun, wir danken Ihnen, dass Sie hier waren.« Martin erhob sich und führte ihn zur Tür. »Sie haben uns sehr geholfen. Wenn wir noch weitere Fragen haben, melden wir uns bei Ihnen. Auf Wiedersehen!«

»Wiedersehen!«, entgegnete Braun leicht irritiert über die zügige Verabschiedung.

Martin schloss langsam die Tür hinter ihm und wartete darauf, dass Milster etwas sagte. Aber der schwieg. Martin setzte sich wieder und sah, dass sein Chef in der Akte blätterte. Dann schien er eine Seite zu überfliegen. Martin erkannte, dass es die schriftliche Zeugenaussage von Alfred Braun war.

»Ich zitiere«, begann Milster. »›Eva Neumann sagte: Ich vögele mit verschiedenen Männern so oft ich will. Der Mann sagte: Ich habe gehofft, dass du über die Sache anders denkst, jetzt wo der Stumpf tot ist.‹ Und wie wir jetzt wissen, war es

Herr Fischer, der das geäußert hat.« Milster sah auf. »Das klingt in meinen Ohren, als ob hier jemand hoffte, dass Eva Neumann durch den Tod von Erwin Stumpf frei sei.«

Martin erinnerte sich, dass auch er den gleichen Gedanken gehabt hatte, als Dieter ihm von der Zeugenaussage berichtet hatte.

»Paul Fischer macht mir Sorgen«, sagte Milster langsam. »Nachdem, was Herr Braun ausgesagt hat, hat Fischer ein ganz klares Motiv. Und das hat außer ihm nur noch die Ehefrau von Rolf Lang, so wie ich das sehe. Entweder Sie können die endlich festnageln oder wir müssen uns ernsthaft mit unserem Kollegen beschäftigen.«

Martin hob an, etwas zu sagen, doch Milster ließ ihn nicht zu Wort kommen. »Ich will Ihre Ausflüchte nicht mehr hören. Bestellen Sie Fischer hierher und geben mir Bescheid, wenn er da ist. Machen Sie einfach Ihre Arbeit.« Damit verließ er den Raum.

»Machen Sie einfach Ihre Arbeit«, äffte Martin ihn verärgert nach. »Scheint sein Lieblingssatz zu sein. Was glaubt der eigentlich, was ich den ganzen Tag mache?«

Wütend trat er gegen den Schreibtisch. Dann griff er zum Telefon und wählte Pauls Nummer.

76

Martin saß am Schreibtisch und grübelte über Paul nach. Er hatte sich für heute Abend mit ihm verabredet. Würde er endlich herausbekommen, welche Rolle der junge Kollege in diesem verzwickten Fall spielte? Spielte er überhaupt eine Rolle oder war er einfach nur Statist, der zur falschen Zeit am falschen Ort gewesen war? Selten hatte ein Fall so viele Facetten, war so undurchsichtig wie dieser. Er fragte sich, ob es ihm gelingen würde, die Morde aufzuklären. Bei dem Gedanken an Gabriele Schwarz beschlich ihn ein mulmiges Gefühl. Was, wenn es tatsächlich nur einen Täter gab und sie nur aufgrund einer scheinbar lückenlosen Indizienkette für schuldig befunden wurde und der wahre Täter noch frei herumlief?

Ein Klopfen an der Tür riss ihn aus seinen Gedanken. Er blickte auf und als er Joachim Henke vom Institut für Regenerative Energien sah, fiel ihm siedend heiß ein, dass er ihm versprochen hatte, sich bei ihm wegen Pallhubers Drohung zu melden. Das hatte er völlig vergessen.

»Herr Henke, bitte nehmen Sie Platz.«

»Ich komme wegen der Anzeige«, sagte er. »Ich hab's gestern nicht geschafft.«

»Ich hab's auch nicht geschafft, Sie anzurufen.« Entschuldigend hob Martin die Hände. »Umso besser, dass Sie jetzt da sind. Bevor ich Sie zu einem Kollegen bringe, der die Anzeige aufnimmt und den Papierkram erledigt, erzähle ich Ihnen noch was über Ihren speziellen Freund.«

»Lassen Sie mich raten«, sagte Henke und verschränkte die Arme vor der Brust. »Er hat es abgestritten?«

»Richtig! Aber das war ja zu erwarten. Trotzdem habe ich ihm unmissverständlich klargemacht, dass er Sie in Ruhe lassen soll. Er wird es nicht wagen, irgendetwas gegen Sie zu unternehmen. Er weiß, dass er dann sofort reif ist.«

»Na, Ihr Wort in Gottes Ohr! Das Gutachten geben wir jedenfalls übermorgen ab.«

»Sie können ganz beruhigt sein. Denn wenn das erst mal von Ihrem Tisch ist, bringt es niemandem etwas, Sie zu schädigen. Aber was ich Sie außerdem noch fragen wollte. Es gab letzten Freitag zwei weitere Morde.«

»Meinen Sie etwa dieses Pärchen, das erstochen wurde?«, fragte Henke und verzog das Gesicht, als hätte er selbst Schmerzen.

»Ja, die meine ich.«

»Ich hab davon in der Zeitung gelesen.«

»Wir gehen davon aus, dass auch diese Taten mit dem Mord an Herrn Stumpf zusammenhängen. Deshalb nun auch die Frage an Sie. Kennen Sie zufällig eines der beiden Opfer?« Martin zeigte ihm die entsprechenden Fotos.

»Oh, Gott!«, murmelte Henke. »Die Frau kenne ich.« Er starrte auf das Foto von Eva und schüttelte den Kopf. »Ich hab sie mal mit Herrn Stumpf zusammen im Institut gesehen. Er hat sie mir als seine Studentin vorgestellt, die ihm bei dem Windkraftprojekt half. Das war ziemlich am Anfang des Gutachtens.«

»Wissen Sie sonst noch was über sie?«

»Nein. Aber ich habe sie zwei weitere Male am Telefon gesprochen. Sie hat sich im Auftrag von Herrn Stumpf nach bestimmten Punkten im Gutachten erkundigt.« Immer noch starrte er auf das Foto.

»Was ist mit dem Mann?«

»Nein. Der ist mir völlig unbekannt. Wer ist das?«

»Rolf Lang. Haben Sie den Namen vielleicht bei Herrn Stumpf oder Frau Neumann schon mal gehört?«

»Nicht dass ich mich erinnern könnte.« Mitleid spiegelte sich in seinen Zügen wider. »Wer macht denn so was?«, fragte er und schüttelte verständnislos den Kopf.

»Das wüssten wir auch gerne.«

77

Martin hatte Paul zur Rede gestellt, ihn mit allen Indizien und Zeugenaussagen konfrontiert.

»Ja«, schrie Paul verzweifelt, »ich hab sie alle umgebracht! Alle drei!«

Martin ging auf ihn zu, packte ihn an den Schultern und schüttelte ihn. Tränen der Wut und Enttäuschung traten ihm in die Augen. Pauls Gesicht verschwamm hinter dem Tränenschleier.

»Sie war eine Hure!«, rief Paul laut und befreite sich aus Martins Griff. »Sie hat alles kaputtgemacht!« Damit zog er seine Dienstwaffe und richtete sie auf seinen Chef.

Blitzschnell reagierte der Kommissar und trat dem Kollegen die Pistole aus der Hand. Paul ergriff die Flucht und rannte aus der Wohnung. Martin folgte ihm, hatte aber das Gefühl in Zeitlupe zu rennen. Im Garten griff er sich einen faustgroßen Stein und warf ihn Paul hinterher. Der Schlag traf den jungen Mann im Rücken und brachte ihn zu Fall. Schnell hatte Martin ihn erreicht und legte ihm die Handschellen an. Dann führte er ihn zum Wagen. Bevor er die Tür zuschlug, sagte er zu ihm: »Ich werde dich im Gefängnis besuchen!«

Schweißgebadet schlug Martin die Augen auf und blickte sich um. Er lag in seinem Bett. Erleichtert atmete er aus.

Ein Traum, dachte er dankbar. Nur ein Traum!

Er hatte Paul nicht verhaftet und er würde es auch nicht tun.

Martin war froh, dass er nicht an den tieferen Sinn von Träumen glaubte. Er war sicher, dass er sonst verrückt würde, bei dem Wirrwarr, der ihm immer durch den schlafenden Kopf waberte. Für ihn waren Träume der Papierkorb des Gehirns. Und aus dem, was jemand träumte, konnte man nur auf das schließen, was einen jüngst beschäftigt hatte. Also war sein Traum mit Paul nicht weiter verwunderlich.

Tageslicht drang bereits durch die Ritzen des Rollladens. Ein Blick zur Uhr verriet ihm, dass er in einer halben Stunde aufstehen musste. Vorsichtig kuschelte er sich an Karla, die noch tief und fest schlief. Er nahm sie in die Arme und überdachte den gestrigen Abend, an dem er zu Paul gefahren war und lange mit ihm geredet hatte. Martin widersetzte sich zwar damit Milsters Anweisung, die Befragung in seiner Gegenwart und im Präsidium durchzuführen, aber der Kommissar wollte mit Paul alleine sprechen. Viel hatte er jedoch nicht erfahren. Paul bestätigte erneut, dass er die Villa von Erwin Stumpf alleine verlassen hatte. Wo sich Eva tatsächlich aufgehalten hatte, nachdem auch sie gegangen war, konnte er nicht sagen. Von einem Streit zwischen ihr und Stumpf wusste er nichts. Weiterhin bekräftigte er immer noch, nie in Evas Wohnung gewesen zu sein, lediglich an ihrer Tür, wo er mit ihr gestritten hatte. Einerseits glaubte Martin ihm, andererseits missfiel es ihm, dass Paul ihm erst jetzt, nachdem sie es von anderer Seite erfahren hatten, von dem Streit im Hausflur erzählt hatte. Paul nannte das seine Privatsache, womit er eigentlich recht hatte. Gleichwohl hätte er aus der Sichtweise eines Polizisten in solch einem Fall alles auf den Tisch legen müssen. Auch die Privatsache.

Die Frage nach einer orangefarbenen Ice-Watch hatte er verneint und angegeben, auch nie mit Eva im Bistro *Leib & Seele* gewesen zu sein.

Paul bat Martin um nähere Informationen zum Fall, mit der Begründung, vielleicht helfen zu können. Martin verweigerte sie ihm. Schlussendlich war er aber überzeugt, dass Paul nichts mit den Mordfällen zu tun hatte.

Jetzt, hier im Bett, fragte er sich, ob er einen Menschen, den er mochte, völlig unvoreingenommen beurteilen und seine Körpersprache verstehen konnte. Wahrscheinlich nur bedingt.

Martin spürte, wie Karla in seinen Armen wach wurde. Noch mit geschlossenen Augen schmiegte sie sich an ihn, bettete ihren Kopf auf seine Brust. Ihren Rücken zärtlich kraulend hing er weiter seinen Gedanken nach. Als der Wecker klingelte, brummte Karla unwillig.

»Können wir heute nicht einfach schwänzen?«, schlug sie vor und öffnete die Augen.

»Das wär schön, geht aber nicht.« Er gab ihr einen Kuss auf die Stirn.

»Was ist mit ein wenig Verspätung?«

Er seufzte. Wie gerne würde er den ganzen Tag mit Karla verbringen. Aber es half nichts, er musste los.

»Du kannst doch sagen, du hast im Verkehr festgesteckt.«

»Das glauben sie mir nie.«

»Wenn es aber wahr ist?« Karla blickte ihn verführerisch an und Martin lächelte wissend.

»Ah, diese Art von Verkehr meinst du.«

»Genau die!« Langsam schob sie ihre Hand unter sein Pyjamaoberteil und streichelte seinen Bauch.

»Du würdest also tatsächlich in Kauf nehmen, dass die Verbrecher deinetwegen länger frei herumlaufen und womöglich schlimme Dinge tun?«

»So früh am Morgen müssen sich auch Verbrecher von ihren Untaten erholen. Also, gib ihnen einen kleinen Vorsprung, dann macht das Einfangen viel mehr Spaß.«

Mit einem Schwung drehte Martin seine Frau auf den Rücken. »Du hast recht! Ein Vorsprung schadet nicht. Aber, was ist denn das?« Er zupfte an ihrem T-Shirt und krauste die Stirn. »So wie ich die Sache sehe, falle ich hier schon über das erste Verbrechen. Dieses T-Shirt ist zur Fahndung ausgeschrieben. Es gehört dem ehrenwerten Hauptkommissar Sandor. Man hat es ihm heimtückisch entwendet. Und bei dir muss ich es finden.« Er zog es ihr über den Kopf. »Es wird sofort konfisziert.«

In Martins T-Shirts zu schlafen war für Karla zur liebgewonnenen Angewohnheit geworden.

»Meine Verspätung auf der Arbeit kann ich außerdem damit rechtfertigen«, fuhr Martin fort, »dass ich auch bei dir mal nach dem Rechten sehen muss.« Er umfing ihren rechten Busen, streichelte und knetete ihn. »Also, der Rechte ist schon mal in Ordnung. Mal sehen, wie es mit dem Linken steht?«

»Warte nur«, lächelte sie und zog ihn zu sich, »wenn ich erst bei dir nach dem Rechten sehe.« Damit küsste sie ihn leidenschaftlich und ließ Martin für die süße Ewigkeit eines Liebesaktes vergessen, dass er auch anderswo nach dem Rechten zu sehen hatte.

Beim Frühstück gab es eine böse Überraschung für Martin.

»Du glaubst nicht, was hier steht.« Karla sah entsetzt von der Zeitung auf.

»Sag's mir lieber nicht. Sonst reg ich mich womöglich nur auf.«

»Das wirst du! Aber du musst das wissen.« Karla schob ihm das »Wiesbadener Tagblatt« hinüber und tippte mit dem Finger auf den Bericht.

»Wiesbaden. Kriminalobermeister unter Mordverdacht.« Kaum ausgesprochen blickte er Karla entgeistert an und las sofort weiter. »Vier Tage nach dem gewaltsamen Tod des Liebespaares Eva N. und Rolf L. hat die Polizei einen Verdächtigen aus den eigenen Reihen ins Visier genommen. Details sind bisher noch nicht bekannt. Jedoch sickerte durch, dass der Kriminalobermeister Paul F. die Toten gekannt haben soll.«

Martin überflog die restlichen Zeilen, in denen es um die Beschreibung der Tat und Informationen zu Paul und den Toten ging. Es kam ihm vor wie die Fortsetzung seines Alptraumes.

Diesmal war es Martin, der unaufgefordert in Milsters Büro stürmte und ihm die heutige Tageszeitung auf den Tisch pfefferte. Gleiches hatten sie in umgekehrter Rollenverteilung schon erlebt.

»Kriminalobermeister unter Mordverdacht!«, rief er aufgebracht. »Können Sie mir das erklären?«

»Nein, kann ich nicht. Aber schreien Sie mich verdammt noch mal nicht an.«

»Wie kommen die dazu, so was zu schreiben? Wer hat da was rausgelassen?«

»Ich habe keine Ahnung!«, gab Milster in gleicher Lautstärke zurück.

»Und was wollen Sie dagegen unternehmen?«

»Viel können wir da nicht machen. Das Kind ist ja nun schon in den Brunnen gefallen.«

»Dann ziehen Sie es eben wieder heraus.«

»Was regen Sie sich so auf? Ihnen sind die Medien doch sonst völlig egal.«

»Sonst, ja! Aber nicht heute. Und nicht der Bericht, in dem mein Kollege unbegründet angeprangert wird.«

»Ob unbegründet oder nicht, darüber lässt sich streiten.«

Martin platzte fast vor Wut, ballte die Hände zu Fäusten und blickte Milster drohend an.

»Mir passt das auch ganz und gar nicht«, gab der Kriminaldirektor von sich. »Das ist absolut rufschädigend für unsere Zunft.«

»Ich fasse es nicht«, sagte Martin entsetzt. »Für unsere Zunft? Ist das alles, woran Sie denken?«

»Sandor, jetzt beruhigen Sie sich mal wieder und gehen an Ihre Arbeit. Ich kümmere mich darum.«

Martin griff sich die Zeitung vom Tisch und stürmte genauso forsch wieder aus dem Raum wie er hereingekommen war. Im Flur stieß er auf seine Kollegen.

»Du liebe Zeit!«, sagte Dieter. »Was war das denn für eine Schreierei da drin?«

Martin antwortete nicht. Er reichte ihm die Zeitung und marschierte in sein Büro, während die beiden die Köpfe zusammensteckten und den Bericht lasen. Dann folgten sie Martin.

»Hammerhart!«, urteilte Michael. »Hat die Fleischmütze das verbrochen?«

»Nein!« Martin lachte bitter. »So was würde der nie an die Presse geben, selbst wenn es die Wahrheit wäre. Der hat viel zu viel Schiss um seinen guten Ruf.« Er ließ sich auf seinen Stuhl fallen und atmete tief durch. Allmählich beruhigte er sich wieder.

78

»Martin, du glaubst nicht, was wir gefunden haben«, sagte Michael und legte die Zeitung zur Seite.

»Na, hoffentlich den Mörder.«

»Das eine zieht das andere vielleicht nach sich.« Michael wedelte mit einer Videokassette in der Hand. »Das ist die Kassette aus der Überwachungskamera von Stumpf. Die Spusi hat sie bei Eva Neumann im Regal entdeckt.«

»Na, wenn das keine Überraschung ist. Habt ihr schon reingeschaut?«

»Nein, wir sind auch gerade erst gekommen.«

»Dann mal los!« Martin winkte den Kollegen, ihm ins Besprechungszimmer zu folgen, wo ein Fernseher samt Videorekorder stand. Sie legten die Kassette ein und blickten gespannt auf den Monitor. Zu Beginn war über einen längeren Zeitraum nichts weiter als das leere Arbeitszimmer zu sehen. Dieter spulte vorwärts, bis sie Eva und Paul ins Bild kommen sahen.

»Sag mal, was treiben die denn?« Dieter sah Martin verblüfft an.

Martin griff zur Fernbedienung und spulte die Kassette vor. Den Liebesakt seines Kollegen wollte er nun wirklich nicht sehen.

»Paul hat dir zwar gesagt, er hätte einmal was mit ihr gehabt, aber doch nicht in der Stumpf-Villa.«

»Und auch nicht am Samstag. Er sprach von Montag.« Diese Tatsache machte Martin unruhig. Paul hatte ihn schon wieder angelogen.

»Stopp!«, rief Michael plötzlich.

Stumpfs überraschendes Auftauchen zog ihre volle Aufmerksamkeit auf den Fernseher. Sie verfolgten den Streit sowie die Rangelei zwischen den Männern, bis das Bild sich urplötzlich auflöste und in Flimmern und Rauschen überging.

»Das gibt's doch jetzt nicht«, fluchte Martin.

Das Spulen im Rekorder verriet ihnen, dass die Kassette zu Ende war und auf den Anfang zurücklief.

»Wie viel Zeit ist da vergangen?«, fragte Martin verärgert.

»Die Aufzeichnung begann um siebzehn Uhr und endete um zwei Minuten vor eins«, erklärte Dieter.

»Dann lief sie knapp acht Stunden.«

Dieter holte die Kassette heraus. »Das ist eine Zweihundertvierzig-Minuten-Kassette, deren Aufnahmekapazität offensichtlich über die Longplay-Funktion ums Doppelte verlängert wurde. Also, acht Stunden.«

»Ziemlich veraltete Technik, findet ihr nicht?«, wunderte Michael sich. »Normalerweise geht das doch heute über Funk oder Langzeitrekorder direkt auf die Festplatte und nicht auf so eine Kassette.«

»Wahrscheinlich hat er dieses System schon ewig«, vermutete Dieter. »Und so lange es funktioniert …«

Martin trommelte ungeduldig auf dem Tisch herum. »Da wir die Kassette bei Eva Neumann gefunden haben, liegt die Vermutung nahe, dass sie sie auch aus dem Rekorder genommen hat. Aber warum?«

»Vielleicht wollte sie nicht, dass jemand das sieht.« Dieter zog die Augenbrauen hoch. »Und das kann ich gut verstehen.«

»Aber das passt doch zeitlich nicht«, gab Michael zu bedenken. »Sie hat sich doch verabschiedet, bevor die Männer sich gestritten haben.«

»Ob sie tatsächlich gegangen ist, wissen wir nicht. Dafür gibt's keine Zeugen«, erinnerte Martin. »Klar ist nur, dass sie den Raum verlassen hat.«

»Das stimmt. Eigentlich muss sie gewartet haben, bis Paul weg war. Dann kam sie zurück, um die Kassette zu holen«, ließ Michael seiner Vermutung freien Lauf. »Stumpf hat sie ihr bestimmt nicht freiwillig gegeben. Es kam zum Streit und sie hat ihn erschlagen.«

»Das halte ich für ausgeschlossen«, sagte Martin bestimmt. »Ich glaube nicht, dass es eine Frau wie Eva stören würde, wenn ihr Liebesspiel auf einer Kassette verewigt ist. So wie ich sie einschätze, hätte sie das doch eher noch gut gefunden.«

»Paul aber nicht!«, sagte Dieter, woraufhin für Sekunden Stille herrschte. Jeder wusste, ohne dass es ausgesprochen werden musste, was das bedeuten konnte.

»Er hat das mit der Kassette ja gar nicht gewusst«, verteidigte Michael seinen Kollegen.

»Das wiederum wissen wir nicht mit Sicherheit. Der Stumpf oder Eva könnten es ihm gesagt haben.«

»Da kommt mir gerade eine Idee«, sagte Martin nachdenklich. »Was, wenn Eva Paul absichtlich verführt hat, und zwar bewusst auf dem Schreibtisch, wo es aufgezeichnet werden konnte? Vielleicht wollte sie ihn damit erpressen.«

»Weißt du, was du da sagst?« Michael blickte Martin entgeistert an.

Erst in diesem Moment wurde Martin bewusst, dass er Paul mit seinen Überlegungen womöglich ein Motiv lieferte. »Deswegen halte ich Paul doch nicht für einen Mörder.« Gereizt sprang er auf und ging zum Fenster. »Diese Aufnahme ist ihm mit Sicherheit peinlich, aber deshalb würde er sich bestimmt nicht erpressen lassen.«

»Wahrscheinlich weiß er nicht mal was davon«, insistierte Michael.

»Außerdem, wenn Paul an der Stelle des Mörders gewesen wäre, hätte er nie die Kassette am Tatort vergessen. So dilettantisch ist er nicht.«

»Aber er war besoffen«, erinnerte Dieter.

»Nein, die Kassette hat nichts damit zu tun«, beharrte Martin. »Und Paul auch nicht. Selbst wenn man annehmen würde, dass er für den Mord an Eva ein Motiv gehabt hätte, bringt er doch diesen Lang nicht noch um. Das passt alles nicht zusammen.«

»Er könnte eifersüchtig gewesen sein«, wagte Dieter zu sagen.

»Das ist doch alles Blödsinn!«, rief Michael laut. »Wegen einer bescheuerten Videokassette oder einem One-Night-Stand bringt Paul doch niemanden um.«

»Richtig!« Martin nickte. »Wir alle kennen Paul und ich denke, wir können das einschätzen.« Er klang, als ob er sich selbst von dem, was er sagte, überzeugen wollte. »Wenn wir logisch überlegen, kommen wir doch zu folgendem Schluss: Die Kassette wurde bei Eva gefunden. Also muss sie sie genommen haben, und zwar nicht wegen des Liebesakts, sondern weil sie vermuten musste, dass der Mord aufgezeichnet worden war.«

»Klingt plausibel. Sie muss es gewesen sein«, stimmte Michael zu. »Denn die Gelegenheit, sich die Kassette zu schnappen, bestand nur in der Tatnacht.«

»Demnach hätte die Schwarz tatsächlich nur das Gemälde geklaut«, folgerte Dieter.

Martin schüttelte den Kopf. »Irgendwas stört mich an der Überlegung. Ich war immer mehr zu dem Schluss gekommen, dass es sich in beiden Fällen um ein und denselben Mörder handelt.«

»Damit würden Gabriele Schwarz und Eva Neumann als Mörderinnen von Stumpf wegfallen«, kombinierte Michael. »Aber was ist dann mit der Kassette?«

»Außerdem«, gab Dieter zu bedenken, »wirken beide Taten wie Affekthandlungen. Immerhin nahm der Täter die Tatwaffen vom Tatort. Das spricht nicht für geplante Morde und auch nicht für einen einzigen Mörder. Denn wer tötet schon zweimal im Affekt?«

»Ein berechtigter Einwand, könnte man meinen.« Martin schüttelte den Kopf. »Aber eine Affekthandlung schließe ich beim zweiten Mord aus. Wir haben keine Fremdspuren auf Evas Bett gefunden. Und das halte ich bei einer spontanen Tat für ausgeschlossen. Für mich war das ein geplanter Mord.«

79

»Wussten Sie davon, Sandor?« Im Lauf des Tages hatte auch Egon Milster von der Videokassette Wind bekommen.

»Wenn Sie den sexuellen Kontakt zwischen Herrn Fischer und Frau Neumann meinen, ja. Das hat er uns erzählt.« Martin verschwieg allerdings, dass Paul ihm nichts von der Schreibtischnummer gesagt hatte. Und das hinterließ bei ihm einen ziemlich bitteren Beigeschmack. Denn er war sicher, dass Paul das nicht vergessen hatte. Der Kommissar fragte sich erneut, ob der junge Kollege nicht nur vorgab, ein Blackout zu haben.

»Und was ist mit dem Streit der Männer kurz vor der Tat?«, fuhr Milster angespannt fort.

Martin musste nichts sagen. Sein Gesicht war Antwort genug.

»Wissen Sie, was das bedeutet? Herr Fischer hat ein handfestes Motiv. Und wie ich das sehe für beide Morde. Bei Stumpf könnte man noch an Notwehr denken, sollte die Schlägerei ausgeartet sein. Aber der Mord an Neumann und Lang sieht für mich wie eine Hinrichtung aus. Das deutet alles auf extreme Eifersucht hin, die man Fischer aufgrund des Videos unterstellen könnte.«

»Wegen einer Frau bringt Paul doch niemanden um«, rief Martin aufgebracht.

»Wegen Frauen wurden schon ganze Kriege angezettelt.«

»Herr Milster«, meldete sich Michael zu Wort. »Paul Fischer ist ein absolut zuverlässiger Kollege mit Wert- und Moralvorstellungen. Es ist völlig ausgeschlossen, dass er damit etwas zu tun hat.«

»Das kann man sich bei Kollegen nie vorstellen. Deswegen ist es aber nicht gänzlich abwegig, insbesondere, wenn man so klare Hinweise hat wie in diesem Fall.«

»Aber sehen Sie sich doch mal die Tatortfotos an.« Michael trat an die Wand mit den Bildern zum Fall. »Paul und das hier?« Er deutete mit der Hand auf das aufgespießte Pärchen. »Nie im Leben.«

»Ihre Loyalität in allen Ehren, aber trotzdem werden wir den Kollegen durchleuchten. Ich bin sicher, dass er das versteht. Er ist schließlich Polizist und weiß, dass das in so einer Situation die normale Vorgehensweise ist.«

Michael stöhnte und verließ den Raum.

»Sandor, wenn ich mich recht erinnere, sollten Sie schon gestern Herrn Fischer hierherholen und mich verständigen. Was ist daraus geworden?«

»Ich habe ihn telefonisch nicht erreicht«, log Martin. »Aber ich bin abends noch bei ihm vorbeigefahren und habe ihn auch angetroffen. Wir haben uns lange unterhalten und ich habe keinerlei Verdachtsmomente gefunden.«

»Ich werde mit Herrn Fischer persönlich sprechen«, verkündete Milster. »Denn irgendwie habe ich das Gefühl, dass Sie alle nicht die nötige Objektivität walten lassen.«

»Wie könnten wir das auch«, rief Martin sichtlich verärgert. »Paul ist einer von uns. Wir kennen ihn sehr gut. Und ich denke, gerade deshalb ist unsere Sichtweise von Bedeutung. Als Polizisten können wir auch persönliche Faktoren einbeziehen, ohne den Blick auf das Ganze zu verlieren.«

»Das ist ja alles schön und gut. Das ändert aber nichts am üblichen Procedere. Ich würde es mir nie verzeihen, wenn ich jetzt auf Sie höre, weil Ihr *Gefühl*«, Letzteres sagte er mit herablassendem Unterton, »Sie leitet und Herr Fischer am Ende doch schuldig ist.« Milster ging zur Tür. »Das ist mir einmal passiert. Ein zweites Mal möchte ich das nicht erleben.«

Martin wusste, auf welchen Fall er anspielte, und konnte ihn sogar verstehen. Er an Milsters Stelle hätte wahrscheinlich genauso gehandelt.

80

Sie saß hinter dem Steuer ihres dunklen Wagens und blickte zum Haus hinüber, in dem Paul Fischer wohnte. Nichts rührte sich.

Die Sonne brannte durch die Windschutzscheibe und heizte den Innenraum auf. Müdigkeit überkam sie. Erst als ein Streifenwagen und ein Zivilfahrzeug direkt vor und hinter ihr parkten, fuhr sie erschrocken hoch. Vier Männer in Zivil stiegen aus, nahmen einen silbernen Koffer aus dem Kofferraum und gingen zum Haus gegenüber. Ein weißer Toyota iQ mit der Werbeaufschrift *Schlüsseldienst Mainz* bog in die Straße und parkte hinter dem

Polizeiwagen. Ein Mann in Arbeitskleidung stieg aus und ging zu den wartenden Beamten. Nachdem der Monteur das Türschloss bearbeitet hatte, verschwanden alle im Treppenhaus.

Sie ließ den Motor an, rangierte aus der Parklücke und rollte im Schritttempo los. Kurz vor der Einmündung hielt sie abermals und beobachtete das Geschehen aus der Distanz im Rückspiegel.

Paul, der schweißgebadet von seiner Joggingrunde zurückkehrte, blieb wie angewurzelt stehen, als er die Männer sah, die gerade seinen Computer aus dem Haus trugen. Sie hatten seine Wohnung durchsucht! Die Erkenntnis traf ihn wie ein Schlag. Paul suchte nach dem Wagen eines Kollegen, doch aus seinem Team schien niemand da zu sein. Egon Milster tauchte plötzlich auf. Paul ging in einem Vorgarten hinter einer Hecke in Deckung. Während Milster zu einem Beamten in den Streifenwagen stieg und losfuhr, blieb das Zivilfahrzeug mit zwei weiteren Beamten vor dem Haus stehen. Paul wusste, dass sie auf ihn warteten.

Die Frau im dunklen Wagen sah, wie Paul aus seinem Versteck kam, kehrtmachte und eilig in die nächste Straße bog. Vorsichtig nahm sie die Verfolgung auf.

81

»Milster war eben bei Paul zur Hausdurchsuchung und jetzt hat er ihn zur Fahndung ausgeschrieben«, sagte Michael entsetzt als er ins Zimmer kam.

»Wie bitte?«, fragte Martin gedehnt. Dann atmete er tief durch und lief zu Milsters Büro. Mit jedem Schritt wurde seine

Empörung größer. Er klopfte nur kurz und trat ein. Energisch ging er auf Milster zu, der hinter seinem Schreibtisch saß und ihm mitleidig entgegenblickte.

»Sparen Sie sich Ihre Entrüstung, Sandor«, wollte Milster seinen Kommissar ausbremsen. »Setzen Sie sich und hören Sie zu.«

»Wie konnten Sie ohne uns Herrn Fischers Wohnung durchsuchen?«, fauchte Martin ihn trotzdem an. »Egal, wie die Sachlage ist, er ist unser Kollege und Sie wären verpflichtet gewesen, mich mitzunehmen.«

»Sie wissen genauso gut wie ich, dass die Durchsuchung bei einem verdächtigen Kollegen nie von der eigenen Dienststelle übernommen werden kann.«

»Sie waren doch auch da«, warf Martin ihm vor.

Milster winkte ab. »Ich war praktisch nur Zuschauer. Das ist etwas anderes.«

»Dieses Vorgehen sieht hinterhältig und verlogen aus.«

»Machen Sie sich keine Sorgen darüber, was Herr Fischer jetzt über Sie denkt. Der hat ganz andere Probleme.« Milster sprach auffällig ruhig und deutete mit der Hand auf einen Stuhl, damit Martin sich endlich setzte.

Stattdessen stellte er sich hinter den Stuhl und stützte sich mit den Händen darauf ab. Er umfing die Rückenlehne so fest, dass seine Knöchel weiß hervortraten. Am liebsten hätte er seinen Chef geschüttelt. Dessen ruhige Art entsprach so gar nicht seinem sonstigen Wesen und provozierte Martin umso mehr.

»Abgesehen davon wissen Sie jetzt, wie es sich anfühlt, wenn man nicht über alles informiert wird«, fügte Milster an und erinnerte Martin damit an die ein oder andere eigenmächtige Entscheidung, die der Kommissar regelmäßig zum Ärger seines Chefs traf.

»Das ist etwas völlig anderes!«, rief Martin aufgebracht. »Hier geht es um unseren Kollegen, den Sie mit dieser verdammten Aktion gedemütigt haben.«

»Sie sollten sich anhören, was ich zu sagen habe, bevor Sie mich hier weiter beschuldigen. Ich habe die Arbeit gemacht, die Sie hätten tun sollen. Und Herrn Fischer habe ich damit sicher nicht diskreditiert.«

In dem Moment spürte Martin, dass bei der Hausdurchsuchung etwas vorgefallen sein musste, etwas, das Milster diesen mitleidigen Blick ins Gesicht gelegt hatte. Martin rief sich zur Ruhe und setzte sich. Milster hatte recht. Er sollte wissen, wie die Aktion gelaufen war, bevor er ihn weiter angriff.

»Also«, fuhr Milster fort, »Herrn Fischer haben wir bei der Hausdurchsuchung nicht angetroffen. Und wir wissen im Augenblick auch nicht, wo er sich aufhält. Des Weiteren muss ich Ihnen leider mitteilen, dass unser Kollege etwas mit der Sache zu tun hat, wie ich bereits befürchtet hatte.«

Martin fühlte eine Gänsehaut über seinen Rücken kriechen und wartete, dass Milster weitersprach. Es hatte den Anschein, dass es ihm schwerfiel. Er seufzte und sagte schließlich: »Wir haben die Tatwaffe, mit der Erwin Stumpf erschlagen wurde, im Garten unter einem Busch sichergestellt.«

»Was?« Martin konnte nicht glauben, was er da hörte. »Das ist unmöglich.«

»Wenn ich es Ihnen sage. Ich war selbst dabei, als die Kollegen diese Bronzestatue gefunden haben.«

Martin fuhr sich mit den Händen durch die Haare. Das konnte, das durfte nicht wahr sein. Paul ein Mörder? Er konnte sich doch nicht derart in dem Jungen getäuscht haben.

»Ich weiß, das müssen Sie jetzt erst mal sacken lassen«, sagte Milster verständnisvoll. »Wenn wir Paul Fischer gefunden haben, sehen wir weiter.«

»Aber was ist mit Frau Schwarz?«

»Ich habe veranlasst, dass sie aus der Untersuchungshaft entlassen wird. Unter diesen Umständen gehe ich davon aus, dass sie tatsächlich nur die Gelegenheit genutzt und das Bild gestohlen hat. Sie bestreitet die Mordtat ja bis heute.«

»Und was, wenn sie es doch war, und ein Komplize hat Paul die Statue untergeschoben?«

»Überlegen Sie doch mal, Sandor. Woher hätte ein Komplize denn wissen sollen, dass wir Paul Fischer überhaupt verdächtigen?«

Wo er recht hat, hat er recht, überlegte Martin. Und wenn es doch so war, käme nur jemand dafür infrage, der die Akten kannte. Ein Insider also. Und das war totaler Irrsinn.

»Verdammt!«, fluchte Martin und sprang auf. Diesmal war er es, der aufgeregt vor Milsters Schreibtisch auf und ab schritt. Plötzlich blieb er wie angewurzelt stehen und riss die Augen auf. »Der Zeitungsartikel heute Morgen.«

»Nein.« Milster schüttelte den Kopf. »Es standen kein vollständiger Name und keine Abteilung in dem Bericht. Wer damit gemeint war, ist für Außenstehende meiner Meinung nach nicht herauszufinden. Und wenn doch, dann sicher nicht so schnell, dass man innerhalb von zwei, drei Stunden reagieren kann. Außer der Statue haben wir auch eine schwarze Lederjacke sichergestellt.«

»Paul hat auf dem Video doch gar keine angehabt.« Martin wusste, das war ein schwacher Einwand.

»Wir werden sehen, was das Labor spricht.«

»Was ist mit den Morden an Neumann und Lang?«

»Außer dem Eau de Toilette gibt's noch keine weiteren Hinweise auf Fischer. Aber Sie wissen selbst, dass er auch dafür ein Motiv und kein Alibi hat.«

»Welches Motiv?«

»Er war ihr Lover. Dann schläft sie mit einem anderen. Jedem normalen jungen Mann würde das nicht gefallen. Selbst, wenn er nicht ihr fester Freund ist.«

»Na, wenn Sie das als Motiv nehmen wollen, kommen jede Menge anderer Männer ebenfalls infrage.«

»Die haben aber keine Tatwaffe im Garten. Wie dem auch sei, wir werden das noch näher beleuchten. Aber erst mal müssen wir Fischer auftreiben. Per Handy ist er weder zu erreichen noch ausfindig zu machen. Das lag nämlich in seiner Küche. Und auch das wirkt auf mich ein bisschen wie Flucht. Ein Mann wie Fischer vergisst doch sein Handy nicht, wenn er aus dem Haus geht.«

»Jetzt suchen Sie aber in den Krümeln.«

»Ist das nicht unser Job?« Milster erhob sich und trat zu Martin. »Es tut mir ebenso leid wie Ihnen«, brachte er verständnisvoll heraus. »Das Ganze ist ungeheuer tragisch. Zudem wirft das ein ganz übles Bild auf die Polizei.«

»Ach«, fuhr Martin ihn an, »das ist also Ihr Hauptproblem, was? Die Presse, der gute Ruf.« Er lief zur Tür und riss sie auf. »Scheiß drauf!«, murmelte er im Hinausgehen.

82

»Milster hält Paul für schuldig!«, rief Martin und schlug die Tür mit voller Wucht zu. »Sie haben die Tatwaffe, diese Statue, bei ihm im Garten gefunden.«

Die Kollegen starrten Martin ungläubig an.

»Das gibt's doch nicht«, flüsterte Dieter.

»Die muss ihm jemand untergeschoben haben«, sagte Michael bestimmt.

»Das war auch mein erster Gedanke«, berichtete Martin. »Aber das ist völlig unlogisch. Es gibt außer uns ja niemanden, der wusste, dass er verdächtig sein könnte.«

»Wieso nicht? Die Putzfrau kann doch gewusst haben, wer alles auf der Party war. Und irgendjemand aus ihrem Dunstkreis hat die Statue dann bei Paul abgelegt«, beharrte Michael.

»Auch nicht logisch. Paul war mehr oder weniger zufällig mit Eva dort. Er war kein offiziell eingeladener Gast. Ich glaube nicht, dass sie seinen Namen kannte. Außerdem hätte sie noch wissen müssen, dass Paul verdächtig ist. Wenn ihm jemand das Ding untergeschoben hat, dann muss dieser jemand auch damit gerechnet haben, dass man bei Paul suchen wird.«

»Dann muss es diesen jemand geben. Paul wäre doch nie so blöd, eine Mordwaffe bei sich zu verstecken, selbst wenn sie irgendwie wertvoll ist. Der hätte sie längst entsorgt.«

»Berechtigter Einwand«, sagte Martin.

»Was ist mit dem Mord an Eva Neumann und Rolf Lang? Haben sie dazu auch irgendwelche Hinweise bei Paul gefunden?«, wollte Dieter wissen.

»Bis jetzt nicht.« Martin erzählte den Kollegen alles, was Milster gesagt hatte. Währenddessen klingelte Michaels Handy.

»Sorry!«, entschuldigte er sich und ging ran. Im nächsten Moment deutete er den Kollegen an, dass er kurz nach draußen ging.

Als er fünf Minuten später wieder hereinkam, sagte Martin gerade: »Wir müssen ihn so schnell wie möglich finden.« Er warf Michael einen kurzen Blick zu und stutzte. »Ist was? Du siehst so merkwürdig aus.«

»War was Privates. Wie gehen wir denn jetzt vor?«

»Dieter und ich klappern alle Freunde und Bekannten von Paul ab. Und die Recherche an seinem Computer übernimmst du, Michael. Vielleicht werden wir ja fündig.«

Gemeinsam stellten sie anhand von Pauls Adressbuch und Handyeinträgen eine Liste mit seinen Kontakten zusammen. Dann setzte sich Michael an Pauls Computerdaten, die die Leute aus der Datenverarbeitungsgruppe inzwischen gespiegelt und selektiert hatten.

83

Michael hielt in der Nähe des Hauptbahnhofs und sah sich suchend um. Paul war nirgends zu sehen. Er fragte sich, ob der Kollege überhaupt kam. Vielleicht hatte er plötzlich Angst bekommen, dass auch er ihn verraten oder gar festnehmen würde?

Nervös trommelte er auf das Lenkrad. Gerade sah er in den Rückspiegel, als die Beifahrertür aufgerissen wurde und Paul sich auf den Sitz fallen ließ. Michael fuhr erschrocken zusammen.

»Sei doch nicht so schreckhaft«, begrüßte ihn der junge Mann und versuchte, einen lockeren Ton anzuschlagen, was ihm nicht besonders gut gelang.

»Kunststück!« Michael seufzte. »Ich sitze hier wie auf heißen Kohlen.« Er musterte den Kollegen. Paul war blass, unrasiert und roch nach Schweiß. »Es ist gut, dich zu sehen. Wie geht es dir?«

»Wie soll es einem mutmaßlichen Mörder schon gehen? Beschissen wär geprahlt. Ich bin froh, dass du mir helfen willst. Ich wusste nicht, an wen ich mich sonst wenden kann. Du bist der Einzige, dem ich vertraue.«

»Die anderen sind genauso vertrauenswürdig und deshalb wär es sinnvoll, wenn du ins Präsidium kämst.«

»Das kannst du vergessen.«

»Dann sprich wenigstens mit Martin.«

»Mit dem hab ich gestern lange gesprochen. Und heute wurde meine Bude durchsucht. Was soll ich davon halten?«

»Die Durchsuchung geht auf Milsters Konto. Martin ist deswegen stinksauer. Aber das hab ich dir doch schon am Telefon gesagt.«

»Ich weiß nicht mehr, was ich noch denken soll. Aber glaub mir, wenn ich denjenigen finde, der mir diese Statue untergeschoben hat …« Paul machte ein verbissenes Gesicht. »Den mach ich so was von fertig!«

»Wenn du irgendwas rausfindest, sagst du uns Bescheid, ist das klar? Du unternimmst auf keinen Fall selbst was. Wir haben gerade schon genug Mist am Bein.«

»Es tut mir echt leid, dass ich solchen Ärger mache.«

»Ärger? Junge, du weißt gar nicht, wie tief du in der Scheiße steckst.«

»Dann lass mich nicht dumm sterben und gib mir die Unterlagen, damit ich es nachlesen kann.«

Michael griff nach einem Umschlag. »Hier! Du weißt schon, dass mich das den Job kosten kann, wenn das rauskommt.«

»Es wird nicht rauskommen.« Paul nahm die Unterlagen an sich. »Danke! Vielleicht krieg ich was raus, was den Fall voranbringt und mich entlastet.«

»Du hältst mich auf dem Laufenden und sagst mir, was du vorhast.«

»Klar, mach ich. Kannst du mir fünfzig Euro leihen?«

»Damit kommst du aber nicht weit.«

»Nicht weit, aber weit genug.«

Michael zog sein Portemonnaie aus der Hosentasche und reichte Paul einen Schein.

»Hier.«

»Danke! Du kriegst es zurück.«

»Wo wohnst du im Moment?«

»Das werd ich dir nicht sagen, sonst musst du noch mehr Geheimnisse mit dir rumschleppen.«

»Kann ich dich denn irgendwie erreichen?«

»Ich hab kein Handy. Aber ich melde mich bei dir.«

Michael war mulmig zumute. Machte er hier gerade einen riesengroßen Fehler?

Paul öffnete die Tür. »Das vergesse ich dir nie, Michael.« Er stieg aus und wartete, bis der Kollege aus seinem Blickfeld verschwunden war. Dann überquerte er den Bahnhofsvorplatz und schlug den Weg in die Bahnhofstraße ein. Von dort gelangte er in die Herbert- und Reisinger-Anlagen. Im Schutz eines großen Baumes setzte sich Paul auf eine Parkbank und begann, die Kopien durchzusehen. Das Gefühl, das er schon seit Tagen mit sich herumtrug, verstärkte sich immer mehr. Es war eine Mischung aus Frust und Angst. Nie hätte er zu träumen gewagt, dass er sich einmal auf der anderen Seite des Gesetzes wiederfinden würde.

84

Nachdem sich Paul einen groben Überblick verschafft hatte, fuhr er mit dem geliehenen Fahrrad zurück nach Mainz. Auf der Fahrt legte er sich einen Plan zurecht, wie er jetzt vorgehen wollte. Als er in die Finkenstraße einbog, sah er wie erwartet den Wagen mit den Beamten immer noch vor seinem Haus. Langsam fuhr er ein Stück in die Straße hinein und bog dann zum Eingang eines Wohnblocks ab. Wenig später traten zwei etwa 16-jährige Jungs aus dem Haus. Einer von ihnen nahm sein Fahrrad entgegen. Paul drückte ihm den Fünfziger in die Hand und instruierte sie. Anschließend pirschte er sich von Garten zu Garten, bis er auf Höhe des Streifenwagens hinter einer Thujahecke stand. Er verfolgte, wie die beiden Jungs auf die Straße traten und hundert Meter vor den Polizisten anfingen, sich anzurempeln. Sie beschimpften sich und stritten. Nach kurzer Zeit kam die Auseinandersetzung der Jungs so richtig in Schwung. Sie schlugen plötzlich aufeinander ein, bis sie sich schließlich am Boden wälzten. Die beiden ließen ihre Schlägerei sehr realistisch aussehen. Zufrieden beobachtete Paul, wie die Kollegen aus dem Auto stürmten.

»He, ihr zwei!«, rief einer von ihnen in Richtung der Jungs. Die reagierten nicht darauf und rauften weiter, inzwischen mitten auf der Straße. Die Beamten liefen auf sie zu. In dem Augenblick zwängte Paul sich durch die Hecke und rannte über die Straße. Blitzschnell schloss er die Tür auf und betrat das Haus. Er stürzte die Treppe hinauf und sah, dass bei der Durchsuchung sein Schloss ausgefräst, aber Gott sei Dank nicht durch ein neues ersetzt worden war. Stattdessen prangte ein Polizeisiegel am Türrahmen. Kurzerhand durchtrennte er es und trat ein. Fieberhaft suchte er seine Sachen zusammen. Er brauchte Klamotten, Geld und vor allem seinen Chip, um ins Präsidium zu gelangen. Erleichtert stellte er fest, dass die Kollegen zwar seine Dienstwaffe mitgenommen, sein Portemonnaie und den Chip aber nicht gefunden hatten. Schnell packte Paul die Sachen in einen Rucksack. Jetzt blieb nur noch zu hoffen, dass die Prügelknaben die Kollegen lange genug aufhielten, um ungesehen das Haus verlassen zu können. Vorsichtig lugte er aus der Tür. Im Wagen war niemand. Schnell rannte Paul bis zum Gartenzaun. Von dort konnte er die Straße hinaufblicken und sah, dass die Männer noch mit den Jungs auf der Straße standen und diskutierten. Er zog seine Kappe tief in die Stirn und lief auf den roten BMW zu, den er gerade erst gekauft hatte. Das Fahrzeug war noch nicht angemeldet und trug ein rotes Nummernschild. Nach diesem Wagen würde keiner suchen, zumindest vorerst nicht. Mit klopfendem Herzen, jede Sekunde darauf vorbereitet, von hinten angesprochen zu werden und losrennen zu müssen, setzte er Schritt vor Schritt, bis er den Wagen erreicht hatte. Unbemerkt verließ er die Finkenstraße in Richtung Mainzer Altstadt.

85

»Menschenskinder!«, schimpfte Martin. »Ich bin so lahm wie eine Schnecke!« Dabei schlug er sich mit der flachen Hand gegen die Stirn. Dann riss er das Lenkrad herum und vollführte ein riskantes Wendemanöver.

»Na, ich finde du fährst ganz schön schnell«, entgegnete Dieter und krallte sich am Türgriff fest.

»Ach was, fahren. Denken. Ich denke lahmarschig.« Und schon fuhr er den Gustav-Stresemann-Ring in entgegengesetzter Richtung und mit deutlich überhöhter Geschwindigkeit entlang. »Mir hätte der Kerl sofort einfallen müssen.«

»Wer denn?«

»Der Nachbar von der Neumann, dieser Alfred Braun. Der wusste als Einziger den vollständigen Namen von Paul. Als er seine Aussage hier gemacht hat, hat Milster ihm den Namen genannt.«

»Mensch, du hast recht.«

»Der war mir von Anfang an unsympathisch.«

»Was nicht unbedingt auf seine Schuld hindeutet«, versuchte Dieter seinen Chef ein wenig zu bremsen.

Sechs Minuten später parkte Martin auf einem der Anwohnerparkplätze und sprang aus dem Wagen. Er klingelte Sturm bei Herrn Braun. Leider vergeblich.

Frau Plinke hatte die Polizisten durchs Fenster gesehen und kam an die Tür.

»Herr Kommissar!«, begrüßte sie ihn und sah ihn fast ängstlich an. »Ist schon wieder was passiert? Sie sehen so besorgt aus?«

»Nein, nein. Wir wollen nur zu Herrn Braun. Er scheint aber nicht da zu sein. Ist er auf der Arbeit?«

»Davon gehe ich aus.«

»Wissen Sie, wo das ist?«

»Im Luisenforum. Er ist Verkäufer bei Saturn.«

Und schon wandte Martin sich ab. »Danke, Frau Plinke«, rief er noch. »Sie sind mir jedes Mal eine große Hilfe.«

Die zwei Kilometer bis zum größten Einkaufscenter in der Wiesbadener Innenstadt hatten sie schnell zurückgelegt und den Wagen in der Schwalbacher Straße, praktisch direkt vor der Tür, abgestellt. Die Saturnfiliale befand sich im ersten Obergeschoss des Luisenforums. Martin und Dieter hatten Herrn Braun beim Eintreten sofort entdeckt. Er stand zwischen den Regalen und sortierte Radiowecker.

Ein Neandertaler in der modernen Welt, schoss es Martin durch den Kopf, ehe er ihn ansprach.

»Dürfen wir kurz stören?«

Brauns Überraschung wich der Angst, die sich augenblicklich in seinen dunklen Augen widerspiegelte. »Sicher«, brachte er hervor und bemühte sich um einen lockeren Ton. »Sind Sie auf der Suche nach etwas Bestimmten?«

»Können wir irgendwo reden?«

Der Verkäufer führte sie in ein Hinterzimmer mit Schreibtisch und Stuhl.

»Herr Braun, wo waren Sie am Samstag, dem neunzehnten Juni gegen ein Uhr nachts?

»Wieso?«

»Weil ich Sie verdächtige, Herrn Erwin Stumpf umgebracht zu haben«, sagte Martin ohne Umschweife. »Also?«

Braun schien schockiert und brachte zunächst kein Wort heraus.

»Wie wär's mit einer Antwort?«

»Ich glaube, ich war im Kino. Ja, genau. Ich war in der Dreiundzwanzig-Uhr-Vorstellung.«

»Zeugen?«

»Ein Kollege war mit. Der ist auch hier, den können Sie gleich fragen.«

»Das trifft sich gut.«

»Was haben Sie gesehen und wann war der Film zu Ende?«, erkundigte sich Dieter.

»Es lief *Non-Stop*. Danach haben wir noch was getrunken. Es muss etwa zwei gewesen sein, als ich heimkam. Warten Sie, ich glaube, ich hab sogar die Kinokarte noch einstecken.« Er kramte sein Portemonnaie aus der Hosentasche und zog ein Ticket heraus. »Ich heb das immer auf, weil hintendrauf ein Gutschein für einen Burger ist«, erklärte er.

Martin warf einen kurzen Blick darauf. Dann fragte er: »Wo ist Ihr Kollege?«

Alfred ging voraus und stellte den Beamten Horst Wenninger vor, den Sie zum Alibi befragten. Er bestätigte Alfred Brauns Angaben und machte dabei einen zuverlässigen Eindruck.

Als sie wenig später zurück zum Wagen gingen, schien Martin völlig niedergeschlagen zu sein. »Ich war so sicher«, sagte er zu Dieter.

»Weil du es gerne wolltest. Jeder wäre dir lieber als Paul. Aber ich muss zugeben, es klang auch absolut logisch.«

»Mein Gott, Dieter. Ich weiß nicht, was ich noch denken soll.«

Darauf wusste auch Dieter nichts zu sagen und meinte nur: »Lass uns Pauls Freunde abklappern.«

86

Anton Lang hatte seine Geschwister zum Opelbad gefahren, nachdem er sie endlich dazu hatte überreden können. Seit ihr Vater ums Leben gekommen war, wollten Viktoria und Lukas nur noch zu Hause bleiben und sich am liebsten in ihren Zimmern verkriechen. Er selbst blieb nicht im Schwimmbad, sondern kehrte zurück nach Heßloch. Er hatte versprochen, den Stall auszumisten. Er wollte seine Mutter unterstützen, so gut es ging.

Als er auf den Hof fuhr, erkannte er sofort den parkenden Wagen. Der weiße BMW X5 gehörte diesem Pallhuber. Anton mochte den Mann nicht. Was machte der Blödmann jetzt schon wieder hier? Neben seinem Wagen stand noch ein anderer, den Anton nicht kannte. Es war ein blauer Mercedes.

Der Junge stellte den Land Rover ab und ging auf das Wohnhaus zu. In dem Moment öffnete sich die Tür und ein grauhaariger, dünner Mann mit Brille trat heraus.

»Wer sind Sie?«, fragte Anton ihn, als der Mann nur kurz grüßend an ihm vorbeilief.

»Notar Maiwald«, antwortete er. »Hab's leider eilig. Wiedersehen.«

Notar? Was macht denn ein Notar hier?, wunderte sich der Junge und blickte ihm hinterher, wie er in seinen Mercedes sprang und davonfuhr.

Pallhuber musste wohl noch im Haus sein, vermutete Anton. Er öffnete leise die Haustür und schlich in den Flur. Dort hörte er auch schon dessen Stimme. Warm und freundlich klang er. Anton lauschte.

»Sie werden sehen, so ist es für alle das Beste.«

»Ich hatte ja wohl keine Wahl«, giftete seine Mutter ihn an.

»Das ist richtig. Aber manchmal müssen andere für einen entscheiden. Und so schlecht ist der Deal ja wohl nicht. Das Geld kannst du gut gebrauchen, oder etwa nicht?«

»Kann ich jetzt sicher sein, dass Sie uns in Ruhe lassen? Für immer?«

»Natürlich! Du hast ja unterschrieben.« Pallhuber klang fröhlich. »Wo sind eigentlich deine Bälger?«, erkundigte er sich.

»Meine Kinder sind nicht da.«

Pallhuber lachte. »Nur keinen Stress. Ich hab doch versprochen, niemandem was zu tun, wenn du tust, was ich sage.«

Was sollte das denn heißen? Anton hatte das Gefühl, seiner Mutter beistehen zu müssen. Er trat zu ihnen in die Küche.

»Hallo, Mama! Alles okay?«, fragte er und musterte Pallhuber.

»Anton! Ich hab dich gar nicht kommen gehört.« Auch sie warf Pallhuber einen unsicheren Blick zu.

»Was macht ihr hier, und warum war ein Notar da?«

»Geschäfte, junger Mann«, entgegnete Pallhuber und lächelte ihn an.

»Was für Geschäfte?«

»Es ist alles in Ordnung«, antwortete ihm seine Mutter. »Darum brauchst du dich nicht zu kümmern. Wann holst du Vicky und Lukas wieder ab?«

»Um sechs vorm Schwimmbad.«

»Gut. Bist du so lieb und fährst noch schnell einkaufen?« Sie stand auf und holte eine Einkaufsliste vom Regal.

»Hat das nicht Zeit?« Anton war nicht wohl bei dem Gedanken, seine Mutter mit dem Kerl alleine zu lassen.

Annette Lang griff nach dem Arm ihres Sohnes. Sie traute Pallhuber nicht und wollte ihre Kinder nicht in seiner Nähe haben. Sie blickte ihren Sohn fast flehentlich an. »Bitte! Du würdest mir einen großen Gefallen tun.«

»Na, gut!« Er nahm den Einkaufszettel. »Ich bin gleich wieder da.«

»Ich danke dir!« Sie klang erleichtert. »Und tank auf dem Weg auch gleich noch den Wagen.«

Während Anton sich widerwillig in den Land Rover setzte und losfuhr, stand Pallhuber auf und lächelte zufrieden.

»Was ist mit den Fotos?« Annette baute sich vor ihm auf und stemmte die Hände in die Hüften. »Meine Ehe können sie zwar nicht mehr zerstören«, sagte sie bitter, »aber ich will sichergehen, dass sie nicht irgendwo auftauchen.«

Pallhuber betrachtete sie intensiv. »Die Bilder«, murmelte er. »An die hab ich gar nicht mehr gedacht. Für die musst du dich doch nicht schämen. Die sind wirklich sexy.«

»Wahrscheinlich hast du dich dran aufgegeilt«, sagte sie angewidert.

Er sah ungeniert auf ihren Busen und ein fieses Grinsen machte sich auf seinem Gesicht breit. »Wo ist der nächste Supermarkt?«, fragte er.

»Was?« Annette begriff nicht gleich, was die Frage sollte.

»Wo geht ihr Lebensmittel einkaufen?«, fragte er noch einmal.

»In Bierstadt. Warum?«

»Was die Fotos angeht«, sagte er langsam. »Die werde ich vernichten, wenn …« Er trat nah an Annette heran und streichelte ihr über die Wange. Sofort zog sie den Kopf zurück.

»Wenn was?«, fragte sie abweisend. »Was zum Teufel willst du noch? Du hast deinen Vertrag. Also, geh endlich und lass mich und meine Kinder für alle Zeiten in Ruhe.«

»Wenn ich es mir recht überlege, hab ich doch noch nicht alles.« Sein Blick sprach Bände und in Annette machte sich Panik breit.

»Ich habe nichts, was ich dir noch geben könnte«, schnauzte sie ihn an.

»Ich glaube schon. Die Erwähnung der Fotos hat mich da auf eine nette Idee gebracht und meine Fantasie beflügelt.« Er nahm ihren geflochtenen Zopf in die Hand und ließ ihn durch die Finger gleiten. Am Ende zog er das Gummiband ab und der Zopf löste sich langsam auf.

Annette trat einen Schritt zurück. »Lass mich in Ruhe, Pallhuber!«, flüsterte sie.

»Ich denke gar nicht daran. Und wenn wir nicht langsam mal in die Gänge kommen, bleibt uns nicht mehr viel Zeit.« Sein Ton wurde energisch. »Sonst könnte es sein, dass der Sohnemann uns noch in Flagranti erwischt. Und das willst du doch bestimmt nicht. Auch nicht, dass den Kleinen was passiert, oder?«

Annette starrte ihn nur an.

Er griff nach ihrer Hand und zog sie mit sich.

»Das kannst du nicht machen. Ich hab doch immer getan, was ihr verlangt habt«, jammerte sie und stolperte hinter ihm her über den Hof.

»Das sehe ich anders. Du hast mir viel Arbeit bereitet, nur weil du unfähig warst, deinen Mann zum Verkauf zu überreden. Außerdem hast du mich eine Stange Geld gekostet. Ich musste diesen Lover im Hotel bezahlen.« Er öffnete die Tür zur Stallgasse.

»Heiko, bitte!«, flehte sie, während er die Tür hinter ihr wieder schloss. »Lass mich bitte gehen.«

Er zog sie an sich, sodass sie seinen Atem auf ihrem Gesicht spürte.

»Hör auf zu jammern. Das macht mich aggressiv. Und ich glaube nicht, dass du mich so erleben willst.«

»Was du vorhast ist kriminell. Das ist –«

»Halt den Mund!«, schrie er sie an. »Ich bin lieber stark und im Unrecht als schwach und im Recht. Nur so kommt man im Leben zu was. Außerdem, wenn man es genau besieht, ist das keineswegs kriminell. Du tust das ja freiwillig, oder?« Er sah sie auf eine Art an, die ihr Angst einflößte. »Wenn du nicht willst, dann geh.« Er ließ sie los. »Es könnte allerdings sein, dass ich deine Verweigerung als persönliche Verletzung verstehe. Und wie ich schon sagte, so was vergesse ich nicht. Ich würde es bedauern, wenn eines deiner Kinder zum Beispiel einen Badeunfall hätte.«

»Ich werde es tun«, sagte sie, »aber sicher nicht freiwillig. Du zwingst mich dazu.«

»Nein, so solltest du das nicht sehen. Es kann uns beiden Spaß machen.«

»Du bist ein sadistisches Schwein!«

Er lachte. »Sicher nicht! Sadisten sind meist Menschen, die im Alltag unterdrückt werden. Das trifft auf mich nicht zu. Ich nutze nur die Gunst der Stunde.«

Annette sah zur Heugabel, die an der Wand lehnte, hinüber.

Pallhuber folgte ihrem Blick. »Denk nicht mal dran!«, sagte er und zog sie an der Hand in die nächste leere Pferdebox. »Los, zieh dich aus.« Er sah auf seine Uhr. »Aber beeil dich. Wir haben nicht allzu viel Zeit für das Vorspiel.«

Annette gehorchte. So schnell wie möglich würde sie das hinter sich bringen. Anton sollte das auf keinen Fall mitbekommen. Sie zog sich ihr Kleid aus und vermied es, Pallhuber dabei anzusehen.

Der Junge war auf der Nauroder Straße in Richtung Bierstadt unterwegs, als seine Gedanken ihn zum Anhalten bewegten. Warum hatte er den Eindruck gehabt, dass seine Mutter ihn vom Hof haben wollte? Und warum hatte sie dabei so ängstlich ausgesehen? Das war doch merkwürdig. Er warf einen Blick auf die Einkaufsliste. Alles Dinge, die sie nicht dringend brauchten. Der Zeiger auf der Tankanzeige stand auch noch auf Viertel voll. Ein ungutes Gefühl machte sich in ihm breit. Er wendete den Wagen und fuhr eilig zurück.

Als Annette ihren Slip fallen ließ, blickte sie Pallhuber hasserfüllt an. »Wenn du versuchst, dieses Spiel noch öfter durchzuziehen, bringe ich dich um!«, schleuderte sie ihm entgegen.

»Wenn meine Stute handzahm ist, dann wird der Hengst das als einmalig ansehen.«

Er trat zu ihr, legte eine Hand in ihren Nacken, die andere auf ihren Rücken und zog sie an sich. »Küss mich!«, forderte er, legte seine Lippen auf ihre und drängte mit seiner Zunge in ihren Mund. Ekel überkam sie und sie schloss die Augen. Sie fühlte seine Hände, wie sie über ihren Körper wanderten und riss erschrocken die Augen auf, als er sie gegen die Boxenwand drückte. Mit seinen Füßen spreizte er ihre Beine, um auch ihre intimste Stelle mit den Fingern zu erforschen. Er befahl ihr, Dinge zu sagen, die seine Lust noch anfachten, und drehte sie wenig später ruckartig herum.

Es ist gleich vorbei, gleich vorbei, sagte Annette sich wieder und wieder.

Sie hörte, wie Pallhuber den Reißverschluss seiner Hose öffnete.

»Lass meine Mutter in Ruhe, du Schwein!«, schrie Anton. In seinen erhobenen Händen hielt er ein langes Kantholz. Und noch ehe Pallhuber reagieren konnte, sauste das Holz nach unten und krachte auf seinen Schädel. Er sackte in sich zusammen und blieb bewegungslos auf dem Stroh liegen. Blut rann ihm übers Gesicht. Anton starrte entsetzt auf die große Platzwunde, die an Pallhubers Kopf klaffte.

»Ist er tot?«, fragte er mit Tränen in den Augen.

»Ich weiß es nicht«, flüsterte Annette. Schnell griff sie nach ihrem Kleid und warf es sich über. »Anton! Sieh mich an!« Sie packte den Jungen an den Schultern. »Das war Notwehr. Du kamst gerade rechtzeitig und hast mich beschützt.« Auch ihre Augen füllten sich mit Tränen. Sie nahm ihren Sohn in die Arme. »Ich danke dir, Anton.« Dann fing sie an zu schluchzen.

»Komm! Weg hier!« Er führte sie aus der Box. Dabei warf er noch einen Blick auf den Mann am Boden. Er rührte sich nicht.

Vom Wohnhaus aus wählte Anton die Nummer von Michael Pichlbauer, die dieser ihm bei der ersten Befragung dagelassen hatte.

»Hier ist Anton Lang«, meldete er sich. »Ich glaube, ich habe einen Mann erschlagen.«

87

Michael verständigte die Kollegen, die noch immer unterwegs waren. Sie holten ihn im Präsidium ab und fuhren gemeinsam mit einer weiteren Streife zum Hof der Familie Lang. Annette und Anton berichteten, was vorgefallen war. Während Dieter mit den beiden im Haus blieb, liefen Martin und Michael zum Stall hinüber. Sie fanden Pallhuber immer noch bewegungslos in der Pferdebox liegen. Martin beugte sich über ihn und fühlte nach dem Puls.

»Er lebt noch«, sagte er. »Aber die Wunde sieht nicht gut aus. Reife Leistung von dem Bürschchen.«

»Der Drecksack hat's ja wohl verdient.«

»Ja, der lässt keine Gelegenheit aus, sich unbeliebt zu machen. Aber diesmal bezahlt er endlich dafür.«

Wenig später wurde der Verletzte von einem Krankenwagen abtransportiert. Anton war erleichtert, dass Pallhuber noch am Leben war. Er hatte sich schon als Mörder hinter Gittern gesehen. Martin bot Frau Lang an, sie zu einem Arzt zu fahren, doch das lehnte sie ab.

»Der wird auch diesmal wieder davonkommen«, sagte sie. »Solche Typen kommen doch immer davon. Und in diesem Fall kann man ihm nicht mal was beweisen. Er hat mich nicht geschlagen und zum eigentlichen Akt …«, sie schluckte hart und kämpfte mit den Tränen, »… kam es ja nicht.«

»Sie können froh sein, dass Anton Ihnen zur Hilfe gekommen ist«, sagte Michael und lächelte dem Jungen aufmunternd zu.

»Ich verspreche Ihnen, dass Pallhuber dafür zur Rechenschaft gezogen wird«, sagte Martin.

Als sie zurück ins Präsidium kamen, besprachen sie die Lage. Alle waren sich sicher, dass die Geschichte, die Annette und Anton Lang erzählt hatten, der Wahrheit entsprach. Pallhuber war ins St.-Josefs-Hospital gebracht worden und, wie Martin erfuhr, noch immer nicht bei Bewusstsein. Genaueres würden die Ärzte des JoHo erst morgen wissen.

»Nach der Aktion ist dieser Kerl für mich auf jeden Fall erneut verdächtig«, sagte Martin. »Der hat so viel kriminelle Energie, dass ich dem auch die Morde zutraue. Und sein Alibi von Meurer ist hundertprozentig gelogen.«

»Ja. Das kann ich mir auch vorstellen. Das ist ein Typ, der für dieses Grundstück über Leichen geht«, stimmte Dieter ihm zu. »Aber Frau Lang ist deswegen noch nicht aus dem Schneider. Trotz des Vorfalls halte ich es für möglich, dass die beiden vorher gemeinsame Sache gemacht haben.«

»Ausschließen können wir das wohl noch nicht.«

»Und wer weiß, inwiefern die Lang den Pallhuber zu dieser Aktion animiert hat. Wenn ich da an den tiefen Einblick in ihr Dekolleté denke, den sie auch uns gewährt hat. Manch einer könnte das als Einladung auffassen.«

»Nur solche Idioten wie dieser Pallhuber«, meinte Michael. »Aber, was ist denn jetzt mit Paul?«, brachte er die Sprache auf das Thema, das ihm auf der Seele brannte.

Dieter und Martin berichteten ihm von ihren Befragungen in Pauls Freundes- und Bekanntenkreis. Alle konnten glaubhaft versichern, Paul weder gesprochen noch gesehen zu haben. Eine Veränderung in den letzten Tagen war ebenfalls niemandem aufgefallen. Martin hatte sogar mit Pauls Eltern telefoniert, die seit zwei Wochen mit einem Kreuzfahrtschiff vor der Küste Norwegens herumschipperten. Martin erzählte ihnen nicht, warum er Paul suchte, und ließ sie im guten Glauben, alles sei in Ordnung.

»Hast *du* wenigstens irgendwas herausgefunden?«, fragte er Michael. Gleichzeitig hoffte er, dass es nichts gab, was auf Pauls Schuld hinwies.

»Ich glaube, nichts, was von Bedeutung ist.«

Michael kam dem Kommissar außergewöhnlich angespannt vor. Sicher machte er sich Sorgen um Paul. Die beiden waren nicht nur Kollegen. Sie trafen sich auch hin und wieder privat, gingen zum Fußball oder joggen und manches Mal tranken sie nach der Arbeit was zusammen. Mit der Zeit hatte sich ein freundschaftliches Verhältnis zwischen ihnen entwickelt.

Dass die Angst um Paul nicht der einzige Grund für Michaels Nervosität war, konnte Martin nicht ahnen.

»Zeig mir, was du hast, und mach dir nicht so viele Gedanken.« Fast hätte er gesagt: Alles wird gut! Aber das kam ihm dann doch etwas zu väterlich vor.

»Paul hat sich mit dem Fall beschäftigt«, sagte Michael. »Er hat Online-Nachrichten darüber gespeichert und ein paar Fakten aufgelistet. Ich bin sicher, er wollte etwas herausbekommen und uns helfen.«

»Möglich. Wir behalten das jedenfalls erst mal für uns. Wenn Milster davon hört, nimmt er vielleicht an, dass Paul sich nur ein Bild davon gemacht hat, wie weit wir mit den Ermittlungen sind, um abzuschätzen, ob und wie dicht wir ihm auf den Fersen sind.«

88

Es dämmerte gerade, als jemand das Haus am Elsässer Platz betrat. Vorsichtig, darauf bedacht, keine Geräusche zu verursachen und nicht gesehen zu werden. An der Wohnungstür von

Eva Neumann klebte das Siegel der Polizei. Kein Hinderungsgrund für den Eindringling. Schnell war die Tür geöffnet und er dahinter verschwunden.

Im gleichen Moment kam Else Plinke aus ihrer Wohnung. Mit Putzeimer und Schrubber stieg sie die Stufen bis zum dritten Stock hinauf. Obwohl der Besuch beim Zahnarzt länger gedauert hatte als gedacht und keiner der Bewohner etwas dagegen gehabt hätte, wenn sie erst morgen das Treppenhaus geputzt hätte, kam sie ihrer Pflicht wie üblich nach.

Sie zog den Putzlappen aus dem Wasser, drückte ihn aus und klatschte ihn auf den Boden. Rückwärts nach unten gehend nahm sie sich Stufe für Stufe vor. Gerade war sie auf der Treppe zwischen dem zweiten und dritten Stock angelangt, als über ihr ein Mann erschien, der die Tür zu Eva Neumanns Wohnung zuzog. Als der Mann sie erblickte, riss er die Blätter in seiner Hand hoch und hielt sie sich vors Gesicht. Dann senkte er den Kopf und kam auf Else zu. Sie saß mit dem Putzlappen in der Hand wie versteinert in der Hocke und wartete nur darauf, dass der Mann sie angriff. Doch er schob sich an ihr vorbei und rannte, immer zwei Stufen auf einmal nehmend, Richtung Ausgang. Seine Schritte hallten von den nackten Treppenhauswänden wider, sodass es Else Plinke Schauer über den Rücken jagte. Vorsichtig richtete sie sich auf und blickte ihm durch das Treppenloch hinterher.

»He, Sie!«, rief sie, als sie sich vom ersten Schreck erholt hatte. »Wer sind Sie? Was haben Sie hier gemacht?«

Dann verschwand er aus ihrem Blickfeld und sie hörte, wie die Haustür ins Schloss fiel.

»Nimmt das denn hier gar kein Ende?«, schimpfte sie, ließ ihre Putzsachen stehen und liegen und stieg die Stufen hinauf. Kopfschüttelnd betrachtete sie die geschlossene Tür der Neumann-Wohnung mit dem durchtrennten Polizeisiegel. Schnell wandte sie sich um. »Das wird den Kommissar sicher interessieren«, murmelte sie auf dem Weg nach unten.

Fünfzehn Minuten später war Martin mit Michael vor Ort. Dieter war bereits nach Hause gegangen, in der Annahme, dass für heute keine Überraschungen mehr auf sie warteten.

»Wie sah der Mann aus?«, fragte Martin Frau Plinke im Hausflur.

»Er war jünger als ich.« Sie legte den Zeigefinger an den Mund und überlegte angestrengt. »Er war schlank und ziemlich groß. Zumindest hat er groß gewirkt. Ich saß ja in der Hocke auf der Treppe. Da kommt einem wahrscheinlich jeder groß vor. Aber ganz sicher weiß ich, dass er dunkle Haare hatte und dass er Sportsachen trug. An die Schuhe kann ich mich erinnern. Die sind quasi in Augenhöhe an mir vorbeigelaufen. Die waren irgendwie bunt, zweifarbig. Warten Sie.« Sie schloss die Augen. »Gelb und blau glaube ich.« Sie öffnete die Augen wieder. »Ja, genau!«

»Das haben Sie gut beobachtet. Ist Ihnen sonst noch was aufgefallen?«

»Er hatte ein paar Blätter Papier in der Hand. Die hat er sich vors Gesicht gehalten, als er mich gesehen hat. Deshalb hab ich ihn auch nur ganz kurz gesehen.«

»Trotzdem würde ich Sie nachher gerne mitnehmen, damit wir gemeinsam versuchen können, ein Phantombild zu erstellen.«

»Sicher«, erklärte sie sich sofort bereit. »Diesen Lump muss man ja kriegen.«

Martin bat sie, unten zu warten, bis sie die Neumann-Wohnung in Augenschein genommen hatten. Zuerst begutachteten sie das Schloss.

»Ist nicht aufgebrochen«, stellte Michael fest. »Da war jemand mit Schlüssel am Werk.«

»Spricht für den Mörder oder jemanden, der den Mörder kennt«, folgerte Martin.

Als sie in den Flur traten, beobachtete Martin, wie Michael auf schwarze Turnschuhe starrte und dabei die Stirn krauste.

»Was ist?«

»Die Turnschuhe.«

»Ja, und?«

»Gelb-blaue Schuhe hat die Plinke gesagt.« Michael blickte auf und sah Martin konsterniert an. »Paul hat solche Joggingschuhe.«

»Bist du sicher?«

»Absolut.«

»Scheiße!« Martin schlug sich gegen die Stirn. »Und die Beschreibung passt auch auf ihn.«

»Verdammt, was treibt der Kerl?«, schimpfte Michael.

»Ich hab keine Ahnung. Aber irgendwas hat er hier gesucht und wahrscheinlich in Form von Unterlagen auch gefunden.«

Michael ging aufgeregt hin und her. »Wir brauchen ein Foto von ihm.«

»Ich hab eins auf meinem Handy«, sagte Martin und holte sein iPhone heraus. »Ich geh sie fragen.« Damit lief er aus der Wohnung hinunter zu Frau Plinke. Eine Minute später war er wieder oben. Als Michael sein Gesicht sah, erübrigte sich die Frage.

»Er war's!«, sagte Martin.

Michael setzte sich fassungslos auf den nächsten Stuhl. »Wie kommt er denn an den Schlüssel?«

»Ich glaube, das will ich im Augenblick gar nicht wissen«, entgegnete Martin und ging durch alle Räume. Auf den ersten Blick war nichts Auffälliges zu erkennen. Nichts war durchwühlt, keine Schränke aufgerissen.

»Ob er gewusst hat, was er sucht und wo er es findet?«, fragte Martin sich selbst.

»Ich versteh das alles nicht«, rief Michael vom Nebenzimmer. Dann erschien er im Türrahmen und sah seinen Chef unglücklich an.

»Guck doch nicht wie ein geprügelter Hund«, sagte Martin tröstend. »Wir werden Paul finden. Dann klärt sich alles auf.«

»Das ist es nicht«, sagte Michael gequält. »Ich glaub, ich hab Mist gebaut.«

89

Georgia sah durchs Fenster, dass Michael mit dem Taxi vorfuhr. Erstaunt öffnete sie ihm die Tür. Sein Blick verriet ihr, dass etwas nicht in Ordnung war.

»Was ist passiert?«, fragte sie.

»Ich bin so ein Idiot!« Ärgerlich lief er an ihr vorbei in die Küche.

»Nicht immer, aber manchmal«, entgegnete sie und folgte ihm. »Zum Beispiel, wenn du nach Hause kommst und deine zukünftige Frau nicht anständig begrüßt.«

Michael seufzte. »Du hast recht! Entschuldige, dass ich hier so motzig reinplatze. Du kannst ja nichts dafür.« Er streckte die Arme nach ihr aus. »Komm her, meine kleine griechische Schönheit.«

Bereitwillig schmiegte sich die Frau mit den blonden, kurzen Haaren an ihn und sah durch ihre schwarz gerahmte Brille zu ihm auf.

»Willst du mir erzählen, welche Laus dir über die Leber gelaufen ist?«

»Es gab Ärger wegen Paul.« Er berichtete ihr von seinem Treffen mit dem jungen Kollegen und von den Kopien, die er heimlich für ihn angefertigt hatte. »Das hab ich Martin vorhin gebeichtet.«

»Und? Hat er vor Wut dein Auto geschrottet, sodass du mit dem Taxi herkommen musstest?«

»Nein. Aber er ist so was von sauer geworden. Das glaubst du nicht. Er hat mich einfach am Elsässer Platz stehen gelassen. Ich hab ihn selten so aufgebracht erlebt.«

»Kann ich verstehen!« Sie zog ihn zum Tisch und drückte ihn auf einen Stuhl. Während er weitersprach holte sie eine Flasche Wein aus dem Kühlschrank und schenkte ein.

»Ich weiß, ich hab da ganz schönen Mist gebaut. Aber ich war so sicher, dass Paul unschuldig ist, dass ich ihm die Akte bedenkenlos gegeben habe. Ich hab gehofft, dass es uns allen helfen würde, Klarheit in die Sache zu bringen.«

»Du sagst, du *warst* sicher, dass er unschuldig ist. Bist du das jetzt nicht mehr?«

»Ehrlich gesagt, nach der heutigen Aktion von ihm kommen auch mir Zweifel.« Er erzählte ihr vom Einbruch in die Wohnung der Toten und dass ihn vor allem die Tatsache, dass Paul offensichtlich einen Schlüssel benutzt hatte, verunsicherte. »Bis jetzt sind wir davon ausgegangen, dass nur der Mörder im Besitz des Schlüssels ist.« Er blickte Georgia traurig an. »Ich bin total durcheinander. Außerdem schäme ich mich für meine Skepsis.«

»Das musst du nicht. Ich kann verstehen, dass dir da Zweifel kommen. Allerdings«, sie sah ihn mit ihren ausdrucksvollen braunen Augen an, »ist nichts trügerischer als eine offensichtliche Tatsache.«

»Ja, Miss Marple«, versuchte er zu scherzen. Dann drehte er sein Weinglas in den Händen und dachte einen Moment über ihre Worte nach. »An dem, was du sagst, könnte was dran sein. Und doch lässt man sich von dem Offensichtlichen immer wieder blenden.«

Sie griff nach seiner Hand und erwiderte sein Lächeln. Michael beugte sich zu ihr herüber und gab ihr einen Kuss.

»Danke!«, sagte er.

»Wofür?«

»Dass du meine Frau werden willst.«

»So einen Prachtkerl kann ich mir doch nicht durch die Lappen gehen lassen.«

»Gott«, tat er erleichtert. »Wenigstens eine, die mich zu schätzen weiß.«

»Gott hat damit nichts zu tun.«

Sie prosteten sich zu. Für einen Moment schwiegen sie und Michael starrte nachdenklich in sein Glas. Georgia wusste, dass er wegen der Angelegenheit kein Auge zutun würde, solange sie nicht aus der Welt geschafft war.

»Was hältst du davon«, schlug sie vor, »wenn du Martin noch mal anrufst? So wie ich ihn kenne, hat er sich längst wieder beruhigt. Es wäre nicht gut, das Problem zwischen euch über Nacht stehen zu lassen. Ihr müsst darüber reden und sehen, wie ihr die Kuh vom Eis kriegt.«

»Das stelle ich mir gerade bildlich vor.« Michael grinste.

»Komm, jetzt sei mal ernst, du alter Quatschkopf.« Georgia war es gewohnt, Probleme zu lösen, und zwar am liebsten in dem Augenblick, in dem sie entstanden.

»Na, gut. Spaß beiseite. Ich rufe ihn an, sonst lässt du mir doch keine Ruhe.«

»Genau. Und auf eine nervige Zukünftige hast du sicher keine Lust.«

Michael stand auf, ging hinüber ins Wohnzimmer und tippte Martins Nummer ins Telefon.

90

Paul verbrachte den nächsten Vormittag an der Johannes-Gutenberg-Universität in Mainz. Er sprach mit etlichen Kommilitonen von Eva und versuchte die Männer, die auf der Liste ihrer Sexpartner standen, zu erreichen. Er gab sich als Student einer anderen Fachrichtung aus, der ebenfalls Evas Reizen erlegen war. Bis jetzt hatte er nichts herausgefunden, was er nicht bereits wusste. Trotzdem ließ er nicht locker. Er wollte unbedingt den- oder diejenigen finden, die ein Motiv für die Tat hatten, um sie Martin zu präsentieren und sich selbst aus der Schusslinie zu holen. Entschlossen nahm er sich einen nach dem anderen vor, immer in der Hoffnung, etwas Neues zu erfahren. Seine Hartnäckigkeit wurde schließlich belohnt.

Gerade unterhielt er sich mit einem jungen Mann namens Erik Börne. Der stand zwar nicht auf der Liste, hatte aber, wie sich im Verlauf des Gesprächs herausstellte, auch etwas mit Eva gehabt. Ein anderer Kommilitone hatte Paul auf Erik aufmerksam gemacht.

»Die hatte ziemlich einen im Tee«, verriet der Student über den One-Night-Stand.

»War bei mir genauso«, sagte Paul kumpelhaft. »Die war die reinste Quasselstrippe. Mir hat sie gesteckt, dass sie ein Verhältnis mit einem Dozenten hat. Mit dem, der jetzt ermordet worden ist.«

»Ja, genau. Der Stumpf. Ein Mann der besonderen Art«, betonte Erik. »Mit langen Beinen, großer Oberweite und williger Hüfte brauchte man sich bei dem gar nicht anzustrengen.«

»Ich hab manchmal was von ihm gelesen. Der hat ja immer wieder was veröffentlicht. Scheint ein schlaues Kerlchen gewesen zu sein.«

»Ja!«, lachte Erik. »Bauernschlau. Zumindest was seine ganzen Veröffentlichungen betreffen. Die hat er nämlich klauen lassen. Eva hat mir gebeichtet, dass sie für ihn nicht nur die Beine breit, sondern auch die Finger lang gemacht hat.«

»Wie jetzt?« Pauls Alarmglocken läuteten.

»Na, die hat für den Stumpf anderer Leute Unterlagen mitgehen gelassen, damit sich der alte Sack profilieren konnte.«

Nun wusste Paul auch, warum Erik nicht auf der Liste mit Evas Lovern stand. Auch wenn Eva betrunken gewesen war, so hatte sie sich wahrscheinlich hinterher erinnert, ihm in der gemeinsamen Nacht von ihrem Nebenjob als diebische Mitarbeiterin des Herrn Stadtrat erzählt zu haben. Das wollte sie der Polizei sicher nicht auf die Nase binden.

Pauls Gedanken ratterten und er dachte daran, wie Eva ihm erzählt hatte, dass sie Stumpfs Inspiration und Hilfe sei, was seine Veröffentlichungen angingen. Augenblicklich war klar, wie sie das gemeint hatte. Dann waren die Seiten, die er in Evas Wohnung gefunden hatte, vielleicht auch Diebesgut? Es musste so sein! Warum sollte Eva sie sonst versteckt haben. Jetzt machte das Ganze durchaus Sinn.

Dass Paul die Papiere überhaupt gefunden hatte, verdankte er einer geheimnisvollen Bemerkung Evas. *Ich hebe Wichtiges bei wichtigen Menschen auf!* Daran hatte er sich erinnert, als er in ihrer Wohnung war und die Buchrücken durchgesehen hatte. Im Goethe war er schließlich fündig geworden. Eigentlich hatte er den Kram nur mitgenommen, weil er nichts anderes gefunden hatte. Und die versteckten Seiten mussten nach Evas Definition wohl wichtig sein.

»Von wem hat sie das Zeug geklaut?« Gespannt wartete Paul auf Eriks Antwort und versuchte sich gleichzeitig daran zu erinnern, welcher Name auf den Unterlagen stand, die in der Pension lagen.

»Das hat sie mir nicht verraten. Sie hat nur gesagt, dass ihr das gut Kohle einbringt.«

»Fliegt so was nicht auf?«, wunderte Paul sich.

»Wie soll das auffliegen? Wenn Stumpf noch vor dem eigentlichen Verfasser veröffentlicht, macht der gar nichts mehr. Es lässt sich in den seltensten Fällen beweisen, wer von wem geklaut hat.«

»Wenn der Beklaute das merkt, ist der bestimmt tierisch angepisst«, überlegte Paul laut.

»Wenn er es überhaupt merkt. Viele Arbeiten sind ja gar nicht zur Veröffentlichung gedacht. Dann fällt das womöglich nicht mal auf. Aber, wenn doch … Also, ich hätte dem was aufs Maul gegeben.«

Vielleicht was aufs Maul gegeben, dachte Paul. Aber war das auch ein Grund für einen Mord? Warum nicht, entschied er. Und dass Stumpf im Affekt getötet worden war, passte doch ganz gut ins Bild. Jedenfalls war alles, was er bekommen konnte und von ihm selbst ablenkte, besser als nichts. Plötzlich fiel Paul der Name auf den Unterlagen wieder ein und er nannte ihn Erik. »Schon mal gehört?«

Der schüttelte den Kopf. »Ne! Kenn ich nicht. Vom Inhalt her tippe ich eher auf einen Professor oder einen wissenschaftlichen Mitarbeiter. Möglich wäre auch ein Politiker. Der Stumpf war ja Stadtrat. Vielleicht hat ein Kollege die guten Ideen verfasst.«

Paul hatte es auf einmal sehr eilig wegzukommen. Das nächste Internetcafé war in der Frauenlobstraße. Also nur sechs Minuten mit dem Auto. Vielleicht würde er im Internet was über den Namen auf Evas Unterlagen erfahren.

91

Anton Lang hatte Heiko Pallhuber erfolgreich ins Koma geschlagen. Die Ärzte des JoHo waren nicht sicher, ob er wieder aufwachen würde.

»Jetzt hat das Großmaul erst mal Sendepause«, kommentierte Michael die Information, die Martin eben aus dem Krankenhaus erhalten hatte.

»Wie bist *du* denn drauf?«, fragte Dieter, erstaunt über die Ruppigkeit seines Kollegen.

»Meinst du, ich sollte Mitleid zeigen mit einem wie dem? Ich finde, er hat sich das selbst zuzuschreiben.«

»Na ja, immerhin ist er so gut wie tot.«

»Vielleicht ja nur vorübergehend«, mischte Martin sich ein. »Aber darüber könnt ihr ein andermal diskutieren. Wir haben ganz andere Probleme. Ich möchte, dass wir jetzt als Erstes bei allen Hotels und Pensionen in Mainz und Wiesbaden anrufen. Wenn wir uns das aufteilen, sind wir schnell damit durch. Wir müssen Paul finden und schließlich muss er ja irgendwo wohnen.«

»Paul ist Polizist«, gab Dieter zu bedenken. »Wenn er nicht gefunden werden will, wird er auch nicht gefunden.«

»Ich glaube auch nicht, dass er sich ein Zimmer unter seinem Namen mietet«, stimmte Michael zu. Er war froh, dass Martin das gestrige Thema zwischen ihnen nicht mehr ansprach. Georgia hatte recht behalten und die Wogen waren nach dem Telefonat wieder etwas geglättet. Die Männer hatten sich darauf geeinigt, dass sie die heimliche Aktenübergabe an Paul zunächst verschweigen würden. Zumindest solange, wie es möglich war. Wenn es irgendwann auffliegen würde, hätte Michael die Konsequenzen zu tragen.

»Habt ihr einen besseren Vorschlag, um ihn zu finden?«, fragte Martin.

»Wir könnten uns noch mal in seiner Wohnung umsehen«, schlug Michael vor. »Möglicherweise entdecken wir einen Hinweis, wo er stecken könnte, oder irgendwas, was Milster und den anderen nicht aufgefallen ist.«

»Das machen wir. Aber einer bleibt hier und fängt an, die Hotels abzutelefonieren. Auch wenn es vielleicht nichts nutzt. Ich will alle Möglichkeiten ausschöpfen. Dieter übernimm du das bitte. Michael will ich mitnehmen, er kennt Pauls Wohnung von uns allen am besten.«

»Ihr wisst schon, dass ihr als Kollegen der gleichen Dienststelle eigentlich nicht in seine Wohnung dürft?« Dieters Hinweis hielt Martin nicht zurück.

»Wir gehen nicht als Kollegen, sondern als Freunde«, erklärte er.

Als die beiden in der Finkenstraße ankamen, hielt Martin direkt hinter dem Wagen der Kollegen, die immer noch observierten.

»Morgen«, grüßte er die Männer und zeigte seinen Ausweis. »Wir sind vom K11 und sehen uns die Wohnung noch mal an. Gab's irgendwas Auffälliges?«

»Nur eine kleine Schlägerei zwischen zwei Halbwüchsigen, die sich mitten auf der Straße geprügelt haben. Aber sonst alles im grünen Bereich«, teilte einer von ihnen mit.

Langweiliger Job, dachte Martin und war froh, diese Art von Arbeit nicht mehr machen zu müssen.

Sie nickten den Kollegen zu und wandten sich an den Schlüsseldienst, der mittlerweile eingetroffen war. Innerhalb von fünf Minuten hatte er die Tür zum Treppenhaus geöffnet und verschwand wieder. Michael und Martin stiegen in den ersten Stock hinauf. In dem Moment, als sie Pauls Wohnungstür sahen, blickten sie sich an.

»Nicht schon wieder!«, stöhnte Martin und öffnete die Tür, an der das Polizeisiegel zerrissen war. Beide zogen ihre Waffen. Vorsichtig überprüften sie ein Zimmer nach dem anderen. Doch niemand war hier.

»Die haben nichts mitgekriegt, die Flaschen unten vorm Haus«, schimpfte Martin.

»Und ich weiß, wer der Eindringling war«, sagte Michael und deutete auf den Boden im Schlafzimmer, wo blau-gelbe Turnschuhe lagen.

»Paul!«

»Richtig. Er hat die Schuhe gewechselt. Und wie es aussieht auch ein paar Klamotten mitgenommen.«

Die Schranktür stand auf und zwei Bügel lagen am Boden.

»Er hat's wohl eilig gehabt«, urteilte Martin.

»Sein Portemonnaie ist auch weg. Ich weiß, wo er es normalerweise aufbewahrt. Geld und Handy nimmt er nur beim Joggen nicht mit. Und da Milster das Handy hier gefunden hat, vermute ich, dass er tatsächlich beim Joggen war, als die Hausdurchsuchung stattgefunden hat. Das Geld hat er sich wahrscheinlich anschließend geholt.« Michael schlug sich gegen die Stirn. »Mensch!«, rief er. »Als ich ihn am Bahnhof getroffen habe, wollte er fünfzig Euro von mir. Ich hab mich noch gewundert, warum er nur so wenig will. Bestimmt hat er da schon vorgehabt, in die Wohnung zurückzugehen.«

»Aber dass das Spezialkommando vor der Tür nichts mitgekriegt hat?«, wunderte Martin sich.

»Oh, Paul ist erfinderisch. Ich habe keine Zweifel, dass er ungesehen an denen vorbeikommt.«

»Ja, ist ein cleveres Kerlchen, unser Kleiner.«

»Sonst wäre er ja auch nicht in deinem Team.«

Martin öffnete die Türen der anderen Schränke und warf einen Blick hinein. Die Klamotten waren ordentlich eingeräumt. Einige Aufbewahrungskisten standen gestapelt auf den oberen

Regalen. »Lass uns da mal reinschauen«, sagte er und holte eine nach der anderen runter. Sie fanden lose Fotos, Weihnachtsdekoration und alte CDs. Als Martin die vierte Box öffnete, fand er außer allerlei Papierkram auch einen Fahrzeugbrief. »Hatte Paul mal einen roten 5er-BMW?«, fragte er in Michaels Richtung und gab sich gleich selbst die Antwort: »Nein. Paul steht nicht als Halter drin.«

»Zeig mal her. Das muss der Wagen sein, den er sich gerade gekauft hat. Er war doch in München deswegen.«

»Dann hat er ihn noch nicht zugelassen«, folgerte Martin. »Ich kann mich erinnern, dass ein roter BMW am Dienstag auf der Straße stand. Jetzt ist mir gar keiner aufgefallen.«

»Lass uns mal nachsehen.«

Die beiden verließen die Wohnung und blickten die Straße entlang. Von einem roten Wagen keine Spur. Martin ging zu den wartenden Kollegen im BMW.

»Haben Sie einen roten BMW hier gesehen?«

»Als wir gestern Mittag hier ankamen, stand da vorn einer«, gab der Beifahrer Auskunft. »Der ist vorhin weggefahren.«

»Und wer saß drin?«

»Keine Ahnung!« Die beiden sahen sich fragend an und zuckten mit den Schultern.

»Dann werd ich Ihnen sagen, wer drin saß. Paul Fischer, unsere Zielperson. Er hat sich vor eurer Nase in seine Wohnung geschlichen und anschließend aus dem Staub gemacht.« Martin klopfte auf das Autodach. »Na, dann wünsche ich viel Spaß beim Schreiben des Berichtes. Herr Milster wird begeistert sein.«

92

Über den Vorbesitzer des roten BMWs erhielten sie noch während der Fahrt zurück nach Wiesbaden die Adresse des Autohändlers, bei dem Paul den Wagen gekauft hatte. Dort erfuhren sie, dass sich an dem Fahrzeug ein rotes Nummernschild zur Überführung befand. Diese Nummer und die neuen Informationen gaben sie an die Fahndung weiter.

Im Präsidium wartete Dieter bereits ungeduldig auf die Kollegen.

»Das sind ja interessante Neuigkeiten«, sagte er, nachdem Michael ihm von Pauls Wohnung berichtet hatte. »Aber, was ich gefunden habe ist nicht weniger interessant.«

»Sag nur, du hast seinen Unterschlupf aufgespürt?«, fragte Martin hoffnungsvoll.

»Bis jetzt nicht. Die Hotels habe ich durch. Die Pensionen fehlen noch. Aber das ist reine Zeitverschwendung.« Dieter machte ein unwilliges Gesicht, dann bekam er einen spitzbübischen Ausdruck. »Stattdessen hab ich was anderes gemacht. Ich wollte sehen, ob wir nicht die politischen Verbindungen von Stumpf näher beleuchten können. Die haben wir meiner Meinung nach nicht gründlich genug überprüft. Deswegen habe ich ein bisschen im Internet gestöbert.« Er klickte mit der Maus etwas auf dem Bildschirm an. »Und ihr glaubt nicht, was ich da entdeckt habe.«

»Das muss ja was ganz Tolles sein. Du machst ein Gesicht wie ein Kind an Weihnachten.« Michael lachte über Dieters Mimik.

»So fühle ich mich auch. Hier schaut selbst!« Er drehte den Monitor zu den Kollegen. Darauf war das Bild eines Mannes zu sehen. Er hielt Prospekte in der Hand und war im Gespräch mit einem anderen Mann. Im Hintergrund jede Menge Leute.

»Unser Freund Meurer«, erkannte Martin.

»Jaaa«, sagte Dieter gedehnt. »Und was fällt euch an ihm auf?«

Alle blickten suchend auf das Bild.

»Menschenskind!«, rief Michael begeistert. »Der hat ja eine orangefarbene Ice-Watch.«

»Tatsächlich!« Martin kam noch näher an den Bildschirm heran und betrachtete Meurer genau.

»Und? Ist das eine Überraschung?«

»Ist es! Gutes Auge, Kollege«, lobte Martin und schlug Dieter anerkennend auf die Schulter.

»Und dabei heißt es doch immer«, scherzte Michael, »man sieht nur mit dem Herzen gut, das Wesentliche ist für das Auge unsichtbar.«

»Wer hat denn den schlauen Spruch losgelassen?«, fragte Martin kopfschüttelnd.

»Antoine de Saint-Exupéry«, gab Dieter Auskunft und versetzte seine Kollegen wieder mal in Erstaunen. »Wie dem auch sei«, lenkte er das Gespräch auf das Wesentliche zurück. »Meurer hat doch behauptet, Eva Neumann überhaupt nicht zu kennen.«

»Dass das gelogen war, wussten wir ja schon«, erinnerte Michael. »Immerhin hat er Eva an Pallhuber vermittelt, wenn man dem Glauben schenken kann.«

»Wenn Meurer der Mann aus dem Bistro ist, muss er, laut Bedienung, öfter mit Eva Neumann da gewesen sein, und zwar noch vor Stumpfs Tod«, überlegte Dieter. »Und dann hat Herr Meurer was zu erklären, würde ich sagen.«

»Der wird sich wieder winden wie ein Aal. Denn selbst wenn er mit ihr in dem Bistro war«, sagte Martin, »beweist das nicht zwangsläufig, dass er was mit den Morden zu tun hat.«

»Leider!«, seufzte Michael.

»Aber eine Lüge hat immer einen Grund.« Dieter fixierte Meurers Bild, als wäre dort die Erklärung zu finden. »Und der könnte doch interessant sein, oder?«

»Ja, so sehe ich das auch«, stimmte Martin zu. »Holt den Kerl her. Dann sehen wir weiter.«

»Habt ihr gesehen, wer da noch auf dem Foto ist?«, fragte Dieter und zeigte auf die Leute im Hintergrund.

»Ist das nicht Erwin Stumpf? Und dieser Henke vom Institut für Regenerative Energien?«

»Genau. Das Bild ist vor einem halben Jahr in dem Institut in Eltville am Tag der offenen Tür aufgenommen worden.«

»Bestimmt kam Meurer dem Henke deshalb bekannt vor, als er ihn neulich wiedergesehen hat«, vermutete Martin.

»Wahrscheinlich.«

»Da hat er noch nicht geahnt, dass der Meurer ihm mit Pallhuber einen unangenehmen Besuch abstatten wird.«

»Vor dem Pallhuber braucht der Henke jedenfalls keine Angst mehr haben«, bemerkte Michael.

»Ja, das Thema ist wohl gegessen. Aber jetzt holt mir den Meurer mal her. Ich informiere inzwischen Milster und erkundige mich, ob wir die Bedienung vom Bistro *Leib & Seele* nicht irgendwie erreichen können. Vielleicht ist sie ja inzwischen wieder aus dem Urlaub zurück.«

Tatsächlich bekam der Kommissar Vanessa Hermann ans Telefon. Die Identifizierung, die sich das K11 von ihr erhoffte, musste allerdings noch etwas warten. Die Frau war zurzeit mit dem Auto aus dem Urlaub unterwegs in Richtung Wiesbaden und würde erst am nächsten Morgen ins Präsidium kommen können.

93

Paul besorgte sich indessen ein neues Handy sowie die Telefonnummer, die zu dem Namen auf Evas gestohlenen Unterlagen gehörte. Sofern sie überhaupt gestohlen waren. Sicher konnte er sich dessen nicht sein.

Nervös saß er auf dem Bett und lauschte dem Freizeichen. Gleich beim ersten Versuch hatte er Glück.

»Hallo?«, meldete sich eine Stimme.

Paul stellte sich vor und vergewisserte sich, dass er die richtige Person am Apparat hatte.

»Ich bin auf Ihre Arbeit gestoßen«, erklärte er.

»Welche Arbeit?«

»Da geht es um Fahrzeuge für die Post, die mit Windkraftenergie gespeist werden sollen.«

Es herrschte Stille in der Leitung, sodass Paul schon befürchtete, der Gesprächspartner hätte aufgelegt. »Hallo? Sind Sie noch dran?«

»Ja, ja.« Ein Räuspern. »Und was wollen Sie von mir?«

»Ich würde mich gerne mit Ihnen über diese Arbeit unterhalten.«

»Warum?«

»Ich habe Informationen, die darauf hindeuten, dass jemand Ihre Unterlagen gestohlen und sie dann selbst veröffentlicht hat.«

»Wer sind Sie überhaupt?« Deutliches Misstrauen lag in der Stimme.

Paul überlegte blitzschnell. Als was sollte er sich ausgeben? Als Polizist, als Student? Das schien ihm alles nicht passend.

»Ich bin Jurist«, log er spontan und klang dabei recht überzeugend. »Ich möchte Ihnen helfen, dass diese Schweinerei aufgedeckt und klargestellt wird.«

»Und was, wenn es gar keine Schweinerei gibt? Wenn ich diese Arbeit im Auftrag geschrieben habe?«

»Dann hätte alles seine Richtigkeit.«

»Sagen Sie, warum vermuten Sie, dass meine Arbeit gestohlen wurde? Von wem haben Sie solche Informationen?«

»Ich würde das gerne mit Ihnen persönlich besprechen. Haben Sie Zeit?«

»Das kann ich einrichten. Wo wollen wir uns treffen?«

Paul machte einen Vorschlag und sie verabredeten sich für den nächsten Vormittag. Flüchtig überlegte er, Martin anzurufen und ihn einzuweihen. Doch verwarf er den Gedanken sofort wieder. Was wusste er denn schon? Im Grunde noch nichts Konkretes. Erst, wenn er tatsächlich etwas in der Hand hatte, was ihn entlastete, würde er sich bei ihm melden.

Der dunkle Wagen bog in die Rochusstraße in Mainz ein und parkte im Halteverbot. Die Frau hinter dem Steuer sah sich vorsichtig um und stieg aus. Obwohl es draußen über dreißig Grad waren, zog sie sich die Kapuze ihres Shirts über den Kopf. Sie betrat die Tiefgarage, die zu Katzenschlägers Appartements gehörte, und suchte die Parkplätze nach Paul Fischers rotem BMW ab. Immerhin stand zu befürchten, dass der sich woanders hinflüchtete oder womöglich ganz absetzte.

Nein! Da stand der Wagen. Erleichtert, mit einem Lächeln auf den Lippen, kehrte sie zur Straße zurück.

94

Sie hatten Meurer schon seit einer Stunde in der Mangel. Zwar hatte er inzwischen zugegeben, dass er Eva Neumann an Pallhuber vermittelt hatte, stritt aber vehement ab, sie persönlich gekannt zu haben und mit ihr in dem Bistro gewesen zu sein. Angeblich hatte er nur ihren Namen herausgefunden und weitergegeben. Die orangefarbene Ice-Watch konnte er aufgrund des Fotos nicht leugnen, gab aber an, sie schon länger nicht mehr zu tragen. Er befürchtete, als Politiker, der solchen Trends folgte, womöglich nicht ernst genommen zu werden.

»Kennen Sie eigentlich einen Paul Fischer?«, fragte Dieter, der das Verhör führte, während sich die Kollegen zunächst im Hintergrund hielten.

»Nein.«

»Was ist mit Joachim Henke?«

»Sie wissen doch, dass ich den kenne«, antwortete Meurer pampig und kratzte sich seitlich am Hals. Das zeigte Martin, wie unangenehm es ihm war, darauf angesprochen zu werden.

»Dieses Bild ist bei ihm im Institut aufgenommen worden. Sie kannten ihn also damals schon?«

»Ich war aus rein politischen Gründen an diesem Tag der offenen Tür dort. Den Henke hab ich damals nicht kennengelernt. Erst durch das Gutachten wusste ich von seiner Existenz.«

Plötzlich klingelte Meurers Handy. Martin ließ ihn den Anruf entgegennehmen. Offensichtlich war seine Frau am Apparat.

»Nein. Ich bin noch in Frankfurt unterwegs«, hörten die Beamten ihn sagen.

Ob Frankfurt immer herhalten musste, wenn er eine Ausrede brauchte?, schoss es Martin durch den Kopf.

»... Ein wichtiger Termin. ... Doch, ich bin pünktlich zu Hause. ... Versprochen. ... Ja ... Bis dann.«

Meurer steckte das Handy wieder ein. Martin beobachtete, wie er rot wurde und einen Schweißausbruch bekam. Offensichtlich machte es ihm zu schaffen, außer ihnen auch noch seine Frau anzulügen.

»Herr Meurer, sprechen wir doch gleich mal über Frankfurt, wo Sie schon gerade dort unterwegs sind«, übernahm Martin die Befragung. »Herr Pallhuber hat uns gebeichtet, dass Ihr gemeinsames Alibi eine Lüge ist. Sie waren zur Tatzeit nicht in Frankfurt. Was sagen Sie dazu?«

Martins erfundene Behauptung ließ Meurer kurz erstarren.

»Das war doch seine eigene Idee«, sagte er perplex und fuhr sich zum x-ten Mal über die schwitzige Stirn.

Die Beamten wunderten sich, wie leicht Meurer ihnen auf den Leim ging.

»Wo waren Sie stattdessen?«

Er verschränkte die Arme vor der Brust und schnaufte schwer. »Das weiß ich nicht mehr. Aber ich habe Stumpf nicht umgebracht.«

»Ein Motiv hätten Sie aber. Immerhin haben Sie Stumpf gehasst, weil er sie bei der Wahl beschissen hat«, bohrte Martin weiter.

»Deshalb bringe ich ihn doch nicht um. Durch seinen Tod ändert sich daran ja schließlich nichts. Aber Heiko hatte schon recht, als er meinte, dass Sie uns womöglich verdächtigen könnten. Und weil wir keine Alibis für die Tatzeit hatten, hat er mich zu dieser Falschaussage überredet.« Die Röte in Meurers Gesicht wich einer fahlen Blässe, die den Eindruck erweckte, als sei ihm schlecht. Martin stellte ihm ein Glas Wasser hin und öffnete das Fenster. Meurer leerte das Glas in einem Zug.

»Ich habe noch wichtige Termine«, brachte er mühsam hervor und blickte auf die Uhr. »Kann ich nicht endlich gehen?« Dann stützte er sich mit den Händen auf seinen Knien ab und keuchte.

»Ist Ihnen nicht gut, Herr Meurer?«, fragte Martin.

Meurer hob an, etwas zu antworten, doch es gelang ihm nicht. Stattdessen wedelte er mit der Hand vor seinem Gesicht hin und her. Die Beamten hörten, wie sein Atem sich zusehends beschleunigte. Plötzlich rollte der Mann mit den Augen und kippte vom Stuhl. Unkontrolliert schlug er mit dem Kopf am Boden auf. Wie ein Käfer auf dem Rücken lag er da und rührte sich nicht. Martin war sofort bei ihm.

»Herr Meurer!«, rief er und tätschelte ihm die Wangen. »Herr Meurer!«

»Ach, du Scheiße!«, murmelte Dieter, ging neben Meurer in die Hocke und fühlte seinen Puls.

»Ich ruf den Notarzt!«, erklärte Michael.

Martin schob Meurer ein Stuhlkissen unter den Kopf. »Herr Meurer!«, rief er erneut und schüttelte dann den Kopf. »Der ist nicht ansprechbar, aber wenigstens atmet er noch.«

»Nicht mehr lange, wenn sein Puls noch schneller wird«, prophezeite Dieter.

»Na, hoffentlich hat er sich nicht zu seinem Freund ins Koma gestürzt«, sagte Michael, nachdem der Notruf abgesetzt war.

»Mal den Teufel nicht an die Wand!« In diesem Moment ertönte Martins Handy: *Who wants to live forever.*

»Das ist eine gute Frage und perfektes Timing«, stellte Michael trocken fest.

»Hoffentlich nicht der berühmte Wink mit dem Zaunpfahl«, murmelte Dieter, während Michael nach dem iPhone griff.

»Karla«, las er den Namen auf dem Display vor und nahm das Gespräch ungefragt entgegen. »Michael hier. Hallo, Karla.

Martin ist gerade verhindert. … Nein, aber ein Zeuge hat ihn in die Knie gezwungen. … Das erklärt er dir später selbst. Er ruft dich zurück. … Okay, bis dann.«

Martin schüttelte den Kopf. »Der stirbt uns vielleicht hier weg und du machst noch Witze.«

»Das ist angeborener Humor.«

»Ich würde sagen«, kommentierte Dieter, während er weiterhin Meurers Puls kontrollierte, »das ist die Weisheitsform des heiter-resignierten Überwinders.«

»Über diese Definition meiner Person muss ich erst mal nachdenken«, sagte Michael.

»Tu das, und zwar draußen. Geh runter und warte auf den Arzt, damit du ihm zeigen kannst, wo es langgeht.«

»Alles klar!« Michael verließ eilig das Zimmer.

Martin und Dieter schwiegen und überprüften immer wieder Atmung und Puls, bis Michael wiederkam, gefolgt vom Notarzt und zwei Sanitätern. Routiniert und schnell stellten sie fest, dass Meurer einen Kreislaufkollaps erlitten hatte, und legten sofort eine Infusion an, um den Flüssigkeitshaushalt des Körpers wieder auszugleichen. Anschließend injizierte der Arzt ein kreislaufstabilisierendes Mittel. Sie hörten Meurer stöhnen. Er kam wieder zu sich. Die Sanitäter legten ihn auf die Trage und machten sich mit ihm auf den Weg zum Krankenwagen.

»Wir schauen uns den Mann an. Ich denke, der wird schon wieder«, meinte der Arzt zuversichtlich.

»Geben Sie uns bitte Bescheid, was mit ihm ist und wie lange er im Krankenhaus bleiben muss«, bat Martin, bevor der Arzt sich verabschiedete.

»Mach ich.« Er hob grüßend die Hand.

»Was ist denn hier los?« Egon Milster platzte zur Tür herein und blickte dem Arzt hinterher.

»Herr Meurer hatte einen Kreislaufzusammenbruch«, erklärte Martin.

»Ausgerechnet hier?« Milster war sichtlich entsetzt. »Das ist hoffentlich nicht Ihre Schuld, Sandor?«

»Was ist das denn für eine Frage?« Martin krauste die Stirn. »Sie kennen mich doch.«

»Eben!«, sagte Milster nur. »Wenn das mal kein Nachspiel hat. Kommen Sie mit in mein Büro. Ich habe Ihnen was zu sagen.«

95

»Ich weiß nicht, was Sie die ganze Zeit von diesem Meurer wollen«, begann Milster, als alle vor seinem Schreibtisch Platz genommen hatten. »Priorität hat Paul Fischer. Er ist, auch wenn's schwerfällt das zu glauben, unser Verdächtiger Nummer eins.«

»Wir haben lediglich Indizien, die gegen ihn sprechen, aber nicht einen einzigen Beweis«, sagte Michael aufgebracht.

»Außerdem läuft die Fahndung nach Paul. Inzwischen müssen wir aber in alle Richtungen weiter ermitteln«, rechtfertigte Martin das Verhör von Meurer.

»Um Herrn Fischer auf Teufel komm raus zu entlasten«, stellte Milster fest.

»Um die Wahrheit herauszufinden«, verbesserte Martin.

»Dann legen Sie mal Ihre Scheuklappen ab und sehen der Wahrheit ins Auge«, rief Milster laut. »Fischer ist ein ganz gerissener Hund.«

»Das ist er, sonst wäre er ja auch kein so guter Polizist«, gab Michael ihm kontra.

Milster tat seine Bemerkung mit einer wegwerfenden Handbewegung ab, was Michaels Blick verfinsterte. Schon holte er Luft, um etwas zu erwidern. Martin legte dem Kollegen die Hand auf die Schulter und bremste ihn aus.

»Herr Milster, Sie wollten uns etwas Wichtiges sagen. Wenn es das jetzt gewesen ist, würden wir gerne zurück an die Arbeit gehen.«

»Nein, das war es noch nicht. Ich wollte Sie von etwas in Kenntnis setzen, das ich gerade festgestellt habe. Wie Sie wissen, liegen die Schlüssel zu den Häusern unserer Tatorte in der Regel bei mir auf dem Schreibtisch.« Er deutete auf eine Schale, in der zwei Schlüssel mit je einem Anhänger lagen. »Das ist der Schlüssel zu Herrn Stumpfs Villa. Und das …«, er hielt den anderen hoch, »… ist der zu Eva Neumanns Wohnung. Eigentlich hatten wir zwei davon. Aber seit gestern Mittag ist hier nur noch einer.« Milster ließ den Schlüssel wieder fallen. »Und jetzt raten Sie mal, wer den genommen hat.« Er wartete nicht auf eine Antwort, sondern fuhr fort: »Paul Fischer.«

»Paul war hier?«, fragte Dieter entgeistert.

»Exakt!« Milster lehnte sich auf seinem Stuhl zurück.

»Das ist doch nur eine Vermutung, oder nicht?« Martin wollte das nicht glauben.

»Nein, ist es nicht. Und ich wäre auch nie dahintergekommen, wenn mich ein Mitarbeiter heute nicht so dumm angesprochen hätte. Er hat Herrn Fischer gestern aus meinem Büro kommen sehen und angenommen, dass er mit mir Ärger bekommen hat. Ihm hat das schlechte Gewissen offensichtlich im Gesicht gestanden. Der Kollege war vom K32 und wusste nichts von der Fahndung nach Fischer. Daraufhin habe ich mir die Aufzeichnung der Überwachung vom Eingang angesehen, um mich zu vergewissern. Er war eindeutig zu erkennen und der fehlende Schlüssel tut sein Übriges, um uns vor Augen zu führen, dass hier etwas völlig falsch läuft.«

»Aber das entlastet ihn doch«, kombinierte Martin blitzschnell. »Wäre er der Mörder, hätte er den Schlüssel nicht holen müssen, weil er doch den nachgemachten besitzt.«

»Unsinn! Sie müssen über den Tellerrand hinausschauen«, rügte Milster. »Versetzen Sie sich in Herrn Fischers Lage.«

Ich tue die ganze Zeit nichts anderes, dachte Martin.

»Sicher hat er nicht geplant, nach dem Mord noch mal in Frau Neumanns Wohnung zu gehen«, fuhr Milster fort. »Deshalb hat er den Schlüssel sehr wahrscheinlich bereits entsorgt. Als er dann bemerkte, dass er ihn doch noch einmal braucht, um an diese Unterlagen zu kommen, musste er sehen, wie er ihn sich wiederbeschafft.«

»Das ist doch Quatsch!« Martin richtete sich verärgert auf. »Sollten die Unterlagen für den Mörder wichtig gewesen sein, hätte er sie doch direkt nach dem Mord mitgenommen.«

»Vielleicht wusste er zunächst nicht, wo sie sind?«

»Jemand, der zwei Menschen so brutal und kaltblütig absticht, nimmt sich doch anschließend die Zeit zum Suchen. Und was Paul angeht, der würde doch nicht den Schlüssel entsorgen, aber die Statue im Garten verstecken. Das passt doch alles nicht zusammen.«

Wie von der Tarantel gestochen sprang Milster auf und schlug mit der Hand auf den Tisch. »Tatsache ist, dass er die Frechheit besessen hat und in aller Ruhe mit seinem Chip hier reinspaziert ist, um den Schlüssel aus meinem Büro zu klauen. Das ist unfassbar! Unfassbar! Wie dreist ist dieser Kerl?«

»Bei der Aktion hat er in Kauf genommen, verhaftet zu werden. Immerhin hat er sich in die Höhle des Löwen begeben.« Michael war auch aufgestanden und fixierte Milster. »Und das tut niemand, der schuldig ist.«

»Aber vielleicht jemand, der verzweifelt ist«, konterte der Chef.

»Mir hat gestern jemand gesagt: Nichts ist trügerischer als eine offensichtliche Tatsache. Und ich finde, wir sollten in Betracht ziehen, dass die Dinge vielleicht anders liegen, als es den Anschein hat. Vielleicht denken Sie mal darüber nach.« Michaels Ton war maßregelnd. Etwas, dass Milster gar nicht vertrug. Noch ehe der Chef antworten konnte, stand Martin auf und ergriff das Wort.

»Herr Milster«, sagte er in sehr ruhigem Ton und machte dabei ein nachdenkliches Gesicht. »Ich glaube, wir irren uns tatsächlich. Sie haben absolut recht, sich so aufzuregen. Das wirft ein ganz neues Licht auf unseren Kollegen. Danke für die Information. Sie haben uns quasi die Augen geöffnet. Wir werden alles tun, um Herrn Fischer zu finden, und zwar gleich.«

Milster kniff die Augen zusammen und betrachtete den Kommissar kritisch.

Martin ließ ihm keine Zeit, den Kommentar zu hinterfragen. Er erhob sich und war im nächsten Augenblick mit seinen Leuten aus dem Zimmer.

»Was schleimst du denn vor dem so rum«, kritisierte Michael Martins Verhalten.

»Wenn wir weiter gegen ihn angehen, nimmt er uns den Fall noch ab.«

»Ich glaub, das kann er nicht«, gab Dieter von sich. »Im Augenblick sind zu wenig Leute greifbar, die das übernehmen könnten. Urlaubszeit.«

»Na, siehst du?«, sagte Michael und wandte seine Gedanken wieder Paul zu. »Aber, das ist echt der Hammer. Paul muss schon ein bisschen irre sein, hier reinzumarschieren. Ich an seiner Stelle hätte lieber die Tür geknackt, als den Schlüssel bei uns abzuholen. Ich weiß nicht, was ich von der ganzen Situation halten soll.«

»Ich schon«, sagte Martin bestimmt. »Für mich zeigt diese Aktion ganz klar, dass Paul den Schlüssel nicht hatte, bei Else Plinke nicht eingebrochen und auf keinen Fall der Mörder ist.«

»Das sieht die Fleischmütze aber ganz anders. Was der für Schlüsse zieht, … da könnt ich echt kotzen«, schimpfte Michael. »Der ist der lebende Beweis, dass ein komplettes Versagen des Gehirns nicht zwangsläufig zum Tod führt.«

Obwohl Michael aufgebracht war, mussten Martin und Dieter über seine Bemerkung lachen. Der Kollege war auch dann noch amüsant, wenn er erbost war.

Den Rest des Tages verbrachten sie damit, die Pensionen abzutelefonieren. Wie schon vermutet, ohne Erfolg. Von der Fahndung gab's nichts Neues und so machten sie ausnahmsweise früher Feierabend als in letzter Zeit üblich.

96

Es war Freitag und wieder schien es ein heißer Tag zu werden. Die Meteorologen hatten Temperaturen bis 37 Grad vorausgesagt. Das extreme Hoch hielt nun schon seit zwei Wochen an. Im Polizeipräsidium staute sich die Wärme und auch das Offenlassen von Fenstern und Türen half nichts mehr. Die Hitze hatte das Gebäude und alle Mitarbeiter in Beschlag genommen.

»Das ist ja wie im Brutkasten hier.« Michael wedelte mit einer Mappe vor seinem Gesicht herum.

»Wir sollten außer Haus ermitteln und die Klimaanlage unseres Wagens nutzen«, schlug Dieter vor.

»Gute Idee.«

Während sie überlegten, was heute zu tun war, sahen sie vom Fenster, wie Martin auf den Hof fuhr.

Zur gleichen Zeit bog auf der anderen Seite des Rheins ein Wagen in die Rochusstraße ein und parkte. Auf dem Beifahrersitz lagen mehrere Tüten mit Lebensmitteln sowie etliche Flaschen Wasser. Die Frau am Steuer hatte sich auf eine lange Wartezeit eingerichtet. Heute hatte sie den ganzen Tag Zeit, um Paul Fischer zu beobachten. Sie spürte, dass sie jedes Mal, wenn sie Paul sah, nervöser wurde. Lange würde sie sich nicht mehr zurückhalten können. Keine zehn Minuten später kam der rote BMW aus der Tiefgarage gefahren. In sicherem Abstand folgte sie ihm.

Kaum hatte Martin das Büro betreten, klingelte das Telefon. Er nahm ab und stellte auf Lautsprecher.

Ein Arzt aus der Asklepios-Paulinen-Klinik teilte ihm mit, dass Alexander Meurer auf eigene Verantwortung und gegen ärztlichen Rat bereits gestern Abend gegangen war.

»Wie er sagte, hat er heute Morgen einen wichtigen Termin mit einem Anwalt«, berichtete der Arzt. »Ich könnte mir vorstellen, dass wir den Mann bald wiedersehen. Der hat ein ziemlich hohes Herzinfarktrisiko.«

Martin bedankte sich und legte auf.

»Nach unserem Verhör gestern sieht er sich wohl gezwungen, einen Anwalt aufzusuchen. Aber dass er deswegen gegen ärztlichen Rat geht?«, wunderte Martin sich. »Seinen Rechtsverdreher hätte er sicher auch ins Krankenhaus bestellen können.«

»Ich glaube, Meurer ist keiner, der einen Anwalt im Pyjama empfangen will.«

»Sollen wir ihm noch mal einen Besuch abstatten?«

»Wir warten jetzt erst mal auf die Bedienung vom Bistro.« Martin schaute auf seine Uhr. »Kann ja nicht mehr lange dauern, bis die kommt.«

In dem Augenblick klingelte sein Handy.

»Hallo, hier ist jemand, der eine wichtige Information für Sie hat«, hörte er eine weibliche Stimme sagen.

»Und wer ist *jemand*?«

»Mein Name tut nichts zur Sache. Sie suchen Paul Fischer«, sagte die Frau. »Und ich weiß, wo er ist. Er wohnt in einem Appartement in der Rochusstraße in Mainz. Von dort ist er zum Zollhafen gefahren.« Sie sprach schnell und aufgeregt. »Auf dem Parkplatz hat er sich mit einem Mann getroffen. Und ich glaube, dass der ihn bedroht hat. Jedenfalls ist er zu ihm in seinen roten BMW gestiegen. Die sind jetzt unterwegs auf der Rheinallee.«

»Woher wissen Sie das?«, fragte Martin und überlegte krampfhaft, woher er die Stimme kannte.

»Ich sehe den Wagen. Ich folge ihm und melde mich wieder.«

»Wie kommen Sie darauf, dass Herr Fischer bedroht wurde?«

Keine Antwort. Die Verbindung war unterbrochen. Martin starrte sein Handy an.

»Was war denn das jetzt?« Er blickte auf das Display. »Rufnummerunterdrückung. Mist.«

»Was war was?«, fragte Dieter.

Schnell schrieb Martin sich eine Notiz: Rochusstraße, Mainz. Dann erzählte er ihnen, was die Frau gesagt hatte.

»Glaubst du, die kann man ernst nehmen?« Michael machte ein besorgtes Gesicht.

»Ich bin nicht sicher. Sie klang zwar aufgeregt, aber das kann auch gespielt gewesen sein. Am Telefon ist das schwer zu beurteilen.«

»Wer weiß denn, dass wir Paul suchen? Und woher weiß sie, wo er steckt? Wer zum Teufel ist die Frau?«

»Wenn es ihr darum ginge, Paul tatsächlich vor einer Gefahr zu schützen, hätte sie doch ihren Namen nennen können. Warum hat sie das nicht?«, fragte Dieter in die Runde. »Das stinkt doch zum Himmel.«

»Klingt nach jemandem, der Dreck am Stecken hat«, urteilte Michael.

»Wenn die Frau mir ernsthaft etwas sagen wollte, frage ich mich, warum sie so schnell aufgelegt hat.«

»Die Frage ist doch, was bezweckt sie mit dem Anruf?«, sagte Dieter.

»Keine Ahnung.«

Michael setzte sich an den Computer. »Es sollte sich schnell herausfinden lassen, ob das Ganze ein schlechter Scherz ist oder nicht. Wenn dieses Appartement in der Rochusstraße existiert und Paul dort untergekommen ist, könnte es sein, dass an der Sache was dran ist.«

»Das ist richtig.« Martin ging zum Fenster, fuhr sich durch die Haare und blickte geistesabwesend hinaus. »Paul hat die Akten eingesehen und auf eigene Faust ermittelt«, sagte er und es hörte sich an, als führte er ein Selbstgespräch. »Was, wenn er auf irgendetwas gestoßen ist? Womöglich auf den Täter. Vielleicht ist er wirklich in Gefahr?« Er wandte sich wieder den Kollegen zu. »Das ist alles ziemlich merkwürdig. Aber wir müssen der Sache nachgehen.« Er starrte nachdenklich auf das Telefon. »Und diese Stimme …, ich kenne diese Stimme irgendwoher! Aber ich komm nicht drauf.«

»Geh mal alle durch, die du im Zusammenhang mit dem Fall im Kopf hast«, riet Dieter.

Eine Weile herrschte Stille. Alle warteten, dass Martin etwas einfiel.

»Vielleicht klang sie ein bisschen wie Frau Stumpf«, sagte er schließlich. »Aber ich bin nicht sicher.«

»Ruf die doch mal an und hör auf ihre Stimme. Jetzt hast du sie zum Vergleich noch im Kopf.«

Martin suchte die Festnetznummer raus und wählte. Er erhielt keine Antwort. »Wenn sie es tatsächlich gewesen sein sollte und alles stimmt, was sie sagt, dann ist sie logischerweise auch nicht zu Hause, sondern im Auto unterwegs.«

97

Noch bevor Michael überprüft hatte, ob es in der Rochusstraße in Mainz überhaupt Appartements gab, klingelte erneut das Telefon. Wieder war es ein Überraschungsanruf. Frau Meurer war am Apparat. Sie vermutete ihren Mann zur weiteren Vernehmung im Präsidium.

»Nein. Hier ist er nicht«, sagte Martin.

»Aber im Büro ist er auch nicht und übers Handy kann ich ihn nicht erreichen.« Deutliche Verwunderung lag in ihrer Stimme. »Wo steckt er denn bloß? Langsam mache ich mir Sorgen.«

»Wann haben Sie ihn zuletzt gesehen?«

»Heute Morgen. Wir haben zusammen gefrühstückt, dann ist er zur Arbeit gefahren. Als ich ihn dort nicht erreicht habe, dachte ich, Sie hätten ihn schon wieder geholt.«

»Wollte er nicht zu einem Anwalt?«

»Davon weiß ich nichts.«

»Frau Meurer, ich werde sehen, ob wir herausbekommen, wo er ist. Wenn wir etwas wissen, geben wir Ihnen Bescheid. Und wenn er bei Ihnen auftaucht, rufen Sie uns bitte an.«

»Ja, ist gut. Wiederhören.«

»Ach, Frau Meurer. Eine Frage. Hat Ihr Mann eine Waffe?«

»Natürlich!«

»Warum natürlich?«

»Er geht doch zur Jagd.«

»Dann hat er Gewehre?«

»Ja. Drei Stück. … Mein Gott!«, rief sie. »Glauben Sie etwa, er will sich …«

»Nein! Nein! Das denke ich nicht. Aber können Sie bitte nachsehen, ob eins fehlt?«

»Nein, nur Alexander hat den Schlüssel zum Waffenschrank.«

»In Ordnung. Wir melden uns, wenn wir was wissen.« Er legte auf und blickte in die Runde. »Leute«, sagte er langsam, »das gibt mir irgendwie zu denken.«

»Allerdings.«

Und alle drei hatten Meurer vorm inneren Auge, wie er Paul mit dem Gewehr bedrohte.

»Wir fragen in seinem Architekturbüro nach, ob denen irgendein Termin mit einem Anwalt bekannt ist. Und zwar persönlich.« Martin warf einen Blick auf Michaels Bildschirm. »Schon was gefunden?«

»Ich hab hier eine Liste mit Privatunterkünften. Und in der Rochusstraße gibt es tatsächlich einen Anbieter. Eine Frau Karolina Katzenschläger.«

»Na, hoffentlich tut sie nicht das, was der Name verheißt«, murmelte Dieter.

»Jedenfalls vermietet sie Appartements.«

»Sehr gut. Ruf sie an oder fahr hin.« Nervös blickte Martin auf seine Uhr. »Die Bedienung vom *Leib & Seele* müsste auch jeden Moment kommen. Aber mit der wirst du ja alleine fertig. Sag uns Bescheid, sobald du was weißt.«

»Mache ich!«

»Dieter, los! Ich will den Meurer finden, sonst hab ich keine Ruhe.«

98

Das Architekturbüro von Alexander Meurer befand sich in einem alten, aber modern restaurierten Gebäude am Siegfriedring. Die Fahrt dorthin dauerte nur zehn Minuten. Auf dem Parkplatz vorm Haus entdeckten Martin und Dieter Meurers Audi A6. Durch das Seitenfenster sahen sie sein Handy auf dem Beifahrersitz liegen. Er müsste also hier sein. Im Büro jedoch war keine Spur von ihm. Die Angestellten gaben an, ihn heute noch nicht gesehen, sich über das Auto im Hof aber gewundert zu haben. Seine Sekretärin ging mit den Beamten den Terminkalender sowie die Unterlagen auf seinem Schreibtisch durch. Allerdings fanden sie weder Termine noch Hinweise auf Meurers Verbleib. Auch von einer Verabredung mit einem Anwalt wusste niemand etwas. Sie überprüften, ob er im Hotel Fontana oder bei Pallhuber im Krankenhaus war. Vergeblich! Fakt war: Alexander Meurer war verschwunden und das machte Martin und Dieter nervös.

Gerade beschlossen sie, zu Meurer nach Hause zu fahren, um den Waffenschrank in Augenschein zu nehmen, als die *Who-wants-to-live-forever*-Melodie aus Martins Handy erklang.

»Hallo, ich habe einen Unfall auf der Rheinstraße«, rief eine Frau, die Martin sofort als die anonyme Anruferin wiedererkannte. »Ich kann Paul Fischer nicht mehr weiterverfolgen. Er ist unterwegs in Richtung Stadtverwaltung. Sie müssen ihn finden, sonst passiert ihm vielleicht was.« Panik lag in ihrer Stimme. »Der Mann neben ihm im Auto hat eine Waffe. Herr Sandor, bitte lassen Sie nicht zu, dass ihm was geschieht.«

Martin vernahm noch andere Stimmen im Hintergrund.

»Ich telefoniere so lange ich will«, rief sie zornig.

»Wer sind Sie?«, fragte Martin.

»Das ist doch egal«, antwortete sie. »Verlieren Sie keine Zeit! Fahren Sie los und suchen Sie ihn.«

Damit war das Gespräch beendet.

»Das war wieder diese Frau von vorhin«, erklärte Martin und wiederholte für Dieter, was sie gesagt hatte. »Die war total hektisch. Ich glaube, die macht sich wirklich Sorgen um Paul.«

»Was meinst du, könnte es die Stumpf sein?«

»Von der Stimme würde ich fast sagen ja. Aber zwischen ihr und Paul gibt's doch gar keinen Zusammenhang.«

»Vielleicht keinen, den wir kennen.«

»Im Grunde ist das auch zweitrangig, wenn Paul tatsächlich in Gefahr ist.«

»Wenn die Frau gerade erst einen Unfall hatte, ist sie vielleicht noch am Unfallort. Lass uns die Rheinstraße abfahren«, schlug Dieter vor.

»Moment mal!« Martin stutzte. »Welche Rheinstraße meint die eigentlich?«

In Mainz sowie in Wiesbaden gab es eine Straße mit diesem Namen.

»Stimmt ja. Die *ebsch Seit* hat auch eine.«

Beide Städte bezeichneten die jeweils andere Rheinseite als *ebsch Seit*, was so viel bedeutete wie falsche oder schlechte Seite. Zwischen Mainz und Wiesbaden bestanden ausgeprägte örtliche Rivalitäten.

»Sie hat von der Stadtverwaltung gesprochen«, überlegte Martin.

»Und die ist nur in Mainz in der Rheinstraße.«

»Richtig, an dem Platz mit dieser komischen Figur.«

»Genau!«, bestätigte Dieter. »Am Jockel-Fuchs-Platz. Und mit dieser komischen Figur meinst du die *Lebenskraft*. So haben sie das Ding genannt.«

Was die Skulptur mit Lebenskraft zu tun haben sollte, erschloss sich Martin nicht. Für ihn waren das lediglich

Aluminiumstäbe, die spiralförmig angeordnet waren. »Hochinteressant!«, meinte er ironisch und konzentrierte sich auf den Fall. »Trotzdem. Wiesbaden wäre von der Entfernung her viel logischer. Zwischen den beiden Anrufen ist so viel Zeit vergangen, dass sie die Strecke zwischen Zollhafen und Mainzer Rheinstraße zehnmal hätten fahren können. Aber vom Zollhafen hierher … das passt besser.«

»Und was ist mit der Stadtverwaltung?«

»Die Info kann sich auch auf eine grobe Richtung bezogen haben.«

»Ich frag mal bei den Kollegen an«, sagte Dieter, »ob ihnen vielleicht eine Unfallmeldung vorliegt. Dann hätten wir gleich Gewissheit.«

99

Tatsächlich hatte es einen Unfall in der Rheinstraße in Wiesbaden gegeben, zu dem die Polizei gerufen worden war. Martin hatte sofort ein paar Streifenwagen angefordert, die sich in der Gegend nach Pauls rotem BMW umsehen sollten. Er steuerte nun den Wagen über den Kaiser-Friedrich-Ring und bog fünf Minuten später in die Rheinstraße ein.

»Da vorn!«, rief Dieter plötzlich. »Da stehen zwei schräg an der Seite. Das muss es sein.«

Sie beeilten sich, die Unfallstelle zu erreichen. Martin hielt direkt hinter einem schwarzen Dacia Logan, der offensichtlich einem gelben Renault Mégane aufgefahren war. Sie stiegen aus und gingen auf die Fahrzeuge zu. Mehrere Leute standen neben dem Dacia auf dem Bürgersteig und diskutierten. Unter ihnen auch zwei Kollegen von der Verkehrspolizei, die den Unfall aufnahmen. Schon beim Näherkommen stach den Beamten eine Frau aufgrund ihrer Haare ins Auge. Sie hatte eine leuchtend rote, voluminöse Lockenmähne, die ihr offen über die Schultern bis zur Mitte des Rückens fiel.

»Das glaube ich jetzt nicht!«, sagte Martin perplex und sah ihr unverwandt entgegen. »Die kennen wir doch.«

Sie traten zu der Gruppe. Martin zückte seinen Ausweis und hielt ihn den Kollegen von der Streife hin. »Wir müssten die junge Dame kurz sprechen«, sagte er zu ihnen und bat die Frau zur Seite.

»Herr Sandor«, sagte sie verblüfft.

Da war sie: die Stimme vom Telefon! Auf diese Frau wäre er im Leben nicht gekommen.

»Genau der. Und Sie waren noch gleich?«

»Nicole, Nicole Lauxmann.« Sie blickte ihn aus ihren großen, blaugrünen Augen erwartungsvoll an, als wollte sie sagen: Erinnern Sie sich nicht?

Und wie Martin sich erinnerte. Nicole Lauxmann war bis vor einem halben Jahr Pauls Freundin gewesen. Sie war diejenige, die Paul total vereinnahmt hatte. Sogar die Arbeit hatte darunter gelitten, bis Martin dem jungen Mann den Kopf gewaschen und er sich schließlich von ihr getrennt hatte.

»Sind Sie wieder mit Paul zusammen?«, fragte er und sah sie irritiert an.

»Na ja, das ist ein bisschen kompliziert«, druckste sie herum.

»Ein einfaches Ja oder Nein genügt mir.«

»Tja!« Sie hob die Arme in die Höhe und ließ sie resigniert wieder fallen. »Wenn das so einfach wäre. Also wissen Sie, nachdem Paul damals mit mir Schluss gemacht hat, war ich ziemlich fertig. Ich war völlig am Boden zerstört. Sie glauben gar nicht, wie –«

Martin unterbrach sie. »Sie haben mich angerufen, um mir zu sagen, dass Paul bedroht wird, richtig?«

»Ja, ist das nicht furchtbar? Als ich das gesehen habe, blieb mir fast das Herz stehen. Erst wusste ich gar nicht, was ich machen sollte. Aber dann sind *Sie* mir eingefallen. Und Ihre Handynummer hatte ich ja noch gespeichert. Und da dachte ich … Sie sind genau der Richtige. Wenn einer helfen kann, dann Sie. Sie müssen ihn unbedingt finden. Er ist ja völlig ausgeliefert.«

»So«, sagte Martin resolut. »Jetzt halten Sie mal die Luft an und beantworten meine Fragen. Wenn's geht kurz und knapp. Warum sind Sie Paul gefolgt?«

»Weil ich ihn liebe.« Schwärmerisch blickte sie von Martin zu Dieter und wieder zurück.

»Sehe ich das richtig?«, vergewisserte Martin sich. »Sie haben das nicht zum ersten Mal gemacht und Paul wusste auch nichts davon?«

»Das stimmt! Aber ich wollte es ihm sagen. Ich wollte ihn ansprechen, ganz bald. Ich habe auf den richtigen Moment gewartet.«

»Machen Sie das schon lange?«

Auf seine Frage antwortete sie nicht. Stattdessen sagte sie: »Wenn ich ihn nicht beobachtet hätte, wüssten Sie nicht, dass der arme Kerl jetzt in Gefahr ist.«

Martin kam ein beklemmender Gedanke. Wenn sie Paul schon länger beobachtete, musste sie auch von Eva gewusst haben. Martin erinnerte sich, dass Paul erzählt hatte, Nicole sei eine extrem eifersüchtige Freundin gewesen. Hatte Pauls Beziehung zu Eva das Fass zum Überlaufen gebracht? Sollte sie die Nebenbuhlerin ausgeschaltet haben? Martin fuhr sich durch die Haare und schob den Gedanken zunächst zur Seite. Doch im selben Augenblick drängte sich bereits eine weitere Vorstellung vor sein inneres Auge. Sollte sie selbst Paul bedrohen? Ihn irgendwo eingesperrt haben, um ihn endlich für sich alleine zu haben? Warum aber sollte sie dann die Polizei anrufen? Er brauchte noch mehr Informationen von ihr, um die Lage besser einschätzen zu können.

»Dann erzählen Sie mal genau«, forderte er sie auf. »Was ist das mit dem Mann, der Paul bedroht?«

»Er muss am Zollhafen auf Paul gewartet haben. Als ich ihn dort wieder ins Blickfeld bekam, stieg der Mann gerade zu ihm ins Auto. Sie haben geredet. Dann hab ich gesehen, wie er ihn mit einer Waffe bedroht hat. Kurz darauf ist Paul losgefahren und der Mann saß daneben.«

»Konnten Sie die Waffe sehen?«, fragte Dieter. »War es ein Gewehr?«

»Was weiß ich. Ich war so aufgeregt. Ich kann das nicht sagen. Außerdem habe ich nur den Lauf einer Waffe gesehen.«

»Wie sah der Mann aus?«, wollte Martin wissen. »Können Sie ihn beschreiben?«

»Er trug Bluejeans und ein T-Shirt. Das war auch blau, aber heller. Der Mann war nicht ganz so groß wie Paul. Es war aber auch kein kleiner Mann. Im Gegenteil, aber Paul war noch ein bisschen größer. Paul ist ja einsfünfundneunzig. Also, schätze ich den anderen auf circa einsfünfundachtzig bis einsneunzig. Witzigerweise hatte er dunkle Haare, wie Paul. Nur in der Figur waren sie verschieden. Paul ist ja schlank und sportlich, aber der andere war dicker.«

Meurer, schoss es Martin durch den Kopf.

»Wie viel dicker?«, wollte Dieter wissen.

»Dicker eben. Ich hab ihn ja nicht ausgemessen.«

Martin zeigte ihr ein Foto von Meurer. »War es der hier?«

»Uhhh, der ist ja wirklich mächtig. Der reinste Schrank«, beurteilte sie Meurers Aussehen. »Aber ich glaube, der war es nicht.«

»Sie glauben?« Martin runzelte die Stirn. »Sind Sie sicher oder nicht?«

»Doch … doch, ich bin sicher. Der war es nicht. So dick war er nun auch nicht. Vielleicht so ein bisschen mehr wie Paul.«

Für Martin klang das alles nicht sehr überzeugend. Zumal er wusste, wie fehleranfällig die Wahrnehmung von Augenzeugen war und dass Wahrnehmungstäuschungen in der Regel nicht absichtlich, sondern unbewusst passierten. Die Menschen waren nun einmal so: Sie registrierten die wenigsten Dinge bewusst und waren dazu noch vergesslich. Manch einem mangelte es auch noch an Wahrheitsliebe. Menschen, so fand Martin, waren als Zeugen eine Fehlkonstruktion. Und dennoch war er in gewisser Weise von ihnen abhängig. Wenn er es schaffte, die 50 Prozent Wahrheitsgehalt, die eine Aussage höchstens beinhaltete, herauszufiltern, waren sie auch hilfreich.

»Was ist mit dem Gesicht?«

»Ich stand zu weit weg. Ich wollte ja nicht entdeckt werden. Deshalb kann ich dazu nichts sagen.«

»Haben Sie auf Ihrem Beobachtungsposten kein Fernglas dabei?«, konnte Martin sich nicht verkneifen zu sagen.

»Heute nicht.«

Martin fragte sich, wie sie den Lauf einer Waffe erkennen, zum Gesicht des Mannes aber keinerlei Angaben machen konnte.

»Wie weit standen Sie weg?«, fragte Dieter.

»Oh, je!«, stöhnte sie. »Im Schätzen von Entfernungen bin ich ganz schlecht. Das ist wahrscheinlich typisch Frau, oder?« Sie zuckte mit den Schultern. »Aber ich denke, es könnte vielleicht irgendwas zwischen zwanzig und fünfzig Metern gewesen sein.«

»Sie sagten am Telefon, der BMW sei in Richtung Stadtverwaltung unterwegs. Wie meinten Sie das?«

»Na, in diese Richtung.« Sie deutete die Straße entlang.

»Die Stadtverwaltung liegt nicht in dieser Richtung.«

»Aber das große, helle Gebäude mit den vielen Fenstern, das in der Mitte noch so Säulen hat, an der nächsten Kreuzung auf der rechten Seite …«

Martin schloss für einen Moment die Augen und atmete tief durch. »Das, was Sie meinen, ist das Landesmuseum.«

»Tatsächlich?«, fragte sie verblüfft.

»Tatsächlich. Geben Sie mir jetzt bitte noch Ihre Personalien und halten Sie sich zu unserer Verfügung. Wir kümmern uns um Paul und melden uns später noch mal bei Ihnen.«

Nicole schrieb alles auf einen Zettel und reichte ihn Martin. »Hier, bitte. Und tun Sie mir einen Gefallen oder besser noch zwei«, bat sie mit Dackelblick. »Finden Sie Paul und wenn Sie ihn haben, sagen Sie bitte nichts von mir, ja?«

»Wir werden sehen«, entgegnete er unverfänglich und wandte sich mit Dieter zum Gehen.

»Viel können wir mit ihrer Beschreibung nicht anfangen«, sprach Dieter das aus, was Martin bereits gedacht hatte. »Und ob er wirklich bedroht worden ist oder sich einfach mit jemandem getroffen hat, ist auch nicht sicher.«

Als sie gerade in den Wagen stiegen, kam Nicole angerannt. »Herr Sandor!«, rief sie und wedelte mit der Hand. »Mir ist noch was eingefallen!«

»Na, da bin ich ja mal gespannt«, murmelte Martin.

»Der Mann! Der hatte eine ziemlich große Nase. Irgendwie sprang die ihm förmlich aus dem Gesicht.«

Dieter und Martin blickten sich an und dachten beide an denselben Mann.

100

Inzwischen traf eine kleine, zierliche Frau bei Michael im Präsidium ein. Sie stellte sich als Vanessa Hermann vor und erklärte, dass sie als Bedienung im *Leib & Seele* arbeitete.

Michael legte ihr die Fotos aller Sexpartner von Eva Neumann vor sowie die Fotos der Verdächtigen. Vanessa erkannte nur einen der Kommilitonen, der auch ab und zu das Bistro besuchte, aber wie sie sich zu erinnern glaubte nicht zusammen mit Eva.

»Sind Sie sicher«, Michael deutete auf Meurer, »diesen Mann noch nie gesehen zu haben?«

»Bestimmt nicht!«

»Ihre Kollegin sprach von einer orangefarbenen Ice-Watch, die ihr bei dem Gast, der zuletzt und öfter mit Frau Neumann bei Ihnen gewesen ist, aufgefallen war. Und wir haben so eine Uhr bei diesem Herrn entdeckt.« Er nahm das Foto von Meurer, das die Presse im Institut für Regenerative Energien gemacht hatte, und zeigte darauf.

»Ja«, lachte Vanessa, »so was fällt meiner Kollegin auf. Die hat ein Auge für Accessoires, aber nicht für Gesichter.« Sie nahm das Bild in die Hand. »Solche Uhren hat heutzutage jeder Zweite. Das ist nichts Besonderes. Aber meine Kollegin hat recht. Der Mann, der zuletzt in Begleitung der Frau war, trug so eine Uhr.« Plötzlich zog sie die Stirn in Falten und betrachtete das Foto intensiv. »Soll das ein Test sein?«, fragte sie misstrauisch.

»Wieso Test?«

»Weil Sie mir ein Bild zeigen, auf dem genau der Mann drauf ist, nach dem Sie mich fragen.«

»Wo?« Michael beugte sich über das Bild.

»Der da!« Vanessa zeigte auf Joachim Henke.

»Der da?«

»Hundertprozentig!«

»Der hat auch eine orangene Ice-Watch?«

»Ja. Im Bistro schon.«

»Was glauben Sie, wie oft er da war?«

»Ich habe ihn vielleicht viermal gesehen«, schätzte sie.

»Was hatten Sie für einen Eindruck von den beiden? Waren sie ein Paar?«

»Mir ist nicht aufgefallen, dass sie irgendwie intim miteinander waren. Kein Händchenhalten, Küssen oder so. Aber ich hab ja zur Beurteilung auch immer nur den kurzen Moment, wenn ich am Tisch bin.«

»Dann haben Sie wahrscheinlich auch nichts von einem Gespräch mitbekommen?«

Sie schüttelte den Kopf. »Nein!«

»Das war's auch schon. Ich danke Ihnen, Frau Hermann.« Michael verabschiedete sie und griff sofort zum Telefon, um Martin zu informieren.

»Henke?«, fragte Martin. »Der hat zwar gesagt, er kennt Eva, hat sie aber nur im Institut gesehen und mit ihr telefoniert. Verabredungen im Bistro hat er nicht erwähnt.«

»Vielleicht vergessen?«, überlegte Michael.

»Nein, glaub ich nicht. Wir haben ihn doch gezielt gefragt. Außerdem war er nicht nur einmal mit ihr dort.«

»Also, bewusst verschwiegen«, folgerte Michael. »Warum? Hatte er vielleicht auch was mit ihr am Laufen?«

»Er stand nicht auf ihrer Lover-Liste«, gab Martin zu bedenken.

»Ich glaube, die taugt sowieso nicht viel. Paul stand auch nicht drauf und wer weiß, wie viele andere auch nicht.«

»Auf jeden Fall ist das merkwürdig und deshalb werden wir ihn fragen«, bestimmte Martin.

»Ich denke, wir legen zu viel Wichtigkeit auf den Besucher vom Bistro. Was heißt es denn schon, dass jemand mit ihr da war?«

»Es ist nur ein Hinweis auf die Beziehungen des Opfers in letzter Zeit, sonst nichts. Ich ruf ihn an. Mal sehen, was er dazu sagt.«

Im Anschluss an das Gespräch wählte Martin die Nummer vom Institut für Regenerative Energien in Eltville. Dort teilte ihm eine Dame von der Zentrale mit, dass Herr Henke zurzeit beim Arzt sei und gegen Mittag wieder erwartet wurde. Martin ließ sich seine Handynummer geben und tippte sie anschließend in sein iPhone ein. Kurz darauf hörte er die freundliche Stimme der Mailbox. Martin bat Henke um einen Rückruf.

Michael machte sich indes auf den Weg nach Mainz, um vor Ort zu überprüfen, ob Paul bei Karolina Katzenschläger wohnte. Die Vermieterin des Appartements hatte er telefonisch erreicht. Die Beschreibung, die sie von einem ihrer Mieter gemacht hatte, passte auf Paul, wenngleich ihr der Name fremd war. Um sicherzugehen, wollte er ihr ein Foto von Paul zeigen und das Appartement gegebenenfalls in Augenschein nehmen.

Er fuhr durch die historische Mainzer Altstadt, die sich vom Südbahnhof bis zum Mainzer Dom erstreckte. Beim Anblick der altertümlichen, aber stilvoll restaurierten Häuserfassaden und der verwinkelten Gassen, die so seltsame Namen wie Holla- oder Nasengässchen trugen, überkam ihn der Wunsch nach einem Kneipenbummel mit Paul. Hier hatte er schon so manche Stunde mit ihm verbracht und die urigen Weinstuben und gemütlichen Kneipen, wie den *Klingelbeutel* oder den *Beichtstuhl*, unsicher gemacht. Michael nahm sich vor, sobald dieser Fall abgeschlossen war mit seinem Kollegen einen schönen Männerabend hier zu verbringen.

Er parkte den Wagen in der Weißliliengasse und ging zu Fuß in die Rochusstraße. Das Haus mit der Nummer sechs war ein viergeschossiges Stadthaus von 1740. Die zartgelbe Fassade wirkte neu renoviert, ebenso das rot gedeckte Dach mit den fünf kleinen Gauben. Die Sprossenfenster setzten sich durch einen grauen Rahmen ab und waren zum Teil mit Blumenkästen geschmückt. Michael stieg die sechs Stufen zum Eingang hinauf und klingelte. Frau Katzenschläger erwartete ihn bereits und bat ihn herzlich herein. Kaffee und Kuchen standen schon bereit und Michael kam nicht umhin, Platz zu nehmen. Während er an seinem Kaffee trank, begutachtete Frau Katzenschläger das Bild von Paul.

»Ja!« Sie nickte eifrig. »Dieser junge Mann wohnt bei mir im ersten Stock. Im Augenblick ist er aber nicht da.« Aus extrem dunklen Augen sah sie Michael neugierig an. »Hat er was ausgefressen, dass Sie ihn suchen?«

»Nein, aber wir müssen ihn trotzdem dringend sprechen.«

»Da fällt mir ja ein Stein vom Herzen«, sagte sie. »Bisher haben immer anständige Leute bei mir gewohnt. Und ich möchte auch, dass das so bleibt. Allerdings hat der Mann mir nicht den Namen genannt, nach dem Sie gefragt haben. Er sagte, er heißt Dieter Picheldor.«

Michael spuckte fast den Kaffee aus, als er das hörte.

»Dieter Picheldor?« Er schüttelte lächelnd den Kopf. Paul hatte von jedem seiner Kollegen ein Stück in seinen neuen Namen gesteckt. Kreatives Kerlchen!

»Kann ich sein Zimmer bitte sehen?«, fragte Michael, nachdem er den Kuchen dankend abgelehnt und seine Tasse Kaffee geleert hatte.

»Natürlich!«, sagte die blonde, kleine Frau, die Michael auf Mitte sechzig schätzte. Die Lachfalten in ihrem Gesicht gaben Zeugnis ihrer offensichtlichen Frohnatur. »Immer mir nach.« Beflissen lief sie vor Michael die Treppe in den ersten Stock hinauf und öffnete ihm die Tür. Dann blickte sie ihren Gast schelmisch an. »Der junge Mann ist ein ganz Netter. Also, wenn ich jünger wäre …« Sie lachte. »Bestimmt bricht er reihenweise Frauenherzen.«

»Da haben Sie recht. Und Sie wären bestimmt sein Typ gewesen.«

»Sie Schmeichler.«

Michael betrat das Zimmer. Es war stilvoll und komfortabel eingerichtet. »Ich schau mich ein bisschen um.«

»Ist recht.« Damit verschwand Frau Katzenschläger nach unten.

Als Michael in der Mitte des Zimmers stand, fiel sein Blick auf die Wand neben der Tür. »Was ist das?«, murmelte er und trat näher. Dort hing ein riesiger Papierbogen, etwa zwei Quadratmeter groß. Darauf hatte Paul alle Informationen zu ihrem Fall vermerkt. Überall standen Namen und Orte. Kreuz und quer waren Striche gezogen. Auf den ersten Blick schienen sie wie ein heilloses Durcheinander, aber bei genauerem Hinsehen erkannte Michael, dass sie die Beziehungen der Personen untereinander aufzeigten. Er war beeindruckt. Paul hatte sich bis ins letzte Detail in den Fall eingearbeitet. Auf dem Schreibtisch darunter fand Michael die Kopien der Akte sowie einige andere Seiten, die ihm fremd waren. Auch etliche handschriftliche Notizen waren darunter. Er rief Martin an, um ihn über Pauls Zimmer zu informieren. Anschließend nahm er alles genau unter die Lupe.

101

Martin hatte veranlasst, dass alle Fahrzeuge, die in der Nähe des Zollhafens parkten, auf ihre Halter hin überprüft wurden. Wenn sie davon ausgingen, dass Nicole Lauxmann die Wahrheit gesagt hatte, wäre es möglich, dass der Mann, der bei Paul im Wagen saß, sein eigenes Fahrzeug am Zollhafen zurückgelassen hatte. Natürlich nur, wenn er eines benutzt hatte. Es war ein Versuch. Man würde sehen, ob es was brachte.

Der Hinweis auf einen Mann mit einer großen Nase machte Martin misstrauisch. Zum einen wunderte er sich, dass Nicole zunächst angegeben hatte, das Gesicht des Unbekannten wegen der Entfernung nicht gesehen zu haben, sich aber plötzlich an seine Nase erinnerte. Wie groß musste so ein Zinken sein, um aus der Entfernung die Größe zu erkennen? Zum anderen hatten die Beamten bei der Erwähnung der Nase spontan an Joachim Henke gedacht. Seine Nase war zwar nicht übergroß, aber größer als der Durchschnitt. Wenn man ihn als Pauls Beifahrer in Betracht zog, stellte sich die Frage, ob und woher die beiden sich kannten. Selbst wenn Paul seinen Namen in der Akte gelesen hatte, warum sollte er Kontakt zu ihm aufnehmen oder umgekehrt? Martin sah keinen Sinn darin. Außerdem glaubte er, dass Paul ihn informiert hätte, sollte er etwas Relevantes herausgefunden haben. Wieder passte das alles nicht zusammen.

Als Martins Handy erneut klingelte, sah er eine unbekannte Nummer im Display.

»Hallo, Herr Sandor!«, meldete sich eine männliche Stimme. »Hier ist Joachim Henke. Sie haben um einen Rückruf gebeten.«

Das war ja wohl Gedankenübertragung. »Ja, richtig! Sagen Sie, Herr Henke, wo sind Sie im Augenblick?«

»Ich bin in Eltville. Ich bin gerade beim Arzt raus und auf dem Weg ins Institut.«

»Herr Henke, wir haben noch ein paar Fragen an Sie. Es ist wirklich wichtig. Könnten Sie ins Präsidium kommen?«

»Jetzt?«

»Am besten.«

Er schien einen Moment zu überlegen. Während im Hintergrund eine Melodie erklang, hörte Martin ihn sagen: »Ich habe in einer halben Stunde einen Termin im Institut. Kann ich danach kommen? Ich wäre dann etwa in zwei Stunden bei Ihnen.«

Martin sah auf seine Uhr. Gerade zwölf. »Ehrlich gesagt, wäre es mir lieber, wenn Sie sofort kämen. Wenn das schlecht ist, kommen wir auch gerne zu Ihnen. Das schaffen wir dann vielleicht noch vor Ihrem Termin.«

»Wissen Sie was, ich werde den Termin verschieben und komme jetzt gleich. So wichtig ist das nicht. Ich schau nur kurz im Institut vorbei, um das zu managen. Ist das okay?«

Martin stutzte. Wollte Henke nicht, dass sie ins Institut kamen? »Ja, wunderbar«, sagte er trotzdem. »Aber geht es Ihnen denn gut?« Martin versuchte seiner Stimme einen besorgten Klang zu geben. »Ich meine, weil Sie beim Arzt waren.«

»Alles in Ordnung. War eine Routineuntersuchung beim Internisten.«

»Bei wem waren Sie?«

»Bei Dr. Gerber.«

»Können Sie den Arzt empfehlen?«

»Ja, schon.«

»Ich bin immer noch auf der Suche nach einem guten Internisten. Also vielen Dank für den Tipp. Bis nachher dann.«

»Bis später.«

Martin drückte das Gespräch weg. »Er kommt ins Präsidium«, gab er an Dieter weiter. »Er müsste spätestens in einer Stunde da sein.«

»Seit wann suchst du einen Internisten?«, fragte Dieter.

»Seit ich wissen will, bei welchem Arzt Henke war.«

»Verstehe. Du willst prüfen, ob er tatsächlich da war oder ob er doch der langnasige Beifahrer von Paul ist.«

»Genau!« Martin suchte die Telefonnummer von Dr. Gerber heraus und tippte sie ins Telefon. Kurz darauf erfuhr er von einer überaus freundlichen Dame, dass Joachim Henke tatsächlich bis eben in der Praxis gewesen war, nachdem sie den Kommissar darauf aufmerksam gemacht hatte, dass sie am Telefon eigentlich keine Auskunft darüber geben dürfte.

»Es sieht wohl so aus«, erklärte Martin seinem Kollegen, »als sei Herr Henke nicht unsere gesuchte Langnase. Wenn er bis eben beim Arzt war, kann er unmöglich gleichzeitig bei Paul im Auto sitzen. Ich wette, Nicoles Information war eine

Wahrnehmungstäuschung, wie ihre ganze Beschreibung der Person.«

»Selbst, wenn nicht. Männer mit großen Nasen gibt es wie Sand am Meer.«

Martin erhob sich zum Zeichen des Aufbruchs. »Lass uns den Waffenschrank von Meurer checken.«

»Eigentlich brauchen wir dafür einen Durchsuchungsbeschluss«, erinnerte Dieter seinen Chef an die Vorschriften.

»Ich denke, Frau Meurer will auch wissen, was mit ihrem Mann ist. Die wird schon einverstanden sein, dass wir das Ding öffnen.«

Während Martin den Weg in Richtung Norden einschlug, hoffte er, dass die Kollegen von der Streife Pauls roten BMW finden würden, auch wenn es der Suche nach der Nadel im Heuhaufen gleichkam. Aber warum sollten sie nicht mal ein bisschen Glück haben?

Vielleicht machten sie auch nur die Pferde scheu und Paul hatte tatsächlich eine ganz normale Verabredung. Wenn überhaupt! Vielleicht erzählte Nicole Lauxmann auch Blödsinn, weil sie selbst in den Fall verwickelt war. Martin nervten diese vielen Vielleichts und seine Gedanken, die in so viele Richtungen gingen. Sie gaben ihm das Gefühl, alles gleichzeitig erledigen zu müssen. Er wünschte sich ein bisschen mehr Klarheit und ein bisschen weniger Zweifel. Diese nagende Angst vor der Wahrheit und um Paul saß ihm im Genick wie ein Raubtier, das er nicht abschütteln konnte.

102

»Trautes Heim, Glück allein«, sagte Dieter, als sie vorm Haus der Familie Meurer standen. Der Vorgarten war wunderschön angelegt und das hellblaue Haus mit den weißen Fenstern sah einladend und vertrauenserweckend aus. »Wieder eine der Haustüren, hinter denen sich ein Ort der Lüge verbirgt.«

Die Tür wurde geöffnet und Frau Meurer erschien im Türrahmen. Martin erkundigte sich zunächst, ob ihr Mann inzwischen aufgetaucht sei. Das war nicht der Fall. Dann erklärte er ihr, dass sie den Waffenschrank aufbrechen müssten. Wie vorausgesagt, bedurfte es keiner langen Überredung, und die Männer schritten zur Tat. Es dauerte eine ganze Weile, bis die Verriegelung des Metallschranks nachgab und aufsprang. Gespannt öffneten sie die Tür. Als ihr Blick auf drei Jagdgewehre, die nebeneinander aufgereiht waren, fiel, waren alle erleichtert. Zunächst.

»Und das sind tatsächlich die einzigen Waffen, die Ihr Mann besitzt?«, vergewisserte Martin sich.

»Soweit ich weiß, ja!«

Dieter kramte auf dem Regalbrett im Schrank herum. In den Dosen und Kartons fand er Munition, ein Fernglas und eine leere Schachtel. »Über den Inhalt dieser Schachtel«, sagte er und hielt sie Martin geöffnet unter die Nase, »braucht man nicht lange zu spekulieren.«

Alle sahen die Vertiefung in Form einer Pistole. Martin jagte der Anblick einen Schauer über den Rücken.

»Ich weiß, dass er mal eine alte Pistole von seinem Großvater hatte«, meldete Frau Meurer sich zu Wort. »Aber ich meine, die hat er schon lange nicht mehr.«

»Das wissen Sie aber nicht genau, oder?«

»Nein, nicht sicher.« Unglücklich blickte sie auf die leere Schachtel.

»Hier ist auch angebrochene Munition dafür.« Dieter hielt die entsprechende Packung in die Höhe.

»Hat Ihr Mann einen Waffenschein?«, fragte Martin.

»Nein. Er hat nur einen Jagdschein. Ich dachte immer, das reicht für die Gewehre.«

»Das ist richtig. Aber wenn er noch andere Waffen hat, eine Pistole zum Beispiel, die er nicht zur Jagd benutzt, muss er mindestens eine Waffenbesitzkarte haben. Sollte er diese Waffe außer Haus mit sich führen, braucht er dazu noch einen Waffenschein.«

»Nein, nein. So was hat er alles nicht. Und ich bin mir auch fast sicher, dass er diese Pistole nicht mehr hat.«

»*Fast* reicht in unserem Fall nicht aus«, murmelte Martin. »Ist Ihnen an Ihrem Mann in letzter Zeit eine Veränderung aufgefallen?«

»Oh, ja. Er wurde immer nervöser. Ich habe mir Sorgen um seine Gesundheit gemacht. Und das zu Recht, wie man ja jetzt gesehen hat. Jede Art von Aufregung ist Gift für ihn.« Tränen traten ihr in die Augen und sie setzte sich auf den nächsten Stuhl. »Das hat er nach dem Zusammenbruch bei Ihnen auch eingesehen. Er wollte kürzertreten, sein Leben überdenken, sich neu ordnen und mehr Zeit für uns haben.«

Martin fragte sich, was wirklich in diesem Mann vorging und was er von Paul wollte.

»Wenn die Pistole nicht mehr existiert«, sagte Dieter, nachdem sie sich verabschiedet hatten und wieder im Wagen saßen, »frage ich mich, warum er die Schachtel und die Munition behalten hat.«

»Genau das ist der Punkt, der nicht passt, und ich halte es für ziemlich wahrscheinlich, dass er mit dem Ding unterwegs ist.«

»Aber auf Paul kann er es nicht abgesehen haben.« Das war mehr eine Frage als eine Feststellung.

»Du meinst, weil sein Wagen nicht am Zollhafen steht? Das hat nichts zu sagen. Er kann mit dem Taxi oder irgendwie anders dorthin gekommen sein, um den Verdacht nicht auf sich zu lenken.«

»Das lässt sich ja leicht überprüfen«, sagte Dieter und stellte eine entsprechende Anfrage bei der Taxizentrale. Aber eine Fahrt zum Zollhafen oder in die direkte Nähe hatte zur angegebenen Zeit nicht stattgefunden. Leider brachte das keine Erkenntnis, denn als Transportmittel kamen immer noch ein anderer Wagen oder die öffentlichen Verkehrsmittel infrage.

Bereits auf der Fahrt veranlasste Martin die Fahndung nach Meurer und informierte Michael, der sich noch immer in Pauls Appartement durch die Notizen wühlte.

103

Die große Überraschung kam kurz darauf.

Gerade waren Martin und Dieter zurück im Präsidium, als die *Who-wants-to-live-forever*-Melodie einen eingehenden Anruf ankündigte.

»Jo, he Martin, hier ist Paul.«

Martin fuhr wie elektrisiert vom Stuhl hoch. Seine Stimme zu hören, war eine große Erleichterung. »Mensch, Paul. Wir machen uns riesige Sorgen. Geht's dir gut?«

»Ich will dir nur sagen, dass ich es war.« Für einen Moment herrschte Stille. »Ich habe alle drei umgebracht. Es tut mir leid.«

»Wo bist du?« Martin wartete auf eine Antwort, doch die blieb aus. »Paul! Paul!«, rief er laut ins Telefon. Das Gespräch war beendet. Martin starrte sein Handy an.

»Das gibt's doch nicht. Das kann nicht sein. Ich will, dass das nicht wahr ist!«, schrie er und schlug mit der Faust auf den Tisch.

»Martin, was ist los?« Dieter griff ihn am Arm.

Martin atmete tief durch, zwang sich zur Ruhe und berichtete, was Paul gesagt hatte.

»Das war alles?«

»Ja, das war alles.« Martin kniff die Augen zusammen. »Aber irgendwas war merkwürdig.«

Plötzlich ging die Tür auf und Egon Milster kam herein. »Hier ist die Liste mit den Fahrzeughaltern, die die Kollegen für Sie erstellen sollten.« Er legte ein Blatt auf den Schreibtisch. »Aber können Sie mir mal sagen, was eigentlich los ist? Sie sind dauernd unterwegs und ich weiß nicht wohin. Außerdem wüsste ich gern, was mit diesem Meurer im Krankenhaus ist.«

»Herr Milster!« Martin ließ sich zurück auf seinen Stuhl fallen. »Paul hat eben angerufen und die Morde gestanden.«

»Wie bitte?« Diese Nachricht schien ihn zunächst sprachlos zu machen, doch dann fing er sich sofort wieder. »Ich hab es gewusst. Ich hab es die ganze Zeit gewusst.« Er kratzte sich an der Glatze und setzte sich. »Mein Gott, jetzt, wo es feststeht, ist es doch ein ziemlicher Schlag. Wie konnte es nur so weit kommen? Wir hätten doch schon früher Anzeichen für sein aggressives Verhalten bemerken müssen. *Sie*, Sandor, hätten was merken müssen. Sie haben sich ja völlig in ihm geirrt.« Er riss die Arme in die Höhe. »Was um Himmels Willen wird die Presse dazu sagen? Ich will gar nicht daran denken.«

»Verdammt!«, schrie Martin. »Hören Sie auf zu lamentieren. Tun Sie mir einen Gefallen und lassen Sie uns allein.«

Martin sah ihn derart wütend an, dass Milster tatsächlich das Feld räumte. In der Tür wandte er sich noch einmal Dieter zu. »Wo ist Herr Fischer jetzt?«

»Wir wissen es nicht, aber wir versuchen ihn zu finden.«

»Milster hat vielleicht sogar recht«, überlegte Martin laut, als der Chef verschwunden war. »Ich hätte es merken müssen. Hab ich mich bei den Gesprächen mit ihm so geirrt, seine Lügen nicht gesehen?«

»Genau das ist der Punkt«, sagte Dieter. »Das kann nicht sein.«

»Vielleicht doch, weil ich es nicht sehen wollte?«

»Nein!« Dieter schüttelte energisch den Kopf. »Du hast ihn direkt gefragt, ob er was mit den Morden zu tun hat. Wenn er bei dieser Antwort gelogen hätte, hättest du es gemerkt. Da stimmt was nicht.«

»Du hast recht. Ich wollte zwar, dass er sagt, er ist unschuldig. Aber ich glaube auch, dass ich bei so einer wichtigen Frage auf alle Anzeichen für eine Lüge geachtet hätte.«

»Lass uns sehen, ob wir ihn über die Telefonnummer orten können.«

Martin suchte vergeblich nach der Nummer auf dem Display.

»Keine Chance!«

Martin wurde unruhig. Er ging zum Fenster und blickte hinaus. Was, wenn sie sich doch irrten, wenn Paul die Taten wirklich begangen hatte? Zweifel schoben sich in Martins Gedanken. Es kam ihm so vor, als könne er nicht mehr klar denken. In seinem Kopf herrschte Chaos. Paul wusste von ihm, welche Mimik, welche Körpersprache eine Lüge verrät. Vielleicht hatte ihm das geholfen, die Wahrheit zu vertuschen? Und der Anruf, das Geständnis? Hatte er die Last der Schuld nicht mehr ausgehalten? Das würde zu ihm passen. Er war sicher ein Mensch, der mit so einer Schuld nicht leben konnte. *Nicht leben, nicht leben*, wiederholte er in Gedanken immer wieder. Martin spürte, wie sich jede Faser seines Körpers anspannte. Was, wenn Paul Selbstmord begehen wollte? Martin rieb sich über das Gesicht. Nein! Nein! Nein! Paul ein Mörder! Das war doch nur ein Albtraum, das konnte nicht die Realität sein.

Martin wünschte sich, einfach aufzuwachen und die Wahrheit vor sich liegen zu sehen. Eine Wahrheit, die zu dem Bild, das er von Paul hatte, und zu der Wunschvorstellung *Jeder andere, nur nicht er*, passte.

Er ging zurück zum Schreibtisch. Gerade als sein Blick auf die Liste mit den Fahrzeughaltern vom Zollhafen fiel, läutete das Telefon. Dieter nahm ab.

»Ehrlich? … Das ist super! … Wo genau? … Gibt's da eine Überwachungskamera? … Die wollen wir sehen. … Alles klar«, hörte Martin ihn sagen und blickte Dieter neugierig an. »Die Kollegen von der Streife haben Pauls BMW gefunden«, berichtete er, während er den Hörer zurück auf die Station legte. »Und zwar steht er in der Tiefgarage am Schillerplatz. Von Paul keine Spur, aber die Männer suchen jetzt auch zu Fuß die Umgebung ab. Außerdem besorgen sie uns die Aufzeichnung der Überwachungskamera.«

»Dann ist er von der Rheinstraße, wo die Lauxmann ihn verloren hat, nicht mehr weit gefahren«, überlegte der Kommissar.

»Richtig!« Dieter nickte.

»Und genau deswegen denke ich, dass Sie uns die Wahrheit gesagt hat, zumindest was Pauls Anwesenheit angeht.«

»Klingt logisch. Sie kann es nicht erfunden haben.«

»Ich hatte flüchtig den Gedanken, dass sie selbst was mit unserem Fall zu tun haben könnte, aber das wäre irgendwie irre. Warum hätte sie uns dann anrufen sollen und uns damit auf ihre Spur bringen?«

»Nichts ist unmöglich. Und ein bisschen irre ist die ja schon.«

Die Männer diskutierten verschiedene Möglichkeiten, während sie auf die Aufzeichnung aus der Tiefgarage warteten. Dieter zog dabei verschiedene Notizen und Seiten aus der Akte und legte sie auf Martins Schreibtisch. Dabei verschwand das Blatt mit den Namen der Leute, die ihre Fahrzeuge am Zollhafen geparkt hatten, aus ihrem Blickfeld.

104

Mit vorgehaltener Waffe drängte ihn der Mann immer tiefer in das schwarze Gewölbe. Er konnte kaum etwas erkennen. Allein der muffige, modrige Geruch und die Temperatur ließen erahnen, dass sie sich unter der Erde befanden. Der schwache Schein der Taschenlampe streifte flüchtig uralte Regale mit Büchern und Kisten. Einmal fiel Paul fast über einen Koffer, wie es ihn heute gar nicht mehr gab. Man hätte meinen können, dies sei ein Bunker, den Flüchtlinge aus Kriegszeiten vor Jahrzehnten verlassen hatten. Paul fragte sich, ob und wann hier jemals ein Mensch herkam. Der Gedanke jagte ihm einen Schauer über den Rücken und verstärkte das Gefühl der Hilflosigkeit. Krampfhaft überlegte er, wie er aus dieser Situation wieder herauskommen könnte und was der Mann überhaupt von ihm wollte. Als er am Zollhafen zu ihm in den Wagen gestiegen war, hatten sie sich zunächst normal unterhalten. Dabei hatte sich bestätigt, dass die Unterlagen, in denen es um die Postzustellung mit Elektroautos, die mit der Energie des Windkraftparks auf dem Taunuskamm gespeist werden sollten, tatsächlich von ihm waren. Er war der Verfasser dieser Arbeit und derjenige, der diese Idee gehabt hatte. Eva hatte sie ihm in Erwin Stumpfs Auftrag gestohlen, der sie als seine Erfindung zu veröffentlichen und sich dafür feiern zu lassen gedachte. Als Paul vorschlug, das in der Öffentlichkeit klarzustellen, lachte der Mann und antwortete, dass es dafür zu spät sei. Warum das so war, verriet er ihm nicht. Stattdessen zog er plötzlich eine Waffe und zwang Paul, in die Tiefgarage am Schillerplatz zu fahren. Der Mann war auf kein weiteres Gespräch eingegangen und vertröstete Paul mit dem Versprechen, ihm gleich alles zu erklären. Pauls Angst wuchs mit jeder Minute.

Unterwegs hatte Paul flüchtig überlegt, einen Unfall zu verursachen, um dem Mann zu entkommen. Doch als ob dieser seine Gedanken gelesen hätte, drohte er ihm, sofort zu schießen, wenn Paul seinen Anweisungen nicht folgte oder wenn er versuchen sollte zu fliehen. An seinem Blick sah Paul, dass er es ernst meinte.

Nachdem sie den BMW geparkt hatten, waren sie das kurze Stück hierher zu Fuß gegangen. Paul konnte sich nicht erklären, was sie ausgerechnet hier sollten. Einen unpassenderen Ort gab es wohl kaum. Aber wahrscheinlich war genau das seine Absicht. Hier würde niemand suchen.

Immer weiter trieb der Mann ihn vorwärts, bis sie einen der kleineren Gewölberäume betraten.

»Stopp!«, rief er in die Stille hinein, sodass seine Stimme von den Wänden kalt und durchdringend widerhallte. Er befahl Paul, sich zur Wand zu drehen.

»Was wollen Sie von mir?«, brachte Paul gepresst hervor.

»Du bist doch ein schlaues Kerlchen. Kannst du dir das nicht denken?«

Paul wusste nur eins: Wenn der Mann ein Mörder war und dachte, dass Paul ihm als Einziger auf die Schliche gekommen war, würde er ihn ganz gewiss töten. Paul hatte den Gedanken kaum zu Ende gedacht, als er den Lauf der Pistole an seinem Hinterkopf fühlte. Todesangst erfasste ihn. Und obwohl es hier unten angenehm kühl war, traten ihm Schweißperlen auf die Stirn und er begann zu zittern. Wenn der Kerl ihn hier umbrachte, würde das kein Mensch mitbekommen. Und wer weiß, wann man ihn hier finden würde.

»Arme und Beine spreizen«, kommandierte der Mann schroff und trat gegen Pauls Füße. Dann legte er die Taschenlampe auf den Boden und durchsuchte seine Taschen. »Dreh dich wieder um und setz dich«, sagte er anschließend.

Erleichtert ließ Paul sich zu Boden sinken. Noch lebte er! Aber die Frage war: Wie lange? Vielleicht hatte Martin seinen

Hinweis inzwischen verstanden? Vielleicht konnten sie das Handy von dem Kerl orten? Er klammerte sich an die Hoffnung, dass sein Team rechtzeitig zur Stelle sein würde.

Der Mann sah Pauls Sachen durch und begann zu grinsen.

»Ich wusste schon vorher, dass du ein Bulle und kein Anwalt bist«, sagte er. Er ging vor ihm in die Hocke, wedelte mit Pauls Polizeidienstausweis vor seiner Nase herum und warf ihn dann in die Ecke. »Du hast versucht, mich reinzulegen, Paul Fischer. Und das hatte ich in letzter Zeit oft genug. Aber«, er richtete sich auf, »im Grunde müsste ich dir dankbar sein. Du hast mich auf eine geniale Idee gebracht. Zwar spielst du schon seit Längerem eine Rolle, ohne es zu wissen. Aber mit unserem Treffen, das *du* initiiert hast, gestaltest du ein perfektes Ende. Deine Kollegen suchen einen dreifachen Mörder. Ich bin der Meinung, sie sollten ihn endlich finden. Und zwar in dir.«

»Die wissen, dass ich es nicht war!«, wagte Paul zu widersprechen.

»Das sehe ich anders. Ich glaube, sie haben selten einen so geeigneten Verdächtigen gehabt wie dich. Denk doch mal nach. Zum Beispiel haben sie die Mordwaffe in deinem Garten gefunden.«

»Du hast mir das Ding untergeschoben!« Wütend sprang Paul auf.

»Schön sitzenbleiben!« Entschlossen hielt der Mann ihm die Waffe vors Gesicht.

»Was, wenn nicht?« Paul versuchte ihn einzuschätzen. »Wollen Sie mich dann einfach so erschießen?«

»Wenn es sein muss. Ich habe drei Menschen umgebracht. Glaub mir, ich zögere nicht, auch dich umzulegen, wenn es nötig ist.«

Paul ließ sich wieder auf dem kalten Steinboden nieder. Er versuchte, sich zu orientieren, aber es war unglaublich dunkel hier. Das bisschen Taschenlampenlicht, das vom Boden gegen die Wand strahlte, erhellte nur wenig von dem Kellergewölbe und das noch ganz schwach. Aber vielleicht war gerade das seine Chance, überlegte er. Wenn er sich zur Seite rollte, würde ihn das Dunkel für Sekunden verschlucken. Wie viel Zeit würde ihm bleiben, bis der Kerl die Taschenlampe in die Hand genommen und ihn wiedergefunden hätte? Würde er es schaffen, ihn von hinten anzugreifen und zu überwältigen?

In seine Gedanken hinein hörte er den Mann sagen: »Hier sind Kabelbinder.« Er warf sie ihm vor die Füße. »Binde dir die Knöchel zusammen, dann leg dich auf den Bauch.«

Paul war klar, wenn er das täte, wäre er völlig ausgeliefert. Er musste handeln, und zwar sofort.

Angriff ist die beste Verteidigung, sagte er sich und gab vor, nach dem Kabelbinder zu greifen. Stattdessen warf er sich blitzschnell nach vorn in Richtung des Mannes. Wenn er ihn zu fassen bekam, würde er ihn fertig machen. Davon war Paul fest überzeugt. Tatsächlich konnte er den Fuß des anderen erwischen. Mit einem Ruck zog er daran. Von dem Angriff völlig überrascht, landete der Mann auf dem Boden und verlor seine Waffe. Gerade als Paul sich auf ihn stürzte, bekam er sie wieder zu fassen und schlug sie Paul so hart gegen den Kopf, dass er stöhnend zur Seite rollte. Der Mann rappelte sich auf, trat noch zweimal nach seinem Opfer und zog ihn zurück in den Schein des Lichts. »Du legst dir jetzt die Kabelbinder an«, sagte er keuchend, »sonst schieß ich dir ein Loch nach dem anderen in deinen verfickten Körper, du Bastard.«

Von dem Schlag gegen den Kopf fühlte Paul sich leicht benommen, gehorchte aber und fesselte sich selbst die Füße.

»Auf den Bauch«, befahl der Mann und gab Paul einen Schubs. Dann setzte er sich auf seine Beine und riss ihm die Arme auf den Rücken, wo er sie mit einem weiteren Kabelbinder zusammenband. »So!«, sagte er zufrieden und zog Paul wieder in die sitzende Position. »Es läuft folgendermaßen.«

105

»Mensch!«, rief Martin. »Jetzt weiß ich, was an Pauls Anruf merkwürdig war. Er sagte *Jo, he, Martin.* Seit wann redet er so? Er hat mich noch nie so begrüßt.«

»Klingt wie bei den Comedians Erkan und Stefan«, urteilte Dieter.

»Comedians! Gutes Stichwort! *Jo, he* klingt doch spaßig, irgendwie locker-lässig. Das passt doch nicht zu einem Mordgeständnis. Da ist was oberfaul. Ich bin fast sicher, dass er tatsächlich bedroht wird.«

»Das würde bedeuten, er wurde zu diesem Anruf gezwungen?«

»Nur das kann es sein. Ich kann mir das nicht anders erklären.« Martin fuhr sich nervös durch die Haare. »Was hat es bloß mit diesem *Jo, he, Martin* auf sich?«

»Vielleicht wollte er uns damit was sagen«, überlegte Dieter. »Seinen Aufenthaltsort zum Beispiel.«

»Könnte das ein Hinweis auf eine ausländische Einrichtung sein?«

»Ich habe keine Ahnung.«

»Bis uns was Besseres einfällt, gehen wir die einfach durch.«

Zusammen setzten sie sich an den PC und holten sich die entsprechenden Informationen.

»Liebe Güte!«, stöhnte Dieter. »Das ist ein Fass ohne Boden. Siebzehn türkische Vereine, acht Moscheen, von den ganzen Geschäften mal abgesehen. Und das sind nur die türkischen Einrichtungen.«

»Was ist mit einem Bezirk mit hohem Ausländeranteil?«

»Westend hat die meisten mit neunundzwanzig Prozent. Aber was nützt uns das? Willst du alle Häuser durchsuchen?«

»Ich weiß. Das wäre wieder die berühmte Nadel im Heuhaufen. Aber den BMW haben wir ja auch gefunden. Außerdem ist Westend immer noch der kleinste Wiesbadener Ortsbezirk.«

»Dafür aber der am dichtesten besiedelte, und zwar von ganz Deutschland.«

»Was du wieder alles weißt.« Martin schüttelte den Kopf. »Aber Westend klingt für mich gar nicht so dumm. Überleg doch mal! Neben dem höchsten Ausländeranteil wohnen da auch noch die meisten Studenten von Wiesbaden.«

»Was haben die jetzt damit zu tun?«

»Vielleicht haben wir nicht gründlich genug unter den Studenten gesucht. Pauls Hinweis könnte doch auf einen Täter mit Migrationshintergrund deuten oder jemand, der entsprechend jung ist, um diese Sprache zu benutzen.«

»Denkbar, aber das würde Meurer ausschließen.«

»Verdammt!«, fluchte Martin. »Wir lassen uns ablenken und drehen uns im Kreis. Eigentlich suchen wir doch Meurer. Die Wahrscheinlichkeit, dass der mit seiner Waffe rumläuft und Paul bedroht, ist ziemlich groß.«

»Das glaube ich auch. Bestimmt interpretieren wir ein bisschen zu viel in *Jo, he* hinein. Aber trotzdem können wir mal sehen, ob auf Eva Neumanns Sexliste ein Student steht, der entweder Ausländer ist oder in einem entsprechenden Bezirk wohnt.«

Martin schob die ausgebreiteten Blätter aus der Akte zusammen und wollte die Liste raussuchen, als ihm die Seite, die Egon Milster vorhin gebracht hatte, in die Hände fiel.

»Mist!«, ärgerte Martin sich. »Vor lauter Gelaber, haben wir die Liste mit den Fahrzeughaltern aus den Augen verloren.«

»Vielleicht ist da ein ausländischer Name dabei.« Dieter stellte sich hinter Martin und sah ihm über die Schulter. Gemeinsam überflogen sie die Zeilen.

»Mein Gott!«, hauchte Martin und zeigte auf einen Namen.

»Wie sollen wir denn das verstehen? Das kann doch eigentlich nicht sein.«

»Eigentlich nicht, aber …«

Das Telefon riss sie aus ihren Gedanken. Gleichzeitig klopfte es an der Tür. Der Besucher war ein Kollege, der die Aufzeichnung aus der Überwachungskamera der Tiefgarage brachte. Und am Telefon war Michael.

»Martin, ich komme jetzt zurück«, erklärte er. »Die Unterlagen, die ich gefunden habe, bringe ich mit. Ziemlich interessant. Aber das Wichtigste ist ein Zettel, der im Müll lag. Paul hat eine Verabredung darauf notiert, und zwar am Zollhafen.«

»Lass mich mal raten, mit wem.«

»Das kannst du nicht wissen«, vermutete der Kollege.

»Jo, he, Michael.«

106

Paul schlug die Augen auf. Alles um ihn herum war dunkel. Er spürte etwas Kaltes, Hartes unter sich. Ein Steinboden, schoss es ihm durch den Kopf. Er versuchte sich aufzusetzen und bemerkte, dass seine Arme und Beine gefesselt waren. Angst durchzuckte seinen Körper. Wo war er und warum war er hier?

Plötzlich hörte er ein Geräusch. Er hielt den Atem an und lauschte. Von irgendwoher näherte sich ein schwaches Licht. Eine Gestalt mit einer Taschenlampe in der Hand kam auf ihn zu.

»Na«, sagte eine männliche Stimme und stellte das Licht auf den Boden, »ein Nickerchen gemacht?«

Als Paul das Gesicht des Mannes sah, drängte langsam die Erinnerung in sein Bewusstsein. Er wusste wieder, wo er war, und er wusste, dass er Martin angerufen hatte. Er hatte ihm die drei Morde gestanden. Und er hatte ihm heimlich einen Hinweis gegeben. Blieb nur zu hoffen, dass sein Chef ihn auch zu deuten wusste.

»Martin wird kommen und dich fertigmachen«, murmelte Paul und spürte, wie kraftlos er war. Selbst das Sprechen fiel ihm schwer. Kam das von dem Schlag auf den Kopf? Er fühlte sich wie betrunken.

»Fragt sich, wer hier wen fertigmacht.« Der Mann riss Paul vom Boden in die sitzende Position und schnitt ihm die Handfessel durch. In Pauls Kopf drehte sich alles. Er verspürte Übelkeit und das Hämmern in seinem Kopf war fast unerträglich.

»So, jetzt hast du es bald geschafft«, kündigte der Mann an.

Paul musste nicht lange überlegen, um zu verstehen, was damit gemeint war. Er würde sterben. Der Mann würde ihn töten. Hatte er überhaupt eine Chance? Konnte Martin ihn finden? Der Hinweis taugte wahrscheinlich gar nichts. Verzweiflung machte sich in ihm breit. Die Übelkeit verstärkte sich und er musste sich übergeben.

»Oh, Mann. Du verträgst ja gar nichts«, stöhnte der Kerl und rümpfte angewidert die Nase.

Die Säure des Erbrochenen brannte Paul im Mund. »Kann ich Wasser haben?«, bat er.

Der Mann reichte ihm eine kleine Flasche, die auf dem Boden stand. »Damit kannst du dir den Dreck abwaschen.«

Paul spülte seinen Mund mit dem Wasser und trank dann den Inhalt der Flasche zur Hälfte aus.

»Jetzt möchte ich, dass du etwas für mich schreibst.« Der Mann zog einen Umschlag aus seiner Hosentasche, holte ein weißes Blatt Papier heraus und legte es vor Paul auf den Boden. Dann hielt er ihm einen Kugelschreiber unter die Nase. »Hier! Und jetzt schreib, was ich dir diktiere.«

Paul fiel auf, dass er Handschuhe trug.

Nachdem der Mann die ersten beiden Sätze ausgesprochen hatte, warf Paul den Stift gegen die Wand. »Das schreibe ich nicht.«

Der Mann verlangte, dass er die Morde schriftlich gestand. Und was noch schlimmer war, Paul sollte seinen Selbstmord ankündigen. Er wusste, dieser Brief wäre sein Todesurteil. Eine Angst, wie er sie noch nie empfunden hatte, erfasste ihn und mischte sich mit Wut. Wut auf sich selbst, dass er so dumm gewesen war, auf eigene Faust, ohne dass jemand davon wusste, diese Aktion gestartet zu haben. Er hatte sich durch den Besitz der Unterlagen so sicher gefühlt und darauf vertraut, den Mann damit in der Hand zu haben. Doch die Wahrheit sah anders aus.

»Gut, warten wir noch ein bisschen, dann wirst du schreiben.«

»Nie im Leben. Du bringst mich sowieso um. Dann gebe ich dir nicht noch einen Freifahrtschein dafür.«

»Oh, doch. Du wirst schon sehen. Als Bulle kennst du dich bestimmt in der Drogenszene aus.«

Das Wasser, schoss es Paul durch den Kopf. Hatte er ihm mit dem Wasser etwas verabreicht? Voller Panik starrte er erst auf die Flasche am Boden, dann ins Gesicht des Mannes.

»Schon mal was von *Devils Breath* gehört?«, fragte er ihn in einem Ton, als würde er Small Talk am Sonntagvormittag machen. »Das ist der Name einer neuen Horrordroge. In der Fachsprache heißt sie Scopolamin und wird aus der Engelstrompete gewonnen, einer Pflanze aus Südamerika.«

Paul erinnerte sich, den Namen schon mal gehört zu haben.

»Sie gilt zurzeit als schlimmste Droge der Welt, dabei ist sie einfach nur genial«, fuhr der Kerl begeistert fort. »Der Konsument wird willenlos und hörig. Schön, dass du selbst nach Wasser verlangt hast. Das hat die Sache vereinfacht.«

Diese Erkenntnis trieb Paul fast die Tränen in die Augen. Er hätte gleich hellhörig werden müssen, als dieser Scheißkerl ihm das Getränk sofort gegeben hatte.

»Du hättest mir das Zeug gewaltsam eingeflößt, wenn ich nichts getrunken hätte«, sagte Paul hasserfüllt.

»Nein.« Er holte ein Tütchen aus seiner Tasche und hielt es hoch. »*Devils Breath* kann man auch anders zu sich nehmen. Man braucht es nur ins Gesicht zu blasen. Daher kommt übrigens auch der Name. Das Zeug wirkt wenige Minuten nach der Einnahme. Merkst du schon was?«

Tatsächlich bemerkte Paul eine Veränderung. Er fühlte sich schwindelig, trotzdem sagte er: »Mir geht's gut.«

»Bist eben ein harter Kerl.« Die Stimme seines Gegenübers triefte vor Sarkasmus. Offenbar sah er Paul schon an, dass die Droge wirkte. Er lachte und hob den Kuli vom Boden auf. Paul beobachtete ihn und wunderte sich, dass der Mann sich in Zeitlupe bewegte. Gleichzeitig spürte er, wie er allmählich müde wurde. Am liebsten hätte er sich auf dem Boden zusammengerollt. Wut und Hass wichen. Ein letzter Rest von Angst und Panik erfüllte ihn, bis das Gefühl, als ob jemand ihm seinen eigenen Willen aus dem Körper zog, von ihm Besitz ergriff. Das Bild der Dementoren aus Harry Potter schob sich vor sein inneres Auge. Diese in schwarze Kapuzenmäntel gehüllten unheimlichen Gestalten, die eisige Kälte verbreiteten und ihren Opfern mit einem Kuss auf den Mund die Seele aussaugten, hinterließen funktionsfähige Menschen, die jedoch keine Persönlichkeit mehr hatten.

Als der Mann ihm nun den Stift in die Hand drückte, sah Paul ihn mit großen Augen erwartungsvoll an. Er hatte keine Kontrolle mehr über sich. Da war nur noch ein Gefühl von Gleichgültigkeit.

»Dann wollen wir mal einen schönen Brief schreiben. Du kannst dich ja schließlich nicht einfach so aus dem Leben stehlen, ohne ein letztes Wort zu hinterlassen.«

107

Schlagartig war es Martin klar geworden. Der Name fand sich auf der Liste der Fahrzeughalter, auf Pauls Notiz über seine Verabredung und schließlich in Pauls telefonischem Geständnis. *Jo, he* war keine coole Begrüßung gewesen. Es war ein Kürzel, das für *Jo*achim *He*nke stand.

Martin und Dieter stürzten förmlich ins Besprechungszimmer und legten die Videokassette aus der Überwachungskamera ein. Angespannt verfolgten sie die Vorgänge in der Tiefgarage. Plötzlich kam der rote BMW ins Bild. Er parkte ein und Paul stieg aus. Mit ihm Joachim Henke. Entgeistert starrte Martin auf den Fernseher. Sein Herz raste, als er die Waffe in Henkes Hand sah.

»Scheiße!«, murmelte Dieter. »Die Lauxmann hatte recht.«

»Weißt du, was das bedeutet?« Martin saß wie gelähmt auf seinem Stuhl. »Henke muss der Mörder sein. Und wenn Paul das herausgefunden hat, dann wird dieses Schwein ihn auch umbringen. Mit Sicherheit hat er ihn gezwungen, mich anzurufen und ein Geständnis abzulegen. Bestimmt denkt er, damit wäre für uns der Fall gelöst und er hätte sich aus der Schusslinie manövriert.«

»Das funktioniert aber nur«, spann Dieter den Faden weiter, »wenn er vorhat, Paul zu töten, und zwar so, dass es aussieht wie Selbstmord.«

Ein Gedanke, der für Martin so schrecklich war, dass er ihn sofort von sich schob. »Wir müssen ihn finden!« Er sprang auf und lief, gefolgt von Dieter, eilig in Richtung seines Büros. Auf dem Flur stieß er fast mit Milster zusammen, gerade als Michael den Gang entlanggerannt kam.

»Wohin so eilig?«, fragte der Chef.

»In mein Büro. Wir müssen Paul finden.«

»Das ist ja nichts Neues.«

»Neu ist aber, dass wir Joachim Henke als Täter im Visier haben.«

»Wer soll das sein?«

»Der Doktorand aus dem Institut für Regenerative Energien in Eltville.«

»Wie kommen Sie denn jetzt auf *den*? Und was ist mit Paul Fischer?«

»Kommen Sie mit in mein Büro, dort besprechen wir die Lage.«

Martin bat zunächst um Michaels Bericht. Der beschrieb kurz Pauls Zimmer und was er dort vorgefunden hatte.

»Er hat ganz eindeutig auf eigene Faust ermittelt, um seine Unschuld zu beweisen.« Michael bedachte Milster mit einem vielsagenden Blick. Dann fuhr er fort: »Dabei ist er auf die Doktorarbeit von Joachim Henke gestoßen.« Er legte entsprechende Unterlagen auf den Tisch. »Thema seiner Dissertation ist diese Sache mit den Elektroautos für die Post. Eine geniale Idee, die ihm aber von Eva Neumann gestohlen und an Erwin Stumpf weitergegeben wurde. Und wie wir ja schon wissen, hat Stumpf diese Arbeit als *seine* ausgegeben und veröffentlicht.«

»Und damit haben wir auch ein Motiv«, folgerte Martin. »Henke muss aus Rache getötet haben.«

»Nur weil ihm jemand seine Arbeit stiehlt?« Milster schüttelte skeptisch den Kopf. »Er hätte das doch klarstellen können.«

»Vielleicht erfahren wir was bei seinem Doktorvater darüber. Aber das hat jetzt keine Priorität.« Martins Ungeduld wuchs.

In dem Moment klingelte Milsters Handy. Er entschuldigte sich und nahm das Gespräch entgegen. Nach einem kurzen Wortwechsel sagte er: »Ich muss was für meine Frau erledigen.

Es ist dringend, aber ich bin gleich wieder da. Dann überlegen wir, wie wir weiter vorgehen.« Und schon war er aus der Tür.

»Madame Milster sagt ihm mal wieder, wo es langgeht«, schloss Dieter aus dem Gehörten.

Martin war die Unterbrechung nur recht. »Gott sei Dank!«, sagte er erleichtert.

»Können wir endlich Paul suchen gehen?«, drängte Michael und lief unruhig hin und her.

»Die Frage ist nur wo.« Dieter ging hinüber zur Wand, an der ein Stadtplan hing, und ließ die Augen suchend darüber hinweggleiten, als ob dort die Antwort zu finden wäre.

»Die Aufnahme aus der Tiefgarage ist zum gleichen Zeitpunkt gemacht worden, an dem wir in der Rheinstraße mit Nicole Lauxmann gesprochen haben. Das war um elf Uhr einundfünfzig.« Martin versuchte, den zeitlichen Ablauf zu rekonstruieren, in der Hoffnung, über einen weiteren Hinweis zu stolpern. »Um zwölf rief Henke mich zurück und gab an, in Eltville beim Arzt zu sein, was die Dame in der Praxis bestätigt hat. Da stimmt doch hinten und vorne was nicht.« Er griff zum Telefon und wählte ein weiteres Mal die Nummer der Arztpraxis. Er verlangte den Arzt zu sprechen. Zwei Minuten später bestätigte sich, was sie eigentlich schon wussten. Henke hatte gelogen. Er war am heutigen Tag nicht in der Praxis gewesen. Nach einem weiteren Gespräch mit der Dame von der Anmeldung stellte sich heraus, dass Joachim Henke mit ihr befreundet war. Auf seine Bitte hin hatte sie ihm das falsche Alibi gegeben. Von ihr erfuhr Martin auch Henkes Adresse.

»Wir müssen uns beeilen, bevor es zu spät ist.« Er schnappte sich die Autoschlüssel. »Wir teilen uns auf. Dieter, du stellst fest, wer Henkes Doktorvater ist und was es mit seiner Dissertation auf sich hat. Michael, du kommst mit mir. Wir nehmen uns noch zwei Kollegen mit und durchsuchen Henkes Wohnung. Das ist die letzte Chance, einen Hinweis auf ihren Aufenthaltsort zu bekommen.«

108

Während der Fahrt zu Henkes Wohnung kreisten Martins Gedanken um die Frage, warum sie selbst nicht auf diesen Mann gekommen waren. Was hatten sie übersehen? Er versuchte, sich an die Gespräche mit Joachim Henke zu erinnern. Warum war ihm nichts aufgefallen? Martin sah Henkes kantiges Gesicht mit der großen Nase und den braunen Augen vor sich. Der Mann war clever, ohne Frage. Hoffentlich nicht clever genug, um alle Spuren zu verwischen.

Michael hatte inzwischen die Äppelallee erreicht und raste mit Blaulicht weiter. Er bog rechts ab in die Rheingaustraße und war nach nur fünf Minuten im Stadtteil Schierstein. Henke bewohnte hier ein Appartement in der Milanstraße, nicht weit vom Schiersteiner Hafen entfernt. Als Michael kurz darauf in diese Straße einbog, schoss Martin der Rotmilan durch den Kopf. Der Vogel, um den sich auch im Gutachten einiges drehte. Auf ihn versuchte man bei der Entwicklung von Windkraftparks zwar Rücksicht zu nehmen, trotzdem kamen immer wieder Tiere zu Tode, die am Fuß der Windräder Beute machten.

Da geht es dem Rotmilan genauso wie dem Menschen, dachte Martin. Er ist ebenso gefährdet wie angezogen. Die einen, die Beute damit machen wollen, und die anderen, die darunter zu leiden haben. Das ganze Gerangel um diese erneuerbaren Energien und speziell um die Windkraft hat in gewisser Weise drei Menschen das Leben gekostet. Auch einige andere müssen bezahlen, jeder auf seine eigene Art.

Annette Lang kam ihm dabei in den Sinn. Die Frau, die er lange verdächtigt hatte. Dabei war sie in jeglicher Hinsicht Opfer. Wenigstens bezahlte Pallhuber dafür. Und was war mit

Meurer? Früher oder später würden sie ihn finden. Auch der würde für seine Schuld geradestehen müssen.

Diese ganzen unmoralischen, skrupellosen Machenschaften kotzten Martin an. Warum waren die Mensch so? Warum musste sich immer alles nur um Geld und Macht drehen? War es nicht paradox?, überlegte er. Einerseits hasste er diesen Sumpf, andererseits war er mittendrin. Immer wieder aufs Neue, wenn sich Hass, Gier oder Eifersucht in die Menschen pflanzten wie Unkraut.

»Da ist es!«, rief Michael und trat auf die Bremse.

Henkes Wohnung lag im Erdgeschoss eines neuen Mehrfamilienhauses. In das Treppenhaus gelangten sie mithilfe des Mieters aus dem ersten Stock. Nun standen sie vor der Tür und warteten auf den Schlüsseldienst, den sie von unterwegs bestellt hatten.

»Also, wenn der Schlüssel-Fritze nicht in zehn Sekunden da ist, gehen wir selbst rein.«

»Wenn Sie die Tür aufbrechen wollen«, hörten sie den Nachbar auf der Treppe sagen, »haben Sie bestimmt kein Glück. Die hat eine Mehrfachverriegelung.«

»Dann eben durchs Fenster.« Martin verschwand nach draußen und lief um das Haus herum. Ein letzter Blick zur Straße, ob der Schlüsseldienst nicht doch in Sichtweite war. Als das nicht der Fall war, schlug er die nächstbeste Scheibe mit einem faustgroßen Stein aus dem Garten ein. Die beiden Beamten, die mit ihnen gekommen waren, fuhren erschrocken zusammen. »Gefahr in Verzug!«, begründete Martin gelassen und bat die beiden, beim Einstieg zu helfen.

Er schlüpfte durch das Fenster in die Küche und öffnete den Kollegen die Haustür von innen. Sofort begannen sie mit der Durchsuchung.

109

Im Institut für Regenerative Energien hatte Dieter erfahren, wer Henkes Doktorvater war. Da er den Mann telefonisch nicht erreichen konnte, fuhr er zur Johannes-Gutenberg-Universität nach Mainz, wo der Professor sich zurzeit aufhielt.

»Professor Severin?«, rief Dieter laut von der Tür des Hörsaals über die Köpfe der Studenten hinweg.

»Ja?« Der kleine Mann, Ende fünfzig, sah stirnrunzelnd zu ihm hinüber.

»Ich muss Sie dringend sprechen.«

»Guter Mann«, lachte Severin kopfschüttelnd, »falls Sie es nicht bemerkt haben, ich halte hier gerade eine Vorlesung. Aber Sie können gerne Platz nehmen und zuhören. Anschließend habe ich dann für Sie Zeit.«

»Ich schätze, Sie müssen sich jetzt sofort Zeit nehmen.« Dieter kam nach vorne zum Pult und hielt dem Professor seinen Ausweis hin. Dessen Stirn legte sich erneut in Falten. Fragend blickte er den Beamten an.

»Können wir kurz draußen sprechen? Es dauert auch nicht lange.«

Professor Severin entschuldigte sich bei seinen Studenten und verschwand mit Dieter vor die Tür. »Was gibt es denn so Eiliges?«

»Es geht um Joachim Henke. Sie sind sein Doktorvater?«

»Ja.«

»Was ist das Thema seiner Doktorarbeit?«

»Im Augenblick keines. Er hat sich mit der Reduzierung von Emissionen beschäftigt. Seine Idee war, die Postfahrzeuge durch Elektroautos zu ersetzen. Vor drei Jahren kam er damit zu mir. Ich fand das Thema interessant und beschloss, ihn zu betreuen. Bis vor Kurzem hat er daran gearbeitet. Dann wurde ein Konzept von Stadtrat Erwin Stumpf veröffentlicht, das auf der Grundlage von Joachims Arbeit basierte. Und alle Welt geht nun davon aus, dass Herr Stumpf diesen genialen Einfall hatte.«

»Wie hat Henke reagiert?«

»Erstaunlich ruhig. Ich nahm an, er würde ausflippen. Aber nichts dergleichen. Er hat nur gesagt, dass es seine eigene Schuld sei. Ich habe ihn immer wieder darauf hingewiesen, dass es angebracht ist, Vorveröffentlichungen zu machen, damit sein Gedankengut gesichert ist. Aber er wollte nicht hören. Er sagte, er habe Bedenken, dass jemand seine Idee stiehlt, um sie in ähnlicher Form herauszubringen. Er wollte am Ende den großen Auftritt.« Der Professor schob die Hände in die Hosentaschen und machte ein gequältes Gesicht. »Tja, der Schuss ging nach hinten los. Man könnte auch sagen: Ironie des Schicksals.«

»Konnte er mit Ihrer Hilfe denn nicht beweisen, dass die Idee von ihm war? Ich meine, er muss doch Unterlagen gehabt haben, die das belegen.«

»Ich habe ihm angeboten, der Sache nachzugehen. Doch das hat er abgelehnt. Er sagte, Herr Stumpf habe behauptet, schon an der Ausarbeitung dieses Plans gesessen zu haben, bevor Joachim überhaupt damit begonnen hatte. Was denken Sie, wem die Öffentlichkeit glaubt? Einem Studenten oder einem angesehenen Stadtrat? Joachim hatte keine Chance und das bedeutet, dass er zumindest mit diesem Thema nicht promovieren kann. Denn die Promotion wird erst eingeleitet, wenn der Doktorand eine Dissertation, also seine Doktorarbeit, vorgelegt hat. Die Fakultät muss dann diese Arbeit annehmen und das tut sie nur, wenn klar ist, dass es sich um eine wissenschaftliche Forschungsarbeit handelt, die neue Erkenntnisse dokumentiert. Dass Joachim seine Arbeit jetzt nicht mehr einreichen kann, war ihm scheinbar sofort klar.«

»Damit war seine ganze Arbeit umsonst.«

»Im Grunde ja.« Professor Severin warf einen Blick auf die Uhr.

»Das kann einen doch nicht kalt lassen«, sagte Dieter mehr zu sich selbst. Und er vermutete, dass Henke sich in Form der Morde Luft gemacht hatte.

»So was kommt immer wieder vor«, hörte er den Professor sagen. »Bei manchen Forschungsthemen ist die Konkurrenz groß und da kann es natürlich vorkommen, dass verschiedene Doktoranden an unterschiedlichen Instituten am gleichen Thema forschen. Dann kommt es darauf an, als Erster zu veröffentlichen oder zumindest eine Vorveröffentlichung gemacht zu haben.« Er seufzte. »Aber nachdem Joachim so abgeklärt reagiert hat, kamen mir schon Zweifel, ob seine Forschungsleistung überhaupt auf seinem Mist gewachsen war oder ob er sie nicht von Herrn Stumpf abgekupfert hat, zumal die Ideen absolut identisch waren und sich in keinem Punkt unterschieden.«

»Wie hat Herr Henke sich das erklärt?«

»Gar nicht. Er sagte, er wisse nicht, wie das passieren konnte.«

»Und was wollte er jetzt machen?«

»Sich was Neues überlegen und in Angriff nehmen. Aber warum will die Polizei das alles wissen?«

»Das kann ich Ihnen leider nicht sagen.«

Dieter erkundigte sich noch, ob Henke, der in Frankfurt studiert hatte, dort ein Zimmer oder eine Wohnung hatte. Doch das war nicht der Fall.

Schließlich verabschiedete Dieter sich von Professor Severin, der eilig wieder in den Hörsaal verschwand. Dann informierte er Martin über das Gespräch und machte sich auf den Weg nach Schierstein.

110

Wenig später erreichte auch Dieter die Milanstraße.

»Martin? Michael?«, rief er vom Flur aus.

»Bin im Bad«, antwortete Michael.

»Bin hier drüben«, hörte er seinen Chef sagen und folgte der Stimme.

Er fand ihn im Wohnzimmer auf dem Boden sitzend. Martin hatte den Papierkorb ausgeleert und wühlte darin herum.

»Schon was gefunden?«

»Eine schwarze Lederjacke. Ansonsten nur den Zeitungsbericht, in dem Paul beschuldigt wird.«

»Kommt mal her!«, brüllte Michael aus dem Badezimmer. »Schaut euch das an«, sagte er als die beiden Kollegen in der Tür erschienen. Er hielt eine kleine Flasche Eau de Toilette hoch. »*Joop! Homme*. Hab ich im Müll gefunden. Ist praktisch noch voll.«

»Mein Gott!« Martin schlug sich gegen die Stirn. »Ich hab ihn erst darauf gebracht. Erinnert ihr euch? Michael hat mich im Institut in Eltville angerufen und über Paul und diesen Duft informiert. Das Gespräch hat Henke zum Teil mitgehört. Ich weiß noch genau, dass ich den Namen des Parfums erwähnt habe und auch dass Paul unser Kollege ist.«

»Du meinst, er hat sich das Zeug besorgt und am Tatort versprüht, um den Verdacht auf Paul zu lenken?«, führte Michael Martins Gedanken fort.

»Das ist die einzige Erklärung.«

»Das ist doch verrückt.«

»Eher genial!«, urteilte Dieter.

»Das Schwein hat die ganze Zeit versucht, Paul als Schuldigen dastehen zu lassen. Der hat ihm auch die Statue untergeschoben. Ich hab's euch ja gleich gesagt.« Wütend trat Michael gegen den kleinen Mülleimer, sodass der Deckel absprang und durchs Badezimmer flog.

»Reiß dich zusammen«, fuhr Martin ihn an. »Statt zu randalieren such lieber weiter. Wir brauchen einen Hinweis, wo er mit ihm hingegangen sein kann.«

»Warum musste diese Nicole auch dem Typ aufs Auto fahren«, fluchte er. »Wenn Sie ihn weiterverfolgt hätte, wüssten wir längst, wo er ist.«

Den Gedanken hatte Martin auch schon gehabt. Wie einfach wäre dann alles.

»Aber wenn sie nicht gewesen wäre«, räumte er ein, »wüssten wir überhaupt nicht, dass Paul in Gefahr ist.«

Er ging zurück ins Wohnzimmer und kniete sich mit Dieter wieder auf den Boden vor den Müllberg, während die beiden Streifenpolizisten damit beschäftigt waren, den Schrank zu durchforsten. Sie unterhielten sich über ihre Kinder. Der eine erzählte gerade von der Tochter, die demnächst in den Konfirmandenunterricht gehen würde, was bedeutete, dass sie deshalb sonntags in die Kirche gehen musste. Beim Wort *Kirche* horchte Martin auf.

»Was ist?«, fragte Dieter.

Martin hob die Hand zum Zeichen, dass Dieter still sein sollte. Stirnrunzelnd versuchte der Kommissar, einen Gedanken zutage zu fördern, der irgendwo in ihm schlummerte.

»Kirche«, murmelte er. Wie von der Tarantel gestochen sprang er plötzlich auf. »Eine Kirche!«, rief er. »Ich habe beim Telefonieren mit Henke im Hintergrund Glocken gehört. Erst dachte ich, das sei ein Handyton. Aber das ist Quatsch. Das muss eine Kirche gewesen sein.«

Auch Dieter erhob sich. »Als Henke so gegen zwölf anrief, muss er noch in der Nähe vom Schillerplatz gewesen sein«, überlegte er.

»Welche Kirchen gibt's da?«

»Die nächste ist in der Luisenstraße. Da steht die älteste Kirche von Wiesbaden, die katholische St. Bonifatius. Östlich vom Schillerplatz ist diese Englische Kirche St. Augustine Church. Ich glaube in der Frankfurter Straße. Und in etwa gleicher Entfernung gibt's natürlich noch die Marktkirche am Schlossplatz. Aber das heißt ja nur, dass die beiden dort irgendwo in der Nähe unterwegs waren. Ich glaub nicht, dass dein Glockengebimmel uns weiterhilft.«

»Moment! Das waren keine normalen Glockenschläge«, erinnerte Martin sich. »Das war eine ganze Melodie.«

»Dann kommt nur die Marktkirche in Frage. Das ist die einzige Kirche, die ein Carillon im Hauptturm hat, also ein Glockenspiel. Und das ertönt viermal am Tag: um neun, um zwölf, um fünfzehn und um siebzehn Uhr.«

»Und weil ich es ziemlich laut gehört habe, müssen sie in der Nähe der Marktkirche gewesen sein.«

Dieter blickte auf seine Uhr. »Ob sie da immer noch sind, ist die Frage. Schließlich ist das inzwischen schon ein bisschen her.«

»So lange nun auch wieder nicht.« Martin wollte das nicht hören, wollte nicht daran denken, dass Paul längst tot sein könnte. Er klammerte sich an die Suche nach ihm und Henke. »Ich glaube nicht, dass sie noch viel weiter durch die Gegend gelaufen sind.«

»Es sei denn, sie haben das Fahrzeug gewechselt.«

»Dann wär sowieso alles zu spät.«

»Was ist zu spät?«, fragte Michael von der Tür aus und machte ein erschrockenes Gesicht.

»Nichts ist zu spät«, versuchte Martin ihn zu beruhigen. »Wir müssen die Gegend um die Marktkirche absuchen. Ich bin sicher, die sind da irgendwo.«

»Was hast du da?«, fragte Dieter und deutete auf einen Gegenstand in Michaels Hand.

»Das? Das hab ich eben gefunden. Ich schätze, das ist ein Abdruckset, um Schlüssel nachzumachen.« Er reichte es dem Kollegen.

»Sieht so aus.« Dieter öffnete die kleine Box mit den beiden Abdruckplatten. »Da ist sogar noch ein Abdruck drin.«

»Ja, aber nicht der von einem normalen Wohnungsschlüssel wie von Eva Neumann«, hatte Michael bereits erkannt.

»Ne, der sieht aus wie ein altertümlicher Schlüssel. Der ist ziemlich groß und hat noch einen Bart.« Bei genauerem Hinsehen entdeckte Dieter noch etwas. »Da ist eine Verzierung an der Reite.«

»An der was?«

»An der Reite. Das ist der Griff des Schlüssels.«

»Mann, red deutsch, Junge«, murmelte Michael. Er war sichtlich nervös.

»Das ist deutsch«, belehrte Dieter ihn. »Die Verzierung sieht aus wie ineinander verwobene Akanthusblätter.«

»Bist du jetzt auch noch Spezialist für Pflanzen?«

»Ganz und gar nicht. Aber dieses distelartige Blatt der Pflanze ist ein immer wiederkehrendes Motiv in der Ornamentik. Das findest du unheimlich oft. Zum Beispiel haben die das früher auf Porzellan oder Tapeten gemalt. Auch Waffen und Möbel hat man damit verziert. Außer im Museum sieht man das heute noch häufig in der Architektur an Säulen oder Decken.«

»Und kannst du aufgrund dessen jetzt sagen, zu welcher Tür der Schlüssel passt?«

»Allwissend bin ich auch nicht.«

»Hast du wenigstens eine Idee?«

»Solche Bartschlüssel wurden immer zusammen mit dem Schloss hergestellt. Deshalb ist es ziemlich wahrscheinlich, dass es auch am Schloss eine entsprechende Gravur gibt. So was stellt heute keiner mehr her.«

»Also suchen wir eine sehr alte Tür«, folgerte Martin.

»Wenn dieser Schlüssel überhaupt was mit dem Aufenthaltsort der beiden zu tun hat«, gab Michael zu bedenken.

»Haben wir einen anderen Hinweis?«, fragte Martin scharf. »Nein! Also, können wir der Sache auch nachgehen.« Er wandte sich an Dieter. »Vielleicht können wir das genauer einkreisen. Sind diese Verzierungen einer bestimmten Zeitepoche zuzuordnen?«

»Wenn ich mich recht erinnere, wurden diese Ornamente vorwiegend im Barock hergestellt.«

»Also sechzehntes bis achtzehntes Jahrhundert«, überlegte Martin. »Wir stellen einen Suchtrupp zusammen, der im Umkreis der Marktkirche alles durchforstet. Erste Priorität haben die Barockhäuser, dann alle anderen älteren Häuser. Wir brauchen eine Liste der Barockbauten. Dieter …«

»Wird erledigt.« Sofort machte er sich auf den Weg.

Martin wies die beiden uniformierten Kollegen an, weiter die Wohnung zu durchsuchen, bevor er mit Michael Richtung Marktkirche fuhr.

»Wenn Paul was passiert«, kündigte Michael unterwegs an, »dann war's das für mich. Dann kündige ich.«

»Ihm wird nichts passieren.«

»Wie kannst du so sicher sein?«

Martin war sich ganz und gar nicht sicher. Aber daran zu glauben oder es sich zumindest einzureden, half, nicht verrückt zu werden und die Angst im Zaum zu halten. »Ich weiß es einfach!«

111

Im Gewölbekeller sah die Sache ganz anders aus. Paul hatte den von Henke diktierten Brief geschrieben und saß nun gegen die raue Steinwand gelehnt auf dem Boden.

»Du kannst dich jetzt ausruhen«, sagte Henke und klopfte ihm auf die Schulter. »Du hast gut mitgearbeitet. Es war das erste Mal, dass ich *Devils Breath* ausprobiert habe. Und ich muss sagen, ich bin beeindruckt. Im wahrsten Sinne des Wortes: ein Teufelszeug.« Er lachte.

»Und weil das Zeug so gut ist, bekommst du noch ein bisschen mehr davon.« Henke zog erneut das Plastiktütchen aus der Tasche. »Und zwar so viel, dass es bis zum Ende deines Lebens reicht. Fast tut es mir leid, dass ich dich als Sündenbock benutzen muss. Aber, wie es so schön heißt: Gelegenheit macht Diebe. Und deswegen stehle ich dir dein Leben, damit ich meins neu beginnen kann.«

Er öffnete die Tüte und schüttete sich das Pulver auf die Handfläche. Dann ging er vor Paul in die Hocke. »Danke Paul Fischer, dass du mir den Arsch rettest! Jetzt mach mal die Augen zu, damit dir das Zeug nicht da reinfliegt.«

Paul gehorchte. Er fühlte sich sowieso müde. Vielleicht kann ich jetzt ein bisschen schlafen, dachte er. Aber was hatte der Kerl gerade zu ihm gesagt? Er stiehlt ihm das Leben? Was meinte er denn damit? Paul legte den Kopf gegen die Wand. Er konnte nicht klar denken.

Henke hielt sich die Handfläche vor den Mund. »Jetzt bin ich sozusagen der Teufel in Person.« Dann blies er Paul das Pulver ins Gesicht.

Paul schnappte nach Luft und begann zu husten. Dann riss er die Augen weit auf.

»Ganz ruhig und tief atmen«, befahl Henke und fegte den Rest von seiner Handfläche.

Paul schüttelte den Kopf. »Ich will das nicht«, rief er immer wieder hustend und wischte sich die staubartige Substanz vom Gesicht.

»Aber das ist gut für dich.« Henke klopfte die Hände aneinander. »So, jetzt warten wir mal ab, wie lange es dauert.«

Pauls hektischer Atem beruhigte sich allmählich. Er versuchte aufzustehen. Irgendetwas trieb ihn an, irgendetwas sagte ihm: Weg hier! Doch es gelang ihm nicht. Er hatte den Eindruck, sich plötzlich nicht mehr bewegen zu können. Etwas in seinem Innern wollte aufbegehren, wollte schreien.

»Ich glaube, du bist kein guter Mensch«, sagte er aus diesem Gefühl heraus.

Wieder lachte Henke. Die Droge wirkte auch als Wahrheitsserum. »Eigentlich bin ich ein sehr guter Mensch. Aber wenn andere mich verletzen, muss ich mich wehren.«

»Ich hab dich nicht verletzt.« Paul sprach ganz ruhig.

»Nein, aber du hast Fehler gemacht.«

»Ja!« Seine Stimme war nur noch ein Flüstern. »Ich habe mit Eva geschlafen. Das war schön, aber falsch.« Paul kippte zur Seite und schloss die Augen. Zusammengerollt blieb er liegen. Völlige Dunkelheit hüllte ihn ein.

»Paul!«, hörte er Henke rufen. »Paul! Hörst du mich noch?«

Ein leises Stöhnen war alles, was Paul hervorbrachte. Er wollte die Augen öffnen, aber es gelang ihm nicht. Wie schwer meine Augenlider sind, dachte er und spürte die Kälte, die ihm in den Körper kroch.

112

Auf dem Marktplatz traf Martin auf zehn Kollegen, die er in Absprache mit Milster angefordert hatte. Mithilfe seines Teams wurden die Männer eingeteilt.

Dieter hatte zuverlässig wie immer die Informationen zu den alten Häusern rings um die Kirche beschafft. Zusätzlich hatte er in Erfahrung gebracht, dass der Pfarrer der Marktkirche schon viele Jahre im Amt war und die direkte Umgebung kannte wie seine Westentasche. Dieter hatte vorsorglich ein Treffen in der Kirche mit ihm vereinbart.

Während die Polizisten ausschwärmten, betrat Martin mit seinem Team die Kirche durch den Haupteingang. Sie gelangten durch eine Vorhalle in den relativ schlicht gehaltenen Innenraum und hatten einen direkten Blick auf den Chor mit dem Altar.

Pfarrer Simon Maier erwartete sie bereits. Der stattliche Mann mit den grauen Haaren war eine eindrucksvolle Erscheinung. Er sah ihnen durch seine Brille aus freundlichen braunen Augen entgegen und begrüßte sie herzlich.

»Sie sagten mir ja schon am Telefon«, begann er, »dass Sie auf der Suche nach einem älteren Gebäude sind. Ich weiß nicht, –«

»Wir suchen zu dieser Schlüsselart die passende Tür«, unterbrach Martin ihn ungeduldig.

»Allerdings«, fügte Dieter an, »haben wir nur den Abdruck des Schlüssels.«

»Vielleicht wissen Sie trotzdem, zu welcher Art von Haus oder Raum er gehören könnte.« Martin hoffte inständig, dass der Pfarrer wenigstens eine Idee hatte, und reichte ihm den Abdruck.

»Es scheint wohl ziemlich wichtig zu sein?«, vermutete der Mann und sah Martin interessiert an.

»Wir sind auf der Suche nach einem Kollegen, der in der Gewalt eines mutmaßlichen Mörders ist.« Verzweiflung lag in seiner Stimme. »Wir klammern uns an die Hoffnung, dass uns diese Gegend und der Schlüsselabdruck auf ihre Spur bringen.«

Pfarrer Maier riss erschrocken die Augen auf. »Du liebe Güte!«

»Wir müssen uns beeilen!« Martin deutete nervös auf den Abdruck.

Schnell besah sich der Geistliche die Schlüsselform, während die Männer mit atemloser Spannung warteten.

»Akanthusblätter«, stellte auch der Pfarrer fest. »Ein charakteristisches Element der korinthischen Kapitelle.« Als er in die fragenden Gesichter blickte, erklärte er: »Der Kopf einer Säule wurde oft damit verziert.« Er ging ein paar Schritte zur Seite und deutete auf einen entsprechenden Pfeiler. Die Männer erkannten an dessen oberem Ende die gleichen Blätterornamente.

»Herr Pfarrer«, drängte Martin, »bitte keine langen Erklärungen. Es eilt!«

»Ich befürchte, Sie müssen nicht weit gehen, um ein Schloss zu finden, in das diese Art von Schlüssel passt.« Martin fiel Pfarrer Maiers steile Falte auf, die sich zwischen seinen Augen zeigte, während er seinen Schlüsselbund herauskramte, an dem eine Vielzahl von Schlüsseln hing. »Allein hier gibt es zwei auf solche Art verzierten Schlüssel. Ein anderes Gebäude hier in der Nähe, wo so etwas passen könnte, fällt mir auch nicht ein.«

Gespannt verfolgte Martin, wie der Pfarrer zwei Schlüssel separierte. Dann gab er sie dem Kommissar. Martin legte den ersten in die Form. Überrascht stellte er fest, dass er perfekt hineinpasste. Ihn überlief eine Gänsehaut. Sprachlos blickte er in die Runde. Auch die anderen schienen entsetzt.

»Bedeutet das«, fragte Pfarrer Maier vorsichtig, »die gesuchten Personen sind in der Kirche?«

»Es ist eine vage Vermutung.«

»Kennen Sie einen Mann namens Joachim Henke?«, fragte Dieter dazwischen.

»Nein, ich denke nicht.«

»Gibt es Kopien dieses Schlüssels?«, wollte Michael wissen.

»Nein. Das hier ist der Einzige.«

»Also, muss er an Ihren Schlüssel gekommen sein und diesen Abdruck davon gemacht haben.«

»Das ist doch jetzt völlig egal!«, rief Martin gereizt und nahm den Schlüssel aus der Form. »Zu welchem Raum gehört er?«

»Das ist der Schlüssel zum Gewölbekeller«, erklärte der Pfarrer. »Ich selbst kenne nur den vorderen Teil, weil wir dort jeden Donnerstag eine Andacht abhalten. Ansonsten ist nie ein Mensch da unten.«

Wie gut diese Räumlichkeit dadurch als Versteck geeignet war, musste niemand aussprechen.

»Wo ist der Eingang?«, fragte Michael.

»Direkt gegenüber der Caligari Filmbühne. Ich zeige es Ihnen.«

»Nein!«, sagte Martin. »Sie bleiben hier. Sorgen Sie bitte dafür, dass die Leute die Kirche verlassen und bestellen Sie einen Krankenwagen, für alle Fälle.«

Wortlos nickte er.

»Gibt es Pläne vom Gewölbe oder jemand, der sich da unten auskennt?«, wollte Dieter wissen.

»Wahrscheinlich der Hausmeister. Ich kann versuchen, ihn zu erreichen. Der weiß auch, ob es Pläne gibt.«

»Wir haben keine Zeit zu warten«, trieb Michael seine Kollegen an.

»Richtig!«

»Seien Sie um Gottes Willen vorsichtig«, gab Pfarrer Maier ihnen mit auf den Weg.

Martin nickte nur kurz. »Dieter«, sagte er. »Ruf die Männer zurück. Sie sollen die Kirche umstellen. Und sag Milster, dass er uns das SEK schicken soll. Los!« Michael und Martin rannten aus der Kirche, an der Nordostseite des Gebäudes entlang, während Dieter den Suchtrupp anfunkte und Milster verständigte.

113

Sie öffneten die Tür zum Gewölbekeller. Alles war dunkel. Neben der Tür fanden sie einen Schalter für das Licht im Vorraum sowie für ein dahinterliegendes Gewölbe mit Kirchenbänken. Das war offensichtlich der Raum, in dem jeden Donnerstag die Andacht abgehalten wurde. Dieter kam die Treppe herunter und trat zu ihnen.

»Die Artillerie ist unterwegs«, sagte er leise.

Gemeinsam schritten sie den Raum ab. Niemand war hier und es gab auch keine weiteren Aus- oder Durchgänge. Sie gingen zurück in den Vorraum und lauschten einen Moment, aber nichts war zu hören. Zu ihrer Rechten gab es eine Holztür. Sie war unverschlossen. Vorsichtig schob Martin den Türflügel auf. Tiefe Finsternis lag vor ihnen. Er tastete rechts und links der Tür nach einem Lichtschalter, fand aber keinen.

»Hat jemand eine Taschenlampe?«, flüsterte er.

Beide Kollegen schüttelten den Kopf.

»Das gibt's doch nicht, dass hier kein Licht ist«, fluchte Martin vor sich hin.

»Ich besorge Taschenlampen.« Und schon flitzte Dieter wieder nach draußen.

»Hier sind Kerzen und Streichhölzer.« Michael nahm zwei davon, zündete sie hektisch an und reichte Martin eine. »Los!«, sagte er ungeduldig, zog seine Waffe und ging voraus.

Das Licht der Kerzen flackerte bei jedem Schritt und warf unheimliche Schatten an die Wände. Sie konnten maximal zwei Meter weit sehen. Mit scharfem Blick suchten sie das Gewölbe ab, so gut das in der Dunkelheit eben ging. Sie kamen nur langsam voran, denn immer wieder öffneten sich kleine Nischen und Räume. So leise wie möglich durchquerten sie einen nach dem anderen. Plötzlich hörten sie ein Geräusch und fast zeitgleich sahen sie ein Licht in einiger Entfernung. Sie folgten dem schwachen Lichtschein, der kaum, dass sie ihn bemerkt hatten, schon wieder erlosch.

Schritte waren zu hören.

Dann: Stille!

»Henke!«, rief Martin und hielt die Kerze in die Höhe. Verzweifelt versuchte er etwas zu erkennen. »Sie haben keine Chance. Sie kommen hier nicht mehr raus. Die ganze Kirche ist umstellt. Geben Sie auf.« Seine Worte verhallten im Nichts.

Möglicherweise war Henke gar nicht mehr hier, überlegte Martin. Vielleicht aber Paul?

»Paul!«, rief er. »Paul, bist du hier?« Nichts rührte sich. »Verdammt!«, schimpfte er leise. »Wir brauchen endlich Licht.«

Michael wollte schnell weiter. Doch Martin hielt ihn zurück und mahnte ihn zur Vorsicht. »Wenn Henke hier ist, ist er deutlich im Vorteil. Er kennt sich aus und läuft nicht wie wir blind durch die Gegend.«

Plötzlich erhellte sich der Boden hinter ihnen. Erschrocken fuhren sie herum und nahmen ihre Waffen in Anschlag.

»Oh, Mann!« Michael atmete erleichtert aus und senkte seine Pistole, als er Dieter erkannte. Der Kollege kam mit einer Taschenlampe auf sie zu. Er reichte auch Martin und

Michael eine. Endlich konnten sie sich ein genaueres Bild ihrer Umgebung machen. Wände und Boden waren aus Naturstein. An beiden Seiten gab es im Deckenbereich kleine fensterartige Luken. Wieder hörten sie in einiger Entfernung ein Geräusch.

»Waren das Schritte?«, fragte Dieter.

Martin nickte. Am Ende des Raumes sahen sie eine weitere Öffnung, die sich im Dunkeln verlor. Martin gab den Kollegen Zeichen, sich auf die Seiten zu verteilen. Denn wenn Henke dort stehen und auf sie schießen würde, hätten sie keine Chance. Vor der linken Mauer war ein abgesperrter Holzverschlag. Sie lugten durch die Spalten der Holzlatten, konnten jedoch nichts Auffälliges sehen. Hier standen verstaubte Regale mit Akten und Büchern. An der Wand hing ein Schild *Kirchenarchiv*. Dann schlichen sie an der Mauer entlang vorwärts bis zum nächsten Durchgang.

Als ihr Taschenlampenlicht das dahinterliegende Gewölbe beleuchtete, sahen sie das, wovor sie sich am meisten gefürchtet hatten. Paul lag reglos am Boden in einer Ecke.

Michael stürzte zu ihm. »Ich glaube, Paul ist tot!«, schrie er. »Paul! Nein!« Verzweifelt strich er ihm über den Kopf und begann zu weinen.

Martin kniete sich neben ihn und tastete nach Pauls Puls. Entsetzt blickte er die Kollegen an. Für Sekunden waren sie wie erstarrt. Dieter war der Erste, der reagierte. Nachdem er den Raum kontrolliert hatte, schubste er die Kollegen von Paul weg. »Los!«, kommandierte er. »Holt euch das Schwein!« Sofort begann er mit Wiederbelebungsmaßnahmen.

Martin richtete sich auf und rannte in die Richtung, aus der sie die Schritte gehört hatten. Michael folgte ihm. Sie stießen auf eine Treppe, die nach oben führte. Aber es gab noch zwei weitere Wege, die sich vor ihnen im Gewölbe verloren.

»Und jetzt?«

»Wenn das hier ein Ausgang ist«, sagte Martin und deutete auf die Treppe, »ist er wahrscheinlich hier hoch. Dann kommt er nicht weit. Unsere Leute sind ja draußen. Lauf du nach oben. Ich checke die Gänge hier unten. Weit können die nicht mehr führen. Wenn hier nichts ist, komm ich nach.«

Michael nahm die Treppe und stieg Stufe für Stufe nach oben, lauernd wie ein Raubtier auf Beutefang. Da! Was war das? Weit entfernt hörte er erneut Schritte. Dann quietschte eine Tür und schlug wieder zu. Michael rannte hinterher. In Gedanken sah er schon, wie er sich auf Henke stürzte. Er würde ihn fertigmachen!

114

Pfarrer Maier hatte inzwischen alle Leute gebeten, die Kirche zu verlassen. Dann fiel ihm ein, dass der Kantor noch oben im Turm am Carillon saß. Maier beschloss, den Mann sicherheitshalber zu informieren. So schloss er die Tür zum Turmaufgang auf. Gerade wollte er die Wendeltreppe nach oben gehen, als sich von unten schnelle Schritte näherten. Verwundert drehte er sich um. Plötzlich kam ein Mann mit einer Pistole in der Hand um den zentralen Stützpfeiler der Wendeltreppe gerannt. Beide erschraken gleichermaßen. Als Henke die Waffe auf den Pfarrer richtete, sprang dieser geistesgegenwärtig durch die Tür, knallte sie zu und schloss ab. Dann warf er sich zur Seite.

»Heilige Scheiße!«, rief Pfarrer Maier entsetzt, rappelte sich auf und presste sich mit dem Rücken gegen die Steinmauer. Er sah, wie der Türgriff heruntergedrückt wurde. Gleichzeitig hörte er einen Rums, als ob sich jemand gegen die Tür werfen oder dagegentreten würde. Voller Angst starrte er auf das Holz. Doch, Gottlob, der Türflügel gab nicht nach. Offensichtlich wollte der Mann durch die Kirche fliehen. Dem Pfarrer schlug das Herz bis zum Hals. Blitzschnell überlegte er, was er zur Verteidigung nutzen könnte. Da fiel ihm zu seiner Linken eine kleine steinerne Engelsstatue ins Auge. Entschlossen griff er nach ihr und machte sich bereit, den Mann damit zu attackieren, sollte er es schaffen, ins Kirchenschiff zu kommen. Aber Maier hörte, wie sich die Schritte entfernten. Der Mann lief wohl weiter nach oben. Dann erneut Schritte, die lauter wurden, von unten kamen und diesem Henke scheinbar folgten.

Durch die Verzögerung an der Tür zum Kirchenschiff hatte Michael aufgeholt. Jetzt konnte er Henkes Füße vor sich sehen, während beide die Treppe, die sich schraubenförmig nach oben wand, hochjagten. Plötzlich ein Schuss! Die Kugel sauste knapp an Michaels Kopf vorbei und schlug seitlich von ihm ins Mauerwerk ein. Michael ließ sich nicht beirren. Wut und grenzenloser Hass trieben ihn voran und setzten ungeahnte Kräfte frei. In seinem Kopf wiederholten sich ständig die Worte: Ich krieg dich, ich krieg dich! Noch ein bisschen näher, dann machte er einen Satz nach vorn. Er landete auf dem Bauch und griff dabei nach Henkes Fuß. Als er ihn zu fassen bekam, riss er den Mann aus dem Lauf von den Füßen. Während Henke vor Schmerz stöhnte, als er mit dem Körper auf den Steinstufen aufschlug, blendete Michael den eigenen Schmerz aus. Bei dem Aufprall verloren beide Männer ihre Waffen. Henke trat mit dem freien Fuß nach Michael. Er traf ihn an der Schulter und befreite sich so aus Michaels Griff. Beide versuchten, ihre Pistolen zu erreichen. Michael war schneller, riss seine HK P30 an sich und richtete sie auf Henke, der gerade erst mit den Fingerspitzen seine Pistole berührte.

»Greif zu«, keuchte Michael atemlos. »Du würdest mir einen großen Gefallen tun.« Er verspürte den unbändigen Wunsch, auf Henke zu schießen. »Mein Magazin hat fünfzehn Patronen und ich hätte nicht übel Lust, dir jede einzelne in dein krankes Hirn zu ballern, verdammter Drecksack.«

Tränen der Wut brannten Michael in den Augen. Er fasste den Schaft seiner Pistole mit beiden Händen. Mit dem Finger am Abzug zielte er auf den Mann.

»Nicht schießen!«, jammerte Henke. Er nahm die Finger von der Waffe, drehte sich auf den Rücken und hielt die Hände nach oben. »Ich ergebe mich.«

Michael kickte Henkes Waffe außer Reichweite, ohne ihn dabei aus den Augen zu lassen. »Los, dreh dich wieder auf den Bauch!«, befahl er, lockerte den Finger am Abzug und griff in seine Gürteltasche, um die Handschellen herauszuholen.

Henke deutete eine Drehbewegung an, doch stattdessen ließ er sein Bein blitzschnell nach oben schießen. Dabei kickte er Michael gegen die Hand, sodass seine Waffe im hohen Bogen über ihn hinwegflog und etliche Stufen weiter unten landete. Für einen kurzen Moment verlor Michael das Gleichgewicht und stolperte rückwärts gegen die Wand. Sofort sprang Henke auf und rannte die Stufen weiter nach oben. Michael nahm sich nicht die Zeit, die Pistole aufzuheben, und stürzte hinter ihm her.

Der Knall des Schusses war bis zu Martin ins Kellergewölbe gedrungen und machte ihm klar, dass Henke nicht hier unten war. Sofort lief er zurück zur Treppe, wo er sich von Michael getrennt hatte, und rannte, immer zwei Stufen auf einmal nehmend, nach oben.

Michael hatte Henke inzwischen aus den Augen verloren, dafür hörte er seine Schritte auf den Stufen. Plötzlich verstummten sie. War er stehengeblieben? Wartete er auf ihn, um sich von oben auf ihn zu stürzen?

Wahrscheinlich, überlegte Michael. Henke muss an mir vorbei, sonst läuft er irgendwann direkt in eine Sackgasse.

So verlangsamte Michael sein Tempo und setzte vorsichtig Schritt vor Schritt, jeden Moment darauf vorbereitet, angesprungen zu werden. Er kam an einer geöffneten Tür vorbei, lugte hinein und sah einen kleinen Raum, der zum Glockenturm führte. Und dann sah er Henke, wie er sich gerade in eine Mauernische bei den Glocken zwängte, um sich zu verstecken. Michael presste sich an die Wand und schob sich langsam und lautlos darauf zu. Er wagte kaum zu atmen. Als er direkt neben der Öffnung stand, holte er tief Luft und sprang dann unvermittelt auf den Mann zu. Er riss ihn aus der Nische und schleuderte ihn zu Boden. Mit der Faust schlug er ihm mehrfach ins Gesicht und merkte in seiner Wut nicht, dass Henke ein Messer aus der Hose zog. Erst im letzten Moment sah er die Klinge aufblitzen. Sofort warf Michael sich zur Seite. Doch Henke erwischte ihn am Arm und hinterließ eine tiefe Schnittwunde, die sofort stark blutete. Henke rappelte sich mühsam auf. Von den Faustschlägen war er sichtlich benommen und taumelte vorwärts. Michael war ebenfalls wieder auf den Beinen und stürzte sich von hinten auf ihn, sodass sie zusammen nach vorne flogen. Dabei prallte Henkes Kopf mit einem dumpfen Schlag gegen eine der gusseisernen Glocken. Die Männer landeten auf dem Boden. Henke war ausgeknockt. Er rührte sich nicht mehr. Michael schlug ihm rechts und links ins Gesicht.

»Wach auf, du Arschloch!«, schrie er ihn an. »Ich will, dass du mich ansiehst, wenn ich dich fertigmache.«

Ein leises Grunzen kam aus Henkes Mund. Aus dem Augenwinkel entdeckte Michael das Messer. Er griff danach und hielt es Henke an die Kehle.

»Ich sollte dich abstechen wie ein Schwein.« Er umklammerte das Messer so fest, dass seine Knöchel weiß hervortraten. »Du hast meinen Freund umgebracht!«, schrie er voller Verzweiflung in die Stille. Und ein Gefühl, als ob jemand ihm selbst das Messer ins Herz gestoßen hätte, ergriff ihn. Trauer und Wut mischten sich zu etwas Übermächtigem. Er setzte sich auf Henkes Beine, hob das Messer mit beiden Händen über den Kopf und stieß einen lauten Schrei aus.

115

Kantor Köbbermann stieg die schmale Treppe vom Carillon hinab. Er sah auf die Uhr. Gleich viertel vor. Er musste sich beeilen, am Glockenturm vorbeizukommen, bevor die zwölf Töne seiner neusten Komposition wieder erklingen würden. Mit jedem Viertel läuteten automatisiert ein paar Töne mehr vom Turm herab und sollten, so hoffte er, zum akustischen Wahrzeichen Wiesbadens werden.

Fast wie Big Ben, dachte er voller Stolz.

Er freute sich zwar jedes Mal, wenn er die fröhliche Tonfolge hörte. Doch dabei direkt neben den Glocken zu stehen, war keine gute Idee. Das Läuten war hier oben ohrenbetäubend und die brauchte er schließlich noch.

Bevor er das Ende der Treppe erreichte, hörte er lautes Rufen. Er wunderte sich und lauschte. War das Pfarrer Maier, der eine unvorhergesehene Führung machte?

Plötzlich ein markerschütternder Schrei. Köbbermann blieb wie angewurzelt stehen. Was war das? Er musste nachsehen, vielleicht brauchte jemand Hilfe. Eilig stieg er die letzten Stufen herunter und gelangte auf die Ebene, auf der die Glocken hingen. Als er die beiden Männer am Boden vor sich sah, blieb er erschrocken stehen. Der eine hatte ein Messer in der Hand und Blut am Arm. Auch auf dem Boden war ein großer Blutfleck. Der andere Mann bewegte sich nicht. Was ging hier vor sich? Ängstlich schob er sich hinter einen Mauervorsprung. Der mit dem Messer hatte ihn scheinbar nicht wahrgenommen. Er hatte ihm den Rücken zugewandt. Köbbermanns Gedanken rasten. Vielleicht könnte er sich so weit anschleichen, um ihm etwas auf den Schädel zu schlagen? Wenn das allerdings nicht gelang, was dann? Viel zu gefährlich, entschied er. Am besten, er hielt sich einfach hier versteckt. Doch als plötzlich die Glocken zu schlagen anfingen, sah er, wie der Mann das Messer fallen ließ und sich die Ohren zuhielt. Kurzentschlossen griff Köbbermann in seine Tasche, wo er einige Werkzeuge verstaut hatte. Er holte eine Eisenzange heraus, sprang hinter der Mauer hervor und auf den Mann mit dem blutigen Arm zu. Er schlug mit aller Kraft zu, gerade als der letzte Ton der Glocken verstummte.

Im selben Moment stürzte Martin herein. Er erfasste das Bild von Michael, der gerade zu Boden ging, Köbbermann über ihm stehend und Henke unter ihm liegend.

»Hände hoch, Polizei!«, schrie er. »Zange fallen lassen.«

Entsetzt starrte der Kantor Martin mit weit aufgerissenen Augen an, ließ die Zange los, die scheppernd zu Boden fiel, und begann vor Angst zu schlottern. »Bitte nicht schießen«, flehte er.

»Wer sind Sie?«, fauchte Martin ihn an.

»Frank Köbbermann. Ich bin der Kantor hier.«

»Warum zum Teufel schlagen Sie meinen Kollegen nieder?«

»Ihr Kollege?« Köbbermann blickte erschrocken auf Michael herunter. »Oh, mein Gott!«

»Den hätten sie mal fragen sollen, bevor sie zugeschlagen haben. Dieser Mann hier«, er deutete auf Henke, »ist der Verbrecher. Ein dreifacher Mörder.«

Wie auf sein Stichwort öffnete Henke die Augen. Er versuchte sich zu orientieren und aufzurichten.

»Vergiss es, Freundchen!« Schwungvoll fand Martins Faust den Weg in sein Gesicht und streckte ihn erneut zu Boden.

Das Gesicht des Kantors verlor auch noch den letzten Rest Farbe. »Und ich dachte … ich hatte den Eindruck … ich meine, ich wusste doch nicht. Es sah so aus, als ob Ihr Kollege den Mann umbringen wollte.«

Martin fragte sich, ob Frank Köbbermann genau das verhindert hatte.

Er wandte sich Michael zu und besah sich die Platzwunde an seinem rechten Hinterkopf sowie den blutenden Arm. Vorsichtig zog er ihn von Henkes Körper herunter und bettete ihn auf die Seite. Nachdem er seinen kraftvollen Puls erfühlt hatte, tätschelte er ihm erleichtert die Wangen. »Michael! Aufwachen! Die Show ist zu Ende.«

116

»Ich hätte ihn sofort abknallen sollen«, sagte Michael, nachdem er wieder zu sich gekommen war.

Henke war inzwischen von den Kollegen des SEK abgeführt worden, die auch den Kantor mit hinuntergenommen hatten.

»Es ist gut, dass du es nicht getan hast«, sagte Martin und legte Michael die Hand auf die Schulter.

»Er hat auf mich geschossen, ich hätte es als Notwehr auslegen können.«

»Vor den anderen vielleicht, aber nicht vor dir selbst, wenn es nicht wirklich so war.«

»Was ist mit Paul?«, fragte Michael traurig.

Martin zuckte nur mit den Schultern. Er wusste es nicht, aber er schätzte die Chancen für eine Wiederbelebung als gering ein. Wer wusste schon genau, wie lange Paul dort unten mit

Kreislaufversagen gelegen hatte. Mit jeder Minute, die bis zur Reanimation vergangen war, hatte sich die Wahrscheinlichkeit zu überleben um etwa zehn Prozent verringert. Diese Tatsache machte wenig Hoffnung.

»Lass uns runtergehen und nachsehen«, sagte Martin.

Auf dem Weg nach unten hörten sie plötzlich jemanden rufen und erkannten Dieters Stimme. Völlig außer Atem erreichte er die beiden.

»Paul«, keuchte er, »Paul wird es schaffen. Er lebt. Sein EKG hat noch Kammerflimmern gezeigt, als der Arzt kam. Das war ein gutes Zeichen. Die haben ihn erfolgreich defibrilliert, bis er einen normalen Sinusrhythmus hatte. Sie haben ihn eben abtransportiert.«

Michael fiel Dieter um den Hals. »Das hat er dir zu verdanken«, sagte er mit Tränen in den Augen. Tatsächlich hatte Dieter durch die Herzdruckmassage Pauls Kreislauf im Notbetrieb am Laufen gehalten. Inwieweit er Hirn- oder Organschäden davongetragen hatte, würde sich erst in den nächsten Tagen zeigen. Für den Augenblick waren sie unglaublich erleichtert.

Als sie das Kirchenschiff betraten, sah Martin, dass Pfarrer Maier mit dem Kantor auf einer Kirchenbank saß und beruhigend auf ihn einsprach.

»Darf ich kurz stören?«, wandte er sich an ihn.

»Herr Sandor! Natürlich!« Der Geistliche stand eilig auf und trat zu ihm. »Geht es Ihnen gut?«, fragte er besorgt. »Herr Köbbermann hat mir berichtet, was im Glockenturm vorgefallen ist.«

»Seinen Schlag hat mein Kollege Pichlbauer abbekommen.« Er deutete auf Michael, den Dieter nach draußen führte, um ihn zum Arzt zu bringen.

»So ein unglückliches Missverständnis. Herr Köbbermann hat schon gesagt, dass er dafür geradestehen wird.«

»Ich denke, wir brauchen das nicht an die große Glocke zu hängen. Der Kollege wird das verkraften. Er hat nur ein paar Englein singen hören. Und das ist manchmal nicht das Schlechteste.«

Auch, wenn er nicht erklärte, wie er das meinte, schien der Pfarrer es zu verstehen. Er betrachtete Martin wohlwollend. »Herr Sandor«, sagte er, »ich glaube, Sie haben den nötigen Weitblick, genau wie unsere Wanderfalken, die bei uns im Spitzturm brüten. Und ich schätze, Sie sind dadurch nicht nur auf Ihrem Beutefang erfolgreich, sondern auch in der Einschätzung von Menschen.«

Martin taten seine Worte gut und er hatte spontan das Bedürfnis, mit diesem Mann über vieles reden zu wollen. »Wenn ich jetzt noch diese perfekte Sehkraft Ihrer Wanderfalken hätte, wäre ich unschlagbar«, schmunzelte der Kommissar.

»Das wünsche ich mir auch des Öfteren. Denn wenn ich aus achthundert Metern Entfernung noch eine winzige Taube erkennen würde, könnte ich auf meine Brille verzichten. Zweifelsohne ein Vorteil. Aber das wird wohl den Wanderfalken vorbehalten bleiben. Jeder hat eben so seine Bestimmung. Wahrscheinlich ist es für uns Menschen ganz gut, manchmal über gewisse Dinge hinwegzusehen.« Er warf einen kurzen Blick zu Herrn Köbbermann hinüber.

»Ja, da haben Sie wohl recht.« Martin lächelte.

»Jedenfalls bin ich sehr froh, dass alles relativ gut ausgegangen ist. Das war haarscharf, würde ich sagen.« Und er berichtete Martin von seinem Erlebnis an der Tür zum Turmaufgang.

»Sie haben genau richtig reagiert.«

»Na, ich weiß nicht«, meinte der Pfarrer skeptisch. »Ich wusste doch, dass Herr Köbbermann oben ist und möglicherweise in die Hände dieses Verbrechers fallen würde.«

»Er war ja nicht direkt bedroht wie Sie. Hätten Sie nicht so schnell gehandelt, wer weiß, ob Sie dann noch leben würden. Also, machen Sie sich bloß keine Vorwürfe. Sie haben alles richtig gemacht. Mit dieser Aktion saß Henke praktisch in der

Falle. Also, Sie sind mein persönlicher Held. Auch weil Sie den Schlüssel gleich erkannt haben. So konnten wir unseren Kollegen vielleicht noch rechtzeitig finden.«

»Wieso vielleicht? Der Kollege aus dem Keller lebt doch.«

»Das stimmt. Aber ich mache mir Sorgen, ob er nicht irgendwelche Schäden davongetragen hat.«

»Sich Sorgen zu machen heißt, die Wolken von morgen über die Sonne von heute zu ziehen. Also, machen Sie sich nicht so viele Gedanken. Ich bin sicher, er wird wieder ganz gesund.« Der Pfarrer strahlte pure Zuversicht aus. Auch das tat gut.

»Vielleicht stand er unter dem Schutz dieses Hauses«, sagte Martin hoffnungsvoll.

»Ja. Das halte ich für möglich«, entgegnete Pfarrer Maier lächelnd.

»Trotzdem tut es mir leid, dass Sie das alles mitmachen mussten.«

»So schlimm war es nun auch wieder nicht«, versuchte der Pfarrer das Erlebte herunterzuspielen. »Außerdem, ein bisschen Action ist doch mal ganz abwechslungsreich. Wenngleich ich sagen muss, dass ich das nicht allzu oft brauche.«

»Das glaube ich Ihnen gerne.« Martin reichte ihm die Hand. »Dann werde ich mich mal um meine geschundenen Männer kümmern.«

»Für Ihre Arbeit«, sagte Pfarrer Maier zum Abschied, »wünsche ich Ihnen weiterhin den Weitblick des Wanderfalken und manchmal auch ein wenig von seiner Geschwindigkeit. Im gesamten Tierreich ist er der Schnellste. Bei seinen Sturzflügen schafft er Geschwindigkeiten von über zweihundert Kilometer pro Stunde.« Er zwinkerte Martin zu. »Ich würde mich freuen, wenn Sie ab und zu mal vorbeischauten. Nach einer rasanten Jagd tut ein wenig Ruhe gut.«

»Das mache ich«, versprach Martin und verließ die Kirche. Auch wenn er kein regelmäßiger Kirchgänger war, so mochte er die Marktkirche besonders und kam gerne zum Kraftschöpfen und Innehalten herein, wenn sich ihm die Gelegenheit bot. Fast stimmte es ihn ein wenig traurig, dass sich Henke ausgerechnet das wunderschöne rote Backsteingebäude ausgesucht hatte und damit ein Stück gewalttätigen Alltag in die Stille, die Martin so liebte, hineingetragen hat.

117

Vor der Tür erwartete ihn ein großer Menschenauflauf. Die Presse war vor Ort, vom Fernsehen stand ein Übertragungswagen mitten auf dem Marktplatz und die Polizeibeamten hatten alle Hände voll zu tun, Fragen und Neugierige abzuwehren.

Die aktuelle Lage gab Martin Egon Milster noch vor Ort telefonisch durch, damit er sich später nicht damit aufhalten musste.

»Ich bin froh, dass mein Verdacht sich nicht bestätigt hat«, sagte Milster.

»Das bin ich auch.«

»Es hat nun mal alles auf Paul Fischer hingedeutet. Ich konnte gar nicht anders handeln.« Martin hörte ihm an, dass ihm die Sache peinlich war.

»Sie hätten vielleicht ein wenig mehr Vertrauen in meinen Instinkt haben können«, konnte er sich nicht verkneifen zu sagen. »Hätten wir Paul, statt ihn zu suspendieren, an dem Fall mitarbeiten lassen, wäre das sicher anders gelaufen. Durch ihn kamen wir ja erst auf Henke.«

»Sie wissen, dass mir in so einem Fall die Hände gebunden sind und ich nicht anders entscheiden kann«, versuchte der Kriminaldirektor sich zu rechtfertigen.

»Nächstes Mal helfe ich Ihnen, den Knoten an Ihren Handfesseln zu lösen«, sagte Martin ein wenig bissig. Aber er war der Meinung, dass Milster ein bisschen Kritik verdient hatte. Aufgrund der Vorkommnisse wünschte Martin sich, dass sein Chef aus diesem Fall etwas gelernt hatte, glaubte aber nicht wirklich daran. Er kannte ihn schon so lange und war sicher, dass er ein Mann war, der sich nie ändern würde, egal was passierte.

Nachdem die Spurensicherung verständigt worden war, damit sie das Gewölbe sowie Henkes Wohnung und Arbeitsplatz untersuchen sollten, erhielt Martin die Information, dass Alexander Meurer inzwischen aufgetaucht war. Er war von seinem Büro aus stundenlang zu Fuß durch die Gegend spaziert und hatte sich Gedanken über sein Leben gemacht. Wie seine Frau berichtete, hatte er ernsthaft beschlossen, etwas zu ändern. Ob es ihm gelingen würde, wusste nur der liebe Gott. Bei dem Gedanken musste Martin lächeln und warf einen Blick auf die Marktkirche.

Vielleicht ist es möglich, dachte Martin, jetzt wo Pallhuber keinen Einfluss mehr auf Meurer hat. Und das würde zumindest in der nächsten Zeit der Fall sein, denn der lag unverändert im Koma.

Die Pistole aus Meurers Gewehrschrank gab es tatsächlich nicht mehr. Er hatte sie schon vor Jahren abgeben müssen, weil er keine entsprechende Genehmigung dafür hatte. Lediglich Verpackung und Munition waren übrig geblieben. Michael hatte recht gehabt, als er sagte, dass nichts trügerischer sei als eine offensichtliche Tatsache.

Martin lief in Richtung seines Wagens. Einerseits war er erleichtert, dass der Spuk nun vorbei war, andererseits immer noch angespannt, weil er nicht wusste, wie die Sache für Paul ausgehen würde. Mit diesen Gefühlen und Gedanken machte er sich auf den Weg ins Präsidium. Kaum saß er im Wagen, stellte Queen mal wieder die Frage: *Who wants to live forever?*

»*I want to live forever*«, hörte er Michaels Stimme sagen.

Martin lächelte. »Na, dann lohnt es sich wohl, dich zusammenzuflicken?«

»Gerade so! Wir haben zwar überlegt, ob wir den Arm amputieren sollen, haben uns aber dir zuliebe dagegen entschieden. Ein Einarmiger macht sich nicht so gut beim K11. Sie werden mir Kopf und Arm wieder zusammentackern. Dann bin ich ganz der Alte.«

»Ich weiß das zu schätzen«, schmunzelte Martin, wurde aber sofort wieder ernst. »Gibt's schon was Neues von Paul?«

»Dieter ist gerade zu ihm gegangen. Er wollte sich bei dir melden. Wenn ich hier fertig bin, komm ich ins Präsidium. Dann nehmen wir den Henke auseinander.«

»Du kannst schön nach Hause fahren und dich von Georgia pflegen lassen. Mit deinem kaputten Schädel will ich dich heute nicht mehr sehen.«

»Bis nachher«, sagte Michael und beendete das Gespräch.

»Dickkopf«, murmelte der Kommissar.

Als er auf den Hof des Polizeipräsidiums Westhessen rollte, tönte erneut sein Handy von der Mittelkonsole. Dieter berichtete aus dem Krankenhaus.

»Paul ist zwar zwischenzeitlich ganz kurz aufgewacht, schläft aber jetzt wieder. Die Ärzte machen zurzeit Untersuchungen, um festzustellen, was ihn so umgehauen hat und ob er irgendwelche Schäden zurückbehält. Sie sagen, dass bei einer Wiederbelebung viele Organe nicht wirklich toll durchblutet werden. Im schlimmsten Fall …«, Martin hörte ihn hart schlucken, »… kann er an Multiorganversagen sterben. Sie haben versprochen, sofort anzurufen, wenn sich sein Zustand verändert oder wenn die ersten Ergebnisse vorliegen.«

»Dann können wir für den Moment wohl nur beten.«

»Das überlassen wir vielleicht lieber Pfarrer Maier«, schlug Dieter vor. »Der hat doch Beziehungen nach oben.«

Nachdem sie das Gespräch beendet hatten, schickte Martin trotzdem ein Stoßgebet gen Himmel, mit dem Wunsch, Paul wieder völlig gesund werden und die Gerechtigkeit siegen zu lassen.

118

»Ich bin unschuldig!«, sagte Joachim Henke sofort, nachdem Martin und Dieter sich ihm gegenübergesetzt hatten. Das Sprechen fiel ihm sichtlich schwer. Michael hatte ganze Arbeit geleistet und ihm die Lippe sowie die Nase blutig geschlagen. Auch sein Auge war rot unterlaufen und geschwollen.

Die beiden Beamten sahen sich verblüfft an.

»Und ich bin die Jungfrau Maria«, entgegnete Dieter.

»Nein, wirklich. Paul Fischer hat die Menschen umgebracht. Ich kam nur hinzu, als er sich selbst getötet hat. Er hat mir noch seinen Abschiedsbrief gezeigt.«

»Dann haben Sie ihn nur zu seinem eigenen Schutz bewaffnet vom Schillerplatz in die Marktkirche begleitet?«, entgegnete Martin ganz ruhig, um im nächsten Moment mit der Faust auf den Tisch zu schlagen. »Wenn noch eine einzige Lüge aus Ihrer zugeschwollenen Fresse kommt«, schrie er Henke an, »dann stopfe ich Ihnen das Maul endgültig!«

Dieter legte Martin die Hand auf den Arm zum Zeichen, dass er sich nicht provozieren lassen sollte. Einen Moment schwiegen alle.

»Kann ich eine Kopfschmerztablette bekommen?«, bat Henke.

»So was gehört nicht zu unserem Equipment«, sagte Martin kalt. »Aber wir können gerne eine besorgen lassen, wenn die Wahrheit auf dem Tisch liegt und wir hier fertig sind.«

»Ich habe rasende Kopfschmerzen«, jammerte Henke.

»Die haben zwei unserer Kollegen auch«, rief Martin laut. »Und zwar Ihretwegen!«

Man sah, wie Henke überlegte.

»Ja, Sie haben richtig gehört«, erklärte Martin. »*Zwei* Kollegen. Paul Fischer lebt. Wir konnten ihn wieder zurückholen. Und er wird nichts lieber tun, als gegen Sie auszusagen.«

Nach dieser Eröffnung fiel Henke sichtlich in sich zusammen.

»Haben Sie wirklich geglaubt, nach der Aktion in der Kirche könnten Sie uns noch eine plausible Lügengeschichte auftischen, selbst wenn Paul tot wäre?« Martin schüttelte erstaunt den Kopf. »Wie bescheuert sind Sie eigentlich?«

Henke senkte den Kopf. »Ich hab das alles nicht gewollt«, sagte er leise.

»Dann sagen Sie uns mal, wie es dazu gekommen ist.« Martin wusste, jetzt war der Knoten geplatzt.

Tatsächlich begann Henke zu erzählen. Die Beamten mussten gar nicht groß nachfragen. Er berichtete, als ob er sich seine Schuld von der Seele reden wollte.

Zunächst bestätigte er das Motiv. Er habe in einer Fachzeitschrift eine Veröffentlichung von Erwin Stumpf gelesen und völlig schockiert festgestellt, dass es sich dabei um einen Auszug aus seiner Doktorarbeit handelte. Mehrfach wollte er Stumpf zur Rede stellen, was ihm erst in der Mordnacht gelang. Während der Party hatte er sich heimlich über die offene Terrassentür ins Haus geschlichen. Nachdem die Gäste gegangen waren, kam es zum Streit. Als Henke Erwin Stumpf anflehte, die Sache doch aufzuklären, damit er promovieren konnte, machte der sich über ihn lustig und sagte, dass er sich Henkes Theater, immer wenn er was zu lachen bräuchte, auf der Überwachungskamera ansehen würde. Daraufhin hatte der Doktorand ihn angegriffen. Schließlich hatte Henke die Statue genommen und Stumpf auf den Kopf geschlagen.

Seine Borniertheit hat ihn das Leben gekostet, dachte Martin. Für ihn, der immer und überall die Zügel in der Hand gehalten hatte, war es wohl unmöglich gewesen, von seinem hohen Ross zu steigen und einen Fehler einzugestehen, geschweige denn zu bereinigen. Diese Inkompetenz, die er an anderen so gehasst hatte, hatte er in der Mordnacht selbst an den Tag gelegt.

Nach dem Mord hatte Henke die Spuren beseitigt und die Statue und das Überwachungsvideo mitgenommen, ebenso die Festplatte. Über die kam Henke dahinter, dass Eva seine Arbeit im Auftrag von Stumpf gestohlen hatte. Die Studentin hatte sich nur aus diesem Grund an ihn herangemacht. Henke hatte sich jedoch in sie verliebt und fühlte sich nun noch tiefer verletzt. Er beschloss, sie zu töten, und plante den Mord an ihr sehr genau. Dazu gehörten der Einbruch bei Frau Plinke und den Verdacht durch die Statue und den *Joop!Homme*-Duft auf Paul zu lenken. Auch die Videokassette, von der er lediglich den Teil mit Paul und Eva auf eine andere überspielt und bei Eva abgelegt hatte, sollte dazu beitragen. Auf Paul war er durch das erste Gespräch mit dem Kommissar und schließlich durch den Zeitungsartikel und das Überwachungsvideo aufmerksam geworden. Dass er auch Rolf Lang mit umgebracht hatte, lag an der Wut und der Eifersucht, die er umso mehr empfand, als er die beiden beim Liebesspiel gesehen hatte.

Entsprechende Schutzkleidung verhinderte, dass er Spuren hinterließ.

Als Paul ihn anrief, um über Henkes Doktorarbeit zu sprechen, sah er eine Gelegenheit, die Sache durch einen fingierten Selbstmord zum Abschluss zu bringen. Durch seine Masterarbeit vor vier Jahren, die sich mit energieeffizienten Maßnahmen in kirchlichen Einrichtungen befasst hatte, wusste er von dem Gewölbe unter der Marktkirche. Den Schlüssel hatte er Pfarrer Maier unbemerkt entwendet, um einen Abdruck machen zu können.

Abschließend erklärte Henke auf Martins Frage hin, dass Pallhuber und Meurer ihn tatsächlich bestochen und bedroht hatten. Dann verlangte er erneut ein Aspirin.

»Ein Kollege wird es Ihnen bringen. So lange werden Ihnen Ihre Verbrechen wohl noch Kopfzerbrechen machen«, sagte Martin und erhob sich. Mit einem kalten Blick verließ er den Raum.

119

Der nächste Morgen war ein guter Morgen. Abgesehen davon, dass die Sonne vom Himmel schien, hatte der Arzt aus dem St.-Josefs-Hospital angerufen und mitgeteilt, dass Paul ansprechbar war und die Ergebnisse der Organuntersuchungen vorlagen. Der junge Mann schien erstaunlicherweise unversehrt und auf dem Wege der Besserung zu sein.

Martin fuhr ins Krankenhaus und überzeugte sich persönlich von Pauls Zustand. Nachdem die beiden lange miteinander gesprochen hatten, machte er sich auf den Rückweg. Während er Richtung Ausgang schlenderte, erfüllte ihn Zufriedenheit. Wenngleich Krankenhäuser für ihn in der Regel etwas Deprimierendes waren, nach Krankheit rochen und an den Tod erinnerten, so war das heute anders. Heute ging es um das Leben, Pauls Leben. Der Junge wird zukünftig zweimal im Jahr Geburtstag feiern können, dachte Martin lächelnd.

Als er auf die Straße trat, fuhr ihm eine Windböe übers Gesicht. Er blickte zu den Bäumen hinüber, deren Zweige sich geschmeidig bogen. Martin mochte den Wind, egal ob sanft oder stürmisch. Es war eine Kraft, die nicht zu beeinflussen war, und das gefiel ihm. Vielleicht gerade, weil die meisten Menschen immer wieder versuchten, Einfluss zu nehmen. Entweder, weil sie sich einen Vorteil davon versprachen, oder um einfach nur Macht auszuüben. Fast in jedem Mordfall spielte das eine Rolle. Menschen wurden oftmals zu Opfern, weil sie sich nicht in gewünschter Weise beeinflussen ließen.

So war die Welt, sinnierte Martin. Er würde sie nicht ändern, aber er würde zumindest manchmal Verbrechen verhindern oder Menschen dafür zur Rechenschaft ziehen können.

Eine Krankenschwester kam ihm entgegen. Plötzlich fuhr ihr der Wind unter den hellgrünen Kittel und riss ihn so weit nach oben, dass man ihren Slip sehen konnte. Schnell strich sie den Stoff nach unten. »Der Wind, der Wind, das himmlische Kind!«, sagte sie belustigt und lachte unbeschwert.

Martin fiel in das Lachen ein.

Ja, dachte er, der Wind war nicht nur ein Wind, der einem den Rock hochwehte und Unterwäsche freilegte. In diesen Zeiten wehte auch ein Wind des Wandels, der den heiß umkämpften Markt der erneuerbaren Energien hervorgebracht hatte. Die einen bauten deswegen Barrieren und die anderen Windräder. Das war der Kampf des 21. Jahrhunderts. Martin war froh, dass es ein Kampf war, den andere zu kämpfen hatten.

Bitte beachten Sie auch die folgenden Buchhinweise

Abgehakt
Ein Wiesbaden-Krimi

Kerstin Hamann

12,00 €
978-3-86680-636-8

Die zerschmetterte Leiche einer jungen Frau trägt ein grausiges Wundmal. Der Täter hat sein Opfer einfach mit einem Schnitt in die Brust abgehakt. Damit wird die Befürchtung von Kommissar Martin Sandor zur Gewissheit: Ein Serientäter treibt sein Unwesen in der hessischen Landeshauptstadt. Wann wird er wieder zuschlagen? Was verbindet die Opfer? Wer ist in Gefahr?

Böse Spiele
Ein Krimi aus dem Landkreis Offenbach

Cornelia Härtl

12,99 €
978-3-95400-322-8

Die Sozialarbeiterin Lena Borowski ist nicht gerade begeistert, als sie in ein Containerbüro im Spessartviertel, dem sozialen Brennpunkt Dietzenbachs, versetzt wird. Und dann lässt sie sich auch noch überreden, nach der wie vom Erdboden verschwundenen Schwägerin ihrer Jugendfreundin zu suchen. Sie findet tatsächlich eine Spur von Sabrina, doch die führt in einen SM-Club im Frankfurter Bahnhofsviertel. Als am Rande des Spessartviertels die Leiche einer Frau auftaucht, befürchtet Lena das Schlimmste.

Dolphin Dance
Ein
Katharina-Klein-Krimi

Helmut Barz

12,00 €
978-3-95400-038-8

Noch vor Antritt des neuen Jobs als Leiterin einer Spezialeinheit für unaufgeklärte Verbrechen stürzt sich Katharina Klein, Frankfurts explosivste Kriminalpolizistin, in den drängendsten unerledigten Fall, den es für sie gibt: den Mord an ihrer eigenen Familie vor 16 Jahren. Doch irgendjemand will Katharinas Ermittlungen mit allen Mitteln stoppen und geht dabei wortwörtlich über Leichen.

Moderholz
Ein Gartenkrimi aus
Frankfurt am Main

Berndt Schulz

9,95 €
978-3-86680-954-3

»Der Mörder ist immer der Gärtner?« Zumindest liegt der Schluss nahe, als im Frankfurter Bethmannpark eine Leiche in einem Teich treibt. Denn die Gärtner sind allesamt entlassene Strafgefangene … Max Horner, Kriminalhauptkommissar a.D., verbringt einen großen Teil seiner Zeit im Park. Ein Mord in seinem Arkadien, das ohnehin durch den gefräßigen Eichenprozessionsspinner bedroht ist! Das lässt ihm keine Ruhe – und außerdem zeigt er seinen jungen Exkollegen nur zu gerne, was ein alter Stöberhund wie er noch draufhat.